中国专业作家小说典藏文库

罗国栋卷

山水十七拍

罗国栋 著

中国文史出版社

图书在版编目（CIP）数据

山水十七拍 / 罗国栋著. —北京：中国文史出版社，2020. 11

ISBN 978-7-5205-2183-3

Ⅰ.①山… Ⅱ.①罗… Ⅲ.①长篇小说-中国-当代

Ⅳ.①I247.5

中国版本图书馆 CIP 数据核字(2020)第 153781 号

责任编辑：方云虎
封面设计：张　军

出版发行：**中国文史出版社**
社　　址：北京市海淀区西八里庄路 69 号　　邮编：100142
电　　话：010-81136630
传　　真：010-81136666
印　　装：廊坊市海涛印刷有限公司
经　　销：全国新华书店
开　　本：710 毫米×1000 毫米　　1/16
印　　张：29.25
字　　数：490 千字
版　　次：2021 年 3 月北京第 1 版
印　　次：2021 年 3 月第 1 次印刷
定　　价：68.00 元

目　录

下篇 双峡之字路

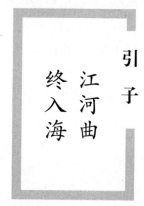

引子
江河曲
终入海

　　一个农村青年，肩扛被卷，手提褡裢，匆匆赶路。半个世纪后，这种行为装束的人，大多被称为打工仔或农民工。可在新中国成立的初期，这是大多数参加革命工作的通用装扮——他们没有盛装、虚荣，不会攀比、浮夸，只有一腔热血、无私和勤勉。

　　张琪源就是这样，在 20 世纪中叶的某个深秋，从沄北高原的小山村，走出大山，走进江河，跻身于治理穷山恶水、潜心引水发电的亿万民众当中。然而，时光倥偬，岁月绵长。张琪源的年轻时代就这样匆匆而过，人生的年轮很快就进入了下一个循环。人到中年的跌宕起伏，使张琪源又进入一个更加动荡不安的新岁月——像他终日为伴的大江大河、涓涓细流一样，千回百转，终将前行，再不回头。当一座座大坝拔地而起、一片片土地通水送电，水电人的丰功伟业为张琪源他们的孜孜以求作出了诠释。

　　变水患为水利，积日功于百年；没有一方山水的故事可以轻慢，除非水电人不曾经过。但见风起云涌、惊涛拍岸、人头攒动、尘土飞扬，那里或许就有张琪源和他同行们的身影。若遇深山峡谷，或寸草不生，或密林如织，也许正适合建一座电站、架一虹桥梁、聚一汪水库；张琪源和他的同仁们，可能正在前往的路上。

　　没有一段历史的云烟可以空白，除非山水依然失忆。水电人的辛勤努力就在这平凡之处，得到了升华。水电人雕刻山水的未来，凿痕所到，无不遗落许多令人沉醉的过去。

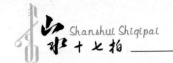

　　人生如江河。总括磕磕绊绊的过往，张琪源算不上身处风口浪尖，充其量是裹挟在滔滔江河里数以亿计泥沙中的一粒。但是，随着人生的递进延展、江河的急转下泄，终将被卷上汹涌澎湃的波峰浪顶，滚滚东流。

　　江河如练，青夏此耳。

上篇　二进老鸦山

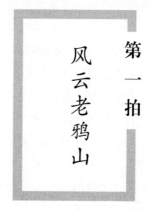

第一拍

风云老鸦山

1

这是个晴朗的早晨。远山披着朦胧的橙光，城市在农田的包围之中，显得格外庄重而神秘。

参加完江河水电工程局中层干部会议，身为第二工程队队长的张琪源获得了一个意外信息：尤尚文已官复原职，仍然是副局长。

三年前，尤尚文作为江河局的副局长，担任七贤峡水电站总指挥，全权委托张琪源负责现场。因一次意外爆破事故，引发本局职工与曲河县民工营的群体性械斗，造成严重伤亡，省水电厅以失职论处，撤销了其副局长职务，降任江河局第三工程队队长；而张琪源则是一撸到底，把仅有的副队长也被抹得一干二净。

好在仅仅三年工夫，尤尚文便东山再起。这使始终深感歉疚的张琪源，心里得到了极大的安慰。毕竟，当初是张琪源在施工现场负责，尤尚文身在沄城，只是疏于过问而已。

自然，张琪源对自己的那次撤职，心服口服。无论怎么说，前后失去了那么多生命，让许多家庭遭受了巨大的灾难。而张琪源自己却在这么短的时间内，当上了正队长，和尤尚文到了同一个平台上，这让他对尤尚文的愧疚更加深了一层。

这一下好了，江河局的领导班子又回到了三年前的原状：王汉成仍是江河局党委书记兼局长，柳松年、尤尚文任副局长。仍然是县团级建制。

张琪源找到陆华夏，想问一问接下来是回队部河西街镇，还是另有别的事要办。但是，还未开口，党委秘书蒋雅丽过来了，说："王书记叫你俩到他办公室去一下。"张琪源只能打住话头，跟在陆华夏后面。

蒋雅丽是1958年从省水利学校毕业的，算起来和张琪源的国立沄河水利学校还是校友。参加工作不久，就依靠一笔好文章，从技术口转到了行政口，和张琪源零零星星地打过几次交道，一般情况下对张琪源还是蛮客气的，有一种同门师兄妹的亲切感。

但是，今天的蒋雅丽并不和张琪源多说话，而是只顾和陆华夏寒暄，无形中让张琪源感到自己被人冷落了，似乎在局里人跟前，他还是远不如陆华夏更受人尊重；尽管他们两个分别是第二工程队的党政一把手，都是正科级。

张琪源默不作声地跟在他俩后面，无意听他们说些什么。但是，蒋雅丽能说会道的小嘴清新悦耳，直穿他的耳膜："陆书记都开始考虑会议的落实措施了？哈哈，咱们二队的工作总是比别的单位要提前半步！"

到了王汉成办公室门口，蒋雅丽敲开门将他们二人让了进去，她自己则轻轻地带上门走了。不过临走时，倒还没忘多看一眼她这位多是多非的师兄张琪源。这一瞥——实际上不仅仅只是一瞥，而是扎扎实实地驻留了那么万分之一秒，却让张琪源实实在在地感觉到：这是着意，而不是顺眼划过。

在王汉成的办公室里，桌子的正面坐着水电厅副厅长康宏利，王汉成则在偏坐陪着。陆华夏和张琪源两人与康副厅长打了个招呼，康副厅长也没和他俩握手，只是示意二人坐在门口的长条连椅上。

王汉成说："今天我和康副厅长找你们两个来，是有一件非常重要的任务要交给你们二队。也就是说，康副厅长今天来咱们局，不光是为了参加江河局的干部大会，另外还有一件重要事情：你们两个还记得老鸦山水库吗？"陆华夏和张琪源都点点头。

王汉成道："对，就是长城地区墙南县的那个老鸦山。三年困难时期，这个工程下马了；现在，在当地群众的强烈要求之下，省委省政府决定重新上马。厅里考虑，当初这个工程是由你们二队负责设计和施工的，现在还想让你们继续搞。康厅长，你看是不是就这个意思？"

康宏利点点头，道："是的，而且设计和施工还是全部由你们来承担。当年苏联专家搞过设计，是不是资料没有留下来？"

　　张琪源点点头。康宏利继续道："苏联已撤走了全部在华专家，带走了全部图纸、计划和资料，给我国的经济建设造成了重大损失，加重了我国的经济困难。但是，这并不可怕，中国人民有志气、有能力，自力更生，艰苦奋斗，在不远的将来，一定会赶超美苏两个超级大国……"

　　康宏利的讲话一泻千里，似乎刚才在中层大会上讲话的亢奋情绪还没有减退。可是张琪源立刻领会了更深的层次：老鸦山水库要重新上马，搞不好还会和赫鲁晓夫扯上关系。所以，老鸦山水库上马已经不再是一个一般的项目启动问题了，而是无产阶级能不能战胜资产阶级和修正主义的大问题。

　　老鸦山对于张琪源，是块大大的伤疤。其涉及的主要问题是因为张琪源参与了老鸦山水库下马的决策工作，而根源是张琪源他们的施工技术方案存在重大缺陷，导致导流洞全线塌方冒顶，无法恢复。所以张琪源完全能够掂量出来，重新上马该项目，对自己的再一次影响亦将是极其深远的；若不能一雪前耻，必将再一次恶名远扬。

　　张琪源的所谓右派劳教，也就源于这个魂牵梦萦的老鸦山！

　　这一刻，张琪源读懂了蒋雅丽刚才深邃的目光：能不能争口气，就看这一次了！

　　就在张琪源顾影自怜、小心翼翼体会其重要性的时候，陆华夏已经开始表态了："请组织上放心，我们保证完成任务。坚决按照伟大领袖毛主席教导我们的那样，'备战、备荒、为人民'，决不让人家看我们的笑话！"然后面向张琪源道："琪源，你看是不是这样？"

　　张琪源匆忙点头，道："嗯，没问题。只是原来参加设计的那些人已经走了有一多半，现在还需要上级领导对我们在技术力量上给予大力支持。"

　　王汉成道："那没问题，有康副厅长和厅里给我们撑腰，你们还担心什么？"康宏利也不紧不慢地附和道："这一点请你们放心，将来还要重新成立一个由水电厅、长城地区、午东地区领导参加的指挥班子，还要吸收咱们江河局、设计院的领导同志参加，协同解决问题。"

　　在江河局由江河队改为现名并升格为处级单位的最初，身为省水电局副局长的康宏利曾经兼任过江河局的党委书记和局长，王汉成只是主持日常工作的副职。所以，多少年来，康宏利一直称江河局为"咱们"，难以改口。

　　所谓千锤打锣，一锤定音，事情就这样敲定了下来。返程的路上，领导们的嘱托余音在耳：一定要将老鸦山水库的工程启动好，给江河局打一个漂亮的翻身仗，让苏修帝国主义见鬼去吧……

陆华夏和张琪源连夜商量了一个初步意见，然后由张琪源和副队长狄胜利再做进一步的细化。而且，陆华夏交代："关于人员问题，你要广开思路，不论是哪个单位的，只要你觉得能够胜任工作，都尽管提出来，由咱俩一块儿给王书记汇报要人，然后让他和厅政治部甚至厅领导交涉，统一调配。"

张琪源和狄胜利磋商的结果是：施工人员问题不大，设计人员应该作为这次解决的重点：除了本队现有的几个20世纪60年代初期分配来的大、中专学生外，大部分技术干部还是从工人中锻炼成长起来的，能拿起设计理论工作的人并不多。所以，大致确定抽调技术干部的几个方向：江河局机关和各工程队，七贤峡电厂，省水电设计院，长城地区、午东地区的有关地县水电局……

2

"今年的夏天来得特别早。还不到小满，夏熟作物的籽粒就已经呈现出灌浆欲满的情形。可惜旱地和水地的谷穗相差甚远，大小还不及水地的一半，且籽粒稀稀疏疏，一个个像朝天椒，脖不打弯。"

张琪源看完大儿子张建国的来信后，心里装满了沉甸甸的一堆家事：夏田歉收，秋田也好不到哪儿去。所谓没有前半年的雨水，就指望不上后半年的收成。

但是不论怎说，老鸦山出发在即，他得把这一切放下，草草地写了一封信寄了回去。然后，还顺便大踏步到河西街镇旁边的农田边上看了一看，这才惴惴返回。

六年，在人生的里程中，不是个无足轻重的时段。尤其是对于江河局这样一帮年轻人来说，那是他们人生最美好的年华，许多人由当初的热血青年开始步入中年。

历史在老鸦山绕了个大大的圆圈，又转回到原点，开始了又一个轮回。年轻的江河局人，他们的人生命运，就在这一个不经意的轮回中，又多了一份沧桑，多了一份历练。就像这滔滔不绝的无澜河，坎坎坷坷，到底拐了几多弯？又分出多少岔？谁也说不清楚。

重回工地，新朋老友相见，大家感慨良多。张琪源坐在薛家崾岘大队支书薛方家的土炕上，气定神闲，侃侃而谈。他已经不再陌生，不再心虚，而是有一种回归故里的感觉。因为除了自己已经是这里的老熟人外，还由于自己的义妹谭秀珍已经嫁到这里多年，生子扎根，成了老薛家家族中的一员。这一次老鸦山水电站能够二次上马，便是得益于她的最初提议。

更有自己队上的工人牛树宽娶了薛方的女儿薛玉玲这层关系，差不多算是亲上加亲。而且，薛玉玲还在七贤峡水电站工地工作了一段时间，也正是因为通过这次接触，才最终成就了这桩婚姻大事！

和薛方说了一会儿别后闲话，张琪源问起薛玉玲现在的情况。薛方道："还算可以。回门的时候和小牛一块儿回来了一趟，待了三四天。我和小牛也聊过几回，感觉到他脑瓜子好像……比不上从前。"说到这里，薛方顿了一顿，张琪源敏感地等待着他的下文。

薛方也看出了张琪源的心虚，觉得再这样吞吞吐吐就有点尴尬了。说来说去，这是自己的家事。所谓家丑不可外扬，自己女儿当初结这门亲时，也是周瑜打黄盖——一个愿打，一个愿挨，而且玉玲还亲自在七贤峡工地待了近半年；从事情的发展过程看，与人家单位领导和张琪源毫无关系；就是作为从中撮合的媒人，自古以来也没有让哪个媒婆子承担责任的说法，所以也用不着含沙射影。

于是，薛方突然变得爽快地接着说道："不过，我感觉牛树宽的脑瓜子还行，影响不大。"

听到这里，张琪源的心里已经了然。要说牛树宽，也就是有那么一份公家单位旱涝保收的工作，要说其他方面，和多年在村上当支书的薛方及其家族相比，那还真是有很大的差距。如果不是自己的女婿，薛方肯定看不上这种人；或者，如果把牛树宽放在薛家嶂岘村上，他对人家薛家，那只能是仰人鼻息、看人脸色。要不然，薛方六年前怎么不愿意把女儿嫁给牛树宽？与其说是害怕饿肚子，倒不如说压根儿就不是很看得起。

想到这里，张琪源心里多少产生了那么一点负罪感。毕竟当初是自己为了平息牛树宽上吊自杀事态，在众人的撺掇下，才想出来这样一个应急办法，对其更深远的后果、公平，考虑得还真是不够周全。没想到，这事竟然鬼使神差地就成了，真是千里姻缘一线牵，上天注定的婚姻，该成那就得成。

而令张琪源心里能够得以解脱的是：队上给薛玉玲和牛树宽提供了足够的时间和空间，让他们本人认认真真地自由恋爱了一回。这在那个相对封闭、男女授受不亲的时代，是很少有人能够享受到的一种奢侈待遇。

想到这里，张琪源打算补救补救这件事情。当然，他还有另外两种考虑，一方面薛方是这里的村支书，今后的许多事情都需要长期配合，得给他一定的感情投入；另一方面，自己曾经答应过义妹谭秀珍，尽可能多地留薛玉玲在单位上班，以缩短她和牛树宽之间的身份差距。于是就道："玉玲这个姑娘很勤快，单位上人对她的评价很不错。如果她家里能离得开，不如到我们单位来给我们做饭帮灶，我们这边正缺炊事员呢。"

薛方欣喜地说道："家里应该是能走得开，只是前几天捎话过来说怀孕了，估计坐月子到年底了。"张琪源"哦"了一声道："那你再给捎个话过去，把我的意思带到。如果愿意干，还要快呢，我们最近人员增加很快，炊事员也得尽快充实。"

薛方诚恳地说道："那不论怎样，都得先谢谢张队长了。炊事员可是个好工作，自从三年困难时期以来，人们再不把灶房叫高温车间了，而是叫吃饱车间。"张琪源道："那是，想不到薛支书对单位的这类事情还挺了解的？"薛方道："那能不了解？吃饭的事那可是天大的事！更不用说我们村也办过大食堂呢。"

没有想到的是，过了没三四天，薛玉玲就跑来上班了，并且高兴地对张琪源说："我婆婆开始怎么都不想让我来，让我好好给她在家养孙子呢。我给她说'过了这村就没这个店了'，硬是软磨硬泡地让她同意了。谢谢你了，张队长，以后你想吃什么尽管说，我的厨艺在我们村上也算是有点名气的呢。"说完，不无自豪地对张琪源抿嘴一笑。

没曾想，就这一笑，把张琪源笑得心惊肉跳，真是倒吸了一口凉气。因为这个女人在极度自然放松的状态下，实在是太漂亮了。当初盛传她是薛家嵯岘的第一美女时，张琪源还不以为然，总认为是薛家在这一带地位显赫，人们的恭维所致，里面不免有夸大的成分，只能说明她不是一般的村姑而已。

而且，原来张琪源见她时，玉玲只是单纯的美丽，白皙红润的脸庞，显得明朗而健康，柳叶风吹的身材，不论穿什么衣服都好看，再加上泼辣好动的做派，给人的感觉是清爽而干练。而结婚不到半年的工夫，则使她变得成熟而有质感、热烈而亲昵，有一种对男人挥之不去的吸引力！

想到这里，张琪源的第一个意识是：这个女人此时单个留到工地，恐怕要惹麻烦，便道："我这人口粗，吃啥都香，你只要让大家吃得可口就行了。一个好厨师，要抵得上半个教导员呢。"

玉玲又是抿嘴一笑，她那肉肉的嘴唇向上一弯，两只凤目放出了炽热夺人的光芒，立刻让张琪源的眼睛就有点眩晕。

就这一霎那，张琪源的脑海里立刻想起另外一个人来：陈晓峰！这个和自己共事多年的弟兄，就因为一些他妻子童俊英和张琪源的流言蜚语，弄得反目成仇，不共戴天。这个教训何其深刻！所谓朋友妻不可欺，同事亦胜友，薛玉玲就是再怎么倾国倾城，我也得拒之千里。于是，张琪源控制了一下自己的思绪，道："行了，你忙去吧，以后你就归司务长左长富管。"

玉玲笑嘻嘻地说道："好的。那你说我是和大伙一块儿住工地，还是住在我娘家？"张琪源果断地说："就住你娘家，咱这里床板也紧张，好多同志还打着地铺呢，你回去住还能给队上节省一个人的铺位。"

玉玲道："那行，要是看咱这里的地方宽敞了，我就搬来住了。工地任务一紧张起来，白天黑夜连轴转，我还不得做夜班饭？到时候晚间上下班回家，我一个人来回在路上还害怕，那时间谁来接送我呀！"说完，调皮地看了一眼张琪源，风一样地离开了。

薛玉玲走后，张琪源没做半点思考，就立刻给陆华夏写信，让迅速安排牛树宽到老鸦山工地来，协助勘探和协调工作——他对这里情况比较熟，也有一定的社会关系……

9

张琪源走老鸦山了，却把矛盾留给了后方沅城。矛盾起源于临出发前的一次老鸦山专题会议。张琪源对六年前老鸦山的隧洞冒顶事故心有余悸，在支部书记陆华夏的首肯下，提出了一系列钻爆施工的方案，选用国内最先进的空压机，配备手风钻、风镐进行土石方施工。

身为生产科科长的祁玉民不以为然："据我掌握，老鸦山地区黄土覆盖层很厚，似乎没有必要采用复杂的钻爆施工。"张琪源有一点点尴尬，但是仍然默不作声，他忌讳的是自己和祁玉民曾经搭过班子，而且祁玉民是二队队长，张琪源只是个副队长。

副局长柳松年不认可这个观点。自从七贤峡张琪源救了自己的驾以后，他对这个小伙子深信不疑，倒是对之前祁玉民的放任自流而导致基坑冲毁，很是不满,便道:"玉民啊,施工机械化是社会发展的必然,还是应该让琪源他们大胆地尝试去。"

祁玉民补充道:"我还听说,那类设备噪声特大,爱坏。"柳松年道:"坏了就修嘛,还能因噎废食?"把祁玉民呛得半天说不出话来。

这本来是讨论问题时正常的观点碰撞,算不上什么太大的驳面子事情。但是,对祁玉民和柳松年来说就不一样了,这让祁玉民想起当年,自己因为七贤峡那场洪水,竟然被撤职!思前想后,都是作为总指挥的柳松年把责任推到了自己身上,让自己一个人背黑锅。

在这一次会上,倒是对张琪源总怀十二分不满的团委书记杜成武,并没有说什么太过出格的话,只是泛泛地强调了一下共青团工作。

钻爆施工最终被会议确定了下来。本也无事,倒是杜成武开祁玉民的玩笑:"你看你这人不识相,人家那么多人都表示赞同,偏偏你要提一点不同看法,反倒让你的顶头上司给你弄了个大红脸。"

这一说,祁玉民浑身上下都是气:"狗屁,我的顶头上司!"

这一天,祁玉民怀着忐忑的心情,来到王汉成的办公室,说:"王书记,我向你反映柳局长的一些问题,他在七贤峡把水毁基坑的责任都推给我一个人承担,我认为这是严重的推卸责任,借机打击异己。"

王汉成吃惊地说道:"玉民啊,哪有的事呀?他可从来都没有向组织表示过七贤峡水毁事故责任在你呀?而且他还主动写出书面检查,请求组织处理。"

祁玉民不服气,吭哧了半天又说:"那都是假惺惺掩人耳目,谁看不出来!不仅如此,他还在群众中散布影响江河局和曲河县工区合作施工的言论,造成两个工区各自为政,谁不尿谁。"

王汉成对这样的措辞有一些反感,但他还是就事论事道:"不会吧,后来两个工区不是配合得很好吗?还按期截流、发电,这是有目共睹的呀!"

万般无奈,祁玉民只得拿出他最后的杀手锏,道:"而且,他还指责你在沄城高高在上,不深入实际呢。"尽管话到最后,声音越来越小,可王汉成还是听得清清楚楚,反倒大大咧咧地说道:"嗨,这算什么指责?同志之间开展批评很正常,是应该大力提倡的呀!"祁玉民半天无言应对。

而这一情况,对远在老鸦山的张琪源来说,一无所知,甚至连在沄城江河大院的人也知之甚少。只是因为祁玉民心里不服,向别人倾诉透露出些许想法,才多多少少传播了一丁点信息。最不可理喻的是,祁玉民认为:这是王汉成有意包庇偏袒柳松年。

无澜河的风顺着河道呼呼而来，薛家嵝岘的绿植随着季节的变化，春嫩秋黄，夏茂冬疏。四季老人匆匆走过，留下了一串串细碎的脚印。像文字，却让你读它不懂；像图画，反让你久久深思。

张琪源无暇顾及沄城的一切，他关注的是六年前的老鸦山地质勘探资料，现在还有多少使用价值？

好在六年来，老鸦山的地形地貌变化并不大，大部分资料可以直接应用，省去了许多工作量。对覆盖面不足的问题，张琪源又安排进行了短暂地补充勘测。尽管当年技术设计工作是由苏联专家组负责的，但是也经常和张琪源他们一块儿探讨交流，具体数字不一定很清楚，可建筑物的结构形式、大体规模还是知道个八九不离十。

远在沄城的祁玉民这口气出不来，又去找副局长尤尚文："尤局长。"尤尚文道："我是副局长，不要叫我局长，这样不好。"

祁玉民道："这不都一样嘛。"尤尚文道："不一样，不一样。"

祁玉民道："说起来，你我都是七贤峡工程的受害者。前者，你的副局长因为群体性打架被撤了；紧随其后，我的队长也被撤了。"尤尚文不以为然道："都过去了，过去了，现在这不都官复原职了吗？挺好。"

祁玉民道："但是，我觉得太便宜柳副局长了；同样出了大事，凭什么你都处分了，柳副局长却平安无事呢？"尤尚文道："组织上自然有组织上的考虑，不可相比。"

祁玉民固执地说道："不，我认为这是王书记偏心。"尤尚文警觉道："嗯？什么意思？"

祁玉民道："你和柳副局长都是七贤峡的总指挥，为什么单单把你撤职了？除了王书记，谁还有那么大的能量？"尤尚文道："不会的，据我了解，当时王书记还保我了，只是秦巴地区死了那么多人，民愤极大，实在是捂不住了。"

祁玉民道："哪呀，你不相信问杜成武去，还是他给我说的。"尤尚文心里有些不快，他倒不是真认为是王汉成与自己过不去，而是觉得祁玉民、杜成武这些人竟然在下边传播自己的这些负面信息，有损自己的副局长形象。

没多久，老鸦山传来了党委书记兼局长王汉成和副局长柳松年被组织调查的消息。原因据说是祁玉民、牛树宽等人告发：王汉成在沄城高高在上，不深入实际，官僚主义思想严重；在主持江河局全面工作期间，拉山头、搞宗派，排斥异己……

这让远在老鸦山的张琪源吃惊不小。一惊王汉成竟然有那么多人告他，二惊怎么牛树宽也参与了此事？这让张琪源隐隐约约感到都与七贤峡有关！

说到七贤峡，张琪源心里有着无限的酸甜苦辣。那里倾注了他无数个日日夜夜，见证了他一次次潮涨潮落。挫败感与成就感同在。

但是，沄城风云并没有影响到张琪源对老鸦山工程建设的强力推进。他把自己当年保存下来的一捆捆发黄的资料，移交给大家，让和这一段时间的实地踏勘资料相对比，分析其合理性；对原来设计不完备的部分，重新进行了完善和补充；对一些大家认为不合理的子项，根据他们这些年总结出的新经验，重新构思。

水电厅调查王汉成，是祁玉民没有想到的事情，他的本意不是王汉成，而是柳松年。但是他列举王汉成的那些事情，已经收不回来了。以致他觉得自己为报复柳松年而扯出王汉成，是个天大的错误。从他自己这十多年的两次提拔和大起大落来看，最值得感恩的人，绝对应该是王汉成。

可无论怎说，说出去的话和泼出去的水一样，是收不回来的。但是祁玉民报复柳松年的初衷没有变，并信誓旦旦地说："不相信去问陈晓峰。"

陈晓峰是在柳松年任上因妻子的传言，被迫离开二队的。他总觉得柳松年竟然没有挽留自己，才让自己落荒而走，所以也是一腔怒火。以致把柳松年的事情说得更实在：在七贤峡几次伤亡事件后，身为党员干部的柳松年竟然说"七贤峡就是七邪峡，邪气太重，不适宜修水库"；而且对工地的一些迷信活动如《天皇皇》童谣、附近老百姓"扫晴天"等置之不理；甚至还默许指挥部工作人员左长富到附近的山神庙去烧香拜佛，祈求工地平安。

说到了柳松年、左长富，必然涉及张琪源。因为左长富的职位还在张琪源之下，二人不具有直接的领导和被领导关系。

可远在老鸦山的张琪源管不了那么许多，他仍然夜以继日在工地奔波，不断召集大家开会，反复讨论设计方案，不断优化施工技术，最终想到：把大坝向下游再移二公里，以增加坝高，提高水头，扩大装机。

这个想法太大胆了！以至于张琪源一个星期没有睡好觉。根据新址的地质和料源情况，改为堆石坝；筑坝方法采用定向爆破为主，人工补充完善断面，黏土防渗。为了稳妥起见，这次采取明涵导流；大坝建成后，导流明涵改为排沙涵洞……

至于沄城风云，在张琪源的脑海里，早被老鸦山繁忙的工作挤压得渐行渐远渐无书。

沄城的事情并没有完。王汉成分别将祁玉民和陈晓峰二人叫到办公室，做了自我批评，并且含含糊糊地提醒他们："我们只是个事业单位，一年四季钻山沟、搞工程，和其他单位不一样，要加强团结，有话说在当面。把你们七贤峡的是非，说来说去，对你们也不好，是不是？还是要一心一意把精力放在咱们自己的本职工作上来！"

除此以外，王汉成还对祁玉民说："你看，自从把你从队上调上来以后，就给你安排了个生产计划科副科长的职务，不到一年就升任科长，等于官复原职；七贤峡那么大的一场度汛责任事故，可以说对你几乎没有任何影响，而且还因祸得福，由基层回到了机关工作。"

看见祁玉民不吭声，王汉成说："你看你，现在大部分时间是坐办公室，通盘计划管理全局的施工生产工作，这多好？这是局领导班子，包括柳松年同志在内对你的高度信任，怎么还想一出是一出？再说了，柳副局长现在从工地回来了，主管的就是咱们全局的施工生产这一块工作，你们两个如果把关系搞不好还怎么配合工作？"这一席话绵绵不绝，寄予厚望，说得祁玉民频频点头。

按说，陈晓峰的级别，还不够王汉成谈话的资格。但是，为了慎重起见，王汉成还是找陈晓峰谈了话，并且特别指出："当初你要从二队调出来的时候，按说七贤峡工作非常紧张，根本离不开；但是，考虑到你个人的积极性发挥问题，人事部门来请示我，我一口就答应了，柳副局长也痛痛快快就放了，这不好吗？"

王汉成并没有指明是他们两个告的状。但是，这两个人分明也就默认了，一个个脑门上直冒虚汗。

想到这里，陈晓峰解释道："我其实对柳副局长也没有太多的意见，只是觉得他太袒护张琪源了，让人看着心里犯硌硬；张琪源吧，唉，不好说，总觉得他这个人不是很地道。"王汉成道："这我就猜对了，我估计这才是你的真正用意！不论怎说，七贤峡能够按期发电，还不是你们这一帮子年轻人给咱们撑到底的？最终咱们江河局不是光光堂堂地完成了任务！"

这几句话说得陈晓峰心里暖洋洋的。尤其是"你们这一帮年轻人"里面也包含了自己，说明领导没有忘记我陈晓峰过去所做的一切。但是心里还是有那么一块心病，隐隐地搁在那里，老觉得说痒不痒，说疼不疼。

有时候陈晓峰甚至自己也纳闷：是单单因为张琪源和童俊英的流言蜚语吗？似乎不完全是；很有可能还有在自己走后，张琪源很快就把结拜兄弟狄胜利推荐提拔起来的事情，甚至还有童俊英错失了招工机会这一系列的不快。

这些详情张琪源没亲眼见到、听到，但也能猜个七八成。

张琪源没日没夜地在老鸦山工地穿行，有时一天要连跑两个来回，加起来足足有几十公里，好小伙子都撑不住。他发现原来的临时道路只能利用一小部分，作为细颗粒土料开采道路，大部分需要重新开辟。又安排新建一座临时便桥，解决导流前左右岸的交通问题。同时考虑，电站装机初估在原来的基础上增加一万千瓦，待设计后期再作修正……

有时张琪源也给远在沄城的祁玉民等打电话，催要空压机、手风钻的到货问题，外购材料的报批问题。但并不涉及各种小道消息，他的心思全在加快工程进度上。

可是在沄城，王汉成虽几经努力，终究还是被撤了职。而最致命的原因并不是祁玉民、陈晓峰、牛树宽等所列举的事实，而是在水电厅调查时，杜成武揭发王汉成收听敌台的事情：某月某日，当自己到王汉成办公室时，亲耳听到王汉成的半导体收音机里传出一个女播音员的声音，娇滴滴地说："莫斯科广播电台，现在开始广播。日前，蒋中正先生亲自视察了海峡军事布防，并对军级以上将领做了重要训示，光复'大陆'之信心溢于言表。"

随之，王汉成被带走了，柳松年也难以幸免。

张琪源心想：对了，这就是杜成武。张琪源所了解的杜成武就应该是这样的。

想到杜成武，张琪源立刻就想到了自己。以杜成武的为人，难道真的能忘记了张琪源？张琪源想：绝不会的，杜成武找自己是迟早的事情！他只能默默地等待着即将到来的厄运，否则事情就不会有个了结。

张琪源一边耳听沄城八方风声，一边眼观老鸦山六路进展，督促各项设计施工工作如期展开。省水电设计院还派来了不少设计人员，有的也曾经配合过苏联专家的工作，带来了一些设计规范和参考资料，解决了不少张琪源资料奇缺的难题，而且大多还是苏联专家散失的资料——总算没有绝根，真是相当珍贵。

4

老鸦山工地千头万绪，张琪源等埋头苦干。沄城江河大院看似日趋平静，其实情况还在不断变化。截至下半年，先后跻身江河局领导岗位的有：副局长尤尚文，团委书记杜成武，生产计划科科长祁玉民，第一工程队技术干部陈晓峰、副队长何建英，第二工程队工人谢青。

听着这些鲜活的名字，张琪源无不熟悉，使他渐渐陷入了沉思，思考着他们的过往得失、为人优劣，似乎个个都曾是凡夫俗子，却一下子都脱胎换骨，成为人上人！

张琪源也是凡夫俗子，让他感到如愿以偿的仅仅是谭秀珍被抽到了指挥部设计组。六年前，她曾经和张琪源一块儿参加了老鸦山水库的设计，对这里的情况非常熟悉；两年前，又被张琪源请到七贤峡负责机电设备安装，有比较丰富的实际经验。这一次，就由她独当一面，全盘负责起整个机电设备部分的设计工作。

张琪源让狄胜利负责土建部分的设计，配备的人员除了设计院的几个年轻人外，主要是江河局自己的技术人员。这时候的狄胜利，已经不再是六年前的那个饿得病恹恹的知青了，而是一个浑厚敦实的中年汉子，挺拔而伟岸。

只有这样一种配置，张琪源才认为没有瑕疵，甚至还可以相得益彰。自然，在设计中有了摩擦，主要还是要由张琪源随时组织协商，出现问题及时调整优化。

繁忙之中，张琪源又想起了牛树宽。显然，在各色风云人物中，似乎只苦了牛树宽，最终没有在江河局的政治舞台上大展宏图。

按照边勘测、边设计、边施工的"三边"方针，张琪源安排的施工生产准备工作全面展开，三通一平齐头并进。在新的施工范围内，需要架设新的供电线路，张琪源安排了些劳力，让邱玉山负责，马上开工，并按照新的总体布置，跨沟翻山，分别向各个生产、生活用电地点延伸。半坡上、沟底处、草木间，工人们盘山而进，有时仅一档线的间距绕来绕去要走小半天。

不久，传来了施君威下发的委任状，任命：尤尚文为江河局革命委员会主任，杜成武为第一副主任……

张琪源明白了，革命委员会已成为一种全新的行政机构称谓，局长这个职位已经被沉入海底。当然，当时的张琪源并不知道，从这个时间开始，从上到下，基本都设有第一行政副职这样一个二把手交椅。

新的临时便桥布置在坝坡脚以外，张琪源安排马三全负责。准备材料，开设红炉，打造铁件，开挖基础，砌筑桥台，逐步开始架设。无澜河两岸，整天叮叮当当之声，回响在深山峡谷；炉火缭绕，风箱呼呼，化钢铁为纤绳，跨激流于无澜。

原来坍塌的隧洞，实际上已经变成了一片坟地，将要淹没在库底。张琪源让将墓碑顺坡移到校核洪水位以上，还让左长富组织了个简单的迁移仪式。新导流涵洞的位置很快就确定了下来，由奚大宝负责施工。红旗猎猎，飞沙走石，工人们日夜开挖、破石、拌灰、砌石，工具叮当声和劳动号子声此起彼伏，浑然一体。

就在这时候，牛树宽来到了工地。牛树宽本来是个无足轻重的角色，但是因为张琪源要回避薛玉玲，才出此良策；再加上最近一段时间，牛树宽在沄城江河局竟然与王汉成的案件查办有关，这就让张琪源对牛树宽的期盼变得有些急不可耐。

但是，对牛树宽的这种期盼，仅仅是张琪源忙中偷闲的杂念而已，他的主要注意力仍然在工程上，可以说是 24 小时紧盯不放。

考虑到本次电站施工周期较长，原来的土窑洞大部分已经破损得不能再用，而且距离太远。张琪源安排左长富负责，重新平整了四块坡地，搭建一千五百间草棚；再加上原来场地上有一些可利用的残垣断壁，修整一下也能搭建一些工棚。一共加起来，驻扎枢纽的一两千人，再加上库房、加工车间、后勤服务等用房，应该不成问题。

从牛树宽的嘴里，张琪源没有得到半点有关自己职务变化的消息——张琪源主要操心的是，杜成武他们会不会把自己免掉。因为张琪源心里明明知道：杜成武、陈晓峰迟早会想起自己的。

按照和两个地区行政公署研究的意见，水库建设采取江河局和地方民工营分工建设的办法进行。基本的分工是：渠道和渠系建筑物，各县修各县的，墙南县叫渠道一队，于南县叫渠道二队；大坝填筑由墙南县和于南县共同承建，墙南县叫大坝一队，于南县叫大坝二队；供电线路由供电局组织架设，直接归指挥部管理。

同时确定：定向爆破由江河局完成，成立钻爆队；电站部分全部由江河局完成，成立土建队、安装队、变电站施工队。

张琪源一边思考着整个工程的整体布局，一边试图套牛树宽的话。可牛树宽好像变聪明了，竟然一点口风都不肯透漏。

偏巧这时间，薛玉玲进来了。薛玉玲看见自己和丈夫牛树宽碰巧在张琪源的办公室相遇，心里多少有那么一点不自在，但也立刻掩饰了过去，道："是张队长特意照顾树宽回来的吗？"

张琪源"哦"了一声，道："也不完全是照顾，工地也正好需要，刚好你也在这里，可以相互有个照应……"说到这里，张琪源感到自己作为个领导，考虑得这么细致，似乎有失宏观，就又补充道："咱这单位，别的做不到，这方面条件还是可以创造的。"

薛玉玲似乎并不真正领情，而是轻轻地笑了一下，淡淡地说道："那我就谢谢您了。"说完，就叫上牛树宽走了。这不冷不热的态度，又让张琪源多了一份忧愁。

大量的施工人员陆续到位。人上千万，漫山遍野，生产需要很快走上正轨。协调工作量是越来越大，张琪源借助薛家嶙峋的支持，尽快拿出了片区划分方案；成立了总调度室，让孙光喜担任生产调度，协助张琪源主抓坝基清表和前期建筑物施工，以腾出张琪源自己的身子来，抓全面工作。

后来，薛玉玲还是从牛树宽的嘴里得知：在江河大院里，确实有不少有关张琪源的不利信息。这一情况很快就让薛玉玲传达给了张琪源。张琪源心里踏实了，流言止于智者，就让无澜河的风把它吹走吧。

张琪源不再担心自己被杜成武、陈晓峰拿掉，那样可以更好地发挥自己的技术专长。可偏偏薛方担心江河局指挥部走马换将，他对张琪源充满了期待。以致老鸦山大队成了电站建设的安保力量，在维护大局稳定上，一直比张琪源想得更周全，时刻不敢放松。

薛方说："工程下马六年，让薛家嶙峋人翘首期盼了六年。"所以，张琪源能理解，他们比任何人都更期盼局势稳定。

无意间，张琪源听见薛家的小弟兄们吹嘘：他们是薛刚反唐的后代。甚至还炫耀：他们和武则天还是亲戚。张琪源问薛玉玲："真的？"薛玉玲道："别听他们瞎掰呼，八竿子都打不着的事情。"

张琪源道："可有的人说得有鼻子有眼。"薛玉玲道："哪儿呀！都是猜测，老薛家有几支家谱修不到一起，传说可能是为避刀兵之苦有意中断的，谁知道我们是哪一支？"

凡此种种，都使张琪源对薛玉玲的感觉无形中多了一分亲近——他认为，老鸦山的这一切，并不全是薛方在把方向，薛玉玲也起到了一定的协调作用。仅此而已。

每每看见大腹便便的薛玉玲，张琪源便想到了妻子冯招弟，却想象不出她身怀六甲时的体态。想想自己最小的儿子都已经上二年级了，自己却几乎没有为他们的降生做过什么实质性的工作，仅仅是拥有了一个父亲的名号而已。张琪源经常心里感到歉疚。

听薛玉玲说老鸦山大队拆了山上的土地庙，改造了教堂和传教士，让修女、和尚等还俗，解决村子里单身男女的婚姻问题。借此机会，张琪源让给大龄单身职工白得让找了个尼姑作媳妇，次年便生一女，取名白月娟；二十多年后，此女内招到江河局，成为另一个故事的主角。

老鸦山大队对旧军阀官兵的祖坟予以平整，直看得张琪源背冒凉气。薛方希望和江河局老鸦山项目联合起来，对小偷小摸、流氓坏蛋进行公审镇压。张琪源说：这我得和陆华夏书记商量一下。后来张琪源意识到，薛方所指的小流氓，八成是指魏奎社，这让他对牛树宽的存在，越发不敢等闲视之。

当张琪源看到老鸦山村民忙活一阵子后，又都赶快回了家，该干农活的干农活，该修渠的去修渠，张琪源的心就放下了。他明白：农民不干活就等于没有饭吃，年底还得交公粮，和城里吃商品粮的市民不一样；城里人哪怕一个月没上班，单位有工资，拿着粮本照样可以在粮站打粮。

毫无疑问，这和薛方一直以来迫切关注的焦点问题是一致的——老鸦山电站建设不容怠慢。凡事什么都可以影响，唯独水库建设不可以！一旦来个二次下马，再能不能上马则永远是个未知数；即便就是能三次上马，很有可能是十年八年以后的事情了，或许此生都难以见到。

有了这一观念在薛方这个当家人脑子里贯穿始终，薛家崾岘无形中就成了江河局老鸦山水库建设的坚强后盾。在许多情况下，薛方力推张琪源出面解决各种矛盾，这就使工程建设始终能回到原来预定的轨道上来。

由此张琪源也深深体会到：终究是民以食为天，老百姓在农业问题上比任何一个政治家都理智。

5

这是无澜河河水最大的时节，马三全负责的一号悬索桥筹备偏偏在这个时候具备了架设条件。两岸桥台砌筑已经达到强度，地锚也已埋好，钢丝绳及卡扣等均已采买到位。薛方道："水位下降起码要到重阳节以后了。"张琪源道："不能再等了，等到水位下降就太耽搁事了。"狄胜利道："夏天有夏天的好处，咱们下水拉纤起码水就不太凉了。"

这是一次大的行动，张琪源把各个工作面的负责人都召集到一块儿，共商过河之事。根据张琪源的安排，奚大宝从导流洞工地带来了几个游泳好手，邱玉山从架线工地带来几个干活有窍道的头脑灵活之人，左长富则从行政事务和打窑洞的工人中带来几个能工巧匠；马三全是悬索桥施工的负责人，他的人员则全部投入进来，有的已经在对岸等候接应。孙光喜是总调度，和副队长狄胜利对这次大型行动责无旁贷，必须全身心地投入进来。

张琪源问："谁先坐船过河？要把麻绳的前头牵引到无澜河的右岸？"邱玉山道："我先过，我每天在山里架电线，在牵引方面比较有经验。"张琪源笑一笑道："船上最危险，必要的时候还得下水。"邱玉山道："我知道，所以船上的人游泳水平都得是一流的，万一落水也不至于抓瞎。"张琪源道："好，人你挑，八个人划桨，一个人掌舵，三个人放绳和辅助。"狄胜利道："我的水性好，我跟着去。"

张琪源点点头道："这边得有人把麻绳的后头缀住，往河岸上游，像拉纤一样，控制木船不要随波逐流。"马三全道："这一拨人由我和奚大宝管，我们大家只能穿个裤衩了，该下水时就得下水。"奚大宝道："我明白，尽量控制木船在水流的冲击下，前进方向不变。"

薛方道："我看把过河位置选在桥墩下游一点，这一段河床比较平坦，没有漩涡。"张琪源道："我也看好这一段，两边还都有一点沙滩可以供人工上岸，避开悬崖峭壁。"

狄胜利和邱玉山坐上木船，把麻绳在船上装了一半。九个人中有两个是真正的艄公，指挥江河局的其他帮手向上游划。狄胜利道："偏了，咱们的目标不在上游，而在对面下游的沙滩上。"邱玉山道："就得这样，过了河流中间，稍微划一划，木船就自动漂到沙滩边上了。"

　　木船前行不远，感觉到阻力越来越大，邱玉山和狄胜利便开始往河里放麻绳。可是放着放着，麻绳只是随水流向下游搃，并不见阻力减小。邱玉山道："麻绳见水后重量猛增，导致木船前进得十分吃力。"狄胜利道："这样不行，这不是船拉绳，而是绳拖船。"邱玉山道："再鼓把劲，争取过了河流中间，然后就省劲了。"然而，此时正是丰水季节，水大流急，拖着越来越沉重的粗麻绳，想通过激流，谈何容易。

　　狄胜利向岸上的马三全大喊："你们赶快往上游缀。"马三全、奚大宝等十来个人，果真沿河岸往上游搃，一个个穿着短裤，光着赤脚，在太阳的光照下，尽显阳刚之美，完全是一副沿河拉纤的情形。可是，这种拉纤和常规的逆流上行拉纤不同，是要将船垂直水流送到对岸去，如此拉纤只能是事半功倍。眼看着强劲的水流把麻绳的入水端冲得和水流平行了，怎么还能把木船送到河流的中间？

　　狄胜利远远一看，马三全等十几个差不多赤条条的工人已经走到了左岸上游沙滩的尽头，那里长了许多芦苇，奚大宝和几个工人为了最大程度把麻绳往河流中间摆，水已经淹到了胸部，再往水里走就很危险了，狄胜利便不敢再强求。张琪源也看出问题的严重性，大喊道："奚大宝，不能再向水里走了，太危险了。"马三全这才指挥奚大宝向回退了几米，确保水淹不过人的胸部。

　　张琪源问身边的薛方："你说水里的麻绳现在冲到哪里了？"薛方道："好像差不多全部都到下游了。"张琪源道："你怎么知道？"薛方道："你看船上的麻绳已经不多了，咱们这边的麻绳也没有多少了，说明大部分已经放入了水中。"张琪源忧虑道："啊呀，这个时间点选得真是不好，水太深了，要是水不深，人都可以下水。"薛方道："现在这水深，人根本下不去，就是游泳也只能顾自个儿，没办法拖麻绳。"

　　这时间，只见狄胜利在船上大声喊道："大家听我的号子，使劲划，一、二，划；一、二，划；一、二，划……"大家的步调确实是一致了，一个个累得气喘吁吁，汗水直流，可是效果甚微。

　　眼看着木船在水里直打转，张琪源问薛方："我看叫回来吧？"薛方果断地道："回来，回来，回来另想办法。"张琪源道："孙光喜，你赶快给狄胜利、马三全喊话，都叫回来。"

　　所谓上山容易下山难，在水里也是一样；船在激流中划不往前去，不等于就能随便划回来。艄公把船向下游旋转，试图掉转船头，结果和放入水中的麻绳却发生了冲突,稍微一顺过来,船便顺水流直往下游冲,几近失控。其他划桨的工人按照艄公的意图,也赶忙划着掉头,可是船在河流中要避开麻绳掉头非常困难,一个个搞得手忙脚乱,就在这三折腾两折腾期间,船便顺水流又下行了好几十米。

眼看着原来麻绳在船尾,现在经过船这么一掉头,麻绳在水中这么一绕,就到了船的前头,恰好对船形成了阻力。狄胜利和邱玉山有心要收绳,又怕把船缠住,只得放一下,再收一下,使得船在激流中持续打转,顺势就向下游漂。张琪源大喊:"狄胜利,把麻绳放到船头。"狄胜利、邱玉山一看也只有这样了,托起麻绳,把一个一个船工往过越,等一侧的四个人全部越过来了,船又向下游漂了几十米。

站在岸上的张琪源眼见船不能及时回撤,只是在水流中左冲右突,就知道遇到了麻烦,便给马三全这一队工人说:"尽快往回来拉,尽快收绳。"马三全道:"我害怕把船拉个底朝天。"薛方道:"臭嘴。"张琪源道:"大家随我来,慢慢的,一边往回来拉,一边收绳。"薛方、孙光喜也跟着张琪源下到水边,把游到下游的麻绳往回来拉。

还好,这样抽绳倒利索得多。张琪源道:"赶快拉,赶快拉。"结果,孙光喜一个没注意,后肘子一使劲,刚好把一门心思使劲的薛方掀到了水里,扑里扑腾就成了落汤鸡。孙光喜赶忙放脱麻绳,从水里拽起薛方,就往岸上拖。薛方道:"别管我,没事,没事,你赶忙往出拉船。"

6

人在顺水顺舟时容易忘乎所以。牛树宽在河西街镇自我感觉一直良好,只是比谢青逊色许多。待跟随谢青进入沄城后,谢青很快成了领导,而牛树宽则两手空空,只得重新回到河西街镇。

就在这时,党支部书记陆华夏通知牛树宽到老鸦山工地去上班。牛树宽突觉眼前一亮:老鸦山工地也许就是一块尚未开垦的处女地,值得一去。所以,哪怕是陆华夏的一种建议也罢,就很乐意地过来了。

事实上,陆华夏把张琪源叫牛树宽去的信还压了一段时间。他觉得牛树宽比较憨厚,还是一个帮手;可后来觉得,牛树宽看不来向,属于有勇无谋的那种,留下也帮不了大忙,也就同意让牛树宽跟张琪源到薛家嵝岘自己丈

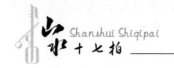

人家门口上班去。

可是，等牛树宽到了老鸦山以后，总感觉到无法发挥自己的潜能。这里的生产体系已经形成固定的格局，他几乎事事都插不上手。再加上薛方知道牛树宽成不了什么大事，一次次警告他："你不能有非分之想，无论是老鸦山指挥部，还是薛家嵝岘大队，都没有你的群众基础。"

牛树宽心里十二万分的不愿意，有心跟老丈人论个高低，又深知强龙不压地头蛇，而且自己马上是要当爸爸的人了；他找这个老婆不容易，差不多是拿命换来的，折腾不起，只好作罢。

牛树宽走时，陆华夏又给张琪源捎信：一定要抓好施工一线的政治思想工作，经常组织大家学习"两报一刊"社论，确保水库建设的政治方向不出现偏离；牛树宽同志苦大仇深、斗争性强，应在政治理论上多鼓励、多帮助。

老鸦山工地举行了几次大型的辩论会、赛诗会，评选出了不少优秀诗歌、文章和辩手。其中牛树宽的《坚决把挖社会主义墙脚的蛀虫扫进人类历史的狗屎堆》，虽然文理有一点欠佳、欠雅，但非常符合形势，中心思想属于积极向上类型的。再说张琪源知道牛树宽不甘寂寞，出于安抚和鼓励，就给了个二等奖，也算是对陆华夏嘱托的一种回应。

可牛树宽似乎并不满足——想干大事的人，岂是这点小恩小惠所能打动的？可又无处发泄。

这天下午，牛树宽来找张琪源，说他想当炊事员。张琪源有点不相信自己的耳朵，一方面现在的生活条件相对好了，工种选择中的炊事员热，已经逐步退烧；另一方面牛树宽是一线生产工人，一线工人一月 38 斤粮，而后勤人员一月才 30 斤，他应该够吃了。

于是，张琪源就又问了一遍。当确信自己没有听错时，张琪源把语气尽量往低放了一下，道："据我所知，咱们的灶房已经满员了，你又不是炊事员工种，去干什么？"牛树宽道："人多力量大，再大的困难也不怕。多个人就多一份力量。"

张琪源不便反驳这句话，就顺着牛树宽的话往下说："就算是下一步真要增加人，你去也不合适呀？"牛树宽道："'工人阶级领导一切。'去到哪里都合适？"

张琪源仍然耐心地说道："薛玉玲不是在灶房吗？咱们单位是有回避制度的，近亲属不能在同一个部门或上下级管理人财物。"张琪源有意识在玉玲名前把姓氏加上，以免引起牛树宽的不痛快。牛树宽恨恨地道："'可上九天揽月，敢下五洋捉鳖。'那就叫玉玲到工地干活去！"

看在薛方、薛玉玲的面子上，张琪源尽量平静地问："树宽，你给我说实话，你到底是为什么？"牛树宽迟疑了片刻，脱口道："'阶级敌人人还在、心不死。'魏奎社是个大哈屄！"

看见牛树宽一遍遍背经典语录，张琪源强忍着不让自己笑出声来。但也不让自己生气，便冷冷追问道："怎么个哈屄法？"牛树宽好像黢出来似的，毫不犹豫地说道："你看魏奎社那双色眯眯的老鼠眼，一看就知道不是个好东西！"

张琪源明白了。尽管有点生气，但是还是不动声色地说道："就凭一个人的眼神？你就无凭无据骂人家不是好东西？"牛树宽怒气冲冲地说道："'透过现象看本质。'要等老婆成了人家的，那不是一切都迟了！"说到最后，牛树宽几乎是吼了起来。

张琪源一看这事不简单。再加上牛树宽这人也有点浑，多少有些自不量力，为照顾薛方的面子，张琪源用平和的语气地说道："这事你和薛玉玲商量过没有？"牛树宽坚决地说道："大海航行靠舵手，干革命靠毛泽东思想。商量什么？这事还用商量？"

张琪源平静了一下自己的心情，严肃地说道："行了，这事我知道了，你去吧。我和左长富商量一下再说。不过以后反映问题要讲究人证物证！"

牛树宽站了片刻，甚觉无趣，又道："'人民，只有人民，才是创造世界历史的动力'。"然后悻悻地走了。

牛树宽走后，张琪源从牛树宽刚才冰冷的目光中，读到了一丝刺刀见红的寒意，使他立刻意识到：此事不宜久拖，必须尽快解决。

所谓解铃还须系铃人，这个系铃人就是薛玉玲。而在张琪源的心目中，薛玉玲毕竟不同一般人，事关江河局在薛家嶆岘脚跟是否站稳的大事；尤其这类事情，说风就是雨，要把一个人搞臭就是半天工夫。张琪源不打算让更多的人知道其中的底细，只能自己亲自处理。

张琪源打发人把薛玉玲叫来，像是闲聊，问了问最近灶房的情况。但也是浅尝辄止，因为按照管理层次，有关后勤工作方面的事情，他安排左长富解决就可以了；但是涉及薛玉玲的隐私问题，虽然现在提倡大公无私，对组织毫无保留，但到底是老薛家的家丑，绝不可外扬。

所以，紧接着张琪源问了问薛玉玲的身体情况，但是也是点到为止，因

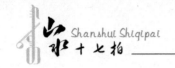
为玉玲怀孕时间已经不短了，挺着个大肚子，作为一个男性领导，确实不方便涉及这方面太深的问题。

张琪源像是漫无目的地拉家常、绕圈子，倒引起了薛玉玲的局促不安，原来对张琪源的那份亲昵感也都丢到脑后去了。张琪源一看，觉得可以切入正题了，便道："按照我们那里的风俗习惯，闺女一般讲究不在娘家生孩子，不知道你们这里讲究不讲究？"

薛玉玲丈二和尚——摸不着头脑，不知道张队长问这是什么用意。可张琪源并没有等她的答案，而是继续说："当然，这与封建迷信无关。我的意思是，你把自己的时间计划一下，提前给单位打个招呼，免得到时间搞得队上措手不及，临时找不到顶替你的炊事员。"

薛玉玲尽管是个经见过世面的人，也由于父亲薛方、嫂子谭秀珍、丈夫牛树宽等种种渊源关系，和张琪源并不陌生。但是，对回答这样一个女性话题，还是多少有些不好意思。

可是没有办法，领导要考虑自己请假以后谁来顶替工作的事，就不能不说了，就道："我不想回他们家牛家圪垯，但也不打算在我娘家坐月子；所以看能不能在咱们工地找一孔窑洞，就算是在男方单位上坐月子，凑合到满月，再搬到我妈家。"

对不愿意回婆家的媳妇，张琪源多少有一点不太待见，或许多多少少有所流露，薛玉玲似乎也觉察到了什么，便赶紧补充道："最近天气也冷了。我打算把这个月干满，下一个月就休假。张队长，你看行不？"

张琪源心里思忖着：这个月只剩十来天了，按说牛树宽不应该再闹腾了；但是，也说不准！要是别人也无所谓，关键他是薛方的乘龙快婿，需要万无一失，必须快刀斩乱麻。

张琪源毫不迟疑道："玉玲，窑洞的事没问题，下来我和左司务长商量一下，让他想想办法；至于把这个月干满的事，我看就不一定了，天寒地冻的，你来来回回上班下班，让人觉得江河局不体谅女同志似的；等我们一找好炊事员，你就休息，考勤不存在问题，只要过了 15 日，就算满勤。你看怎样？"

薛玉玲是何等聪明？这是在撵自己走！但是话说得好像跟关心人一样。她的脑子飞快地转了几圈，也没想出个原因来。没办法，找不到病根儿就没法治，只能点头。

与此同时，薛玉玲问道："那你什么时间能找好炊事员？"张琪源道：

"就这几天吧，不过你也不用着急，平时注意休息，不要干重体力活。"

炊事员很快就找好了，不过是随便找个人在灶房打下手而已，没有什么难度。当然，这个人不是牛树宽，张琪源害怕他和魏奎社再生事端。

7

老鸦山一号悬索桥架设第一次渡河失败，险些酿成大祸，张琪源和大家一块儿总结经验。邱玉山道："麻绳经水一泡，跟死人一样沉，把船都能压得翻过来。"薛方说："嘘，这个字不能说。"马三全道："封建迷信，怎么就不能说'翻'？"张琪源没有等马三全把"翻"字说出口，便抢先道："让你不说，你就别说。"马三全便不再吭声。

孙光喜道："今天要是给薛书记灌上几口水，我看马三全你给薛玉玲怎么交代呀？"马三全道："还不是你？到时间把你送到薛书记家给割地去。"孙光喜道："我当时一急就光顾拉绳了，没想到薛书记在我后头呢。"薛方道："没事，我从小在这河边长大，这种事没少经过。"张琪源道："不过这种情况还是要想办法杜绝，太危险了。"

马三全道："我那头下水的人也很危险，我只害怕脚被水草缠住了。"狄胜利道："现在河边的水草也太多了，当年我想刨点芦苇根吃都找不见。"薛方道："那是当年，从现在看，在这里建水库修电站蓄水量绝对没问题。"张琪源道："我们每个人腰里都得拴保险绳，防止失足落入水中。"狄胜利道："主要还是得把绳的这头拴在木桩上，以防万一。"孙光喜道："那就直接拴在地锚上。"

说到麻绳落水后下沉和水的冲力太大的问题，邱玉山道："如果延绳绑上木椽吧，装船分量太重。"薛方道："那就把麻绳绑在架子车充气内胎上，既能让麻绳浮在水面上，本身还没有分量。"张琪源道："哎，这个办法好，每隔三五米绑一个。"狄胜利道："干脆麻绳就不装船了，直接让绳漂在河湾里，像钓鱼的浮子一样。"马三全道："这好办，咱们库房里架子车内胎多得是，找上那么三四十条，全部绑上把气一充。"奚大宝哈哈道："那就干脆叫浮子过河法。"薛方道："这个名字起得好，贴切，不如直接就把充气内胎绑麻绳叫作浮子。"

狄胜利道："我觉得还得增加一只船，作为二船，在浮子的中部上游护送，减轻头船的负担。"张琪源问："周围还能找到船不？"薛方道："薛家川那边好像有一只，我下来打问一下。"张琪源道："那就把这事拜托给薛书记了！"薛方道："没问题，我明天一大早就骑上车子去打问。"张琪源问左长富："薛书记的衣服烤干了没有？烤干了就回去休息，今天为我们受苦了。"薛方搓了搓腿脚上的泥巴道："没关系，衣服湿一点也不要紧，这么热的天气，一会儿就干了。"

这一次，张琪源做得准备工作比较充分，把架子车内胎绑在麻绳上后，再进行充气。每个工人用气筒打气 200 下，一个个累得直不起腰。浮子没有装船，直接都漂在水面上，整个左岸的出发点的河湾里，漂了一大片，看着奇奇怪怪，煞是有趣，引得薛家崾岘周边无数村民来观看。

还是邱玉山、狄胜利坐头船牵引，马三全、奚大宝改坐在第二艘小船上来回招呼，孙光喜、左长富仍然在左岸出发点配合。张琪源、薛方则站在岸边观看。这一次，他们两个心中基本有底了，光看漂了一河湾的麻绳，就知道下沉的力量消除了，只剩下水流的冲击力了，通过对浮子的牵引克服水流的冲击力就可以了，应该不难对付。

可是，事情并不像预想得那么简单，充气内胎托着麻绳浮在水面上后，水流对浮子的冲刷力还是非常大，导致头船牵引十分吃力。马三全的二船持着挠钩相机牵引，可是顾了前段就顾不了后段，在前后转换的过程中，又使头船牵引出去的行程又后退回来了一些；反反复复，行进困难。

张琪源暗自思忖，按照水力学原理，流速最大的部位不在水面，应该在摩阻力最小的中部水流层。想到这里，张琪源知道了上一次麻绳下沉后，为什么麻绳的拖缀力那么强大，说明麻绳所处的部位一定在高速水流层，以致后拽力特大；而如果这个原理要是真的成立，那么水流速度的次快部位就应该在水面，所以情况也并不乐观。

张琪源的大脑在飞速地运转着，不论怎么说，理论归理论，实践归实践；得解决立刻眼前所面临的问题，便大喊道：马三全，二船放弃浮子别管了，赶忙抢到前头，直接牵引头船往前走。可是，这时间恰巧风大流急，马三全怎么都听不太清；经过孙光喜跑到上风头反复呐喊，马三全才算是听明白了。然后，二船赶忙舍弃浮子的后半截，迅速向前赶。可是，二船要超越远在激流当中的头船，谈何容易；又没办法穿越浮子从头船的下游抄近路过去，几个人只得拼命地划桨，从上游往过绕。

三分钟、五分钟、十分钟、二十分钟，终于到了头船跟前。马三全让邱玉山赶快从水里抓住自己用挠钩递过去的麻绳，可是两只船在激流中挣扎，颠来簸去，越着急越抓不住，麻绳几次掉在水里忽悠忽悠，只往水下沉，邱玉山探身下去都抓不住。奚大宝不服气，接过麻绳挽成疙瘩，扔了几次都没有扔过来，还让两只船在激流中撞击了几下，差一点把马三全的小船给撞翻。吓得马三全的船主惊慌失措，你干吗呀？我不干了，你的钱我不挣了。这时间，马三全才想到：该不会是自己不懂得忌口、怄气偏要说"翻"字造成的吧？难道真的要遭到冥冥之中的惩罚吗？

8

这天下午，江河局组织的专案组，进驻老鸦山工地。牛树宽一看就兴奋起来了：第一辆坐的是杜成武，第二辆是陈晓峰。

众人下车后，表情严肃走进张琪源住的茅草棚。向张琪源求证两件事：1956 年、1960 年，张琪源分别两次向苏联"间谍"霍莱托夫、图科列夫、瓦尔迪西洛娃，提供我国社会主义革命和建设的情报。

张琪源说："他们是水电局领导领来的苏联专家，我不知道他们是间谍。"

杜成武问："你都跟他们说了什么？"张琪源道："1956 年那次，他们是来验收沄惠渠的，我介绍了咱们中国人发明的启闭机逆止栓和消力墩。"

杜成武道："你为什么要介绍这些？"张琪源道："为了通过验收，说明咱们的水利工程安全可靠。"

杜成武道："就这？"张琪源道："就这。"

杜成武道："你是不是有意要泄露我国社会主义革命和建设情报？"张琪源道："这怎么可能呢？我是想展示我国劳动人民的聪明智慧。"

杜成武冷冷地说道："不对吧？有人反映你用心不良。"张琪源道："这事当时陈晓峰也在场，你可以问他。"张琪源指了指站在旁边的陈晓峰。

陈晓峰冷笑了一声，道："我知道你安的什么心？"张琪源道："当时水电局、江河局领导都在跟前，没有一个站出来说我说得不对呀。"

杜成武道："你是说王汉成？他偷听敌台你知道不？"张琪源摇摇头，表示不知道。

陈晓峰问："1960 年，你和所谓的苏联专家一起设计老鸦山水电站，向苏联间谍提供了多少情报？"张琪源道："我手头没有情报，都是些地质勘探资料。"

陈晓峰道："这还不是情报？是什么？"张琪源道："这是上级组织安排我这么配合的呀，跟我没有关系。"

陈晓峰道："什么上级组织？你说的又是那个王汉成吧？他都被抓起来了，难道你们是一伙的。"张琪源没敢说是队长于富贵、支部书记陆华夏安排的，他怕再惹起别的麻烦。

牛树宽一看张琪源不吭气了，当场发问："你为原来老鸦山工地的死人迁移坟墓，竖立墓碑，焚烧纸钱，是不是搞封建迷信？"张琪源道："唉，那就是寄托哀思，了了活人的心愿。"

牛树宽道："你这是不信马列，信鬼神。"张琪源想了想，道："他们都是和咱们过去一块儿工作的同志嘛，牺牲了以后，咱总不能把坟墓让水库蓄水后淹没了。"

牛树宽毕竟和调查组的成员不一样，一听也没有什么好说的，就又不吭气了。片刻，他忽然脑洞大开，亲自当向导，找到魏奎社，声称魏奎社是流氓炊事班班长，并对其施与拳脚。

晚上，有人把此事告诉了薛方，说："你的女婿对魏奎社可厉害了，那英勇的程度超过咱们薛家人了。"薛方惊问薛玉玲，薛玉玲说，只知道局里专案组来找张队长调查，不知道牛树宽也参加了。

薛方打发人将牛树宽从指挥部叫回来。这时候，已经午夜。今天的牛树宽，显得特别精神，豪言道："总算把魏奎社这口恶气出了，他张琪源包庇，我连他也没给好颜色。"

看见大家瞪大眼睛看他，牛树宽以为大家很欣赏自己，就补充道："以后，张琪源的老鸦山总指挥位置就归我了，这是杜成武、陈晓峰两位领导亲自宣布的，谁愿意跟我干可以踊跃报名！"说着看了看薛玉玲的几个弟兄道："要不然，你们大家跟我一块儿干吧！"

说着，牛树宽把大手一挥，道："今天晚上，调查组已经把魏奎社和张琪源控制起来了，明天就带回沄城！下一步就不好说了……"

这时候，懵懵懂懂的薛玉玲才知道，那天张琪源为什么让她早一点休假。原来是自己的丈夫在张琪源跟前嚼了干爹魏奎社的舌根，于是就忍不住在一边哭了起来。

等牛树宽的话音一落，薛方这才告诉牛树宽："六年前，魏奎社是你们单位的炊事员，没事的时间，经常到咱家里来坐一坐，一来二去就喜欢上了玉玲这孩子，说他们老魏家阳气过重，三代没有女孩，就认了玉玲做他的干女儿，还给了玉玲三尺花布，算是给娃了一件上衣。只是后来遇上三年困难时期，老鸦山下马了，魏奎社也被精简了回去，就再没什么来往了。"

牛树宽听了后，埋下头半天不语。过了好一会儿才回过神来准备再次演讲，却瞥见自己的两个妻弟薛鸿禄、薛鸿禧正虎视眈眈地瞅着自己。他一琢磨似乎形势不妙，"好汉不吃眼前亏"，赶忙收住了自己的话头，坐在那里又不吭声了。

这时，薛方突然想起一件事情，问牛树宽："你上次说的'流氓坏蛋'是不是指魏奎社?"牛树宽道："除了他，还能是谁!"

薛方猛地将手拍在自己的脑门儿上："看看，我当时少问了一句话，还说要和江河局联合打击流氓犯罪分子呢，差一点错伤无辜。"薛玉玲上来就要和牛树宽争吵，立刻被薛方阻止了。

薛方想了想，知道事情闹到这个份儿上，只靠责备牛树宽是解决不了问题的。只得立即召集几个子侄，深夜来到了江河局的驻地院子，让江河局的调查组放人。

薛方道："各位领导，我是老鸦山大队的支部书记，也是咱们党的人。请问魏奎社犯了什么错误?"杜成武有点不想回答，可一看这架势，似乎无法逃避，不得不答道："流氓成性，让家属给揭发出来了，我们调查组不能不管。"

薛方道："杜组长所说的被轻薄的女子是我的女儿薛玉玲，也是魏奎社的干女儿，平时对她多有关照。我女婿牛树宽不知内情，以为他们有不轨行为，其实是误会。"

杜成武一听心里这个窝火，当下觉得理亏，原来的威风劲头一下子萎缩了不少，道："哦，原来是这样，那就把他放了吧。"

等陈晓峰他们出去把魏奎社放了出来，薛方看魏奎社精神状态很差，上前安慰了几句，就让人赶忙送往薛家川卫生院救治，然后才道："杜组长，按说张琪源如犯有错误，我们也应该积极支持调查组办案。可据我了解，现在还没有落实，这样抓人妥不妥?"

杜成武道："事情我们已经调查清楚了，他当时确实和苏联专家有过接触，张琪源自己也承认了，至于具体情节，我们还要带回去进一步了解。"

薛方道："当时苏联专家到中国支援社会主义革命和建设，没有一万，也有八千人，要接触过我们多少人呀？凡是接触过的人你都要带回去进一步了解吗？"

杜成武一时语塞。陈晓峰一看形势不对，就立刻接话道："我当时也在跟前，张琪源确实给苏联间谍说了好多话。"薛方道："那你当时为什么不阻止？你是不是有意让张琪源出卖情报？"

陈晓峰一看把自己也牵扯进来了，就赶忙道："张琪源那次说的好像没有什么不可以对外公开的秘密，但是和苏联专家一块儿搞设计就说不来了。"薛方道："说不来也要抓人？"

杜成武道："可他还搞封建迷信，给死人迁墓。"薛方道："这事我知道，那不是一般的死人，是为社会主义革命和建设牺牲的烈士，当时开追悼会时，我记得你作为团委书记也来了，是不是？"

杜成武道："我是来了，为他们的感人事迹我还倡议全局的团员青年学习呢。其中就有咱们眼前的这位陈晓峰同志。"薛方道："对呀，我还清楚地记得，这位陈晓峰同志在危难时刻，大喊一声：共产党员跟我上！是不是？"

这时间，陈晓峰的眼里已经闪出了泪光。那些都是他的部下呀，是他带领着开挖隧洞，导致塌方冒顶，三年困难时期九条饥饿的生命，不到几分钟，颓然消失。自己虽经过多次涉险抢救，终无回天之力。虽然时隔多年，他每次想起都肝肠寸断呀！

说到这里，薛方道："我觉得两位和老鸦山是有感情的、有贡献的。至于你二人，和张琪源无论是否有过患难友谊，是否有过恩恩怨怨，我们都要放在一边。我们要讲党性原则，讲证据事实，不可以私废公。所以我觉得，在问题没有彻底落实前，先让他继续指挥老鸦山水电站的建设。老鸦山离不开他。我相信，你几位也不希望老鸦山水电站二次下马？"

薛方的话掷地有声，不容辩驳。杜成武、陈晓峰经过短暂的碰头后，答应放了张琪源。

最后，调查组连夜开着车，回了沄城。临走，沄城来人看见不知所措的牛树宽，说今天的事肯定是他告的密。几个人二话没说，架起牛树宽，扔上大卡车，绝尘而去。

这是江河局老鸦山指挥部的一个不眠之夜。大家既要安慰张琪源，又要安排服侍送治魏奎社，还要处理其他后续事宜。太阳老高了，还在兴致勃勃地交流着各路信息。

接近晌午，人们才发现，灶房里冰锅冷灶，大家连早饭都没得吃。这才想起，魏奎社住院了，薛玉玲叫家里人捎来假条，说要开始休产假，其他炊事员物伤其类、情绪低落，只得让左长富给做工作，并且重新找人帮灶。

张琪源和薛方商议：召集包括墙南县、于南县民工营在内的指挥部领导扩大会议，尽快恢复老鸦山水库施工生产秩序，不让此次杜成武、陈晓峰之行对工程建设的影响继续扩大。

又过了几天，工地逐渐恢复了常态。大家在议论纷纷中，又开始了自己旷日持久的工作，补充完善损毁的图纸资料。只是，天气逐渐上冻，圬工活几乎干不成了。张琪源开始考虑冬休的事情，和陆华夏通了两次信后，终于确定了放假、收假的时间。

张琪源经常感到两肋疼痛难忍。悄悄叫来保健员，检查的结果是可能肋骨骨折，起码是有了裂纹；张琪源不愿意到医院去，只能开点药，封锁消息，悄悄将养，继续坚持在工地。

9

老鸦山一号悬索桥"浮子"过河同样受阻，万般无奈，张琪源不得不改变办法，让二船超越头船，助力牵引头船。可是，两船在激流中几次连接都不成功，不光差一点把二船撞翻，还几乎把邱玉山闪落水中，吓得狄胜利赶忙对邱玉山道："来，你趴下，我把你的两脚拽住，你大胆地往下探身子。"可是船帮太高，麻绳又似乎专往水底钻，邱玉山探了几次还是没有抓住。河岸上的观众，不时发出惊呼声，搅得张琪源、薛方两个领头人心神不宁。

猛然间，狄胜利看见邱玉山两眼紧闭，不知道是不是身体出了问题。赶忙叫："邱玉山，邱玉山，怎么了？你怎么了？"只见邱玉山睁开眼睛，猛地用手一探，终于抓住了奚大宝扔过来的麻绳，这才慢慢地递给了狄胜利，然后扭过身来，静静地靠在船帮上，闭上眼睛，有气无力道："啊呀，让我喘喘气。"狄胜利一看邱玉山的脸色煞白，知道状态不好，便道："好好好，你歇歇，靠着别动，其他的事我来做。"

狄胜利按照艄公的指点，把二船的牵引麻绳拴在头船的上游侧船舷上，又让上游侧的两个水手到下游侧去，加强没有牵引麻绳一侧的划桨力量。这时间，就在两只船传绳、绑绳的折腾过程中，两只船都已向下游几乎是随波逐流式地滑行了好大一截子。狄胜利一看方向偏离得太多了，赶忙向两只船的所有船工大声喊："大家都听我号子，向上游划，一二，加油；一二，加油；一二，加油……"船上的大伙儿附和着狄胜利的号子，步调一致地快速划动手中的桨，全速前进；航线逐步调整了过来。岸上围观的群众情绪也跟着缓和了一些，跟着狄胜利一起喊起了号子，倒像个啦啦队，一起为船上的人加油，鼓舞得船上的船工一刻都不得松劲，奋力前行。

也不知道过了多长时间，后边的浮子渐渐成了一个大圆弧，不再是顺流直下的形态了，二船渐渐接近了浅滩。马三全只嫌船只太慢，迫不及待地跳下水去，扑通扑通在水中用手把二船往沙滩边拽；奚大宝也跟着跳进水里，和回身过来的马三全一块儿用麻绳把头船往边上拉。终于，五米，两米，一米，马三全一下抢了过去，一把抓住头船的船帮，往过来拽，却十分沉重。奚大宝也过来帮忙，河水都淹过了腰部，脚陷入泥沙老深，使出全身的力气，可是效果并不明显。艄公道：这个船大，人掀不动。只见艄公拿桨在沙滩上狠狠扎住，然后使足了力气一推，再加上马三全和奚大宝的推助，头船终于靠到了沙滩边，稳稳地停住了。

这时间，邱玉山也好转了，站起身来，把浮子的前头往下来解，和大家一块儿跳下了船，就着泥沙草丛，拽拉浮子。狄胜利过来问："你没事吧？"邱玉山道："没事，好了，刚才看水看得时间太久了，头晕得差一点栽到水里；闭上眼睛缓一会儿，强多了。"狄胜利道："那就好，你在边上歇一歇。"邱玉山道："没事，已经好了。"

两个艄公把船拴在水边，大家伙一块儿拉着浮子，在岸上寻找落脚的地方，穿越灌木丛和石砬子，又翻过一条小冲沟，最终把浮子拴在了浅滩上游索桥位置的地锚上，确保了万无一失。其间，夹杂着车内胎此起彼伏被扎破的扑哧声，大家无心顾及，只顾把浮子往预定的位置拖拽。浮子固定好后，狄胜利才道：马三全，你和奚大宝驾着两只船到桥台下面去，随着我们往过来拽麻绳，你们把剩余的充气内胎往下解，注意尽量不要再叫扎破损坏了。马三全道："没问题，先放气，气一放就好解了。"

看见两只船成功到达右岸，孙光喜指挥左岸人把一根很粗的钢丝绳，用卡子卡在麻绳的尾部，然后打手势让右岸的人往过来拽。狄胜利看马三全每解掉一个充气内带，便领着大伙儿把麻绳往过来拉一截子。麻绳后边拖的是钢丝绳，整个来过来要三四吨重呢，在水流的作用下，拉起来也非常吃力，狄胜利又开始喊他那惯用的劳动号子："一二，拉；一二，拉……"

　　终于，钢丝绳的一头上了岸，大家七手八脚把它和地锚连在一起。这是悬索桥钢丝绳的桥面上游侧边索，依托这根钢丝绳的定位，张琪源他们又顺利拉过来了桥面下游侧的边索和两根悬索。邱玉山、奚大宝、左长富等工作面的人，这才各自回归本部，做自己职责范围内的事情去了。然后由马三全带人连接吊杆，铺设桥面系，最终投入使用。

　　等悬索桥完工的那一天，时节已进入初冬。虽然万山萧索，可老鸦山水电站工地鞭炮齐鸣，红旗招展，人头攒动，江河局和薛家崾岘的人们心情极好。张琪源表示：这座悬索桥是一号桥，这样的桥我们还要再建一座，作为水电站建设时期的临时交通桥，最终都将留给老鸦山当地的老百姓使用。薛方道："对，水电站建成后，肯定会有解放军把守，平头百姓和闲杂人等，是不可以随便经过大坝的。"

　　这时，站在一旁的薛鸿运大声笑问："二叔，那我们放羊能不能走这桥？"薛方笑眯眯地说道："你问你媳妇谭秀珍去，我不知道。"逗得大家哈哈直笑。

第二拍

无澜河之澜

1

春节回到工地，张琪源习惯性地去找魏奎社，想弄点吃的填饱肚子，再唠唠家常。可走到门口才想起，老魏已经致残送回了老家，这才又折回到门房再找秦八。他还是叫他老秦，想叫八哥又张不开嘴——这是自从上一次听闻秦八对张琪源极度不满后开始的，但也没敢像别人一样放肆地叫他秦八或者秦老八。

秦八告诉张琪源："张队长，你还没吃饭？哦，饭开过了，你找左长富，让他到灶房给你找点吃的。"张琪源赶忙把刚才的失误补上，道："好的，那我就去了。"转身离开。

秦八原来是个赶马车的，现在鞭梢子工种的失业，实际上使他成了一块万能补丁。哪里的工作岗位缺人，就感到秦八差不多能胜任，于是就顺理成章地让秦八去了。久而久之，秦八就成了一个既可有可无，又怎用怎合适的人，看门房也就成了他再也离不开的固定岗位。

"秦八一定会兴风作浪的——这就不是个平处窝的兔。这个世界上谁都不能小看，越是不起眼的人，似乎危险性越大。"张琪源的脑海里闪过这样一个念头，就很快对秦八的使用，有了个新的想法——得尽快把秦八的工作岗位调一调，把他那不甘寂寞的积极性，往正面发挥一下，免得他蠢蠢欲动、你死我活。

　　牛树宽就是个例子。别看这人平时不起眼，有人甚至认为他脑子有问题，或者是半吊子。但是，必有他的聪明之处，甚至还有自以为是的一面。别人把他不当人，他们自己不会把自己不当一回事的——这就是这些人会出其不意跳出来的根本原因。

　　第二天一大早，张琪源就叫上孙光喜，忽悠忽悠地走过自己亲手建造的一号悬索桥，来到右岸下游的一个小山坳里。孙光喜已经在这里专门建了一个修理车间，便于日常维修。张琪源道："江河局把有史以来的第一批气腿式手风钻首先放到了咱们这里，是对咱们最大的信任。"孙光喜道："我明白，我一定要把这些设备得管好用。"当然，孙光喜也听说了，以钻爆法施工设备配备为缘由，祁玉民和柳松年之间发生了诸多不愉快，最终导致柳松年的副局长轰然卸任，所以，他非常明白这批设备的来之不易和重要意义，也明白作为着力推动者张琪源心中的隐痛与尴尬。

　　张琪源道："空压机站也建在这里，便于生产线成龙配套，别的工作面用得很少。"孙光喜高兴但不失担心地点点头，道："让我指挥这些机械，真是有一点赶着鸭子上架的意思。"张琪源道："咱们都是外行，确定买这些洋玩意儿的时候，我就知道这是自己给自己上枷锁呢。"孙光喜道："现在你又把这个枷锁套到了我的头上。"张琪源道："怎么？不愿意？不过还真不打算让你一个人独享。"孙光喜道："咦，别别别，我做梦都盼着这些宝贝疙瘩早一点回来呢。"

　　两个人走在一台新锃锃的空压机跟前，张琪源问："说明书都看懂了？"孙光喜道："不认识的字田喜珍都给我讲了，懂是似乎都懂了，就是得实际操作验证。"张琪源道："熟能生巧，我也看完了，咱们就试一试。"孙光喜道："现在就试？先从哪里下手？"张琪源道："这是拉绳，先发动柴油机，解压知道在哪里不？"孙光喜道："知道，在这儿。"张琪源道："那好。"

　　孙光喜忐忑地把拉绳缠到启动轮上，泵了泵油，左手按住解压把，右手把拉绳向后一拉，只听见忽突突突——呼哧呼哧，响了两下，又停了下来；再拉了一次，还是一样。张琪源问："你放解压了没有？"孙光喜道："放了。"张琪源道："那就是拉绳速度太慢了，劲太小了，你猛拉。"孙光喜道："猛拉？"张琪源道："就是要猛拉，你看人家写的是'迅速拉出'。"孙光喜点点头。

　　这一回孙光喜真就使劲了，还是原来的三个步骤，只是到了第二步时，猛地甩开膀子一拉，只听见机器嗒——嗒嗒、嗒——嗒嗒……瞬时发出震耳欲聋的吼声。吓得孙光喜差一点坐到地上，把张琪源也吓了一跳，心想：坏了，把一台新新的机器给整坏了。孙光喜看看张琪源，心想：张队长，这可是你让我整的，坏了也有你的一份责任呢。

两个人惊魂未定，正不知所措时，却慢慢发现机器的吼叫声没有最开始那么刺耳了，变成了哒哒哒声，运行也显得平稳了。张琪源想到自己在狼牙岭水库曾经和别人学习发动过推土机，好像和这差不多，想来柴油机不过都是这个道理吧？便道："好了，这下咱们看下一步。"孙光喜迅速答道："下一步就该送风了。"张琪源道："对，你给咱送。"孙光喜道："还是你给咱送吧？"张琪源道："怎么？害怕了？"孙光喜战战兢兢地说道："还真有些担心，现在心都跳得通通通。"张琪源心想"难怪大家都说你是个囊厐"，不过没好意思说出口。

张琪源看看孙光喜只是往后躲，知道是一朝遭蛇咬，十年怕井绳，就自己走到空压机跟前，试着慢慢摇手柄；很快就感觉到机器的声音变得沉重起来，由原来的哒哒哒声变成了咚咚咚。紧接着，机器侧面有一个管口，呲地一下喷出了一股空气，持续不断，立时打得地上飞沙走石，吓得孙光喜赶忙跳开，跑出去了有七八米。把张琪源也吓了一跳，他没有料到会产生这种后果；与此同时，飞沙走石打得张琪源满脸生疼，眼睛都睁不开。但是他没躲，也不能躲，只是轻轻地背过身来。他知道，自己要是一躲，吓得孙光喜就再也不敢上场子了。

看见机器再没有什么新的花招，张琪源心里有底了。他知道，这应该就是空压机所产生的所谓的"风"，或者叫作压缩空气，就是利用这个高压空气带动手风钻转动的。待惊慌失措的孙光喜走过来后，张琪源道："这下明白了吧？从出风口把风接到手风钻上，手风钻就可以转了。"孙光喜道："你用过？"张琪源道："没吃过猪肉，还没见过猪跑？"孙光喜道："你恐怕是见过羊跑吧？"张琪源眼一瞪，道："哎，我把你个囊厐。"

空压机运行着，张琪源和孙光喜不断对照机器，讨论说明书上的内容，调一调油门，转一转供风手柄，摸一摸气包，再看一看水温、气压、油标，慢慢领会其中的用途。直到全部弄通了，张琪源才说："停了吧，让机器省一点油。"孙光喜问："张队长你的脸怎么了？有血印印。"张琪源道："还不是你，躲得比兔子还快，让我被砂石扫了几下脸。"孙光喜扑哧一下笑了，道："领导光荣负伤，今天我给你赔一份红烧肉，怎样？"张琪源道："就知道吃，是看见羊跑嘴馋了吧？"孙光喜道："真心实意，表示谢罪。"

张琪源道："少来，干活。"

接风管的事情似乎不怎么复杂，有几个工人协助，无非铁丝拧紧、螺丝上好而已。倒是开手风钻，和开空压机差不多，突突突一响，吓得孙光喜差一点脱手，再加上气腿调节没有经验，呲一下起来了，呼一下又下去了。孙光喜道："手风钻简直就是个神经病，不知道什么时候要发作。"张琪源埋怨道："关键是你的手就像是挖了脓一样，不敢往紧攥嘛。"孙光喜道："我害怕它给我来一下子。"张琪源道："机器又不是狼，还会吃人不成？"孙光喜道："那可说不好，听人说有的机器放飞车了，把人的胳膊都能打断。"张琪源问："那你看世界上是狼吃了的人多，还是让机器把胳膊打断的人多？"孙光喜嗨嗨一笑道："都不多，我还真都没见过。"张琪源道："那不结了，吓得好像要你的命似的。"

不论怎么说，经过这么多次的惊吓后，孙光喜的胆子逐渐大了起来。尽管让手风钻把手上擦烂了好几块，下巴上、腿脚上也让气腿给碰得青一块紫一块，可终究还是摸索出了一些经验。张琪源的心也就慢慢地放了下来。

2

年味未尽，解放军某部二营营长严于田率部驻扎在老鸦山枢纽工地的前前后后。

张琪源和奚大宝在导流涵洞沿线反反复复地看了两遍，严于田紧随其后。对靠近药壶一侧的距离进行了再次计算和丈量，对基础开挖坡脚、坡度和开口宽度进行了最大程度的调整，确保最小临空面不受到破坏。

说到最后，张琪源问奚大宝："还有什么困难？"

奚大宝道："目前最大的困难是导流涵洞沿线基本都属于背阴坡，冻土层在四月底前都可能解不了冻，这样耽搁的工期就不止是一两个月；看能不能用爆破的办法先把冻土层盖子揭开？"

张琪源道："不行，一方面炸药不具备，另一方面这个地方离药壶太近，会把临空面的基础破坏，最终还是会影响药壶的密闭程度。"奚大宝道："这施工难度也太大了，有的地方一洋镐挖下去只是个白印印。"张琪源道："那就用手风钻打孔协助开凿？只要手风钻一突突，无论多厚的冻土，立刻就能钻个眼儿。"奚大宝道："那敢情好，然后撬杠一撬，大锤一砸，成块、成块就下来了。"张琪源道："那样人抬肩扛，比虚土还得劲。"

奚大宝道："另外，我打算提前采取白晚班循环作业，只是现在才是七九，尽管说'七九河冻开，八九燕子来'，但那都是夸张的说法，真正到了晚上，还是能把人的骨头冻酥，不少工人手背冻破化脓，有的虎口和脚后跟都出血了。"张琪源道："那就解决取暖和劳保的问题，夜间施工基坑把火生上，总之工期是再没有余地了……"

两个人锣锣鼓鼓、旗旗帐帐说了大半天，最后确定：从 3 月 1 日就开始实行白晚班轮番作业制，早晚还是七点上班；从临时便道上再抽调 140 个劳动力过来。

看见奚大宝意犹未尽，张琪源问："还有什么问题？需不需要给你配个帮手？"奚大宝道："当然需要了，只是哪有合适的人呀！"

张琪源道："我倒有一个，就看你能看上不？"奚大宝近乎有一点紧张道："谁？"张琪源道："秦八。"然后转向严于田道，"就是门房看大门的那个，年龄大、经验多，过去是赶马车的，调来带班没问题。"

奚大宝道："啊呀，这个人的脾气不好，工作方法上我估计很成问题。"

张琪源道："主席都说了，革命不是请客吃饭……不能那样温良恭俭让。要帮你带 140 个人的大班，太软、太嫩了肯定不行；若给你配个太和善的人，他只会天天找你来诉苦告状，不是说张三不服管，就是说李四有意刁难他。"

说完，张琪源抬眼看了一眼严于田，微微一笑道："严营长，你说呢？"

严于田道："这个人政治上可靠不？"张琪源稍一愣神，很快道："贫农出身，半文盲，前些年扫盲识了些字，记工考勤没问题。"

严于田道："哦，只要苦大仇深就没问题。"张琪源道："那是，那是。应该是属于被剥削阶级。"

此时，张琪源实际上是偷换了个概念，贫农不一定苦大仇深，更不等同于政治可靠，但是，给严于田听起来似乎合乎情理。

进而张琪源转问奚大宝："怎么样？对这个贫下中农你还是心存顾忌？"奚大宝犹豫道："我怕我管不了他，整天生冷蹭倔，好像谁欠他二斗米似的。"

张琪源点点头，道："对，我也估计，这才是你最大的顾虑。这个人管别人没问题，要被人管，可能不太好管。"

紧接着张琪源问严于田："对这样的同志，我们该怎么办？"严于田狠狠地道:"严肃地给他本人指出来,实在不行就实行无产阶级专政……"

张琪源哈哈笑道:"对,办法是有的。不过我觉得咱们还是先从思想工作入手,跟他好好谈谈。这个思想工作还是要大宝你来做,他如果服你管、认可你,咱们就起用他,他如果还是桀骜不驯,那就叫他继续看大门。"

奚大宝道:"我估计跟他三言两语就吵起来了。"张琪源道:"那就我先给他打打预防针,让他心里先有底。再好的战马都得调教。要不,严营长,咱俩一块儿去谈谈?"严于田道:"行,你谈,我在旁边看着,如果不服管教,我立刻带走,关他几天再说!"

有了严于田的助阵,张琪源也就无所顾忌了。在此之前,他说是去谈,也是大着胆子硬撑呢,但又不得不去尝试,目的还是想把这块顽石给利用起来,变对立为同盟,他不想在老鸦山再出第二个牛树宽,里应外合搞窝里横,尽管现在有了军管,但斗争的大形势没有变。

可当张琪源找秦八谈这事时,秦八高兴地说:"那没问题,张队长,你放心,咱老八尽管说没多少文化,是个大老粗,但是带人挖土壕、揭冰盖这类事,窍道多得是,保证给你干得好好的。也让大宝兄弟放心,大是大非上一定听他的。"

秦八的这一席话,让张琪源心里又能轻松一截子。原因不光是他痛痛快快答应了,还因为今天总算看到了秦八久违了的一点笑模样。

在张琪源的眼里,这个秦老八一直是一个不好打交道的人,过去赶马车吃香的时候,他仗着谁都要坐他的车,总有一种别人央求他的感觉,随便对谁都是爱理不理的那种样子。等到后来有了汽车,马车不中用了,他又觉得自己靠边站了,谁都对不住他,好像谁都欠他似的。

而从始至终,严于田没有说一句话,只是虎着个脸,看着正前方。

晚上七点,高音喇叭戛然而止。上夜班的工人都走了,张琪源主持召开干部会议。张琪源居中就座。左侧是严于田,他正襟危坐,目视前方,表情严肃。受此影响,张琪源也不由自主地挺直了腰板。狄胜利、左长富、奚大宝、马三全等分散落座,田喜珍拿着会议记录本,也悄悄地坐在一个不起眼的地方。

张琪源道:"今天是我们军管以来第一次干部会议,主要是想研究一下人事问题。根据工作需要,导流洞工区需要个副区长,经过广泛听取意见,并征得严营长的同意,拟提拔秦八为导流洞工区副区长……"

本来大家还有不同意见,可是有张琪源给狄胜利事先打了招呼,再加上

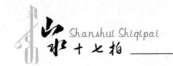

严于田的首肯，会议基本通过了。并且决定由狄胜利下来专门找秦八郑重其事地谈话，要以一个由工人阶级中成长起来的革命干部来要求自己……

过了一段时间，牛树宽回到工地，直后悔自己错失良机，没有提拔，而便宜了秦八这个王八犊子。但是他又不敢多言，因为他知道自己本来就惹不起秦八，更不用说现在秦八手底下有了一百多号人呢。

还是在年前杜成武来之前，牛树宽就曾暗暗去联络秦八，要齐心协力把张琪源赶下台。没想到秦八连正眼都没看牛树宽一眼，以致牛树宽对秦八那个恨呀，简直就无法再提了；更不用说还多少害怕他几分。

可见奚大宝等人惧怕秦八是有道理的，张琪源能够及时起用秦八，是在拯救秦八，更是在保护自己。

9

这天下午，张琪源和孙光喜把邱玉山也一块儿叫上，后边跟着几个背着鼓鼓囊囊东西的工人，来到了空压机站。大家七手八脚给手风钻把钻杆、钻头装上，就在拐弯后面坚硬的花岗岩峭壁上开钻；一时间岩粉弥漫，震耳欲聋。孙光喜道："啊呀，把人心脏都能从嘴里震出来。"邱玉山戴上面罩，帮助他扶钻。一台空压机只带一台钻，再加上是新钻头，钻起岩石就像麻花钻在木头上钻孔一样快，差不多半个小时就钻进去了将近一米。张琪源道："嗯，效率还蛮高的。"孙光喜道："下来该怎么办？"邱玉山没好气地说道："等着，把嘴张开，我给你喂吃的。"

邱玉山让把事先准备好的一袋子锯末倒到一口大锅里，然后在灶坑里生着火，不断地翻炒，等锯末变了颜色，便和硝酸铵化肥拌到一块儿，又加了一些黑乎乎的液体。不大一会儿工夫，邱玉山道："好了，炸药炒好了。"孙光喜道："啊呀，化肥变炸药？炒热的锯末拌进去会不会爆炸？"邱玉山二话没说，铲了一铁锨硝酸铵倒进尚有余火的灶坑里，只见灶坑里噗一下就着火了，可并不爆炸，孙光喜这才放下心来。

邱玉山拿着黄麻纸，用钢管卷了个圆筒，下部封好，把炸药灌进去捣实，道："这就叫炸药药码。"孙光喜道："像一棒袁大头。"邱玉山没有吭气，只是把导火索插进雷管里，再把雷管插进卷好的药码里面，道："操作雷管时千万要远离火源，这和硝酸铵不一样。"张琪源道："不懂不能乱用，既要小心，还不能胆怯。"这时间，孙光喜已经出汗了，主要是害怕，似乎比邱玉山这干活的还累。

邱玉山把装了雷管和导火索的药码小心翼翼地插进刚才用手风钻打好的岩孔，在孔口填塞了些泥土，道："口封得越严实越好。"张琪源道："一旦漏气，爆破效果就大打折扣了。"邱玉山道："孙光喜，让周围人都躲起来，我要点炮了。"张琪源道："点炮前一定要看好自己的避险位置，要能够迅速到达。"

看见邱玉山拿出火镰和纸煤儿，孙光喜吓得就要躲避，邱玉山道："没事，你跟我在一起呢，怕什么？"邱玉山把火镰和纸煤儿打着后，为了给孙光喜演示，防止孙光喜跑掉，便用左手把孙光喜拉住，右手拿纸煤儿用嘴一吹，噗一下就着了；手刚往导火索跟前一伸，吓得孙光喜拉上邱玉山就跑。邱玉山道："还没有点呢，你怕什么？"又把孙光喜给拽了回来，道："我得给你演示，要不然光让工人操作，你自己一窍不通，怎么要求别人？"张琪源道："孙光喜，我看你在水里扑腾时胆子还蛮大的，怎么就这么惧怕炸药呢？"孙光喜道："我是害怕邱玉山把炮点着自己跑了，把我撂下不管了。"邱玉山道："你当这是闹着玩呢？我就把你撂下不管了？"张琪源道："安全可不能当儿戏。"

邱玉山把炮点着，叫上孙光喜和张琪源，有意不紧不慢地来到自己早已看好的一个掩体后面，道："没事，早着呢，我把捻子留得长。"孙光喜问："捻子就是导火索的意思？"邱玉山道："插到雷管上叫捻子，没插的还应该叫导火索。"几个人说着话，孙光喜的紧张情绪明显有所减弱，就在这时，轰的一声，石屑石块哗啦啦四下飞起，瞬间又落下，送来一股浓浓的爆生气体味道，随之一股硝烟随风冉冉升起。稍息，邱玉山带张琪源和孙光喜等过来看效果。

邱玉山道："这是一棒药码在四周都是无限介质的情况下的爆破效果，一孔多码和多孔一起引爆，效果就不一样了。"张琪源道："各种情况下的爆破效果究竟如何，要经过反复试验才能确定。"邱玉山道："导火索的批次不同，燃烧的速度也有微弱差异，多孔爆破时，对起爆次序都有要求，就是拿捻子的长短来控制。"张琪源对孙光喜道："这些你慢慢掌握，凡事一理，熟能生巧，主要是不要紧张。"

邱玉山和张琪源给孙光喜说了许多，有技术要领，也有心理辅导，可孙光喜还是心有余悸，道："我听说人家把岩石烧红，用凉水一激就裂缝了，反复多次，也可以开山打洞子?"张琪源道："你知道那种古老的办法打洞子效率有多高吗?"孙光喜道："不知道。"张琪源道："咱们新中国成立以后，就打过这样一个洞子，16米长的洞子用了14年才打通。"孙光喜道："那用咱们现在这种钻爆法呢?"张琪源道："工序摆顺后，用不了一个星期就通了。"孙光喜惊奇道："这么快? 那这是多少倍的关系?"张琪源道："你不会算? 功效起码要提高七八百倍。"

邱玉山在旁边道："算了算了，张队长你不跟这囊厮说了，干脆你把我两个一调换，让孙光喜架线去，我给咱打洞子、开药壶。"孙光喜不满道："哼，就你是吃精奶长大的，不换，我就是肝脑涂地也要把定向爆破给咱们完成了。"张琪源、邱玉山都哧哧地笑了。

手风钻的奇效一发挥，江河局的凿岩史从此改写。张琪源对自己要在老鸦山水电站实施大型定向爆破的施工方案，更是充满了期盼，说道："孙光喜，定向爆破不让你负责，但是作为总调度，你不能是外行，要能从技术角度考虑问题。"孙光喜道："要知道是怎么回事就可以了?"张琪源道："是的。"

然后张琪源对邱玉山道："你不要着急，手风钻有你用的时候;定向爆破我打算让你给咱负责，要从爆破的整体设计开始谋划。"邱玉山道："那敢情好，我架的电线左右岸、上下游、临时和永久，都快结束了。等线一架结束，就开始着手定向爆破。"张琪源道："我现在都等不及了，不行你把架线的事交给别人负责吧? 这两天就和我看现场去，定原则。"孙光喜对邱玉山道："这下再不眼红了吧?"邱玉山高兴地笑了笑，道："炸药也该申请了吧? 靠化肥只能是搞个小试验。"张琪源道："那是，得让设计上先把总体方案拿出来再说。"

4

已是阳春三月，可深山里的春天往往迟到，只有薛家嶙峋的阳坡上，才能隐约看到一丝淡淡的绿意。老鸦山的老鸦也不在这个季节盘旋，而代之以偶尔一两声紧迫的布谷鸟叫，布谷——布谷——

春天，给水电人的节奏是加快进度，赶早不赶晚。

看见严于田不在跟前，薛玉玲悄悄来到张琪源办公室，说："我爸请你到我们家喝两杯去。"

张琪源微微有点意外，但并没有说什么，只是幽幽地盯着玉玲那姣好的面庞，一动不动，竟然再也没有了过去的那种难为情。玉玲也是主动迎着他那目光，温温地、柔柔地，任凭张琪源的目光在自己的周身上下忘情地爱抚，让她感到非常受用。她想再说点什么，再给张琪源一点信心，但是又害怕弄巧成拙，惊扰了张琪源这难得一遇的目光。

薛玉玲觉得张琪源的这种目光幽怨而痴情，其中不乏绝望的成分；同时还非常富有磁性，具有一种很强的杀伤力。以前，薛玉玲常常遇到，但都是稍纵即逝，这次终于被她牢牢地捕捉到了。

薛玉玲对这种现象的解释是：一个常年没有女人在身边的男人，见了女人没有想法是不可能的，更不用说自己还算有几分姿色。男女作风、道德败坏、流氓成性等大帽子可以让一个正常的人望而止步，克制住自己，但不可能消灭他内心的冲动和生理渴望，仅仅是有贼心，没有贼胆而已。

看了一会儿，张琪源道："怎了？有什么事吗？"玉玲莞尔一笑，道："不知道。"

琪源道："哦，不会是你请我去喝满月酒吧？"玉玲扑哧地笑了："什么呀？孩子都三四个月了，百天都过了，还满月酒呢！"

琪源如梦方醒，道："哦，百晬儿都已经过了。"玉玲抿嘴笑道："那肯定。"

下来该说点什么？两个人都不知道，只是不想离开，就这样默默地互相看着，内心的所有话语都是通过两条看不见的视线默默地传递、交融、感受，偶尔也有一搭没一搭地说一两句话，但也毫无实际意义，只是为了填充一下时间的空白。

这时间，张琪源突然想起一个传闻，在薛家崾岘，有些搞笑的年轻人，曾经因仰慕薛玉玲的容貌，把她叫一品红。后来这种称谓叫薛家五虎给制止了，究其原因是因为薛方知道后非常生气，认为女人不应该有雅号，如有，只能说明这个女人不正经，再说明不了别的。

一品红是一种花，单个儿艳压群芳，连枝则花团锦簇，这张琪源是知道的。所以当张琪源最开始听到这个传闻时，感觉到这个雅号很符合薛玉玲，花色娇艳夺人，名称高贵无比，可谓名副其实。可当后来听说被薛家人制止后，免不了觉得有些惋惜，感觉除此之外，再没有比这更能准确形容薛玉玲的容颜之美了。

在薛玉玲目光的鼓励下，张琪源问："听说你有个很好听的雅号？"薛玉玲点点头。

张琪源问："是你爸嫌不好听，就不让叫了？"薛玉玲摇摇头，悄悄地说道："也不全是，一品红有毒。"

张琪源心里激灵灵地打了个冷战，心想："是啊，哪一个漂亮的女人没有毒？要不怎么叫红颜祸水。"

张琪源默默地欣赏着眼前这个被称作一品红的女人，心中不无遗憾。薛玉玲也在默默地琢磨着张琪源的问话，揣测他此时在想什么？，心想：一品红有毒，而我没毒。

可张琪源并不知道薛玉玲这么想。

过了许久，也许是半个小时，也许只是几秒钟，薛玉玲含情脉脉地说道："晚上我接你。"张琪源有点回不过神来，茫然道："接我？怎么接我？"薛玉玲扑哧地又笑了："怎么接你？你想让我怎么接你？难道是套个毛驴车？让你坐上？还是让我背着你过去？"

张琪源忙解释道："那不是，那不是，我没明白你说的'接'是啥意思。"

薛玉玲再不管他是真糊涂还是假糊涂，只管道："那就说定了，晚饭不要吃，我在我家硷畔等你。"

其实，张琪源此时的心里又回到了现实中，一直在盘算这"两杯酒"算不算是糖衣炮弹？是不是要拉拢腐蚀革命干部？最后，他否定了这种顾虑，因为薛方和自己同属于一个战壕的战友，除了水库建设，从未提出过额外要求。

张琪源请示严于田：晚上老朋友薛方找我有点事，你也一块儿去吧？

严于田道："公事还是私事？"张琪源道："私事。"

严于田道："私事，那我就不去了。你要注意掌握政策。"张琪源道："好的。"

这其实算不上是一桌酒席，一盘豆芽拌粉条、一盘猪耳朵，外带一盆实实惠惠的烩菜。但这在当时正值春荒时期的偏远农村，也就只有村支书薛方家，其他家庭哪能拿得出来。

这间小房子，原来是薛玉玲的闺房，现在自然而然成了薛玉玲和牛树宽的客房。今天主人薛方就在这里设"宴"，其他人都在外面吃家常便饭。

宾主也就只有两个人，一个是主人薛方，另一个是客人张琪源。正如薛玉玲说的，就是"喝两杯"而已。

　　两个人话不多，也就偶尔两句家长里短。没人愿意把话题扯到工作上，更不往国家大事上扯。所谓斗室饮酒，要的就是那份静谧的醉意。

　　酒酣耳热之际，薛方终于打开了话匣子，道："唉，我那个不争气的女婿，现在他没脸见你了。"

　　说到女婿，张琪源当然明白是指牛树宽。尽管薛方有三个宝贝女儿，统称三凤，可只有薛玉玲的女婿张琪源认识，一般情况薛方是不会无缘无故提及另外两个的。但张琪源并没有吭气，因为他还不知道薛方这时候提起牛树宽到底要说什么。

　　不吭气不等于没思考，张琪源的大脑在飞速地旋转着。回想下午薛玉玲的神情，说明肯定有事；没事，谁也不会请人白白喝酒。就算是薛玉玲对自己有点温暖的想法，也和今天的事无关，而且薛玉玲也绝对不是一个会使美人计的下三烂，薛玉玲这朵一品红无毒。

　　冥冥之中，张琪源呼应了薛玉玲下午的心声。

　　薛方又和张琪源碰了一杯，再次说道："他自从过年钻到我这里后，就哪里也不去，连他老家也没回。"

　　这张琪源就有一点吃惊了："树宽回来了？怎么不在局里上班了？"薛方道："他那能耐在局里能干什么？想回来上班，可是他自己觉得没脸见你。"

　　张琪源有点茫然，似乎想不起来牛树宽为什么没脸见自己。用试探的目光看着薛方。薛方道："他不是把魏奎社打了嘛！"张琪源似乎想起来了，但是仍然没有吭气，继续往下听。

　　只见薛方说道："开始，牛树宽打了人后害怕公安局抓他，就跑回沄城，跟杜成武干了一阵子。现在杜成武走了，祁玉民又不要他；陈晓峰想要他，可牛树宽本人又不想追随，还想回咱老鸦山。"

　　张琪源对薛方的绕口令式的陈述没有在意，更对牛树宽想不想回来并不感兴趣，而是问道："杜成武走哪里了？"薛方道："听说到省水电厅了，当了厅革委会的领导，高升了。"

　　张琪源非常诧异，却并不想深究，便转过话题奇怪道："牛树宽在你家待了这么久，怎么从没听谁说起过？"此时张琪源的所谓"谁"是指薛玉玲，但是他并没有明说，而是泛泛所谈。

　　但薛方并不知道，在张琪源的脑海里，总盘旋着自己的女儿。所以似笑非笑地说道："谁能见到？开始一天到晚大门不出，二门不迈，我白吃白喝把他给供着；后来突然良心发现，给我掏土起粪，打窑盘炕，倒是把我多少年懒得动手的活儿都给干完了。"

张琪源的思绪始终在就事论事，并没有往别处引申："哦，一个女婿半个儿，还真是个孝顺女婿。"这就让薛方的弯子越绕越大，道："孝顺什么！也只有这一段时间勤快起来了，原来到我家还真把自己当乘龙快婿呢，是油瓶子倒了都不扶。"

经过几番感叹，几番深谈，张琪源最终明白，今天这桌酒席的用意是想让牛树宽回老鸦山工地上班。张琪源想起走时严于田的交代，只得表示：让我和军管代表严营长商量一下，看能不能让牛树宽到指挥部看大门，接替秦八留下的空岗。

本来，张琪源想让牛树宽到炸药库、油库等人少、是非不多的地方去，配合解放军战士看仓库，这样把他相对隔离起来，免得他惹是生非。可是张琪源又担心：牛树宽一旦接触到这些易燃、爆炸物品，若要心生歹意，必会出大事！想到这里，张琪源不自觉地吓出身冷汗。赶忙刹住话头，岔开了话题。

当张琪源提出魏奎社回家养病后，炊事员一直落实不了，还让薛玉玲继续来江河局帮灶时，薛方思索了片刻，长长出了一口气，果断道："玉玲就算了，仅这个不争气的牛树宽就够丢人现眼的了！怎么还能再给组织上增添麻烦呢！"

张琪源诚恳地说道："你没理解我的意思，我并不是看在你和玉玲的面儿才给牛树宽安排工作的。本来牛树宽就是我们江河局传说的老鸦山工地负责人，有朝一日在我们这里主持大局都有可能，更不用说干一般性的工作了。"

只听薛方道："什么主持大局！就是他自己要当，我也不会让他去当的！他有几斤几两，你我谁不清楚？过不了两天，又会被人家给轰下台的！"

说到牛树宽有几斤几两，张琪源难免心生歉意，就是为平息七贤峡的事态，将牛树宽和薛玉玲撮合到一块的事。但也不便旧话重提，总揭伤疤，倒是想到另外一个问题，就道："那不可能，朝里有人好做官，人家牛树宽怎么也算是杜成武的人呢。"

此时，张琪源把"帐前红人"四个字没有说出来，以防薛方认为自己调侃得有一点过分。

尽管这样，一提起杜成武，薛方就生气。在他的潜意识里，牛树宽走到今天这一步，与这个杜成武有绝大的关系，说白了，就是杜成武把牛树宽当枪使了。可又说不出口，因为归根结底是牛树宽自己没脑子，怨不得别人。

看见薛方五官挪位，气不打一处来，张琪源打消了对牛树宽未来反攻倒算的担忧，就要告辞回营。薛方便不再挽留。看见张琪源已有几分醉意，走起路来轻飘飘的，薛方说让孩子们送一下。张琪源以为是让薛玉玲送，心里就有几分浮想联翩，正想推辞，却见薛方招呼来的是老七薛鸿寿，心里便一下子凉了半截。

几年不见，薛鸿寿已长成了大小伙子，个头快撵上张琪源高了。张琪源问："我那次看见你捡麦穗是哪一年了？"薛鸿寿道："捡麦穗？小时候我年年捡麦穗。"

张琪源问："就是那年麦子让山洪冲了，你领着老八一块儿……"薛鸿寿道："祥娃从小就是我领着。"

薛鸿寿到底还是个孩子，和张琪源说不了几句像样的话。张琪源觉得无趣，就让回去，他果真没客气几句，就转身回去了。

张琪源回身目送薛鸿寿，却隐隐约约看见涧畔上还站了一个人，也在目送自己离去。张琪源不知道这个人是薛方，还是薛玉玲，抑或是那个生不逢时的倒霉蛋——牛树宽。

张琪源心中希望那个黑影是他们三个中的某个人，可又想不出最合适的人应该是谁。无几，他听见那个黑影和薛鸿寿说话，似乎是个女人的声音，张琪源的心里便生出了些许暖意，高一脚低一脚地向营地走去。

回去以后，张琪源没有直接找严于田说事，而是钻入被窝，刻意清理这一天凌乱的情绪。想着想着，觉得一切都是这么无厘头，无质感，无渊源，便昏昏睡去。

次日，张琪源理了理头绪，才把牛树宽的事情和前因后果说给严于田听，苦口婆心说了好一阵，严于田才基本同意牛树宽来上班。为了让牛树宽服服帖帖在工地服从管理，严于田还提出了把牛树宽关几天禁闭的想法，张琪源不同意这种没上班先给下马威的做法——这样太驳薛方的面子，严于田也没有坚持。

牛树宽终于在门房上班看大门了，尽管不像在工地上干活的那些人一样受人重视，但总算是每月能按时领到工资和粮票了；而且衣着干净体面，不像工地上的工人一样，一身泥一身水，汗味熏天；也解决了薛方的一块心病，最终使薛玉玲打心眼儿里感激张琪源。

可牛树宽本人不这么想。尤尚文、杜成武的承诺迟迟没有下文，导流洞工区副区长的职位也让秦八这个老家伙捷足先登了，而自己忙活了一年多，竟然连根稻草都没有捞着，反倒让妻子和老丈人出面，欠了张琪源一个大大的人情。

可是没过多长时间，江河局革命委员会正式下文任命：牛树宽为老鸦山指挥部总指挥。紧接着陆华夏来信说：这是厅里点名要提拔的，要求牛树宽在老鸦山指挥部迅速开展工作。

又过了一段时间，江河局再次来文，将张琪源由二队队长改任为二队革命委员会主任、狄胜利改任副主任，陆华夏由二队党支部书记改任整党建党领导小组组长。至于整党建党领导小组组长、革委会主任和指挥是什么关系？谁领导谁？文件并没有说。

与此同时，江河局和驻军联合发文任命：严于田为老鸦山水库工地整党建党领导小组组长，负责整个工地的政治思想工作。

违反常规的是，这么一系列重要任命，没有派人来宣布，而是通过机要交通把文件发来的。但是，能够厘清的是，严于田与牛树宽搭班子，陆华夏与张琪源搭班子；严牛的班子级别在老鸦山高于陆张的班子，老鸦山指挥部是临时机构，而第二工程队是永久建制。

为牛树宽上班的事，张琪源专门和严于田商量过。但当总指挥一事，严于田坚决不同意，并专门到墙南县报告了团长许光远。许光远模棱两可——因为此前，江河局军管总代表柏雪飞曾经电话征求过许光远的意见，许光远没把这太当回事，在没有征得严于田的意见的情况下，就表示了同意。

按照严于田的意见，张琪源只得将这一系列文件压下，没有向外透露，也没有告诉牛树宽本人。

后来，张琪源打电话叫来了陆华夏。经过张琪源、陆华夏、严于田、狄胜利研究分工，指挥部的政治思想工作就由严于田负责，日常业务和内查外调工作仍由原来的左长富、田喜珍等相关人员办理；牛树宽不介入政务和管理工作。

5

张琪源、谭秀珍和军代表严于田一早就离开了老鸦山水库工地。坐着拉材料的大卡车，颠颠簸簸，赶中午时分才来到墙南县县城。三个人找到了国营食堂，简单地吃了点饭，趁着团部中午的广播还没有停，就赶忙来到三支两军团部找到了团长许光远。

张琪源道："非常抱歉，大中午影响许团长的休息。老鸦山水库是一座土石坝，主要上坝材料打算采用定向爆破的方法来堆集，初步估算可以使受益地区少投入劳动力 1500 万个工日，提前工期一点三年，施工效率显著提高。只是需要 1200 吨硝铵炸药，想请您帮助解决。"

许光远问："这个业务也归我们管吗？"张琪源道："过去我们是和地县公安局谈的，属于大体意向性的。现在各级公安机关都被人民解放军接管了，正好老鸦山指挥部也派有贵团的军代表，我们就自然而然来找许团长你了，请你给我们指点指点，安排安排。"

许光远沉吟了一下，道："哦，是这样。可是这么大的量，我们团一级肯定无权调拨，尤其当前这种局势。好多地方的枪支弹药还没有彻底收缴或销毁，你们提的这个问题解决起来可能相当复杂。"

这时间，一直未开口的谭秀珍道："咱们这个地方是个干旱区，基本上是十年九歉收，其中还有一两年近乎绝收。这个项目是个二次上马项目，耽搁了这些年，当地老百姓期盼的心情我想许团长完全能够理解。我们从施工方法角度考虑采用定向爆破，就是迫不及待想把这个工程早日建成，让当地群众尽快受益！"

许光远道："这个我当然能够理解，我也是农家子弟。只是事关国防和军地安定团结，我们必须高度重视。你们如果还有其他建设方案的话，可能不需要这么复杂的审批手续。"

这时间，严于田见事情有点陷入僵局的迹象，就道："许团长，老鸦山水库是省委省政府的献礼工程，当初之所以让咱们部队进驻，就是严防阶级敌人的破坏和捣乱。我觉得要做到这一点，而且要万无一失的话，非得咱们团亲自严格把关才行！"

参谋长一听严于田这种说法，就用征询的目光看着许光远，道："这件事尽管以前咱们还没有遇到过，但是把总关的事，肯定少不了咱们团，所以，就算是审批，咱们也是第一关。"

许光远道："你的意思是要报批，也是得咱们先同意，然后才是地方公安批准？"

这种最后由地方公安定夺的程序，大家似乎觉得也不对，毕竟中国人民解放军的作用要大于地方公安。只见参谋长不失时机地诠释自己刚才的意见道："因此，哪怕是把这种程序反过来，地方公安在表态前，也得先征求咱们的意见。"

张琪源一看机会来了，赶忙见缝插针道："所以，我们今天第一站就先到贵团这里来了。"

听到这里，给许光远的感觉，张琪源他们是代表地方上来的，似乎觉得真该自己表态了，可犹豫片刻，还是问严于田道："咱们团表态可以吗？"

参谋长见严于田也不敢替团长做这么大的主，就插话道："咱们自然要请示师部，但请示师部前，咱们的态度就应该明确，也就是基本同意；如果不同意，也就没必要请示师部了。"

许光远恍然大悟，问严于田："哦，意思是你已经同意了，现在来请示我。"严于田立刻站起来，二次行了个军礼，道："是，我们营完全同意！"

许光远这次才说："好！这件事既然是件好事，人民子弟兵给人民办事，理所当然；但是，我要等政委回来以后，一块儿认真研究一下，然后再向师部汇报，必要的时候还可能要向军分区请示。"

参谋长道："那你们几位先回吧。考虑到你们那里没有军用电话线，如果有什么情况，我们会通过民用通信线路通知你们，咱们共同商量解决。"

严于田道："张主任他们还准备了个书面材料：一是技术方案，咱们需要和工兵的技术人员一块儿进行核实；二是安全保卫部署，咱们需要和墙南县的公安干警一块儿认真研究执行；三是群众撤离方案……"

参谋长看着张琪源，点点头，道："如果事成，你们得和当地政府一块儿动员，确保动员彻底、清山务尽……"

告别了许光远等人，严于田说要到团部开会，还要带一些学习材料，过两天再回去，张琪源和谭秀珍就离开了三支两军驻墙南县团部。

6

这一天，天气晴朗，万里无云。老鸦山两岸山顶，瞬间旋风四起。

突然，有一架飞机在老鸦山上空盘旋了两圈，撒下了无数花花绿绿的传单。几千人的工地分布在 Y 字形的河道里，还有无澜河、薛家川两岸的老百姓、民工兵团，成千上万。传单被风吹落得洋洋洒洒，到处都是，好奇的人们漫山遍野地追逐、捡拾传单。读的人头皮发麻，直冒冷汗。

传单是反动传单，是阶级敌人为动摇人心、争夺思想阵地而散发的。至于是什么内容？谁也不愿意从自己嘴里说出来。那么，这些敌人又是些什么人？大家讳莫如深，谁也不敢直言。也许当时一看是反动传单，吓得都说自己没有捡到，没有一个人敢把事情往自己身上揽。

等到后来军代表来逐个调查了解，有的人说他那天没在工地，有的人说他当时拉屎去了，有的人说正好累了睡着了，等等；总之，人们都说从来都没有见过什么飞机撒传单的事。所以，此事也成了一件无头公案，再也无法查实了。

再后来，军管会在整个工地和两河四岸搜索了好几天。找到一些，但肯定还有遗漏。紧接着发出通告，谁要胆敢私藏和传播反动传单，一律按现行反革命论处，抓去坐牢，吓得再也没有人敢议论这件事了。

万万没有想到，就这么一件封锁迅速、防范严密的事情，却惊动了远在沄城的一个人，这个人就是江河局革委会主任尤尚文。这一天，他前呼后拥，来到工地检查指导工作，号称是毛泽东思想宣传队，这种"队"在当时十分普遍。

老鸦山水库复工两年以来，这是江河局第一次来这么大的领导。

尤尚文尽管人在沄城市，却无时不牵挂着老鸦山这个全省最大的水利工程项目！因此，当他听说有反动传单这么一件十分奇怪而又十二分敏感的事件时，他毅然决然决定到老鸦山一看虚实！尤尚文来的时候，做了一个非常聪明的决策，那就是没有带一个孔武人员。包括像祁玉民、陈晓峰、何建英、谢青等，这些炙手可热的敏感人物一个都没带，免得引起不必要的麻烦。

尤尚文只带了一些才提拔任命的文职和业务人员：计划部部长沈育林，宣传部部长蒋雅丽，技术部副部长童俊英等，再就是一大帮吹拉弹唱的文艺演出人员，都是相对本分、个性比较平和的那类人。蒋雅丽、童俊英据说都与张琪源交往较深，不管是真是假，现在都被自己重用，带上可以增加亲切感。

尤尚文当着严于田的面，首先给张琪源说明来意："严营长、琪源啊，这次来主要是三个方面的意思：一是你俩和同志们几年来一直坚持在施工一线，非常辛苦，这次带文工团来慰问慰问，给大家演一演咱们职工自编自演的节目，喜闻乐见，贴近生活，目的是和一线同志、驻军指战员联欢、鼓劲。

二是我带他们下来就是要深入基层，搞搞调查研究，向一线的同志学习学习，向人民解放军同志学习，要又红又专嘛。

第三个意思嘛，是听说咱们老鸦山工地前一段时间有美蒋敌特撒了些反动传单，妄图蒙骗群众，向无产阶级政权反攻倒算，我来是想给大家做思想政治工作，不要传谣，不要信谣。

尤尚文洋洋洒洒说了一气，始终是面带着笑容、客客气气的。严于田面无表情。张琪源似乎也没有觉察出一丝一毫的火药味儿来，心里稍微安定了一些。

其实，尤尚文也已经明显地觉察出来了：自从他们大队人马进入老鸦山工地以后，老鸦山工地的一些干部工人就开始在指挥部的院子里外转来转去，尤其二队的各个项目领头人物奚大宝、马三全、左长富、邱玉山等三三两两进来和尤尚文等打招呼，名为叙旧聊天，实则是观察局里这次是不是又要对张琪源采取措施。

根据尤尚文的意思，在张琪源、严于田的陪同下，尤尚文象征性地接见了一次三支两军连以上军官。但是，非常简短，没讲多少话，只是出于礼貌和试探，应付一下场面。严于田对这样一位传奇式的人物所做的一切，并不太当一回事，但依然恭恭敬敬。张琪源以为尤尚文还要见许光远，但是他没说。

在尤尚文的安排下，张琪源、严于田陪着尤尚文在工地上视察。二队革委会副主任狄胜利、项目设计总工程师谭秀珍、总调度孙光喜陪同，其他的人在后面跟着。需要坐车时，尤尚文和张琪源两个人乘坐帆布棚吉普车，其他人有多没少全都站在包括工地自有在内的两辆大卡车上，相对优厚的待遇就是总有那么一两个人坐在大卡车的驾驶室里，无非蒋雅丽、沈育林、狄胜利等。

那时候，坐大卡车已经非常威风了，活脱脱一群英雄之师。严于田有自己的专车，率一班战士随行。

走出了枢纽后，严于田就将执勤任务移交给其他营接管。尤尚文在工地整整看了差不多三天。墙南县的东干渠长27公里、69座建筑物用了整整一天时间，于南县的西干渠长19公里、57座建筑物又用了整整一天，枢纽周围的便桥、便道、爆破硐室、导流涵洞、备料场等又用了差不多一天的时间。

　　所到之处，军管战士一个个威风凛凛，在各个路口、炸药库、油库、各种材料库门口把守，好像严阵以待，只要见张琪源过来，都立正敬礼，然后才放行。

　　尤尚文走在哪个工区，晚上就给哪个工区演节目。革命样板戏，眉户剧，快板书，三句半，舞蹈，独唱；有时也邀请所在工区的领导上去吼两嗓子、讲两句热情洋溢的话，进行毛泽东思想宣传教育。在演出之前，各作业队之间少不了要拉歌，互相比赛唱革命歌曲，把场子烘托得热热闹闹。

　　通过几天的接触，局机关和指挥部的头头脑脑也都熟悉了起来。有的本来就是老相识，只是几年没见，多了几分亲切感。机关的同志为谭秀珍离开了江河局感到惋惜，指挥部的人为童俊英又回到了江河局并且当上了副部长感到庆幸。

　　总而言之，大家都和和气气，没有半点尴尬。一些以往心里的疙疙瘩瘩，不论有心还是无意造成的，也都没有再提起，尤其是敏感字眼，大家都尽量避而不谈。

7

　　已是晚秋。太阳一下去，就让人感到凉风飕飕，沁人骨髓。水电工地上的人们，大部分已经穿上了棉衣。

　　老鸦山的河道，被风一吹，农村孩子没有扫尽的树叶，越过施工场地顺风而舞，一直要找到一个避风湾，才停歇下来安家。没想到，又会在某个放学后的傍晚，被哪个眼尖的孩子发现，还是被整窝、整窝地掏去，或背、或装上架子车，拉回家去喂羊。这是农村孩子家庭作业的必修科目，北方的羊只过冬，就靠它了，一直要吃到次年的放青。

　　张琪源陪尤尚文站在指挥部的涧畔，远远瞭望。张琪源看到的是有个半大小伙子，有点像薛鸿祥，正在远处沟底背树叶。这让他想起自己的童年，也联想到薛玉玲的童年也少不了要干这样的农活儿，以致她的身材总是有一点不像城里姑娘一样笔直，所谓白璧有瑕——这是她唯一的缺陷，倒是瑕不掩瑜。

　　看来，金枝玉叶不在穷乡僻壤，哪怕是村支书薛方的女儿也不例外。而尤尚文看到的是，飞沙走石从江河局的工人们头上飞过。可人们好像无所觉察一样，仍然在工地埋头苦干，这使这个铁血人物意识到：无论是什么样的生态环境，都不应该把这些无辜的人卷进去，更不要亏了他们。这使他想起了这次的使命还没有完成，便不由自主地向身旁的张琪源看了看。

而张琪源还沉浸在自己的个人小感情当中。和尤尚文相比，神情完全不同。哪怕是严于田不在跟前，尤尚文也要把风纪扣扣得紧紧的。他也曾经是个真正的军人，行为举止，极为标准。并不像张琪源，看见严于田他们身板挺得笔直时，才刻意模仿一下；扣紧风纪扣，往往是为了暖和一点，很少是为了体现正统。

这时候，尤尚文一行的各种例行公务已经进行得差不多了，大家的紧张心情也都松弛了下来，就把张琪源叫回去，进行了一次高度机密而且是推心置腹的谈话。

这在张琪源参加工作的 16 年当中，和上级领导之间，除了在划归沄管局的时候，王汉成曾经这样和自己倾心交谈过，此外绝无仅有。这一次，严于田没有参加。

尤尚文说："琪源啊，我这个人你是知道的，业务上比较生疏，在施工技术方面光会纸上谈兵，只能谈得上红，但是谈不上专。现在提倡又红又专，我就缺少了一大块，在抓全面工作方面，感到非常吃力。"

说到这里，尤尚文有意识停顿了下来。明显还有下文，但却一声不吭了，只等着看张琪源的反应。

对领导的谦虚属下是不能附和的，这个道理张琪源懂。但是怎么把这话接得天衣无缝，则是个技术活儿。实话说，张琪源没有这样高超的智慧。要不他怎么是张琪源，而不是杜成武？

这就让张琪源多多少少有些紧张，弱者的思维是先保自己，不求赏识、但求不要产生碰撞。所以张琪源据此推断，那自己就是专而不红——走白专道路？但是，他看见尤尚文好像并没有这方面的意思。

张琪源有心夸尤尚文在七贤峡当工程总指挥就是业务上强的见证，但又觉得那是揭尤尚文的伤疤——就因为那件事，尤尚文被降为科级。所以就一时把握不准该如何回答，只好笑眯眯地看着尤尚文，装傻充愣，但是大脑却仍然飞速地旋转着。

因为，截至现在，张琪源还是有点吃不准，尤尚文此来的真正目的到底是什么？

稍息片刻，张琪源突然意识到，在领导这样期待的目光下，自己如果还无所表示，那就是不明智了，而且还会狠狠地、无谓地得罪一个不该得罪的人！念头一闪，张琪源随之摇摇头，笑道："尤主任你谦虚了。你是行伍出身，戎马生涯，作风过硬，办事严谨，能文能武是出了名的。现在，又领导咱们这么大一个局，得到了那么多革命干部群众的拥护，才使我局的水电建设蒸蒸日上，形势一片大好，而不是小好。"

很显然，这话回答得相当有水平。尤尚文似乎有些欣慰，但还是摇摇头，道：形势大好不假。但就我个人而言，在业务这方面是个外行；现在外行领导内行，不少群众很有意见。

张琪源诚恳地说道："我从没听到过有这方面的意见，而且我认为，搞具体业务是我们这些下苦人的事，领导根本没必要事必躬亲。当领导者其实就是两件事，一是用人，二是出主意。"

尤尚文道："所以，我打算把你纳入咱局革委会班子，分管生产技术，以弥补我在这方面的缺陷。不知道琪源你愿不愿意和老哥我一块儿搭这个班子？"

哎咦，张琪源太意外了，差不多吃惊得合不拢嘴，因为，从古到今，只有抢班夺权的，哪有分权让位的？他"吭哧"了半天，首先是怀疑自己的耳朵，进而又开始怀疑自己的理解能力，心想：肯定是听错了！就心虚地问道："我不明白尤主任你这是什么意思？不是一直提倡一元化领导吗？"

尤尚文认真地说道："一元化也不是一个人。我想让你一方面兼顾老鸦山水库的建设工作；另一方面你还要抽出更多的精力，把局里其他工地的业务工作也抓一抓。我们局这两年在这方面力量比较薄弱，抓得也很不够啊！"

张琪源知道尤尚文说的这方面情况确是实情。但是，那又怎样呢？这里面有太多的思想碰撞，无法完全统一起来。因此张琪源没办法纠缠这个问题，而是换了个角度，还是有所怀疑地问道："具体是什么职位？生产技术部部长？不是已经有人了吗？"

尤尚文果断地摇摇头，道："不是，不是，是局革委会副主任。"

张琪源听清了，也不再怀疑听觉出了问题，而是心存疑虑地问："那水电厅那关能过得了吗？"

尤尚文似乎信心十足，道："水电厅那边应该问题不大，基本上都是尊重基层单位意见。而且在此之前，我就把我的这个想法给厅施君威主任谈了，他基本赞同我的想法：要抓革命、促生产，就必须重用能文能武的人才。"

能文能武？张琪源脑子里面在不断地衡量着自己，是不是真的已经够得上能文能武了。

只见尤尚文进一步阐述道："在我们局里，人才倒是不少。但是，要么是文强武弱，要么是武强文弱，要说能文能武，还是非你莫属。当然，施主任还有一层意思，就是想重点听一听你自己的想法。"

到了这个时候，张琪源已经确信无疑了：这件事情确实是不会有假了！好像也不是圈套，更不会像是要调虎离山骗回去，再罗列错误罪名罢免掉，叫请君入瓮或智取。

张琪源心想："真是，人他妈要走运了，连神鬼都撵着给你抬轿子呢！天上的馅饼都掉下来直砸你的脚后跟，让你不吃都不行！"

想到这里，张琪源便有点喜形于色和感激涕零，道："既然尤主任这么器重我张琪源，那我张琪源只有一句话，永远紧跟党中央，在尤主任的领导下，将革命进行到底！"

尤尚文高兴地说道："好吧，那咱们就再不用客气了。现在咱们就开始谈正事：明天，咱们在这里开一个'抓革命促生产誓师大会'，具体的会议安排和组织由蒋雅丽和左长富去负责，到时间蒋雅丽主持，你做个动员讲话，我代表局革委会再提几点要求。你下来让左长富把气氛搞得活跃一点就行了，但是心弦不宜绷得太紧。"

张琪源点头称是，也长长舒了一口气。

紧接着，尤尚文道："你把工地上的事情理一理，我后天就要回去了，安排陆华夏很快上来，接替你主持这里的工作，这里没有一个强手可不行！你俩做个简单的工作移交，你就回来。我要领你去见一见施主任，你给施主任好好表个决心。施主任那个人非常有魄力，在他的坚强领导下，这两年我省水电事业发展和各厅局相比，是数一数二的。一般情况下人，这个人是很随和的。"

张琪源想插一两句话，但尤尚文没有允许，而是继续道："然后，你再找一找杜成武，联络联络感情，他现在是厅革委会第一副主任，相当于二把手，在研究你的使用问题上，那可是很重要的一票！你们之间过去的一些恩恩怨怨，我也听说了。大丈夫能屈能伸嘛，相逢一笑泯恩仇，以往的那些鸡零狗碎的旧账，就此一笔勾销吧，都是一个战壕的革命战友嘛，而且你毕竟是他的下级，官大一级压死人嘛……"

　　尤尚文一连说了三个"嘛"字，说得语重心长，也使张琪源感触至深，使他对和杜成武的关系，有了新的想法，对尤尚文的感觉也渐渐地好了起来。

　　自从张琪源同意当局革命委员会副主任以后，在尤尚文面前，就几乎再也没有说话的机会了。都是尤尚文不停地说，张琪源在谦卑地听，只是隔三岔五点一下头，或者是偶尔"嗯"上一声。

　　在尤尚文交代的许许多多事情当中，基本都是属于提醒张琪源的，让他立场坚定，保持艰苦朴素本色不变。第一件事情是：毛月梅的组织关系经过核实，预备党员转正中存在一些疑点：党支部签署意见和党委批复决定是同一个人的笔迹，有个别人包办嫌疑，所以组织关系也就被否决了；宣传部副部长的职务自然是不能再当了，这根高压线你以后千万别再碰。

　　说到这里，尤尚文等着张琪源的态度。张琪源难为情地点头。

　　然后，尤尚文说第二件事情：蒋雅丽是这次大鸣、大放、大字报、大辩论中涌现出来的半边天，巾帼英雄，杜副主任非常器重，很有可能会调到厅里去工作，我们要好好支持她的工作。支持她的工作，就是支持局革命委员会的工作，也就是支持厅领导的工作。

　　对这一个问题，张琪源并没有点头。他把这种要求还和日常对蒋雅丽、杜成武的传言统一不到一起。以前听说过这两个人的绯闻，绯闻和器重是一回事吗？肯定不是。那么，是正粉饰了邪，还是邪抹黑了正呢？张琪源说不清楚。

　　尤尚文说的第三件事情是：王汉成、柳松年过去对你非常信任，也可能还有一些私人感情在内，但是，作为你这个革委会的副主任，要坚持正确的路线和方向，左摇右摆是坚决要不得的。现在，他们都已犯错误了，你要站稳立场。

　　听到这里，张琪源的头皮发麻，脑袋又开始不听使唤，懵懵懂懂，如入雾里云烟。

　　张琪源总算是明白了：从此以后，自己要和过去的一切告别，否则，就很难在江河局的领导班子里把自己的作用发挥好。

　　尤尚文似乎还在说着什么，但是张琪源感觉到已经不重要了，其精神实质仍然是上述的延伸，只要领会就够了，不一定要一字一句聆听，或者是死记硬背。于是，张琪源横下心来：也行，不论自己以后的结局如何，能在惊天地、泣鬼神的江河局政治舞台上历练这么一次，也就应该知足了。大不了

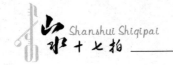

再去一趟狼牙岭，还能怎的！

更让张琪源吃惊的是：自己过去的一切事情，不论鸡零，还是狗碎，尤尚文几乎没有不知道的——从话里话外都能听得出！所提三个方面的问题，件件击中张琪源的要害。人只说群众的眼睛是雪亮的，岂不知领导更是眼观千里、耳听八方，不但站得高，而且看得远，信息来源广泛。只不过有时是装聋作哑、故作糊涂而已，宰相肚里能撑船。

同时，张琪源也预想到：如果自己哪一天下台，肯定与上述三件事情和现在莫名其妙被提拔有关，而别的事情仅仅是导火线而已。

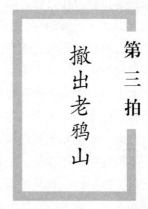

第
三
拍

撤
出
老
鸦
山

1

张琪源的大儿子张建国高中已经毕业了，可是高考制度却取消了，意味着一辈子扎根农村将成为定局。

回顾两年来，张建国的头脑一直处在兴奋当中。今天，面对现实，充满理想、斗志的头脑开始渐渐地恢复平静，双脚又重新站在了眼前跃进北村这块平实的土地上。

实事求是地讲，此时此地，要让一个脑子里装满梦想、壮志未酬的年轻人接受这样一个无法回避的现实，何其难也！

张建国无精打采地站在爷爷张大山的身旁，显得落寞而无助。他已经不再是原来那个恭谨温顺的蛋娃了，而是成了一个拔剑问天、英雄落难的汉子。他高高的身材，略显消瘦，和父亲张琪源除了年龄上的差距，其轮廓、神态、一颦一笑，极其相像，土话叫：真像是一个模子刻出来的。

张大山每天早上起来喝一碗玉米棒子粥，就一点腌蒜薹，直至用舌头把碗舔干净，唯恐浪费一点点粮食——这是自己一滴汗水拌八瓣换来的，不容它到了嘴边再轻易地漏掉了。于此，他感觉到日子舒心极了——困难总算是过去了，外面的吵吵闹闹，那是"红尘中"年轻人们不安分，与自己关系不大。

所谓少不看《水浒传》，老不看《三国演义》，怕的是年轻人动不动就打杀火拼，老年人沉醉于权谋算计。希望人们学会控制心态，无论处在哪个年龄段，都得管得住自己；除了生你的和你生的，没有人会惯着你。

张大山和孙子张建国，正处在张建国命运的十字路口——或者说根本就没有十字，只有通往农村的朝天大道，任你愿不愿意，都得绑架式地笔直向前。动粗没有用，算计也无益。

张大山每每看着孙子张建国，心里总是迷迷瞪瞪。潜意识里还真有一种把他当作自己儿子张琪源的替身，心里既有一种暖暖的踏实，也有一种老景将至的悲凉。毕竟儿子张琪源常年四季在外，留下一窝娃娃在家里陪伴着自己，还不能纯粹算作累赘，也算是一种孝道和福分。

可是，孩子们毕竟是长辈人生命中的候鸟，迟早是要迁徙和高飞的。随着岁月的无情，张大山自己的身体一天不如一天，心生迷茫也是必然的。

应该说，张建国已经懂事了。对问题不乏自己的分析和判断能力，在许多方面总要比别的孩子能成熟、世故那么一点——这可能与他的家庭有关。十多年来，一家人分散而居，爸爸张琪源常年四季行走于山水之间，略带残疾的弟弟让家里人多了一份牵挂，舅爷袁宇光的政治生涯再难起死回生，在众人瞩目的光鲜中总伴随着一些躲避不及的遗憾。

凡此种种，无不把生活的本质揭露无遗，人生总是在跌宕起伏中寻求平衡；有时一个问题会困扰人好长时间，但在漫漫人生路上，只不过是一丛缠挂脚面的野草而已，所谓天时、地利、人和俱在其中。各种社会运动一波接着一波，在他尚未定型的心灵上留下了深深的印记，成了他世界观形成的最基本土壤。

很明显，从去年开始，城里的知识青年尚且开始上山下乡，一批批地来到农村插队落户，更何况自己是一个土生土长的农村孩子！

从自己所在的莽原县中学来看，不论是初中毕业生，还是高中毕业生，什么高六六、初六六、高六七、初六七，都一批批纷纷响应伟大领袖毛主席的号召："到祖国最需要的地方去！""农村是个广阔天地，在那里是可以大有作为的。"

张建国时常纳闷：在自己的家乡，怎样才算是大有作为呢？"三自一包"不让搞了，在农业社的土地上，把东山日头背到西山就叫大有作为？城里孩子可能不知道，但对从农村长大的自己来说，那是最清楚不过的了，就意味着要面朝黄土背朝天一辈子！或者有人干脆叫戳牛屁股——多难听的职业呀！

　　紧接着，他们跃进大队也来了四个大城市的知识青年，年龄与张建国相仿。自然，到其他大队的也不在少数，大概情况都差不多，基本都十五六岁至二十来岁，有的年龄甚至更小。无论男女，一个个都是白面书生，有的还弱不禁风。

　　很明显，这些人原来都是衣来伸手、饭来张口、动不动还要在父母面前撒娇的孩子。就是现在，如果没有派饭，他们连饭都不会给自己做；也有几个人合伙起灶的，可不是夹生饭，就是串烟味儿，不是咸了，就是淡了，一看模样就知道难以下咽。上工和张建国一样，也是挣工分，根据体力情况女生7—8分、男生9—10分！

　　张建国算是慢慢看清楚了：这样的大有作为绝对不是自己理想所追求的。张建国所追求的是当一个工程师——但绝不是父亲张琪源那样的工程师，而是手拿图纸、站在隆隆的机器前搞技术革新的那种；或者是一个飞行员，驾着苍鹰在祖国蓝天翱翔的那种……现在看来，这一切的一切都将落空。

　　本来也许会成为在田间地头拿着麦穗、吹着麸皮进行科学种田、土壤改良的那种农业科技员，但是也不太可能。这里十年九旱一年涝，就算是有几根稀稀拉拉的狗尾巴麦穗，还不知道能不能等到成熟的那一天，谈何科学！

　　张建国思忖了良久，看来要靠自己的能量想走出大山是完全没有希望了。只能在跃进北村这个巴掌大的天、二沟三梁六面坡下一辈子的苦了。妹妹云云说了，人家把这叫修理一辈子地球——是最大的光荣。

　　张建国没理会妹妹，他知道她是一阵一阵的，一会儿说要在农村轰轰烈烈大干一场，一会儿又说下苦种地就不是人干的活儿。

　　深夜，张建国久久地望着陀螺山乡——红旗公社的方向，仰天长啸，心想：看来自己是永远也走不出去了！

　　回想前年的大串联，张建国还走过了不少地方，增长了见识不说，关键是风风火火闯荡了一场，包括延安。

　　走在哪里、免费吃在哪里，坐火车、汽车都不要钱，只需要留个小纸条就可以。当时张建国还真以为共产主义已经实现了——物质极大丰富、按需所取，不就是要什么有什么吗？没想到逐步风平浪静，转了一圈又回到了原点。

　　唉，这一切的一切都将成为过去，成为一种永久的回忆。想到这里，张建国狠狠地说了一句：什么跃进北村、红旗公社！

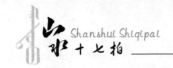

爷爷张大山陪着张建国抽了半天旱烟，最后慢悠悠地说："下苦下不死人。"张建国没好气道："下不死也活不旺。"

张大山只顾说："咱们祖祖辈辈都是下苦人，就出了你爸这么一个吃公家饭的。而且还是当时好多人把世事没看清，并不是都十分愿意去，要不然你爸也未必能去得了。那其他人呢？还不照样都一辈一辈活过来了？"

张建国道："咱们这种活法能跟城里人比吗？"

张大山道："是不能比，人比人活不成。"

张建国几乎是哭着道："我心不甘。"张大山道："不怕，老天爷长眼着呢。"

张建国苦着脸埋怨道："你过来过去就知道老天爷长眼着呢，老天爷知道我是谁？你就不知道让我爸给我想想别的办法？"

一说起张琪源，张大山就沉默了，他完全能猜想到张琪源也不易，要不然，老子给儿子办事，还需要别人提醒吗？以致半晌才冷冷地说道："想什么办法？你当办法就那么好想？"

2

这一天，张琪源终于回到了家里。也许家里事无巨细，事事都要和他说道说道；也许村子里张家长李家短，件件事情都事关自己；但归结起来最重要的问题还是：蛋娃——张建国以后怎么办？要一辈子务农吗？这是谁都不甘心接受的一件事情，尤其是冯招弟。因为她是当妈的——妈的心在儿身上。因为她有一个在外工作的丈夫——有着比别人更容易实现的条件。

按说，她这么多年在家里、村子里，始终既是女人，又当男人，别人家几乎所有男人干的活儿，到了她家，都得自己干——公公张大山已经六十多岁了，毕竟年龄不饶人了！是多么需要儿子留在自己身边，担起一个男人应该担起的责任！但招弟没有这样想，她还是想让儿子出去！

张琪源始终保持着沉默。他知道，再怎么解释也无济于事，大家要的是一份张建国养家糊口的工作，而不是一个达成谅解的理由。其实，这个问题他不是没有想过，而是反反复复地考虑过多次——因为他是父亲，应该比别人更早、更迫切地想到这个问题。

在此前女儿云云的来信中，就曾几次提到这个话题，只是说得比较含糊。张琪源能肯定，这绝不仅仅是云云自己的意思，肯定多一半是招弟的主意，而且肯定没敢让两位老人知道。

在其中一次来信中，云云是这样写的："大哥自从毕业以后，整天跟妈妈一起在农业社的地里劳动，挣工分，人也变得黑瘦黑瘦的了；妈妈经常埋怨，再这样下去，还不把在学校学下的那些东西都给忘完了！"

还有一次，云云在信中说："大哥那天和建华哥（就是大伯家的二狗哥）又到县中去了一趟，见到了他们以前的几个同学，大家都为找不到工作而苦恼。回来后，大哥几天都躺在炕上，连饭都不想吃，不停地长吁短叹。妈妈问有什么事，他总是不吭气。

过了一会儿，大妈来了，给爷爷和奶奶说："如果琪源兄弟能给建国找到工作，也顺便给我们建华找一个。如果要走后门，花下钱我们全认。在学校里，我们建华比你们建国的学习还好呢。爷爷和奶奶都没吭声。"

为这件事，张大山还专门和张琪源交谈过。张大山的意思是：建国的事能办最好，但千万不要勉强；以后的世事是黑的，谁也说不清。至于建华的事情，那是万万不敢考虑的，你大哥、二哥两家给一家办，就得给另一家也办，那还有完吗？按说你不在的时候，招弟一个人忙不过来时，你大哥、二哥为我们老两口儿也尽了不少孝心；当初让你参加工作也亏待了他俩；但是，现在看来，这一块儿人情是补不起来了。我看呀，他们两家就是那下苦的命！

张琪源心里也苦，他明白父亲的良苦用心，是害怕连累自己。自己得了这份工作，父亲作为老人，已经觉得很对不住两位哥哥了，为此，父亲多年来一直惴惴不安。按说，张琪源如果有办法，是应该弥补弥补。

但是，张琪源现在的处境，不要说，也不用问，仅凭察言观色，张大山也就能掌握个八九不离十：恐怕连建国一个都办不到，更别说其他人了。所以只能说各由天命，免得张琪源作难。

所谓当官三日人问我，卸官三日我问人。世事就是这个样。张琪源特地到秀秀家里去了一趟，这是多年来从没有过的事情。因为，秀秀现在已经是跃进大队的主任了，至于是大队革委会主任还是业务主任，乡里人好像也说不清楚，张琪源也不好详细打问，就权当她是跃进大队革命委员会的主任吧。

因为，在跃进大队的几个干部中，她是最有权威的，而且，她还是红旗公社 14 个大队中最具有革命精神的女干部，由此判断，她的实际职务应该高于可能的职务。

闲聊中，张琪源故作惋惜道："吴主任，按说你这么有能力，就是到公社当个革委会主任都没问题。"

吴秀秀虽然谦虚，但也是侃侃而谈，毕竟见多识广了，居高不怯："三兄弟，你快别这么说。我就是占个家庭成分好，贫雇农出身，成分比我公公家的贫农还低，苦大仇深；再就是斗争性强，对敌我矛盾绝不姑息迁就。至于公社革委会主任，那还是要凭实力，你知道咱们跃进大队人口少，群众力量自然也就比较薄弱。在农业生产上，也没有类似大寨那样的突出成就……算了，一个女人家，过好日子就行了。"

说到这里，吴秀秀不好意思地笑笑，全然不见大庭广众之下宣讲时的那种勇猛和果敢。

看到这一切，张琪源立刻就联想到为了刘二双家的贫农成分，舅舅袁宇光就栽倒在眼前这个女人的手里，心里愤愤不平。可是，吴秀秀竟然还看不上这个贫农成分，而是炫耀自己娘家的贫雇农成分，真是人心不足蛇吞象！

尽管说这都是14年以前的事情了，时过境迁，但是张琪源想起来仍然如芒刺背。兴致勃勃的吴秀秀并没有觉察到张琪源的情绪变化，只管五马长枪海吹；人在得意时往往就容易忘形。

张琪源机械地点着头，想来想去觉得确实是再没什么好说的了。但是，总觉得到了人家里拜访，冷场了不太好；而且自己鬼使神差来到这里，似乎内心深处还是有什么事情要说的，只得面带笑容尽量迎合，搜肠刮肚，按照江河局、各民工营以及薛家嶂岘的做法，瞎扯一气，就再也想不起要说什么了。

张琪源离开了秀秀家，心里反倒觉得空落落的。一方面是因为本来他是要让秀秀给建国找个合适的事干，比如民办教师、大小队的会计，但是秀秀一激动，主动要感谢他，反倒让他不好意思得寸进尺了。

另一方面，他敏感地意识到，也许就是这么几句随便说的话，很有可能真把秀秀指向一条不归路，至于这条不归路是凶是吉，谁也难以预料。

回到家里，招弟问起建国的事情办得怎样了？张琪源没有说其他的，只是说：秀秀在忙大事呢，我不好意思开口，你以后看有机会也可以提一下，我估计只要有可能，她不会驳咱面子的，就算办不了也没关系——打不来粮食还会把口袋丢了不成？

招弟不明就里，以为张琪源在外面工作的时间长了，给村里人下话面皮薄得掰不开，也就没再细问。

不论怎说，这个春节，张琪源又虚度了光阴，除了一年一度和老婆、娃娃、父母亲团圆了这几日外，儿子张建国的工作之事，还是没有一点实质性的进展！闲来无事，拿起孩子们的课本，仔细阅读，方觉得温故而知新不是一句套话，而是学习成绩突飞猛进的秘诀所在。

3

江河局今年新分来了一批大学生，与往年有些不同。按照最新政策，这批大中专毕业生不论学什么专业，全部要劳动锻炼三年，到基层当工人使用，然后再统一分配，而分配的去向不一定是现在参加劳动锻炼的单位。根据分工，江河局就由军管副师长柏雪飞安排，对他们进行了军事管理训练。

江河局给这批人安排的工种是：风钻工、砌石工、混凝土工、木工、钻灌工、钢筋工，有的干脆就没定工种，直接安排去拉架子车、打夯、挖土……应其孟子所言："天将降大任于斯人也，必先苦其心志，劳其筋骨，饿其体肤，空乏其身……"

这一批人有：殷海贵、任奎山、滕文理、焦婷、汤天凯、颜省学、钟如碧、梅博才、骆得闲、羊练达、家鸿福……

这是大学停招前的最后一批大学生和倒数第二批中专生。除了紧跟形势所参加的一些日常活动外，还接受了贫下中农管理学校的洗礼，意气风发、斗志昂扬的革命精神随时可见。在风大浪急的人生当中，有些在学校就不是省油的灯。

所谓风水轮流转。20年后，国家反过来重用知识分子，也同时因为11年没有招收正式的大中专学生，出现了人才结构严重断档现象，上述这些人大部分成了江河局乃至其他单位的骨干力量，自然也有人为现今的过激行为付出了意想不到的代价。

尤尚文就将这一批学生大部分分配到了老鸦山工地，点名让听从牛树宽的调遣，以充实牛树宽这个至今仍然只有个空衔的新领导。要不然，至今还没有一个人听从江河局委以重任的牛树宽的指挥，牛树宽一直是个地地道道的光杆司令。这在尤尚文心里是个结，也没办法给杜成武这个上级领导一个交代。

经过几番接触后，尤尚文觉得：张琪源这个人的心地确实比较善良，而且从不多事，值得信任。对权力的需求欲望很低，几乎没有；永远是一个御用文人的上等材料。

而相比之下，尤尚文的其他那几位左膀右臂，则就不同了。祁玉民、陈晓峰、谢青、何建英、蒋雅丽等，一个个虎视眈眈。所以，尤尚文很快得出一个结论：起用张琪源比起用其他任何一个人都更加安全！

这时候，尤尚文才真正明白，为什么张琪源总能得到历任领导的欣赏，如王汉成、陆华夏、诸遂文、席长春、柳松年。只有于富贵是己所不用、勿用于人；祁玉民对他是爱不起来、恨不下去。原因就在于：张琪源从不主动去伤害任何一个人，不管是敌是友——这就全靠老天爷照顾他了，谁看他不顺眼都想给他找碴儿，但没有一个人想置他于死地，因为留着他不会妨碍任何人。

思维决定行为。有了这样一个结论，尤尚文就真的和张琪源推心置腹、实心实意地交起朋友来了。属于张琪源分管的业务范围，他就放心大胆地交给他，也很少过问或者干预。因为他深信，在技术上，张琪源绝对比自己和班子中的其他任何一个成员都强，就算是有一点差池也不会出现什么原则性问题，而且绝对影响不到自己的地位。

为了彻底解决班子平稳问题，尤尚文首先和张琪源商量的一件事情是：精兵简政在江河局如何推行？

张琪源道："精兵简政的基本原则是：精简上层、砍掉中层、充实基层；实际上就是把局机关的人逐步往各工地分配。这样做既符合政策要求，又可以把各项工作重点，有效地落实到基层去。"

这是上级文件的要求，谁都知道；只是如何具体执行，是问题的关键。就在尤尚文还在继续思考应对措施的时候，张琪源补充道："就目前而言，能人都聚集在局机关，人浮于事，不利于加强基层工作。"

这也是尤尚文的担忧，因此他觉得张琪源甚是聪明，就忧心忡忡地说道："理论上是这样的。但是，阻力会很大，搞不好会影响刚刚形成的大好局面，甚至我们领导班子还会……"

说到这里，尤尚文用可怕的眼睛盯着张琪源不停地看，停了片刻才接着说道："出现更大的变动！"

张琪源不在乎自己的地位得失，但他需要为尤尚文分忧解愁——这就是张琪源的优点，士为知己者死。思忖了良久，张琪源道："那就一步棋当作两步走，逐步解决，分而治之。先搞精兵简政，把冗员向基层下放一些；再开办一个职工大学，抽调一部分。经过这样几次分崩离析，我们的机关干部队伍也就逐渐地减少了。"

尤尚文不解地问："职工大学？"

张琪源道："是的，现在各大专院校都停止了招生，但是毛主席在七二一指示中指出：'大学还是要办的……要从有实践经验的工人农民中间选拔学生，到学校学几年以后，又回到生产实践中去。'我们把职工大学定位为咱们江河局的黄埔军校，这里的校长、教师明显有笼络人才的天然优势，谁不愿意当？"

看见尤尚文瞪眼直愣愣地看着张琪源，他考虑黄埔军校这个比喻在眼下是不是不合时宜？便纠正道："琪源，我觉得你黄埔军校这个比喻是不是不太恰当？黄埔军校是国民党反动派办的呀？"

张琪源想了想，道："黄埔军校是国民党办的不假，但是在孙中山先生倡导三民主义的前提下办的，我们许多共产党人不都参与其中吗？我们现在好多人不是还穿中山装吗？这说明孙中山时期的国民党和后来的是不一样的，对不？"

尤尚文仔细斟酌了斟酌，喜出望外道："好！能说得过去，就这么办！不过我的想法是：先办大学，等大学抽调上一大批能人后，精兵简政的负担就轻多了。"

张琪源笑着点头道："嗯，这样当然更好。也可以外派到别的七二一大学学习镀金，上大学这么神圣的事情，想去的人必然不少，说不定还争着抢着、请客送礼走后门要去呢。再下来，即使有些小问题，也就容易解决了。"

尤尚文激动地附和道："对，最好是打破脑袋争着要去！"尤尚文想，琪源这小子真是太聪明了。

尤尚文心中有底后，就立即根据建设一套"精干坚强、富有革命精神、最有办事效能、最能联系群众、为人民服务的领导机构"的原则，经过几次纵横捭阖，终于搭起了七二一大学的框架。

也就在这时候，省水电厅革命委员会下发文件：江河水电工程局革命委员会常务委员由尤尚文、柏雪飞（军代表）、祁玉民、张琪源、蒋雅丽、陈晓峰、谢青等七人组成；其中，尤尚文任革委会主任，柏雪飞任整党建党领导小组组长兼革委会副主任；祁玉民任革委会第一副主任；张琪源任革委会副主任，列祁玉民之后。从此，江河局动荡了几年的领导班子，总算

形成了定局。

至于专职常委算不算领导班子成员？比如蒋雅丽、陈晓峰、谢青，有人说是，有人说不是。实际上也是看情况、看场合而定，不一而论。

但是，有一个人似乎被淘汰出局了，那就是第一工程队的后起之秀何建英！其主要原因是什么，众说风云。而传说最多的是：他和杜成武在一队后期，产生些个人矛盾，至于还有没有别的什么原因，不得而知。

总之，尤尚文敢于把他搁浅在沙滩上，就自有他的道理或者是拿法；或许，这正是尤尚文"精兵简政"第一步中的要害。

4

又经过几番艰苦的运作，在冬季工休前夕，江河水电工程局七二一大学终于挂牌成立了，新的大学领导班子也喜气洋洋地就任了。与此同时，连大学招生、带职工冬训，轰轰烈烈的场面一下子就形成了，煞是惹人喜欢。

祁玉民作为局革委会第一副主任兼任校长，何建英任副校长。在尤尚文的暗示下，祁玉民执意要请童俊英去当学校的教导处主任，丈夫陈晓峰勉为其难地予以支持。这样，童俊英就和其他一些干部离开了江河局机关，到另外一个地方办公、开学。

在开学典礼的大会上，尤尚文亲自到会发表了慷慨激昂的演讲：七二一大学的成立，是江河局诞生的新生事物，是毛主席教育路线的伟大胜利……

尤尚文还特别指出：七二一大学是我们江河局自办的黄埔军校，是培养将军的地方，它将成为我们江河局干部成长的一个重要摇篮。未来若干年，将会有一批又一批的红色革命接班人奔赴我局的四面八方！今后，任何一名国家干部要得到提拔重用，都要首先到我们的七二一大学这个大熔炉里锻造一番；没有上过七二一大学或者七二一大学不同意推荐的干部，坚决不予提拔……

提拔就是重用，提拔就是当官，这是国人最热衷的话题。千百年来，官本位传统影响根深蒂固，范进70多岁还想考取功名，姜子牙83岁尚且辅佐西岐，佘太君103岁还要挂帅征西，可见不仅仅是忠君报国的思想在起作用，其中不乏权力的魅力！

有了尤尚文这样掷地有声的承诺，谁不动心？这一下子就把人们的注意力都吸引到"黄埔军校"去了，许多人都在想方设法看如何能得到这样一个培养将军的地方去镀金的指标。如果真能成为其中的教员，那说明更是伯乐中的伯乐，将来必将在江河局一呼百应，成为举足轻重的人物。像林彪、周恩来、陈毅、徐向前、聂荣臻、叶剑英，哪一个不是从黄埔军校出来的！新中国一半元帅来自黄埔！

当然，这些观点少不了要经过张琪源、蒋雅丽等人的宣传渗透，要不然，仅黄埔军校这个说法，在当前还存在较大争议的大形势下，这样比喻是相当危险的。而不这样比喻，又缺乏吸引力。

这个世界就是这样，往往是灵人哄笨人。最终大家都其乐融融。

而在这个典礼上，军管代表柏雪飞只是给大家行了一个标准的军礼，没做任何讲解。因为，在黄埔军校这个说法上，他保留了自己的看法，他希望改成抗日军政大学，校长林彪、教导主任罗荣桓，不也是共和国开国元帅吗？但尤尚文一旦接受了张琪源的观点，先入为主，就很难再接受柏雪飞的挑刺。自然，军管的责任不在挑字眼上，也就随他们去吧。

随之而来，江河局机关进行了最大幅度的精简。局革委会仅设四个职能部门，其他部门一律撤销合并：政工组由常委蒋雅丽负责，办事组由常委陈晓峰负责，生产计划组由沈育林负责，公安军管组由常委谢青负责。

在四大组长中，除了沈育林，其他职位都是局常委兼任，可见规格之高。局机关共设编制60人：办事组10人，政工组12人，生产计划组18人，局革委会成员、保卫工作、来往公私信件秘密拆封审查和勤杂人员20人；军代表归谢青组织协调，但不占编制，里里外外的指战员有一个团的兵力。

陈晓峰因为没有成为革委会副主任或整党建党领导小组副组长，一直耿耿于怀。总认为是张琪源抢了他的饭碗，以致新仇旧恨叠加在一起，更不待见张琪源，经常发挥他在局机关有追随者的优势，动辄给张琪源摆难看：今天因为派车为难一下，明天为配备办公用品翻个白眼，后天再为修理宿舍、办公室门窗打个绊子。其实都是些鸡毛蒜皮的小事，就这也比工地的条件好了不知多少倍，但却总搞得张琪源这个副主任经常是灰头土脸。

张琪源还有个特点就是能忍。所以，对这一切他是一忍再忍，他不愿意给人留下一个难伺候的印象。但是，忍耐对任何人都是有限度的。张琪源的观点是游击战术：打得了就打，打不了就跑。

终于有一天，张琪源向尤尚文道："尤主任，老鸦山水库马上就要截流

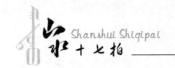

了，我想到那里去住一段时间，顺便把碉室爆破协助他们搞一搞。"

尤尚文沉吟了片刻，似乎感觉到这个要求很不合理，可也不知道问题出在哪里，只好道："年后再说吧，现在十冬腊月，工地都基本处于停工状态，你去了也有好些工作没有办法实施，是不是？"

张琪源心想：没法实施不更好？省得我争人家的权，夺人家的利！于是还想再争取一下，可看看尤尚文不容置疑的表情，是他软绵绵商量的口气完全不能抗拒的，只好作罢，但张琪源离开是非之地的心未死。

又过了几天，张琪源又去找尤尚文道："家里老父亲生病了，打来电报让我回去一段时间，也顺便休一下公休假。"

这时间，尤尚文把张琪源最近的处境已经了解得差不多了，尤其是蒋雅丽的小嘴翻莲花，极具怂恿功能，使尤尚文感觉到：自己作为个一把手，竟然保护不了一片赤诚的张琪源，本来是自己想尽办法把他调回来打算有所依靠，反倒使其置身于目前这样一个十分尴尬的境地，真是非常对不住他。所以，尤尚文把可怜兮兮的张琪源看了良久，道："老父亲病了？不要紧吧？"

张琪源道："要紧是不太要紧，不过年龄大了，病就多了。"

尤尚文"哦"了一声，道："是这样。最近咱们局里要开个总结表彰大会，各项工作我们得好好总结一下，开完会你再回去，好吧？要以工作为重嘛！个人的事再大也是小事，公家的事再小也是大事，是不是？"

张琪源有心想说："树欲静而风不止，子欲孝而亲不在；我担心我的父亲年纪大了，能不能扛过去……"可是张琪源既害怕自己是乌鸦嘴，又深知自己是个不会撒谎的人，准知道一张口就会露出马脚，只得无言地表示服从。

5

这一天，江河局一年一度的总结表彰大会在江河大礼堂如期召开。这个大礼堂是前年动工兴建的，地址在江河队筹建处最初的院子旧址上，后来划给了农机站，这一次尤尚文又把它给收回来了，所以说应该属于尤尚文执掌江河局以后的形象工程、政绩工程。当然，那时候没有这样的说法。

张琪源站在大礼堂的门前，想到这一次大会后，自己将要离开这个地方，再不回来——就是八抬大轿抬我也不回来了，心中一阵酸楚。想当年，自己和上官红云的美好岁月就发生在这一片土地上，虽然物异人非，但余温尚在。

大礼堂主席台的正中间悬挂着毛主席的巨幅画像，每一边各插着八杆红旗，旗杆顶端都制成长矛状，比一般红旗威武了许多。广播里不断唱着革命歌曲，首首都刚劲有力，给人一种震魂慑魄的气势。

陈晓峰忙前忙后，一会儿看话筒声音响不响，"喝、喝"几声；一会儿给手下的人喊道，主席台桌布不整齐，撤了重铺；一会儿又说大门口的对联一边被风吹起来了……谢青带着巡逻队雄赳赳、气昂昂地来回在会场内外巡视，生怕出一点差池……

主席台下，各单位的与会人员，不停地互相拉着号子、比赛唱歌。看谁家的声音洪亮、曲目新颖，看谁家的歌曲难度大、声音整齐。一家完了又一家紧跟上："七二一，来一个；七二一，来一个！"七二一大学的学员唱完以后，也开始拉歌："机械厂，来一个；机械厂，来一个！"机械厂代表队的参会者便应声而唱。与此同时，各单位还趁着唱歌的间隙，轮流高呼口号，场面气氛十分热烈。

上午八点整，江河局革委会常务委员整齐地列队进入会场，坐到主席台上。从左到右是：谢青、蒋雅丽、祁玉民、尤尚文、柏雪飞、张琪源、陈晓峰。杜成武作为上级领导，被邀请坐到尤尚文和柏雪飞中间。

尤尚文亲自主持会议，并致了热情洋溢的开幕词，引起了全场一片掌声。柏雪飞一板一眼地做了《江河局整党建党工作报告》。台下不时穿插一阵阵高呼的口号声。然后就请水电厅革命委员会第一副主任杜成武做重要讲话。

就在这时，有四个穿着黄军装、戴着红色袖章的年轻人，迈着矫健的步伐，列队整齐地走向主席台。这四个人走到陈晓峰身后，每边两个，把陈晓峰利索地反剪了起来。

紧接着，蒋雅丽宣读了《关于对现行反革命陈晓峰审查的结论》，从此，陈晓峰从江河局的政治舞台上消失了。

感念童俊英在技术方面的特长，也是个老实本分、命运多舛的女人，如果一块儿牵连进来，有点浪费人才。张琪源找到尤尚文，建议把她从七二一大学调到老鸦山水库工地，那里现在非常需要这样的技术人员，尤尚文同意，让蒋雅丽安排去办，张琪源没有直接插手。

与此同时，根据张琪源的举荐，抽调第二工程队司务长左长富到局机关担任办事组的副组长，主持日常工作，接替陈晓峰的位置。张琪源在局机关算是可以平稳地工作了。

除此之外，有一件事长期搁置在张琪源的心头无法解决，那就是儿子张建国的上学或工作问题。不过这是家事不是国事，反正是国事家事，事事都要操心，而且家事再大也是小事，国事再小也是大事。

想来想去，这个七二一大学是对内部在职职工开办的，所以张琪源怎么都想不出办法来，能把这两件事情结合在一起来考虑。

其实，类似的事情仍然在悄悄地运作着，只是张琪源不知道而已。在权力场上，永远不会有静止状态——生命在于运动，权力必须运动，只要保持相对稳定就可以了。

6

临近元旦，寒风料峭。街上行人稀少，有几个迫不得已要出门办事的人，也是双袖拢在一起，蜷曲着身子，目不他视，匆匆而行。二马路上刚刚开通的无轨电车，忽闪着腰间的软连接，姗姗而过，给这座城市平添了几分现代化的气息。

江河大院的院落里，停了三辆帆布篷吉普车——全局仅此三辆。一辆崭新崭新的是尤尚文的专车，另一辆军队牌号的是柏雪飞的专车，第三辆车稍微旧一点的是班子副职共用的。之前为这辆车，祁玉民让张琪源坐上出去办事，陈晓峰偏说是第一副主任的专座，祁副主任说让你坐、你就真的坐呀？把张琪源搞得很难看，令他坐也不是，不坐也不是。

为此，蒋雅丽曾经悄悄恶狠狠地告诉张琪源："你把他给顶回去，就说我怎么不能坐？"但张琪源觉得为此些许小事划不着，说："没事，我常在工地走惯了。"

现在情况变了，祁玉民走了——尤尚文就没给他分工管局里的其他业务，让他集中精力抓教育，十年树木、百年树人。张琪源事实上成了唯一的副主任，这辆车实际上成了张琪源的专座。张琪源告诉左长富：这车可以安排其他同志办事乘坐，左长富摇摇头道：不合适，除非急用。张琪源无奈，只得明确：常委班子的同志共用。这实际上也只包括了蒋雅丽和谢青二人，因为陈晓峰已被抓。

看似大局平稳，可张琪源的心仍然不静，思想斗争了很久，还是决定到上官家去看一下。

几年来，特别是从工地回来的这大半年，每当想起这事，都让他心里隐隐作痛，不明就里地牵肠挂肚。但是碍于各种考虑，他总是顾虑重重，举足不前。今天，他实在按捺不住自己的迫切心情，就径直来到韩森堡子水电大院。

上官红云和上官妈妈都在家里。几年没见，上官妈妈身体好像依然健朗，拐杖用得很少，并无老态龙钟的邋遢，让张琪源倍感欣慰。

上官妈妈略感意外。笑眯眯瞪着一双炯炯有神的眼睛，似乎在问张琪源这些年都忙些什么。这反倒使张琪源的心里感到一点顽皮的好笑，自觉确实是有些久违了。

上官红云尽量压抑着内心的激动，眼光几乎没有在他的脸上停留，只是淡淡地给他倒来一杯水以示招待。上官妈妈努力想从他的脸上读出这几年来的经历和沧桑，但是终于还是什么都没有再问，只是说："小张黑了，也瘦了，是不是工地和家里的生活不好?"

看着她还想问其他敏感话题，但还是控制住了，只是把话锋一转道："以后不论在哪里，都要注意身体，身体可是革命的本钱。"搞得张琪源倍感揪心。

这时候，红云插话道："妈，人家现在是江河局革委会的副主任了，已经不用再到工地去了，整天光坐办公室，生活还用操心?"

看见上官妈妈感到迷茫，张琪源向上官红云问道："你也知道了?"算是对上官妈妈疑惑的回答。红云没有理会妈妈投过来的疑惑的目光，只是说："这么大的事谁不知道! 整个水电系统才多大呀!"

张琪源不好意思地说道："阴差阳错，天上掉下来的馅饼。"红云肯定地笑道："就是天上掉下来的馅饼! 要不就凭你那死心眼子，只会给人家下苦出力。"

张琪源平静地说道："我到了哪里都是下苦出力的角儿，现在光管业务，别的事情我不管。"红云道："别的事情你也别管，管了就把你的副主任给管丢了。"张琪源点点头，没有吭声。

张琪源转身问上官妈妈："您老身体还行?"

上官妈妈这才从琪源和红云的对话中醒了过来，明白张琪源竟然还不是通过非常手段当上的副主任，也不是到她家来找事的，这才踏实地直起身

["\n\n\n\n\n"]

["\n\n\n\n\n\n"]

["\n\n\n\n\n\n\n"]

子，干脆利落地说："我的身体好，什么毛病都没有。"

张琪源听了由衷地感到庆幸，因为在说这话时，他看到老人家的心情已经变得十分豁达，似乎根本不需要别人来操心，就宽慰地问道："好像腿脚不如以前了？"

上官红云恨恨地插话道："我妈的腿是摔了一跤，好得差不多了，只是遇见天阴下雨感到有点疼。"

看见张琪源还是有些担心，上官红云用极低的声音对张琪源道："有时，妈妈为了对付那些找事的人，故意装出病得很严重的样子，骗那些人赶快离开。"张琪源会心地笑了笑。

只听上官妈妈爽朗地说道："不碍事的，本来就上年纪了，人哪能不出毛病呢？再加上早年打仗时这条左腿还负过一点伤，多种原因造成的。"

张琪源的眼睛湿润了，他想起了舅舅，无论遭遇什么样的艰难和挫折，精神状态始终是乐观的、向上的！和上官妈妈一样。在他们认为：社会主义的铁打江山只要还是属于人民群众的，就什么都满足了。

上官妈妈执意要留张琪源吃饭，住下来，反正今天又走不了，住店还要花钱。张琪源和红云一再解释，琪源在局里有宿舍，不用花钱，上官妈妈坚持道：在哪儿都没有家里好！我们家里自从她爸走后，基本就没有亲戚朋友来过。张琪源实在拗不过，只得点头。

元元和燕子两个孩子先后都回来了。几年不见，身材都开始扯条了，过去的娃娃脸已经不见了；元元有了喉结，说话粗声粗气；燕子显了前胸，走起路来亭亭玉立。

两个人例行公事地跟张琪源打了个招呼，就匆匆忙忙地想离开。张琪源的一身中山装并没有引起他们的重视，这时间的中山装和四个兜的黄军装非常吃香，是最引人注目的。

红云想让两个孩子过来多停留一会儿，两个孩子都说忙着呢。元元说："明天我们要开新春朗诵大会，到现在发言稿还连一个字都没写呢。"燕子道："我下午排练节目，有几段台词我还没有背会，今天非得背会不行。"

张琪源似乎觉得这两件事情其实就是一回事，就笑着问道："明天新春朗诵大会后要演出？"燕子道："不是，忆苦思甜是他们毕业班的事，我们是迎新年会演。"

张琪源感慨道："城里的孩子晚上都这么忙？有电灯就是好！能多干很多事情。"红云道："哪呀？白天游门走四方，晚上借油补裤裆！一天不操心怎么用功学习，就光知道到外面怎么争当小闯将，唯恐落到人后！"

张琪源欲言又止，只是慈爱地示意俩孩子忙自己的事去吧。

俩孩子离开后，上官红云沉闷地说道："元元今年初中就要毕业了，看能不能上高中，燕子是明年初中毕业。现在升高中倒是不用考试了，可是还要推荐，要是推荐不上就麻烦了，只有下乡和到'三线'两条路。"

说到下乡，张琪源自然而然想到了自己的儿子张建国，那不叫下乡知青，而叫返乡青年。自己的几个孩子都没有资格当下乡知青，只有当返乡青年的资格。

上官红云停顿了一下才说："闲待在家里肯定不行，到时候人家把商品粮一停，户口往出一转，不想去也得去，要是坚持不去还有可能惹出事来呢！只能听天由命了。"

能够看出来，上官红云今天有着很强的表达愿望。张琪源尽量让她多说话，因为到了单位，说这些话是要犯错误的，小则批评，大则批判。

张琪源道："推荐上高中应该问题不大吧？这方面好像放得比较松。"上官红云淡淡地说道："也不一定，现在要培养又红又专的革命事业接班人，首先改造的就是'四体不勤、五谷不分'的资产阶级娇小姐、公子哥儿。我们家庭成分高，所以孩子们都非常有上进心，参加各种活动十分踊跃。"

张琪源对农村的成分划定比较了解，可对城里的基本一窍不通。问道："你爸妈不都是闹革命出来的吗？怎么成分反倒还高了？"上官红云道："我爷爷家最后定的是民族资本家，我姥姥家定的是城市手工业者，都是属于剥削阶级。"

张琪源似懂非懂：看来这是一个很复杂的政策问题。除了城市与乡村之间的不同外，还有地方性的差别。就只能转换话题道："二十七中我认识人，去给说一说，看能不能叫推荐两个孩子上先高中。"红云平静地说道："两个孩子都没在二十七中上。"

张琪源诧异地问道："为什么？离家这么近多好。要不我说怎么经常在二十七中门口注意，老是见不上？"上官红云道："就算在路上等见，你能认出来？"

张琪源道："是啊，变化这么大，真是见了也认不出来了。"红云长叹一口气道："没办法，当时杜成武和我离婚，闹得满城风雨，我一看对孩子影响太大了，就转学了，到十六中了。"说了一会儿，红云突然提醒道：

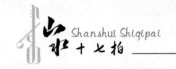

"俩孩子上高中的事，你现在先别管，说不定还行呢。"张琪源点头道："能行，我先慢慢留心。"

红云认真地说道："留心可以。只是两个孩子的名字我都给改了，既然断绝关系了，那就随我姓：儿子叫上官元，女儿叫上官燕，燕家峡的燕。"

张琪源把俩孩子的名字重复了一遍，道："燕家峡的燕。"感觉到有一点古怪，可也想不出所以然来，便改变话题道："我看两个孩子还挺乖的。"上官红云点点头，道："都乖，家庭背景不好嘛，出门总觉得抬不起头来，夹着尾巴做人嘛。"

张琪源安慰道："寒门出孝子。"上官红云道："不过无所谓，自古以来——娘的心在儿身上，儿的心在石头上，我只管把他俩养大成人就行了，别的也不指望什么。"

张琪源哈哈笑道："是有这个说法。我妈还说了：一个娘可以养活十个儿，十个儿都养活不了一个娘。"上官红云道："其实是一个话。"

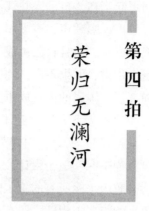

第四拍

荣归无澜河

1

　　新年新气象，这是尤尚文年初对全年工作的一个总体思路。具体地说，从组织机构、人员摆布上，又重新翻新了一次：以原来四个工程队建制为基础，成立了四个大队，撤销原来的工程队建制，大队下面可以设工程队，作为局里的三级单位。

　　这样，工程队这一机构设置在江河局的 17 年历史上，分别由一级单位、二级单位变成了三级单位，一直存在至今。

　　以一队为基础成立了一大队。将原来二队所属的林源县战斗灌区工地，划归一大队管理，被一大队单列为第四工程队。将何建英从七二一大学抽出来，到一大队任革委会主任兼整党建党领导小组组长，党政一肩挑。

　　在尤尚文和蒋雅丽给何建英谈话时，何建英说了些客气话：工地上辛苦，待在七二一大学挺舒服，如果可能，还是想留到大学，给咱们负责教书育人的事。

　　但是尤尚文没有答应，而是鼓励道："建英，你的工作魄力大家是有目共睹的；一大队要发展还得仰仗你来挂帅，这副担子很重呀，别人去我不放心，非你莫属了。"

　　何建英也就不再谦虚，愉快地接受了。

　　其实，这时候的何建英已经把一切都看清了。所谓的七二一大学，并不是什么江河局的黄埔军校,而是闲置能人的地方,让许多人在这里白日做梦。回想起当初,自己入驻江河局大院是何等的威风,几百人的队伍浩浩荡荡,口号声、唱歌声,声震屋瓦、直冲云霄,可惜经过无数次的分崩离析,不但溃不成军,而且自己也成了光杆司令。

退一步讲,如果不服,陈晓峰就是榜样——现在的尤尚文已经不是当初的尤尚文了,国家的大气候也不是当初人人可以各自为政、揭竿而起的局势了,已经"由天下大乱达到了天下大治,形势是一片大好,不是小好,而且是越来越好"!所以,何建英想:与其待在这里屈居祁玉民之下,还不如回去自立为王——三十六计,走为上策。

将老鸦山水库所有的施工队伍整合起来,成立了二大队。这里的基本力量是原来的第二工程队,还有些其他工程队、厂的专业人员。撤销了原来的第二工程队建制;任命陆华夏为二大队整党建党领导小组组长,牛树宽为二大队革委会主任,狄胜利为副主任。

在二大队的任命上,尤尚文考虑最多,是前怕老虎后怕狼。第一不能在这个地方再培养出第二个张琪源来,把单位、军管、地方三股力量统到一块儿,尾大不掉,听调不听宣,这个能力只有陆华夏有!

尤尚文甚至想:尽管陆华夏现在年龄大了一点,拉旗造反这种事不大可能干,但是也说不来什么,姜子牙八十多岁还带兵打仗呢,佘太君百岁还挂帅呢,所以,不能不防;就有意给他的班子里面掺点沙子,这粒沙子就是牛树宽。

牛树宽是个半吊子,尤尚文是知道的。牛树宽是薛家女婿,但却基本不被薛家人认可,尤尚文也知道。但牛树宽不能不说是一块儿很好的招牌,起码别人不敢在薛家嶙峋这片地方为难牛树宽,所以,尤尚文把这里当作一块儿很安全的自留地。

当初杜成武到老鸦山来收拾张琪源,回去曾经告诉尤尚文:现场宣布了一个时势英雄为二队的负责人,统领二队下面的各路人马,只有他可以在一定的条件下,和张琪源相互制衡,因为他的丈人家在当地势力很强。

所以,尤尚文就真的任命了牛树宽为二队负责人,指望着薛家人能弃张保牛,可是这个任命犹如石沉大海,一直没有任何音信,也没有人再敢到老鸦山去问个究竟。

上次尤尚文来老鸦山起用张琪源时,尤尚文亲眼看见牛树宽那个灰小子在看大门呢,他只装作不认识,也没有向张琪源点破。因为他预计到:如果当时真的为此事较起真儿来，情况可能立即会向相反的方向发展，所以只能隐忍未发。

这次借着成立大队的机会，尤尚文是绝对不能再失去这个掌控老鸦山的天赐良机了。

至于狄胜利，和张琪源是拜把子弟兄，多年来唯张琪源马首是瞻。但是现在，毕竟人走茶凉，鞭长莫及。要紧的是：狄胜利这个人本身工作能力很强，又是老一茬子北京知青，是见过大世面的人，一直被民间认为是陆华夏、张琪源一条线上的人。所以很有可能他一旦当上了革委会主任，立马就会和陆华夏合穿一条裤子。那样，陆华夏将如虎添翼；就是陆华夏不出面，由这个北京知青主事较劲，自己也受不了。

所以，尤尚文对张琪源所提的各种方案都未完全采纳，但也未完全排斥。比如：陆华夏当整党建党领导小组组长，狄胜利当革委会主任，这是第一方案；第二方案是陆华夏主任、组长一身兼，狄胜利当副主任，再提一个副职。在这两种情况下，最多、最多只能给牛树宽一个副主任就了不起了，说不定还连个副主任也捞不着。因为，在张琪源的棋子里，除了调到机关的左长富，还有老鸦山的其他人呢，他牛树宽算哪根葱！

但是尤尚文就是坚决不同意，至于其中原因，尤尚文也不解释，他不想编一个谎言骗张琪源，更不想说破其中的奥妙。张琪源也明白一些，毕竟张琪源是实诚，而不是傻。

到了最后，尤尚文颇有耐心地说："琪源，在二大队的人事问题上，按说你应该回避。但是，咱们都是共产党人，应该毫不隐瞒自己的观点，所以就这样开诚布公地跟你商量这个问题，这当然是想让你的思想上首先能通得过。现在这样的人事安排，其实对你也有好处，免得让大家说你有私心，都当了局革委会副主任了，还把过去的一些恩恩怨怨放不下。"

说到个人恩怨，张琪源想解释一下：我确实是从工作出发的。但是尤尚文没有给他这个机会，而是继续说道："自然，你的那两种方案可能是对的，毕竟你对二队情况最熟悉。但是那不要紧，过来过去还不就是这三个人在这里倒腾着吗？又没有大的出入。"

话说到这里，张琪源也就不能再坚持了，其实，在脑子里面有一系列的人选都压在了心底，比如：奚大宝、邱玉山、马三全、孙光喜。

第三大队以原来的三队为基础，又将原来二队所属的3851防护工程的人员划了进去。革委会主任：惠爱国。这样，就等于将原来的二队一分为三，两小部分被一、三大队瓜分，一大部分和老鸦山的其他零星队伍合并，整个人员力量进行了较大调整。这样，尤尚文心里的一块儿石头才算是落了地。也应了那句名言：天下大事，分久必合、合久必分。

以第四工程队为基础成立了四大队，主要是机械安装、金属结构制安。就是吕亚洲那些人，主要负责人是沈育林的根基——三队的骨干人物通广才。从二大队又抽调出来了一个马三全，等于张琪源在二大队的人员班底越来越少了。

2

张琪源的生活变得繁忙而虚化，常常感觉到工作是快节奏的。可既没有实实在在的工作成果，也没有必须依靠自己才能推进的项目，更没有面红耳赤的争论和得理不饶人的较劲，猛然这么一下让生活碎片化，还真有一点不习惯。

要说工作吧，不论到了哪里，都是蜻蜓点水，既紧张而又可有可无：今天到这里拍一个可拍可不拍的板，明天到那里讲几句可讲可不讲的话；今天把张三拉起来有口无心地表扬表扬，明天等见李四再不轻不重地批评批评；今天到一大队的工地上做一个重要讲话，明天到三大队的项目上指导指导工作。

大家都说他的讲话很重要，下来要如何去落实。其实张琪源并不这样认为，反倒觉得当这么一个不大不小的领导，既干不了多少实实在在的具体事情，又非常辛苦，在许多事情上反倒觉得有力使不上。

这天下午，张琪源专程来到七二一大学。传达介绍自己到河南红旗渠参观学习的情况：河南省林县人民战天斗地，用了九年的时间，终于建成了这条总干渠长104里的大型水利工程，使林县水浇地面积从原来的不到一万亩扩大到现在的60万亩，正如伟大领袖毛主席教导我们的一样，人间奇迹我们创……

传达结束后，他和祁玉民一块儿到了他的校长办公室去，打算礼节性地坐一会儿就回局里。没想到祁玉民却很神秘地把门关上，告诉他："琪源，按说咱们弟兄们在一块儿共事时间不短了，我这人是个什么样的人你最清楚。工作上他谁也说不出咱半个不字，就是嘴里藏不住话，当初也就是因为这才把咱老柳给得罪了，那年才在七贤峡挨了他的黑砖。"

张琪源道："现在你不是把仇报了吗？"祁玉民道："那是他罪有应得，谁让他不认真贯彻执行毛主席的革命路线呢？当然了，我这人也不是饶人的人，让他给老子要血债血还。你看咱俩那时间配合得怎样？我为正，你为副，样样工作干得是没得说。"

看见张琪源无可无不可，祁玉民继续说道："现在吧，咱弟兄俩又一块儿给老尤拉下手，按说也挺好的，只是我觉得兄弟你自进班子以来，没有把老哥我当自己人，时时处处跟上老尤挤对我，我看在咱们过去合作一场的份儿上，一忍再忍……"

张琪源听着听着，慢慢地觉得两颊有点发热。看来自己在和尤尚文合作的同时，几乎忽略了祁玉民这个第一副主任的存在；而祁玉民今天所言，也几乎确确实实都属于事实，以自己这两下子和目前在局里的人缘关系，祁玉民完全可以把张琪源拿下——因为祁玉民的七二一大学里，有的是想风风火火再大干一场的激进分子。到时候说不定尤尚文也只是在旁边隔山观虎斗，任凭谁输赢！估计不会像处理陈晓峰一样，把祁玉民也给废掉，为自己出气。

想到这里，张琪源非常恳切地说道："祁主任，我这人你是知道的，让我搞业务什么都行，就是搞不了官场上的这一套，所以自从到了局里，我感到事事无所适从，你说我该怎么办？"

祁玉民道："兄弟，这正是你的长项。好多看上你这位子的人就是念及你的这点长处，才都狠不下心来。我觉得，对尤尚文这个人，你还是要防着点，这个人是个典型的兵痞、政治流氓、党棍，我和他势不两立！"

张琪源小心翼翼地说："我觉得尤主任对你还不错吧？把七二一大学这么重要的岗位给你，你觉得不好？"

祁玉民立马站起来激动地近乎吼道："你别揣着明白装糊涂了，这是个什么烂岗位！我给你说，这里头也有你的一份功劳，你当我不知道？"

张琪源不知道该怎样回答这个问题，只是瞪着眼睛定定地看着祁玉民。这是自己认识祁玉民十几年来，见他发得最大的一次火。

过了一会儿，祁玉民才像泄了气的皮球一样，颓然坐在椅子上，不再吭气了，良久才说："算了，我这人脾气就是这样，过去了也就过去了，你也不要放在心上。你忙吧。"

张琪源被祁玉民送出七二一大学的门，就无精打采地往回走。张琪源不想坐车，因为这辆吉普车曾经差不多是祁玉民的专座；祁玉民当初还比较友好地经常让张琪源使用，可现在的结局却正如祁玉民刚才所说的一样，张琪源风光了，祁玉民暗淡了。

张琪源一边走，一边清理自己的思路，可是，赶回局里，也没有想出个所以然来。这时候，他突然想起一个人来——毛月梅，在四年前的相当长时间里，只要张琪源在官场上头脑进入空白的时候，他都能靠这个人来给自己指点迷津、答疑解惑。

然而今天，又该去找谁来给自己参谋参谋呢？他把整个局机关看遍，尽管说似乎是被老二队人把持着，可还是找不下这样一个贴心人。

晚饭后，张琪源到左长富房子坐了坐，说了一阵闲话。张琪源问道："你来机关快一年了，觉得还适应吧？"左长富道："还行，这次能到局里来工作，多亏了张主任你的提拔，谢谢你，我一定不辜负你的希望……"

张琪源没有等左长富说完，也没有顺着左长富的话往下溜，直接道："你觉得咱局里和基层在人员相处方面有什么区别？"左长富兴高采烈地说道："局里人到底素质高，说话办事就是和咱们工地人不一样，咱们工地人干什么都是直来直去，看着挺粗野的。"

听到这里，张琪源多多少少有点找不着北，真是朋友好交，知音难觅。但是也没有办法，所处的位置不同，想法自然也就完全不可能一样，所以，他仍然尽量让自己平静地问道："那你没看局里最近阶级斗争有没有什么新动向？"左长富犹犹豫豫地说道："按说阶级敌人人还在，心不死，可是咱也看不出来谁是阶级敌人呀？"

张琪源彻底乐了。他不知道左长富是真糊涂，还是装糊涂。可无论怎说，反正是讨不来实话了，或者说找不到自己想要的答案了。

张琪源想到沄河边上去看看，体验一下这些年来和江河湖海沉淀下来的那份情感，可又觉得这和工地那种充满张力的火辣辣的生活有着本质区别，不是他想要的那种山水情怀，就只好静静地蹲在墙根下，背靠着层层叠叠的大字报，看了一会儿门前大杨树上那个曾经当钟使用的犁铧子。

17年了，这口"钟"早已锈迹斑斑。吊它的铁丝也被深深地镶嵌到了树身里，好像能把树枝勒断；随着有线广播和铜号的使用，这个犁铧子早已失去了它原本的唤醒功能。而随着时代的变迁和人事的更替，让许许多多肝胆相照的人渐行渐远，现在入驻这里的，不是曾经的过客，就是后来者居上的新主人，忙于前行，无心赏月，只有这个失语的犁铧子，还保留着原有的质朴、淡然，也时常带给张琪源家乡般的眷恋和暖意。

好不容易张琪源把谢青找到了。结果谢青正和他的几个哥们弟兄在一块儿喝酒呢，一个个满脸通红，豪言壮语，屋面酒气熏天，烟雾缭绕。张琪源一看这情形，觉得有些好笑，他们都已经习惯了这种四平八稳的日子了，并不和自己一样，总怀念工地那白天晚上连轴转的充实生活，便赶忙转身离开。到了门房，彻底静下心来，看大伙儿下棋，一直到了深夜。梦中，他又一次次回到那些日夜忙碌、魂牵梦萦的水电工地。

3

时间已经到了春夏之交。但是，老鸦山的天气依然还是寒气袭人，无澜河的河水发出期待已久的"咔嚓"声，冰开始融化了。

张琪源一行完成了局里的一系列重大变革后，来到了这里。

在此次出发之前，尤尚文就曾告诉张琪源：最多去 20 天，连路途争取压缩到半个月以内；不敢待的时间太长，局里事情又太多，我们几个忙不过来；还有，其他十几个工地你也该去看看，新主任上台，应该给大家亮亮相。

张琪源点头答应。

张琪源此次重归老鸦山，尽管没有前呼后拥，但也是像模像样，毕竟是副主任——县团级干部出行嘛。他带了两个最得力的职能组长：一个是局常委兼政工组组长蒋雅丽，另一个是生产组组长沈育林。

尤尚文说："这样既能抓革命，又能促生产。"

而另外两个没有随行的组长正好是左长富和谢青，都是从老二队张琪源的手下出去的人。如果也随张琪源回来的话，很容易让人产生一些不必要的错觉，所以说，尤尚文的这种安排应该是非常恰当的。

其实，在此之前，张琪源已经将工地上的相关技术人员召集到局里，把方案仔仔细细地研究了一遍，应该说完全可以不来。可是，他还是有些不放心，因为这里，毕竟是他一手抓起来的一个大项目，曾经两次在这里度过了他五年的青春年华，度过了他人生最困难的时期和最动荡的岁月，还有那么多难以忘怀的人和事，所以总有一种说不出所以然的眷恋。

再加上这是建局以来最大规模的爆破作业，许多技术参数属于全国领先，完全称得上是新中国定向爆破的优化典范，将来要修正一系列经验数据，供教科书使用。所以，只能成功，不能失败，每一个细节都不允许失误。而且，去年自己就曾提出要来一趟——当时实际是为了躲避陈晓峰的挤对；所以现在不来就有点说不过去了。

张琪源的到来，被好多人认为是衣锦还乡，应该好好铺排铺排，表示一下娘家人的热情。尤其是陆华夏，更是由衷地感慨，因为有人曾经不止一次地说：张主任是陆组长一手栽培起来的。

陆华夏道："琪源是从咱队上出去的最大的领导，也是江河局有史以来唯一一名土生土长、平平稳稳由最基层干到局这一级的领导，这是我们全队人的光荣和骄傲！"

蒋雅丽立刻反对道："啊呀，还不止张主任一个，祁主任不也是从老二队出来的吗？而且还有谢常委、左组长呢。可以说：咱们老二队是人才辈出、群英荟萃；现在的江河局实际上有你们老二队的半壁河山啊。"

说者无心，听者有意。这几句场面上的客套话，按说是再平常不过的了，可是却引起了两个人心理上的不快：一个是童俊英，另一个自然是张琪源了。

童俊英现在在老鸦山负责生产技术。这次，这一行人实际上是冲着她的这一块儿业务而来，所以接待开会等工作都离不开她这个对口业务部门的负责人参加。再说，童俊英过去也曾在局机关部门工作，和这几位比任何人都熟悉，让她参与接待工作是最合适不过的了。

童俊英非常想见到这些人。因为，江河局毕竟没有因为陈晓峰的事情，对她有太大的牵连，也没有要求她和陈晓峰一定要划清界限或强迫离婚，而是给他留了一条很宽的路。所以，她对这几个掌握着自己和丈夫命运的人，尽管不好意思，但是仍然心存感激，尤其是张琪源。童俊英完全能够想象得来，这一次挽救自己命运的人主要还是张琪源，别人才不会想到这些事。

至于陈晓峰，完全是他咎由自取——童俊英经常这么想。最早在七贤峡就无缘无故地生人家张琪源的闲气，这次为了一个副主任的破位子，对张琪源是百般刁难，连周围的人都看不下去了。

曾经有人对童俊英说："看来你家陈常委非要把张副主任扳倒不可。"童俊英明知道这样做失道寡助，可是为了避免引起陈晓峰的不必要猜忌，童俊英强迫自己没有去规劝丈夫；再加上自己心存侥幸，认为富贵险中求，或许真能成功，再怎么说，陈晓峰是自己的丈夫，成功以后对自己更加有利。

也就放弃了刻意阻挠，这才最终导致陈晓峰的惨败，被尤尚文一举拿下。

不论怎说，童俊英和陈晓峰是两口子。面对眼前的一切，童俊英的心情是复杂的。当大家伙热热闹闹说到此事时，她立刻就想到了自己的丈夫陈晓峰——也是从老二队出去的，也是张琪源、祁玉民的手下，竟然被他们这伙人毫不留情地打翻在地，现在关押在哪里，还不让家属知道！然后起用了他们自己的心腹大将、两面派左长富。

所以她脸上立刻觉得挂不住了，很快从人群当中溜了出去，免得大家再说出其他更让她接受不了的话。过了一会儿，她才二次进来。

张琪源思想上不快自然也有他的道理。是啊，现在的这种格局，从表面上看来，不就是老二队的天下吗？

可是张琪源心里明白：实质上不是这么一回事，除了左长富和自己比较贴心外，其他的都算不上。谢青他压根儿就看不起，但是这个人打架斗殴的能耐有的是，还惹不起。祁玉民在七贤峡是自己取而代之的人物，尽管责任不在自己，但是他本人心里肯定不爽快；更不用说在童家湾他还取代过张琪源，当时看威风凛凛，可最终因为没能按期完成大跃进的目标任务而劳教了两年，所以就童家湾大桥而言，祁玉民简直就是张琪源的替罪羊。

而且，老二队人之间的自相挤压明显地比别人还更甚一筹，所谓仇恨不予陌路人。那么这到底是不是一份荣誉，是不是值得祝贺欣喜？都不能过早地下定义。

可既然大家甚至连蒋雅丽都能看得出来，而且开玩笑时顺嘴就说出来了，就说明这种看法在她的内心已经由来已久，更不用说尤尚文这样的政工高手了！说不定他早就琢磨出味道来了。

想到这里，张琪源头上冒出了一层冷汗。从这一刻起，他打算很快把这里的事情告个段落，抓紧回去，免得让尤尚文猜疑，进而想出更加极端的主意来。

4

陆华夏亲自陪同张琪源、蒋雅丽来回往返于无澜河两岸，到工地枢纽现场踏看。牛树宽和狄胜利、谭秀珍、童俊英则跟在后面，与沈育林等人说着话。

一路上张琪源很少说话，因为他多多少少承受不起老领导陆华夏对自己这样毕恭毕敬。而且，这里的工程情况张琪源应该是很清楚的，就是有些许变化也是意料之中的事情，看到一些做得不合适的地方，他一般也不指出来，尽量让蒋雅丽、沈育林他们来说。

但是蒋雅丽提前声明："工地上的事情，我不插话，书本上学的那点东西早就忘完了。"所以，一般情况下是沈育林询问、点评，张琪源只是点头附和而已，极少帮腔。

牛树宽跟前跟后，非常尽心，尽量想表现出一个主任的样子来。但是苦于对工程的了解还不够全面深入，刚刚上任也没有完全进入状态；再加上在张琪源跟前，他多少年就是一个基层工人，所以始终是唯唯诺诺，挺不起腰杆来。

张琪源也不过多地理牛树宽，以免给他思想上增加太大的压力；或者不注意会说出些对牛树宽不满的话来，既会影响牛树宽本人的工作积极性，还会传到尤尚文耳朵里，认为张琪源对二大队的干部任用心怀不满，有意拆台。

到了导流明渠的时候，沈育林指着明渠圆弧段问道："那边的冲刷将来比较厉害，砌石的高度可能不够。"谭秀珍道："这是按照五年一遇的洪水设计的。"沈育林道："应该考虑壅水高度，五年一遇的标准有点低。"

看见谭秀珍支支吾吾没有回答，沈育林也没有追问，而是指着正在疏浚的河床问道："那边有没有挡墙？"狄胜利道："原来没有，现在想增加上。"

有狄胜利搭话，谭秀珍不经意地躲在了后边。沈育林并没有觉察，仍然点点头，道："可以，但是不必太厚。"张琪源也跟着点点头。谭秀珍面无表情。

到了龙口位置，沈育林问道："现在这里还有多宽？"在此等候已久的导流系统负责人奚大宝道："现在还有 17 米。再有五天，导流明渠、导流涵洞就都能过水了，这样就可以进一步加大集中进占的强度了。"

沈育林怀疑地问："导流涵洞也完工了？"奚大宝果断地回答："全部完了，现场也清理了。"

张琪源道："我们再看看去，顺便把清表的工作面也看看。"牛树宽抢答道："行，行，从这么走就可以都捎带上。"说着右手在半空中画了一个半圆。

到了导流涵洞出口，沈育林问道："下游防护还没搞完？"狄胜利道：

"牛主任的意思没必要搞，就取掉了？"沈育林怀疑地"嗯"了一声，就用眼光寻找牛树宽，牛树宽赶忙近前来，满脸通红，结结巴巴地说："我看根本冲不到那里！"

无形中，狄胜利当面就把牛树宽给卖了，搞得牛树宽多少有一点狼狈，狄胜利似乎也有一点后悔自己回答得太直接，直感到对不住牛树宽。

而这一幕恰恰被沈育林看到了，为了避免尴尬，也就不再纠缠这个问题，而是换了另外一个问题："我记着咱们刚才看的总体规划中，那个地方有一条路呢，也去掉了？"这回牛树宽有点更加难堪了，但还是硬着头皮道："路？修路干什么？"

童俊英一看牛树宽回答得极不靠谱，赶忙答道："坝到了50米高的时候，上坝路要从那里通过。"牛树宽再没有吭声。张琪源和颜悦色地说道："下来和设计上再算算，看看坡度再定。"牛树宽看了一眼谭秀珍，又看了一眼童俊英，如获大赦道："没问题，没问题。"

牛树宽偷偷擦了一把脑门的汗，才知道为什么说"见官莫向前，做客莫向后"的道理。就算你积极迎合、反应敏捷、巧舌如簧，也回答不了不懂的问题；装懂也要有装懂的本事，要不然，面对一个绕不开的问题，你怎么能为自己解围？

到了右岸，爆破队队长邱玉山早早就迎了过来。大家也不客气，单刀直入进入主题，沈育林边走边问："爆破以后，那个小山包会不会垮下来？"邱玉山道："根据参数计算，影响不到那里；万一坍塌下来，用一个星期就能清理完毕。"

沈育林面色凝重地说道："恐怕对周围建筑物也有影响。"邱玉山、牛树宽、狄胜利一时无语。

张琪源和气地解围道："如果觉得不保险，可以先卸荷，揭掉一部分。"沈育林紧接着道："也可以在那里开挖一条减震隔离沟，作用是一样的。"大家频频点头。

又向前走了一段路程，到了主药室洞口，沈育林问："洞口打算怎么封堵？"邱玉山道："出口用土石掩埋就行了，里面有两道砌石墙，中间填充缓冲材料。"

沈育林问："土料备得怎样了？"邱玉山道："够了，还略有富余。"

等到了主药室里，狄胜利没敢等牛树宽介绍情况，以免再"冒凉气"；再看看另外两位女将，都站得比较远，就抢先说道："我们现在所在的这个药室是主药室，净空 1000 立方米，将来要容纳 1200 吨硝铵炸药，最大抛掷距离是 600 米，预计爆落 75 万方；底部高程 1753 米，比最深清表高程高 57 米，比坝顶高 6 米。"

沈育林问道："最小抵抗线是多少？"狄胜利道："到定向坑底部是 38 米。"

沈育林又问："仅仅靠定向坑保证介质平行坝轴线集中抛掷，行不行？"谭秀珍这一会儿已经缓过神儿来，道："还有一个措施就是这个药室呈圆弧长廊状，圆弧半径 280 米，弧弦的垂直平分线平行于坝轴线。"

沈育林道："哦，两项措施共同起作用，应该差不多了！"狄胜利道："所以，咱们打算在净空装药量、单位抛距移动量上创两项全国领先水平。"沈育林未置可否。

邱玉山连忙补充道："还不仅是这样，我们准备通过增加密闭层，将起爆压力均匀传递，防止局部岩质不良造成漏气而导致抛掷方向偏离，这是咱们在汲取了国内许多教训的基础上自行设计改进的。现在整个药室的密闭层已经全部搞完，等强度达到 80% 以上就具备了装药条件。"

谭秀珍补充道："地表整形已经完成了，定向坑的辅助药室也已经形成，临空面基本和理论数据相吻合。"

沈育林似乎觉得差不多了，就向张琪源问道："张主任，你看还有什么要落实的？"

张琪源向狄胜利问道："药码堆存图出来了没有？主副药包的起爆梯段是如何考虑的？"狄胜利刚一愣神，跟在后面的童俊英道："出来了，谭工她们正在审核呢。大体思路是：装药上小下大，起爆由上而下，抛投先远后近。"

张琪源转向谭秀珍，谭秀珍道："理论审核没有问题，我们还要对国内其他几个类似项目技术指标做一些优化，争取得出最优坡比，也准备向全国推广。"

张琪源道："推广的先决条件是确实技术先进，效果显著。所以咱们要结合这里的岩层结构认真分析，模拟地质图一定要做仔细。"

谭秀珍道："模拟图实际上我们心里也基本有数了。咱们有主药室、辅助药室和地表清理三种情况下形成的地质编录，山岩的走向、倾角以及断层、破碎带都清楚，也绘制了比较准确的地质构造图。"

张琪源点点头，又摇摇头，道："那就好，科学的计算就是要建立在基础资料相对准确的前提下。但是，公式都是些经验公式，装药量取决于坡度系数、抛掷率和爆破作用指数的选取和计算，就单个数据而言，上限和下限的装药量要相差近三分之一，再加上误差叠加，差错可能就远远不止这些！"

张琪源提出的这个问题确实是一个很重要的问题，当时在场的人没有一个人能回答得了。这是个技术问题，而不是职位高低行政拍板的问题；陆华夏和牛树宽觉得很没面子，但是也无言以对，两个人一块儿围拢了过来。

陆华夏道："要不张主任给这几个技术人员指导一下，让他们明天上山看一看，掌握一下第一手资料，回来再向你汇报？"张琪源道："汇报？那还不如我和大家一块儿上去看看，不看我心里也没底。"

陆华夏道："这不太好吧？你是咱们江河局的大领导，这么辛苦多不好？"张琪源满不在乎道："什么领导不领导的，我这人多年跑工地跑习惯了，来了不上上山，还觉得不自在呢。"

陆华夏道："那也行，你这脾气我了解，凡事都要亲力亲为。"张琪源道："我们把干粮和水都准备上。陆组长你年龄长我们几岁，就不去了，让牛主任和我们一块儿去。"

牛树宽积极表态道："好的，我给张主任背干粮。陆组长你在家给蒋常委她们把咱们的工作好好地汇报汇报。"张琪源吃吃一笑，友好地拍了拍牛树宽的肩膀，把牛树宽乐得不知道说什么好。

在回来的路上，陆华夏介绍道："现在军管和基干民兵已经把周围地形地貌都熟悉了，并且和咱们设计上勘探的丹霞地貌图纸做了核对，《人员分配和警戒制度》我们都反复讨论过，打算装药前一个星期保卫人员到位，开始清野警戒。炸药运来后直接入室装药，减少一次中间环节。"

张琪源道："是啊，是得提前准备：把现场仔细察看察看，把人员好好培训培训，做到防范和应急两不误。不能算黄算割。"

牛树宽一看其他人都在后面，只有陆华夏在跟前，稍微胆子大了一点，就开始介绍一些工地上的具体情况，比如：劳力配备、材料调拨、部队上的配合情况，等等，力图能得到张琪源的认可。

5

蒋雅丽在军代表严于田和综合办公室负责人田喜珍的陪同下，专门到无澜河两岸各个营地观看工人们自己创办的宣传载体。可以说是形式多样，内容丰富。

还顺着围墙详详细细一张一张观看各种各样、花花绿绿的大、小字报，越看越饶有兴趣；感觉到汗珠味儿十足，质朴感浓郁，和机关的风格截然不同，以致时常抿嘴浅笑、指指点点，对感兴趣的文章逐个加以点评，有的甚至还让田喜珍摘录下来给她带走。

蒋雅丽道："咱们指挥部的政治思想工作做得非常扎实，尤其在宣传工作方面，比我前一段时间宣布班子来时声势大了、质量高了、思路也新了，要继续保持。而且我还有一个不成熟的想法，你们尝试地办个简报，把这些稿子中非常优秀的汇编成册，下发给队上，让大家互相学习，共同提高。我看这个简报的名字就叫……"

蒋雅丽说着，就盯着田喜珍看，田喜珍赶忙拿起笔记本就要记，蒋雅丽这才说："老鸦山前哨？对，就叫《老鸦山前哨》。"

田喜珍赶忙记了下来，惊讶地说："啊呀，蒋常委，你真有水平！这个名字起得太符合当前形势了，既高屋建瓴，又通俗易懂！"严于田附和道："那可不是，连我都听说蒋常委是你们江河局有名的才女、江河局的第一支笔。"

田喜珍高兴得合不拢嘴："怪不得呢，我真羡慕！"严于田还向田喜珍问道："你可能还不知道吧？蒋常委还是江河局的第一美女，号称是才貌双绝！"

田喜珍不好意思地说道："长得漂亮那是肯定的，谁看不到呀？像长我们这样的根本就站不到人家跟前去。"

蒋雅丽嗔怪道："看你俩说到哪里去了？喜珍你把工作做得这么出色，是不是严代表从旁帮助的结果？"田喜珍道："那是当然，像那些大幅标语都是严营长亲自写的呢，我只是给打个下手。"

三个人说说笑笑，一边走一边记。有的田喜珍说不用记了，她已经拿复写纸复写了一份在抽屉里，蒋雅丽夸奖："好记性不如烂笔头，喜珍的工作真细心！"

严于田道："干脆蒋常委把她带走吧，让她给你当个秘书。"田喜珍泄气道："那我可干不了，让我端个茶倒个水还差不多。"

蒋雅丽开玩笑地问道："你愿意给我端茶递水？那我不成了官僚主义、家长作风了？"田喜珍高兴地说："愿意！像你这么平易近人、才华出众，还能和我们基层同志打成一片的领导，很少见！"而且啪嚓来了个立正姿势，给蒋雅丽敬了一个不伦不类的军礼，高兴得蒋雅丽合不拢嘴。

有的大、小字报快掉了，严于田顺手拿浆糊又把它重新粘好。这就留出时间，让蒋雅丽又和田喜珍详详细细交谈了一会儿，这才知道田喜珍的家史渊源和不平凡的人生经历。蒋雅丽感慨道："所以，我也能觉察出你在牛树宽、狄胜利面前显得很不自然。"

田喜珍道："那就是，在童家湾牛树宽跟我哥如果不说那么极端的话，我哥也不会黑更半夜一个人去河边洗澡，更不至于搭上性命。狄胜利当时在七贤峡如果工作能再细心一点，解除警戒再迟上那么一两分钟，我或许第二个、第三个孩子也有了。"

蒋雅丽点点头，然后又掰开揉碎地安慰了一番，让田喜珍"不要计较个人的恩恩怨怨，要胸怀宽广，对待同志要像春天般的温暖；要富有牺牲精神，对自己和家庭为革命事业所作出的牺牲，要引以为荣，这样才是对革命事业赤胆忠心"等等。说得田喜珍频频点头，这才止住了伤感。

回来后，蒋雅丽让田喜珍专门把陆华夏叫来，一本正经地说道："你们的政治思想工作搞得很有起色，你不愧是个老政工、老马列，不抓则已，一抓则不同凡响。"陆华夏道："还是请蒋常委多批评，我们的工作还做得很不够，离局整党建党领导小组的要求还有很大差距。"

蒋雅丽道："陆组长你就不用再谦虚了，在这方面你是长者、前辈，我们都应该好好向你学习。现在，我有一些不成熟的想法，想跟你商量商量？"陆华夏赶忙拿起笔记本，诚惶诚恐道："蒋常委有什么要求你尽管提，我们坚决照办。"

蒋雅丽摆摆手，道："要求也谈不上，只是点个人意见。一是，严于田这个人工作怎么样？"陆华夏道："不错，尽管是军代表，但是总有一种主人翁的责任感，工作不分分内分外。"

蒋雅丽道："是呀，我也看出来了，所以我个人意见是，你可以把他结合到二大队革委会领导班子里来。当然，你可以先和树宽同志交换一下意见，再看大家没有不同意见，如果没有什么大的分歧，就正式上会，向局整党建党领导小组报一下，我再给尤主任、柏组长提前也打个招呼，汇报汇报。"陆华夏道："好的，我们认真研究一下。"

蒋雅丽道："第二件事情是，田喜珍这个同志工作很出色。当然这是你培养的结果。现在党的九大已经闭幕了，我寻思着局里成立一个'九大精神宣讲团'，到时间想抽调她去，还希望你支持一下。"陆华夏道："支持没问题，只是这个同志文化水平不高，恐怕到时间免不了要你多费心？"

蒋雅丽问道："她是什么文化程度？"陆华夏道："充其量是个高小，就是个五六年级水平吧。"

蒋雅丽果断地说道："那不要紧，先把她推荐到咱局七二一大学学习，需要时，我随时借调。"陆华夏道："好的。"

然后，蒋雅丽又安排了第三件事："党的第九次全国代表大会会议精神，要尽快传达学习，而且要全面铺开；结合学习，可以选取几个重点主题，开展'四大'，比如：如何把清理阶级队伍和学习贯彻全会精神有机地结合起来，从而促进革命运动不断深入地开展。还比如：从八届十二中全会的重大决定，到党的九大产生的新一届中央委员会，领导集体的历史性变化，要求我们必须全面、正确、深刻地理解毛主席他老人家所说的'我们党也要吐故纳新'的哲学内涵……"

显而易见，如今的蒋雅丽，已经不再是四年前那个唯诺低眉的小秘书了。对老马列陆华夏也罢，抑借机敢于登台亮相的牛树宽也罢，抑或是对江河局有直接干预政务权力的军官严于田也罢，不需要颐指气使，就足以让他们规规矩矩，端正姿态，甚至手足无措。

至于下来以后，这几位在他们自己的那一亩三分地，是如何呼风唤雨，如何执掌牛耳，那是另一回事，但就此时此刻而言，在她的面前，则必须老实——这就是规矩，这就是权力场。

无澜河的水，静静地流淌，但渗流所触及的地方，则相当悠远。

6

家家有本难念的经，张琪源家也不例外。

这是个"公家的事再小也是大事，个人的事再大也是小事"的年代。可就是这些看似不起眼的小事，成了张琪源必须操心的大事。

大儿子张建国的十足年龄 20 周岁，按农村虚岁的说法，已经是 21 岁了。男大当婚、女大当嫁，不能再等了。《婚姻法》规定的是 20 岁，现在已经超过了，前山后沟的大姑娘们大部分都名花有主了，有的已经结婚，当妈妈的也不在少数。

妈妈、奶奶多次催张建国结婚：看着差不多就结了吧，现在的工作不好找，要是能找到你爸肯定就给你找了。张建国只说是不急。

其实张建国的心中急着呢，已经过了青春少年，哪能不急？可是，他急的不是媳妇，而是他一直怀揣的一个梦，就是盼望着有一天爸爸张琪源能给自己找到一份工作，使他彻底脱离这个祖祖辈辈都无法走出去的穷山沟。

等张琪源这次回到家里，大儿子张建国的婚事已经是时不我待。因为学制缩短了，取消了高三，高二上完后就要发毕业证，所以今年7月，老二张超和老三云云也要高中毕业回家务农了。一贯劳力紧张的张大山家，一下子又要多出两个劳动力！表面上看是一件好事，尤其是自从"三自一包"批倒后，自留地充公了，农业社是凭工分分粮，劳动力当然越多越好。

可是，一个工日十分工只值八分钱，有时还有三四分钱的年份。所以，再多的劳力还不都是白白地尽了义务？再说了，这么多人在家劳动下苦，不比上学，那得多吃多少粮食呀？所谓半大小子，吃垮老子。所以，得逐步让这些孩子成家立业，分门另过。

很显然，要分门另过，首先要考虑的就应该是老大张建国。因为他已经毕业四年了，也通过吴秀秀当了几天民请教师、大队会计什么的，但是，终究还是离不开土地，还得成天戳牛屁股。

奶奶也曾要托人给介绍一门亲事，但是张建国就是不点头；也有大姑娘经常到大队或者学校找张建国，借口问一问救济粮什么时间发放、今年是不是要征女兵，等等，想跟张建国套个近乎，看张建国对自己有没有感觉。但是，一个个经过多次试探，都没有结果，慢慢地也就没有人再动张建国的心思了，该嫁的也就嫁了。

张琪源问儿子建国："是不是自己在哪里瞅识好了？"张建国摇摇头。

张琪源又问："那是周围没有中意的？"张建国道："我心思就不在这上，念了一回书，怎么也算是知识分子了吧？到头来还得劳动。"

张琪源道："知识分子又怎样？我们单位还有社会上那么多大学、中专毕业的高级知识分子，现在不是一个个也都劳动锻炼、当工人用，到工地下苦？"张建国理直气壮地说道："那是他们活该！人家要求又红又专呢，而他们那些人，只顾埋头拉车，不注意抬头看路，那怪谁？"

张琪源无语，说良心话，有些事情自己也确实说不清。

过了一会儿，张琪源道："不论怎么说，结婚不影响你的前途，将来有机会照样能出去。我和你妈当年就结婚了，还不是出来了？"张建国嘟囔道："还说呢！惹出多少麻烦？也是亏得舅爷偏心，才没给大伯、二伯办，要不然你结不结婚都是枉然。"

张琪源道："这不就对了！事情根本不在于结不结婚上，你都这么大年龄了，耽搁到最后想找一个好的到哪里找去？我在你这么大的时候，超超都出生了。"张建国一看自己还是被爸爸套进去了，也不答话，沉思了半天才道："唉，那你们看吧。"

张琪源趁热打铁道："那你觉得在以前给你介绍过的、现在还没有结婚的里面，哪一个姑娘能好一些？"张建国道："好一些？好的怕人家不愿意。"

张琪源循循善诱地说道："那没关系，一家有女百家求。就算是打不来粮食，还能把口袋丢了不成？"张建国思考了半天，才吞吞吐吐地说道："袁家屹崂后山有我一个同学，不知道结婚没有？"

张琪源惊异地问道："叫什么名字？你舅爷家就住袁家屹崂，只要说出名字，肯定知道。"心想：这小子还真是心里有人了！

张建国没有吭气。张琪源问了半天，张建国才从牙缝里像蚊子叫一样挤出了三个字："苗爱霞。"

把名字一问出来，张琪源心中就有底了，有意识故作奇怪地问："既然名字、地方你都知道，你一个大丈夫、男子汉，为什么不自己去打听人家有没有许配给人？"张建国吭哧了半天道："有点难为情……"

这一回张琪源是真诧异了："什么？听说有那么多姑娘往你那里跑，你说人家难为情不？"张建国理直气壮地说道："我哪有她们那么厚的脸皮！"

张琪源想笑又不敢笑，害怕把这个不成气候的儿子再给羞臊回去了，只好好言道："那有什么关系！明天我领你到你舅爷家，让你舅奶给你打听一下就什么都知道了。"张建国噘嘴道："我不去。"

张琪源又是一惊，道："怎了？"张建国道："我……我……我肚子疼。"张琪源以为大儿子真的病了，心就是一动，想着该去找个保健员给看看。倒是张大山有经验，已经看出来张建国是在故意捣蛋，就故意撇腔大声道："肚子疼——不是病。"琪源妈笑了笑，声音轻轻地附和道："粑粑没拉尽。"

这一说，招弟也看出了儿子是在装病撒娇，扑哧地笑了，臊得张建国嘟囔道："爷爷奶奶，你们怎能这样埋汰人呢？我都多大了，还用这种话挤对我。"

这时间，张琪源也看出了儿子肚子疼是假的，宽厚地笑了，心想：这王八羔子，就这么点出息！

不管三七二十一，第二天，张琪源领着羞羞答答的张建国，来到了袁家屹崂。既知道人家姑娘名叫苗爱霞，也知道她家就住在袁家屹崂后山，就好打问。

张琪源的舅妈出去了不大一会儿，老太太们一交流，没费多大周折，很快就打听知道了：苗爱霞就住在袁家屹崂后山往东三里地的苗家洼，而且可喜的是，截至目前，苗爱霞姑娘尚未出嫁，至于是否有主，则没有人知道。

张建国在学校读书时，就看上了同级不同班的苗爱霞。那时候，年轻人情窦初开，虽然游行、搞运动、打架生事一个顶俩，但是要说是在姑娘面前表白爱意，那还真没有那么大的胆量。

更主要的是因为当时大学停招的大气候所致，使很多产生爱意的年轻人，都没办法作出了断。可见，在人生命运的重大问题面前，爱情往往会变成次要的，或者起码是下一步才考虑的问题，这就等于把绝大部分爱情的种子扼杀在了摇篮中。

就普通的中学生来说，大家对未来预判都是模糊的。"王侯将相，宁有种乎"的道理，让每个学生都产生了一些不切合实际的想法；以致在每个学期都有的一篇作文——《我的理想》里，每个人对自己未来的描述可谓花里胡哨，有想当海军的，有想开飞机的，还有想当科学家的，就是没有想当农民的。

但是，当毕业来临之际，现实真正摆到面前时，大家都傻眼了：没有大学上，没有工作可参加，陆、海、空三军和科学家的门向哪儿开着？不知道！这不就只有当农民一条道了！偶尔听说有个别同学有门道，父母已经给找好了技工学校上学，或工厂当了学徒，但这些人总是讳莫如深，无法证实，也许根本就是子虚乌有的事情。所以，对绝大多数农村的孩子来说，就是只有回家劳动这一条路，扎根农村一辈子。

对城里的孩子来说，看起来好像路子很多，但绝大多数的出路是上山下乡，也是要到农村大有作为去；稍微好一点的就是到"三线"或者是插厂锻炼之类的，"三线"和插厂之所以好的原因是，吃饭不像下乡一样，吃派饭或者是靠工分分粮、自己开灶，而是商品粮，由国家供应。这就是天壤之别。至于有没有其他出路，大部分孩子不知道。

尽管说一家有女百家求，但是还得有人引荐。要是完全没人引见，也没一个序曲，还真是不好直接登门去求婚，这种状况不论在农村还是城市都是一样的。只有青年男女两相情愿，可能程序要简单一些，但是也绝对没有直接上门提亲的道理。

　　张琪源和舅舅、舅妈商量了一气，拿出了四种方案：第一种是到后山唐坡翠翠家，让她们想办法引见，尽管翠翠刚过门不久，可女婿唐万盛应该对那一带比较熟悉，想法引见应该不成问题；第二种是琪源舅妈请袁家屹嵝的专业媒婆凤四奶奶出马，无论这事成不成，这个办法比较通行，因为凤四奶奶吃的就是媒婆这碗饭，通晓四村八寨，悉知三婚四礼，尤其擅长男女婚配撮合；第三种办法是打上琪源舅舅袁宇光的名义，去找苗家洼原来的村长，请他引见；还有第四种办法就是，由张建国自己直接去，以找同学聊天的名义，唠扯唠扯，至于如何挑明，应该不难，凡有大龄女子待字闺中的人家，这样的敏感性一定是有的，关键是看张建国敢不敢。

　　大家在热热闹闹地讨论着张建国的事情，张建国却乖乖地坐在一旁，臊得只是低着头不吭声，有几回真想跺脚回去，可是又不敢，因为毕竟爸爸、舅爷的威仪他不敢无视。

　　当大家问张建国到底这几种办法你看哪个好时，张建国一下子有点不耐烦："啊呀，就这么个事情么，还好像要拿着到处宣传似的，真像我这一辈子非打光棍儿不成！"

　　舅奶说："你已经打了几年光棍儿了。这世上打光棍的人有的是。"张建国还在嘟囔："破锅自有破锅盖。"张琪源一看，平时对舅奶十分尊重的蛋娃，今天对舅奶多少有一点不像话，少不了要人前教子："灰小子，怎么跟你舅奶说话呢！"

　　张建国则不再吭气，舅奶也不再搭理，只顾道："咱不到处打听想办法，人家谁家好意思把大女子送到你家来？"袁宇光也帮腔说："给娃说媳妇不是什么丢人的事，到处宣传又怎的了？谁不是这么过来的？"

　　张琪源也道："关键是苗爱霞这个姑娘你看上了，再不抓紧真就过了这个村没有这个店了。要不咱就算了？"张建国只是低着头不吭声，大家又会心地笑了。

　　大家又将这四种办法商量比较了一气，准备找凤四奶奶去。突然张建国插了一句："找什么媒婆呢，我和苗爱霞本来就认识！就是不知道人家有没有主儿？"

　　舅爷道："对，这就像话了，你俩本身就认识，还找别人来介绍，就显得有些见外和别扭。"舅奶说："那就先到唐坡去，看翠翠女婿唐万盛了解情况不？情况一旦摇实在了，你就自己去！"

　　张琪源问张建国："行不？咱先到翠翠你表姑家去？让你表姑夫跟咱跑

一趟?"张建国没有办法，只能没精打采地再次跟着张琪源出发了。

为了快，父子俩又借了舅舅家的一辆自行车，各骑一辆八九成新的自行车，银光闪闪地出发了。在那个什么商品都凭供应票、凭关系购买的年代，两辆自行车在山间的土路上骑过，那确实有一点招摇过市的意思。也许，正是因为突然之间有两辆自行车在苗家洼出现，才使得张建国的婚事进展得异常顺利。

7

眼看到了年底，六九级的中专毕业生还没有分配来。这一批中专毕业生的分配，像一个巨大的萝卜，能摇动，却怎么也拔不下来。从六七月份起，人们就经常说来呀，来呀，马上来了，可就是不来。一阵子说这些人在学校办学习班学习政治、强化九大精神学习呢，一阵子又说这些学生在学校搞军训呢，随时准备打仗。

大学生去年是最后一批，中专生今年是最后一批。从此以后，什么是大学生？什么是中专生？估计慢慢就再也无人知晓了。或许，这一类名词，和举人、进士、状元一样，也将永远成为历史，再也回不到现实中来了。

不过，消息一天天逼近，应该是马上就要到了。

蒋雅丽开始说在等人事厅的指标，现在说等具体的分配名单。可是，人事厅的人事频繁变动，一些事情急忙走不上正轨，甚至不知道这事情应该属于省革命委员会哪一个主任主管，向哪里分配？

又过了一段时间，蒋雅丽得到消息：教育部还没有新的文件精神，这批学生和同期的七二一大学学生可不可以一视同仁，迟迟拿不出个结果来，还需要进一步调研。

最终让这批学生真的成了落果。逼得学校一次次申请延期助学金，继续养活这批学生。不论怎说，这批学生总算是科班出身，还是很有期待价值的。运动归运动、四大归四大，但是，停、复课前、后还是学了些东西的；尤其是一些家庭出身比较贫寒的孩子，还是相当珍惜这次学习机会的，把各科学业也蛮当一回事，期盼着通过这个过程，自己可以脱离"农口"。再说了，不学一些专业知识，怎么能当一名合格的共产主义接班人！元旦一过，这批中专学生的毕业分配名单总算是千呼万唤，陆续地来到了江河局：

· 99 ·

省水利学校 37 人：刁哲敏、於青山、乌四喜、翁景逸、甄教义、伊威龙、全立社、叶晓菲、谷宁波……

省交通学校 8 人：靳红石……

省电力学校 12 人：杭振宇……

省林业学校 7 人：巫平儒……

省财经学校 5 人：解歌……

当时，尤尚文、张琪源、蒋雅丽他们分别看过名单后，都没有说什么，只是讨论了一些相关的政策性问题：是不是也要劳动锻炼当工人？将来会不会重新分配？等等。最后，尤尚文在名单上龙飞凤舞地批了两行大字："按国家政策办。请政工组阅处。尤尚文 1 月 17 日。"

根据政策，这批知识分子也要下去当工人。随着历史的演变，这批人大部分陆陆续续转为干部，绝大部分成了江河局的技术管理骨干，尤其是在张琪源执掌江河局时代，发挥了举足轻重的作用。只有个别人直至退休还是工人身份，认为当工人有当工人的好处，工作单纯，操心少。此为后话。

这些事情，张琪源只是回单位参与了一下，就又回到了老家。

8

凡大事决策慢，行动往往神速，因为着急，决策时耽误了些时光。张建国的婚事也是这样。彩礼 200 元，在喝酒也就是商话的时间就一把给清了。可是，对外还说是没有彩礼，当时的社会，正值打击买卖婚姻的风头，最好不要撞这根高压线。而这 200 元实际上大部分女方都买成了东西，比如脸盆、被褥、床单等，作为女方的陪嫁带到了张家。

女方要求的家具是四十八条腿：大衣柜四条腿，小衣柜四条腿，高低柜四条腿，等等；甚至连饭桌、板凳的腿都算上了。由于当下时间仓促，做家具的材料准备不充分，一时无法让木匠打造出来，再加上就是打造出来暂时也没地方放，只能按每条腿五元折价 240 元。

当时刚刚兴起"三转一响"，相当于后来的奢侈品。这些东西因为张建国家里应有都有，不需要重复购置，也都折成了钱：女式飞鸽自行车 160元，标准牌缝纫机 140 元，女式上海牌手表 90 元，红灯牌收音机 80 元，共计 470 元。

　　另外，张琪源家还答应下：来年要给小两口儿盖一院子地房。劳力自家有的是，如果不够和邻里邻居以工换工就可以了。小型材料如椽、栈、门窗、暗檩等材料自己跟生产队商量到民营林砍去，该算多少钱，就算多少钱。外购材料：大梁40元，明檩9根，每根12元计108元，这两种材料折成了现钱，四舍五入合计150元。以上三项折款合计860元，要以现金抵付。

　　这对于普通的农民家庭来说，无异于天文数字，但是对张琪源这个工作了快20年的国家干部来说，没有多大问题。这笔钱要在闺女离家的那一天，如数奉上，交由新媳妇苗爱霞掌管。

　　至于床上用品，主要是两铺两盖，即两床被子、两床褥子、两个枕头，等等，应有尽有；张家户大人多，大姑娘小媳妇一起动手，几天工夫也就完成了。布票不够，张琪源到大哥玺源、二哥碧源家各借了一丈，也就绰绰有余了；缝被子、装棉衣的棉花，琪源妈早在两年前就攒了几斤，再加上手头的棉花票称一点，也足够了——反正要新里新面。

　　事情进展得有序而神速。

　　只有一件事情暂时先放一放：那就是苗爱霞坚持要80元的新居安家费。也就是等到来年，张建国的新房盖起来以后，需要置备锅碗瓢盆的钱；张琪源只答应了50元，还要等新房盖起来后才给。

　　苗爱霞的爸爸示意爱霞姑娘：可以了，不要再固执了，结亲不是结冤家；苗爱霞也就不再吭气了，只是把躲在人背后的张建国狠狠地瞪了一眼，意思是：你们家可真抠门！

　　可是回家后，就是这50元也引起了家庭成员的非议。招弟嫌多，说：当年我没要一分钱，张家也没让我在灶坑里做饭；到了明年，我也不会让我儿子有米没锅下。

　　琪源妈也说：看来这个苗爱霞也不是个善茬，以后有你蛋娃好受的！张大山反对道：看老娘们净说些没用的！结亲、结亲不都这样吗？只有讨价还价，才显得互相看重，是不是？你见哪一家大姑娘说：好了，这就够了！再不要了？

　　几句话说得两个外姓人冯招弟、张袁氏这才无话可说，觉得还真是这个道理，也把张琪源给解放了出来。要不然，他给人家答应下的50元兑现不了，岂不让未来的亲家无端笑话！

　　所谓金花配银花，西葫芦配南瓜。苗爱霞配张建国，是以其美貌配老张家的门户，似乎略有一点高攀，但是这不要紧，人往高处走，水往低处流，十分自然。

正月十六这一天，是跃进北村异常热闹的一天，江河局革委会副主任张琪源的长子张建国和苗家洼的村姑苗爱霞要在这里完婚。

说它异常，是因为尽管热闹的事情年年都有，但是，可以这样热热闹闹大操大办的，在当时是很少见。一则是因为在这个年月，大家的日子都过得非常拮据，没有钱拿出来风风光光地折腾。

另一方面是，当时大操大办受限制，弄不好是会招来麻烦的。所以，大家都乐得个新事新办、婚事简办。但是，不论怎么说，看热闹不犯法，以致围观的人仍然不在少数。

领事的是胡大贵——队长，在生产队属于头面人物。带了二十来个年轻人，骑了20辆自行车浩浩荡荡地出发了。这时候的自行车不亚于后来的林肯、大奔，着实够豪华、够气派。老大张建国、老二张超、女儿张云云，大伯家的老大张建宏、老二张建华、女儿张粉粉，二伯家的老大张建利、女儿张彩彩、老三张建军，以及村里的小伙子、大姑娘，各想各的办法，不论城里、乡下，只要有门路的都用上，借够了这么些自行车，组成了这支别开生面的迎亲队伍，以致引起轰动。

有的小孩子甚至腿斜伸进自行车的大梁里面，咯噔咯噔去凑热闹。把原来坐花轿、赶毛驴或骑高头大马的风俗习惯，给彻底地革新了，显得格外新鲜。

张琪源的舅舅袁宇光，一大早就被女儿翠翠两口子送来了。他是今天男方的老一辈娘舅，属于最重要的客人。他盘腿坐在炕的最中央，张大山始终坐在下首作陪；右边作陪的还有张建国的外公冯远山。因为小娘舅冯强强年纪尚轻，没资格入这样的场子，只能在厢房里休息，有时也帮助姐姐招弟打理一下具体事务。

外来的公家人，由张琪源陪着说话。有红旗公社革命委员会主任吴秀秀、副主任喻啸天。尤其吴秀秀对袁宇光、张琪源两家人不计前嫌，以德报怨，非常感激，上门行礼完全是为了感恩。

在此之前一会儿，莽原县革委会主任卫国强已经提前到了。他是冲着老乡长袁宇光来的，感念他当年给袁宇光当通信员时，老领导的关爱之情和知遇之恩。于是，张琪源直接把吴秀秀、喻啸天都领到堂屋来，一块儿见舅舅袁宇光、卫国强，这使吴秀秀、喻啸天等人倍感荣幸。

其他亲戚一看政府要人到了，纷纷知趣地离开。到了厢房里，就把冯强强等一干年轻的重亲戚撺了出去。

大家寒暄以后，卫国强问张琪源："怎么张主任单位上没有来人祝贺？"张琪源道："来不及通知了，再说咱们这里比较偏僻，给他们打个电话、写个信吧，他们也不好找，算了，有情后补。"说完自嘲地笑了笑。

袁宇光也圆场道："不来好，正好新事新办。好容易大家过个年，被搅得四邻不安。你们几个也是的，大老远来干什么？家里来人待客都忙忙的……"

卫国强、喻啸天几个都道："啊呀，这你老领导就见外了，平时我们想来看你老都没机会呢，现在正是过年时间，趁着这个机会来看看你、走动走动，给张主任贺贺喜，您老还往外撺人呀？"说得大家哈哈一乐。

喜事的总管是张琪源的二哥张碧源。大家伙正说得热火着呢，张碧源过来当着大伙儿的面问张琪源："是不是给大伙儿管个中午饭？大过年的，来的都是客，就是一碗杂面条，不算大吃大喝、铺张浪费吧？"

这个场景是张大山事先设计好的：看见领导们正好聚在了一块儿，有意识让二儿子来问。前几天，张建国请示队长胡大贵，胡大贵说："待客？这样不太合适吧？现在提倡新事新办，正在打击大操大办、铺张浪费呢。"张建国道："多了不行，少了也不行？"胡大贵："多少性质是一样的。"张建国也就不敢再讲"量变到质变"的道理了，毕竟自己还兼着生产队的会计呢，犯不着为这事和队长红脸。

可回来一说，一家人都觉得不待客肯定是对不住远远近近来的亲朋好友。琪源妈说："现在公家管归管，可我见庄户人家还不照样偷偷摸摸地摆几桌？"

云云等几个孩子也附和道："就是的……"招弟也道："更不要说，蛋娃爸好歹也是个公家人呢，传出去会让人家笑话死呢，好像我们怕花钱似的。"

张大山道："可如果管饭吧，现在正是斗私批修的时候，胡大贵都不敢担这个责任，谁还敢担？万一叫人告了怎么办？"琪源妈的反过来又有些担心："咱老百姓不要紧，担责任的是琪源。唉，吃碗公家饭也不容易。"

家庭会议没有形成决议，张琪源就又去问了吴秀秀。秀秀说："唉，乡里乡亲的，吃什么饭呢？大家在一块儿说说笑笑、热闹热闹，不是挺好吗？"张琪源也就不再敢据理力争，因为出了问题得自己担，吴秀秀还能出

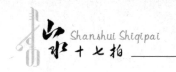

面向江河局、水电厅解释说"没问题，我们许可了"？

最后，家庭会议再次召开，决定：两手准备，食品都做到半成品待用，情况许可就用，实在不行，大冬天也坏不了。一切看当时情况再定。

所以，在这个时候，听到二哥的问话，张琪源没有直接回答，只是把目光移到了舅舅和卫国强等众领导身上。张琪源以商量的口气道："大过年的，大家都看我薄面来了，我不能让大家都饿着肚子回去吧？"

吴秀秀面有难色，道："最近上边政策挺紧的……"卫国强看了看袁宇光的表情，果断地说："别大吃大喝就行，一人给来一碗面条，把肚子填饱就成。"

千锤打锣，一锤定音。有了卫国强这句话，张琪源如释重负；张碧源也得令而去，并且大声叫道："各位亲朋好友，今天就慢待大家了；为了不铺张浪费，给大伙儿一人给来一碗水杂面——总不能让大家饿着肚子嘛！"

到了单位，张琪源并没有给谁提起儿子结婚的事。究竟是什么心思？自己也说不清。张琪源经常夜里检讨自己，是不是应该给尤尚文透露一下，但是，他否定了自己。

而且，经常是夜里想好了第二天去告诉尤尚文，可是到了第二天或者是都走到尤尚文的主任办公室了，张琪源却又鬼使神差地改变了主意，慢慢地也就将这件事情给淡忘了。

有时张琪源还想：是不是该给蒋雅丽透露一下？因为她是政工组组长，而且还是校友，多多少少对自己有那么一点比较贴心的感觉。但是，最后他也否定了，因为蒋雅丽本人就曾说过："张琪源将来要吃亏，非吃在女人身上不可。"所以，张琪源不知道这仅仅是一句普通的警告，还是一个巫婆的谶语？总之，看来看去，还是觉得没有可信任之人，只能继续保密。

最后，不知是受什么事情的触动，张琪源突然明白了，自己的这种心态，很有可能是来源于：自己当年隐瞒婚姻状况的同一种顾虑。究其原因，还是想在今后的某个时候，有条件时，给儿子张建国在单位上谋一份工作。所以，对所有人不信任，其实潜在的是一种更为重要的长远设计。

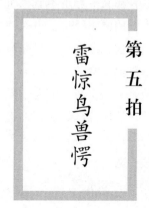

1

等张琪源再一次踏上老鸦山水库这一片热土时，这里已经完全沸腾了。

按说，年前他就应该来，亲自指挥江河局这次史无前例的大型爆破筹备工作。可是，由于炸药供应过程中耽搁了一阵子，才使装药工期向后拖了好长一段时间。

几天来，老鸦山周围村村寨寨的村民们，都围拢到水库周围的山顶上，来看这个人老几辈子都从未见过的西洋景——定向爆破。他们在警戒区外，每个人都找了一个自己认为最有利的位置，久久地期待。

薛家川、水庙、窦家台、章家寨子、云岭、小鸦山等等，都是宾朋满座。远远近近的老百姓，提前几天就赶着毛驴，带着草料，拖儿带女地来到老鸦山的周边，有亲的投亲，有友的靠友，无亲无故的就简单地打个土窑、地窖或者随便搭个窝棚，众星捧月一样，围拢在枢纽周围。只要是目光所及的每一个山头，都有人驻扎，大家都在等待着这历史性的一刻……

古老的边墙头上则更不用说了，成了人们一条逶迤的观景台。想当年秦始皇修长城的时候，绝对没有想到在两千多年以后，他的这项杰作竟然还会历史性地派上这种用场——成了一条宏伟的观礼台！

牛树宽的父母也来了。他们就住在薛家崾岘薛方的家里，有说有笑，全然不像前几年上门提亲时那番礼下于人的光景。那时候，虽觉得自己的儿子有一份旱涝保收的工作，多多少少能端点架子，可终觉得自己的儿子或多或少还是有那么一点走不到人前的缺陷——脑子不太亮清，自杀未遂后遗症；至于事发的原因经过，也是讳莫如深；因为自杀在当时有一个别称，叫自绝于人民。这本来是用于畏罪自杀、煎熬不过自杀的，但是，形式完全一样就很难分辨得清楚了。

但是，这次情况完全不同了。两位老人不停地话里话外道出他们老牛家在村子里的地位已经明显地提高了。生产队革委会主任在分配返销粮时是如何看得起他家，明知道他家不缺吃、不缺穿，还偏偏给评了个特困，意在优待照顾；队上会计在汇总工分时，对他们老牛家总是与众不同，该扣不扣，该奖励的一定是头等奖——这些全都是仰仗着他们的儿子牛树宽出息了，等等。

薛方也不多言，只是笑眯眯地听着两个亲家在那里显摆。薛玉玲实在感到面子上挂不住，想提醒一下自己的公公和婆婆，但是，薛方示意女儿：不要吭气，不碍事的，权当是消磨时间呢。

两亲家好几年没见面了，应该说有许多说不完的话。但是恰恰相反，除了交流农业生产和政治运动方面的一些事情，再好像没什么共同语言；说到底，也还是不太熟悉。再加上玉玲和树宽结婚的那时候，留下了那么一丁点创伤还始终没有痊愈，多多少少令两家老人都感到有些许的隔阂。

不论怎说，现在好了。牛树宽出息了，当了江河局二大队的革委会主任，整天吃三喝四、人五人六的。玉玲不光人长得漂亮，肚子也相当争气，头一胎就生了一个带把的，给老牛家吃了一颗定心丸；第二胎偏又是个女儿，已经是一儿一女活神仙了，喜不自胜的是现在又怀上了，真是人丁越来越兴旺，家事越来越顺利。这就不得不使牛家人借故上门来走动走动，无意中也能抬起头来显摆显摆。

对于这些，薛家人心知肚明，尽量迎合。毋庸置疑，双方都有修好的愿望，不为别的，就为玉玲未来的幸福，也就不想再计较什么了；只要他们的小日子能过得下去，其他的什么都不重要了。

自然，得陇望蜀，人人都一样。薛方一家还寻思着：说不定凭着这个半吊子女婿，将来玉玲还能在他们单位转为正式工呢。如果真能这样，那一切就都齐了——起码再不用仰人鼻息了。

说起玉玲的漂亮，这在当年的牛家圪坮村，还真就引起了一阵不小的骚动。当然，这已经是几年前的旧事了：有人认为人家薛家闺女是鲜花插到了牛粪上，牛家就是凭着一个铁饭碗才换来了这么一个像模像样儿的媳妇。刚好牛树宽姓牛，有人就直接叫他牛粪，把牛家人气得直翻白眼。

更有人认为薛玉玲没有工作，就更加证明牛树宽实在是不咋的，工作这么多年，竟然连一个自带粮票的媳妇都找不到，能没问题吗？凡此种种，都让牛家人在村子里实在是提不起气来。今天，总算是功德圆满，可以称得上是郎才女貌、比翼双飞了。

很显然，这几天来，薛方家无疑成了这老鸦山的一山之主。薛方把持薛家崾岘多少年，早已经威震一方。现在，薛方女婿所领导的江河局又在这里开山放炮、改天换地，"敢教日月换新天"！真是锦上又添花，虎踞龙蟠成一家！

有许多人打听起爆的时间，竟大多数选择了去薛家，这让两亲家高兴得乐不可支。

2

当张琪源看到这一切情形时，真是无限地感慨：感慨这穷山恶水深处的消息之灵通，感慨这里老百姓农闲时的闲情逸致和强烈的好奇心！更感慨就这么一个简单的事情，竟然可以繁殖出这么多相关的枝节来。他吩咐：把起爆时间、警戒范围、注意事项公布出去，省得他们到处瞎打听，好像还搞得神秘兮兮，跟防范特务似的！

当然，特务是一定要防的。阶级敌人人还在，心不死。

那还是在刚来的第一天。张琪源一脸的凝重，一字不落地听着牛树宽的汇报。陆华夏小心翼翼地看着牛树宽，生怕这个半吊子主任谝出个凉腔来，使他这个主持会议的组长不好圆场。

牛树宽道："经二大队革委会研究决定：这次定向爆破命名为'惊雷行动'。成立惊雷行动前哨指挥部，总指挥邀请咱们局张主任和驻军的许光远团长来担任，副总指挥由陆组长、沈育林和我来担任。成员有狄胜利、谭秀珍、童俊英。下设四个行动组：

"惊雷一组为起爆组。组长邱玉山，负责装药的调整，雷管和导火索的安装，点火起爆，哑炮的排除，配备爆破人员 24 名，架子车 10 辆。目前，惊雷一组的掩体已经修好，主副药室的炸药已经全部装完，剩余的工作只是

· 107 ·

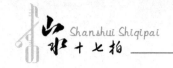

复核和局部调整。

"惊雷二组为主副药室封堵组。组长奚大宝，负责进人孔的砌筑封堵，并配合惊雷一组进行其他搬运工作，配备土建人员40人，架子车10辆。目前，封堵材料已经就位。

"惊雷三组为警戒组。组长严于田，负责整个枢纽左右岸的安全警戒、治安保卫、巡逻和通行证的审批发放，警戒范围为河道两侧各800米，配备军管指战员350名，基干民兵和保卫人员500名，解放军和基干民兵全副武装，其他保卫人员随机携带器械。目前，人员已就位一个星期，各哨卡实行24小时执勤制度，搜身检查，严防阶级敌人破坏。

"惊雷四组为保障组。组长马三全、秦八，负责场内联络和意外救护，配备医务人员8名，救护服务人员20名，通勤联络人员20名，自行车20辆，马车两辆，汽车两辆。"

牛树宽还要继续往下说具体实施步骤，张琪源示意他先停下来，道："我看咱先把人员分工议一议，确定后再具体商量其他的事情，便于各人考虑各人的职责。首先，我就不当总指挥了……"一句话说得牛树宽和陆华夏都有点不好意思，在场的其他人也都有点吃惊。

张琪源赶紧解释道："大家不要误会，尤主任到时候也要来，请他和许团长一块儿指挥这次的惊雷行动。惊雷行动这个名字起得很好，响亮，我赞成!"说到这里，在场的人才放下心来，恢复了最初的轻松状态，牛树宽甚至还鼓了两下掌，带动的下边几个人也"稀里哗啦"地拍起了手掌。

张琪源接着说道："我看咱们二大队的领导班子也分一下工：陆组长主抓惊雷三组，就是警戒这一块儿，这一块儿工作非常重要；牛树宽主抓惊雷四组，就是保障这一块儿，你对这些人和交通路线非常熟悉，指挥起来应该得心应手；下来嘛……"

张琪源思考了思考，才道："沈育林、谭秀珍主抓惊雷一组，也就是起爆这一块儿，这一块儿是整个行动的核心，技术把关一定要严格，操作要仔细；狄胜利、童俊英主抓惊雷二组，就是封堵这一块儿，一定要把惊雷二组的工作抓好，他们的工作是整个工作的关键，封堵不好就可能使整个行动失败。你们大家看怎样?"

大家都不便说话，因为这是二大队革委会领导班子集体研究通过的分工。陆华夏思考了一下，很快说："可以，这样职责就更加明确了。"牛树宽也道："行!"偏偏这时间，童俊英不失时机地说了一句："要不把我和沈育林组长放在一个组，我这几年一直在他的领导之下工作，配合起来比较方便，把狄副主任与谭工放在一个组。"

听此一说，陆华夏颇感意外，面露难色，因为自己刚刚表过态，现在再变显然给人的感觉是太随意，只得望着狄胜利，看他有什么反应。狄胜利面无表情，眼帘下垂，似乎事不关己。谭秀珍一看情况越来越微妙，便赶忙插话道："我觉得可以，把狄副主任安排到一组这边牵头。"

张琪源心里非常不痛快，心想：就这么几个人，还牛拽马不拽的。自己本认为是一个很简单的分头负责方案，竟然牵一发而触动了全身，真想绝不退让。但是，童俊英已提出来了，谭秀珍也愿意调换，如果自己坚持不同意，只会使狄胜利更加难堪，谭秀珍和童俊英也下不来台，似乎使陆华夏和牛树宽也无所适从。

片刻沉默后，张琪源终于道："好，那就这样，许团长和尤主任来了以后，咱们再给汇报，如果有什么不妥之处，再作调整。下来我看牛主任就继续说吧，你说一个问题，咱们大家就讨论确定一个问题。陆组长你看是不是这样？"陆华夏道："好的，那牛主任你就继续汇报。"

大家都暗暗地舒了一口气，尤其是童俊英，也觉得今天自己的这一行为，有一点得不偿失。

牛树宽清了清嗓子，道："我刚才汇报的是第一部分，惊雷行动的组织指挥系统；现在我汇报第二部分，惊雷行动方案，即实施步骤和时间安排。从明天起，开始执行惊雷日历，明天作为惊雷第一天，后天为惊雷第二天，依此类推。惊雷第一天，药室初验。上午验辅助药室，下午验主药室，晚上验算相关技术数据。

"惊雷第二天，药码复核。根据验算数据，复核、修正药码和室内相关技术参数，晚上进行再验算；也是上午辅助药室，下午主药室，晚上内业。

"惊雷第三天，药室终验。主要内容是：药码的最终验收，雷管、导火索、梯段、封堵放样的复核，晚上讨论安排惊雷一组和二组的工作任务。

"惊雷第四天，安装主、副起爆装置，上午主副药室分别安装主雷管和导火索，下午分别安装备用雷管和导火索，晚上主副药室同时开始封堵。

"惊雷第五天，继续封堵。白晚班轮流连续作业，达到抗震闭气的目的。惊雷第六天，爆破。安排到小时甚至分钟上，具体时间是这样的：

"8：00—10：00，各惊雷小组进行最后技术检查，完善后续工作。

"10：00—12：00，惊雷行动前哨指挥部召开起爆会议，听取各组检查汇报，安排起爆事宜，强调有关纪律。

"12：00—12：30 就餐，12：30—13：00 稍息。

"13：00 司号。各作业人员就位，作最终起爆检查，并于 13：50 前，报告前哨指挥部。

"13：55 警报第一次。

"13：57 警报第二次。

"13：59 警报第三次，点火。

"14：00 起爆……

"17：00 惊雷一组检查起爆现场，排除哑炮。

"18：00 解除警报（如果没有意外），恢复场外正常交通，爆破现场对外继续保持戒严状态。

"惊雷第七天，排险作业人员进入现场，详查统计爆破现场和建筑物破坏情况，现场对外继续保持戒严状态。

"惊雷第八天，技术和测量人员进入现场开始工作。惊雷三组的现场戒严人员撤出一半，到周围村庄调查建筑物破坏情况；巡逻保卫人员进行搜山调查，若无意外，傍晚前基干民兵和保卫人员撤出。

"惊雷第九天，上午召开庆功表彰大会，下午全面恢复生产，安全保卫工作进入常态。

"惊雷第十天，惊雷行动结束，惊雷日历终止。中间如果遇天气等意外情况，后续工作顺延。第二部分汇报完毕！"

牛树宽汇报结束后，会场久久没有声息，包括张琪源在内，停留了很久很久，才长长出了一口气。

张琪源把双手互相搓了搓，又把脸搓了搓，道："我看把这个安排让童俊英列成时间表的形式，写在黑板上，咱们再开始讨论。当然，现在大家就可以发言了。"童俊英这一回没敢迟疑，爽快地答应了。

就这，会议结束后，张琪源问陆华夏："童俊英和狄胜利怎么回事？"陆华夏道："也没有什么，都是工作中的一些摩擦。"张琪源道："那你就给童俊英谈谈，不要把一些个人的恩怨带到工作中来。"陆华夏接话道："行，要求她要团结同志，服从领导安排，夹着尾巴做人。"张琪源赶忙提醒道："夹着尾巴这话就不要提了。"陆华夏会心地笑了笑，道："好的，我说话一定注意方式方法。"

3

　　这天，是惊雷第六天，是惊雷行动实施的正日子。天空一片湛蓝，高原的风徐徐吹来，带着早春的暖意，不停地在人们的脸上俏皮地轻抚，偶尔还恶作剧一般地把人们的衣襟掀起来，看你穿的是不是还是那么厚，提示你：脱棉衣的时候就要到了。

　　有几位记者自从昨天来了以后，就一直在这里转来转去。或者跟指挥部的人员聊上一阵子，捕捉几句行业性的典型语言；或者抓拍一两张特写镜头，定格一下所谓的精彩瞬间，关注的是视觉冲击力和感官震撼效应。

　　有时对忙忙碌碌的张琪源跟前跟后，搞得张琪源不知道该怎么应对。尤尚文和许光远看出了张琪源的窘迫，就道：他们只是实地采访，你别管他们，不该去的地方别让他们去就行了。张琪源这才真的不再理会他们，只管干自己的事情。

　　张琪源象征性地陪着尤尚文、许光远两位领导，把枢纽周围视察了一圈。

　　这两位都是行伍出身，只不过一个是现役，另一个已经退出了现役，对工程都不甚了了，提一些问题也是常人好奇心内容，没有多少技术含量，张琪源介绍起来也就简简单单，力求直白通俗，免得使他们意识到自己是外行而感到难堪。

　　张琪源说："将来的坝轴线就在左右两山坡的那两棵白杨树之间，坝顶长度 608 公尺，最大坝高 61 公尺；坝型是梯形土石坝，坝顶宽度 8 公尺，底宽 182 公尺，大致形状就是两边山坡上刻出的那条白印子……"两位领导随着张琪源的手指看去，都感叹道：啊呀，就这么几千号人那得干多少年才能完成呀？

　　张琪源道："要按常规方法施工，以万人大会战计算，需要六年才能完成筑坝；现在采用定向爆破，只需要四年零八个月，节省劳动力 1800 万个工日，仅架子车一项就可以省去五万辆。尤主任，这是许团长对咱们的极大支持呀！"

　　许光远道："哪里，哪里，支援社会主义革命和建设，是咱们子弟兵应尽的义务。在'三线'和其他一些大型民用项目上，许多都是我们野战部队亲自施工，和平年代嘛，大家拾柴火焰高！"尤尚文道："还是毛主席教导威力大呀，军民鱼水一家亲，支左支工又支农。"

到了右岸，张琪源把两位领导领到下游方向的一处平台上。张琪源说："咱们这次的定向爆破命名为'惊雷行动'，分别由解放军指战员、当地基干民兵、江河局职工、受益区民工等四个方面的力量参加。咱们现在所在的位置就是这次惊雷行动的前哨指挥台，就请你俩当咱们的总指挥，具体事情我给你俩当助手和参谋……"

这两个人一听说让他们指挥这次定向爆破，个个都往后撤，表示：要是真正的打仗让他们指挥，他们都没问题，可这定向爆破那是万万不行的。张琪源再三解释："水电厅、长城地区、午东地区的领导都没有来，你两个就是这里的最高首长了，请你们当指挥，实际上就是请你们支持我的工作，具体事情都由我来办，不用你俩费心。"两个人这才勉勉强强接受了这项光荣而并不艰巨的任务。

张琪源向前方指道："前边那个山头就是我们这次要炸掉的目标，现在影影绰绰有人活动的那两个地方就是主、副药室，俗称'药壶'，那白线就是咱们设计的爆破开挖线。现在惊雷一组和二组正在进行最后的技术和安全检查，赶十点各组就来向咱们汇报情况。咱们这个地方离起爆地点直线距离大约1100公尺，应该是比较安全的；旁边这是安全隔离墙，是指挥人员、工作人员、采访人员的掩体，上边都有观察孔，我们到时间就凭借着它来观察爆破情况。"

十点的起爆会议，实际上是向两位总指挥汇报的专题会，由张琪源亲自主持，并对总体部署做了简明扼要的介绍，主要是四个惊雷小组的工作分工和目前的准备情况，然后是陆华夏、牛树宽、沈育林、狄胜利汇报四个方面的技术检查情况。接下来，张琪源就请两位总指挥做指示。

尤尚文慷慨激昂地讲道："伟大领袖毛主席教导我们：没有人民的军队，便没有人民的一切。我作为一名退出现役的老兵和初入水利而且'水性不好'的新兵，这次非常荣幸地认识了许光远团长，一看就知道他是一位我军骁勇善战的战将，也非常感谢人民解放军指战员对本项目的鼎力支持。

"此次惊雷行动，是工农兵联合作战的一次民事尝试，必将成为我们拥军爱民的典范。我完全同意以上方案，请许团长做指示吧！"

许光远呼地站了起来，向与会人员行了一圈标准的军礼，然后坐了下来，挺直胸膛道："最高指示：枪杆子里面出政权！今天，我非常荣幸地来到我们老鸦山水库建设工地。火热的社会主义革命和建设场景，深深地鼓舞了我这一介只知道手握钢枪保卫祖国的武夫！我们人民解放军某部43团，坚决捍卫伟大领袖毛主席的革命路线，为了人民的利益，甘愿抛头颅、洒热血，誓做伟大祖国的钢铁长城。请指挥部的同志按照预定方案行动吧！"然后又"噌"地站起来，"啪"又是一个标准的军礼。

这是一个不缺乏激情的年月。但是，这样的场面，除了真正军队出身的人，如陆华夏、严于田外，其他人都还是第一次看到，立刻令人心潮澎湃、斗志昂扬。张琪源也照葫芦画瓢，站起来给大家行了个军礼，慷慨陈词地做会议总结："毛主席语录：困难像弹簧，就看你强不强，你强它就弱，你弱它就强。我们一定要按照毛主席的指示办事……"

下午一点整。"嘟嘟——嘟嘟——嘟嘟——嘟嘟——嘟嘟——嘟嘟——嘟——"一阵紧急的集合号从前哨指挥台的方向传出，各惊雷行动小组人员陆续跑步进入指定位置，开始了起爆前的最后一次检查。不一会儿，哨子声不断地此起彼伏，旗语不停地来回交替挥舞。张琪源不断地把旗语、哨语翻译过来，口头向两位指挥汇报，并随时让身边的联络员予以回复，工作人员也在忙碌地记录着这一切。

惊雷一组准备就绪！

惊雷二组准备就绪！

惊雷三组准备就绪！

惊雷四组准备就绪！

13：55分。"呜——"一声悠长的警报声响彻了老鸦山周围的山山水水。一群群乌鸦"扑棱棱"地飞起，盘旋了一两圈，又倏地落了下去……

13：57分。"呜——"又一声悠长的警报声，穿透了老鸦山周围的每一个角角落落。刚才落下去的一群群乌鸦又"扑棱棱"飞起，盘旋了一两圈，又倏地落了下去……

13：59分。"呜——"又是一声悠长的警报贯穿了老鸦山周围的沟沟壑壑。可是，这一次乌鸦们再没有飞起，它们已经习惯了这样一种声音，把这视为了一种常态……

然而，这一次是点炮的信号。前哨指挥部左前方的不远处，惊雷一组的四名点炮手，迅速地依次点燃了八根两个药室的主副导火索；狄胜利、谭秀珍、邱玉山三人，检查了八根导火索确已点燃，便向指挥部发来了信号，张琪源让联络员很快回了旗语，狄胜利就带着谭秀珍、邱玉山和四个点炮手有序地向后撤退，一直撤退到指定的掩体位置，隐蔽了起来。

时间在一秒一秒地过去，远处，四股白烟撒着欢儿向前移动，一秒，二秒，三秒……

张琪源感到自己的呼吸有点急促，觉得时间也好像停顿了，血液也似乎凝固了，四肢、面部都有些发麻，尤其是嘴唇，在微微地哆嗦。他习惯性地用双手搓了搓脸，好像还有点知觉，用牙咬了咬嘴唇，也有点知觉；这告诉他时间还没有凝固，血液还在流淌。

张琪源忘记了自己在干什么，但还是本能地把指挥台上的全体人员招呼到安全隔离墙后面……

时间似乎还在凝固……

4

不知是什么时候，张琪源感到自己的浑身猛地战栗了一下。身旁所有的人也不由自主地抖动了一下，但是，再没有什么别的异样……

张琪源在想：起爆了？是应该起爆了，因为自己觉得大地在脚下狠狠地动了一下，现在似乎还在动弹着，像是老鼠啃木头那样，"咔嚓嚓""咔嚓嚓"……

应该是超声波撕裂地壳的声音，只是似乎谁都没有听到它的"轰隆"一声巨响，1200吨炸药爆炸呀！声音应该是很大的呀！

又过了片刻，只听见前山后沟不停地"哗哗——哗哗——""哗哗——哗哗——"地响。对，这应该是回声！是回声！伴随着的是由近及远一波一波、如波浪一样的尘土和滚石，从山坡上扬起或滚下！

老鸦山的乌鸦，这次一定是倾巢出动了，又一次从各自不同方位的沟沟岔岔里飞起，只是数量比前两次多得多，使整个库区上空布满了星星点点，遮云蔽日！这一下人们仿佛才知道这里为什么叫老鸦山了，这一下才知道老鸦山的老鸦到底有多少！

与此同时，各个山头的人们开始欢呼，不！是惊呼！因为在乌鸦飞起的同时，有漫山遍野的黄鼠、田鼠、蛇、刺猬、旱獭、狐狸，以及好多不知名字的动物，半跳半跑，到处乱窜。凡是能飞起来的动物都一股脑儿地飞上了天，麻雀、蝙蝠、山鸡、野鸡、呱呱鸡、老鹰、猫头鹰、雀鹞子，和乌鸦一块儿，罩住了整个老鸦山的上空！啊！天哪！

"狼！"不知是谁喊了一嗓子。对！是狼！狼吓得团团打转，疯了一样向人群跑了过去，有人被吓得开始惊呼……狼一看到人们奋力地呼喊，它似乎感觉到情况不对——是跑错了方向，就掉转头又向别处跑，满地跳跃着鲜活的动物，可是狼却不知道吃，懵了，狼是懵了！

张琪源好像做梦一样，晕晕乎乎，懵懵懂懂。但是，他能肯定炮是响了，一定响了！只是怎么没有听见呢？他掏了掏自己的耳朵，觉得还有知觉，只是木木的，又掐了掐耳朵的轮廓，能感觉到疼痛，只是不明显。

他想再狠狠地掐，可又怕万一掐烂了怎么办？他突然意识到，自己的思想怎么能抛锚呢？自己应该在指挥现场，应该关注这有生以来第一次伟大的创举才对。

听着"哗哗——哗哗"的回音，张琪源心想：这是山的声音，应该是山与山的对话，肯定是大山痛苦的呻吟，甚至是大山抗议的呐喊！

张琪源莫名其妙，木然地跟着大家向上看去：哦，乌鸦，它是这里的山鸟，是这里的主人，这里是它们的家园；它们已经倾巢出动，应该是对我们这些山外来客甚为不满！对我们给它们生活所带来的干扰甚至是侵略破坏，应该是十分憎恨呀！

也就在这时，他看到一股石流喷射而出，像水流还是天桥？对，像飘带，软软地、慢慢地，向上、向前，再向前，然后又向下落，再向下落，终于落到了地上；结果，慢慢地，它又好像弹了起来，没有多高，又落了下去，又弹了起来，又落了下去，这样反复了几次，结果再也落不下去了，终于一动不动！

与此同时，从这条飘带的身下冒起了一排潮水般的白烟，急速地向四周冲射，像卷着的云边不停地转动，慢慢弥漫了开去。迷雾中，张琪源看到河道变样了，刚才不断起落的飘带最终凝固在了那里。

张琪源看到导流涵洞两头的明渠里，水面好像起了一层鸡皮疙瘩，星星点点，停留了好一会儿。张琪源想：这是怎么回事呢？下雨了？不对，他伸出手掌，摸摸头顶，干干的，没有下雨！哦，明白了，是石头，天上的飞石一起洒落了下来——天女散花，对，这就是天女散花！

倏地，张琪源感到，下雪了！头上、脸上、衣服上、手上、眼前的地面上，还有身后，都有。哦，不是雪，是灰尘、沙粒……

是啊，这是灰尘和沙拉，混合着爆破产生的爆生气体，弥漫了整个库区，久久地不肯散去。人们只觉得刚才晴朗亮丽的天空不见了。天空灰蒙蒙的，好像有灰尘要下来，抓一把空气，仿佛里面满是石粉或者沙粒。张琪源感到：眼睛酸溜溜的，想流泪，但流不出来；鼻子里满是异样的味道，像鞭炮，又像是尘土。

哦，明白了，全明白了。成功了，我们成功了，定向爆破，大型的定向爆破，我们成功了！成功了！但是，怎么成功是这个样子呢？跟他原来想象的完全不一样，他原来想象的不是这样的呀！

"啪啦啦"，是一阵单调的拍击声。哦，是掌声，大家在鼓掌。大震以后，在空旷的山坡上，人们的掌声竟然是这样的微弱、渺小、寂寥。

尤尚文、许光远，还有那几个记者、司号员、警报员、旗手、记录员……大家都过来和张琪源握手，只说一句话：成功了，我们成功了！成功了，我们成功了！

张琪源也过去，主动和大家一一握手，也重复着一句话：成功了，我们成功了！

过了一会儿，他问跑过来的几个爆破人员："你们不激动？"他们说："激动，只是觉得炮不太响。"

张琪源问道："耳朵懵懵的，是吧？我也觉得。"大家说："就是的，有一个炮工的耳朵还出血了。"哦，是耳膜震裂了。

大家狂乱了好一阵子，到底还说些什么，张琪源不太清楚。他觉得这时间应该干点什么，却又想不起来。他疲惫地坐在地上，眼泪慢慢地流了下来，有人问他："怎么了？"

他有点纳闷，也问对方："怎么了？"

有人来告诉张琪源："快该排险了。"

他看了看表，说："是吗？"

他们说："是的。"他们说："那我们准备去了？"

他也说："那你们准备去了？"

他们说："对呀！"

他说："对呀。"

这几个人纳闷，张主任今天是怎么了？有点迷迷糊糊。

5

下午五点，大的烟尘基本散去。惊雷一组请示要按计划进入爆破区域，张琪源请示两位指挥同意。经过大家一阵子紧张地忙碌，惊雷一组最后回过来信号：现场没有发现哑炮和残余火工材料。下午六点，张琪源安排准时解除警报，陪着两位指挥走下前哨指挥台，回到指挥部。

此时的山上，各种动物真是如鸟兽散。天空中的乌鸦等飞禽也早已消失得无影无踪，它们会不会永远地离开它们生生世世赖以生存的老鸦山？因为这个地方已经不安全了。

山顶上看西洋景的近路老百姓也开始稀稀拉拉地下山，也许他们明天还要再来。而远路的看客则继续驻扎在那里，或看下文分解，或者要回家也得等到明天天亮。因为白天发现了狼，所以晚上大家睡觉都极为小心，篝火一直着到了天亮。

从此以后，就再也没有人敢单独上山了。因为大家都知道山里确实有狼，而以前有狼则仅仅只是传说，就算是真有人说见过，说给别人也不太相信。

当然，现在的老鸦山已经不再是以前的老鸦山了，一座屹立了亿万年之久的巍峨挺拔的大山突然就不见了，使整个右岸显得空旷无比，一下子豁然敞亮了好大一截，川道人过去一直以来的压抑感消失了，而代之以一座大坝的雏形，静静地安放在无澜河的河道里，立刻给人一种沉甸甸的满足，似乎抬一脚都走不出去，满怀拥抱的都是土石。张琪源想：土石就是我们筑坝的宝贝，真正的移山填海就应该是这种情形。不靠感动上帝，不靠神话幻想，只靠我们水电人自己一双双手持风钻、充满老茧的手。

在第二天，也就是惊雷第七天的上午，尤尚文让张琪源接受一下记者的采访。张琪源道："我不知道该说什么？"尤尚文道："人家问什么你就说什么，没有什么难的，很简单。"

张琪源道："那我跟你一块儿去？"尤尚文道："不用，不用，人家都采访过我了，再没什么要说的了。"于是，张琪源在陆华夏的陪同下，来到了小会议室，几个记者都已经端端正正坐好了，单等他这个主角出现。

张琪源进来后，和各位记者主动握了握手，便直奔主题。第一个提问是省报的女记者潘晓成。她说："张主任非常平易近人，给我的印象非常好。我想问的问题是：这次定向爆破的成功，起关键作用的因素是什么？"张琪源道："关键因素是毛主席革命路线的正确指引和人民群众的无限创造力。"

潘晓成道："张主任，这项工程是您一手抓起来的，您对您在这次成功爆破中所发挥的作用如何评价？"张琪源道："毛主席教导我们，群众是真正的英雄，而我们自己则往往是幼稚和可笑的。我个人只不过是我们无数革命群众中的一个分子。"

潘晓成道："如果没有您来这里，这次爆破会不会也能达到这样满意的效果？"张琪源道："会的，没有一点问题！这次成功，是对我们江河局和当地军民整体实力的一次检验，也是大家共同努力的结果。尤其是我们的尤主任、43团的许团长，给了我们必胜的信念和力量，没有他俩和大家伙的支持，我根本不敢做这样一次尝试。"潘晓成点了点头。

第二位提问的是省广播电台的一位小伙子，叫葛浩雄。他说："我想了解的是：这次爆破的成功，在技术上起关键作用的因素是什么？"张琪源道："精益求精。炸药爆破技术在我们国家已经是一项比较成熟的技术了，而不是处在试验阶段。只要我们把介质的性质、节理、走向、倾角这些诸多因素搞清楚了，把炸药的特性、单耗、最小抵抗线、集合效应等等测算准确，理论分析到位了，取得这样的结果是理所当然的。"

葛浩雄道："那就是说在理论联系实际的基础上，精益求精是这次爆破成功在技术方面的关键所在？"张琪源道："不错，你归纳得非常准确，而且很具有科学性。"一下子说得葛浩雄不好意思起来。

在张琪源的示意下，葛浩雄道："据说这次定向爆破要刷新和填补好几项国内技术参数和空白，您能介绍一下它的意义吗？"张琪源道："这个问题过于专业，还是下来请项目上的技术人员告诉你们吧。这样你还会有一些意外收获的。"葛浩雄道："张主任考虑问题总是这么全面。"

第三位提问的是省广播电台的范春燕。她问："我一直在观察，张主任您非常谦虚，可以说是虚怀若谷，这是不是您取得成功的一个主要因素？"张琪源道："谈不上虚怀若谷。只是因为我觉得：事情是大家干的，我不能一个人包办、居功；技术无止境，还有好多技术问题需要我们不断探索和研究，我们不能现在就骄傲自满。"

范春燕道："张主任你说话非常具有哲理性，这是不是与你平时良好的思想素养有关？"张琪源道："我还不敢自认为我说话具有哲理性，也不认为我的思想素质好。我只是始终觉得，我们国家还属于发展中国家，无论是技术方面，还是经济发展方面，我们都没有资本过分张扬，我仅仅只是我们之中普通的一员。"

最后一位是省报的郎宁。他问："张主任，当那天爆破成功以后，我觉得你的精神有点恍惚，这是为什么？"张琪源道："这就是刚才范春燕同志所提问题的答案，我只是个普通人，我的身体会疲劳，我的精神也会疲惫，在巨大的压力被释放之后，我们渺小的原型也就一下子暴露了出来。"

郎宁道："你认为你自己很渺小吗？"张琪源道："当我一个人孤军奋战的时候，我很渺小；但是，当我和我们这个集体团结在一起的时候，则无比强大，会释放出空前的能量！"然后张琪源还做了一个很有力的手势，把郎宁吓了一跳。

应付完这些记者，张琪源才觉得自己原来也很假，很虚伪。那些看似很符合当时形势的回答，貌似很合理，颇具哲理性，但仔细推敲起来，都很空，很虚，超越了普通老百姓正常的思维方式，完全是一种时事需要，没有太大的实际意义。

但是，不论怎么说，他对自己的回答还是非常满意的，回答问题既有业务深度，又有政治高度；既无懈可击，又信手拈来。他想：也许这就是玩政治吧？难道自己真的已经上道了？

经过测量，爆破产生的有效坝体堆积料 78 万方，抛掷率达到 67%，略高于国内的平均水平。

导流涵洞产生了几条裂缝，但不影响过水，以后加固处理一下就可以了。由于涵洞比较长，散落的抛掷物基本没有影响到涵洞的过流能力，不需要做大的处理。

紧接着，爆破产生的破坏损失也统计了出来。有七户老百姓的窑洞和房屋被震塌，无法住人，需要重新修建；有 62 户老百姓的窑洞和房屋，经过加固以后还可以继续使用；一般小型的屋面、墙壁、窗户震裂和围墙裂缝不计其数，基本不影响使用，小修小补就可以了。

当地政府对特困户进行了适当的补贴，帮扶他们重建家园；对家庭情况尚可的，鼓励他们自行修缮，政府对这种大公无私的精神予以了表扬。

有四眼水井被震塌，直接影响当地人畜饮水。在这个饮水十分困难的山区，影响面是很大的，亟待解决。对坍塌的水井，尤尚文承诺，请当地村民重新选址，由江河局三大队义务施工，而且要一劳永逸，打成深水井，包括配套费用在内，分文不取。受此影响，许光远也表示，在今年的春季农田基本建设大会战中，将派一千名官兵，参加支农劳动，义务为当地老百姓修梯田，并提供必要的爆破材料。

许光远、尤尚文两位领导在这里又待了三天。在张琪源的陪同下，到工地现场看了两次抛投堆积效果，和地方上的头头脑脑见了见面、谈了几次话；主持召开了庆功表彰大会，给立功受奖者披红戴花，合影留念，讲了讲话，鼓了鼓劲，就要分别打道回府了。尤尚文征询张琪源的意见：是不是一块儿回去？张琪源想了想说："可以。"

陆华夏和牛树宽又请尤尚文和张琪源给他们开个简短的干部会，给骨干们开开小灶，也借机和基层的同志加深一下印象，增进一下友谊，尤尚文欣然同意。于是，尤尚文以他惯有的军人指挥官的大嗓门，慷慨陈词了一番，就算完成了任务。

下午，打了一场篮球，尤尚文进了几个球，还有两个漂亮的远距离投篮，赢得了阵阵掌声。晚上，给大家在露天放了两场电影，是革命现代京剧《红灯记》和《智取威虎山》，双场连放，其中"打不尽豺狼决不下战场""敢教日月换新天"两个唱段，引起了阵阵喝彩。

在返回的路上，尤尚文问张琪源："这个地方为什么老鸦那么多？"张琪源道："乌鸦属于食腐动物。这个地方曾经有2000多年前的军事高速公路——秦直道，由南向北通过，又有秦长城由东向西而经过，历来是兵家必争之地。

"几千年来，战乱频仍，尸骨成堆，灌木丛生，经常有乌鸦成群结队来觅食，故乌鸦极多。"

尤尚文"哦"了一声，张琪源补充道："库区跟前叫老鸦山，前边不远处，还有一座山叫小鸦山。据说是乌鸦繁殖基地；乌鸦在老鸦山享受美食，相当于上班；回小鸦山休息，也是老婆娃娃热炕头，比咱们江河局的人还幸福。"

尤尚文"扑哧"一笑，然后又"哦"了一声道："兵家必争，好地方；宿办分开，科学。"张琪源不解其意，就再没有吭声。

又过了一会儿，尤尚文道："这次定向爆破搞得很成功，省报、省电台都来采访了，可惜的是省厅和两个地区没有领导来。"张琪源道："这次不来也好，如果来了万一搞不成功，那不是我们给领导脸上抹黑？定向爆破这事，不成功的例子不少，出大事故的也有，低调一点总不至于出岔子。"

尤尚文犹犹豫豫地说道："那倒是，只是觉得美中不足！"张琪源道："这个好办。这次我们把有关报道给方方面面领导送上些，再和报社搞一个专题连续报道，铺垫铺垫；等大坝建成后，再红红火火大搞一次，到时间还可以通过省厅邀请省革委会的一二把手来参加。至于相关厅局级领导，不用咱说，省政府办公厅自然会作出安排的。咱们来一个：老鸦山搭台，江河局唱戏，省上领导喝彩，各地厅领导擂鼓助威。"

尤尚文微微面露喜色，道："嗯，这样也好，你给咱好好筹划筹划。"张琪源紧张地说道："唉，别。尤主任，这方面蒋常委比我在行，一方面人家笔杆子拿得出手，本身就是行家里手；另一方面人家在这方面门道多，也有活动能力，说不定搞得比咱想象得还要好；再就是，业务归口也归人家管，我不能长虫吃过界呀！"

尤尚文哈哈笑道："你这个琪源啊，总是比别人能聪明那么一点点，还能憨厚那么一点点，才更让人爱不释手……"

定向爆破筑坝是一种快餐式的筑坝方式。给以后的大坝运行安全留下了不少病害，要花费大量的人力物力去解决；有的甚至从一开始运行就是一座病险库，要不断地进行除险加固。但是，在当时社会生产力发展和科学技术水平条件下，已经是很大的进步了。

后来人之所以能够更高、更快地建筑更加坚固的大坝，就是站在张琪源他们这些历史巨人的肩膀上，不断地探索前行，才得以日趋完善。所谓：古调虽自爱，今人不常弹。此为后话。

6

这是战斗灌区的一个倒虹吸工程，将近一公里长的一条混凝土管道要从猫爪沟的沟底通过。在这之前，三大队预制的混凝土管子已经陆续运到工地的沟边，横七竖八躺了一片。

一眼望去，猫爪沟两岸的地势相对平坦，是改造成水浇地的极佳选择，但几千年来一直是旱塬，当地老百姓人畜饮水要从十里以外的猫爪沟沟掌用毛驴驮，一趟差不多就得小半天时间，如遇刮风下雨等恶劣天气或山洪冲垮道路，只能干着急，所以大部分人用的是窖水。张琪源也曾问过打井的事情，当地人说：少说也得36丈，就这有时可能还遇不到泉眼，打出来的只

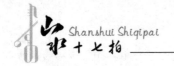

是个干窟窿。

张琪源来自沄北地区的干山上，也打过井，知道36丈是农民土办法打井的极限，折算成米就是一百多米，是个相当震撼的数字。这里人只听说一百里以外有一条黄河，公家正在往来引水，可盼星星盼月亮，这几年才盼到了江河局的大队人马。一大队的大队长何建英道：当地人听说引水渠的上游已经受益了，恨不能现在就能给他们建成通水。张琪源道："可以理解，要加快进度。"

其实何建英也知道，张琪源对这里并不陌生。在张琪源当江河局二队队长的那些年，战斗灌区这一宏大工程，就一直由二队承建，少不了要常来看看，解决一些实际问题。只是自张琪源离开二队后，江河局在原工程队的基础上升格为大队，序列号不变，只是将这里连人带项目都划归了一大队。

何建英陪着张琪源来到倒虹吸工地，一排管道镇墩从猫爪沟左岸下去，在沟底平走了一段后，又爬坡上了右岸；排列整齐，无一例外。随着镇墩的逐渐完工和强度达标，管道安装工作便要依次展开。工人贺万成正带着殷海贵、汤天凯、宓荣威等砌筑最后几个镇墩。何建英道："这几个年轻人都是六八级毕业的大学生，劳动锻炼三年了，今年就该统一分配工作了。"张琪源道："嗯，我有印象，一直都当砌石工人使用。"何建英道："是的，都是你的老部下，挺能吃苦的。"

张琪源问：你想不想把他们都留下？何建英道："能留最好，可以当技术干部使用；管子安装那边还有个女生，叫焦婷，也挺不错的。"张琪源道："如果真能分配到咱们这里来，就自然恢复了技术干部身份，咱们现在技术员、施工员非常缺。"何建英道："那是，勘察设计、识图画图、测量放线、材料核算、进度安排、过程控制，到处都缺人手。"张琪源道："知道着急了？"何建英道："有时真能把人急疯，工人扫盲的那一点文化根本解决不了这些问题。"

只见殷海贵在一块儿铁皮上，把自己筛好洗净的砂子沥水后，用铁锹铲到另外一块儿铁皮上，再把水泥用铁锹从袋子里铲出来，干拌均匀，再倒上水搅拌成砂浆。张琪源问："小殷，你这配合比怎么控制呢？"殷海贵答："三铁锹砂子，一铁锹水泥。"张琪源道："这样不准吧？"殷海贵道："我测试过多次，水泥铁锹要满一些，砂子铁锹要欠一点，这样刚好。"何建英道："应该没问题，水泥是重量比，砂子是体积比。"

张琪源用手抓起半把砂子，在手心里捻了捻，道："嗯，洗得还算干净。"何建英道："贺师傅要求可严格了，白毛巾刺在砂子里面不变颜色才算过关。"张琪源心想：这都是旧社会的老办法。可话到嘴边，却没有说出来。

张琪源和何建英来到汤天凯和宓荣威跟前，汤天凯正用湿毛巾把块石上的泥渍擦洗干净，然后摆晾起来；宓荣威则抽空拿8磅大锤，把一个个大卵石砸出一个平面来。张琪源问："这里的面子石也不好找？"何建英道："周围几十里都没有石头，这河光蛋还是从一百里外拉来的。"张琪源道："哦，叫河卵石多好听？起码也叫河光石嘛。"何建英嘿嘿笑道："工地上粗人多，都这么叫的，我也就习惯了。"张琪源道："破面子石很费劲。"何建英道："可不是，虎口都能震裂，所以破石这个活儿都是三个小工轮着干。"

砂石料旁边放着两个铁皮焊制的水槽。一个里面有多半水槽浑浊的水，应该是洗过砂子、再洗石头的建筑材料清洁用水，是必须重复使用的，经过沉淀后刮掉淤泥还会继续使用，直至给砌体洒水养生蒸发完毕。而另外一个水槽则是干净水，是用来拌合砂浆的砌筑用水，所有的规范对水泥拌合用水的要求只有三个字：饮用水，没有多余的话，根本没有什么化学成分、酸碱性指标等复杂的科学性描述。张琪源明白了，在这个水比油贵的超级旱塬，这些可贵的甘露，也不知道经过多少了曲折的历程，才到达现在这个地方，是容不得一点浪费的；如果说真有浪费，那就是人为无法控制的空气蒸发。

到了镇墩砌筑工作面，正见殷海贵端着一斗子拌好的砂浆，颤颤巍巍地踏着木板搭成的架空桥，倒在了贺万成指定的位置上。贺万成用桃心瓦刀扒拉了两下，再让汤天凯和宓荣威把洗净破好的大石头，也通过同样的路径小心翼翼地抬过来，放在铺好砂浆的石头上。

看得张琪源心惊肉跳，只害怕两个小伙子，一不留神从搭板上滑下去。而贺万成却毫不在意，精心选了一块儿小片石，端详着往缝隙一塞，再用榔头敲打两下，就算完成了一个循环。

7

看见贺万成只顾干活儿，何建英大声叫道："贺师傅，张主任来看大家来了。"贺万成从镇墩的砌石堆中站了起来，抹下手套，不好意思地说："张主任来了，看我这手满都是洋灰，就不握手了。"张琪源摆摆手道："不

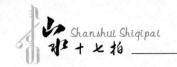

握了，不握了，从搭板过来也不方便，我就是来随便看看。"

贺万成道："张主任这一高升就再不来咱们这里了。"张琪源道："高升什么？这不来了嘛。"贺万成看了看何建英道："自从把咱们战斗灌区划到一大队后，到底不如留在二大队人熟了。"张琪源道："人慢慢就熟了，何大队长这人不错，不会来虚的。"贺万成道："何大队长这人心肠不坏，就是太爱批评人，不留情面。"何建英哈哈笑道："我的方式方法确实是有些问题，江山易改，禀性难移。"张琪源笑对何建英道："工作方法该注意还是要注意呢，这样才能和群众打成一片。"何建英不好意思地说道："就是因为太打成一片了，所以说话随便惯了，往往不知轻重。"张琪源道："要改。"何建英道："改，没问题，让贺师傅都反映到张主任这里来了，还能不改？"贺万成道："何大队长你可不要介意啊，我这人也是个直肠子，喜欢直来直去。"何建英道："不介意，不介意，我就喜欢和直人打交道。"

想起刚才汤天凯和宓荣威他们来回往返木板桥时的战战兢兢，张琪源仍心有余悸，道："这个搭板不行，要把两块木板钉到一起，每隔半米设一道防滑条。"汤天凯道："没事，我们都小心着呢，再说过几天活儿就完了，就是钉好也用不上了。"宓荣威道："两块板连到一起重得很，挪起来得几个人抬。"殷海贵也帮腔道："麻烦得很，过一会儿要找人抬，过一会儿又要抬。"张琪源摇摇头，轻声对何建英道："安全可不是小事，你要抓呢。"何建英道："好的，我下来给贺师傅好好说说。"

张琪源问："看来这一大三小的劳动组合好像刚好。"何建英道："有时运距远了顾不过来，大工也过来给帮忙。"张琪源道："就这'独木桥'，贺师傅还过来帮忙？真够可以的你。"何建英不好意思道："大家都习惯了，根本纠正不过来。"

张琪源道："贺师傅，砂浆、石头全部用人抬，挺费力气的吧，效率也低。"贺万成又直起腰来道："在镇墩基坑里面还行，砂浆斗子顺板一滑就下来了，块石直接扔到旁边坑里，随用随取，办法多的是。"张琪源道："哦，那还不错，就是这种人工拌制砂浆方法还是有一点落后。"贺万成道："我觉得砂浆搅拌可以让机械来做，就看何大队长舍得舍不得花功夫搞个技术革新？"何建英道："现在工程接近尾声了，再下这功夫划不来了。"贺万成道："看我说着了吧？其实以后用砂浆的地方多着呢，就是这个工程不用了，还有其他工程呀。"何建英道："哈哈，让我再考虑考虑。"

走在路上，张琪源问："把老二队这些人划过来，你思想上有没有不适应的地方?"何建英敏感地意识到什么,便信誓旦旦道:"张主任,你放心,我绝对是一视同仁。贺师傅之所以那样说,纯粹是心理作用,总觉得我把他们当外人了。"张琪源幽幽道:"那就好,要平平稳稳让大家把这个心理过渡期早早地扛过去。"

何建英道:"要不就按照贺万成刚才的建议,在战斗灌区搞一个技术革新竞赛,一来鼓励大家琢磨砂浆的机械拌制方法,二来也算是对老二队同志合理化建议的一种肯定。"张琪源笑笑道:"这当然好,施工手段的机械化是解放劳动力的根本办法,两个单位的合并磨合也需要一定的手腕。"何建英道:"对,那拌合动力呢?尤其是工程前期根本没有电怎么办?"张琪源问:"你是说用柴油机?"何建英道:"应该采用多种动力装置,电动机、柴油机是必须的,也可以采用类似脚踏车一样的人力装置。"张琪源道:嗯,你这思路还宽,我甚至还觉得运送块石和砂浆,也可以采用多种动力的办法,搞个传输带,尤其是长距离更划算。"何建英道:"对,还真是的,只要肯动脑筋,总会想出好办法的。"

当天晚上,何建英召集贺万成等人一块儿讨论解放劳动力的办法,也邀请张琪源来参加指导。最后,何建英把砂浆拌合装置的设计落实给了贺万成工班,作为一项技术革新专题进行试制,项目上的设备材料可以无偿提供;他的三个小工有的是画图和计算人才,要放手使用。高兴得贺万成带头鼓掌。

至于传输带的设计,何建英说:"大家要人人奋勇,个个争先,谁设计的好,就奖励谁。"张琪源最后表示,我回去让咱们江河局的机械制造厂也开始正式研制,看他们那些成天坐办公室的,能不能比过咱们这些成天在工地摸爬滚打的行家里手。说得大家一个个群情激奋,何建英趁机道:"看来老二队把他们最精锐的能工巧匠都划拨给咱们一大队了。"张琪源道:"所以你捡了一个大便宜。"贺万成道:"张主任,那将来就看谁家的设备最省力、效率高,你就推广谁家的?"张琪源道:"那还有什么问题!"

8

何建英陪张琪源来到猫爪沟倒虹吸管道安装工作面——这是张琪源此行来的主要目的,现场指导倒虹吸混凝土管道的安装。何建英道:"这条倒虹吸是要把猫爪沟左岸的黄河水，从沟底穿过去，再送到猫爪沟的右岸。"张琪源问："这沟有多深？"何建英道："220多米，所以猫爪沟倒虹吸号称目前全国最大的倒虹吸工程，管径、管长、跨沟深度都位居全国之首。"张琪源问："我记得猫爪沟平时没有多少水？"何建英道："属于季节性河流，往往在农业灌溉用水的季节，沟就干枯了。"

来到猫爪沟的最低处，这里已经把一节混凝土管子安装到位了。何建英道：这是0号管，昨天已经试验就位了，总结了些经验。张琪源点点头，问："两米直径的大水泥管，有两吨多重吧？"何建英道："两吨半，装卸运都非常困难。"张琪源问："装卸用什么办法？"何建英道："把车停在一个台阶跟前，靠人工滚上、滚下。"张琪源点点头，道："不容易。"

这时候，危士奇正指挥工人用滚杠往管床上挪移+1号混凝土管。所谓滚杠就是几根胳膊粗的钢管，顺着混凝土管子前进的方向平行摆放，头尾错开；人推着混凝土管在滚杠上面小心翼翼地向前滚，每向前滚过一根滚杠，就把这根搭不上力的滚杠拿起挪到前边，依此类推，最终接力前行到达目的地。

张琪源道："哦，这滚杠和旱船的办法刚好相反。"何建英道："对，旱船是自身滑动，滚杠是不动的。"张琪源道："这个办法好。"何建英道："危士奇这个人很聪明，就是脾气有些火急火燎。"张琪源道："还不是跟你学的？"何建英道："我这两年好多了。"张琪源道："你是这两年才显露出来的吧？原来我认识你的时候可不是这样的。"何建英道："你不就是说我隐藏得太深了吗？"张琪源道："知道就好，对同志尽量不要求全责备。"何建英问："你是不是也听说过我和危士奇争吵过一次？"张琪源道："光听说这也不要紧，要紧的是还有许多类似贺万成说的那些话，是不是都颇有深意？"何建英道："所以我这不是在想尽一切办法弥补着嘛。"

邬胜功和安东义各带一队工人，紧握两根麻绳作为定位绳，在垂直前进方向的两侧，牢牢地拽着，防止管子脱离滚杠，随意滚出或把人伤着和碾压着。管子跟前，不停有人专门把定位绳的位置时刻挑在最高处，防止滑落下来后，导致定位绳失去对管子上部的控制作用。

危士奇领着十多个人，向前推滚混凝土管，有的用手推，有的拿撬杠从底下撬。危士奇喊一声"一二"，大家向前推一下，一寸一寸，一米一米，小心翼翼。遇到拐弯处，则格外小心。危士奇道：邬胜功，你那边往松放一点；安东义，你那边拽紧别动。再加上危士奇等人的推助，偌大的管子刚好转过身来。

张琪源道："哦，危士奇还真是有些窍道，水泥管转弯转得真好。"何建英道："这两根定位绳起大作用了，一边紧一边松，水泥管子顺顺就转过来了。"管子向前没走几米，刚好遇到一段路不平的地方，管子立刻颠簸起来了，压得滚杠都冒出了火星。只听危士奇大喊道："停一下，把那几个小土包铲一铲。"待几个工人匆匆忙忙把土包削平后，危士奇才大喊道："好了，继续，大家要慢一点，再慢一点。"

等管子到了管沟跟前，危士奇已提前让人给管床上铺了几块厚木板，防止管子就位时把管床混凝土压坏。大家伙小心翼翼把管子推到预定的木板上，再用撬杠把管子慢慢向已经安装就位的 0 号管子跟前撬。危士奇道："焦婷，把蘸油麻绳往上敷。"只见一个女生这时间已经上到 0 号管子顶上，手里提着一个铁桶，给两根管子的接口处，用热腾腾的沥青刷了一遍，然后把所谓的蘸油麻绳用夹子敷在管子的承插口上，然后把铁桶递给下边的工人，下边的工人也依瓢画葫芦，刷油、敷绳。

见一切就绪，危士奇大声道："大家注意，一鼓作气，顶进去。"只见左右两边工人一起搭着木板，用撬杠把 +1 号水泥管道往 0 号管跟前撬。到了关键时候，危士奇道："调整高度，尾部高了，向下落一点，再向下；多了，起一点，再起一点，好；再撬，好。"直至把两根管子之间的蘸油麻绳全部夹住，挤得严丝合缝，缝隙处的热沥青被挤得汩汩流出了不少。危士奇接着道："好了，别动，把垫木往上支。"

大家七手八脚把垫木支好，危士奇近前摇了摇管子，道："好了，把两边定位绳固定在木桩上，注意不能移动管子。"待一切就绪后，焦婷已从 0 号管子上顺梯子下来了，钻进管子里头面，把两根管子接缝处需要补刷沥青的地方一一刷好，告诉危士奇：已经好了。危士奇几个工人道："这下给管子坐浆。"几个工人闻风而动，很快去拌制水泥砂浆，按着焦婷的要求，七手八脚把砂浆填充到管子与管床的接触处，直至捣实坐稳，等待凝固。

张琪源把危士奇叫过来道："每一次完了以后都要把移管子的路重新修复一下，像刚才那样太危险了，磨刀不误砍柴工。"危士奇应声而去。张琪源对何建英道："现在出了一种吊车，吊装管子不用这么费劲，你不申请买一辆？"何建英道："我当然想买，就怕局里不批。"张琪源道："你给尤主任打个电话，就说是我让你打这个电话的。"何建英道："干脆还是你打吧，你说把握性肯定要比我大。"张琪源道："是给你们大队上的事，我打似乎

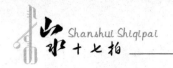

显得我还管起一大队的事来了。"何建英道："你来就是解决问题来了，你打才是名正言顺呢。"

张琪源也就不再客气，果真与何建英一块儿驱车到战斗公社邮电所，亲自给尤尚文挂了个长途电话，尤尚文毫不犹豫地说道："可以，不过钱一大队出，其他大队需要时，还要服从调配。"何建英一听高兴道："好的，没问题。不过你看咱尤主任，把账是不是算得太细了？相当于老子和儿子还把账算得这么扎实。"张琪源道："怎么？还有意见？这可是咱们江河局的第一台吊车呀。"何建英道："没意见，没意见，当家人就得精打细算。"张琪源呵呵一笑道："你小子脑子转得就是快。"

何建英和张琪源很快商量了一个接车人选：郭北辰。并让危士奇随行，在吊车厂里一块儿学习起吊技术。两个人开了介绍信，连夜启程，不几日便把吊车开回来了。危士奇道：人家一看介绍信，都知道咱们江河局是鼎鼎有名的大单位，绝对放心，当下就叫把车开走。张琪源道：那财务上的付款就抓紧办？何建英道：没有问题。

中篇　城乡山水间

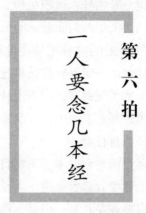

第六拍

一人要念几本经

1

根据目前城市建设的突飞猛进和各行业都在大兴土木的大形势，经过水电厅革命委员会认真研究，决定在韩森堡子水电大院盖四栋四层高的住宅大楼，每栋四个单元。给水电厅机关一栋，江河局一栋，其他八个水电厅的直属单位两栋。

按照政策，厅级领导干部四室一厅 52 平方米，处级领导干部三室一厅 45 平方米，一般职工两室一厅 38 平方米。这类单元房，在后来，被人们称为"鸽子笼"。

这是中华人民共和国成立以来水电系统的一件大事，是逐步取缔大杂院的革命性行动，其意义之重大、影响之深远，空前绝后。为了圆满完成这项艰巨的任务，具体的施工任务交由省内第一水电大局——江河局来实施，借此进一步发展壮大这支省内水电施工队伍。

四层楼在当时是很少见的，属于高楼大厦的行列。就整个沄城市也不到十座，只有政府大楼、电报大楼、百货大楼、纺织大厦等寥寥几座，属于地标性的建筑物。所以，其建设难度，在当时的建筑水平下，无不令人啧啧称奇。

这天上午，江河局革委会召开领导班子会议，尤尚文、柏雪飞、祁玉民、张琪源、蒋雅丽、谢青全部到会。尤尚文亲自主持会议，他开门见山地

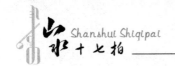

说道："今天会议的主要议题是：研究讨论韩森堡子住宅楼的建设问题，重点讨论分管领导、组织机构、施工队伍三个方面的问题。首先请蒋雅丽常委将咱们政工组的初步意见给大家介绍一下。"

蒋雅丽道："住宅楼建设是一项技术难度非常大的工作，不同于一般的房屋建筑，一定要安排技术过硬、有前瞻性的领导亲自来抓才行。就我们班子目前的情况而言，副职中技术比较过硬的领导仅有祁副主任和张副主任两位，考虑到七二一大学目前还离不开祁主任，我们政工组首先考虑由张琪源副主任亲自挂帅。"

蒋雅丽说到这里，不由自主地停顿了一下，这让张琪源的血脉一直往上喷涌。紧接着蒋雅丽进一步说："具体负责人如果从机关这一块儿考虑，首选沈育林或左长富；但是，都牵扯后续岗位需要新人接替的问题，根据厅里的意见，咱们的施工队伍由三部分组成：各大队抽调一部分，今年复员军人安排一部分，咱们自己再申请指标招收一部分。可以说，是我们江河局施工队伍的又一次扩编。"

在这时间江河局的会议模式中，除会议主持人以外，其他人应该按照领导班子排名次序进行发言，排名最后的，基本上是察言观色随大流，少有敢于反对前边人的勇气。

首先是整党建党领导小组组长兼革委会副主任柏雪飞发言："厅里将这么一项重要的任务交给我们，充分说明厅革委会对我们江河局的高度信任，我们一定要组成强有力的领导班子，把这项群众翘首以盼的工程干好。

"如果组织上需要我负责哪一方面工作，我一定愉快地接受。我赞成琪源同志负责这项工程，具体负责人从技术角度考虑，我觉得沈育林比较过硬。"

再下来是第一副主任兼七二一大学校长祁玉民发言："住宅楼工程是个造福千家万户的为民工程，只能干好、不能干坏。刚才蒋常委所提人选除我之外，都非常合适，我完全赞成。至于我嘛，技术上算不上过硬，但是如果组织上需要把我抽出来，我一定全力以赴，决不推托。张主任，要不，咱俩换一下？你来教学，我给咱盖楼？"

张琪源笑眯眯地没有吭声，他在琢磨尤尚文是什么意思？而且在不到自己发言的时候，一般是不可以接祁玉民的话，只有一把手尤尚文可以随便打岔。在班子内部，最讲究论资排辈和长幼有序，要不，有那么多人计较排位干什么！

祁玉民把话说完后，才该副主任张琪源发言了。但是他顾虑太多，想再观察观察，就谦虚地说道："还是谢青你先说吧。你和咱们柏组长都是带兵打仗、运筹帷幄的行家。"谢青头摇得跟拨浪鼓一样，说："我那还叫运筹帷幄？就是给单位看家护院抓小偷、吆鸡喂狗关后门而已。张主任你就不要谦让了，说吧，我那两下子别人不知道，你还不知道嘛！"

没办法，张琪源只得发言。老实说，在此之前，蒋雅丽给张琪源从没有透过一点口风，这里面到底是福是祸，张琪源竟然没有一点判断力。在别人发言时，他一直偷偷地看着蒋雅丽，指望她给自己示意一下。

只见蒋雅丽低着头只顾在笔记本上写着什么，没有一点给他暗示的意思，把张琪源急得头上开始冒汗了，心中不断地骂蒋雅丽："你真是蒋介石的孝子贤孙、亲闺女！"而蒋雅丽也知道张琪源的心思所在，只是心想：形势已经明朗化了，去是明智之举，我还不至于害你吧？瓜厜！

张琪源道："蒋常委说我和祁主任技术过硬，对祁主任来说完全可以这么讲，而说我还真是不敢当。如果说祁主任跟我换，让我去管七二一大学，那就更是不敢当了，盖楼房只是百年大计，而办教育可是千年大计。

"但是，不论怎么说，我在这里表明个态度：如果局革委会最终这样安排了，我个人表示坚决服从！并且要克服一切困难，把好事办好，把党的温暖送到广大职工的心坎上，把社会主义的优越性充分体现给千家万户。"

随即，张琪源来了个表扬一大片的套路，心想：反正我是可能逃脱不了了，无论说什么也没有用，既然如此，又何必故作矫情，让别人一次次给自己戴二尺五呢？就道："如果让我推荐，我觉得柏组长、祁主任、蒋常委、谢常委都可以：柏组长戎马半生，雷厉风行，马上又要来一批复转军人，一声令下，千人响应，工作起来会非常得心应手。祁副主任一手抓教育，一手抓住宅楼，都是基本建设，上层建筑与经济基础相互渗透，可以相得益彰。蒋常委政治挂帅，善于识人，知人善用，在选拔抽调三部分人的过程中，选来的必然都是精兵强将。谢常委敢打硬仗，有勇有谋，任何困难都吓不倒他。以上四位我看都没有问题！"

到了谢青发言的时候，很简单："我看就张主任了，其他人不知怎样，我反正不行。人有自知之明嘛！"

大家发言完了，尤尚文道："怎么样，琪源？我看你是众望所归啊！"到了这时候，张琪源似乎已经基本掌握了尤尚文的心思，也就不再谦让，"嘿嘿"一笑，道："那我就服从组织安排吧，以后还请在座的各位多多支持。赶到明年年底，同志们回来住新房。"大家哗哗鼓了几下掌，算是通过。

尽管鼓掌通过了，可是，尤尚文似乎并不十分高兴。张琪源纳闷：难道尤尚文希望自己推辞一下，还是坚辞不受？真是越来越搞不明白。

就这样，江河局领导班子经过一上午的研究，最终决定：以此为契机，成立五大队，专门从事住宅楼建设，张琪源兼任五大队革委会主任，左长富兼任副主任，享受大队正职待遇，等于把原来的办事组副组长扶正了。张琪源在会上表态：一定不辜负大家的期望，坚决完成厅革委会交给我局的光荣任务；并且通过这次培养和锻炼，带出一支我局从事房屋建筑的专业化施工队伍，为社会主义革命和建设作出更大的贡献！

话不管怎说都行，可是张琪源心里始终只有一个想法：及早离开局机关这个是非之地，免得在尤尚文和祁玉民之间腹背受敌，最终被人打倒。至于兼任五大队革委会主任的事，也没有什么关系，无非暗示张琪源的身份被降了那么一点点而已嘛！

会后，有人有意无意地点拨张琪源："你为什么要兼那个破主任？这不是有意寒碜你吗？"张琪源笑一笑，没有吭声，知道越描越黑，沉默无罪。

实事求是地讲，张琪源的慷慨陈词，张琪源的逆来顺受，让尤尚文心里着实惴惴不安。他在想："张琪源应该不是瓜戾，他为什么会答应得这么爽快呢？会不会另有图谋？难道自己的这步棋走错了？不懂！"是啊，以自视高明的尤尚文尚有看不懂的时候，就别怪其他人会产生这样或那样的想法。

张琪源一边着手大兴土木，一边寻思着自己的事情。那就是儿子张建国的工作问题，乃至刚刚高中毕业的二儿子张超和唯一的宝贝女儿张云云的出路问题。

可是事情非常难办。从古到今，只有人的问题最难办，能把人的问题解决了，其他问题就不是问题。这与40年后的另一句话相契合：能用钱解决的问题，就不是问题。将已知数代入不等式，最终得出结论：人的问题大于钱的问题。换言之，人的问题往往是钱解决不了的。

2

这一天，张琪源终于鼓足勇气，找到了蒋雅丽。人求人，就是这么难，连张琪源求自己的师妹蒋雅丽都这么辗转反侧，可见世上之事，求人最难。

　　张琪源说想了解一下最近招工的进展情况——这似乎是个能说得过去的借口，不论怎说，张琪源是用人单位的负责人，将来人合不合适，首当其冲的是张琪源。蒋雅丽认真地说道："哦，张主任，我正要给你汇报呢。厅里一共给了咱们220个招工指标，按照省劳动厅的规定，厅里要求咱们要在省上划定的24个贫困县里招收，每一个县不能超过30人，每一个公社不能超过10人。"

　　张琪源经过和蒋雅丽几番讨论另辟蹊径，道："不过，在地域分布上，我赞成优先考虑山区，毕竟山里人能吃苦，也好管理。比如我们沄北的几个县，我觉得吃苦精神那确实是别的地方比不上的。"张琪源硬着头皮把话说到这里，心里如释重负。

　　蒋雅丽这时间才恍然大悟，原来这位师兄有话急忙说不出口。难怪这了、那了，说了一大堆理由，根本不像平时他实打实的性格。随即诡秘地笑了："哦，原来张主任是这个意思，是为家乡人民请命？"张琪源不好意思地说道："谈不上，谈不上。"

　　蒋雅丽道："那就是自己的什么人想来？"张琪源心里终于笑了，心想："你总算是明白了！"可他表面上仍然装得可怜兮兮的样子——这是他跟刘备学的，用同情换取江山，便苦笑道："可能不符合咱们的条件。"

　　蒋雅丽知道这位师兄是一个死要面子活受罪的主儿，就非常诚恳地说道："要不你把情况谈一谈，我看能不能变通处理一下。"

　　张琪源心里欣喜：看来是越来越上道了，便道："我孩子多，现在都到这个年龄段上，还把我给难住了：老大是儿子，实足年龄22岁，高中毕业几年了，一直没机会，现在已经结婚了。老二也是儿子，19岁，有点实心眼；老三是女儿，17岁，这两个这个学期高中也毕业了。另外两个还小呢，就不说了。"说完，张琪源摇了摇头，仍然显出一副无可奈何的样子，但是心里却有一种幸灾乐祸的轻松。

　　因为，借此机会，张琪源终于把张建国结婚的消息第一次对江河局的人唱出去了——我做了我该做的，其他的一切，就交给命运吧。但是，这么"惊天动地"的消息，却没有引起蒋雅丽的一点点意外反应，反倒让张琪源觉得有一些失落。事情原来这么简单，却让自己担心受怕了这么长时间！

　　事后，张琪源反思自己：在这个节骨眼儿上，告诉蒋雅丽大儿子结婚，是不是在潜意识里否决张建国招工？张琪源自认为：不是！但同时也觉得，

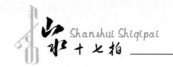

并不排除有这种思想苗头。

　　显然，蒋雅丽的注意力在别处，笑眯眯地反客为主，问道："是多子多福的封建思想残余在作怪吧？"张琪源道："那倒不是，是为了响应毛主席的'人多、热情高、干劲大'的号召，那时间不是提倡英雄母亲嘛，像我这年龄，生十个八个孩子的家庭都有。"

　　蒋雅丽故意道："哦？那为什么不响应毛主席的伟大号召'扎根农村'呢？农村可是广阔天地，可以大有作为的呀？"张琪源无奈道："响应还是要响应的，一颗红心两手准备吗，随时准备接受祖国的挑选。"

　　蒋雅丽忍俊不禁地点点头，道："哦，那现在不已经就在农村嘛，何不就势扎根农村算了，还需要祖国再挑选一次吗？"张琪源搓了搓手，不好意思再说下去，站了起来，有走的意思。

　　蒋雅丽立刻笑道："行了，行了，不用再难受了，我到时间尽力办就是了。刚才是跟你开玩笑呢，看把你难受的。真不知道我上官姐、毛姐你是怎么拿下的！"一提起这话，吓得张琪源立刻站不住了，不断打岔道："不开这种玩笑，不开这种玩笑。孩子的事那就拜托了，拜托了。"双手合十过后，扬长而去。

　　第二天，蒋雅丽专门到张琪源办公室来了一趟，就有关孩子招工的事情，和张琪源认真地聊了些细节，这一次再没有开玩笑。但是，张琪源试探来、试探去，终于得出一个结论，那就是：要一次招收张琪源两个孩子，是完全不可能的。张琪源心想：也行，招收一个算一个，人心不能太重。

　　为此，张琪源悄悄地回了一趟老家。

　　因为涉及孩子们就业的大事情，这在当时的情况下，会成为天大的新闻；不到万不得已，绝对不能张扬出去。所以，他特意没敢让任何一个孩子和老大的媳妇苗爱霞知道，更没敢让大哥玺源、二哥碧源以及其他左邻右舍得到风声。

　　这是张琪源家有史以来一次最高级别的秘密会议。就张大山、琪源妈、招弟和张琪源四个人参加，门窗紧闭，防止隔墙有耳，走漏消息。会议的主题是让哪个孩子去参加工作？

　　招弟说："建国都毕业几年了，一直在等，刚刚结婚就招工。都是你害得，急死盼活的非得让在年跟前把婚结了！"张琪源辩解道："那不是你催得不行嘛。什么张三家的儿子也结婚了，李四家的婆婆都抱上孙子了，王五家已经四世同堂了。现在倒埋怨起我来了？"

　　招弟抢白道："难道我说的那些不对？我一个劳动人没见过世面，不知道单位情况，你呢？再说了，爸妈都六十多岁了，还不该抱一抱重孙子？"张琪源道："过来过去都是你有理……"

　　琪源妈恨恨地说道："行了，别争了，建国结婚不结婚都轮不到他，叫超超去。我正愁我们两个老家伙死了以后，我超超没人照顾呢，这下好了，只要超超吃上公家饭，我老婆子就是死了也能闭上眼了。"

　　张琪源担忧地说道："可是超超是那样子，恐怕考试也通不过？"琪源妈理直气壮地说道："能通过要你这个当爸的干什么，你不是你们单位的副主任吗？说话连个屁都算不上？"妈妈一急眼，张琪源立刻感到：事情在自己家先不好权衡。

　　张大山埋怨老伴儿道："胡说八道！你以为江河局是你们家？给人家把个傻儿子送去当工人去？工人阶级领导一切，他能领导吗？"琪源妈怒气冲冲道："什么傻儿子？我超超一点都不傻！你说什么他都知道。当初要不是你个老不死的，超超能成这样？"张大山坐了起来，冤枉道："怎么这事又怨我了？行行行，只要人家要，你就叫去！"

　　张琪源权衡再三——这也是他一路思考的结果，道："要不叫云云去，云云女娃娃家的，叫她在农村受一辈子苦怎能行呢？"招弟道："那我也是一个女人，不也在你家下了一辈子苦吗？还有咱妈呢！你的女儿是女的，我们就不是了？"

　　张大山果断地说道："云云就算了，女娃娃嘛，将来迟早是人家的，糟蹋那个指标干什么！"张琪源不同意，道："再怎么说，就是出嫁了也是咱的女儿呀。"

　　琪源妈道："咱的？那我这一辈子算谁家的？从十几岁上嫁给你们老张家，当牛做马一辈子，给我们袁家是拿回去一根针了，还是一根线了？就那样，还落不下你们张家人的好！"说完狠狠地瞪了张大山一眼。张大山冷着个脸，道："你就不能把话往正事上说？"

　　一看云云反对声那么大，张琪源只能退而求其次，道："实在不行就叫建国去，当初人家苗爱霞嫁给蛋娃的时候，也是冲着咱的这个家庭来的，现在总不能把人家给闪了吧？"招弟立刻反对道："那不对，咱这样的家庭和建国的人品，不论有没有工作配她爱霞都没问题。爱霞就是个漂亮、嘴甜，再还有啥呢？干个家务敷衍了事，就等着建国来替换她！"

　　张琪源一看婆媳的天敌本质暴露出来了，但还是想争取一下，道："你一开始不是说让建国去吗，怎么又变卦了？"招弟道："我不是不让建国去；是去不去都跟苗爱霞没关系！她就在家跟我一样，给你们张家生儿育女吧。"

张琪源正不知道该如何决断？似乎真成了超超，没想到，招弟突然变卦说："那就建国吧，他是咱家的老大，从小跟我没少受苦，叫出去享享福去。超超、云云以后再说。"

琪源妈立刻对招弟道："我要是和你一样想，当年让老大玺源工作的话，也没有你们家的今天！"张大山道："那么远的旧账就不提了。关键是建国已经结婚了，这本身就不符合政策，如果硬要叫去了，弄不好跟琪源当年一样，惹出一些是非来。现在正在群众斗领导的风头上，咱放着安宁不安宁，何苦来着？孩子都是咱的孩子，手心手背都是肉，宁在直中取，不到曲中求。建国就算了。"

公公婆婆的这几句话，说得招弟再不吭声了，也等于把建国的前途和命运彻底地锁定在了农村。60年，面朝黄土背朝天，农村的苦，农民的难，一切的一切，都得他张建国自己去承担——就是从这一刻开始。

这下，张琪源犯难了。建国和云云两个身体、智力都健全的孩子，好像是都没希望了，而他当初认为最不可能的人选超超，却成了不二的人选。可是，真要是这样，那自己在单位怎么能抬得起头来。又怎么给蒋雅丽、尤尚文解释呢？

自己家里就这样争争吵吵商量定后，张琪源找了一次吴秀秀，让她在对待张超的招工问题上高抬贵手——基层政审通不过，江河局多大的后台都白玩。

张琪源诚恳地近乎央求道："我那超超是你看着长大的，小时候得了一场大病，也是我常年不在家没管好；不过现在年纪还小，不太懂事，慢慢多加培养教育就好了；这不是我在江河局吗，不会给咱们家乡丢人的。"

吴秀秀才不管丢不丢人呢，呻吟了半晌道："那没问题，姐姐我还正要报答你当年给我出的锦囊妙计呢，这件事情在咱们公社这一级，我绝对放行……那张主任，你看能不能把我的那个五儿子亮亮、大名叫刘克亮也招到你们单位去？他和超超兄俩将来也是个伴儿？他去年就高中毕业了，跟你这当舅舅的也去奔个好的前程去。"

张琪源犯难了——十二分的犯难了，而且，怎么我成了刘克亮的舅舅了？我要是有两个指标不还能解决一个孩子吗？何至于一家人为此争得脸红脖子粗？

　　吴秀秀看出了张琪源的为难之情，就道："如果兄弟实在为难就算了，就让他在家劳动算了，反正也不是你的亲外甥。"

　　话已至此，张琪源再没敢犹豫，他知道这个女人的厉害。当初，她把舅舅袁宇光的乡长拿下，还差一点将张琪源自己也害得退回农村，现在她仍然有可能将勉勉强强招去的超超害得退回原籍，就拿出一副视死如归的样子，爽快地道："行！姐姐嘴这么甜的，我不办就不够意思了。"可是心里却苦道："我的天哪！将来给蒋雅丽怎么交代呀？"却知：事已至此，毫无退路！

　　吴秀秀却调皮地说道："姐姐我不光嘴甜，奶更甜，就是怕你满囤哥不让你吃呢。"张琪源假装生气道："看来真像人家说的，你们东路人都是抠门，一点没错，你那年不是就说让我吃呢，今天咋又不让吃了？"

　　吴秀秀笑道："让人是个礼，锅里没下米。算了吧，还是回去吃招弟的奶去吧，她那奶大，乳汁也好。"说笑着，两个人互相留了孩子的姓名和出生年月等，免得到时候搞错。

　　临出门时，张琪源把伸进自己兜里的手抽了出来。那里面装了三十斤粮票。粮票，这个计划经济时代特定的符号，在温饱解决不了的那个年代，可以让人果腹生存，获取生命，尤其是在狼牙岭劳改工地，它曾经果断地改变了张琪源的不济命运，让他觉得像职场中的灵丹妙药一样，非常好使！所以，今天出门办事之前，就把它带上了。不过这时候，张琪源认为：有了刘克亮这个条件交换，就用不着再浪费这三十斤粮票了。

　　然后，张琪源又到县革委会找了主任卫国强，请卫主任给红旗公社最少分上两个指标。卫国强当即打电话叫来劳动局负责人，三对面敲定。至于刘克亮的事，张琪源没有提起，因为当时说定，县上这一关，各人事各人办。虽然吴秀秀说她已经结合进县革委会班子了，也能说上话，但张琪源没敢答应委托她去，替张超办手续。对这个女人，他得防着点，谁知道她会生出什么是非来。

　　回到单位，张琪源又找了蒋雅丽，少不了又让蒋雅丽奚落了一通，甚至说："弄不好还是你的私生子吧？"张琪源只是呵呵傻笑，并不敢回话。

　　但是，事情没问题，蒋雅丽对这事该办还得办。而且，张琪源有了自己无端成了刘克亮舅舅的经历，也学会了怎样贫嘴了，特意嘱托蒋雅丽："农村孩子，没见过大世面，礼数不周之处，或者是文化课学得不扎实的地方，请蒋常委多多包涵；不论怎么说，孩子把你叫阿姨呢，等来了后，他蒋阿姨乔

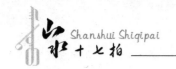

迁新居时，让给他蒋阿姨扛个煤球、搬大白菜、打个地窖什么的，都行。农村的孩子，可就是有这方面好处！"

蒋雅丽道："他一个能打地窖吗？到时间你不帮忙？"张琪源连连答应："帮，帮。"可心想：我要给你打上一回地窖，在江河局名就出大了。临走时，张琪源特意请教蒋雅丽：用不用给尤主任说一下？

蒋雅丽略微思索了一下，道："好好想一想，在没想好之前，先别说。"张琪源点头称是。

3

"杜纪元，有个傻妈，被窝里放屁吹喇叭。"一个偶然的机会，上官红云隔着窗子，听见水电大院门外有一群小孩，在齐声喊唱这么一个被篡改过的顺口溜。开始，她没搞清楚是怎么回事？最后终于听明白了，是儿子杜纪元与同学吵架，几个同学就合起伙来编排他。

上官红云护犊心切，急匆匆开门跑过去，看看是谁家的孩子这么野蛮？打算臭骂一顿，再告他们老师。可等上官红云往出一跑，这些孩子一看大人来了，如鸟兽散。有个胆子大的跑远了后，又回过头来上气不接下气地吼道："吹喇叭的来啦，快跑呀；吹喇叭的来啦，赶快给我撤退……"

上官红云没有继续去追。孩子们吵架，也犯不着大人掺和。她把儿子叫回家吃饭，问事情的原委，儿子开始不肯说，最后终于说了：自从杜成武和他们娘仨划清界限后，杜纪元备受歧视，每每遭受同学们的欺辱。

然后，上官红云又背转人悄悄地问女儿杜雨燕的情况。杜雨燕摇摇头，眼泪刷一下就下来了。上官红云的心要碎了。

从这以后，也就是在杜纪元、杜雨燕12岁那年，上官红云把杜纪元的名字改为上官元，把杜雨燕的名字改为上官燕，并把二人双双从沄城市第二十七中学转学到第十六中学。那时，上官元刚刚开始上初二，上官燕刚考上初中。

当时的初中是两年制。第二年，上官元最终没有被推荐上高中。开始，上官元的履历表上没填父亲，学校不行；后来他写成了杜成武，结果又和自己不是一个姓，学校还不行。而且还惹出了一大堆事情，学校还派出了外调组到二十七中、江河局、水电厅去调查，有人为了巴结杜成武，还添油加醋地说了些不中听的话，惹得满城风雨。

按照"老子英雄儿好汉，老子反动儿混蛋，老子革命儿接班，老子特务儿背叛"的论断，上官元属于家庭政治历史不清白之列，不能推荐上高中，不能做革命事业的接班人。

经过了隆重的欢送仪式，饮下了酸酸的泪水，表下了到祖国最需要的地方去的决心，带上母亲上官红云深深的牵挂，上官元终于踏上了征程。坐了两天一夜的闷罐子火车，又坐了七个小时的汽车，终于来到了一个大山深处，他知道，这就是他的目的地，它的名字叫——三线。

一个星期后，上官元给妈妈写了第一封信，自己的地址是：五岭省广攀市72号信箱33号分箱。初中学的那一点地理知识，还不足以让他知道自己在祖国的哪个位置。连长昌国运简单明了地告诉大家：33号信箱就是606厂，606厂就是33号信箱！

有一个见多识广、看样子是高中毕业的学兵问："我哥那个地方有个606厂，怎么咱们这里也叫606厂？"昌国运不耐烦地说道："那有什么奇怪的，你叫史文恭，大毒草《水浒传》上也有个史文恭，怎么，不行？"

上官元这才知道，这个学兵名叫史文恭。大毒草《水浒传》，上官元是知道的，但是没有看过，所以史文恭是什么人，他就更是不清楚了。当大多数文学作品被禁后，上官元经常偷偷阅读的课外书籍尽是些手抄本，比如《梅花党》《少女的心》《一双绣花鞋》之类的。至于《水浒传》等各种古典名著，早就被红卫兵给烧完了，在这些红卫兵中，少不了还夹杂着少量红小兵上官元等。

打这以后，上官元一直有一个心愿：就是有朝一日看一看《水浒传》，看一看史文恭到底是个什么人？

紧接着，上官元想到另外一个问题：昌国运这三个字放在一块儿是个好词，可是"运"——就是运气的意思，怎么说也是封建迷信，属封资修黑货，怎么就没人管呢？看来这里的人斗争性根本不强，要是放在我们学校，哼，有你好受的！

这时间，上官元把自己是杜纪元时的苦难早已经忘记得一干二净，所操心的尽是些人弱我强的闲心。

上官元正在胡思乱想，突然听见昌连长大声叫道："上官元！"上官元大声回答道："到！"昌国运又大声叫道："史文恭！"史文恭答道："到！"昌国运道："出列，今天你俩随连队的花文书写标语去！"他两个一起答道：

"是!"过后又都差一点笑出了声来:"怎么文书还有花的?和花姑娘一样。"到了地方后他俩才知道,花文书只是姓花,男性,和别人并无二样,更不是花的。

在昌国运跟前遭到抢白的史文恭,对上官元非常热情,心想总算是找到知音了,甚至还神秘兮兮地告诉上官元:"干脆叫他花蚊子吧!"上官元并不领情,而是不冷不热地说道:"那还不如叫花蚊帐。"史文恭又碰了个软钉子,尴尬地把嘴一撇,道:"一看你就是个犟锤子,犟锤子进不了尿壶。"

上官元是什么人?连昌国运都想给找点麻烦,哪能受得了史文恭的谩骂!可刚要反击,花文书叫他俩过去,这才算避免了一场纠纷。

写标语不难,但得一步一步来。拟标语内容——数字数——分间距——划空心字——调颜料——填白。花文书一看是两个热血青年,就有一点伯乐之心,热情给他俩讲:"'国'字要写小,'人'字要写大……"看样子是有意培养他俩当候补队员呢。而上官元只是频频点头,却并不放在心上,心想:懂这些知识有什么用?知识越多越反动。

上官元是个直肠子,事过就忘了。看见花文书走远了,上官元就小声问道:"你看过《水浒传》?"史文恭冷冷地说道:"没有。"上官元好奇地说道:"那史文恭是个什么人?"史文恭不耐烦道:"给你说了我没看过。不知道!"上官元这一次没有介意史文恭的不友好态度,他只想把问题搞清楚,甚至想:那年我们学校烧了那么多书,早知道把那套《水浒传》偷偷给留下就好了。

花文书名叫花启隆,给了上官元一张纸和一支铅笔,告诉上官元:"我给你说几句话,你写下来,数一下字数,在这几面墙上均匀地将间距排开,位置定好。"上官元道:"行!"

活儿不算重,要是两个人拉尺子一块儿干的话,差不多半天就完了。上官元请示花启隆,让史文恭一块儿去,很快干完就回来。史文恭不想去,感觉上官元不识好歹,自己的热脸竟然贴到了上官元的冷屁股上,就道:"就那么一点活儿,还用得着两个人!"

上官元这回来气了,道:"革命战士是块砖,哪里需要哪里搬。花文书批准你来,你就来。"史文恭道:"你还是革命战士?你小屁孩儿一个!还是砖?是砖也是个半截子砖头!"

上官元哪里肯服输,红着脸道:"你这是攻击无产阶级战士!"史文恭过来就恶狠狠地把上官元推了一个踉跄,而且大有"将他打翻在地、再踩上一只脚"的意思。

花启隆赶忙过来拉开了他俩，批评道："干这么一点活儿还打架，怎么做革命事业的螺丝钉？"上官元一看打不过史文恭，他那么劲大，就没敢再还嘴。

上官元闷闷不乐地独自干了两天活儿：分段、划线、标注，等等。到了第三天，花启隆对上官元说："你还是回工班去吧，要不然史文恭还要报复你，你看他，长得比你结实多了。"上官元嘴上说："他敢，东风吹，战鼓擂，现在世界上谁怕谁？"可心里头，还是有一些怵史文恭。

花启隆道："算了算了，在哪里不是干活儿，何必在这里争强好胜呢！"

4

任何城市的生活，相比于附近农村，都是快节奏的，昼与夜的间隔，极为短暂，几乎不易觉察。而身处于城市中的江河局工地，生活的节奏不仅是快，还把昼夜连在了一起，更带几分颠簸的韵律。这是水电人的生活习性，许多习惯于长白班的城里人是理解不了的。

开工伊始，张琪源就和左长富商量，在五大队成立了四个施工队——按楼分队，一个队一座楼，大队部设三个管理班——统管四栋楼。张琪源把这个组织架构和蒋雅丽沟通了一下，蒋雅丽认为："大队机关职能部门叫'班'基本可以，只要不和局及其职能部门'组'同名就行；下属单位暂叫施工队也可以，待运行一段时间，再和其他大队步调一致，改成工程队。"

张琪源道："我也是这个想法，现在先按照一个工地来命名，等以后业务量大了，再按照大队的组织架构模式重组。"蒋雅丽点头。

张琪源道："如果有可能的话，早一点把五大队的班子配齐，起码得有个整党建党领导小组组长吧？再还不配一名副职？"蒋雅丽笑呵呵地站起来："那是，那是，你们先考虑，等有了成熟意见，咱们再讨论。"张琪源只得也站起来，准备离开。蒋雅丽也不挽留，前后不到二十分钟。这让张琪源有一点失落，对自己有些不够尊重。他吃不准，今天蒋雅丽为什么与往常有些不同，只好心里空落落地走了。

过了一段时间，张琪源才听陆华夏说，蒋雅丽曾经和他在电话上征求过意见："局里想在邱玉山、奚大宝、孙光喜三个工程队长中，选拔一个人到五大队来，作为副主任预备人选先上岗，但是暂时不明确职务。"陆华夏的意思是："如果平调就不放，除非提拔。"

又过了几天，蒋雅丽又打来电话说："可以考虑提拔，但是首选孙光喜。"陆华夏认为："孙光喜比不上邱玉山务实周密，更比不上奚大宝作风果断。选拔干部嘛，我建议还是要从各人自身的能力出发。"所以就没有定论。

后来陆华夏才知道，提拔孙光喜是牛树宽的意思。在上次电话以后，尤尚文专门让蒋雅丽听一听牛树宽的看法。牛树宽认为："经过这段时间的考验，秦八完全能够独当一面接替孙光喜。"

陆华夏明白了，牛树宽是想扶植秦八。似乎还隐隐约约感觉到，牛树宽有借机挖陆华夏的墙脚，培育自己势力的倾向，哪怕不惜提拔一个自己不喜欢的人，可见牛树宽对二大队的局面控制已经到了不惜代价的程度。过后陆华夏猛醒，差一点惊出一身冷汗。他推断：如果牛树宽真要排挤孙光喜，局里肯定不会真正提拔孙光喜，很有可能是虚晃一枪，调虎离山。

也正是在这个节骨眼儿上，张琪源去请示蒋雅丽组织机构和班子人事问题，蒋雅丽并不想深谈，在不违背原则的情况下，都表示同意，只想把张琪源早早打发掉，以免在某些细节上说漏了嘴，招致尤尚文的猜疑。所以给张琪源感到蒋雅丽那天怪怪的。

正是由于这一系列原因，五大队的领导班子一直没有健全。当时让张琪源、左长富分别担任正副职只是为了应急，给水电厅着急盖楼一个交代，并没有长远打算。尤其后来，当尤尚文看到张琪源和左长富同出于老二队后，心里激灵灵打了个冷战，心想："真是忙中出错，怎能犯了这么大的一个错误呢！"所以，陆华夏猜测，提拔孙光喜很有可能只是幌子的想法不无道理。

五大队班子是临时的，下设施工队、管理班的负责人也只能是临时指定的，需要等待一段时间，观察后再定。再加上从各大队、工厂等二级单位抽调人员时，干得比较出色的，肯定都是基层的骨干，就是自己愿意来，二三级单位也不太愿意放。类似孙光喜这种现象时有发生，以致在抽调来的人当中，有组织协调能力的干部工人并不多。所以临时指定的负责人，很有可能最终还要退出，这就让张琪源极为谨慎。

为了避嫌，张琪源没有给方新月、郭北辰这两个能力完全可以胜任的人也直接任命为班长，而是指定方新月为物资供应班负责人，郭北辰为后勤服务班负责人。

自然，对一些不牵涉职级待遇的骨干，完全可以用行政命令的手段直接下调令，但是政工组并没有这样做。因为，想进城盖房的人多的是，许多人正想削尖脑袋往来挤，以彻底摆脱自己一辈子钻山沟的命运。政工组又何必要给自己增加工作难度呢？同时还顾忌对原单位基层工作造成的影响，等于是拆了东墙补西墙，得不偿失。

毫无疑问，进城盖楼是江河局最好的工作。尽管和城里的机关单位相比起来，建筑单位仍然属于环境差、工作辛苦的单位。好在水电人都有自知之明，知道人比人活不成，大部分人只和自己从前比，只和远在山沟沟里面、过去曾经与自己朝夕相处的弟兄们比。这样一比，就比出了动力，比出了回城的积极性。

所以，只要政工组拟定、基层单位愿意放，没有人不愿意来的。以至于政工组组长蒋雅丽的态度成了关键，改变一个人的命运只在她的一念之间。这就使人们觉得她的权力非常大，想让谁去、就让谁去，不想让谁去，任你磕破头也无济于事。

随着复员军人的到来，房建队伍的整体素质明显提高。最主要是这些人都有很强的组织观念，能够做到令行禁止，军人"一切行动听指挥"的作风依然在潜意识里保留着；再者，这些人都是年轻小伙子，初到单位上班，正想好好表现一番，工作起来自觉性都非常高。

左长富本身是军人出身，对军人的偏爱时时处处都能流露出来。以至于张琪源和左长富在复转军人里面选拔负责人的比例最大，贾宏伟便是其中之一。

楼房建设是个新课题。尤其是四层楼，在当时社会，从高度上已经是重大突破了，整个沄城市也是凤毛麟角。

开始挖基础了。各施工队先把四座楼的覆盖层，作为弃土由人工架子车拉到围墙以外，堆积起来，等到了一定的高度时，再找汽车或拖拉机往外运；挖了不到一米，原状土就出来了，有的是扰动过的，有的是没扰动过的，但是，都得挖够一定的深度。

紧接着老河床也就出来了。这里与江河大院同属于沄河古河床，在20年前建江河大院时，张琪源就对这一带的地质情况有所了解，砂砾石混杂，夹着泥沙，漂石也不少。张琪源让把比较干净的河砂、砂砾石和少量的黏土，分别堆存，准备以后派上用场，淤泥和腐殖质则仍然倒到弃土场。

张琪源把整个施工区域规划成一个"田"字形，用施工道路将四座楼房的占地圈在中间，使每一座楼房的周围都可以通行，便利了交通。在每一栋楼房的基础开挖中，在中间的十字路两边都开挖成近乎 90 度，然后加挡土板，防止坍塌，以确保道路宽度和畅通。

随着人员的逐渐增多、工序的逐渐展开，中间环节也日渐繁杂起来。张琪源把现场日常管理基本都交给了左长富，由他和贾宏伟等负责人一块儿去处理，随时解决问题。张琪源自己则重在整体谋划、技术方案的确定、和厅里领导的沟通，有时也带着左长富、贾宏伟到其他单位楼房工地去观摩学习。

看见左长富经常忙得焦头烂额，工作日显吃力，人也一天天黑瘦了下去，张琪源只得把左长富叫来，传授办法："你要抓住几个负责人，不要事必躬亲，多开会，互相把经验交流交流，可以取长补短。"左长富道："集思广益倒没问题，只是千头万绪，突不出重点，顾此失彼。"

张琪源道："最近的重点是要尽快筹备钢筋加工场。等废土一运完，楼房地基就要夯实，就准备浇地梁、起放大脚基础，所以钢筋加工能力的形成刻不容缓。"左长富道："这些工序安排似乎还基本合理，只是场地周转倒不过来。"

张琪源道："把场区西南角的水泥库很快搭起来，地坪还有个凝固的过程。待地坪强度够了，就可以进水泥了，这场地不就出来了？"左长富道："还不光是水泥库的场地问题，别的施工场地也是捉襟见肘。"

张琪源道："所以，砂石料的料仓也要同步收拾，一收拾好就要很快进料，否则钢筋、水泥来了也没用，钢筋要生锈、水泥会受潮不说，就现在这样零零星星的进料既影响整体进度，浪费又大。"

看见左长富不吭气了，张琪源又开始说第二个方面的问题："有些地基挖到位的，要很快夯实、放样，块石也可以进了……"说着说着，张琪源就有些激动，可看到日夜操劳的左长富，形容枯槁，又不忍心发火。

左长富多年在工地搞后勤工作，可谓游刃有余。也从事过工地临时房屋、窑洞、工棚的施工和管理，但对大型工程的全面指挥这还是第一次，尤其是楼房建设是个新课题。所以，对许多看似简单的工序，往一块儿一聚集，要统筹兼顾则非常不容易。所谓难者不会，会者不难。

张琪源的一阵嘱咐，把左长富搞得更是头大如斗，一声不吭，只是摇头叹息。张琪源着急道："不要光摇头，要多动脑筋、想办法。材料联系得怎样了？前两天我问方新月，说水泥、钢材指标已经办好了。现在调拨手续办得怎样了？杉木杆进货时一定要严格挑选，盖楼房不同别的。

"四号楼基础下的墓穴尽快处理，该讲究的风俗也可以偷偷讲一讲，死者为大嘛，要不然谁都不敢下去清理墓穴，怎么办呀？二号楼下的淤泥坑尽快换填，必要时打几根木桩，边设计边施工嘛……"

开始左长富还一问一答，有根有据，可到最后就彻底失语了。若干年后，人把这种状态叫崩溃！看着左长富一副愁眉苦脸、不堪重负的样子，张琪源让左长富安排一下："晚上开一个干部大会，我把有些问题再集体讲一讲，统一一下意见，让大家心往一处想，劲往一处使。"

会开过不久，左长富和贾宏伟吵了一架。两个军人，性格秉性总有相似之处，较起劲儿来也是水火不容，由相互埋怨到互相指责，直至捋胳膊、挽袖子，差一点就动起手来。好在军人在这方面控制能力还是比较强的，最终没用武斗的方式来解决问题。

这倒使张琪源暗暗庆幸，但是隐患始终没有消除。

5

猛牛坝渡槽是战斗灌区的卡脖子工程，一公里多的混凝土 U 型槽全部要架空通过。张琪源在安排好五大队的工作后，又插空来到这里，尤尚文的意思主要是让他与何建英实地研究确定槽墩台的施工方案：既要在预制安装和现浇方案中选取一种，还要就下部结构在槽墩和排架中确定一种。

张琪源环顾会场，道："我看咱们这次换一种发言顺序，你们几个，殷海贵、宓荣威、汤天凯，还有焦婷，既然已经最终分配来了，就当仁不让，就给咱们走一步当头炮吧？"殷海贵几个都不好意思开口，这样的技术方案讨论会他们还是有生以来第一次参加，过去当工人锻炼的时候，他们参加的会基本都是动员会、集体学习等，几乎没有发言的机会。何建英便道："就是嘛，既然成了技术干部，就不能和过去当工人一样，领导安排什么才去做什么，而是要积极主动献计献策。"张琪源道："说一说吧，这种场合也要多锻炼，还要懂得多为领导分忧解难嘛。"

终于，殷海贵鼓起勇气道："我觉得必须要采用现浇方案，这样基础和槽台、槽墩才能形成一个整体，可靠连接。"宓荣威道："要我说天下就没有那么绝对的事，杀猪杀屁股，一人一个杀法；排架和槽墩、槽梁都可以预制，只要想办法，还怕连接不好？"焦婷悄悄瞪了一眼宓荣威，道："怎么说话呢？"宓荣威嘟囔道："我就是见不得他说话那种说一不二的腔调。"

危士奇道："我觉得预制好后再安装的方案不可取，主要是咱们的吊装设备太小，就是站得很近也只能吊 5 吨以下的小件。"宓荣威据理力争道："吊车吊不动，咱们可以自制吊装台车，运用配滑轮组保证能吊起来。"汤天凯道："我觉得咱们要自制吊装台车的话，最少得四台，预制场两台，安装现场也得两台，而且还要考虑轨道、移动和固定等好多问题。"

张琪源问："排架或墩高最高有多少米？"汤天凯和宓荣威的眼光都有些游移，殷海贵低声道："22.3 米。"张琪源道："那吊装台车起码要制作 25 米高吧？移动和自身稳定问题怎么解决？"看见宓荣威无法回答，贺万成道："我觉得如果采用预制吊装方案的话，主要的缺点还是殷海贵说的连接不可靠的问题，无论采用何种办法连接，连接部位迟早都是最薄弱的环节。"孟立志道："弄不好还真有倾覆的危险，那就把人丢大了。"危士奇道："丢人事小，出了事故还要坐牢的。"吓得宓荣威再不敢吭声。

看见何建英脸上铁青，贺万成知道是自己那个不争气的徒弟宓荣威惹大队长生气了，只是因为张琪源在场，才强压怒火，没有发作，便有心打破僵局，道："既然吊车只能吊小件，就不如全部现浇，现浇 20 件和现浇 25 件区别不大，咱卖面还害怕他谁吃八碗？省得要制作好多形式不同的模板。"沉默了很长时间的邬胜功道："哦，要现浇就都现浇，要预制就都预制，自然还包含其他标准件。这样就省得东一榔头、西一棒槌，一会儿在预制场呢，一会儿可要到现场搭架拆架呢。"

张琪源道："既然大家思想都基本统一了，那就确定采用现浇。那是采用排架还是槽墩呢？"何建英道："那就槽墩吧，立模、钢筋制作、浇筑起来都比较简单。"贺万成道："我也觉得对这么大的渡槽来说，排架显然不如槽墩稳定性好。"张琪源问殷海贵："你说呢？自从把当头炮一走就万事大吉了？"殷海贵黯然一笑，道："还是槽墩吧，排架窟窿眼窍的，模板太难立了，而且浇筑质量也不好保证。"

张琪源环顾四周，问："看大家还有什么意见？如果没有？何建英，你今天就安排着手设计吧？"何建英面色冷峻地说："设计就由殷海贵负责，按照你的思路往深往细再想一想。汤天凯、宓荣威跑现场，焦婷专攻内业。"

会后，张琪源问何建英："怎么宓荣威是那种说话方式？以前没见他这样呀？"何建英道："鸡不尿尿，自有去处，殷海贵原来追过焦婷，现在焦婷虽然嫁给了宓荣威，可宓荣威还是死见不得殷海贵，或者说还有一点提防他。"张琪源道："哦，既然有这种问题，就把他们分开吧。"何建英道："我也想过分开的办法，只是不好搭配，焦婷和宓荣威两口子不能放一块儿，而这两口子无论哪一个都不能和殷海贵搭档，总共就只有四个技术员，你说我怎么办？"张琪源道："哦，那如果有单打独斗的机会就彻底分开，或者另换一个工地，省得麻烦。"何建英道："无论怎说，先把渡槽干完再说。"

图纸很快就出来了，所谓边勘测、边设计、边施工。亦步亦趋，殷海贵开始负责整个工地的施工安排，包括测量放线。邬胜功在带人开挖 1 号槽墩基础的过程中，宓荣威就开始给钢筋下料、制作，捎带预制场的小件预制，汤天凯便准备砂石料和水泥及拌合站，孟立志则负责模板制作和脚手架的材料准备。

待邬胜功把 1 号基坑开挖好后，殷海贵把中线点位一确定，汤天凯便在当天晚上就开盘把垫层混凝土给浇筑了。混凝土刚一凝固，殷海贵就把基础轮廓线用墨斗甩在了垫层混凝土上，由宓荣威带人绑扎钢筋。

与此同时，安东义负责的 2 号槽墩基础开挖也已完成，汤天凯紧接着就着手浇筑垫层混凝土；而贺万成负责的 3 号槽墩基础，也已开挖了一半。邬胜功把 1 号基坑一交工，回过头来就开始破土动工 4 号槽墩基础的开挖。这样，以邬胜功、安东义、贺万成三人为龙头的 3 条流水作业线就形成了；宓荣威的钢筋绑扎速度跟不上，何建英又给加派了人手，以不影响紧跟其后的模板支撑。

在这前前后后，张琪源、何建英都在不停督战，大部分时间，张琪源是白班，何建英是夜班，可是各人在休息的时候，又都有些放心不下，躺在床上却怎么也睡不着，便起来再到工地转上一圈，解决些实际问题，才能安得下心来。

这天午夜过了，张琪源穿着棉大衣又来到了工地，道："殷海贵这小伙子不错呀？把工地安排得井井有条。"何建英道："那当然，所以因为年轻人的一些事情，我本来很生气，可还是不想打击他们的积极性，批评也是浅尝辄止。"张琪源道："是得让他们很快从这件事情中解脱出来，轻装上阵。"何建英道："不过我觉得殷海贵似乎还是心不死，总是有事没事到焦婷办公室说图纸上的一些问题。"张琪源吃惊地说道："那或许真是工作需要呢？"何建英道："但愿如此。"

宓荣威把1号槽墩钢筋绑扎完后，立刻转场到2号槽墩基坑；1号槽墩的工作面便交给了孟立志，开始立模板、密封、刷脱模剂。张琪源道："孟师傅，你那种斜撑子打法不行吧？水工混凝土不同于建筑混凝土，一振捣立刻就跑模了。"孟立志头摇得跟拨浪鼓一样，道："没问题，我经常是这样。"张琪源也不好再说什么。

结果到了晚上，张琪源再到工地时，何建英正在训斥孟立志：怎么搞的？白天张主任还专门给你说了，你牛球得还说没问题，看现在跑了那么多浆怎么办呢？孟立志道：没想到混凝土还有这么大的劲，当时看着不行我还另外加了一根撑子，可把撑子都打劈了，就是顶不回去。何建英没好气地说道：说那顶球用，赶快往出掏混凝土，要是凝固了我再跟你算账。

灯光下，孟立志的脸色非常难看。看见何建英还要发脾气，张琪源道：好了，建英，少说两句，赶快组织人往出掏混凝土，要不然就来不及了。只见何建英扑腾往混凝土仓号里一跳，抓起一把铁锨就往外铲混凝土。看见孟立志还呆呆站在那里不知所措，似乎还在琢磨着什么，何建英大喊一声：滚，早点滚回去。

孟立志实在感到无地自容，断然跳出仓号，果真向驻地快步回去了。张琪源一看情况不妙，赶忙给殷海贵使了个眼色，让跟着孟立志回去劝一劝、消消气。

6

上官元被分在筛沙班，开始了在河道里筛沙子、挖石子的亘古不变工作。这在学兵连算是最轻松的活儿了，大部分是十四五岁的初中毕业生、高中生里面身体瘦弱的和女生才能有幸照顾到的轻松岗位，年龄大、体质好的则直接进入桥梁、隧洞施工项目，从事更加繁重的体力劳动。

早晨，太阳还没有起床，几百人就沿河道一字排开。每人一个筛子、一把铁锨，一人占据一段，就地取材。上官元照猫画虎，架起筛子，一锨一锨地将河床上的天然砂砾石铲起来，扬到筛子上，漏下去的是砂子，隔在上面的是石子。

每次收过方后，各人要把筛好的砂子，从河滩用帆布袋子装上，背到路边的汽车上。有时遇到平坦处，可以两个人推一辆架子车，合作着从河滩拉到路边，再用铁锨往车上装，这样做要轻松许多。

上官元想和史文恭分在一个组，搭伴合推一辆架子车。不论怎说，上官元到了 33 信箱后，打交道最多的同事还是史文恭。所谓不打不成交，自从离开写标语岗位后，上官元惦记最多的人还是史文恭——无论史文恭是多么不待见他。可是史文恭最终还是没有回到筛沙班来。

史文恭最终去了筛石班。也就是同样的方法，将石子筛分成细石、中石、大石，收过方后，再将自己筛好的石子一次次用袋子背出河滩，装到相对应的汽车上。对超大河卵石，则由碎石班处理，即用铁锤儿逐一打成二到四厘米的碎石，另外装车运走。

砂石料只有装到车上，才算是完成了任务。每遇到河里涨水，他们就向岸边撤，等河水降下去了再往水边走。就这样，日复一日、年复一年地重复着与河流争地盘的工作。河水一次一次把他们逼退，又一次一次给他们送来了新的料源，几年下来，竟然没有看见河道因此而变宽，也没有发现河道里的料源减少，却真真实实拉走了几十万方的砂石料。

学兵班每周一次小讲评，评出两名优秀；学兵排每月一次中评比，评出两名模范；学兵连每季度一次大比赛，评出两名标兵；标兵再参加厂里每年一次的群英大赛。一级一级从口头表扬、板报宣传、披红戴花、敲锣打鼓祝贺，荣誉的光环逐级放大，鼓动得上官元、史文恭这些孩子们，热血沸腾，日夜鏖战，拼命地比、学、赶、帮、超，常常有人晚上不睡觉，偷偷地出去干活儿。

无疑，每次班讲评是最揪心的时候，只要这个层次不能脱颖而出，就不可能有下一个级别的参评资格。所以，每到讲评时间，上官元都把心提到了嗓子眼上，等着幸运之神的降临，却一次次名落孙山。

好容易有一次，上官元的筛沙产量居前，却出现了一个为抢救一把铁锨而光荣献身的年轻英雄，硬生生把上官元的名字给挤了下去。班长说，那个英雄的名字要永远写在三线建设的光荣榜上，铭刻在祖国的山山水水，祖国和人民永远都不会忘记他！所以，上官元的名字就显得微不足道了，就自然而然只能写在每天的点工表和收方登记表上了。

这把上官元气了个半死，晚上蒙着头在被窝里哭了半宿。没想到，这一情况让史文恭给知道了，过来不但没有安慰上官元，还狠狠地批评了一顿："人家是英雄，献出了宝贵的生命，你在被窝里哭鼻子，只能算狗熊！狗熊和英雄怎么比？"

紧接着，另一个学兵背起了《钢铁是怎样炼成的》中一段保尔·柯察金脍炙人口的名言，与此同时，其他人也跟着附和："人最宝贵的是生命，生命每人只有一次。人的一生应该这样度过，当他回忆往事的时候，不至于因为虚度年华而痛悔，也不会因为碌碌无为而羞愧……"

上官元不得不止住了哭泣。大家看到效果后，认为上官元在荣誉面前不伸手了，均满意而去。由史文恭发起的这场对上官元的批评教育，消息不胫而走，受到了学兵连的表彰，并将他从筛石班调到了连部当了一名反修干事，进入了干部行列。

上官元在这里的生活情况，很快就让妈妈上官红云从儿子来信的字里行间里读了出来。每次来信不断地叮嘱："英雄和标兵是那些大孩子和身强力壮的人争取的荣誉，你年龄还小，身体也瘦弱，可不能照着学。"有一次，妈妈说："妈妈就你和你妹妹两个孩子，你要是有个三长两短，妈妈可怎么活呀！"

上官元不管这些，回信批评妈妈的落后思想，说自己要永远做革命的螺丝钉，如果自己真的为革命牺牲了，"你要把儿的坟墓向着东方，让儿看着嘉陵江的浪……"吓得上官红云一宿一宿睡不着，并且继续来信劝说儿子："妈妈的下半辈子就靠你了……"上官元照葫芦画瓢回信道："……临死的时候，他能够说，我的整个生命和全部精力，都献给了世界上最壮丽的事业——为人类的解放而斗争。"

上官元天天埋头苦干，立志洗心革面，一直在想找机会立一次大功。有一次，他发现一个女学兵的裤子上有血迹，心想这一下坏了，得迅速抢救；于是奋不顾身过去，背起那个女学兵就往卫生所方向跑。没想到那个女生大声喊道："救命啊，快救命呀，上官元耍流氓了，快来抓流氓呀……"

其他学兵一看上官元把一个女学兵背上跑了，呼啦一下就围了上来，狠狠地揍了上官元一顿，问他："以后还老实不老实？"上官元只得乖乖地说："老实，一定老实。"

大家伙把上官元押送到连部，昌国运、花启隆审问，史文恭做笔录。这一回，上官元才有时间阐述自己背女生的原因了：是为了抢救负伤流血的女战友，根本没有耍流氓的意思。

昌国运毕竟是过来人，让一个女干部向那个女学兵一了解，才知道这个女生叫王平岚，是女孩子的月事来了，确实裤子上有血迹。真相大白，连部把上官元放了回来。昌国运强调："大家以后见了这种情况，不要大惊小怪!"转过身后,又补充了一句,"这么大的小伙子了,球都不懂!"

临了,有一位女生也附和了一句话:"真是屁都不懂,看来他妈就没给他教过什么。"另一位好笑道:"他妈还给他教这个?"一下子惹得一群女生哄然大笑。

上官元羞愧难忍,但是他懂了。只是竭力回想,在手抄本小说《少女的心》上,似乎从没看到过还有这样的情形。

这件事对上官元的班讲评影响了不止一次。无论他的筛沙任务完成的超额了多少,大家总是能指出他身上存在的严重不足和致命缺点,尤其是男生,女生一般只是咻咻地笑。时间长了,面对这些指责,上官元反倒能冷静面对了,或者正如花文书所说的要"正确对待"了,心想:要不是老子给你们趟平道路,你们原来倒能懂个球?这一会儿都显能耐了。

后来,随着政治学习不断加强,上官元的文化水平也渐渐有所提高,便慢慢悟出了花文书所说的"正确对待"是什么意思了,就是:有则改之,无则加勉。或者说:批评对了你改正,批评的不对你也不要计较,更不能试图抵制。

上官元心想:狗屁,那让我把你也批评批评,别管对错,你也不要计较,虚心接受去吧!

没过几天,上官元终于知道,这个王平岚竟然是江河局原局长王汉成的女儿,吓得他差点栽一个跟头!自己不也曾经是江河局的子弟吗?而且听说王汉成就是被自己的父亲杜成武搞下台的,其中的渊源关系竟然是如此深厚,这事要是传回去,我上官元在全省水利系统就出名了——沄城的水利系统才有多大?有道是好事不出门,坏事传千里!从此,上官元更是谨言慎行,再也不敢透露自己是何方神圣了。如若真有人问,便道:怎么,查祖孙三代呀?有时,上官元想:王平岚不过是王汉成的狗崽子,她敢回去胡说?可一想自己也不是被父亲杜成武划清界限的另一种狗崽子吗?两个人半斤八两,最好还是夹着尾巴做人为好。

无论怎说,上官元确实是时运不济,从没当过一次优秀,更与模范、标兵、群英无缘。倒是让他常常想到:昌国运这个名字起得果然不错,可以逢凶化吉,百毒不侵。

史文恭进步很快,时间不长,就成了连队的通信员。每次连里开会,他都在昌国运、花启隆周围忙前忙后,混得人模狗样。这使得上官元常常心生不快,倒不是记恨他批评妈妈上官红云和自己,而是因为每一次自己倒霉,

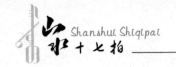

总少不了有史文恭在旁边看笑话。

由于和史文恭的命运反差越来越多，上官元把对史文恭的最后一点温存也消失殆尽，便经常暗暗地咒骂史文恭。但是，除了国骂，再就是蒋介石、赫鲁晓夫、孔老二的孝子贤孙之类的，其他也想不出别的词来，恨只恨自己没有读过《水浒传》。后来，国家开始"评水浒、批宋江"，上官元这才肯定地骂道："史文恭一定是宋江的孝子贤孙！"可终觉得不够解恨——史文恭应该也不是什么好鸟吧？

又过了一段时间，上官元终于想到一个自认为既痛快淋漓又雅俗共赏的骂辞："史文恭，有个傻妈，被窝里放屁吹喇叭！"这才心情清清爽爽，淡淡定定，日出而作，日落而息，再不想荣誉二字。

就在上官元万念俱灰、唯有筛沙的日日夜夜，他学会了吹笛子来排遣苦闷。笛子这东西价钱不贵，携带方便，尺长竹枝，却五音俱佳，乍吹起来虽然挺费力气，甚至还能把手指震裂，缠上几层胶布，比别人的虎口胶布更多了一份疼痛，可上官元并不在意这些，他在意的是怎样释放自己孤寂的心灵。

所谓熟能生巧，再难的技术都架不住人日日习练。久而久之，上官元的笛子吹到了出神入化的程度，越是信手拈来，越显声音悠扬悦耳。夜深人静的时候，萦绕大山，透入丛林，绕梁三圈，传出好远，但并不影响人们休息入睡，反倒有一种镇静催眠的功效。当怀春的少男少女们，夜静心烦的时候，正好需要有这样一种声音穿透自己的心扉，超凡脱俗，梦见周公。

而远在千里之外的张琪源，却已把上官元的招工返城问题，逐步提上了议事日程。

7

猛牛坝渡槽的槽墩施工完毕，张琪源再次来到这里。这是个雪后的傍晚，天气晴得没有一丝云彩，一排子槽墩无论站立在低洼还是高坡，可上部却都是齐的，老远望去，齐乍乍的，像刀切的一样，真有山舞银蛇、原驰蜡象的意境，十分壮观。张琪源道：你觉得豪迈不？何建英道：豪迈，我们几百人用了几百个日日夜夜创造出的奇迹。张琪源道：等槽梁全部浇筑完后，你再看，一条长虹直通天际，真如鬼斧神工一般。

走到了槽墩沿线的末端，张琪源问："最后两个槽墩的脚手架还没卸？"

何建英道："没有，等着拆模板呢，天气凉，我叫把模板迟拆几天。"张琪源问："我看雪下面好像不光是模板，鼓鼓囊囊的。"何建英道："模板外面还裹了两层稻草帘子，比咱们的被子还暖和。"张琪源点点头道："开头几天混凝土会散发出大量的水化热。"何建英道："就这，昨天晚上我还叫人在周边点了几堆篝火，天上飘着雪花，地上着着大火。"张琪源思索道："哦，不过，火还不能离得太近，防止龟裂。"何建英道："距离不近，你看保温帘子上还落了一层薄薄的雪呢。"

张琪源道："这场雪很快就消了，趁着天气还不算太冷，槽梁能浇一跨是一跨。"何建英道："我也是这么考虑的，所以槽墩低的地方我准备搭暖棚浇。"张琪源问："暖棚材料备够了？要不惜一切代价保证质量。"何建英道："没问题。"张琪源道："那就明天开始？今天晚上可以不安排加班。"何建英道："今晚只加个前半夜班，得让人把各个工作面的积雪铲开，明早就不影响干活儿了。"

最先动工的是0-1跨的槽梁。殷海贵还是总负责；贺万成的一组搭设上料栈桥，邬胜功的二组搭设满堂架。殷海贵指挥贺万成多多少少有一些不习惯，半年前他还是贺万成手下的小工，现在反过来安排贺万成怎么做，觉得很不好意思。倒是贺万成想得开：总体安排还是要知识分子呢，我们大老粗图又看不了多少，怎么能知道将来要建成什么样子？听得宓荣威五味杂陈。

贺万成告诉殷海贵：你给我把栈桥的大样放到地上，再给我说要个什么样子，需要多高就行了。殷海贵让人在地上撒了个转弯形的闭合白灰线，道："这个栈桥是上坡加转弯形的，架子车从地面把混凝土熟料通过栈桥拉上去，倒入仓号后，再空车返回来。"贺万成道："那进水口的建筑物就都到了桥的下面了？"殷海贵道："对，不过栈桥分上下两层，先用下层把大梁部分浇完，然后把外模一立，槽身钢筋一绑扎，再立内模，然后再架上层桥。"贺万成道："啊呀妈呀，好复杂，要不说要知识分子呢，大老粗哪能想得这么周全？"

这话偏偏又让宓荣威听见了，道："怎么还是先立模板，后绑扎钢筋？你看墩基和槽墩，哪个不是先绑扎钢筋，后立模板的？"殷海贵脸一红道："U型槽分内模和外模，跟墩基、槽墩的单侧模板不一样。"宓荣威道："什么一样不一样？先把模板立好，再绑扎钢筋，人的手还怎么能伸得进去？"殷海贵道："内侧这么大的空间，怎能伸不进去手呢？"宓荣威道："到时间绑扎不成你负责？"殷海贵道："我负责就我负责。"贺万成赶忙道："好了好了，铁路警察，各管一段。宓荣威，你只管绑扎你的钢筋就行了，别的事你少操心。"宓荣威道："给你说的就是我的钢筋绑扎不成，你还让我怎么绑扎，难道真是我咸吃萝卜淡操心？"贺万成道："狗屁不通，还大学生呢。"

贺万成转身一看，殷海贵也是个大学生，赶忙道："我不是说你，我是说同样是大学生，差距怎么就这么大呢！"宓荣威气呼呼地走了，毕竟他在贺万成手底下当了三年的小工，贺万成的脾气要是来了，他是领教过的。就在这时，张琪源和何建英来了，看见气氛有些不对，问怎么了？殷海贵道："没有啥。"贺万成也道："真的没有啥，都是为了工作的事。"

大家伙平静了一下情绪，殷海贵继续对贺万成道："槽梁的成型高度是2.2米，上层桥要走到槽梁的上头才行，人在桥上通过溜槽让混凝土入仓；U型槽外沿成型宽度是3米，再加上模板围檩、桥面的栏杆等，桥面的总宽度要远大于这个宽度。"贺万成问："你的意思是在架设下层桥的时候，就要考虑将来上层桥的立柱和横担的长度？"殷海贵道："就是这个意思，而且有可能还要在两层中间再加个工作平台，要不然两米多的高度，工人上下作业很不方便。"

8

张琪源与何建英从拌合站过来，打眼一看就估计到发生了什么。为了不让何建英发脾气，以致贺万成和殷海贵感到难堪，张琪源有意分散注意力，问殷海贵："那将来混凝土是进着浇，还是退着浇？"殷海贵道："上下分层退着浇，内模分次立。"张琪源道："这样可能不行，稍不注意就会产生冷缝；你还是采用全断面退着浇的办法，这样混凝土才不至于初凝。"何建英也赞同道："哦，只有混凝土仓面小一点，才能有效地避免冷缝。"

看见殷海贵还在犹豫，贺万成道："如果浇筑强度跟不上，到时间我们不是把桥搭完了吗？"大伙儿可以一块儿帮忙拉架子车上料。何建英道："还不光是入仓强度的问题，还有个拌合强度的问题。"张琪源道："咱们这样算，先单说梁，一跨梁整个浇筑需要持续48个小时，假如分五层浇，每层平均需要10个小时，大家算一下，用不着10个小时，前边的混凝土是不是就凝固了？"贺万成道："哦，我明白了，我还以为是人手不够的问题呢。"何建英道："就这我都寻思着，必要时，把其他工作面停下几个，全力以赴浇混凝土呢。"殷海贵道："好的，就按张主任说的办。"

张琪源问殷海贵："将来搭保温棚的事给贺师傅说了没有？"殷海贵道："还没来得及说呢。"何建英对贺万成道："浇筑前，咱们要随时关注天气，如果天气突变，有可能咱们正在浇筑的过程中就要腾出手来搭棚子，所以人手就更显紧张了。"贺万成道："那我看在邬胜功搭满堂架的时候，提前就把保温棚的外框架一次搭好，形成一体。"张琪源道："提前搭出个框架可以，但是得分开，要不然满堂架和底模跟着一起摇晃，会影响混凝土的外形尺寸。"邬胜功道："明白了，殷海贵，你得赶快给我讲满堂架和大梁底模的要求。"殷海贵道："好的，贺师傅你先开始琢磨栈桥怎么搭，我和邬胜功说一会儿就来。"

孟立志带人往来运模板，找了块空地大致摆放出了个大样子，正在那里端详呢。殷海贵叫道："孟师傅，你先过来，咱们和邬胜功一块儿把满堂架和底模的搭接工序说一下，这样大家就都清楚了。"孟立志道："那一块儿说完了，还得单独给我说模板的安装顺序和固定方法呢。"殷海贵道："没问题，你们两个的事情实际上是一体的，一块儿商量最好。"

午饭后，何建英把宓荣威叫来问："你对槽梁的浇筑方案考虑得怎么样了？"宓荣威道："不在其位不谋其政，我只考虑大大小小、林林总总各个构件的钢筋除锈、下料、弯曲、制作，直至绑扎成型，槽梁浇筑也要我考虑吗？"何建英问："那钢筋的保护层控制属于混凝土浇筑的，还是钢筋安装的？"宓荣威道："都算吧。"何建英问："那你是怎么考虑的？"宓荣威一想刚才说得不对，便纠正道："那应该是模板工的事，要不就是殷海贵的事，我怕不能越俎代庖吧。"

何建英定定地看着宓荣威，直看得宓荣威心里直发毛。只见何建英良久才道："宓荣威呀，同志之间工作配合非常重要，一旦出现漏洞，就可能返工，甚至还会造成很大的损失，上一次你搬石头时把贺师傅砸伤的事你忘了？"宓荣威道："那打也打了，罚也罚了，我也承认错误了，还要怎样？"何建英道："可是教训你吸取了没有？你知道你早上跟殷海贵较真的先绑钢筋后立模的办法会造成什么后果？"

宓荣威道："那有什么？看着不行，把模板立上就行了。"何建英道："模板怎么才能到了绑好的钢筋下面？是要吊车吊？还是一截一截撬？"宓荣威道："怎么都行。"何建英道："钢筋会不会变形、散架？"宓荣威道："那他谁弄散架谁修复，还能怪到我身上？"何建英实在忍无可忍，"啪"地把桌子一拍，道："什么话？极不负责任，哪有你这样的技术干部？早知道你是这个样子，当初就不该接收你到江河局来，让人家公家分配，爱到哪儿，到哪儿去，我这里伺候不起。"宓荣威傻眼了，他原来以为何建英会一直与他颜悦色和地谈下去，就有恃无恐地耍起了死猪不怕开水浇的本事，没想到这个曾经叱咤风云的老何，竟然威风不减当年，豹眼圆睁，青筋凸起，就有些后悔，只能红着脸来了个180度大转弯，低声下气地做起了自我批评。

就在这时间，张琪源进来了。一看情形，就知道是怎么回事了，便道："你们谈，我先到工地去了。"何建英道："好的，我也就来。"

宓荣威离开后，何建英正准备去派危士奇开着吊车到栈桥配合搭架，结果焦婷先一步来到何建英的办公室。她眼泪汪汪地替宓荣威做了做自我批评，然后又言辞恳切地表了决心。何建英道："我想你也能看得出来，宓荣威最近有一点翘尾巴，认为正式分配了，翅膀就硬了。"焦婷道："也不是，他那个人心眼儿小，我也经常劝，可他总也改不了。"何建英道："你的工作不错，希望不要受他的影响。你们正式分配时，工程队之间技术干部可以统一调整岗位，我没同意把你两个分开，希望他能好自为之。"焦婷道："谢谢何大队长，我一定把这话告诉他，让他好好工作，不要再横挑鼻子竖挑眼。"何建英道："好了，能不能真心悔改，就看他的行动了。我给他也说了，如果感到胜任不了工作，就把钢筋这一大块工作压给汤天凯吧，殷海贵的工作量实在是太大了，再不敢给加码了。"焦婷点点头，含泪离开。

9

住宅楼的建设工作在紧锣密鼓地进行着。张琪源的生活就少了许多规律和平衡；晚上常不能寐，白天补不了瞌睡，形容日渐枯槁，面色一天天黑瘦，成了第二个左长富。从去年开工以来，尽管是边学习、边建设，步履艰难，但付出总有回报，工程进展仍在不断前行。

张琪源和左长富商量工作，除了正式开会，其余大部分都在夜班饭前后，否则，不是他走得早，就是你回来得晚。

张琪源在各个施工队负责的楼房工地仔细地看了一遍，四号楼下的墓穴已经处理完毕，二号楼下的软基也换填完成，所有楼房的基础开挖已经初具规模。洋镐、铁锹日夜挥舞，架子车挡土板一次次加高，三四个工人拉上满基坑奔跑，最终从基坑口上坡，拉到外面卸土场。

贾宏伟的工地在出基坑的上坡处，专门安排了两个人，帮助把每一辆架子车推送上坡，这样就可以使每一个架子车的驾驶人，控制为两个，节省了不少劳力，又增补了近乎一半的架子车，效率十分显著。张琪源认为这个办法好，让人去告诉生产计划班，把这个办法向全工地推广。生产计划班的职责是安排施工工序、组织现场生产、控制技术质量，所以在各个基坑推广起来就比较方便。

张琪源见有一个基坑旁堆了一堆白灰，淋灰池也基本建成。这让他想起当年王汉成为白灰计划过多而遭受组织处分的事，心里微微感到一丝遗憾。

而现在，事情过去了快20年了，早已物人两非，王汉成倒了，上官红云走了，所谓二队13条好汉早已四分五裂。其中，韩俊才、田喜子已经过早地离开人间，党天成、陈晓峰已被判刑，霍建军、魏奎社致残；倒是其他七人张琪源、方新月、郭北辰、牛树宽、奚大宝、邱玉山、孙光喜还算安好，个个都是工程队级以上的骨干；而且张琪源和牛树宽都已经出人头地，张琪源和方新月、郭北辰还在一个大队。看来人生的法则便是悲欢离合，命运给每个人安排的生活道路都不一样，生死伤病搭配着分布。

想到"命运"二字，张琪源知道这是无神论者所不容的禁语，想一想可以，说出来是不行的。自己警告自己：得把嘴管住！所谓只准规规矩矩，不许乱说乱动。

张琪源来到物资供应班，方新月没在。大大的办公室，人声嗡嗡。核对出入库数字的三个人言来语去，票据摊了一桌子，还时不时地在算盘上拨拉几下，好像是工地、库房、到货数字对不上。催要材料进场的业务员，不停在电话里大声嚷嚷："本来说好下午就能到货的，怎么又变卦了？你这一拖再拖是什么意思？"另有两个业务员都埋着头，正在抄抄写写，不时互相交换了一下计划单。

张琪源没有惊动大家，径直走到伏案工作的两个业务员跟前，想先核实一下白灰的采购计划。结果业务员给他把白灰、木材、水泥、砂石料和砖的计划全部都拿了出来。张琪源翻看了看，有月供计划、季供计划，还有年度计划，绝大部分是按照省上工程从省物资局调货，还有一部分是利用沄城城建、水电厅自建项目，按照条块供应，感觉到目不暇接。

这些情况张琪源是知道的，有的还是自己亲自拍板定下来的。可是，当它进入到具体业务流程时，则手续十分繁杂。每一个审批单上都盖有几个鲜红的印章，每一个公章都有可能是不止一次才盖回来了，保不住要跑上三趟五趟才能盖回来，这才进入进货流程。于此，业务员拼的首先是体力，步行、自行车、公交车、班车、火车，不一而足，少不了风餐露宿、居无定所。

在每一批审批资料后面，都附有好几页清单，名称、品牌、数量、型号、产地、厂家、提货地、付款方式，等等。只要有所不同，就要另列一项。于此，业务员同时拼的是智慧、细心、耐心、记忆力。张琪源由衷地感到这些同志的不易，看似一年四季在外面风风光光到处跑，饱览大好河山，实际上吃了不少苦。

最终张琪源找到总计划表，觉得数字大得不敢想象。他问："这些数字是谁提供的？"业务员言："是生产计划班给的。"张琪源只得放弃量的核对。本想和这几个业务员聊聊，可看见大家都这么忙，只得离开。

张琪源在两个业务员的目送下，离开了物资供应班。出来时，办公室的争执声已明显小了下来，肯定是大家看见张琪源来了，逐渐把声音都收敛了下来。

生产计划班比较安静。张琪源一进去，惊动得大家"哗"地一下都站了起来，张琪源赶忙让大家坐下来继续工作，这才问主要材料是谁计算的。有人过来把张琪源所有的疑问一一做了解答，数字虽大但确实没错。张琪源这才放心了，也知道，在这方面业务上，自己的经验显然有落伍的地方，光三合土的配比、配筋率，上下幅度很大，如果不按照图纸估算，都会使材料用量估算失真。只得叮嘱大家，一定要仔细，反复核对，防止出错。

临出门了，张琪源问："我让人捎话来，把基坑架子车外运土方劳动组合调整一下，在坡口设两个专人推上坡。话捎到了没有？"对方答道："捎到了，我们班长测算去了，说不定这时间已经有结果了。"张琪源满意地点点头，转身离开。

来到后勤服务班，张琪源看了看里面，郭北辰没在。只听算盘打得扑啦啦直响，好像是出纳岑乐芳。整个大办公室算账的、付款的、报销的、打字的、印文件的、打电话的，人员络绎不绝，熙熙攘攘。张琪源不想再惊动大家了，就没有进去。

张琪源顺道来到炊事班，看见门口有两个炊事员。一个正在切莲花白，嚓嚓嚓嚓，十来八下就把一个洗好的莲花白切碎，装入大筛子里；而另一个则正在削土豆皮，噌噌噌噌，土豆片在空中乱飞舞。再向灶房里面看去，有两个炊事员正在把摆进笼屉的生馒头，整笼抬起来往开水锅上架，腾腾的热气肆无忌惮地撩拨着他们的脸，一个个眯缝着眼睛。

这时间，张琪源想起了魏奎社、薛玉玲。魏奎社是所谓的二队13条好汉中和张琪源走得最近的，尤其是在三年困难时期，有过一段同甘共苦的经历，五年前被牛树宽等打残后，上班少、休养多。薛玉玲自从生了牛红旗、牛红军、牛红叶三个孩子后，基本没怎么在江河局上班。最遗憾的是，上次去老鸦山指挥定向爆破时，这两个人都没见到。这让张琪源几次都不由自主地感到心里酸酸的。

张琪源在门口两个炊事员跟前找了个马扎凳子坐下——这是自薛玉玲进灶房以来，张琪源第一次坐下来和炊事员正式攀谈；因为有了薛玉玲要避嫌，以致张琪源和一贯相熟的魏奎社都来往少了。今天想起来，失去的机会、内心的疙疙瘩瘩，正如命运的浮萍，在时间的冲刷下，终究飞流直下，一去不返。

张琪源问："晚饭吃什么？"削土豆皮的抬起头来，笑着答道："老三样，稀饭、馍，再炒两个菜。"张琪源问："有肉菜吗？"削土豆皮的十分肯定地答道："有，土豆片炒肉。"张琪源问："这土豆还挺大的嘛！"削土豆皮的道："那当然，水地土豆嘛，你看长得多好！"张琪源道："想不到咱们城中村土豆都这么好。"削土豆皮的道："这哪里是咱们这里的？是从沄惠渠那边拉来的。"

张琪源明白了，这可以说是江河局人自己的劳动成果。离开沄惠渠十几年了，没想到还能吃到那里的土豆。以前只觉得水电人永远享受不到自己的劳动成果，工程受益了，就该搬家撤走了。削土豆皮的师傅给张琪源打了声招呼，端上削好的土豆要回灶房，张琪源示意：忙去。

切莲花白的问张琪源："今晚张主任还来吃夜班饭？"张琪源道："吃，等开完会就到十一二点了，夜班饭一吃，再到工地看看。"切莲花白的道："也不一定天天晚上去看，没什么事情可以早一点回去休息去。"张琪源道："休息不要紧，要是不到工地去看看，回去也睡不着。"切莲花白的笑笑，道："张主任把工地的心操得到得很。"张琪源道："我就这操心的命。你们也一样，雨雪天气工地停工了，可咱们炊事班的同志，还照样起五更、睡半夜，开饭时间还是准时准点。"切莲花白的笑一笑，道："一样，都是操心的命。"

临走了，张琪源道："夜班饭还是酸汤面？辣子醋给多放些。"切莲花白的愉快地说道："没问题，保证放得汪汪的，让你吃得满头大汗。"张琪源高兴地说道："那就好，咱夜班饭是最过瘾的。"

1

这天晚上，猛牛坝渡槽工地灯火通明，0-1号槽梁混凝土浇筑拉开了帷幕。寒风中，工人们有的穿着棉大衣，戴着棉帽，而有的则嫌这些行头碍事，只穿着棉袄棉裤，百十号人奔跑在尽管进行过认真整修但仍然不甚平整的土路上，把从拌合机接出来的混凝土熟料，用架子车嘎吱嘎吱地通过栈桥，倒进仓号。混凝土熟料冒着热气，像刚出锅的饭菜一样，氤氤氲氲。其实，为了防冻，混凝土拌合用水才加热到四五十摄氏度，倒进冰冷的砂石水泥中，温度并不见得有多高，但是，在寒冷的冬夜中，依然腾腾冒着热气。

拌合机是张琪源上一次来确定槽墩施工方案时才决定要买的，请示尤尚文，表示坚决支持，尤尚文甚至还说："琪源呀，你是不是对战斗灌区划归一大队心存亏歉？每一次去了都要给他们添置一件新设备。"张琪源道："感谢尤主任理解，不过也不全是，我觉得咱们局的施工水平要提高，不向机械化努力是不行的。"尤尚文道："其他大队有意见了，他们说战斗灌区是从老二队分出去的，张主任对它就像出嫁的女儿一样，总怕到了婆家受委屈。"张琪源道："大家要说就让说去吧，我从根本上是想把咱们各个大队整个的机械装备水平在短时间内，都提升起来。"尤尚文道："嗯，好，这方面我就全靠你给咱多操心了。"

张琪源对何建英道："尤主任对你这里工作非常支持，看现在是不是把你都武装到牙齿上了?"何建英道:"感谢,感谢。"张琪源问:"你知道最好的感谢方式是什么吗?"何建英喜滋滋道:"就是把工程干好、干快。"张琪源道:"对,多快好省。"

仓号上面搭着保温棚,被灯光从里面一照,远远望去显得红彤彤的,给人一种温暖的感觉。安东义是仓号里的领班,提着振捣棒,不停地嗡嗡地振着。张琪源站在一旁,生怕有漏振的地方。临上桥前,张琪源就已经给何建英做了交代:严格控制加水,水量超标的混凝土,一盘都不能往上来送。何建英满口答应。

在震耳欲聋的振捣声中,张琪源告诉安东义:"渡槽不同别的,一旦出现蜂窝,哪怕是一点沙眼,后期漏水就相当难处理。"安东义问:"抹面、灌浆都不行?"张琪源道:"不行,就算是凑合上一两个过水季,慢慢又开始渗水,直至把里面的钢筋腐蚀了,渡槽外侧的混凝土就开始脱落,直至漏水。"安东义点点头道:"明白了,我每一个地方都多振几遍。"张琪源道:"那也不行,一旦过振,混凝土就会失去流动性,势必产生夹气孔,严重时还会出现蜂窝。"

一听多不行,少也不行,既要防漏振,还又怕过振,看来这渡槽浇筑就是和别的建筑物不一样,安东义就有一点茫然。一看这情形,张琪源干脆亲自下到仓号里,拿起振捣棒给安东义几个人做起了示范,道:"看,就这样,始终朝一个方向,就像和扯面不能来回揉一样,振捣棒也不能来回无序状地乱插乱跑,而且还不能振到钢筋。"

看见安东义几个人慢慢地上了道,张琪源才顺着栈桥,一边走一边检查桥面竹把子,看经过架子车反复碾压后,绑扎是否牢靠。下来后,刚好等见殷海贵,张琪源道:"走,你把手电筒拿上跟我来。"到了满堂架下面,张琪源把手电要过来,透过密密麻麻的满堂架,在槽梁底下仔细察看,道:"你看这里,有漏浆现象。记住位置,让孟立志想办法给封住。"殷海贵应声而去,可走了没几步,又让张琪源给叫回来,道:"你再给安东义叮咛一下,振捣棒尽量别振到模板,否则轻者出现麻面,严重者还会加剧类似缝隙的漏浆。"殷海贵答应了一声,这才快步离开。

看见一辆架子车过来了,张琪源打眼一看不对劲,便挡住道:"这是怎么回事?"对方问怎么了。这一搭话,张琪源才听出来是宓荣威,张琪源心想,活该这小子最近倒霉,便道:"还怎么了?你看这多稀?这拉上去能用吗?"宓荣威道:"我只管拉车……"接下来宓荣威便不敢再把话往完说了,

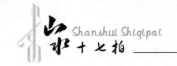

为了他这种只顾自己的说话方式，里里外外没少挨批评。

张琪源道："走，给我往拌合站拉，让他们都看看。"宓荣威不想往回去拉，因为何建英给每个架子车是定了任务的，但是，迫于张琪源不容置疑的口气，只好跟着走。路上，又等见两辆架子车同样是稀灰，张琪源就一块儿挡了回来。

影影绰绰中，何建英看见张琪源领着三个架子车一块儿过来了，心想：这几个号牌的架子车才出去呀，怎么就回来了？只见张琪源把何建英叫过来道："你看看，我还给你交代过的，一定要控制好水灰比。"何建英道："刚才那一盘有一点太干了，我让上去中合一下。"张琪源道："胡闹，上去的已经平仓振捣过了，还怎么中合？"

何建英显然没有料到平时那么平易近人的张琪源也会发脾气，而且，平时只有自己给别人发火，哪有人敢对他发火？便有些脸上挂不住，恶狠狠地说道："倒了，重拌！"张琪源不依不饶，道："倒了？往哪里倒？这不是钱买的？"何建英一下子愣住了，用又用不成，倒掉又嫌浪费，那该怎么办？突然，何建英来了一个头脑风暴法的思维，道："那就再加些砂石水泥，回笼一下继续使用。"

张琪源这一次是真的气急了，道："你这是馋媳妇和面呢？面多了加水，水多了加面，一顿饭做的两顿都吃不完？"何建英真有点傻眼了，只能灰溜溜地问："那张主任你说怎么办？"张琪源道："看旁边预制场哪一种构件还需要预制？把这盘灰给用了。"何建英顺坡下驴道："好，宓荣威，你对预制场比较熟悉，去负责把这盘灰给用了，不准浪费。"宓荣威匆忙点头，心里想，我的妈呀，大鱼吃小鱼、小鱼吃虾米，最终还是压到我这里来了。

看见宓荣威招呼几个人要走，张琪源道："大家要明白，这一架子车混凝土，要比咱们一笼馒头都值钱，要是一笼馒头碱放多了、蒸黄了，你们舍得倒掉吗？"何建英道："那哪里舍得呀，原来二两饭票的一个馒头，现在一两半饭票，几分钟就抢完了。"张琪源有点忍俊不禁，道："何建英，你还挺会想问题的？"何建英笑道："有领导你这么循循善诱，我就是再笨也有醍醐灌顶的时候呀。"

看见宓荣威带人走了，张琪源好像又想起了一个问题，紧跟着过来道："宓荣威，你把这三架子车混凝土先倒到铁皮上，让预制场上夜班的工人去拾掇钢筋和模板，慢慢去预制，你和这些架子车赶快回来拉混凝土，这一会儿进度已经受了些影响，得加紧。"宓荣威道："好的张主任，我用最快的速度让三个架子车回来。"看见宓荣威心情大好，张琪源猜想：看来我刚才批评何建英，在宓荣威看来是替他出了口恶气，唉。

从此，张琪源又一直站在了拌合机旁，看着工人加水，生怕出一点问题。少不了又要苦口婆心，实在不如意时，免不了还要发发脾气。突然，他又想起了刚才漏浆的模板，不知道孟立志堵住了没有。便赶忙转身往满堂架下面走，一边走一边想：还有仓号里，安东义到底能不能严格按照要求去振捣？

返程之时，张琪源向何建英提出："已经尤尚文同意，要将贺万成调到五大队工作，将殷海贵调到局生产科任职。"何建英十分不舍，这两个人是他战斗灌区工地的顶梁柱。张琪源道："这两个人走后，宓荣威两口子也就消停了；也可以防止殷海贵万一真的不死心做出什么出格的事来，那时候你作为早已发现苗头的领导，给大家怎么交差？"何建英点头道："是啊，关键师傅贺万成也一心维护殷海贵，又越来越见不得宓荣威。"张琪源道："我怎能看不出来呢！所以，要走一起走，彻底消除隐患。"

2

今年江河局招工，在水利系统炒得沸沸扬扬。上官红云得到消息后，打电话问张琪源："看能不能把儿子上官元招回来？"

张琪源再一次和蒋雅丽接触，了解到：三线回来的学兵安排工作，是另一个就业渠道，得有进城指标和劳动局的批文才行，而且这项工作，只有政策，沄城市尚未开始执行，具体的接收范围、条件、单位、编制、薪酬落实、指标分配、粮户关系、审批程序、原学兵单位的文件对口程度，等等，都处于待定状态，没办法实际操作。

还有另外一层难度就是：提起上官元的事，就必然涉及杜成武，杜成武又和蒋雅丽有这样或那样的一些传闻，所以，张琪源并不敢挑明此事。这就使这件事情变得更加难办，总是给蒋雅丽一种扑朔难测的感觉，认为张琪源对人并不像以前那样诚实，渐渐地就有了一种消极的思想露头。

但是，张琪源还是横下一条心：此事迟早一定要办成！一个繁忙的早上，尤尚文找张琪源谈话。也没有什么开场白，尤尚文直截了当地说道：

"左长富来找过我几次了，这次看来是横下一条心要辞掉这个五大队革委会副主任的职务了，你看这事该咋办？"张琪源试探道："是不是我在对他的使用过程中有什么不合适的地方？要求过严？管得过宽？要不干脆让他直接把革委会主任当上？这对他的作用发挥可能更有好处。"

尤尚文道："好像还不是这个问题，他觉得自己多年来一直搞的都是后勤服务工作，充其量就是修缮一下房屋、盖几座工棚，都是些零敲碎打的事情，这和系统性地负责一项工程，尤其是盖楼房这样的大型项目，完全是两码事。他还是想集中精力把局里的后勤组工作负责好。我看他态度非常诚恳，不像是有撂挑子的意思。"

张琪源道："他对我也多次表示过这方面的意思，但是人事问题还是你来定。我的意思是，干脆把这个班子重新考虑一下，这样子临时凑合下去，终究也不是个办法。从目前工程的进展看，还不错，左长富也很卖力，这个人的基本素质还是过硬的，要不要让他单独负责一段时间看看情况？说不定真的有利于他的作用发挥，把盖楼的事情给抓起来呢。"

尤尚文沉吟了一会儿，道："也许吧，那咱们就试一试。这段时间，你先到三大队的十几个钻井工地去看一看，看有什么实际需要解决的问题，帮助解决解决。这样让左长富背水一战，看看怎样？"

3

经过了两天短暂的交接，张琪源带着蒋雅丽和田喜珍出发了，名称是反修防修宣讲队。

所到之处，张琪源都把日程安排得很紧：白天在工地上和施工人员学习、探讨生产技术问题，比如沙土地质条件下井筒泥浆护壁的浆液稠度调节，砂砾石地质条件下钻具的选择与垂直度的控制，无砂混凝土管安装过程中的就位与固定，塌孔的预防与处理，等等，边学习、边生产、边劳动。

晚上才组织干部职工学习毛主席的最新指示和批判林彪反党集团的辅导材料，揭露林彪反党集团的罪恶阴谋和狂妄野心，联系现实批判个别人头脑中存在的资产阶级思潮泛滥的现象，并要求削清其余毒。

这一天，宣讲队来到一个水库移民安置点的井群工地，正好三大队革委会主任惠爱国也在这个工地上蹲点。

晚上会议结束后，惠爱国悄悄来向张琪源哭诉他的错划右派问题："虽然现在摘帽快十年了，也算是官复原职，可这八年多来，组织上一直对他没有一个正确的看法，是不是因为我是外来户，再怎么努力都会被人另眼看待？难道除了造反武斗就没有别的方法可以得到组织上的信任吗？现在同样是右派的祁玉民和琪源老弟你都已经脱颖而出了，我还在这个地方原地踏步呢，当时咱们弟兄们可是在同一条板凳上坐着的！以后如果有什么好事或者好机会，可不能把老哥我忘了。"

这是个敏感话题，既说明惠爱国本人政治上存在问题，急功近利，有极深的"当官做老爷"封建思想，又差不多涉及现在的所有领导，搞不好，惠爱国就有人仰马翻的严重后果。而且，这样明打明地说到张琪源的任职问题，难免让张琪源心里产生了些许不快。但惠爱国的言辞恳切，情感真诚，直来直去，很符合张琪源的脾气，张琪源就是不喜欢跟人弯弯绕。同时让张琪源想起同样是"外来户"的于富贵，现在人在哪里？是死是活都不知道；看来，"外来的和尚好念经"也未必全对，没有后台谁都不行。

张琪源不快归不快，可总不能让场面冷场吧？或许惠爱国早就知道张琪源不是个爱搜事的人，否则，就凭刚才那几句话，现在就可以把惠爱国抓起来，还会得到尤尚文的赏识。但是，张琪源没有这么做，甚至感觉到惠爱国和自己以及祁玉民过去都曾经被当作右派分子被劳教，深深的伤疤是一样疼的，同病相怜之情占据了上风。

张琪源语气平和地表示："看看再说吧，关键是老尤对你可能不太了解，以后有机会，我给他从侧面提一提，你自己也可以找他谈一谈。最近找机会先给蒋常委说一说，她具体主管人事方面的工作，和厅里在这方面接触也比较多，或许能帮上忙。她这人挺通情达理的。"

惠爱国神秘地笑了笑，道："这我知道。只是我这么大的年龄，反过来求一个年轻的女领导，有点难以启齿。"张琪源道："你在方式方法上稍微策略一点。你可以正常地汇报工作嘛，这不存在谁求谁的问题，哈哈……"惠爱国似乎恍然大悟，无言地点点头。

下午，张琪源和钻井工程队队长俞红光一块儿去工地安装水车。根据水管吃水深度调整链节的长度和皮碗间距，调节主动齿轮与从动齿轮的工作间隙，一遍遍地调试，一次次的失败，不是长了，就是短了。

这时候，俞红光叫来一个名叫邢贵和的技术员，他根据吃水深度，很快就将链节的余量判断了出来，一边旋转主动轮，一边调整枢轴垂直度，几下子就将间隙调整到位了。张琪源感到非常意外，且极有好感——张琪源是搞技术出身，最懂得技术的价值，有时为了解决一个技术问题，常常要熬几个月的夜，都未必能找到最佳方案。

过后，张琪源一攀谈才知道，原来邢贵和是省水利学校六二级的校友，要比其前身国立沄河水利学校毕业的张琪源低十四届，算是小师弟。

而俞红光对这个人则非常不以为然。他告诉张琪源："这个邢贵和是我们重点批判的对象。他在'四清'运动中和未婚妻通奸，被他的老同学危士奇揭发了出来，定性为乱搞男女关系。"

张琪源问："后来结婚了也算通奸？"俞红光道："那肯定算，而且未婚先孕，那叫先奸后娶，先斩后奏，是封建统治阶级腐朽生活作风的流毒。"张琪源再没吭声。

俞红光陪同张琪源他们一去工地，惠爱国就找到蒋雅丽："蒋常委，我平时也没时间回局里，这两天刚好你来了，现在我给你把我们三大队批判林彪反党集团运动的开展情况给您汇报一下。"蒋雅丽谦虚地说道："汇报什么呀，没事咱们就随便聊一聊吧。"

惠爱国面带诚恳地说道："那不对，汇报就是汇报。"此时，如果蒋雅丽知道惠爱国内心想的是蒋雅丽与杜成武的绯闻，甚至与她今天的地位有关，保不住会啐惠爱国一脸。但是蒋雅丽不是神仙，她看不出惠爱国心里还有那么复杂的曲曲弯弯。所谓人心隔肚皮，有时是坏事，而更多的时候却是好事，许多水火不容的矛盾，让这薄薄的一层面纱一隔，就立刻变得和善了许多。

人心需要善良，人面需要伪装。看见蒋雅丽认真听了，惠爱国才道："咱们三大队一共有789名职工，有五个工程队，设五个整党建党领导小组和三个党小组，共有党员137名。自从毛主席的最新指示发表以后，我们立即进行了传达，坚持每星期三下午的学习制度，遇到工期紧张时，进行适当地调整，或者利用业余时间补课，确保了学习时间。

"同时在大队机关坚持星期六义务劳动制度，改变机关干部的工作作风和世界观；及时和当地的社员群众一块儿开忆苦思甜大会，吃忆苦思甜饭，控诉万恶的旧社会，体验社会主义制度优越性带给我们的幸福生活，不忘过去苦，牢记今日甜。

"我们队上有一个地主、两个富农出身的职工，还有一个在社教运动中生活作风犯过错误的邢贵和。每次开批判会，都让他们向革命群众低头认

罪，使广大职工受到了深刻的阶级教育。现在，全队上下已经形成了阶级斗
争年年讲、月月讲、天天讲的政治气候……"

惠爱国手拿笔记本，但并不怎么看，完全是一种随口汇报式的。蒋雅丽
一边听，一边不停地点头，有时在自己的笔记本上记一点什么，有时也不失
时机地问一些具体的细节，惠爱国一一作答。

蒋雅丽问："这三个地富分子接受改造是不是能够心悦诚服？"惠爱国
道："开始还有一些接受不了，觉得政府既然已经确定了家庭成分，就意味
着既往不咎。经过大家的批评教育后，他们逐步也就认罪了，实际上也就是
蒋常委你所说的心悦诚服了。"

蒋雅丽问："大家的批评教育深刻不？能不能结合自身存在的资产阶级
思想一块儿进行？"惠爱国道："大家的批评教育还是比较深刻的，能从思
想根源谈起，揭示剥削阶级产生的本质和危害，而且能够结合自己的体会，
深刻反思，防止不健康的思想抬头。"

蒋雅丽问："当地社员群众对剥削阶级仇恨深不深？有没有在大革命失
败时期坚持土改的贫雇农？"惠爱国道："仇恨都很深。这个地方大革命失
败后，地主阶级卷土重来，对乡亲们反攻倒算，直至全国解放才二次翻身，
所以老百姓恨透了他们。"

惠爱国又领着蒋雅丽把项目上的批判栏、黑板报逐个往过看。其实蒋雅
丽一来已经浏览过了，惠爱国也知道，按说没有多少可看的新内容了，但是
惠爱国另辟蹊径，从一个个作者的背景情况介绍开始，这就引起了蒋雅丽的
浓厚兴趣。因为蒋雅丽是管人事的，对这方面情况，随时都能焕发出她的职
业兴趣。

在其中有一篇批判稿《从林彪反党集团的覆灭看一切反动派的纸老虎
本质——俞红光》和一篇心得体会《林家村的 571 工程纪要告诉了我们什
么——任奎山》跟前，蒋雅丽越看越感兴趣。实际上刚来时她只是走马观
花——因为这类文章到处都是语不惊人不罢休！可当她仔细阅读时就感觉到
别有一番深度，不由自主道："真是想不到，咱们这里还有这么漂亮的两支
笔杆子，你可要好好培养啊！"

惠爱国道："蒋常委识人那才叫厉害呀，真是先有伯乐，后有千里马，
一眼就把我们大队的两个才子都发掘出来了。俞红光是六六年的大学生，任
奎山是六八年的大学生，劳动锻炼期满后，很快就能够独当一面了，分别是
我们三大队三队的队长和副队长。"其实，这些情况蒋雅丽是掌握一部分

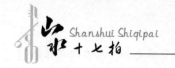
的，毕竟这些干部的提拔都是从她手中经过的。

紧接着，惠爱国热情地说道："还是请蒋常委对我们的具体工作多指导指导吧。"蒋雅丽谦逊地笑道："指导什么呀？你们的政治思想工作做得很有特点，形势跟得很紧，政策吃得很透，思想建设抓得严，政治挂帅落得实。你肯定有不少体会吧？"

惠爱国谦虚地说道："毛主席都说了：'水利是农业的命脉。'同时他老人家还指出：'农业的根本出路在于机械化。'所以，我的理解是：作为我们第三大队来说，就是要把毛主席的这两条指示有机地结合起来，通过水利的机械化突出农业的命脉地位。"蒋雅丽非常赞赏："所以我说你们的政治思想工作，既有理论成果，又有实际措施，可以说是理论联系实际的先进典型。"

临走时，惠爱国道："蒋常委，我也年龄大了，常年在工地上跑，腿脚也不太好，看局里有什么合适我做的工作，把我也考虑考虑。"蒋雅丽道："哦？惠主任还有这想法？那你想做一点什么工作呢？"

惠爱国有点难为情，但机会到了眼前放弃势必可惜，就硬着头皮道："干什么都行吧。要说任职时间吧，我是咱们全局担任中层时间最长的。只是我这个人只知道踏踏实实干工作，给领导汇报工作少，更不会吹吹拍拍、团团伙伙……"蒋雅丽嘿嘿笑道："哦，是啊，真是此一时彼一时。这次无产阶级革命，据我了解你们这里武斗的情形好像不太多？"

惠爱国道："我尽量控制着尺度呢。一方面，据我的理解，文化革命，就是要从文化着眼，重在思想交锋，武力打斗不能从思想上解决根本问题；另一方面，我也从别的地方武斗中吸取教训，认真区分敌我矛盾和人民内部矛盾，尽量避免阶级斗争扩大化。一个人不论工作如何，起码在政治上不能盲目。"

蒋雅丽颇感意外，道："嗯，看来你是把'要文斗，不要武斗'的主席语录，不但理解得透彻，而且也能很好地落实到行动上。只是要注意政策，不要反过来成了反击右倾翻案风的批判典型。"

一提到这个"右"字，吓得惠爱国再也不敢吱声了。毕竟他在反右期间是"二进宫"，好了伤疤岂能忘了痛？就连连点头，道："那是，那是。"晚上，蒋雅丽在党员干部会上，又给大家辅导了批判"天马行空、独往独来"和"天才论"，她有意识让俞红光、任奎山读了几篇辅导材料，以考察他们组织学习的能力，也让张琪源加深一下印象。

　　本来蒋雅丽还安排要批判邢贵和，结果张琪源说："还是区别对待吧。这个人的情况我了解了，情况很特殊，还不能简单地认为是生活作风有问题，人家现在是两口子，孩子都四个了。"蒋雅丽也就没再提起。

　　从此，有了张琪源的力挺，惠爱国、俞红光他们才对邢贵和这个次次要上会批斗的黑典型，解除了批斗教育。

4

　　等张琪源带领的反修防修宣讲队游历了两个多月回去以后，尤尚文给了他很高的评价。依据是经常有工地上的同志回来反映，张主任一行理论联系实际、深入基层解决问题效果非常好，做到了又红又专，等等，无疑都是一些溢美之词，或者是客气话。但是，掩饰不了他内心的焦躁之情。

　　尤尚文告诉张琪源："住宅楼工地目前的进展还是不太顺利，你好好给咱诊断一下，把把脉，看看该如何是好？贾宏伟把左长富给打了——当然不严重，因为你和蒋雅丽都不在，所有我就暂时把贾宏伟调到二大队去了，下一步该怎么处理？咱们再仔细斟酌。左长富这次是说什么也不干了，再让他继续干下去，他说他非跳河不可，你再给你考虑新的人选吧。"

　　张琪源连忙摆手道："不不不，是给你考虑，不是给我考虑。"尤尚文轻松地一笑，道："琪——源同志，良善过人。"事实上，在这方面，张琪源对自己早就有过警示：不要总把老二队当作自己的老班底、根据地，更不要把新组建的五大队当作自己手里面的一张新王牌，否则，吃不了得兜着走。

　　张琪源回来，让左长富喜出望外。高兴得他围着张琪源转前转后、说这说那。张琪源关切地问："听说贾宏伟对你还动手了？"左长富大咧咧道："没事，贾宏伟临走时还给我赔情道歉了，我们弟兄俩握手言和了。事情过去就过去了。"

　　张琪源还是严肃地说道："贾宏伟目无组织，狂妄自大，殴打领导，要严肃处理。"左长富道："不是那回事，那天我的方式方法也有些简单；毕竟现在不兴武斗了。当然，组织上支持我工作的好意我表示感谢。"

　　张琪源疑惑地问道："这么说是你先动手了？"左长富急道："不要再提了，就不要再提了，要处理连我一块儿处理。"张琪源这才不再吭气。后来张琪源给尤尚文建议："贾宏伟就免于处理了吧，两人都是为了工作，心情过于着急，不存在个人恩恩怨怨，也没有什么原则性问题，既往不咎。"尤尚文也就不再提起。

揭过了贾宏伟这一篇，其他的工作还得继续，夜以继日的建筑工地并不傻等决策层的犹犹豫豫，仍然是繁忙而急迫。

张琪源在左长富的陪同下，对整个工地看了一遍，现场做了些指导：一号楼已经出了正负零，有三个地方出现了通缝，需要揭掉重来；二单元有两个部位灰浆坐得不实，需要返工重做；现场就有一盘砂浆拌得太稀，水灰比控制得不好。

二号楼由于处理淤泥和橡皮土的时候耽搁了一些时间，滞后于一号楼，但西端马上就要到正负零了。张琪源让把钢筋先动起来，不要让进展缓慢的工序拖了后腿。东端的放大脚才做了一半，张琪源要求加快速度，把西端的砖瓦工调过来支援一下……

张琪源对自己走后左长富所做的工作，给予了鼓励性的评价。这都是官场常规——成绩主要的，问题是前进过程中的不足，瑕不掩瑜，只要在以后的工作中加以克服就行了，可以忽略不计。

但是，无论怎说，左长富都说他不干了——他早就想好了：张主任一回来他就解放了，并且一再强调：他这人就是伺候人的命，只能给人牵马坠镫，没有骑马坐轿的本事和福分。

随之，左长富还简单介绍了张琪源的二儿子张超参加工作以来的情况：勤快，听话，肯吃苦。这也是张琪源最想知道的事，听后欣慰地点点头。

下来张琪源又和几个班队长接触了一下。大家都普遍感到：左长富这个人吃苦精神可以，每天只睡五六个小时，一心一意扑在工作上；为人处世也可以，能够设身处地为别人着想。

就是在技术管理上，略显滞后，往往是沙子不够了，才想起采购计划还在自己的桌子上放着呢，没有批下去；两栋楼晚上同时要浇灰了，才记起水泥指标还在建材公司没拿回来，这才埋怨方新月没有早一点提醒自己。表现出预见性差，顾此失彼，经常是临时抱佛脚，搞得非常仓促被动，影响工程进展。

还有人指出，左长富整体协调工作做得不够，对吃不准的事情只会迁就。各个施工队经常为一些材料供应、工序衔接等问题扯皮，该批评的不批评，该制止的不制止，久拖不决。总体感觉不是个帅才，缺乏驾驭人的魄力。当然，和贾宏伟之间的冲撞，属于性格之间的冲突，说明不了什么。

对这些反映，张琪源还是想再辅佐一段时间看看。他认为：人无完人，这一段时间的总体进度似乎还行，持续改进还是有潜力可挖的。

当晚，张琪源召开五大队干部会议，要求："全力支持左长富同志的工作，局部计划要服从整体安排，克服本位主义思想——本位主义思想是修正主义的头号帮凶；各个施工队之间要团结协作，不搞无原则的纠纷——个人英雄主义是马克思主义的死敌……"

但是，尤尚文等不及了。他是一把手，他要给水电厅一个交代。在和柏雪飞碰过头后，很快拿出了意见，最终决定：把二大队副主任狄胜利平调到五大队革委会任副主任，主持工作。对此，提案部门蒋雅丽阐述了三条理由：一是老鸦山水库工地已经进入后期，不可预见性的技术难题不太多了；再加上前期配备的技术干部比较富裕，抽出一两个人对生产影响不大。

二是狄胜利作为副职，在工作中比较主观，或者说根本就看不起牛树宽，给牛树宽主持全面工作带来了一定的不利影响。

三是五大队自成立以来，领导班子始终不够健全，现在到了非调整不可的时候了，再不痛下决心，就会误了整个盖楼大事。

张琪源明白，这三条理由是蒋雅丽在为尤尚文作嫁衣裳，未必是她自己的主意。所以，在班子会上，张琪源坚持狄胜利担当正职，或者是革委会主任，或者是整党建党领导小组组长，二者必居其一。同时也提了三点意见：首先我觉得，如果单纯给狄胜利一个副职，和现在使用左长富没有任何区别，实际上是换汤不换药。既不利于狄胜利的作用发挥，又让人感到我们在五大队的班子问题上，一次次尝试，很不严肃。最终住宅楼的建设工作，也未必能抓得上去。

同时我觉得，在老鸦山水库工程中，狄胜利的作用不可低估。大家可以想一想，单靠牛树宽的能力是不是能把老鸦山那么大的项目抓起来？所以狄胜利的提拔使用既在情理之中，也符合党的干部政策。

最后我觉得，如果大家认为牛树宽有能力支撑老鸦山，那我看就直接把牛树宽从二大队调到五大队来，主持工作。为了让牛树宽放开手脚工作，咱们可以让他党政一肩挑。

显然，张琪源的意见不无道理，两个类比，结论就出来了。第一个类比是配置类比，即拿狄胜利的副职与左长富的副职比，立显这种只会在副职上打转转的办法，没有任何解决问题的可能性。第二个类比是能力类比，即拿狄胜利的能力与牛树宽的能力比，再拿五大队的担子做赌注，立刻就没有人敢下注了。

张琪源在谈这个观点时，始终针对的是蒋雅丽提的推荐方案——张琪源心想：好妹妹，只能对不住你了。其实，大家明知道这是尤尚文的意思，但是张琪源发表意见时并没有针对尤尚文的意思，这就使这个方案如果最终被否决，也不会使尤尚文感到太难堪。

而且，由于有第二个类比存在，以致大家明知道张琪源是举贤不避亲，却并不显山露水，因为狄胜利是张琪源的把兄弟，牛树宽的能力又相当有限，明眼人都知道。

尤尚文坐在那里一动不动，似乎是在欣赏张琪源等的意见和方案，实质上是在寻找否决提拔狄胜利的突破口，寻找解救牛树宽的灵丹妙药。种种迹象表明，牛树宽在陆华夏、狄胜利的双重挤压下，腹背受敌，几乎失去了执掌二大队的一切权力，形同傀儡。也正因为如此，如果把牛树宽调来五大队，肯定是挑不起这副担子。

尤尚文很快厘清了思路，看来，张琪源三点意见中最具杀伤力的不是提不提狄胜利的事，而是把牛树宽抬出来，让人觉得不起用狄胜利，实际上就是个人意志在作怪，并不是从工作角度出发考虑问题。尤尚文想把这件事情放一放，但住宅楼的建设刻不容缓，水电厅三令五申的电话让他无言应对。这时候，他开始憎恨起这个见困难就躲的左长富了——软骨头！

尤尚文想看看蒋雅丽有没有什么解套措施？张琪源满含歉意地盯着蒋雅丽，等机会给她一个抱歉的眼神。但此时此刻的蒋雅丽，埋头伏案，一直在抄抄写写着什么，好像江河局永远都离不开她那两下子抄写一样。

其实，蒋雅丽心里明白着呢，用谁、不用谁都与自己无关，你们争去吧。自己既犯不着坚持尤尚文交代给自己的这个方案，也犯不着急于否决这个方案。

张琪源明目张胆不认同这个方案，肯定知道这个方案的背后是尤尚文，那我还有什么可说的呢？

大家正在品味其中的滋味，柏雪飞说话了："是啊，刚才我的意见是同意由狄胜利来搞五大队。现在经琪源这么一提醒，我也觉得应该从长远考虑，否则影响了住宅楼建设，事可就大了！现在工期已经滞后不少了，如果我们再不采取断然措施，那就给厅里交不了差了。上次安排琪源出差，厅里意见就很大，认为我们把厅里安排的工作不当一回事，是在用人上搞试验田。"

军管干部在驻扎单位话语权是绝对的。必要时候,是可以采取军事措施的,没有人愿意碰这个硬。更何况一说到厅里的意见和工期滞后,大家都面面相觑,谁也不愿意负这个责任,更没有人愿意拿自己的乌纱帽去无谓地赌这一把。所以,在接下来的讨论中,祁玉民也改变了自己的说法,蒋雅丽和谢青也随大流,认为狄胜利的能力当五大队革委会主任或整党建党领导小组组长没有问题。

尤尚文"吭哧"了半天,道:"大队这一级的正职属于厅管干部,会卡得很严的!"柏雪飞有点生气,道:"那好办,只要厅里觉得现在楼房的进度还可以,那作为咱们来说,维持现状是最省事的。如果还不行,我调43团过来,不相信许光远把这个项目拿不下来!"

尤尚文对扶植张琪源的羽翼是绝对排斥的,但他绝对没有和柏雪飞抗衡的勇气。如果闹崩了,以三支两军柏雪飞多半个整编师在此,就算是再加上水电厅的全部造反派力量也是白给。

好汉不吃眼前亏,尤尚文擦了擦脑门上的汗珠,顺坡下驴。安排蒋雅丽:"可以先按革委会主任和厅里沟通,如果厅里没有什么意见,再好好和狄胜利认真地谈一次。提醒他:对他的使用,大家还有不同的声音,让他要好自为之,干好干不好,能不能胜任工作,就拿住宅楼说话。如果影响了住户入住,就是有一万个理由也不行,天王爷老子也保不住他。"尤尚文说这几句话的时候义愤填膺,环视了大家一圈,但是,唯独没有敢和柏雪飞对视。

会议就这样在不情不愿中接近了尾声。经过尤尚文的一再权衡,同意免去张琪源兼任的五大队革委会主任职务,却由狄胜利来接任;依据蒋雅丽的提名,调三大队第三工程队队长俞红光任五大队整党建党领导小组副组长;免去左长富兼任的五大队革委会副主任职务。

后来,根据狄胜利的建议,提拔二大队第二工程队队长奚大宝任五大队革委会副主任。孙光喜的名字再没有人提起,邱玉山则被狄胜利排在了奚大宝后面。也由此说明,有关孙光喜的种种猜测都成了一个笑话,陆华夏和狄胜利在邱玉山、奚大宝、孙光喜三个人的看法上,也不尽一致。

那么,一大队、四大队呢,难道就没有可用之人吗?不一定没有,而是没有人去关注。尤尚文关注的是如何支持牛树宽,削弱张琪源,而这恰恰都集中在张琪源的身边左右。

很显然，五大队这一班人马基本上全部是张琪源的旧部和蒋雅丽的爱将，要说蒋雅丽给张琪源掺了一定的沙子也不为过。尤尚文尽管心有不甘，但是迫于各方面的压力；尤其是自己在柏雪飞的治下、牛树宽在许光远的治下，三支两军要拿下任何一个人，都不需要和任何单位协商。只能胸口砸一拳——认了，只要把楼房盖起来，一切政治账都是划算的。

狄胜利一上任，已在五大队上班的张琪源的二儿子张超自然而然又有了新的靠山。狄胜利和张琪源的关系肯定超过了左长富。更不用说，俞红光、奚大宝也是买张琪源账的，只是张琪源没有告诉他们这事。

这是个全新的班子，狄胜利任革委会主任，俞红光任整党建党领导小组副组长，奚大宝任革委会副主任。张琪源、左长富整体退出。

5

这天，尤尚文找到张琪源，道："根据省上安排，三大队施工的3857防洪工程，要并入三线工程序列，你代表咱们局去做一下移交工作；这样，咱们三大队就可以集中精力，专搞地下水开采项目了。"

说起三线，自然让张琪源想起了上官元。他只知道上官元是72号信箱33号分箱，或者是606厂，那么具体地址在哪里？不甚了了。但是他隐隐约约感觉到，上官元就离3857不远。一种想见上官元的冲动涌上了心头，更让他感到，上官元的招工问题，应该抓紧办理。

还是在七八年前，张琪源当老二队队长的时候，3857防洪工程属于第二工程队，张琪源曾经来过一次，以后就一直再没来过。三年前，该工地划归三大队。两个月前，张琪源带队搞了一次反修防修宣讲，三大队的各工地基本都去了，就是没来这里。

张琪源领命后，很快和三大队革委会主任惠爱国取得了联系，一块儿向苍龙岭深处一个兵工厂的防洪工程进发。

进了苍龙岭，帆布篷小车走了不到两天时间，就来到了五岭省广攀市。张琪源立刻想到，上官元写信的地址开头就是这里。心想，到地方后一定打听打听，如果有可能，去看一看也好。孩子来了三四年了，应该是十七八岁的大小伙子了。上官红云每每只有书信往来，却从未见过儿子的面，到底是长高了、矮了、胖了、瘦了？一概不知，也没有一张照片寄回。

又一个傍晚之前，张琪源一行终于到达了目的地。这里崇山峻岭，树木茂密，落日的余晖照在高山的顶端，把一座座山顶染得像戴了个炫色的帽子，斑斓多彩，伸进高高的蓝天白云之间。只是山沟里，已大部分沉倾在墨绿色的阴影里，告诉人们，太阳就要落山了，又一个平凡的日子，即将接近尾声。

营地的生活设施依山傍水，和七年前的布局没有什么两样，只是破败了许多。门框已然变形，不成其为矩形了；屋顶腰部自然下陷，显得不堪重负；野草灌木锲而不舍地从屋顶的泥土里扎了进去，显得蛮劲十足，当仁不让。显而易见，这里能与外界相匹配的，就是窗子上还没有压垮的玻璃，不算透亮，但依然坚守岗位。

惠爱国介绍：这里自从划归大三线建设范围后，就成了战备的大后方，也就成了"抓革命、促生产、促工作、促战备"的一块热土。

至于山洞里面是干什么的，属于军事机密，没人胆敢透露，只是隐隐约约听说，这是个特大战备物资储备库，延绵几十里。这里只是其中的一个出口，将原来的一个军用工厂兼并在了里面，这才划归三线指挥部的管理范围。

江河局的人甚至说："据说这里整座山都被挖空了，里面大得很。"但张琪源不相信，他是搞工程的，山岩的成拱自撑能力有多大？那是有限度的。

但是有一点张琪源是清楚的，就是多少年来，这里一直没有地名，只有3857这个编号，但却不是部队的番号。后来随着规模的不断扩大，才有了红卫岭、革命村、反修垭等随机命名的地名，也只是作为局地代号，却并不被相关部门认可，在地图上仍然找不到这样的名称。江河局人为了表述方便，有的把这里叫防洪工程，有的就直接叫3857。

张琪源和惠爱国凭借水电厅的介绍信，首先和3857的政治部进行了接洽。政治部的鄢主任道："这次移交是根据省革命委员会和省军分区的命令执行的，移交工作主要分为四个方面：一是革命形势和保密政策教育，二是生产技术和防洪设施移交，三是设备物资移交，四是随身物品检查后，安排军车直接送大家到长途汽车站。"

张琪源还想问一点什么，但是鄢主任似乎已经明白，就直截了当安排道："从明天起，贵局就停止一切与生产有关的工作，咱们首先一块儿开展政策教育，各项工作大概共计需要两个星期完成。"

大家对这里所有的一切，都要做到"三不"：不闻、不问、不传播，保密范围上至自己的生身父母，下至自己的妻子儿女，内至自己的兄弟姐妹，外至自己的上级领导，严防阶级敌人窃取机密、趁机破坏和捣乱。

组织学习《中国人民解放军保密条例》的部分章节和中央军委关于涉军现行反革命的专政措施，等等。

对这些内容，鄢主任要求大家：只需要带着耳朵听就行了，不允许做笔记。这既是对江河局施工人员的要求，也是对张琪源、惠爱国的要求。这让张琪源从始至终都没办法打听上官元的所在。

生产技术、防洪设施、设备物资移交则比较麻烦。要把近年来江河局所有完成的工程量统统复测一遍，图画完，技术资料整理装订成册，一一列成清单；根据以往材料设备的购买、生产、使用、消耗记录，进行分类汇总，对剩余材料设备进行了实际收方、盘点，亦一一列出清单。

以上实物、资料清单一式三份，双方签字后即为移交。原则是：除了个人财物外，不允许带走一片纸、一颗螺钉，以防泄密。

最后一项，要求每个人，包括张琪源在内，把所有家庭成员、社会关系都登记得清清楚楚，内容包括：姓名、性别、年龄、民族、职业、家庭地址、家庭成分、个人经历、政治面貌、有无政治历史问题、是否有政府关押等情况。

这些，自然都挠疼了张琪源、惠爱国这两个老右派分子的心理伤疤。尤其是张琪源，把最后一缕打听上官元下落的希望都熄灭了。涉及政治、涉及军事、涉及个人的身家性命，张琪源没有这个胆量去以身犯险。

3857组织了一个简单的欢送会。对江河局几年来为社会主义革命和建设以及我国国防事业所作出的贡献，给予了高度的赞扬，对江河局每一位职工在这里付出的辛勤劳动表达了崇高的敬意。

尽管鄢主任他们讳莫如深，但是处处留心、耳聪目明的张琪源，仍然听出了鄢主任他们，就是72号信箱总部，至于33号分箱或606厂在哪里？最终也没搞清楚。假如可以打听，或许问起上官元，他们也未必知道，但要是说起昌国运、花启隆，他们必定知道，倒是张琪源未必就知道这两个人是何许人也。

撤离的那天，和撤离别的工地一样，大部分人都流下了惜别的眼泪。有一个比张琪源年龄大几岁的人，说："唉，十年了，我硬是由爸爸快熬成爷爷了，回去就准备给娃找媳妇。"张琪源问："娃不小了？"对方言："不算大，25了。"

另一个年轻工人言："看你多好？我在这里熬了八年，硬是没有机会找个媳妇，已经年过30了，都成了老光棍儿了。"张琪源说："这一下好了，回去给你放半个月假，好好找个媳妇，行不？"

张琪源说着转向惠爱国，惠爱国道："没问题，张主任都下令了，我还能不同意？"能够看出来，尽管在这里的时候大家都感到是穷山恶水，无限寂寥，似乎还有些厌倦，可真正要离开的时候，又都有些恋恋不舍。这种心情张琪源理解，他用了20年的时间，专门体验了无数次这样的离愁别恨。张琪源安慰大家："不要悲伤，我们下次要去的地方，怎么都会比这里强。"惠爱国道："那当然，所以大家要高高兴兴的。"

在作最后告别的那一刻，张琪源终于把打听上官元的事咽回了肚子里。

回首苍龙岭山脉，绵延千里，在几百公里的另一端，20年前王汉成带人砍回去的木头，由张琪源他们亲手建造了江河大院的几十间房屋，使江河局有了最原始的模样，上官红云就在其中。而20年后，上官红云的儿子上官元，却寂静地沉没这在并不遥远的群山深处，等候着张琪源的拯救，迫切想成为江河大院的一员。

本来，上官元属后生晚辈，犯不着张琪源这么挂心。但是，到底是爱屋及乌，还是升高中、招工等几件事情都帮不上忙的人生亏欠，让张琪源对上官元这么在意？谁也说不清楚。可有一点是可以肯定的，自从上官元由杜纪元的名字改过来后，这份感觉日趋强烈，甚至把上官红云的两个孩子作为她不可分割的一部分。

但是，张琪源和这娘儿仨，毕竟没有任何名分。以致在惠爱国等众目睽睽之下，在保密制度的强力约束之中，张琪源和这个无名无分的年轻人，在苍龙岭这个人生小小驿站擦肩而过，也是再正常不过的了。人生不过如此，有心相觅偏不遇，无心碰面却邂逅。

6

这年冬天，五大队韩森堡子的水电大院住宅楼工地发生了一场天火。三排子职工营地，顷刻间化为灰烬。水电厅派来专门调查组进驻韩森堡子工地；江河局革命委员会主任尤尚文亲自陪同，沄城市公安分局和江河局驻军的指挥员也都赶到现场侦破此案。

这事发生在张琪源交班后的两个多月。为此，蒋雅丽开玩笑说："张主任，看来你洪福齐天啊，这么一次重大事故竟然让你逃脱了干系！而且你的宝贝儿子张超也平安无事。"张琪源心想：洪福齐天？这不是封建迷信吗？可他却道："不敢这么说，不敢这么说；小心让人家说是幸灾乐祸！"

蒋雅丽道："哦，是担心你的爱将狄胜利呢，还是心疼你的'外甥'刘克亮呢？'我不杀伯仁，伯仁由我而死'？"张琪源吓得赶忙就溜。

进入冬季以来，所有的职工营地就开始生火。这纯粹是烤火费以外的职工福利，铸铁炉子烧着大块煤，由着性烧。遇到外面风稍微大一点，炉子就吸得呼噜噜直响，不大一会儿工夫，炉子的腰部、拐弯和半截炉筒子就全都通红了。

为此，大家经常夸赞：方新月这次的煤买得好。张琪源经常悄悄叮嘱张超："要注意防火、防煤烟中毒，看见情况不对就赶快跑。"

说来这天也活该出事！那天晚上，五大队要召开建队以来的第一次年度总结表彰大会，本来狄胜利邀请尤尚文到会指导，结果尤尚文说："要去就让琪源去吧，五大队是他打的底子，让他去和大家见见面，再提一点要求希望。"张琪源道："算了吧，这种头一开，其他大队也来邀请，局里怎么能应付得过来？"

这样，就只有五大队的人自演自看了。

五大队有一个看门的老鲍叫鲍津翰，就问后勤服务班班长郭北辰：他用不用去参加会？郭北辰请示大队整党建党领导小组副组长俞红光，俞红光说："参加，职工大会、职工大会，他不是职工？这也要搞一点特殊化？"

郭北辰小心翼翼地说："大家都在开会，院子里没有一个人招呼行吗？"俞红光斩钉截铁地回答："这有什么不行的？哪个阶级敌人敢来破坏？我们就地把他给抓起来批判！现在正缺乏这样的活典型呢，他还敢故意往枪口上撞！"鲍津翰一看俞红光的态度，只得把大门关上，乖乖地进了会议室开会。

会议由俞红光主持，奚大宝把长长的工作总结读了一遍，下来就是颁奖表彰，再下来是狄胜利的总结讲话。狄胜利还没有讲几句，只见会议室的窗户外面被映得通红。鲍津翰似乎心里有所感应，跑到门口拉开门一看，立刻惊呼："失火了！工棚着火了！"

火情就是命令。不用谁说，大家呼地一下就冲了出去，但是已经晚了，第一排工棚已经全部过火，第二排的一半也已经着火。大家开会的会议室在第三排，刚才过来的亮光就是第二排的火舌翻过来了。

狄胜利赶快让人往上风头撤。大家在上风头就近寻找水源，用脸盆、水桶等物，把能找到的水全部泼了上去；有的人甚至从工地上往来担水，但是所谓杯水车薪，根本无济于事。张超一看大家伙往上冲，就连平时不受师傅待见的倪立清也冲上去了，张超岂能不如倪立清？早把爸爸张琪源的叮嘱忘到了脑后，也跑了过去，狄胜利一把往后一扯厉声道："你去干吗！"张超只得乖乖地站在外围随大伙儿瞎忙活。

二队的年轻工人刘克亮从会议室跑出来后，看见自己房子火势还不算太大，就不听别人劝阻，执意要进去拿自己刚刚领到的一个月工资。张超看见好朋友要去，自己也要陪着去。刘克亮出于好心，恶言道："我不带你去！"张超听话，也胆小，就呆可可地站在那里没动。

刘克亮进门容易出门难。等赶忙拿上工资回身要出门时，门被火封住了，只得冒着烟火往出跑，结果头发和上衣全部着了火。大家伙七手八脚将烧得"嗷嗷"直叫的刘克亮身上的火给扑灭，紧急送往医院救治，医院诊断的结果是：全身烧伤面积达20%，属浅二度烧伤。

刘克亮自从入院的那一刻起，张超就一直守着，直到出院。五大队出纳岑乐芳看见刘克亮进了自己的房子，受到启发，也奋不顾身地闯进已经着了火的大队财务室，抱了一些现金和财务凭证就往出跑。等她跑出来的时候，浑身是火，烧得她像疯了一样团团打转，歇斯底里地长啸，吓得大家伙不知如何是好，突然有一个人将一桶水浇了过去，火"呼"地一下子就小了一下，又"呼"地一下着了起来。这时间大家似乎才明白了过来，把所有的水都泼了过去，又拿衣物、帆布将火扑灭，紧急送往医院抢救，算是捡回了一条命。

四队的廉亮娃，本是一名钢筋工。想到工具库房里有两副新近购买的焊枪，打算迅速进去取出来，没想到进了库房以后，里面的氧气瓶突然发生了爆炸，导致廉亮娃当场炸死；同时炸得库房墙倒屋塌、火星四溅，更加剧了火势。

大家在拼命地呼喊着什么，但是，所有的呼喊声好像都制止不了火势的蔓延。反倒是火借风势，风助火威，大火很快就烧到了第三排，也就是刚才大家开会的那一排房子，包括灶房、餐厅、大小会议室。

在很短的时间内，就已经是火光冲天了。只听见"呼、呼、呼，噼里啪啦，噼里啪啦"，火势铺天盖地，烤灼得人群直往后退，但是，没有多大一会儿，火势就一点点小了下来……

等到消防车来的时候，大火已经下去了，只能在即将熄灭的余火上洒一阵水，冒一阵热气，然后交代："还要安排人看着，不要叫死灰复燃。"就不声不响地离开了现场。

最开始，狄胜利就让人找电话报警，并向局里报告。但是，事实证明多此一举，因为这里离韩森堡子大杂院只有一墙之隔，大杂院的人看到着火后，已经打了火警电话和军管司令部值班室。在五大队人满院子团团乱转、锅碗瓢盆一起上手的时候，闻讯赶来的军管战士也一起上阵投入了扑火行动，但是，水火无情，谁又能奈何得了这铺天盖地烈焰的燃烧呢？

消防车一走，狄胜利让大伙儿清点人数。结果施工一队少了一个人，名叫费健硕，是一名瓦工。大家回忆：费健硕因为感冒，吃了药以后应该一直还在宿舍里昏睡。大家很快动手在废墟里找人，结果果然，在费健硕宿舍的门口位置，找到了他烧焦的尸体。另外，还有几个头手一度烧伤人员，基本没有什么大碍。

这一宿，五大队的人度过了一个不眠之夜。有的人围着灰烬转来转去，唏嘘叹息；有的人走到已经成型，但仍然八面来风的半截楼房里蹲下避风，等待着新的一天的到来。

而大多数人则在冷风中哆哆嗦嗦，相对无言，直到天亮。许多职工，无论男女，都偷偷地流下了伤心的泪水。被褥衣服没有了，箱子碗筷没有了，新近发的一个月工资、布票、棉花票、肥皂票、理发票也统统都灰飞烟灭，有的人甚至几个月的积蓄都被化为乌有！

狄胜利安排人去联系了一家小旅社，让大家去休息休息、暖和暖和，但是，没有一个人愿意离开。

天还没亮，左长富和江河局机关的职工、军管战士，连夜从百货公司、军管后勤部联系来了几汽车被褥、帐篷等。安排大家先到进度比较快的一、三号楼的半成品房子里，封堵封堵，铺了些木板打起了地铺。

天亮后，狄胜利又召集了一些工人，去了市物资局，紧急调运一些建筑材料，准备重新搭建工棚和宿舍，进行生产自救。

尤尚文、张琪源等班子成员也都来了，询问询问情况，安慰安慰大家，稳定稳定情绪。

7

新闻媒体也闻讯赶来，还是上次到老鸦山水库采访的那几位，他们是专门负责农林水事业单位的。记者们首先到政工组和蒋雅丽接洽，得到许可后，由蒋雅丽、田喜珍陪同一块儿来到韩森堡子住宅楼工地，准备做一下简单的实地采访，以提醒广大市民："天干物燥，小心火烛。"

没想到，无意之中，他们听到了几名职工奋不顾身，英勇抢救公共财物的事迹，甚为感动。立即和蒋雅丽商量，对这种在灾难面前、公而忘私的大无畏的精神，应该进行大力宣传，连续追踪报道，以引起社会各界的广泛关注和强烈共鸣，从而弘扬正气，鼓舞人心，激励斗志。

这是个英雄辈出的时代，也是个英雄发现的时代，更是个谁也不甘当无名英雄的时代！也可以说是：先有记者，后有先进模范人物。在弘扬英雄精神，挖掘内在成因的过程中，她们把整个宣传报道策划为两个视角：一个是英雄人物的英雄事迹和成长之路，另一个是江河局政治思想工作大观——成功经验和丰硕成果。洋洋洒洒，数万言之巨。

在英雄人物视角里，四个人物分为四个专题：

第一个人物是《活着的邱少云——记江河局的"铁算盘"岑乐芳》。文章的一开头，首先是一段引子，写道：在这里，"铁算盘"不再是一个贬义词，而是极大的褒奖！是人们对江河水电工程局第五工程大队出纳员岑乐芳尊崇的称呼，它包含了多少敬意、多少热爱！

谁都知道，岑乐芳算账精着呢，可是，她算的不是个人的小账，而是集体财产的大账、社会主义的大账……

第二个人物是《熔炼不化的英灵——记邱少云式的五好工人廉亮娃》。文章用倒叙的形式开头：就在他刚刚领到奖状后的 10 分钟，他走了。随着伟大的国际共产主义战士邱少云走了！

他的离开既匆匆忙忙，又轰轰烈烈；伴随的那一声巨响，是他振聋发聩的呐喊声，是他对美好生活的又一次咏叹！他的走，换来的是瞬间的火光四射，换来的是人们永久的思念、无尽的敬仰！那是他灵魂的光芒，洒向了人间……

第三个人物是《他长眠在炽热的建筑工地上——记费健硕为社会主义

建设添砖加瓦的光辉人生》。文中写道：他只是一名普通的工人。临死都没有留下一句豪言壮语，但是，他的离去让人们想起他的伟岸和挺拔。

他没有建成一座高楼大厦，但是，在他的梦中，已经有了一座鳞次栉比的城市！他，普通得就像他手中的一块砖、一片瓦，但是，社会主义革命和建设的伟大事业，从来就少不了他这样的人……

第四个人物是《四分钱也是国家的——记为抢救国家财产光荣负伤的青年工人刘克亮》。文章开头就点题：刘克亮是个学徒工，每月工资是18.36元，在工资发放时出纳给了他18.40元，他一时没有零钱找。这件事，压在他的心里沉甸甸的，倍感沉重。因为，这钱是国家的！他说："连一个小朋友都知道，在马路边捡到的一分钱，应该交给警察叔叔，可见，这不是钱多少的问题，而是一种精神、一种风格。"多么朴实的语言，多么平凡的事例啊……

年后，江河局政工组专门组织了一个《烈火人生》英雄事迹报告团。五六个青年男女在蒋雅丽的带领下，巡回在局内各工地演讲，一个个感人至深的实例，一次次催人泪下的演讲，使这场备受非议的火灾永远地定格在它那最光辉的一面。

在每一次报告会的结尾，蒋雅丽都用她那煽情的语言、华丽的辞藻，给予画龙点睛，使每个英雄人物的灵魂再一次升华到一个更加令人顶礼膜拜的高度，也把这一次次振奋人心的报告会推上了更加极端的高度——政治挂帅！

蒋雅丽说："政治思想工作是我们一切工作的出发点和落脚点。毛主席教导我们：人的正确思想是从哪里来的？是从天上掉下来的吗？不是。是自己头脑里固有的吗？不是。人的正确思想，只能从社会实践中来，只能从社会的生产斗争、阶级斗争和科学实验这三项实践中来。而代表先进阶级的正确思想，一旦被群众掌握，就会变成改造社会、改造世界的物质力量。而这种力量，它是摧枯拉朽！是感天动地！是战无不胜的！"每当讲到此时，台下的掌声总是雷鸣爆竹一般，经久不息。

五四青年节，受水电厅政治处的邀请，江河局《烈火人生》英雄事迹报告团在全省水利系统"庆祝五四青年节暨共青团工作总结表彰大会"上，又做了一次演讲。一阵阵雷鸣般的掌声和一声声唏嘘抽泣，总算是对这次不明不白的火灾画上了一个圆满的句号。

在这次表彰大会上，江河局革命委员会在青年工作中，作出显著成绩，荣立集体二等功；几位烈火英雄，也分别荣立一等功、二等功和三等功，追认廉亮娃同志为中国共产党党员！

最后，厅革委会第一副主任杜成武做了热情洋溢的讲话。他说："青年是祖国的未来，青年是八九点钟的太阳，青年是捍卫无产阶级政权的后备军！有了我们这样一支富有豪情壮志的青年队伍，我们不怕帝修反的猖狂反扑，我们不怕共产主义事业路漫漫其修远兮，我等上下而求索……"

至于火灾原因，始终没有查清楚。所谓一俊遮百丑，在英雄群体光辉事迹的照耀下，事故的原因变得微不足道——是不是阶级敌人破坏？谁也不愿意这样联想。这也救了五大队乃至江河局领导的驾，没有给予太严厉的处罚。

本来尤尚文还想借此向老二队的政治势力发难，多多少少给张琪源、狄胜利还以颜色，也让狂妄的柏雪飞看一看该如何收场？因为这几年张琪源的羽翼渐渐地丰满起来了，对尤尚文的地位形成了一定威胁，而这绝不仅仅是祁玉民这个光杆司令所能做到的。

但是，尤尚文算了一笔政治账：如果这样一来，自己也脱不了干系，还不如顺水推舟，将坏事变成好事，还能给自己的脸上贴金。所以，尤尚文要求事故报告只是说：当日风大，将火星吹到易燃物，导致火灾，烧毁了一些易燃茅草屋。其他诸如事故经过、经济损失、原因分析、性质认定、责任划分等内容，也都能忽略就忽略，能含糊其词就不清清楚楚，所以总共也就用手复写了多半页纸。

水电厅催报了几次，江河局总是说，马上就好，马上就好，但始终没有报上去，最后也就不了了之。

8

根据中央指示："三支两军"任务完成。柏雪飞奉命归队。江河局革命委员会的领导班子又少了一名，而且蒋雅丽、谢青只是两位常务委员，具有实职的只剩下尤尚文、祁玉民、张琪源三个人了。

厅革命委员会经过研究，决定撤销整党建党领导小组，成立中国共产党江河水电工程局核心领导小组。任命蒋雅丽为中共江河局核心领导小组副组长；同时任命惠爱国为革命委员会副主任，岑乐芳为革命委员会常务委员，

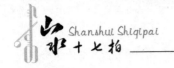

其他班子人员未变。

为了让岑乐芳能够走到前台正常工作，江河局花巨资安排她专门到上海整了一次容，将脸上烧化了、烧流了的皮肉割掉，将大腿上的皮肤植在脸上。尽管耳朵前面、前额上面、下颚下面还有一些缝合的痕迹，在面部表情剧烈变化时抽得有点不很协调，但是，在不知情的人面前，还看不出太大的破绽，正常工作已经没有问题了。

在这次班子增补问题上，尤尚文确实费了不少心思。他的指导思想是：第一不用造反派，这样的人和自己一样，都有一颗不安分的心。第二不要使这次提拔变成是对原有班子成员帮派体系的一次加强和巩固，给自己驾驭全局带来麻烦，尤其是老二队的人，坚决不用，比如陆华夏、左长富、狄胜利，甚至牛树宽也不例外，所谓山不亲水亲，不论咋说，是一个锅里搅过勺把子的。

由于有了这么两个门槛，让尤尚文思前想后觉得局里没有很合适的人选。而让厅里派人下来吧，实在是不甘心，如果后台太硬，自己可能更加无法掌控。

万不得已，只能听取张琪源的建议——毕竟张琪源这人没有太大的野心，羽翼膨胀是客观成的，张琪源没有刻意这样做。这就产生了目前的这种折中的办法：给蒋雅丽一个实职。

在讨论人选时，张琪源指出："在合并进来的各家单位领导里面，惠爱国最可靠，可以把他提起来。"张琪源所说的"合并"，是指1956年，国家基本建设猛增，扩编合并同类单位，将省苍岭采石场、沄城市水泥制管厂、岭北地区铸造厂等大大小小六家单位，并入江河队，遂改为现名，升格为县团级。于富贵、惠爱国、毕宽福分别是上述单位的一把手。现在，十年前被打成右派的于富贵，摘帽后被就地安置在劳改工地狼牙岭水库；毕宽福在运动前期被何建英打倒坐牢，现在尚未释放。

当然，对惠爱国的提拔使用，蒋雅丽也是比较赞成的。在这之前，她也没少在尤尚文跟前吹风，把惠爱国在三大队是如何开展批林批孔运动、如何因地制宜改造地富反坏右的诸多事例，汇报给尤尚文。以致尤尚文对三大队的工作，极为认可，所以在惠爱国手下俞红光提拔进五大队班子时，尤尚文基本没有异议。

至于岑乐芳，则完全是厅里的意见。他们的意见是：像这样的英雄模范人物不能提拔重用，还能提拔谁呢？所以，江河局核心领导小组参照火线入党的办法，安排岑乐芳立刻写一份《入党申请书》，直接由局核心领导小组接收为中共正式党员，没有经过任何基层核心领导小组。这时间的入党程序刚好也没有预备期。

为了不给岑乐芳本人以后留下麻烦，厅革命委员会政治处也上会研究了一次，并加盖了公章，入党时间即从这时间开始算起。江河局革命委员会给岑乐芳的工作分工是：主管后勤保障工作，协助尤尚文管理财务工作，分管办事组。

尤尚文给岑乐芳分配的第一件工作就是：分房。就是五大队现在正在施工的这批楼中属于江河局的两栋。这可难坏了岑乐芳，因为办事组现任组长是左长富，曾经是岑乐芳的领导；现在反过来是自己的下属，心里总觉得没有一点底气，且十分别扭。不仅如此，在此之前，岑乐芳没有任何领导经验。所以，左长富有时稍微摆摆老领导的架子，都让岑乐芳无所适从。

为了这件事，岑乐芳来请教张琪源。因为张琪源始终是她的领导，过去兼任五大队革委会主任时是，现在还是，不论怎么摆架子、拌难看她都不觉得丢人。张琪源开始想让她去找蒋雅丽商量，因为这不是他分管的工作范围，他不愿意越雷池一步；可是又觉得：这样做对一个新进班子的年轻女同志来说，有踢皮球的嫌疑，只能耐心地给教办法，扶持她尽快进入工作状态。

9

按照尤尚文的安排，张琪源再次来到阔别几年的老鸦山水电站工地，解决这里的大坝防渗问题。尤尚文说：水库下闸蓄水为期不远，大坝渗漏的问题怎么解决？张琪源明白，这是定向爆破堆积坝的致命弱点，虽然筑坝进度是快了，可防渗处理却成了大难题。

一路之上，张琪源都在想，修水库就是为了蓄水，当我们为了图快，采用了先进的定向爆破技术，但它如果蓄不了水的话，那我们的方法与目的就是背道而驰的，更别说无法向党和政府以及终日期盼的当地老百姓交代。

远远望去，老鸦山大坝横跨在两座大山之间，巍然屹立于无澜河上，当年两山夹一河的自然形态早已消失得无影无踪。尽管电站建设的许多工作还没有最终完成，但大坝的轮廓已清晰可见，更不再是定向爆破过后那种乱石

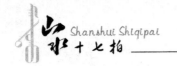

丛生的粗糙局面，而现今给人的感觉就两个字：巍峨。

工地的熟人都走得差不多了，领导班子和中层干部当中，狄胜利、奚大宝到五大队盖楼去了，牛树宽、孙光喜到青蒿涧修水库去了，左长富到了局机关，马三全到四大队搞电站安装去了，严于田回归部队建制。除牛树宽外，这些人无不是张琪源当年启动该电站的倚重对象，现在都已随风而去，到更需要他们的地方去了。陆华夏道：铁打的营盘流水的兵嘛，不知不觉就整个换了一茬子人。

现在主持这里工作的自然是陆华夏，他依靠的对象设计上依然是谭秀珍，土建施工技术是童俊英，施工现场全面管理是邱玉山。陆华夏道："好在划归四大队的设备安装人员还有不少都在这里，尤其有马三全在，有关安装方面的工作我基本不用操心。"张琪源问："从指挥部的角度说，四大队还应该归你的二大队管。"陆华夏道："可以这么说，但毕竟是平行单位。"

张琪源道："技术干部中来了不少生面孔。"陆华夏道："嗯，大多是六八、六九级的大中专毕业生，颜省学是华东水院的，梅博才是武水的，靳红石是交校的，谷宁波是水校的，巫平儒是林校的。"张琪源问："都是当了三年工人锻炼后，正式分配到咱们这儿的？"陆华夏道："绝大部分是，凡是在咱们这种恶劣环境中锻炼过的，个个都非常能干。"张琪源道："看来现在的二大队是人才辈出，不愁没人。"

陆华夏等人陪着张琪源在大坝左右岸和上下游看了个遍，见大坝下游的渗漏果然厉害，透过围堰、穿过坝基，竟然还形成了一条小河，使导流设施里的水量，还远不如刚爆破完后那么充沛。谭秀珍忧虑地说道：就这还没有蓄水呢，待水头一高，渗漏就更厉害了。张琪源没有吭声，他比大家更能认识到这个问题的严重性，而且无时无刻都能意识到：这个问题的主要造成者，都应该是我张琪源自己。

几个年轻技术干部都在大坝上游坡脚那里等着。谭秀珍道：这里是大坝渗漏的主源头，是疏是堵首先都得从这里着手。陆华夏介绍道：这是谷宁波，主要协助邱玉山负责大坝的防渗处理。张琪源问谷宁波：说说看，你打算怎么处理？谷宁波道：现在大坝已经建成，从坝基下面和坝体内部做防渗体的办法，显然已经不可能了；只能以坝坡面与原地面的交汇线为基准，上护坡、下截渗，相当于做一个大大的贝壳型防渗体，扣在大坝迎水面。

张琪源问邱玉山："这个贝壳防渗体你们原来讨论过吗？"邱玉山道："没这么命名，但最经济适用的方案或许只有这一种。"张琪源笑问："那就是'谷氏贝壳防渗体'了？基准线清楚吗？"邱玉山道："基本清楚，这几年砌体用的块石都是从这一线取，当时是为了坝型美观，现在看来是为做防渗体明晰了边界。"

张琪源问："下截渗，打算深入地下多深？"谭秀珍道："在坝坡脚开挖，土压力和水压力都很大，最多 5 米。"张琪源坚决地摇摇头，道："不行，这么浅的防渗墙作用不大。"童俊英道："我也觉得不行，最多延长渗经 20 米。"谭秀珍笑着对童俊英说道："那你原来怎么不说呢？"童俊英道："我原来就一直坚持从基准线向外移 10—20 米，可大家都觉得刚好在上游围堰跟前，现在不好施工，将来护坦太宽，投资太大。"

张琪源笑了笑，显然有所心动，钱都花到这份儿上了，再为一点小钱抠卡，就是因小失大，问道："大家看怎样合适？你们几个年轻人也说一说。"年轻人和张琪源都不太熟悉，说得很简短，角度也完全不同。颜省学主要从施工期土压力的角度说必须足够宽，梅博才从渗流仰压力的角度也说应该宽一点，而靳红石从库底淤积的角度说窄一点就可以了，巫平儒则从施工难度的角度也说不必太宽。其他人张琪源也都让一一表述了自己的观点。

从中，张琪源似乎听出来了，大学生都说宽一点好，而中专生则都说窄一点完全可以，他不知道这是观念问题，还是一种巧合？就觉得有些好笑，但是出于对年轻人积极性的保护，他没有逐个评价。只见谭秀珍面带微笑一直不说话，童俊英则低着头不知道是在听还是充耳不闻，而邱玉山和陆华夏干脆就开起了小会。张琪源果断地挥挥手，道："好了，大家都集中精力，谷宁波，你是专门负责这一块儿业务的，你给咱归纳一下。"谷宁波看了看谭秀珍道："还是请总设计师谭工计算一下吧，做个经济技术比较，一算账啥都清楚了。"

谭秀珍赶忙摆摆手道："别别别，我最近和梅博才安装上金结的、机电的图多得很，还是让童俊英算吧，她对这个问题考虑了好长时间了。"童俊英不动声色，只是看陆华夏怎么表态，却听张琪源道："那就童俊英你算吧，让谷宁波给你打下手。"童俊英道："陆书记给我这儿配的是颜省学，有他就可以了，让谷宁波给我在工地上勘测些数据。"

张琪源看看陆华夏，陆华夏点点头。张琪源问童俊英："那上护坡呢？"童俊英道："就是从大坝坡脚开始，顺坝坡一直往上砌石，直到校核洪水位。"张琪源问："要不要一直砌到坝顶，和防浪墙连到一块儿？"童俊英道："也好，这样的话，即使是到了主汛期，也不至于使大坝的浸润线迅速

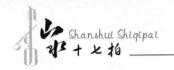

上升。"

谭秀珍一看童俊英把理论实践都说完了，就不自觉地悄悄躲到了人后。张琪源问："那左右坝肩沿线呢？"谭秀珍想说，可站的位置太远了，张琪源似乎没注意到那么远。只听童俊英道："那我们就一块儿计算一下，算到哪里就施工到哪里。"张琪源道："行，按照'谷氏贝壳防渗体'的形体，你们从经济和技术两方面通盘考虑，不要过于计较眼前的投资。"邱玉山补充道："百年大计，质量第一。"最后陆华夏强调："张主任来一趟不容易，咱们大家抓紧时间，越早确定下来，越可以早早实施，张主任也就可以忙他的事去了。"

回来的路上，张琪源问："谭秀珍和童俊英配合得怎样？"陆华夏道："还行，谭秀珍主要是技术设计，童俊英主要是施组设计，边勘测边设计边施工嘛，有时也没办法截然分开。"张琪源道："谭秀珍是墙南县水电局的人，他们单位有没有叫回去的意思？"陆华夏道："这倒没有，不过你走了以后，咱们江河局的人指挥起来还是有一点别扭，还算我是老领导，说话她还能听。"

张琪源问："严于田归建后，对谭秀珍有没有影响？"陆华夏道："基本没影响，尤其是薛方对电站高度重视，谭秀珍又是该项目二次上马的首先倡导者，不会有什么大问题。"张琪源道："那就好，一定要让谭秀珍善始善终，把所有的设计搞完。"陆华夏点点头道："偶尔谭秀珍和童俊英有一点点小摩擦，不会影响实质性的工作，这一点你放心。"

10

童俊英把老鸦山大坝防渗设计草图很快就拿出来了，为了形象，她把这种造型叫正反贝壳防渗法，就是把上游库底用正向贝壳给兜住，大面积做防渗处理；而大坝迎水坡则是把贝壳扣过来，相当于谷宁波说的防渗贝壳继续沿用。

张琪源问："这种方法的防水层怎么做？"童俊英道："借鉴水窖防渗的办法，用淘米水与黏土拌合后，用杵子反复捣实，不过每用上二三十年就得重做一次，花钱多还寿命短。"颜省学道："张主任，你看，咱们老鸦山顶上的秦城墙，相传就是用糯米汁拌合黏土热蒸打造的，几千年来日晒雨淋都没大问题，用洋镐一挖只有个白印子。"谷宁波道："糯米是粮食，多可惜呀？咱们又不是秦始皇。"颜省学道："看看，我是要借鉴一种办法，你就拿秦始皇的帽子压我。"谷宁波道："我不是给你扣帽子，我是觉得咱们没有秦始皇那么大的粮食搜刮能力。"

陆华夏道："两个年轻人胡说八道，咱们国家地大物博，还比不上秦始皇那个封建帝王？"张琪源道："你两个就说办法，不要做那样无意义的引申。"颜省学红着脸道："我觉得还不如用三合土。"张琪源问："是黏土、白灰、水泥？"颜省学笑了笑，点点头。张琪源道："那咱们就把基地防渗层做一下优化，让它延长使用寿命。"谭秀珍道："贴近水面非浆砌石不可。"

邱玉山道："我想起了一个延长使用寿命的办法，咱们把油布夹在防渗层中间，起码能有效防渗 50 年以上。"陆华夏道："要不要在油布上再刷一层沥青？我担心一层油布经不起水泡，施工过程中还会有损坏，一旦让水透过去，三合土和糯米土就慢慢被侵蚀坏了。"张琪源道："那咱们这个防渗结构层就做四层，两厚夹两薄；底平层为三合土和浆砌石，中间夹油布涂沥青，斜坡层为糯米土和浆砌石中间夹油布涂沥青。"谭秀珍道："为了统一和便捷，咱们把这两种防渗结构层分别简称为：三合土防渗护坦，糯米土防渗护坡。"

张琪源找了一次薛方，要请他帮忙找一块儿黏土场，老鸦山周围的土质不是沙土就是粉质土，根本无法防渗。薛方回想了一下，道："据我所知，小鸦山的后山和去墙南县的半道上，有两个地方的胶土不错，能烧砖，我可以带你去看看。"张琪源问："你说的胶土应该就是工程上说的黏土吧？很细、黏性很强？"薛方道："对，是一回事，江河局在咱们这里干了好多年了，一些术语我也能知道。"

张琪源道："好，到时间我把谭秀珍也带上，她是总设计师，她要说不行，我还不好拧着她。"薛方道："谭秀珍把这个水电站一直看得很重，技术质量上，从不含糊。"张琪源道："就是，这个项目多亏有她。"

在去土场的路上，薛方对谭秀珍道："张主任对你评价很高啊，人过留名，雁过留声。"谭秀珍道："哦，张主任现在手下兵多将广，个个都深得张主任的青睐。"张琪源道："主要是你这些年培养出了不少后起之秀，我这次来了后，经常感到后生可畏。"谭秀珍道："前生就不可畏吗？"张琪源笑道："可畏，比如你，把这么大一个电站马上又干成功了，尤其是机电安装部分，技术含量比咱们当年的七贤峡可高多了。"

谭秀珍道："哦，那是，想想七贤峡都已经过去十多年了，时间过得真快呀。"薛方道："江河局对你不错呀，你从七贤峡能二次招工，这在江河局精简的两千多名职工中，怕是绝无仅有的吧？"谭秀珍道："这都得感谢张主任，所以自他走以后，工作再怎么艰难，我都尽量顶着。"张琪源问："工作不顺心吗？"谭秀珍道："也倒没什么，只是你这一走，完全成了外行领导内行，许多技术问题，行政干部觉得我们这些搞技术的人过于死板。"薛方道："哦，我也听说了，说你们马克思列宁主义不会灵活应用。"

张琪源问："陆书记这个行政干部还算可以吧？"谭秀珍道："陆书记不是人不可以，而是他从思想深处就认为：用石头疙瘩垒一个大石堆就叫坝嘛，有什么了不起的？"薛方道："这话好像是我那个宝贝女婿牛树宽说的吧？那个半吊子。"谭秀珍道："哦对，好像是牛树宽我那个宝贝妹夫说的，还让我给张冠李戴到陆书记头上了。张主任，你该不会在陆书记跟前告我的状吧？"张琪源笑道："本意上是不会，就怕说漏嘴呢。"谭秀珍佯装生气道："不地道。"

张琪源道："不会的，陆书记对你非常看重，说这个电站全靠你了。就算是我说什么瞎话，人家陆书记能相信吗？"谭秀珍道："也就是，陆书记对我的工作可支持了，我这人什么都可以不在乎，唯独工作不能马虎。"张琪源道："人家陆书记看重的就是你的这个脾性。"薛方道："谭秀珍是个精明人，工作方面请张主任、陆书记尽管放心。"谭秀珍笑问："敢情今天你们两个是专门给我灌洋米汤的？"

张琪源问："灌洋米汤？什么叫洋米汤？"谭秀珍问薛方："二爸，你知道什么叫灌洋米汤不？"薛方道："不知道。"谭秀珍道："装，你们就都装。"张琪源道："哦，我知道了，咱们防渗用的糯米土，用土话说就是用米汤和泥。"谭秀珍道："去去去，你们是怕我工作中掉链子，专门给我做思想工作来了。张主任你用心真险恶。"张琪源和薛方都呵呵一笑。

11

陆华夏安排人员采购，除了白灰、水泥、沥青等建筑材料外，还有粗洋布、熟桐油、糯米，以及密陀僧、土子、催干剂等一些辅助材料。小鸦山后面的土质就可以用，这是谭秀珍说的。张琪源看着差不多，就不再吭声，等到谭秀珍征求张琪源意见时。张琪源说："行，你觉得可以咱们就用。"最终，土场的联系和协调，张琪源请薛方出面，很快就可以取土。

邱玉山很快就把人员摆布开了。让靳红石负责基坑抽水，把原来准备搬回沅城的大大小小水泵全部抬了出来，二次架到大坝上游的积水中，向围堰外面 24 小时加强抽排，直至把水位控制在开挖面以下。张琪源道：你测一下排水量，计算一下每小时的基坑渗流有多少？再到大坝下游间隔测一下坝后渗流量，看直接渗流和绕流比例是多少？还有导流系统现在的过流量是多少？

谷宁波负责大坝坡脚的防水棱体砌筑，张琪源叮嘱：这是整个上游防渗系统的定盘星，是正反贝壳的衔接体，体积要足够大，质量更是不能马虎。谷宁波道：张主任你放心，也随时来检查。

只见几百人一字排开，拉架子车的，把一车车泥土往基坑以外拉。谷宁波给指定好位置，让既不能影响以后防水层的施工，还打算晾干后二次利用。大大小小的块石，谷宁波让工人搬到大坝坡脚一侧，让靳红石的人捎带着冲洗干净，准备下一步砌石使用，废渣让直接拉到了弃土场。

陆华夏安排秦八帮谷宁波带晚班，两班工人昼夜不停，几天工夫就把基坑挖到了控制水面高度。张琪源道：秦八，你带工的经验越来越丰富了。秦八道：多亏张主任当年器重，我如果不好好干，怎能对得住咱们当年老二队的陆书记、邱玉山这一班好弟兄。张琪源过去和秦八握了握手，激动得秦八面色红扑扑的，在夜晚的灯光下，闪烁出亮亮的光彩。

根据张琪源的意见，巫平儒在库底找了一大块空地，清理到童俊英的设计高程，组织工人夯实，分三区暂时作为炼制桐油和制作油布、打糯米浆、熬制沥青的场地，待以后大部分工作量完成后，再做三合土护坦。

按照薛方的建议，先张榜收购当地老百姓家自制自产的土布、油桐籽、糯米，架起锅来熬油，展开布匹刷油，试制糯米土。这些农民手里的产品，说着数量不少，但是放在偌大的水库工地，根本解决不了问题。就这，都把薛方高兴得：这一下把老百姓几十年积攒下来的陈货都给销利了，既增加了农民的收入，又为国家节约了投资，真是一举两得的大好事。张琪源心想：杯水车薪啊。

调拨材料也逐步拉回来了，根据张琪源的安排，邱玉山组织试制两种防渗结构层，做高水头下的渗透试验，以取得一些必要的技术数据，指导以后施工。巫平儒让人架起锅熬制沥青，张琪源告诉巫平儒："砌石的时候一定不能把油布和沥青防水层给砸坏，你要经常去抽查。"巫平儒哈哈笑道："这得给谷宁波说，我去抽查，那边的工人不一定听。"张琪源道："我可以给谷宁波说，让他一定是先坐砂浆，再摆石头；但是你得去暗访。"巫平儒道："那样他们会骂我是狗监工、狗特务的。"张琪源笑道："哪来的这么多乱七八糟的想法！"

把一切摆顺后，张琪源把陆华夏、邱玉山、谭秀珍、童俊英召集到坝顶，面对一览无余的大坝上游，张琪源道："在定向爆破前，咱们已经把一期截流实施了，现在说二期截流和三期截流，当然，根据情况也可以是导流和截流相结合。大家看现有的河流绕行情况，咱们要在最上游建一条二期围堰，把河流压缩到最窄程度；把二期围堰里面河床裸露的区域防渗护坦做完，再顺势在防渗护坦上修一条导流堤，把二期围堰与大坝上游坡脚连在一起，与现有的上游一期围堰形成十字交叉状。待整个堤堰内的防渗护坦全部做完后，咱们再进行第三次截流，把河流引到已经做过防渗护坦的区域，让河水从排沙洞出去，再把堤堰外剩下区域的防渗护坦做完。"

大家把张琪源这一大段话认真理解和消化了以后，谭秀珍道："这和原来的设计不一样了，原来是一次截流，最后就下闸蓄水。"张琪源道："是不一样了，咱们要彻底解决大坝渗漏问题，就必须截流三次。"童俊英道："二期围堰是放在防渗护坦之前，还是就放在护坦上？"张琪源道："还是放在之前，防止在齿墙施工的过程中，水漫基坑。"谭秀珍道："这一块儿童俊英你就多操心吧？我把主要精力得放在安装和指挥部的方案报批上。"童俊英点点头。

张琪源道："第二件事情是整个库底的清理，也该着手安排了，要提前为防渗护坦施工清除障碍。"邱玉山道："目前劳力实在拉不开，就先清理防渗区吧。"张琪源道："可以，但要通盘考虑，不做返工活。"邱玉山道："弃土场太小了，前期坝基腐殖质清理已经占据了好大一部分空间。"张琪源道："你跟薛方商量一下，看薛家嵝岘有没有造田的计划。腐殖质过筛以后，除了复耕可以用，还可以造田。"邱玉山道："那建筑垃圾就必须深埋了。"张琪源道："如果造田，耕种层的下部完全可以用来填埋建筑垃圾。"

邱玉山感叹道：接下来的工作真多呀。张琪源道："是啊，光库区清理——还不仅仅是防渗区域的清理，就有几万方的清理工程量呢，可以请指挥部整体协调，让受益区安排劳力承担一部分。"

陆华夏道："张主任，你能不能不走？这么大的电站，我们几个真是玩不转。"张琪源道:"青蒿涧水库那边也开始上劲了,我都得顾着。"邱玉山道:"那局里其他领导呢?都坐办公室喝茶看报念文件呢?"张琪源道:"胡说,各人有各人的事呢,你还操人家那心!"陆华夏道:"邱玉山的意思是,派个别人到青蒿涧去,你就蹲到咱们这里。"张琪源道:"那不可能,局里面上的工作还非常多,怎么可能把一个领导固定到一个工地上?"陆华夏道:"头大。"

张琪源道:"第三个问题是人才培养。"陆华夏道:"你看咱们老鸦山,都快成培训基地了,培养好一个走一个,真是猴子搬苞谷,过来过去手头只留了一个。"邱玉山道:"就是,还不说其他大队调走的那些,就看这次牛树宽走的时候带走多少得力干部,孙光喜、滕文理。"张琪源道:"说这些都没用,你们要好好培养手底下的这几个技术干部,不要走了一个滕文理就把你们心疼的,这几个小伙子哪个不是和滕文理一前一后毕业的?"邱玉山道:"倒也是,而且都很能干。"

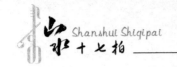

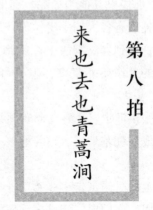

第八拍

来也去也青蒿涧

1

这是青于山地区安定河的青蒿涧水库工地。张琪源带着江河局两大主力大队的当家人何建英、牛树宽以及技术员汤天凯、滕文理，浩浩荡荡地向这里进发了。

青蒿涧水库位于张琪源十年前劳教的狼牙岭水库工地下游120公里，左岸属定阳县，右岸属定河县。这里常年干旱少雨，草木稀疏，黄沙漫漫，一年中冬、春两季风沙大、持续时间长，季风气候特征十分明显，也是属于一年刮两次风，一次刮半年的风沙地区。这和南方有些地方一年天阴两次，一次阴半年一样，形成了明显的对比。

张琪源来到这里，首先感到的是地熟：素有黄风常做客，却无流沙当主人。其次是感到人熟：原狼牙岭水库的指挥席长春已经升任青于山地区水电局的革委会副主任，主管青蒿涧水库建设并兼任筹建处的主任，原政工组组长戴彩娥为筹建处临时党的核心领导小组组长。三个老相识聚在一块儿一叙，真是人生如戏、恍如隔世。

在过去的十年中，如果不是下工地太苦，没有人愿意来，说不定席长春、戴彩娥也在哪个劳改水库改造呢！前几年，也有人揭发席长春、戴彩娥犯有错误，好在他们都挺过来了。

所以，当席长春、戴彩娥自告奋勇要来这里时，局里立刻就同意了。而且为了便于工作，组织上还给他们一人安了主任、组长这样一个像样的职务，这才使他们落了个偏安一隅、清静生活工作的处境。

张琪源道："差不多，差不多，我这人喜欢搞业务，只要有活儿干，比当多大的官都好，现在这不好好的吗？"张琪源的乐观向上感染了席长春，道："嗯，对着呢，你对业务太认真，这也是一种乐趣。"一句话说得大家哈哈笑了起来。

筹建处就设在定河县的青蒿涧村，借住在一户民房里。张琪源把席长春、戴彩娥和何建英、牛树宽以及技术员汤天凯、滕文理他们互相引见过以后，就开始商量工作。

席长春说："青蒿涧水库是一座沙坝，筑坝材料是就地取材——即安定河两岸这无边无际的沙子和沙土。这次由你们江河局这样的专业队伍来组织施工，是对我们生产力的一次极大地解放。"

戴彩娥补充道："因为青蒿涧周围村庄不多、人烟稀少，水库建设一方面是为了蓄水灌溉，更多的是为了缓解这个地区的快速沙化问题，涵养水分，发展这里的草原事业。从整体规划上来说，最终要使这一带形成水库群。"

张琪源道："经过我们初步了解，我打算尝试采用水力冲填的办法筑坝，总结出一套行之有效的经验来。"席长春道："这样最好，如果试验成功，可以为我们这个地方的水库群建设，提供一些有益的经验。"

戴彩娥道："所以，你们得组织强有力、高素质的施工队伍，既要保证进度，还要积累经验。"张琪源道："我们计划从两个主力大队各抽调一部分精兵强将，各把一岸，分工负责。"

席长春道："很好，很好；那现在我们应该怎么做？"张琪源道："现在首先要解决的是工人的食宿问题，食宿一旦安排好，就可以逐步解决工地的用电、用水、修路、修桥、导流、建抽水站、施工房屋等问题。"

席长春道："那今天咱们先在南岸这边简单地看看，明天再和两个县的领导一块儿碰头开会，商量租用民房、用电、征地等问题。"张琪源道："好的，大家一块儿明确一下任务和分工，然后再左右岸分头行动，具体问题具体协商。"席长春道："今天你们先在我们这里挤一挤住下，等和两个县的领导见过面以后，再逐步解决。"

经过简单协商，初步确定：一大队由何建英带队驻扎在左岸，明天开完会后就和技术员汤天凯想办法过河，尽快去落实各项前期准备工作；二大队由牛树宽带队驻扎在右岸，明天开完会后和技术员滕文理很快着手重启炉灶另安家；张琪源带的指挥部亦住在右岸，以便于和筹建处经常保持联系，营地建设可以和二大队统一规划考虑。

席长春挽留张琪源："将来你就住在筹建处，大家在一块儿好好聊聊。"张琪源说："不了，聊天时间多的是，毕竟我的工作性质和你们的不一样，人多事杂，会影响你们办公的。"席长春道："也行，反正经常保持联系。"

碰头会开完以后，何建英就随定阳县的领导走了。等张琪源再一次见到何建英时，已经是半个月以后了。何建英是坐羊皮筏子过来的，和张琪源一见面，一下子就扑上来握住了他的双手，激动得差一点掉下眼泪来，一种久别重逢的感觉油然而生，也深深地感染了张琪源。

张琪源看着何建英，只十几天没见面，人就瘦了一圈，脸上被风吹日晒得蜕了一层皮，一圈一圈的白絮围着发红得类似酒糟鼻子一样的面孔，煞是滑稽。

何建英道："我们临时住的地方拾掇好了，用了一个废弃了的学校；现在是'教育要革命'，学生们正在反潮流呢，一时半会儿用不上；找人修理了一下，可以驻扎四五十人，等咱自己的人来了，再好好扩建一下，仅这道院子就可以住二百多人。我又租了一个羊皮筏子和一个船工，每月45元，供咱们长期使用。"

张琪源高兴地说道："好好好，比我们这边进展强多了，我和牛树宽带来的人就租了这么几户人家暂时住着，地今天就征完了，也基本确定了营地建设的方案，一会儿咱们一块儿去看看；然后咱们把席主任和设计院的同志叫上，一块儿重点把两岸的抽水站大概位置确定下来。"

有了羊皮筏子，就解决了大问题。虽然说大的交通问题还要从长计议，但是，两岸的联络沟通已不存在问题了。只要设计院把坝轴线和一些主要控制点一移交，整个施工区域的平面布置就可以实地放样了：抽水站、管道和高位水池、排水渠的位置，上游码头、下游交通桥和过坝道路引道的位置，导流涵洞、排沙涵洞、引水涵洞及相关建筑物的位置，溢洪道、消力池和运行管理设施的位置，都会一一清晰起来，也给临时建筑物位置的确定，提供了参照物，从总体规划上就不会出错了。

张琪源让一二大队很快各上60名工人，开始解决临建问题。这些人来的时候，要将能带来的帐篷、灶具、床板被褥、桌椅板凳都带上；汤天凯和滕文理尽快从后勤准备工作转到一线技术工作上来，并很快拿出各自大队的施组总体方案；关键技术问题一定要细化，一有人手就开始布点测量；与此同时，开始考虑劳力、材料、设备进点计划和强度峰值等问题……另外张琪源还给局里打了电话，让沈育林带上殷海贵，很快往上来赶。

何建英、牛树宽都表示一下子来这么多人怎么办？吃没处吃；住没处住！张琪源道："国家搞建设是边规划、边设计、边施工，'三边'；咱们启动项目也是一样，'三边'：边上人、边临建、边开工。所以说，你们两个大队，谁搬家搬得快、建房建得早，谁家的人就少受罪；谁家准备工作抓得紧、物资到位充分，谁家开工就开得快！这是必然的。"

何建英说："我们一大队总共都没有几顶帐篷，几个工地都是分散住在老乡家里，或者是临时搭的茅草棚；灶具暂时也腾不出来，还得重新购买……"张琪源道："你那边有依托学校围墙的有利条件，应该以盖房为主。我看这里当地的老百姓，盖房都是干打垒，咱们也能成。"

何建英道："这里土质可能有问题，到处是沙土。"张琪源道："应该没问题，找一下当地老乡，看哪里有黏土？干打垒也行，打土坯也行，在河边打泥坯也行，办法多得是，只要你肯动脑筋。"

牛树宽道："我们二大队的人员主力还在老鸦山水库。虽然说老鸦山水库到了后期，但是一下子要来这么多人，确实有困难，其他物资也是非常紧张……"

张琪源道："人员的问题你和陆组长好好协商一下，尽量往这边抽调，那边的控制性项目不多了，可以缓一缓；物资的事情你和左长富联系一下，看咱们局物资仓库里五大队交回来的帐篷、杉木杆、苇箔、桌椅板凳，能用的都调拨过来。你也可以和狄胜利直接联系，看他那里还有应交未交的东西没有？只要能用得上，都往过来拉。"

何建英一听："啊呀，局库房的东西也有我们的一份呢，不能都给了二大队！"张琪源想了想，说："来了再说，该给你的当然要给。"牛树宽道："凭什么？我们辛辛苦苦拉来给他用！你们自己不会去拉？"

何建英道："我自己拉就自己拉，有什么大不了的？"牛树宽道："那也是我先拉，你后拉，等你挑拣过以后再给我，那不都成破烂了？"何建英道："你就比别人聪明，你挑选过我再去拉，你用好的，我用破烂？"

张琪源一看这两人争执不下，就说："尽量自己拉自己用，必要时由指挥部调整，到时间算运费和管理费，管理费10%，你们看怎样？"两人一看要掏钱，这才不争吵了。

过了一会儿，何建英回过了神儿来，说："树宽，是这样，管理费就按张主任说的办，没问题。只是我现在在车辆不方便，你的人手也紧张，干脆你出车我出人，咱们合作往来运，来了咱们弟兄俩好商量，总的来说不能老哥我吃饱肚子，让兄弟你饿着，你看行不？"牛树宽笑嘻嘻道："这还差不多，还是何哥你会想办法，那就一言为定。"

张琪源一看，心里不禁觉得好笑，心想："看来是二杆子遇见半吊子，反倒好商量。"

为了加快进度，张琪源专门回了一趟沄城。通过省水电厅、物资局、计划局等各个部门审批，最终到省机械局调拨来了一台东方红60马力推土机，培训了两名年轻的驾驶员，在震耳欲聋的锣鼓声中，浩浩荡荡地开进了青蒿涧工地。

江河局、筹建处、设计院等单位联合举行了一个简短的启用仪式，一串鞭炮响后，这台推土机呼噜噜开进施工现场，开始试生产。洛阳拖拉机厂的售后技术人员陪着驾驶员推了几刀以后，才放心地下来，让驾驶员独自作业。

推土机开始试作业的是导流涵洞基础。效率果然不同凡响，用了两昼夜的时间，整个导流涵洞的基础就推平了，原来那种靠几个人共同绳拉石墩、多柄木夯的人工夯击方式就不用了，直接用推土机碾压七八遍，再用湿陷法浸泡24小时就可以了，省了好多劳力和时间，马上就可以进入下一个工序。

2

随着管理队伍的逐步到位，张琪源很快提出了一套指挥部组织机构的设想，报回局里：青蒿涧水库施工指挥部总指挥沈育林，副总指挥何建英、牛树宽，生产技术部主任殷海贵，总调度孙光喜，右岸工区区长滕文理，左岸工区区长汤天凯。

但是，此文报上去以后，一直压在局里没有下文，在张琪源回去联系推土机时，尤尚文叫来张琪源道："张主任，青蒿涧我打算由你来挂帅，何建英和牛树宽就都不当副指挥了，把各自的工区管好就行了。这两个人你是了解的，属叫驴的，宜打不宜拉，都当了指挥，恐怕沈育林管不了。"

张琪源道："我当指挥合适不？沈育林资历也深了，多年的老三队队长和生产计划组组长，技术上比较全面，人也兢兢业业，应该给他一个独当一面的机会，也算是给一个出头之日吧。"

尤尚文道："对沈育林的优点，你说的一点都没错；恰恰是他的缺点是致命的，让人放心不下。就是：太软！可为军师，不可为将帅。"张琪源道："军师也可以领兵打仗。"

尤尚文道："那不一样。像诸葛亮，智谋超群空前绝后，运筹帷幄决胜千里；但是，自己带兵六出祁山，每每败北而归，更不可理喻的是，终身既没有亲手培养出个像样的接班人，也没有网罗下一个可靠的后备人选，以致树一倒猢狲就散，自己鞠躬尽瘁，蜀汉死而后已。"

张琪源觉得尤尚文谈三国，观点没有错，谈沈育林，观点也正确；但这两个问题绝对不是同一个问题，只能附和道："可惜他怀疑魏延，以致逼反。"

尤尚文道："是啊，他不像老弟你，局班子、各大队的主要负责人，有不少都是你培养出来的啊！"张琪源诚惶诚恐地说道："尤主任怎么又扯到这上来了？你让我干，我就干。干活儿的事我不推辞，只是不忍心挡别人的路。"

尤尚文道："你当指挥不是压制沈育林，而是挽救沈育林，他应该感激你才对，不相信咱们将来再看。"既然话说到这里了，张琪源只能答应了下来。然后，两个人又讨论技术负责人。尤尚文倾向于童俊英，看来尤尚文对陈晓峰一事心存歉疚，正像他对待王汉成一样，把王汉成打倒了，却把他儿子招进了江河局。

而张琪源认为：童俊英技术可以，但是，把她放在何建英和牛树宽之上，还是有问题的，不如技术也让沈育林分管上，尤尚文就没有再坚持。

很快，尤尚文主持召开领导班子会议，最终作出决定：张琪源兼任青蒿涧水库施工指挥部总指挥，沈育林为副总指挥，总调度孙光喜，生产技术部主任殷海贵，左岸施工区区长何建英、副区长汤天凯，右岸施工区区长牛树宽、副区长滕文理……

这次最引人注目的是殷海贵、滕文理、汤天凯三个较生的面孔。他们和三大队的任奎山等一大批人，都是六八级毕业的省工业大学和农学院水利系的大学生。当时，国家没有直接分配工作，而是安排到水利部、各省直属工程局等去劳动锻炼，当工人，风钻工、石工、钢筋工、混凝土工，不一而足，直到前年才算正式分配到省属江河局当干部。

三年的劳动锻炼，使他们把在学校时期造反、武斗、游行、辩论中发掘出来的一点英雄情愫消磨殆尽。学会了夹着尾巴做人，养成了自己动手的习惯，再加上他们都是科班出身，看图、测量、放线、各种计算、工序安排、指挥施工、质量控制，这些工地上天天都要用到的一般技术，稍微一熟悉就能拿出手。

所以，在实际工作中，很快就把他们从"读书无用论""读书做官论"等的精神桎梏中解脱了出来。张琪源告诉他们："只要工地有活儿干，就离不了技术人员，你们要理直气壮地去工作。"

为了通俗易懂，便于区分，张琪源把一大队承担的左岸施工区叫一工区，把二大队承担的右岸施工区叫二工区。工区编号与大队番号相对应。

一工区的职工队伍显然要上得快一些，一边搞临建，一边修码头。随着工人的增多，殷海贵和设计院把技术交底一做完，何建英就让汤天凯把线放好，自己亲自挽起裤腿跳下去，带人挖抽水站和高位水池的基础，安装上水管道。

码头一修完，就把人撤过来立刻开始施工索桥。挖基、砌桥墩、预制埋锚、加工索具，只要推土机稍有空闲，汤天凯就请求孙光喜将推土机调到左岸，开始打通场内外之间的道路。好在这里都是沙质土，推土机推起来速度快得惊人，犹如刀切豆腐一般。

二工区的上劳人数明显不足。除了导流涵洞施工进展比较理想外，其他各项工期都相对滞后。码头基础挖不下去，好容易挖下去了，铅丝笼子也装下去了，却没有石头，停工待料，以致对面过来的羊皮筏子、小木船只，在装卸物资时，都在沙滩上搁浅作业。索桥桥台几乎没有动工，索具、铁链、螺栓等采购回来的配件，都在库房里睡大觉，中间的加墩项目更是无从谈起。

抽水站稀稀拉拉上了三五十人，有了白班的人，就没有晚上加班的人，以致桃花汛一起一落，淹了好几次，损失一次比一次大。

为此，指挥部的沈育林、孙光喜、殷海贵天天批评牛树宽，不断地帮二大队想办法。但劳力不足，谁都没有办法。张琪源也是每次找到牛树宽，没鼻子没脸一通猛训，限定：如果半个月以内上不够280个人，就要收缩二工区的工作面。

等到牛树宽想起推土机还在左岸时，推土机实际上已经过去五六天了。一下把牛树宽气得吹胡子瞪眼睛，把孙光喜好好骂了一通："你个白眼狼，才离开二大队几天，胳膊肘子就向外拐。推土机要走也行，你起码得看一看我这边的情况允许不允许！"孙光喜道："你这边暂时还用不上，要不然我怎么都得满足咱这边，你说对不？"

　　牛树宽恶狠狠地说："对个屁，何叫驴修路我就不修路？"孙光喜道："你现在不是有路嘛，上次导流涵洞基础一推完不就去给你把路修了吗？"

　　牛树宽道："那左岸桥台路通了，我这边呢？"孙光喜道："一步一步来嘛，十个指头伸出来都不一样齐！"

　　牛树宽道："所以我说你是一个白眼狼！"孙光喜道："你的嘴怎么总是不干不净的？少来你造反派的那一套，现在不兴这一套了。"

　　牛树宽一听就急了眼，一扑上来，揪住孙光喜的领口子就打。第一拳就给孙光喜来了一个熊猫眼，第二拳鼻血就下来了。这是想当年牛树宽打魏奎社的招数，专往脸上招呼。

　　旁边的人一看这情形，很快过来把他俩拉开。可是，孙光喜的亏已经吃大了，只见他满脸是血，搞得衣服前胸上都有，也看不来他到底伤到哪儿了。说实在的，孙光喜确实是思想上毫无防备，怎么都没想到自己的老领导真会动手打人，要不然也不会吃这"先下手为强，后下手遭殃"的亏。

　　还算牛树宽精明。一看孙光喜从自己手中挣脱获得了自由，就知道没好事，兔子一样地跑了，等孙光喜胡乱找到一把铁锨再寻牛树宽时，已经不见了人影。孙光喜不断地疯了一样地问周围的人："牛二球到哪里去了？牛粪到哪里去了？"结果没有一个人敢告诉他。

　　孙光喜气势汹汹地在周围转了几圈，到底没有找到牛树宽。就端直来找沈育林评理，没想到牛树宽已经告完了状，刚从沈育林的办公室往出来走，正好和孙光喜走了个迎面。到底是牛树宽心虚，本身就加着小心，一瞧见孙光喜，撒腿就跑，等孙光喜反应过来找到一块儿砖头时，牛树宽已经跑远了。孙光喜没好气地就把砖头朝着牛树宽扔了过去……

　　可不巧的是，孙光喜这一动作恰好被闻声出来的沈育林看见了，厉声喝道："孙光喜你要干什么？还没打够？打架还打到指挥部来了？"孙光喜没好气地说道："谁打谁了？没调查就没有发言权，你到底看见了没有？"

　　沈育林道："我怎么没看见，我一出门就看见你拿一块儿半截子砖，扔着打人家牛树宽呢，你当我眼瞎了？"孙光喜直嚷道："那他打我你看见了没有？"

　　沈育林道："相打没好手，相骂没好口，你俩打架都应该受批评，难道还要我表扬你？再说推土机过去了这么长时间为什么不过来？"孙光喜一听道："你是个锤子，你能当指挥！推土机过去不是你同意的吗？"

　　沈育林道："你怎么能骂人呢？"孙光喜道："像你这种糊涂官还能断官

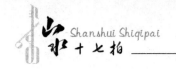

司？挨骂也是活该！”说完扬长而去。

3

当晚，会议室。张琪源表情严峻，一、二工区和指挥部二十多名干部齐聚会议室。张琪源首先让沈育林把今天的打架情况介绍一下。沈育林道："今天一大早，牛树宽跑到我办公室，说孙光喜追着要打他。原因是孙光喜把推土机从二工区调到一工区，影响了他这边的生产，他和孙光喜讲理，说话中间，两人就动起手来。被人拉开后，孙光喜还是不依不饶，还找了一把铁锹追着找牛树宽算账，牛树宽就吓得跑到我这里让我处理问题，再就是要求把推土机调回来。"

张琪源问牛树宽道："是不是这样？"牛树宽道："就是这样。"张琪源又问孙光喜道："是不是这样？"孙光喜道："不是这样。上个星期二，我经过请示沈副指挥，将推土机调到一工区突击修路。今天早上，牛树宽一见我就骂我'胳膊肘子向外拐'，说'何叫驴修路我就不修路？'，说我是白眼狼，还突然出拳把我的眼圈打青了，鼻子打流血了，还没等我还手，他就跑了，还恶人先告状，先到沈副指挥跟前把我告了。"

牛树宽抢着说道："孙光喜说我'少来你那不要命的一套'，不要命怎么了？我们就是革命加拼命的精神！"看牛树宽还没有说完，孙光喜也要说，张琪源大喊一声："行了，都有理得很！都是领导干部，当着群众的面，吵嘴打架，成何体统？一个一个还知道羞耻不知道？你当你们是小孩？还要再打一次吗？有理走遍天下，无理寸步难行！"

这是张琪源少有地发脾气，发脾气的原因不仅仅是这两个人打架的事情本身，还有沈育林在处理这件事情上，一直没有把事情搞清楚，那就是：牛树宽先出口伤人，牛树宽动手打了孙光喜，孙光喜还没有反应过来就被大伙儿拉开了……

就在牛树宽和孙光喜不知如何回答的时候，何建英发言了："我说三点：第一牛树宽骂人打人是错误的，不管什么原因，这都不是解决人民内部矛盾的办法；孙光喜被打以后到处找牛树宽算账报复，拿着铁锹、砖头满院子寻仇，虽然没有造成伤害，但是影响不好；两个人都应该认真反省，虚心接受大家的批评，自觉开展自我批评。

"第二点是，大家都是为了工作，不论牛树宽、孙光喜也罢，还是我和沈指挥也罢，私人之间并没有什么恩恩怨怨。既然是为了工作，那么就应该讲究工作方法，有事大家好好商量，要做到政治挂帅为主，思想教育领先。

"第三是对这两位同志就免于处罚了，大家在工作过程中磕磕碰碰在所难免，互相道个歉，握手言和，既往不咎，就算了。"

通过何建英的这一席话，张琪源的眉心舒展了开来，偌大的指挥部还真是不乏能人。而且他对何建英也有了新的认识：在20年前，张琪源和何建英就曾有过一段时间短暂的接触，当时大家年龄都轻，相处甚欢，但也属于少不更事。

以后听说他找老书记毕宽福的碴儿，认为他变坏了。现在看来真是士别三日，当刮目相看，同样是大队革委会主任，完全不是牛树宽这种愣头青能比得上的。这也说明，尤尚文当初为指挥部配班子时的担忧是对的，就连沈育林也难以望其项背。

随着何建英打开的话匣子，殷海贵也跟着说："牛树宽为推土机的调动骂孙调度是不对的。当时商量推土机往过调的时候，我的印象牛树宽也在场，而且还说'和我何哥的事情好商量'，而今天怎能反过来说何建英是何叫驴呢？还说孙调度是胳膊肘子向外拐呢？我们这里谁是外人？不都是江河局的人吗？如果要以原单位分山头，那张主任算哪里的？这怎样才算是把胳膊肘拐对了？"

殷海贵年龄要比牛树宽小13岁，还是个小伙子。把话说到这份儿上，是够重的了，但是句句在理。

从始至终，牛树宽一直不敢接何建英的眼光。尽管刚才何建英并没有提他骂何建英自己的事，但是，他确切地知道，这位老哥是个惹不起的人物。所以，还没等殷海贵说完，就连忙接住话茬，来了一个缴枪不杀，道："今天的事是我的错。你这一说我也想起来了，只是我没想到推土机要过去这么长的时间。"

殷海贵道："推土机过一次河可不是那么容易的事！你要想快，就赶忙把桥修好；你看你现在连桥台基础都没有挖，这要等到什么时候呀？为了过推土机，咱们在中间还准备加两个桥墩，减小跨度。都像你现在这样的进度，以后这种为推土机争执的日子还多着呢。"

牛树宽道："早上是我不冷静，说了些伤感情的话，还乘其不备动手打了孙光喜，我做自我批评，也愿意虚心接受大家的批评，也请孙调度谅解，在这里我诚心地向你说一声对不起，也对不起我何哥……"

说到这里，牛树宽甚至还站起来向孙光喜鞠了个躬，然后又说："在今后的工作中，我一定注意工作方法，团结同志，和自己的自私自利思想做斗争。我请求组织处分我，给我什么样的处理我都愿意接受！"

有了牛树宽的姿态，孙光喜也就借坡下驴，做了自我批评，主动过去和牛树宽握了个手，大家的思想才轻松了下来。孙光喜还轻轻地按了按自己的青眼窝，笑道："你小子下手也太狠了……"说得大家哈哈大笑，牛树宽赶忙道："对不起，实在对不起老哥。"

看见大家都说得差不多了，沈育林也主动承担责任，做了自我批评："今天的事情我也有很大的责任，一是偏听偏信，牛树宽来了那么一说，我就相信了，不但没有把事情平息了，反而给火上浇了油。二是推土机使用管理存在缺陷，缺乏计划性，是典型的哪里黑了哪里歇。今后我要注重调查研究，实事求是解决问题……"

大家做完批评和自我批评后，张琪源开始讲话，会场上立刻变得严肃起来。张琪源朗声说道："我们江河局，是一个大局，是一个在我省非常具有影响力的国家事业单位！但是，竟然还有偌大的领导干部，一个是大队革委会主任，另一个是总调度，为了工作中的些许鸡毛蒜皮，出口伤人，大打出手，鼻红眼青，执械厮追，影响极为恶劣！给我们江河局的脸上抹了黑，给我们当前大好的革命形势抹了黑！

"今天，人家席主任还问了我这件事情，要求我们要本着'惩前毖后，治病救人的态度，认真帮助他们'。看你们有多光荣！看你们有多自豪！今天的打架事件不是偶然发生的，是我们的一些同志本位主义思想严重泛滥的必然产物，是我们的一些同志自我膨胀的一种集中表现，其情节之严重令人胆寒，其性质之恶劣令人发指。

"回头看一看，我们有的人在工作中，只会用形而上学的观点看待问题，存在着严重的教条主义倾向；而有的同志则极'左'思潮严重，动辄出拳伤人，甚至还有明显的小资产阶级狂热性；更让人不能容忍的是，有的同志无政府主义思想严重，崇尚中庸之道，是典型的政治上的近视眼。我不禁要问这些同志：你们的党性原则哪里去了？你们自觉革命的觉悟哪里去了？是不是还要带着花岗岩头脑去见上帝……"

张琪源洋洋洒洒地讲了一个多小时，定了调子。接着让大家又讨论了一番，与此同时张琪源将沈育林单独叫了出去，简短地交换了一下意见，最后宣布：为了吸取教训，举一反三，处罚本人，教育大家，经指挥部研究决定，给予：牛树宽严重警告处分，孙光喜警告处分，由办公室起草文件下发，并上报局里；牛树宽和孙光喜两位同志，要写出深刻的书面检查，对自己所犯的错误要认真分析，从思想根源上查找原因。这些材料，都要装入个人档案，成为你们永远的一面镜子……

当晚，有人看见孙光喜偷偷地掉眼泪，说他"对不起党，对不起人民，对不起组织多年对自己的培养和教育"。

牛树宽回去趴在自己的桌子上，就着煤油灯写检查，写了一阵子，觉得不满意，揉了；再写一阵子，还是觉得不满意，又揉了，直到天亮。此事后来让薛玉玲知道了，道："丢死人了，几十岁的人了，还打架写检查呢!"

4

为了尽快彻底解决筹建处和指挥部的住宿问题，张琪源和席长春商量，把长远用房与临时用房结合起来考虑，先紧急盖一批房屋出来，在施工期用于改善施工人员的临时住宿条件，工程结束后交给水库管理单位使用。这样建造标准就要高许多，不再是草棚、茅草屋了。

为此，江河局指挥部成立了房建工区，即三工区，专门负责水库管理站永久宿办用房的建设，其主要施工力量是江河局五大队的人马。另外，从业务范围上，将二工区的吊桥和右岸建筑物划归三工区施工，以便二工区集中力量建设抽水站、高位水池、上水管道和排水设施。五大队带队的是革委会副主任奚大宝，局里给任命了个青蒿涧项目房建工区区长，没设副区长。

随着导流涵洞的建成和导流的成功，引水拉沙工作很快就开始了。首先开始的是一工区。头几天晚上，指挥部将两个工区的技术干部召集到一块儿，连续组织了几次培训会，对水力冲填的基本原理、作业程序、操作要点、注意事项，一一进行了讲解、讨论。

一工区区长何建英时刻站在冲击掌子面的最前面，示范、指挥工人们操作；副区长汤天凯在溜槽周围，带领护堤人员密切注视着流体的流向和槽堤的安全。他们首先选择从1#工作面开始，即坝轴延长线下游侧、从最高处往下量五米的地方。

为试冲作业的安全起见，先采取单面切割的办法，让冲击的流体顺着原先整修好的溜槽往下流淌。结果发现这种冲击办法使高位沙体崩解的速度非常快，不断有沙块整体坍塌下来，随水流沿溜槽流淌而去；有时也有堵槽、泥浆翻越槽堤、四处蔓延的现象，但是，很快就被汤天凯带领的护堤队疏通开了，一切进展得非常顺利。

上午十点，何建英决定双面同时开始切割；如果顺利，下午开展 2# 工作面。事情比原来想象得顺利。只是冲枪工人的工作环境十分恶劣，不光工作服、安全帽、黄胶鞋上全是泥水，就连领口、安全帽里面的头发林里，也都是泥沙。为此，指挥部专门制作了一批冲枪工专用面罩，从安全帽一直罩到领口下面，上面安装透光眼镜并在后面留有透气孔，既保护头部又确保呼吸不受影响。同时，将黄胶鞋更换为高腰雨鞋，解决了脚脖子的防护和鞋里进水的问题；在上衣下摆处加了两个纽扣，把浑身上下护得严严实实。

通过一段时间的习练，一工区将整个作业队伍分为四个作业队。其中：冲枪队，配备抽水工 6 人，冲枪工 60 名，确保 1#、2#、3# 工作面昼夜同时作业；护堤队，配备普工 60 人，昼夜巡护在泥沟和溜槽两侧沿线；坝面作业队，配备普工 80 人，排水工 14 人，确保流体进入大坝后及时流淌到位；土建作业队，配备各个工种人员 100 人，负责整个右岸的其他建筑物修建。

后勤服务作为工区职能部门，各负其责。

这是一个晴朗的午后，天上没有一点云彩。整个青蒿涧工地十分闷热，人们热得几乎喘不过气来，就连灶房后面那条黄狗小卍，也卧在一棵柳树下，吐着舌头，呼呼地喘着粗气，眯着眼睛，失去了往日的警惕性。人们都断定，今天必然有一场大雨、透雨要下。

一工区冲击工作面，还像往日一样，紧锣密鼓地在不停冲击着，溅起的泥花"啪啪"地打在工人的身上，立刻就被火热的太阳晒干了，留下了一个个白点，很快整个衣服就变成了白色……

泥沟里的泥浆、沙块和水流，不断地翻滚，一浪一浪往下冲去，进入了溜槽，哗啦啦地翻着跟头冲向指定坝段，在畦田里翻起一股股漩涡。

一股龙卷风由远及近，卷起地上的杂草树叶，呼呼地从人们身边走过。不知是谁的草帽，"嘤"的一下就被卷了起来，紧追慢追就飞上了天空。

一会儿，龙卷风下到河里，立刻在河面上形成了一股风沙雾气，龙卷风好像就此消失了；但没过多久，这股龙卷风又在安定河的右岸登陆了，声势更加浩大，所到之处一切小型物件立即荡然上天。

张琪源想起当地人的说法：这叫旱魃。是天旱的作祟者，每次过来人们都要吐它两口吐沫，以示对它的厌恶。张琪源不相信这一套，他知道这是空气压差引起的集中对流现象，但是，他仍然还是下意识地吐了它两口，背着手继续向前走。

突然，"咔、咔、咔"，连着三声炸雷，在头顶炸响，不远处"哗哗"的闪电显现出了一条龙的原型。掌子面的何建英撩起面罩透了透气，拿毛巾擦了擦脖颈和额头的汗水，心中念叨：山雨欲来风满楼！看来老天爷是要让我老何休息一会儿了。

左、中、右三个工作面，各有八名冲枪工，每两个人一组，手持四支冲枪，一阵紧似一阵地冲、切、疏通。在巨大的冲击声中，他们不用语言，只凭双方的感觉和心灵的沟通，配合得十分默契。

何建英实在舍不得这紧锣密鼓的工作在这时间停下来，重新戴好面罩，继续作业。心想：再等等看。

忽然，又是一声炸雷响过，头顶上开始有稀稀疏疏大滴的雨点落下。但是太阳还是红彤彤的，天空没有一点云彩。何建英远远看见河对岸的张琪源在向他招手，他明白，该收工了。

何建英向拿哨子的汤天凯走了过去，准备让他吹哨子收工。

就在这时，稀疏的雨滴瞬间变成了倾盆大雨。何建英稍一愣神，就见左侧1#工作面的上方，一块儿巨大的山体滑了下来，"嗖"地滑过泥沟、冲向了溜槽，瞬间将溜槽堵得死死的，上面的泥浆很快就聚集成了一汪泥潭……

就在山体滑下来的那一霎那，1#工作面靠右的两支枪四个持枪工人，忽地一下，被迅疾冲下来的山体掀进了泥沟。其中两个在后面作助手的工人死死地抓住管子，拖着自己爬出了泥潭，而另外两个主冲枪工人则迅疾就没有了身影……

更可怕的是，情况来得太突然，大家猝不及防，只顾躲避逃命，连冲枪的开关都没有来得及关，使冲枪的枪头像摆尾的眼镜蛇，"啪啪啪"不停地向四面八方喷射拍打，不停地稀释着泥沙，使大量坍塌下来的沙体很快溶解。再加上右侧2#、3#工作面过来的泥浆，混合在一起汹涌而下，正好冲到何建英、汤天凯的位置，使整个槽堤瞬间决口，两个人一下子被泥浆淹没到了胸口，顺着陡坡，一下子被滚滚的流体冲向河道基坑而去……

说来还是何建英年纪长、经验多，在泥浆流的混沌中，他没有被动等待，而是拼命地挣扎，结果有幸抓到了一撮青蒿，阻滞了他的下冲。但是，一棵青蒿哪能负载起他一百五十多斤的体重和泥浆流巨大的冲击力！

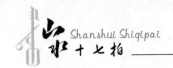

就在这时，下游有人向他及时扔进来一根木椽，他放开青蒿，使出吃奶的劲向前挣扎了一下，借助着泥浆流的冲力，抓住了这根木椽，在并不很深的泥浆流里，抱着木椽左冲右突，最终被摔在了半坡的沙滩上，才算捡回了一条性命。

倾盆大雨下得天昏地暗，但是，江河局的人没有一个人思想松劲。因为，在深深的下游围堰泥水里，应该淹没了三条人命！

人们冒着大雨，打开清水泵，安装好泥浆泵，一边迅速把泥浆往外排，一边把长木杆、木板扔在泥水面上，在腰里把绳拴上，跳到泥水当中，打捞被冲下来的三个人。

大雨在肆虐，人们在抗争。时间在一分一秒地流逝，希望在一点一点地变得渺茫，也不知道过了多长时间，人们终于在下游基坑三四米深的泥浆中，找到了两具尸体。

经过辨认：一个是副区长汤天凯，只见他衣衫褴褛，满嘴泥沙，七窍流血，眼睛大瞪着，几乎要突出眼眶，早已经气绝身亡。人们不知道他在死的时候，是不是非常痛苦，是不是非常恐惧。又怎么会七窍流血呢？

另一个是冲枪工邬胜功，头部、腹部、背部到处是擦破、划破的皮肉伤，有些伤口向外翻着，十分骇人，其中右腿已经完全被折断了。人们实在想不通，一路平滑柔软的泥沟、溜槽和沙土坡面，怎么会擦伤划破那么多处？更不可思议的是，他怎么会把腿摔成这样？

何建英无愧是个硬汉子，从始至终没有认命。从泥浆里爬出来后，没有去冲洗，实际上也不用冲洗，因为倾盆而下的暴雨很快就把他冲洗得干干净净，只是变成了落汤鸡！大雨中，他依稀感到张琪源在基坑里面组织救人，他就在半坡上找了一个平坦的落脚地方，指挥半坡上的几十名作业人员尽快撤离现场，避免在暴雨中造成更大的损失。

等到他指挥 1#、2#、3#三个工作面的施工人员全部安全撤出后，发现基坑里的人也准备逐步撤离。但是到底把人打捞得怎么样，他一点也不清楚。

5

等到雨过天晴，两下人见了面，清查人员时，才发现有一个冲枪工安东义不见了。据爬上来的两个冲枪工回忆，当时安东义确实和邬胜功一块儿被卷进了泥浆流里面。于是，人们开始分兵几路寻找，甚至又回到基坑打捞，但终究没有找到安东义的下落，是生不见人，死不见尸。

但是，人们没有放弃希望。因为那是我们大家的伙伴、大家的同志；昨天，就在昨天，他还和我们大家在一起吃饭、睡觉、说笑，他的身后还留下了两个伤心欲绝的老人和一个破碎的家庭……

又过了几天，在安定河下游十多里的地方，人们发现了另一名工人安东义的尸体，他的浑身已经一丝不挂了。人们无法想象，在这么一段距离里，流体或者山洪怎么会把他周身上下的衣服剥了个精光？邬胜功被冲在了围堰里面，而安东义怎么会出了围堰呢？

事故的发生是突然的，谁都没有料想到，可能只有老天爷知道。其中还有许多不解之谜，一直困惑着人们，让人们百思不得其解：比如青天白日雨怎么就下得那么大？到底雨和云有没有必然联系？谁也不知道。

有人竟然说，在沙山坍塌之前，有一股旱魃从工地上斜插而过，实际上就是给三个死者引路的。

似乎他们真是被坍塌体从泥沟的右侧推入泥沟，然后进入溜槽，从左侧翻堤而过，和旱魃的来去方向一模一样，好像汤天凯和邬胜功走到半道开了小差，而安东义则一直沿着旱魃指引的路线进入了安定河，从左岸过河到了右岸，找了一块儿平坦的地方，就睡着了，永远地睡着了。

还有传言，在青蒿涧左岸的沙山顶上，原来有一座龙王庙。在运动初期，被气冲牛斗的东风战斗队夷为平地，用拆下来的木料建了一个"东风造反司令部"，以后这个司令部又变成了学校，再以后就被何建英他们用来做了一工区的驻地。侵犯龙王，其罪难饶！

也有人说，一工区的工人经常在龙王庙的旧址大小便，玷污了神灵，愤怒的龙王用它的拿手兵器——水，将其一一殪之。

这次追悼会是隆重的，但也是简单的，人们都沉浸在无比的悲痛之中。人们在寄托对同伴的哀思的同时，有不少人在思考：水力冲填筑坝这种方法到底行不行？这里的龙卷风是不是真是旱魃的化身？一工区的驻地真的是神庙人占，人不胜神？左岸沙山上的龙王到底以后还会不会再来寻事找碴儿？

这时候，牛鬼蛇神早就被打倒了。但是，一旦出现人们无法解释的情况，总会自然而然地往迷信方面联想。

前事不忘，后事之师。张琪源组织大家开会："首先，我们必须破除迷信，解放思想，要以科学的态度思考问题，坚持正确的思想方法。过去我们

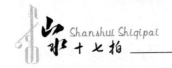

只见过河里淹死人，从没有见过沙里也能淹死人。

"这次血的教训说明，我们的培训、研讨工作收效不大，不但没有把关键性的技术问题解决好，更重要的是我们施工人员自身的生命安全问题，都受到了威胁！这是我们最不成功的地方……"

副指挥沈育林说："首先，可以肯定，水力冲击的方法是可行的，这一点决不能动摇。这种方法的核心是高土枪冲、低土水拉。同时我们需要研究解决两个问题：第一个是流量的控制问题，第二个是操作人员的安全问题。"

一工区区长何建英道："是的，由于我们冲击的掌子面离顶部太高，坍塌的危险性就非常大，所以我们应该自上而下，逐层蚕食。

也就是说现在五米的顶部高差还是有些大，还要再降，降到我们之前所说的三米以内；如果溜槽过缓或过窄，而流量过大的话，就会使流体翻越槽堤、四处蔓延，对下游造成极大的危害。所以我们要将溜槽做成陡窄缓宽的形式，才能流量平衡，避免溢流。"

总调度孙光喜道："我们对槽堤的专人巡护，就是应该把巡堤和护堤结合起来，一旦发现问题，立即吹哨子，谁发现、谁报警。一旦有人报警，作业工人就应该立即停止冲击，下面就开始封堵缺口。根据沙土透水性的不同，开辟更多的工作面作业，形成多面作业格局，并且在半坡上设安全平台，以便于巡堤人员避险。"

生产技术部主任殷海贵道："我建议用木板做一个船型工作平台，即建岛浮船，倒退作业，不论水流如何冲刷，施工人员都有立足之地。"

牛树宽道："我觉得，每一条生产线上的哨子声音应该有所不同，这样才能避免一条生产线出了问题，整个工地全部停工。"

众人拾柴火焰高，群众的智慧是无穷的。大家的对症下药，比之前的全面预防更具有目的性。这让张琪源看到了希望，也看到了信心。

张琪源道："从我们现在的工地来看，有些地方土料的黏粒过多，脱水固结肯定会非常慢，必然要影响工期。我们应该采取一坝多畦，人工排水的办法，把沉淀水排出去。

还有一个问题就是大溜槽、小流量的问题，我们要测算出一个经验公式来，到底应该大到多少？不能想当然，拍脑袋，要用数据说话！而对于围埂间序、造泥稠度、畦埂密实度等等问题，工程技术部的同志和各工区的技术人员，要认真地总结，找到规律性的东西，以便于我们在以后的工作中，少走弯路。"

也算是三条人命的代价没有白付。青蒿涧水库工地总结出的引水拉沙与冲水取土相结合的水坠坝多样化施工方法，汇编成册，在青于山地区水库群建设中，掀起了一场轰轰烈烈的土坝施工革命。

为了进一步稳定人心，指挥部还将一首十多年前流行的歌谣很夸张地写在了黑板报上：天上没有玉皇，地上没有龙王；我就是玉皇，我就是龙王！喝令三山五岳开道，我来了！

6

张超盖了两年的楼房。虽然是小工，干的是筛沙子、拉沙子、淋灰、和灰、饮砖、搬砖的苦差事，但是，在张琪源的督促下，利用业余时间也算学了一些土建方面的简单知识。比如：一个平方二四墙需要 128 块砖，一个平方三七墙需要 192 块砖，一方砌体需要用 580 块砖；一块普通砖的尺寸是：厚 5.5 厘米、宽 11.5 厘米、长 23.5 厘米，加上 0.5 厘米的灰缝，刚好是整数。而且一个尺寸刚好是另一个尺寸的二倍，砌筑起来茬一挫就严丝合缝；等等。

按说这些都是大工和技术员需要掌握的东西，可是，张琪源硬是逼着他死记硬背，以勤补拙。自己的儿子自己知道。

本来，张超是个憨人，土话叫脑子少了根弦，智商明显比别人低。但是因为干的是苦力活，反倒显现不出多少这方面的缺陷。当小工的要求首先是要能吃苦，不要奸溜滑；其次才是眼里要有活，能看来向。

张超的好处是别人叫干啥就干啥，不知道惜力气，肯出蛮力。虽然不知道讲窍道，但是在一大两小或一大三小的配备中，大工师傅总是看见张超在干活儿，别人瞅见空就喘一口气。这样一来二去，张超反倒成了好样的，有时人们自由组合挑选小工时，也总是愿意挑他。

有时师傅贺万成计算材料用量，一面墙 15 个平方米需要拉多少砖时，张超会很快脱口说出：刚好八锭就够了，搞得贺师傅莫名其妙。等贺师傅算了，好半天才说："就是，有八锭就够了。"然后师傅好奇地问："张超，你是什么文化程度？"张超道："高中。"

贺万成恍然大悟，道："哦，怪不得呢，知识分子！"旁边的倪立清不满道："谁不是高中毕业！这一批工招的本身都是高中毕业生。"贺万成摇了摇头："不见得，我看好多人都是二谜子，没有学下多少真东西，不像人家张超脑子亮清。"

试用三个月后，把张超正式分给了贺万成当徒弟。工种是砖瓦工，每月18.36 元工资，第二年学徒工资才能涨到 24 元，学徒够了三年考核合格才转正定级。粮票按工种每月 38 斤，差不多是最高的，但是小伙子们苦重、饭量大，每月基本都吃得精光。

同来的刘克亮定是混凝土工。工资待遇也是一样的，只是不幸被大火烧伤了，留下了终身的缺陷。

韩森堡子的住宅楼盖完了，最紧张的时期过去了。张超想休公休假，回去给大哥张建国盖房去。春节期间，招弟就已经给张琪源、张超安排过了："建国的房该盖了，已经拖了两年了，应准备的木料都准备得差不多了。现在爱霞的孩子也断奶了，争取冻土一消就动工。大家七手八脚，赶播种前把梁上上去，剩下的事情等地全部种上以后再抽空拾掇。"

张琪源把所有的换乘地点、车次一一写在纸上，交给张超，将张超送上了汽车。但还是放心不下，在车站望了许久才慢慢离去。两天以后，家里人专门从邮电所打来电话，说蛋蛋已经到家了，他这才放下心来。

本来像这些事情可以让刘克亮代劳，回家领路、送人跑腿这种出工不出力的活，只要张琪源把路费给贴上，刘克亮本人巴不得借机回一趟家呢。但是，自从上次刘克亮被大火烧伤以后，他们两家的关系就一下子变得紧张了起来——尽管刘克亮还沾了点英雄的边，但架不住终身残疾给父母亲留下的伤害深。

吴秀秀的意思是："我把儿子交给你，你给我把那么英俊的一个小伙子，一把火烧成那样，差一点都见不上我这当妈的面！你那傻儿子你怎么就照顾得好好的？"

张琪源无言以对，百口难辩，不能说："我儿是傻，可他没冲进大火，还亏得是你儿子不让去。"更不能说："第一次我儿子要去，是因为我的把兄弟狄胜利不让去。"这么说只会使当妈的肝肠寸断，恨不得你们都死了。

好在刘克亮本人并不像他妈妈那样想。因为当时，是他自己不知深浅、心存侥幸、执意要进房间去取钱的，怪不得别人，更跟远在江河大院的张琪源他们没有任何关系。而且，刘克亮自己都能知道不让张超去，却偏偏不知道自己也不应该去。水火无情，火势瞬息万变，这个道理刘克亮不知道，可张琪源、狄胜利都知道，要不然张琪源怎么会未卜先知，提前就警告儿子呢？只是儿子早就忘得一干二净了。

好在，单位还是按工伤给刘克亮支付了所有的医药费和误工费，按照当时的政策，这种情况是值得研究的。至于没能像岑乐芳一样整容，那也是没办法，人家那才是真正的工伤、英雄、舍己为公，现在又是大领导，而刘克亮仅仅是蹭油沾光而已。

刘克亮面部的烧伤已经完全失去了人模样。头部有些地方连头发也不长了，肌肉烧得一疙瘩一疙瘩的，嘴眼歪斜。大家谁都不愿意看见他，说晚上一想起都会做恶梦。他也不愿意和大家打交道，见不得人们悲悯目光背后的轻视。

没有办法，只能把他调出五大队，安排到局办事组后勤部看油库、值夜班，但不管加油——加油也是要和人接触的，避免把人吓着。做饭、吃饭都是自己负责，每月除了单位给把工资和小灶补贴 3.5 元钱托人捎过来以外，再几乎不和单位打任何交道。

和刘克亮打交道最多的是油库的那条大黄狗二卍，可以说是日夜相伴。刘克亮每天必干的事情也就是看二卍吃食，单位灶上把剩饭剩菜送过来，刘克亮就拿这狗食逗弄二卍，惹得二卍一阵爱他、一阵又对他龇牙咧嘴。

有时张琪源自己或者打发张超过去看一看，刘克亮每次见到他们都非常高兴——不像见到别人，一半应付，一半戒备。到底是乡亲，山不亲水还亲呢，并不像他妈吴秀秀一样把仇恨都一股脑儿地记在了张家人身上。按说刘克亮还和张超是一块儿长大的呢，但是自从小张超有病得下残疾，刘克亮一家也基本看不上他，只是一块儿招工出来，才显得亲如弟兄。

每当张家父子看见刘克亮那丑陋的面孔在对人开心地乐和时，抽得更是三分像人七分像鬼，更加让人感到撕心裂肺般的痛心。每次都使张琪源暗暗地流下了愧疚的泪水——吴秀秀说得没错，是我把人家一个漂漂亮亮的小伙子作践成这样的！

自从刘克亮出事以后，刘克亮就一直没有回过老家跃进北村。只是刘二双和秀秀两口子来看过几次。有家难归，对于一个刚刚远离故乡参加工作的年轻人来说，是一件多么残酷的事情啊！

刘二双还是那句老话："命，这都是命。本就是个烧砖打炭的，偏要想当官断案子！"说得秀秀心里一千个后悔、一万个心酸。

慢慢地，跃进北村的人也得到了一点消息，知道亮亮在外出事了，少不了有人开始议论。尤其是那些对吴秀秀意见大的人，更是趁机想从言语上出出这口恶气，竟然说道："吴秀秀亏人事做得太多了，报应，现世报，来世都等不到。"气得秀秀有泪只得往肚里流，听见假装没听见。

为了刘克亮的事情，张琪源分别跟蒋雅丽、狄胜利进行了几次商量，看能不能单位出资也给整整容？哪怕张琪源自己掏一部分腰包也成！他说："小伙子现在还没有找到对象，以后怎么结婚哪？"后来又经过和尤尚文商量，由五大队、江河局两下财务从职工福利、劳保费用等中筹措了几千元，也安排到上海去做一次整容。

为此，尤尚文在张琪源跟前，卖了不少次好。张琪源也明白，自己私底下通过蒋雅丽把儿子张超和这个倒霉蛋刘克亮招进来，引起了尤尚文十二分的不快。

尤尚文甚至对张琪源说过："你就是给老哥我说了，老哥我能反对吗？你看老哥我是坏你好事的人吗？再比如你的分房，说来说去全局配偶是农业户口而又分到房的，就你张琪源一个人，对不对？那个'除局领导班子成员外'不就是专给你一个人开的后门嘛！"说得张琪源频频点头。

还有一次借着酒劲，尤尚文说："老弟，你这个副主任其实就是老哥我一手给你的，要说能力，和你相当的，甚至比你能力更强的人有的是；但是，兄弟，你没有领我的情啊，你总把我当外人看！琪源，你晚上睡觉手摸心口好好想一想！"说得张琪源十万分的惭愧，总想找机会感谢感谢。

可是后来，当张琪源得知尤尚文在张超参加工作的第二年，也将自己的儿子尤德刚和王汉成的儿子王平峰偷偷地招进了江河局时，心里的歉疚感也就减弱了许多。所谓彼此彼此。与此同时，还产生了另外一些想法：以尤尚文和王汉成之水火不容，怎么还会替他办这样的好事呢！

等张超休假盖房回来后，单位给他安排的第一件事情就是：到上海伺候刘克亮看病。这件事张琪源盘算了很久，如果找个年龄大的去伺候吧，老伺小不太合适；如果找个年轻人去，除了张超，其他人根本不愿意去。

但是，张超的情况别人不知道，张琪源自己是清楚的，走不到上海不要紧，说不定还会把自己都给走丢了。最后张琪源和狄胜利商量，由五大队出面，让他们家属来人伺候，单位派张超只是陪同，表示愿意承担各种费用而已。

秀秀是个大忙人，当然去不了啦，而且她看见儿子就来气，气张琪源，也气江河局，恨不能把你们的头都割下来。只好打发了老实巴交的丈夫刘满囤去。

但是这没关系，只要比张超强就行了，能平平安安回来就成。

7

　　进入枯水季节，按照约定，张琪源再次来到老鸦山水电站工地。整个库底已经大变样了，原来杂乱无章的施工现场已经收拾得非常整洁有序。防渗护坦已经完工了四分之三，护坦水面靠近偏东从南到北修建了一条导流堤，北与大坝坡脚衔接，南与二期围堰的东头相连。在大坝坡脚前面不远，一期围堰的残留部分将导流明渠西八字墙与导流堤连接了起来。

　　站在坝顶远远望去，现有的整个导流设施形成了一个缺胳膊少腿的象形"千"字，竖笔便是导流堤，而撇和横，都好像是写到竖笔时就停了下来一样，使一个好端端的"千"字，变得左无撇尾、右无横尾。西南方向二期围堰与左岸的结合部，是"千"字一撇的起笔处，从二期围堰拐弯进入导流堤后几百米，便遇到了一期围堰的东段，一期围堰东段与大坝坡脚左前方导流明渠西八字墙的结合部，便是"千"字横笔的起笔处。张琪源感叹，这真是施工的书法，巧夺天工。

　　很明显，整个库底千字的右边和下部防水层已全部完工，只剩下千字以东河流占据的那个左上角位置的防渗护坦还没有做。按照张琪源上一次的安排，排沙洞的闸门已经提前安装完毕，并已打开，等待着三期截流时过流。

　　谭秀珍道："一期围堰的西段已经拆除，并将一期围堰里边导流堤两侧的防渗护坦全部做完了，具备了过水条件。"张琪源问："做到现在这个程度，下游的渗漏有没有改善？"谭秀珍道："改善多了。"张琪源问："坝后渗流量与导流系统的过流量是什么比例关系？"谭秀珍道："1∶6。"张琪源问："原来呢？当时我让靳红石测量过。"谭秀珍问童俊英："原来是1∶2吧？"童俊英道："差不多，靳红石那些数据我们都分析过，基本都是坝基的渗流；就目前这水位，坝周绕流很少。"张琪源点点头："效果还是比较明显的。"

　　邱玉山道："就是把钱花美了，有些预算到现在都没批下来。"陆华夏道："那不要紧，谭秀珍经常去催呢，应该没有问题。"张琪源问："主要是哪里卡着呢？"谭秀珍道："主要是建设银行投资控制科，他们主要是没有工期缩短概念，总是认为这笔防渗费用花得不值。"张琪源道："工期延长才是最大的投资浪费。"邱玉山道："张主任，你这一次来，可以给说一说。"张琪源道："行。"

大家顺坝坡下到导流明渠的旁边，张琪源问："现在的过流量有多少？"童俊英看了看水位标尺，道："每秒 20 立方米。"张琪源问："咱们现在脚下这段一期围堰拆除需要多长时间？"童俊英道："全力以赴一个星期。"谭秀珍道："但是得和上游二期围堰拆除、三期围堰右岸进占一起动工，这样劳力就非常紧张。"童俊英道："一、二期两段围堰的弃渣，要全部用于三期围堰的进占，就这还不够。"张琪源问："不足部分怎么解决？"谭秀珍道："河对面还有一个进占工作面，两边相向进占。"张琪源道："所以劳动力就更加紧张了？"童俊英道："可不是。"

三期截流的第一天，全体工人按照建制分为三部分，颜省学带四大队五队的工人拆除一期围堰，谷宁波带二大队二队的工人拆除二期围堰，两家的弃渣用于从左侧向右岸进占，进占的起始点在二期围堰与导流堤的交汇处，进占方向是横跨河流但偏上游，为的是将河水能够比较平顺地导进被拆除掉的二期围堰缺口。而靳红石则带领二大队四队的工人到了无澜河的右岸偏上，面向无澜河对面偏下游方向二期围堰与导流堤的转折点进发，两下里相向缩短距离，直至合拢。

邱玉山道："二期围堰一旦拆除过水，在三期围堰没有合拢前，就等于把库底两家施工队伍的常规退路挖断了，只能从导流堤上坝坡进出。"陆华夏道："体力比较弱的工人上下坡就有一点吃不消，所以一天三顿饭中就有两顿饭要在工地吃，只有回来睡觉的时候才能回营地。"邱玉山道："各工程队的架子车和配件、修理工具，都得提前运到工地，要不然从坝面上往里外拉架子车，就费老鼻子劲了。"

张琪源道："等于把大家困到一座半岛上了。"陆华夏道："当然了，咱们也准备了些帐篷，有的同志如果不想回了，可以在工地住下。"邱玉山道："尤其是带班的领导和技术干部，有时得白晚班连轴转，还不如住下。"

张琪源问："这得多长时间？"童俊英道："得半月二十天。"谭秀珍道："一旦遇到恶劣天气，估计还要延长。"张琪源问："天冷了，有没有办法快一点？"邱玉山道："劳力不足，根本没有办法。"张琪源问四大队颜省学的人马过来后，还剩多少？谭秀珍道："就剩机电上十来个人了，没有多大潜力了。"

趁着调配劳力和架子车的当儿，张琪源又找到薛方，看他们冬季农田基本建设大会战的劳力能不能支援一下。薛方道："我们的任务也很紧呀，你们给我们初步回填的那块人造田，公社要求我们春节前必须完成耕种土的覆盖，不能误了开春播种。"张琪源道："那咱们以工换工怎样？咱们一块儿先把三期围堰抢起来，我的劳动力就过来给你帮助，用你多少个工日，如数还上。"薛方道："那行。"

8

张琪源对工作面的劳力进行了重新调整，把过河到右岸的劳动力全部调了回来，分配给一、二期围堰的拆除转填工程队。右岸只留下靳红石做技术把关，协助陆华夏和薛方指挥三期围堰的进占。而左岸，则由张琪源配合邱玉山指挥统一。张琪源强调：旧围堰是一期围堰，新围堰是二期围堰，将要新建的是三期围堰，大家概念一定要清楚。

谷宁波带人所在的二期围堰处在各期导流设施的最上游，也就是从这里开始河面逐渐变窄，直至到了一期围堰，把整条无澜河的河水聚集到了一条导流明渠里，可见河流对各期导、截流设施的冲击有多么严重。只见河水主流不停地冲刷二期围堰的迎水面，时而扑上堰面，时而打个漩涡，而有时则一个鹞子翻身就转向东去，一头撞到河对岸后，又反弹回来，直冲导流堤，横冲直撞，直至涌进逐步缩窄的导流明渠，洪水猛兽的习性暴露无遗。

在这种野马奔腾的势态中，哪个地方只要有一个缺口，就会有河水趁虚而入；但是，也只是一小股而已，河流的大走向不会变，大部分经过周边的挡水设施碰撞消能后，又回到它几千年来不曾变化的河槽里去了。张琪源站在堰顶，河风吹得他平时整齐的头发有些乱，他无心撸一撸，心中想的满是眼前的这场截流该如何取得最后的成功。

谷宁波把这边的劳动力分为断后分队和瘦身分队，百余辆架子车密密麻麻，几百人聚集在一条狭长的堰顶上，人声鼎沸，稍微组织不好就会前拥后堵，乱成一锅粥。谷宁波拿着单子叫着名字，一个组、一个组派发，没念到名字的组站着不许乱动。可有人偏偏爱吵吵，谷宁波大喊一声："都不许说话，有什么可说的？都听我说。"几百人果然静了下来，偶尔有人不小心说了一半句话，谷宁波毫不客气地斥责道："怎么，你说得好？来来来，你到我这儿说来。"

只听那个工人道："他问我万一要上厕所了怎么办？"谷宁波没好气地说道："憋着，往裤子里拉。"逗得大家哈哈大笑，可看见谷宁波的脸上没有一丝笑意，大家也便不敢再笑。张琪源看到这一切，也觉得好笑，可是硬忍住了，他怕破坏了谷宁波刚刚整顿好的秩序。队伍安静了、听话了，工作也就好安排了。断后分队从围堰和左岸的结合部起拆——就是千字的起笔处，齐头并进向后拆除；一铁锨、一铁锨的泥土装上架子车，飞快地被工人拉走，倒到了三期围堰。而块石和梢秸料则完全是手工活，石头撬起后，人要用手和胳膊抱起或者是抬起，装到架子车上；梢秸料也是一样，人要用手从泥土里抽出来，装到架子车上，还得用绳索绑住才能拉走，搞得大家衣服上尽是泥土。

　　瘦身分队基本上是靳红石那边调过来的人，分散在整个二期围堰全线，全面削减围堰厚度、降低高度，以便断后分队的拆除能够快速后退，尽快给河水扩大通道，以减轻三期围堰的冲水压力。谷宁波道：注意要保证架子车的道路不能被挖断。谷宁波还用白灰给撒了一条线，果然很有效果。

　　队伍摆顺了，张琪源把谷宁波叫到拆除工作面大声道："注意，拆除围堰和新建围堰的材料部位应该是一一对应的，原来迎水面的块石和梢秸料应该原样转移到新建围堰的迎水面，原来围堰的填土到了新围堰那边，仍然是围堰的填土。"谷宁波大声道："过去不许乱倒，听见了没有！"

　　看见众人只顾干活儿，谷宁波对张琪源道："材料在转移过程中，损耗实在是太大了，经过水泡、流失、液化，有的铁锨根本捞不出来。"张琪源道："不论怎么说，块石和梢秸料一定不能让流失，否则材料大量短缺，怎么能合拢呀？"谷宁波道："我看这拖泥带水很不好装车，而且工人的处境都有点危险。"

　　张琪源一看果然，刚刚拆除开的一点口子，立即就被河水浇泼得成了稀泥，人捞不出来，水冲不走，反倒成了过流的障碍。张琪源道："赶快派人回去取两根长麻绳来，拉在河岸和导流堤之间，固定在木桩上，便于工人下水清理遗留物，让水流尽早通过。"谷宁波一想，这个办法应该不错，便立刻安排人跑步回去了。还没跑多远，张琪源大声说："再加两根，一共要四根；给一期围堰的颜省学那边也捎两根过去。"

　　回过头来，张琪源说：让断后分队不要再把缺口往大挖了，免得麻绳来了没办法把绳头拽过去。谷宁波道：那就让工人先把石头和梢秸料留下，先把干土往出抢救。张琪源道：好，你让一期围堰过来的一个可靠人回去给颜省学捎话，不要叫自断后路。

　　麻绳拿来以后，谷宁波让人穿上水裤从泥水中蹚了过去，把绳头牵了过去，沿二期围堰的堰顶两边各拉一根，两头砸好木桩，将其拴上。张琪源道：嗯，这下好了，还能起到安全绳的作用，万一人有闪失，还可以抓它。谷宁波道：要不然，给水边的工人都把安全带拴上，挂在拉绳上，防止落水。张琪源道：行。就在这时，却见一个工人搬石头时一使劲，手一滑，扑腾就一屁股坐到了水里。大家七手八脚把他给拽出来，他衣服里面灌进了水，冻得瑟瑟发抖。谷宁波让他赶忙到帐篷里换烤衣服。

　　这个工人刚走，邱玉山就转过来了。张琪源指给他看，问："你那边怎么样？"邱玉山道："也是这种办法，当时你让人过来一说我就明白了。"张琪源又给谷宁波交代了一些安全问题，就跟邱玉山往三期围堰上行段起点这边来，只见从一、二期围堰两边拉过来的土石和梢秸料都带着泥水，很难形成可靠的挡水能力，张琪源对邱玉山道："你就蹲在这里吧。你看，倒渣的人很随意，这样的泥水混合物怎么能进占得过去？让河水几个浪头就冲走了，而且稍不注意，架子车就陷到稀泥里面了。"

　　就在这时间，一辆从一期围堰过来的架子车冲了过来，推车的两个人累得气喘吁吁，就想随便一倒万事大吉。张琪源果断制止道："你们看，像这种连泥带水的纯土应该倒到梢秸料后面，梢秸料倒到块石后面，干土倒到最后边。"邱玉山也说："从迎水面向背水面倾倒的顺序是：块石、秸秆、湿土、干土，对不？"张琪源道："对，泥浆倒到秸秆一块儿。"邱玉山道："好的，我指挥着看看。"

　　邱玉山对每一辆冲刺过来的架子车都让先停下来，讲明应倾倒的位置，再让去倒，惹得大家都不高兴。因为架子车从刹车到停下来，再重新发力启动，不能充分利用惯性，刹车和重新启动还要让工人多付出许多体力。所以搞得邱玉山也很难堪，甚至有个工人嘟囔："站着说话腰不疼，不信你来试试。"邱玉山大声道："你说什么？再说一句。"那个工人便不再吭声，可也没有屈服，慢吞吞地走了。

　　张琪源一看这对大家的积极性打击太大了，人干活儿，不光要有力气，更要有心气，便对邱玉山道：你让人做四个指示牌，分别写上：块石区、梢秸料泥浆区、湿土区、干土区，对应插在进占戗堤的最前头；再做四块相应的路标，让人从一进入三期围堰就知道选择走哪一条路。邱玉山道："那块石梢秸料区基本就走不成架子车呀？"张琪源犹豫道："是的，只能走干湿区，但得让人提前预知自己的目标去向，到了倾倒区域，再猛地转向。"

　　想法似乎很好，可是这样猛然转向的办法危险性很大，有一辆架子车竟然顺势侧翻到了围堰前的河流里，差一点把人也甩出去。借此机会，张琪源把新旧围堰拆除的工人全部叫到一块儿，面对翻下去的架子车，开了个紧急现场会，让每一个人都明白这样做的道理和危险性。大家费了好大一阵子劲才把架子车拽上来，搞得人们浑身是泥，连脸上、头发林里面都是泥巴。张琪源觉得这种办法太过于原始，也太费人，可就是一时想不出好办法来。

张琪源随着开完会的颜省学来到一期围堰工作面，这里靠近导流明渠八字墙，在三期围堰不能全面发挥作用之前，此处的流量不减，明渠上游河槽里的所有水流全部都集中到了这里，水量大，流速快。张琪源道："这里比二期围堰危险多了，水深流急；你也按照谷宁波的办法，每个人腰里都把安全带系上。"颜省学道："那样干活儿太不方便了。"张琪源道："不要只图方便，安全是最高的效率。"

9

午饭送来了，几个人从老鸦山大坝坡面上顺着陡坡，小心翼翼地往下来抬，一筐箩馒头，四木桶面条，负重下行，十分危险。张琪源问颜省学道："你搞迎水坡防水层设计时，有没有考虑两条坝面台阶？将来大坝运行后，便于工作人员在库内上下作业。"颜省学道："有，一条对应的是排沙洞，另一条对应的是导流涵洞，就是现在这导流和引水合用洞。"张琪源道："合用洞的引水支洞是在坝后分岔的?"颜省学道："是的，一条直接进入电站，另一条进入灌溉渠道。"张琪源问："电站的尾水呢?"颜省学道："也是两种选择，可以排入河道，也可以流入灌溉渠道。"

跟颜省学一块儿草草吃过饭，确定了一些事情，张琪源便独自一人上了大坝，通过右岸施工便道，来到了三期围堰右岸上游的进占工作面，这个工作面属于下行进占工作面，起点和"千"的起笔处基本平齐。这里的总指挥说是薛方和陆华夏两个人，可是推来让去，执行指挥似乎成了靳红石，薛方和陆华夏仅仅只是坐镇而已。

右岸进占的材料比左岸的好，都是提前备好的合格材料。不像左岸是一、二期围堰的拆除废料利用，而且无论是闭气黏土，还是普通填筑土，拆除料都被浸泡，有的含水量已经饱和，更有的甚至液化，很难与可用土截然分开，这就导致本来装的有干土，结果由于区分不清，再加上途中摇晃，到了工作面就中和成了泥浆。

· 222 ·

　　张琪源道:"秸秆和梢料不能都捆扎成捆,要和块石裹挟共同发挥作用。"靳红石道:"梢料成捆关键是为了纵横交叉成一个整体。"张琪源道:"还是摆放成小型十字交叉网比较好,然后抛石。"薛方也道:"秸秆要绑扎,梢料完全可以散放,少一道工序。"张琪源道:"对,你区分一下,秸秆太脆弱,不扎捆起不到多大作用。"靳红石跑到料场,很快去安排去了。

　　踩着虚虚的已成围堰,张琪源道:"咱们脚底下好像有水流声,会不会是料、石之间夹的黏土太少了?"陆华夏看了看薛方道:"那就等靳红石来了给说一说。"张琪源道:"你俩也要时刻注意呢,要不然咱们是既费材料,又费工夫,还有可能出现险情。"陆华夏看了看薛方,道:"尤其龙口形成以后,水流的推力会很大,围堰和工人的安全都会受到威胁。"听了这话,张琪源似乎感觉到好像是村民不太听陆华夏和靳红石的指挥。

　　靳红石过来了,张琪源道:"咱们的脚下好像贯通了,现在把这里挖开,往里面垫黏土。"靳红石道:"现在不好挖了。"张琪源坚决道:"不好挖也得挖,不然非出问题不可。"靳红石道:"薛书记,那叫几个人来挖吧?"薛方道:"好,过来两个人。"张琪源道:"先挖上游半幅,处理好后,再看下游半幅需不需要挖?"薛方道:"好,其他人员继续进占?"张琪源道:"好的,看现在这情况,这里暂时好像不会有大问题,不能因此影响了截流进占。"

　　过来的估计是薛方的两个儿子,张琪源多多少少觉得有一些面熟,应该叫薛鸿禧、薛鸿寿。轮番使用铁锨和洋镐,连挖带刮把上面一层覆盖土揭掉,就见下面有水汩汩流过,张琪源让用撬杠顺缝隙一插,果然见许多地方能一直插到底,就让人把梢料掏出来,漏出里面穿行而过的流水。

　　张琪源让把黏土装进草袋子,一袋接着一袋沉下去,待流水源头彻底堵住了,才把其余水坑的积水刮出去,二次扔进秸秆、填进黏土、砸进块石,直至填满夯实刮平。搞得两个小伙子和靳红石浑身是泥,也溅了张琪源和薛方不少。

　　张琪源道:"现在咱们要优化办法,顺前进方向,把围堰分为三层,从迎水面一侧开始,分别是块石夹梢料,紧接着是草袋子装土,再过来是戗堤主断面回填,然后是秸秆夹土料填筑出水面,再纯土加高。"靳红石点头,张琪源还说:"陆书记和薛书记,你们两个也分一下工,陆书记协助靳红石按技术要求指挥进占,薛书记指挥劳力严格按照要求来。"三个人应声而去。

　　临离开了,张琪源问:"夜班你们怎么安排的?"薛方道:"夜班是另外一班人,晚上七点来接班。"张琪源问:"带班的领导怎么分工?得把现在这种办法传授给他们，不能打折扣。"薛方道："晚上带班也有人，我和靳红石可以在前半夜盯一阵子，直至摆顺，陆书记就不用来了。"陆华夏道："那就我也来吧，大家一块儿把班交接好，防止出现刚才那种暗流通道。"张琪源道："好的，出了问题可就是大事故呀！"三个人点点头。

10

赶到天黑，张琪源又转到二期围堰拆除工作面，把邱玉山和谷宁波叫来，让在拆除时，将能成型的泥土装入草袋子，紧跟在块石后面，代替原来的梢秸料泥浆区。至于泥浆，因这么一分解，基本就到不了进占工作面了，而是作为弃料清理，暂时倒在三期围堰背水坡一侧，看脱水后可否再用。

所谓万事开头难，整整一个白天，几个工作面下来，跑得张琪源筋疲力尽。好在帮助各个工作面都发现了一些十分紧要的问题，也找到了最适合他们自身情况的解决方法，无论是相同之处，还是个别现象，总算是杜绝了问题的恶变，没有出事，让他长长地松了一口气。

晚上，张琪源还是首先来到二期围堰拆除工作面，这里是他最揪心的地方。围堰拆除的缺口已经开始过水，只是水量很小。只见两个人穿着水裤，腰里拴着安全带，分别挂在上午绷好的两根跨河麻绳上，手里拿着铁锨，把围堰拆除缺口处仍然滞留在水里的泥土，铲化在水中，让其随着水流而去，进入排沙洞，流向下游，以致水流浑浊不堪。

对水中遗落下的块石，两个工人得弯下腰从水中捞出，抱到岸边。张琪源道："把这些石头扔到围堰这边来吧，三期围堰需要的石头量很大。"接替谷宁波晚上带班的秦八道："这一点没关系，那边不缺这几块。"张琪源道："那不一样，你不看，越有人帮他们在水中捞石头，装车的人就想着把能装上的石头有意无意地遗留下，让别人替他们拾。"秦八道："哦，明白，让他们没有指望，感觉迟早都是自己的事，就不会再遗漏了。"张琪源道："聪明。"

看见装草袋子的工人满身是泥水，张琪源道："给这些工人也把水裤穿上，要不然衣服湿得撑不到天亮，再说天亮了回去穿什么呀？"秦八道："好的，能穿尽量都叫穿上。"过了一会儿，秦八来说："库房里没水裤了，全部都领完了。"张琪源道："那就给陆华夏捎话回去，让连夜派人去买，把其他工作面的用量也考虑上。"秦八说，好像陆书记就在河对岸呢。张琪源道："无论在哪，都把我的话给传达到；另外，草袋子的备量好像也不太充足了，叫再拉几汽车回来。"

到了邱玉山的三期围堰东进工作面，邱玉山正在给带夜班的技术干部交代注意事项呢：块石是防冲刷的，对草袋子能起到抗冲刷和保护作用，但要防止块石把草袋子砸烂。张琪源道："块石和草袋子的结合部，最好是由人工摆放比较好，但一定要注意安全。"邱玉山问："咱们的围堰面要不要打夯？"张琪源想了想，道："先靠架子车自然碾压，待合拢了以后再看情况。我担心这一段围堰含水量太大，再用夯一打，会导致橡皮土。"

邱玉山道："也是，看这软泥围堰路面，架子车越来越难走了，我已让人回去拉些竹把子来铺上。"张琪源道："竹把子都得从坝坡上人工扛下来？"邱玉山道："那没办法，路已经挖断了，只能这样了。"张琪源道："那行，把路面拾掇好，架子车走起来能轻松些。"邱玉山道："现在还得安排人养护路面，这么大的架子车流量，而且都是重车，既费路面，又费架子车和人力。"张琪源道："再撒些干土。"

到了颜省学的一期围堰工作面，原来的围堰确实削下去了不少，可谓蚂蚁搬泰山，不怕活儿多，就怕人少。张琪源说："这里的土质比较干，尽量都装草袋子。"颜省学道："没问题，自从你改变办法以后，我这里大部分都装了袋子。"张琪源问："你这边夜班谁来接替？"颜省学道："梅博才，陆书记把他从谭秀珍那里协调来了，在三期截流时期，一直和我白晚班轮流带班。"张琪源道："好，把该交代的注意事项都交代清楚。"

张琪源又过去把梅博才叫到跟前，道："千万不要把石头和梢秸料让水冲走，一冲走就都进了导流明渠、导流涵洞和引水洞了，将来清理难度大得很。"梅博才道："我知道，我最近安装水轮机时，就怕有块石杂物进去。"张琪源问："拦污栅什么时间安装？"梅博才道："等这次三期围堰合拢后就开始安装，还有其他工作闸门、检修闸门、分水闸门。"

张琪源问："四大队有没有吊车？"梅博才道："老鸦山这边没有，别的工地不知道。"张琪源问："那你们安装用什么办法起吊？"梅博才道："厂房里面不存在问题，水轮机、发电机、励磁机、控制柜都用航车吊；闸门安装还是老办法，靠人。"张琪源叹了一声气走了。

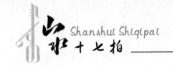

第九拍

消长轮回难预料

1

　　党的代表大会闭幕不久，省一级党代会也很快就召开了，紧接着各厅局一级的领导班子也纷纷易人。

　　自两年前，各个水电工地驻军撤走后，江河局整党建党领导小组以及后来党的核心领导小组，实际上不是很健全。名义上是副组长蒋雅丽主持工作，而实际上，还是局革委会主任尤尚文说了算，这就使两个人都感到名不正，言不顺。而这一次，随着从上到下组织机构的变化，无疑又给许多有想法的人留下了许多遐想的空间。

　　春节一过，水电厅就将防汛办主任常喜强派下来了。江河局领导班子的职务名称也和全国保持一致，恢复了党的领导地位，撤销了党的核心领导小组，成立了江河局党委，实行常委负责制。任命：常喜强为党委书记兼副局长，尤尚文为党委常委、局长，蒋雅丽为党委副书记，祁玉民、张琪源、惠爱国为党委常委、副局长；谢青、岑乐芳为党委常委。

　　江河局从上到下去掉了革委会主任的职位名称。局级革委会主任改称局长，大队一级革委会主任改称大队长，工程队一级革委会主任改称队长。党的核心领导小组，从上到下依次改为党委、党总支、党支部、党小组，统一不再设置第一副职。

　　同时也重现了一个老问题，对于局专职常委谢青、岑乐芳到底算不算领导班子成员？谁都说不清。

时间长了，大家都在琢磨，从常喜强的行为处事上，隐隐约约地感到，需要在班子内部发挥一定的制衡作用时，就把两位常委一块儿叫来开常委会，谢、岑二人也巴不得能给自己一席之地，乐得都按照常喜强的意思行事；在不需要制约什么人，尤其是尤尚文时，谢、岑二人就游离在班子之外。这使得他二人都盼望着，在商量一些事情时，哪怕是并不重要的事情呢，常喜强都能够考虑到自己的存在，以显示自己与别人的不同。

自然，常喜强也深谙此道，把这两个小小的砝码，掌控于股掌之上，收放自如。这就使尤尚文原来的两个班底人员，和尤尚文的关系渐行渐远。

此后不久，在局机关部门设置和人员任命时，新增加了两个部门——保卫处和财务处，并且任命谢青、岑乐芳两人分别兼任保卫处和财务处的处长；办事组改称行政办公室，不再承担保卫和财务两项工作。这一下，落了个皆大欢喜。此是后话。

来宣布班子的是省水电厅党委副书记杜成武和政治处处长乐大军、人事处处长时抗功。常喜强和他们一块儿来的，但是，没有和他们一块儿回去，而是留了下来，和尤尚文两个人单独谈了整整一个下午。

常喜强是从厅里戴帽下来的干部，尤尚文纵然是十二分的不乐意，也不敢明火执仗地对着干，毕竟现在不再是依靠造反可以夺取领导权的年代了。

尤尚文把班子成员每一个人的基本情况、性格特长逐个介绍了一遍，又把组织机构和机关各部门、各大队、管理单位、工厂的情况及其班子的主要领导大概介绍了一遍。实际上，常喜强作为厅里防汛办主任，有些情况他是了解的，但是，尤尚文仍然例行公事地给逐个介绍。

两人正说着，田喜珍依照尤尚文的安排，把全局中层以上干部的花名册送来了。常喜强一边翻花名册，一边听尤尚文介绍目前工程项目的大致情况。

常喜强问："咱们局的党组织情况和党员干部队伍情况如何？"尤尚文道："咱们江河局这些年在踢开党委闹革命上一直走在前面，从咱们水电厅的杜副书记那时间开始，咱们在水电厅系统就一直发挥着带头作用。"

常喜强问："能说具体一点吗？"尤尚文道："这几年，开始是军管，到整党建党领导小组、核心领导小组，乃至现在的党委为止，全局五个大队和六个其他二级单位均设核心领导小组，下面分别下设四到五个三级核心领导小组，好像和社会上一些单位的叫法不太一样。"

常喜强点点头，又问："具体的数字如何？"尤尚文道："全局党员人数大概有一千六百多人，具体数字目前还说不准，因为这几年政治运动频繁，好多人的组织关系不甚明确……"

常喜强道："我嘛，刚来，工作上还需要你多多支持，有什么地方做得不合适的时候，就及时指出来，以便于咱们齐心协力把上级党委交给咱们的任务完成好。"尤尚文道："哪里的话，常书记有什么需要我做的事情，你就尽管安排，我一定竭尽全力去办。杜书记在宣布班子的时候不是都说了吗：大家要紧紧地团结在毛主席革命路线的旗帜下，把水电厅党委交给我们的政治任务安排好、落实好、完成好。"

在第一次领导班子会上，常喜强非常随意。他和这些领导班子成员，原来就曾有过程度不同的接触，再加上经过几天的介绍，就不用再引见了。

常喜强和每一个人打哈哈、开玩笑，把气氛搞得其乐融融。常喜强称蒋雅丽和岑乐芳是局党委班子的两朵并蒂莲，争妍斗艳，各领风骚，使我们的领导班子更加充满了活力，更加富有朝气。因为祁玉民兼任着七二一大学校长，常喜强称他是桃李满天下，江河局有一半干部都是他的学生。

在说到张琪源时，常喜强道："你是老鸦山一炮打响、一鸣惊人，是水利系统当之无愧的技术权威，再无第二人可比……"

最后常喜强表示："班子的分工咱们暂时不变，我主要是党委工作，行政工作尤局长和我、咱们一块儿商量，其他班子成员原来分管什么现在仍然还分管什么。大家要积极主动地开展工作，如果需要和我商量的，咱们就一块儿畅所欲言，集思广益……"

此话让尤尚文听得如芒刺背，看来江河局真的已经变天了，行政工作自己一个人说了算的时代，已经一去不复返了。

常喜强书记到底是从政府机关下来的人，办事底气十足，从不含糊。他深信那句名言：共产党的哲学就是斗争哲学！只是，现在的斗争要转在桌子底下，就是背后暗流涌动，表面还要水波不兴。

平时商量工作，常喜强客气虽客气，但仍然只管按照自己的意图办事，不怕谁不乐意。在许多场合，把尤尚文并不当一回事，只是在表过态以后才征求尤尚文的意见："尤局长，你看就这样好不好？"引得尤尚文更加十分不快。

有几次，尤尚文对张琪源道："咱们弟兄们时间长了，可不能让人家把咱们各个击破！"张琪源自然明白其意，也非常感激尤尚文七八年来一直对自己的提携和关照——有时也稍微限制一下，为的是防止张琪源过于膨胀，但从没有把他架空或者说拿掉的意思。张琪源是个懂得感恩的人，哪怕尤尚文有12个错误，但唯独对自己不错，作为人与人之间打交道，这就够了，别无他求。

但是，张琪源深知自己这两下子，压根儿就不是官场上博弈的材料，所以，也就不敢明目张胆地站在尤尚文的这一边，免得引火烧身。

新官上任三把火。常喜强来到江河局做的第一件事情就是：按照党中央的指示精神，声势浩大地在全局开展一场轰轰烈烈的批林批孔运动。在第一次常委扩大会上，他让蒋雅丽来主持。

实际上，在筹划会议时，常喜强还客气了一下，问尤尚文："尤局长，这个会你给咱主持一下？"尤尚文犹犹豫豫，也客气道："是不是让蒋副书记主持？"

常喜强顺水推舟道："嗯，尤局长说得有道理，那就按照尤局长的意见办，就让雅丽给咱们主持，我和尤局长就一块儿算是坐镇吧？啊？"尤尚文不得不说："好的。"可是心里这个后悔呀，心想：这会怎么能轮到她蒋雅丽主持？无论怎么说都应该是我主持呀！唉，怪谁？怪自己！

蒋雅丽先让副局长张琪源宣读了水电厅党委的安排，又让惠爱国宣读了江河局党委的实施方案，然后大家讨论一番，象征性地提了点修改意见。接下来，蒋雅丽又问谢青、岑乐芳还有没有什么要说的，两个人都摇头说"没有了"。

再下来，蒋雅丽请尤尚文讲话，尤尚文谦虚地说道："也没有多少要讲的了，该说的刚才讨论的时间大家都说过了。另外补充两点：一是，把这个方案很快下发下去，尽快形成声势，既要轰轰烈烈，又要扎扎实实；二是，宣讲团要尽快下去辅导强化，避免一些单位认识水平有限，走了过场，收不到实效。"

很显然，尤尚文的两点意见是他主持全局工作时的老套路，为此张琪源和蒋雅丽还专门到三大队工地巡回宣讲了一次，没有什么新意。当然，从本质上说，这一次运动本身就是前两年运动的继续，这一次大张旗鼓地推进仅仅是进一步深化而已。

那么，常喜强把这次功课做得这么足，无非想借此机会，紧紧抓住本职工作不放，让每个人都深刻地意识到，江河局的主要领导易人了，尤尚文时代已经逐渐过去，常喜强时代到来了。

最后是常喜强做总结讲话，他的功夫也是要从这里来体现的。他说："当前国内外形势一片大好，这就要求我们党委一班人，一定要首先提高认识，高度重视起来，不能就事论事，只见树木，不见森林，一叶蔽目，不见泰山，而是要入木三分，看本质、看流毒、看危害、看影响……"

常喜强并没有拿稿子，洋洋洒洒讲了一个多小时。最后竟然说："没有准备，抛砖引玉而已，不妥之处请大家批评！"赢得了大家的一片掌声，甚至连尤尚文也受到了感染，也不由自主地拍了两下手。常喜强满意地点了点头，朗声说："好了，散会！"

蒋雅丽愣了一下神，没有吭声，合上笔记本，跟着大伙儿走了。本来蒋雅丽还准备了一肚子的话，想以主持人的身份结束会议。比如：常书记的讲话多么多么重要了，从哪几个方面强调了什么什么了，下来应该如何如何贯彻落实了，等等。但是常喜强没有给她这个机会，她只得不声不响地和大家一块儿陆续离开了会议室。

似乎大家也没有觉得有什么不合适的。但是尤尚文感觉到了，他一直想听一听蒋雅丽在最后总结时，把他的位置摆得和常喜强错多少。结果没有看到，倒是看到了蒋雅丽的落寞。

大家都往出走时，常喜强回过头来笑呵呵地问尤尚文："尚文，我看雅丽把这个会议主持得还不错，你说呢？"尤尚文没好意思说"你把人家蒋雅丽总结会议的权力都给剥夺了，还说人家不错呢"，而是说："是挺好，我那时间也是经常让她来主持。"常喜强道："哦，是这样？那就好了，咱们以后还是继续让她主持吧？"尤尚文憋了半天没有吭气。

只见常喜强叫蒋雅丽道："雅丽书记，你来一下，我听尤局长说他那时间党委的会也是你主持？那就好了，以后这类会议你就当仁不让了，就一直给咱主持吧？"蒋雅丽没办法正面回答，只能望着尤尚文。尤尚文没有表态，常喜强说："噢，你是说尤局长的意见？那还用问，要不是他说，我怎么知道以前会是你主持的？"

蒋雅丽没敢答应这件事，赶忙辩解说："现在和以前不太一样了，现在……"蒋雅丽下来的话是：现在是你们两个一把手，过去只有尤主任一个一把手，人手拉不开。可常喜强没让她继续说下去，而是赶忙接住话头道："是不一样，现在叫党委，之前叫核心领导小组。行了，不说了，就这样定了。"说完，拉着尤尚文到他办公室去了，说有点事要商量。蒋雅丽纳闷：难道这也是尤局长的意思？

　　没过几天，江河局召开了批林批孔运动动员大会。会议还是由蒋雅丽主持。身为局长的尤尚文坐在主席台上，和祁玉民、张琪源一样，晒了半天太阳。

　　这是新班子宣布半个月以来又一次更大规模的会议，全局副科级以上领导干部和机关全体党员干部都参加了，其隆重程度，在江河局的历史上也是空前的，尤其是远距离穷乡僻壤的各个工地的人马，也都不辞辛苦地回来了。

　　这充分体现了常喜强身上敢作敢当、号令江河局的领导才能。他的一个大会动员讲话，一半是照本宣科，另一半则完全是自由发挥、广征博引，而且声振屋瓦，绕梁三圈。以致台下鸦雀无声，屏声静气，个个听得心驰神往，兴奋不已。

　　会后，大家都说："像常书记这样的水平，只有咱二大队的老书记陆华夏才可匹敌一二，其他人根本就不是对手。"说者无心，听者有意，此话不知道怎么被谁、用怎样的方式就传到了局长尤尚文的耳朵里，使本来就不怎么受用的心里，更加不是滋味。

　　在经过了一段时间详细的了解后，常喜强作出了第一批干部调整方案。这是常喜强上任以来烧起的第二把火，他首先从局领导班子和各路诸侯身上动刀子。任命：

　　毛月梅为七二一大学校长，免去祁玉民兼任的校长职务；

　　何建英为青蒿涧工程指挥部总指挥，免去张琪源兼任的总指挥职务，

　　沈育林仍然屈居青蒿涧工程指挥部副总指挥（兼）；

　　成立政治处，撤销政工组，免去蒋雅丽兼任的政工组组长职务，任命田喜珍为政治处副处长，主持工作；撤销生产组，成立技术处，沈育林任处长。

　　也就是在这一次，撤销了办事组，成立了局办公室、财务处、保卫处。左长富改任办公室主任，岑乐芳兼任财务处处长；撤销公安机关军管组，业务并入保卫处，谢青兼任处长。

　　这一变化，看似寻常，实则大有玄机。因为所有的局领导班子成员，都交出了实权，退出了自留地，只分管面上的工作；以致祁玉民、张琪源、蒋雅丽程度不同地在心里有一种空落落的感觉。但是，也觉得多多少少如了自己的愿望，减轻了工作压力，少了一份无法推卸的责任。

2

青蒿涧水库工地一工区的冲枪工安东义、邬胜功和副区长汤天凯，在去年 8 月 22 日被泥浆流冲走淹死以后，按照国家政策，安东义的妹妹安美艳、邬胜功的妻子傅盈秀、汤天凯的妻子皮素素相继来单位接班，参加工作。这给原本死气沉沉的右岸一工区，不光增加了一台戏，又上演了一系列活生生的生活剧。

其中汤天凯还留下了一个四岁的儿子汤宝宝，每月 8 元的生活费，国家要供养到 18 岁。

首先进入角色的是安美艳，她一来就受到年轻小伙子们的普遍青睐。安美艳出身农家，农村孩子生活本来清苦，又长期受户外气候的影响，皮肤粗糙而黝黑，初来乍到还不引人瞩目，但质地很好。经过两三个月白米白面的营养，一下子出脱得唇红齿白、皮肤细腻，秀发乌黑；在尘土飞扬的工地，剪发头一留，娇艳无比，极为抢眼；三围恰到好处的身材，在可身的劳动布工作服下面，一蠕一动，充满了青春的活力；再加上两个不偏不倚的酒窝，点缀在两枚像熟透了苹果一样的脸蛋儿上，使整个人活脱脱像仙女下凡一样，楚楚动人。

开始，有几个年轻人争先恐后向其大献殷勤，尤其是一工区的小伙子近水楼台，能把女工宿舍的门槛踢塌。可是，心气孤傲的安美艳，似乎从不拿正眼看他们，以致他们很快就败下了阵来，就连指挥部生产部主任、六八级省工业大学毕业的高才生殷海贵也没有搭上讪。

这时候，早已心驰神往的二工区副区长、也是六八级省工业大学毕业的高才生滕文理也被这位姑娘的美貌撩拨得坐立不安。这天，他终于鼓足了勇气，向当时还是一工区区长的何建英吐露了自己的心声，一是想看看让安美艳做自己的女朋友可行不可行；二是想探讨一下自己该如何行动。

何建英让滕文理专门去找一下滕文理已故老同学汤天凯的遗孀皮素素，说："女人之间到底好沟通，相信请她出面胜算比较大。"结果过了几天，皮素素果然摸到了实底："美艳已经有对象了，是家里在她小时候就给定下的娃娃亲，双方家长早就换过了帖子、扯了花红。可是，已经长大懂事的安美艳，挺反感男方那一家人的，所以现在也挺苦恼，正不知道该怎么办？"

　　经过何建英、皮素素以及滕文理的一再商议，达成了这样的共识：按说，娃娃亲在法律上是不认可的，现在提倡婚姻自由，定娃娃亲明显是封建家长的包办行为，不应该有所顾忌，但是，关键是看安美艳如何看待这件亲事。民间有"宁拆十座庙，不毁一桩婚"的古训，对老百姓的影响是非常深远——在老百姓看来：毁婚是一件非常缺德的事情。

　　三个人商量来商量去，最终没有一个定论，只等着看安美艳这边有没有什么新的变化。这实际上是否定了这件事情的可能性，因为安美艳年龄小，能耗得起，等得住，而滕文理已经年届而立，再也等不起了。事已至此，滕文理只得垂头丧气地离开了一工区。

　　这一天，张琪源陪同常喜强来到青蒿涧工地，宣布何建英的任职事宜。他们首先找沈育林谈话，常喜强说："最近咱们局里对领导班子的分工，进行了部分调整，总的指导思想是：局领导班子以分管面上的工作为主，尽量不再向下兼任职务，以便集中精力干好本职工作，所以决定：把祁局长的七二一大学校长免了，把蒋副书记的政工组组长免了，把张局长的青蒿涧水库工程指挥部总指挥的职务也给免了。

　　"这就出现了一个问题，就是青蒿涧水库这架马车的辕由谁来驾？局领导班子对此也颇伤脑筋。按说，由你来当总指挥也没有什么问题，是完全能够胜任的；可是呢，考虑到何建英是个年轻同志，精力充沛，工地上风里来，雨里去能够经得起摔打，尤其是经过去年的8·22事故的洗礼，他冒着生命危险抢救职工，在生与死的考验面前，表现出了一名共产党员与人民群众的血肉联系，深得广大职工的拥护。所以，经局领导班子研究决定，打算由他来担任总指挥。在宣布之前，我们想听听你的意见？"沈育林的头皮发麻，心往下沉，脸上犹如枯树皮一样，灰暗而干燥，没有一点点光泽。难为了好长时间，才说："既然组织上都决定了，那我也没有什么好说的，服从组织的安排就是了。但是，有一个事实我需要更正一下：我只比何建英大四岁，应该还算不上老，不过，既然组织上认为我年纪大了，不中用了，那我也没有不服老的道理。"

　　常喜强的脸上明显地抽搐了一下，但是并没有说什么。张琪源赶忙把话接上，道："组织上并没有你'年老不中用'的意思，是觉得——你已经有47岁了吧？可以说是年近半百？身体总是一天天在走下坡路，你可以不顾忌这个因素，但是组织上不能不考虑呀，你说呢？"

　　沈育林"嘿嘿"地冷笑了一声，道："哼，行吧，我没有什么意见，那我就感谢组织上的关心了。"张琪源道："这个问题你好好考虑考虑，这毕竟是组织上的一项决定。而且希望，在宣布的时间，你给大家能表个态，说上两句？"

沈育林道："还是不说了吧？又没宣布我什么，我说什么？"张琪源道："这一段时间我不在，你一直在这里负责着呢，理应给大家说一说。领导干部嘛，在组织的决定面前，应该旗帜鲜明，'革命战士是块砖，哪里需要哪里搬'，是不是？"

就这样相持了许久，沈育林才勉为其难地点点头，道："行吧，说就说上几句，不就是坚决拥护局党委的决定吗？"张琪源笑道："不愧是老同志，什么话该说，什么话不该说，心里跟明镜一样！"

沈育林的脸上也明显抽搐了一下，心里说："看来我连发牢骚的权利都没有了。"便道："行了，张局长、常书记，我不会在大庭广众之下说一些不该说的话，我沈育林不论怎么说也算是个老共产党员了，这点党性原则还是有的。你们就放心吧！"

常喜强笑呵呵地说道："看来，育林还真是个爽快的人呢。"张琪源道："那是，那是，我和育林在一块儿配合工作，有什么话，都说在当面，心情非常愉快。"

常喜强点点头，道："这次咱们在局机关部门的人事安排时，还把育林的老位子给保留着呢，有些重要的会议需要你回来参加时，你还得回去一下，平时就以这里的工作为主。你看好吧？"沈育林道："没问题，一定配合建英同志把青蒿涧的工作搞好。局里有什么事，随时通知我。"常喜强十分满意地点了点头。

紧接着沈育林提出了另外一个棘手问题："既然局领导都不向下兼任职务了，为什么我这个技术处处长还需要兼任这里的副总指挥？"常喜强觉得沈育林这个人还是挺不好对付的，他要早这么说，我就不给他说保留技术处处长的话了，让他有这个职位像没有一样，想回都回不去。但是，话已说出去了，又收不回来，只得把皮球踢出去，道："琪源，我记着当初保留育林技术处负责人的这个方案还是你提出来的吧？你是怎么想的？"

张琪源心想：这又该我接招了，我要是把握不好，不是使沈育林难看，就是让常喜强不满，只好不偏不倚道："是啊，育林虽然工地上离不开，但是就全局而言，没有人比他的技术更全面，这个技术处处长，哪怕是象征意义，也应该是育林，用其他人，难以服众。"这个话的意思是说，沈育林并不是非用不可，而是可用可不用，所以叫象征意义。这就使沈育林珍惜这种骑双头马的荣誉，使常喜强仍具有生杀大权，随时可以找个借口把这个徒有虚名的处长给免掉。

常喜强明白了，但还没有说话呢，倒是沈育林抢先开言了："哈哈，张局长太抬爱我了，我哪里有那么高的威望？感谢张局长，感谢常书记！"说着，主动起来给常喜强的茶杯里续水，常喜强的脸上也露出了笑容，道："琪源的眼力不错，育林是个好同志，值得信赖。"

根据事先的安排，何建英早已经等候在外面了。沈育林出去把何建英叫了进来，自己就准备离开，但是常喜强道："育林，你也来吧，就坐这里，咱们一块儿给建英谈。"沈育林有些不自在，但还是坐了下来。

经过短暂的引见和寒暄以后，张琪源直入主题道："建英，根据组织上的安排，我要回局机关上班了。这里的工作，就要靠你和育林两位带领大家一块儿搞了。局党委根据你和育林的年龄和特长，决定：由你来接任我的青蒿涧工程总指挥，育林仍然担任副总指挥，协助你工作，其他人员不变。你看如何？"

何建英愣愣地看着常喜强，常喜强点了点头，道："怎么？没听明白？"

何建英小心翼翼地问道："张局长是说由我来当总指挥，沈副总指挥继续当副总指挥？"张琪源道："是的，刚才给育林也谈过了，他个人没什么意见，愿意协助你一如既往地工作。"何建英目光移向沈育林，沈育林眼光向内，面无表情，一声不吭。

常喜强道："建英，你今年 40 刚过吧？"何建英道："42 了，比张局长小两岁。"常喜强道："那就是比育林小 5 岁？"何建英点点头，沈育林不好意思地说道："我的生月小……"

张琪源赶忙把话题岔开，道："为什么让你来当总指挥呢？主是考虑你年纪轻，精力旺盛。跑工地是件很辛苦的差事，你要继续发扬一不怕苦，二不怕死的革命精神，不遗余力，把工作往好了搞，有事要多和育林商量。育林在工程管理上经验非常丰富，有许多值得你学习的地方！之所以让你担当总指挥，并不是你能力上比别人高一筹，而是要你充分发挥自己年富力强、敢于碰硬的优势，团结大家一道，把项目搞好。你看还有什么别的意见？如果没有，就这么宣布了。"

何建英道："我觉得还是让育林老大哥把总指挥当上，我是小兄弟，给他当副职就行了……"张琪源拦住话头道："这样的话就别再说了。今天下午宣布，到时间你要给大家表个态，主要是向大家承诺：如何团结领导指挥部一班人，带领全体干部工人，把工作搞上去。你思想上应该有所准备。你看怎样？"

何建英迟疑半晌，道："那好吧。"

第二天，何建英就搬到了右岸指挥部营地，很快就开始进入角色。他陪着常喜强、张琪源在整个工地看了一遍，把各个施工工序和施工情况逐个向常喜强介绍，有些问题吃不准的还向张琪源求证，一般情况下，张琪源都只是点头称是。他知道，让何建英一下子升到沈育林的上头，对何建英来说确实是一种挑战，首先是心理挑战，其次才是工作挑战，由局部领导向全局指挥转换，由上有依靠、下有支撑向统揽全局转变，需要相当长的一段时间。

看完整个工地以后，在常书记的提议下，一行人又将整个营地、办公区、灶房、餐厅、库房看了一遍。常喜强感慨道：真是亿万人民亿万兵，万里江山万里营！

最后，张琪源带着常喜强在东方红 60 推土机工作现场看了一阵子。常喜强道："听说了，咱们水电系统一共回来三台这样的新家具，就给了咱江河局一台。要好好爱护。"何建英道："那是，大家伙爱得和宝贝似的。"

到了左岸一工区的营地，还是一样的程序。常喜强饶有兴趣，广征博引，侃侃而谈。无意中，他看见了管库房的安美艳，便道："这个小同志叫什么名字呀？"何建英道："安美艳，管库房的。"

背过安美艳，何建英小声道："去年 8·22 事故时，她哥安东义英勇牺牲……她就来接班了。"常喜强道："哦，是个苦命孩子。这个小安工作怎么样？"

何建英道："工作挺不错，非常认真，把库房整理得井井有条，人也很麻利。"常喜强点点头，道："哦，能看得出来，人也很精神。"

然后，常喜强转身问张琪源："咱们局机关是不是正在物色打字员？你看这个安美艳可不可以？回去和人事部门商量商量，考察考察。"张琪源点头称是。

经过几天短暂的接触，常喜强认识了不少人，尤其中层以上干部，差不多都能叫上名字了。在何建英的特别建议下，常喜强还和指挥部的几个重要人员集体见了见面，谈了谈话，比如：孙光喜、殷海贵、牛树宽、滕文理、奚大宝等。

谈话的主题是：要全力支持以何建英为首的指挥部工作，做到张局长在和不在一个样；要明确：是为党工作，而不是为某个人工作，要把服从组织安排和自觉革命结合起来。做到胸中有红日，脚下舞东风，敢同鬼神争高下，不与妖魔让寸分，尤其是在青蒿涧这个地方，牛鬼蛇神的沉渣随时都会有泛起的可能，你们要看得清、顶得住、降得了……

此后不久，安美艳被调到局里当了打字员。当张琪源找到田喜珍时，田喜珍道："安美艳的情况常书记给我说过了，说你原来就在青蒿涧，对情况比较了解，要我跟你商量商量。"张琪源迟疑了一下，道："安美艳在一工区，我见得少，不过看人很不错，勤快，也挺机灵的，就调来吧！打字室好像也需要人。"

田喜珍道："好吧，那我就下调令。"张琪源又补充了一句道："再和办公室商量商量，安排好。"田喜珍道："行。"

等到田喜珍找到办公室时，办公室主任左长富道："可以，你就下调令吧，至于怎样调整安排，我再考虑考虑。"

3

这是一个炎热的下午，太阳晒得地皮、墙壁火烧火燎。人民二路人车稀少，形迹匆匆，无轨电车作为现代化交通工具，已经覆盖到了这个曾经是郊区的江河大院附近。一辆帆布篷吉普车，轻松地超过了一辆无轨电车，徐徐地开进江河大院。

省水电厅政治处处长乐大军和人事处处长时抗功带着一个小伙子组成了联合调查组，进驻江河局。他们先找到常喜强，常喜强又叫来尤尚文。

乐大军说："根据群众反映，你们局的谢青不是中共党员，所以他不应该被任命为江河局党委常委，我们经过查阅谢青的人事档案，确实没有他的入党材料。所以，水电厅党委派我们来了解一下情况。"

常喜强对尤尚文道："刚才乐处长和时处长已经把这情况给我说了，这事我还真不清楚。当初配备班子时，确实征求了我的意见。因为我掌握情况有限，就原则上同意原有领导班子成员保持不变，只是将行政常委改为党委常委。没想到还应该考虑是不是党员这码事。"

尤尚文道："谢青原来在老二队，也就是现在的二大队，是不是入党我也不清楚，还得问一问二大队党总支。也许张琪源副局长知道，他在老二队

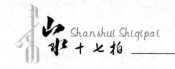

当了多年领导。"

乐大军问："你原来配备常委时，有没有考察过谢青是不是党员？"尤尚文道："那时间是踢开党委闹革命的时期，所以我们就没有关注过这个问题。而且任命的是革命委员会常务委员，属于行政职务，不考虑那么多。"

根据调查组的安排，尤尚文打电话把张琪源叫来，说明来意后，张琪源道："我在老二队时，好像没发展过谢青入党。他最开始是老一队的，是不是入过党，我不清楚。"

乐大军问："那你有没有谢青参加过组织生活的印象？"张琪源想了想，道："在七贤峡电站时，似乎没有见他参加过组织生活或者交过党费。后来我到了老鸦山工地，谢青在其他工地，就更不可能知道这些情况了。"

乐大军道："那谁对这事最清楚？"张琪源道："那些年，支部书记或整党建党领导小组组长一直是陆华夏，他应该最清楚。"

乐大军道："陆华夏负责党的工作，你负责什么工作？难道你们之间像这类问题不通气吗？"张琪源道："我先后是副队长、队长，还兼着支委。这种事情一般我们都是商量后才上会。我的印象，那一段时间没有发展谢青入党，或许，陆书记没告诉过我？"

就这样，调查来、调查去，最终得出的结论是：谢青从来没有加入过中国共产党，也没有写过入党申请书，属于一般群众。

很快，省水电厅党委来文，免去谢青中国共产党江河水电工程局委员会常务委员职务。江河局为了避免引起不良影响，秘而不宣，只是在召开常委会时再不叫他了。但是，没有不透风的墙，还是引起了一些敏感人士的注意。

慢慢地，人们终于弄清了事情的原委，消息不胫而走，使几年来一直趾高气扬的谢青一下子锐气大减，心情也一下子掉进了冰窟窿。有人甚至认为，谢青是一个彻头彻尾混进党内的阶级异己分子，原来的革委会常务委员职务也应该撤销，等等。使谢青不由自主地像一匹受伤的狼一样，环顾四周，寻找着伤害自己的猎人。

无论咋说，谢青多年来一直是局级领导班子成员，党委常委职务免掉以后，下一步的工作安排就成了必须面对的问题。不担任局级职务了，二级单位的非党内职务总可以担任吧？这时间，就有人提出：让谢青接替何建英的一大队大队长职务。因为何建英担任青蒿涧总指挥后，还一直兼任着一大队的大队长，工作起来很不方便；本人也多次提出只任一职。常喜强对这种建议颇为认可，目前正在酝酿。

伴随着谢青在江河局政治舞台上的潮涨潮落，在外面风传着各种各样的说法。其中有一种版本是：张琪源把谢青不是党员的问题告到了省水电厅，又是张琪源亲自出面做证：谢青没有入过党。否则，别人怎么会知道得那么清楚？

为此，鼻子比狸猫还灵敏的谢青，自然而然也听到了这一消息。不言而喻，这就和张琪源结下了不解之冤。而张琪源却整天伏案工作，琢磨着他那永远也没有止境的生产技术问题，尤其是在沈育林不在、无人主持技术处的工作时，他一般是亲力亲为，一竿子插到底，所以对此一无所知。

谢青暗暗地开始了对张琪源的政治攻势，想把他彻底从副局长的位置上拉下来。可是事情并不像他想象得那么简单，首先是苦于没有事由，同时是苦于没有证据。于是，他的那些狐朋狗友在下边把前些年张琪源的一些花花草草的事情添油加醋地散布了开来，什么上官红云、谭秀珍、薛玉玲，甚至连毛月梅、岑乐芳、蒋雅丽这样目前的风云人物，也夹杂其中，成了张琪源花边新闻中的女主人公。

中国的老百姓是最具猎奇心理的，越是捕风捉影的故事，越是被传得神乎其神，凿凿有据，不论是实的，还是虚的，都被迅速地在私底下传播了开来……

这天夜里，谢青从街上喝酒回来，在九分醉意之下，正在酝酿着下一步的行动。当他走到江河局的墙角处，突然被两个人蒙上眼睛，拳打脚踢砖头砸，直到谢青不省人事，才扬长而去。幸亏第二天凌晨，被扫街道的一名清洁工发现得早，把他送到医院，才捡回了一条性命。沄城市公安分局派人到医院看了看，发现断了一条右腿、肠穿孔，但并没有生命危险，现场也没有发现什么有价值的线索，就留下话来"发现什么情况随时报告"，一去不复返。

事后，有人猜测是张超和刘克亮替张琪源报仇，也有人说是蒋雅丽和毛月梅在七二一大学找的打手，小惩以戒。总之，众说纷纭，不一而论。

这时候，牛树宽仍在青蒿涧工地工作，夜以继日，一天两不见天日，只见众星拱月，整天工地——营地，两点一线。因二工区的工程进度仍然有些滞后，牛树宽的嘴皮起泡了，眼睛熬红了，哪有时间顾及别的？所以对沄城江河大院发生的一系列事情一概不知，更不知道自己的妻子薛玉玲竟然成了张琪源绯闻中的一员。要是知道了，岂不气得吐血？原来因为怀疑魏奎社对薛玉玲不轨，竟然向张琪源告状；没想到真正不轨的人才是张琪源自己，这还有个赢?

自然，牛树宽不知道更好，落个清静。其实青蒿涧有人传说这事，只是被何建英叫去狠狠臭骂了一顿："如要再传，以污蔑党的领导干部论处，拉到公安局关起来!"这才使牛树宽得以耳根清静。

可谢青这口气怎么都咽不下去。想来想去，从大家的议论中受到了启发，向水电厅政治处反映：张琪源利用职权将自己的傻儿子张超招到了江河局。

水电厅的乐大军、时抗功再一次来到了到江河局，首先二话没说就把常喜强狠狠地批评了一通："怎么搞的? 风气极为不正! 要好好整顿! 问题层出不穷，没完没了，压倒葫芦浮起瓢! 这样下去怎么能行?"常喜强连连点头："是、是，是我没把单位搞好，我们很快下决心整顿。"

按说常喜强过去和乐大军、时抗功都是水电厅机关的老同事，属同僚关系，凡事总会留几分面子的，但架不住三番两次出问题。纵然常喜强现在是一路诸侯，也使他锐气大减，不得不低下高傲的头颅。

随即，将当时负责招工的蒋雅丽叫来，蒋雅丽道："那年招工确实是招来个张琪源的儿子，但是这是经过人民公社和县政府层层把关、逐级推荐、医院严格体检的，绝没有智力方面的问题。前一段时间，张超学徒期满，经过五大队层层考核，已经转正，根本不存在群众反映中所说的'傻'的情况。

"而且，这同志三年来，一直都是五大队'社会主义革命和建设积极分子'，经常受到单位的奖励! 这都是有案可查的。当然，我说的也不一定全面，还是请上级领导找基层的同志了解吧，那样可以掌握第一手资料，到时间，一切就真相大白了。"

接着调查组又让田喜珍将五大队的领导狄胜利、俞红光和张超的师傅贺万成等一一叫来询问，甚至还把远在青蒿涧的五大队副大队长奚大宝也招了回来。结果大家都说张超表现不错，没有发现智力方面存在问题，而贺万成则更是说："我那徒弟? 非常聪明，非常勤快，好几个师傅要和我换徒弟，我才不换呢!"

时间不长，省水电厅人事处为充实沄管局的施工力量，将江河局砖瓦工张超、混凝土工刘克亮等七人调到沄管局，支持他们盖办公楼去。此事的余波，才慢慢得以消失。

张超、刘克亮的调令一来，尤尚文就来找常喜强。本来上级单位要调走七个人也不是什么大事，可事关张琪源的儿子和蒋雅丽的招工把关问题；同时势必也会有人提起尤尚文的儿子尤德刚、王汉成的儿子王平峰的招工问题，这就不能不令两个主要领导难堪。

常喜强想来想去，都是这个谢青惹的祸，以至于让水电厅调查组第二次来时，还对自己提出了严厉的批评，要求认真整顿！这让这个才到江河局不久的盛气凌人书记，气不打一处来。

偏偏这时间，有些对谢青不满的人乘机说："像谢青这样心术不正的人哪里还有当大队长的胸怀和威仪呢？江河局真是没人了！"所谓墙倒众人推，在党委会上，常喜强象征性地又把这事提了提，大家一片沉默。尤尚文一看不好收场，便道："厅里才把谢青的常委给免了，现在立刻就给任命个大队长，厅里会不会有看法？会不会不批？"

众目睽睽之下，一提起水电厅，常喜强更是火往上撞，一怒之下道："谢青不是腿断了吗？那就把他给我安排在后勤仓库看库房去，接替原来刘克亮的那个职位！直到退休。"过了好半天，常喜强才有气无力地说："其实厅里的态度我也想到了。一个老鼠坏了一锅汤，让我们大家都跟着脸上无光啊。"

这一系列的变故，虽然从没有人向张琪源提起过，但是，凭着他的敏锐观察力，和周围同志对他的旁敲侧击，他似乎也悟出了一点味道来。以致连将张超调出，他也没有吭气，好像浑然不知一样，任其发展。有人问起这件事，张琪源说："组织上自有它的道理，去就去吧。"

但是，心里总是疙疙瘩瘩的，几次他都按捺不住自己的好奇，想问蒋雅丽到底出了什么事，可是，每次蒋雅丽都不露声色地将话题岔开，不做正面回答。

张琪源隐隐约约地感到，这位美女副书记，心理上一定也承受着巨大的压力，于是，常常感到于心不安，有一种难以排解的负罪感。

4

青蒿涧是江河局目前最大的工程，何建英挂帅自然对一工区的局部工作带来了不利的影响。所以，经过请示，很快局里下文任命：滕文理为一大队大队长兼一工区区长，免去何建英一大队革委会主任兼一工区区长和滕文理的二工区区长职务；何建英原一大队党的核心领导小组组长改任为一大队党的总支部委员会书记职务。

众所周知，把滕文理从二工区副区长提拔到一工区区长位置上，跨度刚合适，但要直接当一大队的大队长、管辖好几个工地，难度似乎就有些大。但是时势造英雄，机遇总是要垂青于一些命运的幸运儿的，并不是命运不垂青的人就一定是不努力的人。这种现象并不少见。

说到能力，倒不是问题，人都是逼出来的，作难那么一段时间，也就顺了。好在，有何建英当党总支书记坐镇，一大队就不会乱。而且，何建英给滕文理传授的办法是：把一大队的主力逐步往青蒿涧周围放，并向局里提出：凡在安定河流域的水电工程都交给一大队干，以便两个主要领导能够顾及到，江河局同意了。

当然，这种人事安排对一大队的其他副职和工程队长来说，似乎有些不公平。但是何建英要把重点放在青蒿涧，这样做似乎就合理了。只是滕文理还太年轻，实足年龄才 32 岁，未婚。其实未婚也不是个小事情，许多事情没经过，历练就少了一大块；管理一个家庭的柴米油盐酱醋茶，统筹考虑一家老小的生计问题，不比管理一个工程队的 800 来号人轻松。

因为一工区副区长汤天凯已死，二工区副区长滕文理调出，这就使三个工区都没有副区长，一、二、三工区负责人滕文理、牛树宽、奚大宝都是光杆司令，没有副手，都得一竿子插到底。

俗话说，姻缘是前世修来的定数。若真如此，好事多磨也只是为了等待命中注定的那个人；或者是有意考验你的耐心，让你更加珍惜这份来之不易的缘分。

滕文理到一工区当区长，使皮素素有了更多的机会为他张罗婚姻大事。可是安美艳调走在前，滕文理调来在后，使滕文理对这位绝色美人可谓失之交臂，再也不存任何幻想了。不是吗？本来两人就不熟悉，还有一个娃娃亲的障碍，这一远走高飞、音信皆无，迫使滕文理只得另辟蹊径，重新物色。

皮素素今天给滕文理介绍一个姨家的表妹，明天给介绍一个姑家的侄女，亦或是老家的一个远房亲戚，个个都是他们村子周围的人尖子，而且一个比一个年纪轻，有的甚至还不到法定结婚年龄，但最终都没有成功。滕文理不是嫌张姑娘鼻子小，就是嫌李姑娘嘴巴大，总也没有个中意的；更不用说有的姑娘嫌滕文理年龄大、面相老，有的说像滕文理这年龄，在他们村子都有当爷爷的。

反正缘分没到，就显得事事都特别烦人，不是这儿不对劲，就是那里不对头。似乎凡事都是这样。当事情办成了，就觉得什么考验都是顺理成章，都是为了最后的成功做铺垫，没有这些铺垫反倒觉得还不够圆满。

失败的次数多了，皮素素也着急了起来。有时劝滕文理："兄弟，花里挑花容易眼花，你是挑花眼了吧？"滕文理说："那倒不是。不过，不论是谁，只要往你跟前一站，就立刻显得丑了一大截。"皮素素道："胡说八道，是还不到婚动的时候，时间一到，自然就成了。"

滕文理只是唉声叹气，没有别的办法，道："看来我这辈子是要打光棍啰，连个没有工作的村姑都找不到。所以，我看咱们也就别瞎操心了。"皮素素安慰道："哪能呢！你没听说千里姻缘一线牵吗？只是不知道月老把这根线牵到哪里去了，这月老也真是的。不着急，哦，咱们慢慢来。"

事情就是这样，事主滕文理着急，帮忙的皮素素也着急。反过来，事主和帮忙的再互相宽慰。

又是一个 8 月 22 日。天刚刚擦黑，皮素素和傅盈秀结伴，向龙王山东坡走去；她们各走到一座坟墓跟前单腿点地，在坟前的抱魂砖上小心翼翼地摆上几样食品：三个青苹果、一个点了红点的蒸馍、三片烧肉、豆腐，反正都是单数。然后再到坟堆的各个代表部位压上纸钱，才又回到抱魂砖跟前，再次单腿跪下。

她们各自在面前的沙地上画了个圆圈，边点纸钱边说明来意，待纸钱烧完了，才开始陈述各自内心的痛楚。

皮素素边流眼泪边诉说："一年了，你个死鬼怎么就能狠下心，把我们娘俩撇下，自个儿去享清福去了。早知道你是个薄情寡义的负心汉，我当初可为什么要嫁给你呢？替你守了四五年的活寡，你竟连一句话都没给留下，就扬长去了，把我闪在这半道上，可怎么办耶？

"唉，给你说这些也没用。今天是你的一周年，我来看看你，是要告诉你：我们娘俩过得挺好，我上班了，单位领导对我挺不错的，你的老同学滕文理是工区最大的官，有事没事还常来坐坐；宝宝在家里也挺好，他姑最近来信了，说宝宝可听话了，再过两年就让上学去，将来考个好大学、分个好单位，打死都不到你们这个破单位来了——男的打光棍，女的守活寡。

"不过，我告诉你，我为你守活寡的日子过去了。既然你无情，就不要怪我无义，我看有差不多的男人我就嫁了，我的下半辈子还得托付给一个可靠人呀……"

皮素素说一阵哭一阵，感觉到该说的话都说完了，眼泪也流干了，就收拾起刚来时献上的食品，准备离开。

忽然，皮素素又转了回来，重新又单腿跪下去，说："宝宝他爸，我刚才说的话有些重，你不要生气，不论怎么说我的下半辈子是你耽误的。你以后有什么心愿就托梦告诉我，我给你办。当初没把你安埋回去的原因你是知道的，公家单位有政策，尸体是不允许跨县区运输的。咱们村子也有规矩，凶丧是不能进村的。好在这里还有两个你们单位的同志陪你，你们三个没事了拉拉话、打打扑克，就不感到孤单了。

再过上几年，等宝宝长大了，我带他来偷偷地给你上坟——公家不是不让搞封建迷信嘛，我今天也是偷偷来的。按照你们家里的意思，还要给你请一个女儿骨，也就是再找一个死去的单身女子和你合葬，算是给你再在阴间娶一房媳妇，办个阴婚。这样，你就安心在地下过你的小日子吧。咱们俩夫妻的缘分已尽，阴阳两隔，就不要互相牵挂了。"说完，又嘤嘤地哭了一阵，才毅然决然地走了。走出了好远，才站了下来，一直等到傅盈秀过来，两个人才默默地相伴而归，不时有抽泣声放大，直到嘤嘤声响。

傅盈秀是邬胜功的妻子。只有安东义死前没有结婚，妹妹安美艳调回江河局机关，所以，没有人为他的亡灵来祭奠，月光下一座被大风几乎刮平了的孤坟，显得异常孤单。

皮素素和傅盈秀两个女人走了一段路程，都感觉到唯独安东义的一座孤坟没人祭奠，实在有些不落忍。就相商回去后，又重新准备了一份祭品，两个人二次来到龙王山东坡，按照原来的程式，又给安东义祭奠了一番，也说了几句安慰的话。

傅盈秀道："今天，是你们三个难兄难弟的周年，我和你素素嫂子看完自己的那口子后，也来看看兄弟你。我们要告诉你的是，你妹妹美艳托你的福，已经调回局机关了，这一辈子算是掉进福窝窝了，你就尽管放心好了。美艳她无论远走高飞到哪里，都不会忘记你这个当哥哥的，她不会不明白，她的好日子不都是自己的哥哥拿命换来的？以后只要有机会路过，她一定会来看你的。"

皮素素道："你没事的时候，常跟邬胜功、汤天凯你两个哥哥多走动，远亲都不如近邻，有事多帮衬帮衬。"

了却了一桩桩心事，两个人轻松而归。女人不嫁身无主。想到自己的后半生，两个人又都心事重重，孤儿寡母的后半生，将托付何人？

中秋之夜，月明星稀，秋分已经向寒露走了一半的路程。深夜，已经微微地感到了一丝丝的凉意。

一工区简单的会餐以后，除了上夜班的人们，其他人都三三两两拿个小板凳坐在院子，赏月谈天，纳凉思乡。滕文理到工地上把事情安排了一番，回来又忙活了一阵子，把各部门的业务又都过问了一遍，这才来到皮素素的宿舍门口，和皮素素照例有一搭没一搭地说着闲话。

滕文理道："嫂子，按说我早就不应该叫你嫂子了，你的年龄比我小，总这样叫，我越来越觉得不自在。"皮素素道："我也没有让你叫，是你自己要这样叫的，好像那个死鬼老是阴魂不散似的。"

滕文理道："那你说我该怎么叫你？"皮素素道："那还能怎么叫？就叫名字呗。"

滕文理尝试道："皮素素？素素？"皮素素道："哎哟，这名字从你口里一出来，怎么就那么肉麻呢？"

滕文理"嘿嘿"笑道："听习惯就好了，素素，素素，素素……"皮素素赶忙阻拦道："行了，行了，让人家听见多不好？"

滕文理道："那有什么不好？我还有更肉麻的呢！"皮素素道："你？怎么肉麻？"

滕文理道："我要狠狠地亲你一口。"皮素素笑嘻嘻地说道："你敢！"滕文理慢慢凑了过来，就要动手，吓得皮素素赶忙拿起板凳进了房子。滕文理悄没声地也跟了进去。

进了房子，滕文理轻轻地把门关上，皮素素坐在床边，痴呆呆地看着滕文理。只见他把门从里面插好，把灯"啪"地一下给关了，吓得皮素素不由自主地"啊"了一声，这一"啊"，也把滕文理给吓了一跳，连忙把灯拉开。

滕文理有点哆嗦，慢慢地想往过来挪脚。但是，又觉得两腿像灌了铅一样地沉重，脑门上的汗也流了下来。看到这里，皮素素大方地道："既然进来了，就过来坐一会儿吧。"滕文理如获大赦，端直向皮素素走了过来。

皮素素没有动，也没有躲，任由滕文理战战兢兢地捧着她的脸亲来亲去。皮素素让滕文理成熟了一次，也给了滕文理一次无以言表的压力：今天的誓言是不是能兑现？如若兑现不了将如何面对这个小自己两岁的年轻寡妇，自己曾经叫嫂子的苦命女人？还有自己鲜活的良心？

两个月以后，滕文理和皮素素的结婚申请递到了局里。左长富专门把办好的结婚介绍信拿给张琪源看，道："咱老二队堂堂的大学生，竟然找了个

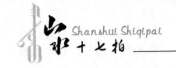

寡妇!"张琪源半天无语。

左长富道："听说自皮素素接班以来，他们的关系就一直不错。大伙儿都说皮素素挺有心机的，经常给小滕介绍对象，结果介绍着、介绍着，就把自己给介绍成了。"张琪源道："也不全是。我听建英说过，原先托皮素素给小滕介绍的是安美艳，往出调安美艳时，就为这，何建英还想把安美艳滞留一段时间呢，为的是让滕文理能有机会多和安美艳接触接触。"

左长富意味深长地说："那他能留下?"张琪源不解，但也没吭声，看见左长富要走了，张琪源才恶狠狠地说："写一副对联给滕文理，祝福一下，上联写：大学生新婚即得子；下联写：小寡妇再嫁遇童男；横批：苍天弄人。"

左长富"嘿嘿"地一笑，道："这么写不太合适吧?"张琪源叹息道："那就算了，你帮我给买一个洗脸盆送去，如果婚事在沄城办，咱们都去一下，毕竟一块儿共事了那么长时间，这个小伙子人挺不错的。有一点惋惜，惋惜。"左长富道："我也感到很可惜。不过事已至此，就祝福他们吧。我就给送一个热水瓶，祝他们有一个温暖幸福的家。"

青蒿涧最近喜事连连。江河局给滕文理和皮素素的结婚介绍信已经拿到了手里，单等假期一到，到女方户口所在地领结婚证书，再选个良辰吉日，滕文理将他的寡妇嫂子纳入洞房。

邬胜功的遗孀傅盈秀也被另一个手疾眼快的工人得手了，也确定在春节前后完婚成家。真是名花各有其主，单把个年届而立之年的生产技术部主任殷海贵留在了单身汉的行列里，年龄稳居老大。

面对此情此景，殷海贵再也按捺不住自己的迫切心情，下决心要和劳动人民结合在一起，生活一辈子。于是，当殷海贵的家里来信让回去相亲时，他便二话没说请假回家。来了以后他告诉何建英："亲事已经说成了，是家居临县的二姑姑介绍她们村子的，女方比我小八岁。"

看见何建英似笑非笑，殷海贵就不再设防，悄悄道："我妈还偷偷地请先生看过，生辰八字都没问题，属相也合得来。现在，两家大人已经见过面了，也正式办了个订婚仪式。这次来把结婚介绍信一开，春节回去就到女方那边办结婚证。"

殷海贵还告诉何建英："指挥部的介绍信就可以了，那边农村，卡得不太严。"何建英道："还是换成局里的吧，时间来得及，万一到时间人家不行怎办? 你把申请拿来，我让他们很快去办。"

春节是国人办喜事的高峰期，千百年来概莫能外。究其原因，大概是因为中国本就是个农耕国家，春节，尤其是在广大的北方地区，正值农闲时期，人们有足够的时间来张罗操办各类大型活动，所以，但凡不是太急的婚事，一般都选在春节前后来办。

就是在这样一个春节，江河局青蒿涧水库工程部的主任殷海贵，在先后走丢了焦婷、错过了安美艳后，与一个叫宫素樱的农村姑娘成亲了。当唢呐高歌、鞭炮震耳，宣告的正是殷海贵这个江河赤子的另一段人生旅程的开始。或许张琪源等人的遥远祝福此时他还没有收到，但未来几十年与张琪源的山水之约，一定是从这一刻便绑定成功的。

5

把老鸦山三期截流的四个工作面摆顺了，张琪源这才来到坝后电站的厂房。这里大部分是四大队的工作领域，大队长吕亚洲和谭秀珍都在，十来个工人分布在各台机组不同的工序当中。一号机组正在往上吊装发动机，二号机组正在安装水轮机叶轮，三号机组正在安装蜗壳，而四号以后的机组则全部停工，一些土建工程的最后修补、焊接钢筋、二期混凝土的人手，都被抽走，去突击三期截流去了。但是从遗留的半拉子活儿看，张琪源还是能看出来是几条流水作业线错开工序，平行施工。励磁机和配电柜跟前，是几个电工，显然和安装工种有所不同。

张琪源的到来，让几个人都感到很意外，想着会不会有什么事。张琪源道："手心手背都是肉嘛，最近三期截流事情太稠，一直脱不开身。"吕亚洲道："那就抽空给我们也指导指导。"张琪源道："指导就免了，我就是想了解一下情况。"吕亚洲道："留下的这点人都是为确保首台机组发电的。"张琪源道："我看几台机组都有人呀？"吕亚洲道："那是为了倒工序，总不能叫闲坐到那里等活吧。"谭秀珍道："只要有多余的劳力，肯定就去支援三期截流去了嘛，还能给张主任打埋伏？"

张琪源哈哈笑道："我想也不会。咱们水轮机的调速靠什么控制？"吕亚洲道："主要靠控制水的流速。"张琪源问："还是人工操作？操作的依据是什么？"吕亚洲道："依据是输出电压的变化，出现过大或者过小的情况时，及时调整。"谭秀珍道："水的流速主要取决于水压，除非水库暴涨或者是急速泄洪清库才会出现剧烈变化。"吕亚洲道："所以，一般情况下基本稳定。"

张琪源对谭秀珍道："如果晚上突下暴雨，厂房内人不知情，是不是就会出现问题？"谭秀珍道："应该是。"张琪源道："我的意思是你们应该考虑，水位急剧变化时厂房内怎么知晓？电压急剧变化时，运行人员怎么知晓？"谭秀珍道："这就得建立一种机制，坝面巡逻和仪表观察人员必须高度警惕。"张琪源道："老虎都有打盹的时候，人也会有精力不集中、反应受各种外在条件干扰的时候呀？"吕亚洲和谭秀珍一时回答不上来。

张琪源道："我没有批评你们的意思，而是想让你们把人为机制变成技术措施。每一种工况的出现，都应有两种互为补充的机械报警，确保万无一失。"谭秀珍道："水位监测报警系统我来考虑。"张琪源道："行，要考虑在天黑下大雨巡察人员无法观察的情况下，你的数据照样还能及时传输。"谭秀珍道："这个我能做到。"张琪源道："还有，进入水轮机的水压到底是多少？厂房内的值守人员也应该非常清楚。"谭秀珍道："那就在水轮机上加水位计。"

吕亚洲道："那电压监测系统就我来设计吧，峰值和谷值都得用数据分级唤醒。"张琪源道："还有送变电系统的运行情况，我们厂房的运行人员也应该非常清楚，不要整个输出系统都出现变化了，咱们人还不知道。"吕亚洲道："报警蜂鸣唤醒装置我也有办法，只要把以上各项监测数值一量化，就好办了。"张琪源道："好。另外需要注意的是：输出电流的稳定平衡涉及方方面面，你们一定要全方位考虑，依次制定出一套比较全面的应对措施，不能按下葫芦浮起瓢。"

张琪源让谭秀珍把大家带到分水闸跟前。张琪源问："闸门现在制作得怎么样了？"谭秀珍道："这都是马三全负责，车间内的制作都完成了，只剩现场的随机装配了。"张琪源道："怎么没见马三全？"吕亚洲道："在那儿，你看。"张琪源顺指一看，果见满堂架上面那个人是马三全，一边从上面扶着闸槽，一边说："向前，向前，再来一点，好，稳住，别动。"只见下面也有两个工人，一个或撬槽钢或别钢筋预埋件；而另一个则拿着焊枪，不停地焊着，一时间焊花飞溅，照得人眼睛都不敢直视。稍息，那个电焊工放下焊枪，拿起个尖嘴锤，嘣嘣嘣，往掉敲药皮。

借这个机会，张琪源问："闸槽和底坎要一次性焊到位吗？"马三全道："一次到位，确保横平竖直。"张琪源问："将来的制作误差怎么消除？"马三全道："靠止水安装消除，必要时加垫子。"张琪源道："可以把二次混凝土缓后浇筑，给消除误差提高保险系数。"马三全道："行。"

说到闸门的就位和吊装，吕亚洲道："还是马三全的老办法，靠人工、使巧劲。"张琪源道："还有没有更好的先进办法？"吕亚洲道："那就得购置吊车了。"张琪源道："咱们四大队是专业安装公司，这种设备必不可少，最好还应该形成系列。"吕亚洲道："那敢情好，我早有这想法了。"

张琪源道："走的时候，我跟尤尚文局长还提过这事，他让我来考察考察。"吕亚洲道："确实需要，你看我四大队这么多机电设备安装、金属结构安装任务，整个都是赤手空拳来招架。"张琪源道："那怎么没听你说过？"吕亚洲道："我不是初来乍到，摸不清锅灶嘛。"张琪源道："让你来就是让你带来新的眼见、新的思维，如果还是老办法，咱们马三全和谭秀珍就完全可以了。"吕亚洲道："我明白，取长补短。"

张琪源道："除了常规的标准起重设备，你们还应该自行设计随机性的非标起重设备，比如行走式航车，把天轨革新为地轨，把固定轨灵活为可移动轨，实行三维吊装。"吕亚洲道："那就要解决好稳定问题，才能万无一失。"张琪源道："那还用说，安全为天嘛。"

6

就在全民热热闹闹过新年、办喜事的时候，远在沄城的江河局总部出事了。宁澧县武装部的两名武装人员，来到了江河局新落成的四层办公大楼，经过短暂的接触，带走了江河局党委书记兼副局长常喜强，原因是涉嫌"军婚"，也就是破坏军人婚姻家庭。

原来，安美艳从小定下的娃娃亲小伙子是个军人，在她还没有接班的时候，这小伙就当了兵。这在全社会大学停止招收大学生的那个年代，当兵就似乎意味着是唯一一条吃公家饭的可能途径，所以当兵比出一个县长在穷乡僻壤中引起的轰动还要大。

当时大家都说安美艳有福气，从小定娃娃亲时就等于掉进了福窝窝，他爸妈这一宝押对了。那时候的安美艳，只怕男方不要她，因为娃娃亲没有什么法定效力，一方提出退婚是常有的事，只要在经济上给一些适当的补偿就行了，当时的人民币也就百八十块，最多两三百元。

所以，自从这个小伙子当兵走了之后，安美艳就经常以未来儿媳妇的名义到男方家做家务、干农活。男方也不说行，也不说不行，搞得安美艳心里忐忑不安。

正在这时候，安东义出事了，安美艳接班了。村里人都说他们俩到底是天生的一对，老天爷早就把一切安排妥当了，只等着时间一到，两口子家搬到城里享福了。这一下，老安家人的一颗心也才算是放在了肚子里——美艳的终身大事，总算是再也不用看别人的脸色了。就算是此事不成，也不愁嫁，照样能找到好主儿。

而恰恰相反，安美艳一有了工作，男方就觉得这件婚事可能要出问题——因为男方将来复员回来能不能安排，还不一定。就多次主动到老安家来走动，并且话里话外警告老安家，他家的儿子是个人民解放军的战士，解放军的婚姻是受国家强力保护的，甚至还说："你们不见经常有不识死活的军婚犯往枪口上撞，最后的结果都很惨吗？"等等。老安家人自然明白其中的意思，也不硬顶，只看女儿自己的态度如何了。

在以前一工区大家给安美艳介绍对象时，让她辗转反侧，时常犹豫不决。不是她看不上其中的任何一个，而是其中的利害关系，自己十分了解，不敢惹祸上身。而她对那个娃娃亲的小伙子也没有什么好感，尤其是对他家人的那种势利做派，十分厌恶，所以这门亲事成与不成，对她来说，都无所谓；或者还希望它不成，好让自己利利索索地按照自己的心愿，找一个称心如意的。

也是活该常喜强倒霉。一个偶然的机会，安美艳的对象家竟然获知未婚妻安美艳在单位和江河局的大领导常喜强有奸情，并且打过一次胎。这在那个年代是不得了的事情！

一方面是，但凡与军人的家属或者对象有私情，哪怕是谈恋爱，都会以破坏军人家庭罪论处，根据情节的严重程度，可以判处几年有期徒刑甚至无期徒刑，即所谓的军婚犯。

另一个方面是，在那个年代，打胎是需要单位出证明、本人提供结婚证的，对这一难题，常喜强尽管做了许多周密的安排，但是还是不知道在哪个环节上出了问题，最终露了馅，走漏了消息。

当宁澧县武装部的办案人员找到常喜强时，当初出具给市人民医院的介绍信内容已经被抄录来了，并且上面盖有医院的公章，公章下面写着一行字："此件抄录于我院档案室，内容属实。某年 12 月 17 日。"

常喜强一看，介绍信的内容确实是自己口述、左长富写的。而且存根的内容写的是另外一件事情，是左长富从文书手里把空白介绍信要来，常喜强亲眼看着左长富亲笔写了个阴阳介绍信；撕下来后，常喜强当时就装起来了，这个环节上应该绝对没有问题。

除非是左长富走漏出去的风声，还是安美艳手术前后让别人看出了端倪？抑或是安美艳自己告发的？不会，应该不会，这几种可能应该都不存在，常喜强有这个自信。

但是，不论怎么说，这时候抵赖是没有意义的。所以常喜强就痛痛快快地承认了，当下就被人家带走，交给了公安局。

安美艳应该是早就知道这事的人。因为，在一个星期前她就请假回家了，给左长富请假时说是回去结婚，但是竟然没有让单位出具介绍信，也没有写假条，这就让左长富有点纳闷，以为是常喜强要亲自来办。

但是，直至常喜强被人带走，也没有人来开过安美艳的结婚介绍信，或者是给安美艳补交一个请假条——按照规定，没有假条的请假是无效的，旷工三天是要开除的。在那个年代，这一项制度执行得是很严格的，有许多人为此丧失了公职。

春节以后，一个小伙子来到江河局人事处，说是安美艳的表弟，要将安美艳调往宁澧县理发馆工作，希望江河局给宁澧县劳动局出一份商调函。人事处的田喜珍告诉其表弟，要本人写一份调动申请，并且让安美艳所在的办公室领导签字、尤局长批准才行。

调动申请安美艳早就写好了，左长富拿着申请去请示尤尚文。尤尚文问左长富道："那你的意见呢？"左长富说："叫走吧，留下也没法工作；调走以后咱们有机会到了宁澧县，还能找到熟人给咱理发呢，说不定还能给咱便宜五分钱呢。"

尤尚文笑嘻嘻地说道："总共理个发才一毛五分钱，少收你五分钱，那她还得请示她们馆长呢！"两个人在说笑中，尤尚文把已经签过字的安美艳调动申请书递给左长富，又补充了一句："行，那就叫走吧。铁打的营盘流水的兵嘛！"

又过了一段时间，沄城市中级人民法院分别寄给省水电厅、江河局各一份《刑事判决书》，属于邮寄送达，判处常喜强有期徒刑八年，剥夺政治权利六年。但是，这份判决书似乎来得太迟了，因为，这时候，在江河局的政治舞台上，早已经因此而风起云涌了。

1

一大清早,江河局大院的高音喇叭,在一阵铿锵嘹亮的中国人民解放军军歌之后,省人民广播电台以高亢有力的声音,播送了一则振奋人心的新闻:题目是《军民协作的伟大创举,技术革命的丰硕成果》。

电文一开始便指出:"昨天下午五点,随着一阵轰隆隆的巨响,由我省劳动人民自行设计、自行建造的老鸦山水电站第一台机组正式发电投产。刹那间,整个老鸦山地区灯火通明,四村八乡的老百姓欢声雷动。"

电文还特别指出:"老鸦山水电站的发电,结束了午东、长城两个地区千百年来'干活靠人工,天黑就睡觉'的原始生活,是一次历史性的巨变,是毛泽东思想带给第三世界人民的又一个伟大成果,充分体现了没有共产党就没有新中国的科学道理……"

电文还强调:"老鸦山水库开建 17 年来,经历了苏修专家对我国的经济技术封锁,经历了三年自然灾害造成的巨大困难,曾经停工五年、二次上马,是党的领导使这座电站再次焕发了生机,是人民解放军保卫了电站的建设安全……"

但是,有一点电文比较含糊,就是只字未提是哪个单位建造的这座电站,而是说:"在这次电站的建设中,我省广大劳动人民和解放军某部 43 团创造性地、成功地使用了定向爆破技术,使这项工程提前了两年建成,显示了人民群众巨大的创造力和中国人民人定胜天的大无畏精神，再一次证明了 '中国人民有志气、有能力，赶超世界上一切发达国家……'。"

一吃过早饭，尤尚文立即让总机给老鸦山工程指挥部挂了一个电话，问张琪源："张局长吗？我是老尤啊，今天早上的广播你听了没有？很鼓舞人心啊！

"现在省电台和省报社的记者走了没有？你再挽留他们几天吧，我想请省厅的领导来看一看。

"听说下一步下家峡水电站也要开工，这是目前国内少有的大型电站，主力队伍会不会是咱们，目前还得打个大大的问号呢。所以，我想通过这一次大张旗鼓地宣传，争取省厅领导对我们江河局的进一步信任和更大的支持……"

放下电话，尤尚文定了定神，又把左长富叫来，问："今天的省报来了没有？"左长富答道："还没有来，最早九点半才能到。"

尤尚文道："来了以后，你组织大家学习一下，事情你知道吧？就是老鸦山水电站首台机组发电的报道，到时间看祁局长没事的话，请他主持一下。你现在通知在家的领导班子成员，到小会议室开会，你和田喜珍也参加。"

待大家屏声静气以后，尤尚文威严地说："今天早晨的新闻大家可能都听了吧？对我们江河局建设的老鸦山电站工程给予了很高的评价，这是对我局整体工作的最大肯定。但是，非常可惜的是，文中从始至终没有提到一次江河局的名字，使我们成了名副其实的无名英雄。

"我们不是不愿当无名英雄，而要通过这事情洗刷我们的耻辱。最近一段时间，由于常喜强事件的发生，对我们局领导班子和广大干部的整体形象影响很大，我们应该利用这次机会，对我们班子的整体形象进行一次再宣传，最大程度地消除不良影响，使人们认识到：一个人的错误，不能抹杀我们整个班子，甚至是全局广大干部职工整体的贡献，更不能因为一个老鼠坏了一锅汤！

"在我们省的水电战线上，我们江河局仍然是排头兵、主力军。我的意思是，借着这次老鸦山水电站发电的东风，要让省厅领导和社会各界对我们江河局有一个新的认识。大家都谈一谈自己的看法吧。"

蒋雅丽道："早上的新闻我也听了，很受鼓舞，但也倍感心酸，其感受和尤局长是一样的。本来原来，我和尤局长、张副局长在老鸦山定向爆破成功时，就打算在老鸦山电站竣工时，好好地宣传一下我们局。可是，在这次老鸦山蓄水发电时，张副局长走的时候我没有再提这个问题，原因是我觉得我们班子出去以后无言以对江东父老，无言以对广大职工。

"所以今天，尤局长提出要通过老鸦山发电成功的喜讯，重树我们江河局的形象，我非常赞成。卖什么就吆喝什么，我觉得首先应当抓的工作就是宣传，通过正面宣传，消除负面影响。我们要一方面请省电台和省报继续进行深入报道，深挖我局人定胜天、以苦为乐的主题思想；另一方面，我们要通过省委宣传部向中央人民广播电台、新华社等国家级新闻媒体发送专稿，反映我省人民战天斗地、改造山河的伟大壮举。

"最近，甘肃省的刘家峡水电站也发电了，两件水电盛事正好遥相呼应，无疑会成为今年水电战线给全国四届人大最好的献礼。"

尤尚文道："好，这件事情就你去办。最好是在今天早上的新闻稿件里，加上江河局的名字，其他主要内容原封不动发出去就行，越快越好。早上的稿子写得非常好，很有感染力和震撼力。"

祁玉民道："我觉得应该由尤局长亲自出马，请水电厅的领导到电站视察，再通过他们请省上的领导出面，出席电站六台机组全部发电的仪式；昨天的发电只是第一台机组，还有五台机组应该也准备得差不多了。这么大的电站发电，是天大的好事，省上领导不可能不去！"

尤尚文道："这个主意好，我一会儿就到水电厅去，长富给我准备几份今天的报纸。玉民给琪源再挂个电话，让他督促咱们的人能不能在最短的时间内，叫后边的五台机组同时发电，等省上领导来时，电站全面发电投产，这样效果会更好。"

惠爱国道："这次重点采访完了以后，再将记者请到青蒿涧去。省水电厅准备组织咱们局、水保局和水利学校的专家老师一块儿，以青蒿涧的经验为蓝本，编写一本引水拉沙施工的科普教材，通过新闻媒体这么一宣传，引水拉沙施工工艺可以推广得更快一些。这就和定向爆破一块儿，成为我们江河局的两项重要成果，必然会在全国水电系统引起轰动。"

尤尚文道："好，这个问题惠局长和蒋书记你俩商量商量。咱们的编写牵头人员原来确定的是张局长，现在张局长不在，惠局长你也参与进来，和水电厅的教材编写人员一块儿，把教材编写和宣传推动工作有机地结合起来，突出咱们局在我省水电系统的主力军地位。"

田喜珍道："我们应该搞一个老鸦山水库建设的事迹汇编和群英谱，把他们的先进事迹汇编成册，广泛宣传，鼓舞后来人献身水电事业；同时，趁着这次发电，召开一次群英大会，对多年来在老鸦山水库工地作出突出贡献的先进模范人物，进行一次大张旗鼓地表彰，弘扬正气。"

尤尚文道："好，就在老鸦山召开一个群英大会，邀请包括在老鸦山干过但是现在已经调到别的项目的立功受奖人员，也回来参加这次群英大会。这次群英大会就由蒋书记全盘负责筹划，受奖人员名单的确定由张局长他们在工地提出，咱们政治处严格把关。"

会议结束后，省上的报纸也来了。果然，头版头条就是老鸦山水电站首台机组发电的消息；还好，在这篇电文中，提到了江河局的名字，甚至也提到了张琪源、陆华夏等重点人员的名字。尤尚文如获至宝，立刻拿上，独自驱车赶往水电厅。

2

这一路上，尤尚文的思想一直在激烈地斗争着：到了水电厅到底该找谁说这事？如果找厅长施君威吧，倒是轻松自然，歪话好话都能说，他同意的可能性能占到八九成；可是，这样一来，似乎又一次疏远了水电厅党委书记齐平章。

这一年多来，尤尚文觉得始终和这位新来的水电厅一把手不即不离，总也走不进他的人事圈子。尤尚文虽几经努力、多想接近，结果总是没有效果。所以，如果今天要是直接去找他，会不会还有一种小题大做、有意巴结的感觉？

长时间以来，尤尚文似乎一直隐隐约约地感到，齐平章之所以和自己表面应付，其根本原因就是觉得自己和施君威、杜成武也是造反起家，很有可能联合起来和他势不两立。要不然怎么会执意派了个常喜强来掌管江河局？不巧的是这位常公子太花心，终于玩出了麻烦。

到了水电厅，尤尚文首先找到了杜成武，说明了来意。他问杜成武："你说这事可行不可行？找谁汇报比较合适？"杜成武毫不犹豫地说道："不论可行不可行，当然都是找齐书记汇报了。要请省上领导，没有齐书记出面怎么行？"

尤尚文忧虑地说道："那施厅长这边……"杜成武微微感到有些意外，

道："需要他时，齐书记自然会叫他的。是这样，你跟我一块儿找齐书记去。"尤尚文这才如释重负，跟着杜成武来到了齐平章的办公室。

齐平章的办公室尤尚文来过多次，但是每一次都是战战兢兢，想不出是什么原因！想自己也算是行伍出身，出生入死的场面没少经过，可是，就是在这间斗大的办公室让他轻松不起来，他倒真希望把这小子拉出来亲自批斗一番。

进去以后，齐平章平静地让他们两个坐下，他们就恭恭敬敬地坐了下来。杜成武谦卑地说道："齐书记，江河局的尤局长来有个事给我说，我觉得这事非同小可，还是直接向你汇报比较好。自从你来咱们厅以来，全省的水电事业蒸蒸日上，形势一片大好，许多事情都逐步走上了正轨。

"就拿江河局这一块儿的工作来说吧，由于采用了先进的定向爆破技术，使老鸦山电站的建设工期缩短了两年，现在首台机组已经发电，今天早上省电台、省报都做了重点报道。

"尤局长的意思是，这么一项重要工程即将竣工，多亏了水电厅党委的正确领导，想请你去出席全部机组发电仪式和群英大会。如果能请省上领导一起去的话，可能对咱们整个水电系统的行业重要性都将会产生深远的影响。"说完，杜成武示意尤尚文，意思是：是不是这样？

尤尚文道："是的，这一年多来，齐书记对我们江河局的工作非常关心，我们之所以能够取得这么一个阶段性的胜利，完全依赖于齐书记的支持。今天报纸上没有提到是由于水电厅党委的正确领导，我们感到很过意不去。

所以我们想，如果各位领导能去的话，我们把新闻记者也一块儿请来，这对扩大我们水电事业在我省工农业生产中的地位和影响很有好处。只是，老鸦山路途遥远，不知道齐书记有没有时间去辛苦一趟？"

齐平章道："早上的新闻我听了，报纸也看了，真是墙里开花墙外红。这是我们全省水电系统的骄傲！你们能够有这样的想法很好，是大局意识的一种表现，我们全省水电系统就应该是一盘棋。至于去老鸦山，不是有没有时间去的问题，而是别的事情应该如何给我们这件事情让路的问题。成武，你过去把君威叫过来，咱们分一下工。"

杜成武站起身来临出门了，齐平章又把他叫了回来，道："以后，你们给我说事情的时候，不要先给我戴上个二尺五，没有那个必要嘛。做人要平平常常，说话要平平淡淡，做事要平平实实，不要那么拉大旗扯虎皮，不着边际地转一大圈；尤其是成武，你这毛病得改改，你给我戴个二尺五，老尤不得不也给我戴个二尺五，你们看咱们这像是在干吗呢？真像是在演戏，哪里像是在谈工作？好了，你去吧。"杜成武点头，这才二次出了齐平章办公室的门。

尤尚文能看出来，在齐平章批评杜成武的时候，杜成武脸上的表情在不停地抽搐。几次想溜，只是苦于齐平章没有放行的意思。显见齐平章对杜成武的成见已不是一点点，而杜成武对齐平章的恨也应该是到了极点，尤其是通过这一次在下级单位一把手尤尚文的当面，给杜成武下不来台。

施君威过来，只是和尤尚文点了下头。尤尚文站了起来，但是看见施君威没有和自己握手的意思，只好又坐了下来。齐平章道："老鸦山的情况你了解不？"施君威认真地说道："了解一些，但是可能不够全面。"

齐平章心平气和地说道："以后要多下去，尽量多掌握第一手资料。"施君威道："好的，我马上考虑。"

齐平章摇摇头，道："最近先不着急。尚文现在有个很好的想法，打算在老鸦山水电站六台机组全部发电时，请省上的领导去庆祝一下。你和午东地区、长城地区先联系一下，让他们思想上有个准备；省委、省政府这边，我去汇报；新闻单位，成武你负责联络。

"尚文，你就着重抓好现场的准备工作，一般有什么情况，就和成武商量，先把准确时间确定下来，再排个日程表。如果确定省上的领导能去，这个日程表咱们还要和省办公厅的同志进一步沟通调整。"

尤尚文从齐平章的办公室出来后，就顺便尾随施君威到了他的办公室，把自己的想法又给汇报了一遍。施君威表面上打着哈哈，但是仍然掩盖不了他内心的冷淡，尤尚文明显地感觉到了，但是也很无奈。客观地讲，今天这样的结果应该是最好的，因为施君威成就不了尤尚文要加大宣传江河局的愿望，逼得他只能随杜成武走上层路线，把大家都搞得战战兢兢。两个人不咸不淡地聊了一小会儿，尤尚文觉得挺没意思的，就落寞地离开了。

本来尤尚文还应该到杜成武的办公室再坐一会儿，把一些细节问题再磋商一下，但是，自己觉得挺无趣的，起码今天最好到此为止，就迅速地离开了水电厅。

回去以后，尤尚文的心情非常不快。但是，自己不能只顾生闷气；他得根据齐平章的部署，对自己原来的安排进行一些调整。不论怎说，这个开端还是令人满意的，至于施君威、杜成武的不高兴已经不重要了。

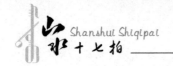

尤尚文回家睡了一觉，让心情平稳了一下，直到下午四点才来到办公室。他让蒋雅丽最近加强和省厅的联系，待张琪源从青蒿涧回来后，老鸦山全部机组发电的时间一确定下来，一块儿陪领导再到老鸦山。

3

在老鸦山水电站首台机组发电和全部机组发电的间隙，张琪源带着马三全再次来到青蒿涧，指导放水塔交通桥的架设。此时的青蒿涧，一座沙坝静静地横卧在沙漠之中，显得安详而静谧。要不是有放水塔及其交通桥的几根混凝土柱子直冲云天，人们还真看不出这里竟然是一座水库，还以为只是另一座楞线相对笔直的沙梁。在这片沙海当中，沙梁的形态千奇百怪，没有什么模样的造型会让人感到意外。

张琪源站在坝顶，感受着这座大坝的巍峨。同时缅怀这里曾经发生的一切人和事，似乎都已尘封在这座人造沙梁之下，好像什么都不曾发生过一样。汤天凯、邬胜功、安东义彻底地走了，都没顾得上与终日携手的各位工友们道一声再见；常喜强也是从这里最终走向罪恶的深渊，顺便还捎带上了安东义的妹妹安美艳，也是一去不复返。如果没有青蒿涧，他们五个人的人生命运完全可能重写，绝对会是另外一番模样，而现在却完全定格在过去的那段炽热似火的时光，永远都没有了假设。

何建英、沈育林、孙光喜、殷海贵、滕文理、牛树宽就站在张琪源的旁边，这是张琪源这个副局长视察指导施工一线应有的阵容。他们看着半人多高的 T 型梁都有些发愁。沈育林说："咱们计划先吊最中间一条，避免桥墩左右受压不均而导致倾斜失衡。"牛树宽道："我倒觉得从哪一边吊都没关系，咱们浇的混凝土柱子绝对牢靠。"这是牛树宽的性格，每天不和人唱唱反调就觉得少了点什么。何建英低声道："牛树宽胡说什么？出了问题你负责？"牛树宽道："好好好，你说怎么干，我就怎么干。"何建英道："又瞎说，有张局长在这里，咱们得听他的。"

张琪源心里是忐忑的，像这种高风险作业完全听从自己并不一定是什么好事，只能意味着所有责任都得自己承担，便道："门型架试吊过没有？"何建英道："简单地试吊了一下，又轻轻地放下了，感觉到心里没底，只等着你们来。"张琪源问殷海贵："安全系数取的多少？"殷海贵道："是按

2.6假设的。"张琪源道："那就试试，如果感觉可以，再向前移动。"

每条 T 型梁的两头都各有两个吊环。只见孙光喜麻利地戴上帆布手套，拉来一根钢丝绳，从编号为"1 跨中"的前端两个吊环穿过，两头并齐；钢丝绳两头是做好的挂环，大家一起动手把它挂在悬索下边的手动葫芦挂钩上。何建英手一挥，让手动葫芦尽快提升，直至把整条钢丝绳拉直发力，这才停了下来。很显然，有了张琪源的首肯，孙光喜和何建英都显得信心十足。

殷海贵低声告诉马三全："这一对手动葫芦是最近才买的，实际上是一个制作成型的滑轮组，人们使一分的劲，就可以产生几倍的拉力。"马三全道："对，它还有一个名字叫导链，带逆止栓，四大队几乎每一个工地都有。"殷海贵道："嚯，那你们四大队先进呀。"马三全回道："一般般，社会在进步嘛。"

有了孙光喜的示范，"1 跨中"后端的钢丝绳悬挂，也就无须做过多的解释，工人们七手八脚自己就挂好提了起来。这时候，"1 跨中"的两端钢丝绳都吃上了力，何建英则开始前后左右检查 T 型梁的四周，看有没有什么不妥，见四个吊环也都吃上力了，这才大喊道："两边都有，慢慢提起十公分。"

只见两头手动葫芦哗楞楞一起响起，悬索的自然弧度开始绷直，矗立前后两端的两幅门架便开始发出嘎嘣嘣的怪叫，几十吨重的 T 型梁被徐徐提起。忽然，听见嘎巴响了一声，张琪源、何建英几乎是异口同声道："停！"停了片刻，何建英见没有什么大的情况，便对张琪源道："是不是让大家检测一下看吊环周围混凝土有没有裂纹损坏？再看一看门型架基础、门架、拉牛、地锚有没有损坏？"张琪源道："好的，关键是大家要注意寻找刚才发出嘎巴声的部位。"马三全向门架的一个角指了指道："我感觉是那个拐角的焊口拉裂了。"

几个人开始忙乱，分头去检查，马三全果然在门架的右上角发现了异样，道："大家看，是不是那个焊口断开了？"何建英一看怒目而视，目光找到滕文理："谁焊的？什么臭水平？"滕文理面色尴尬，但在张琪源面前，也不好多解释什么。何建英道："你给我查一下，拿出处理意见。"滕文理只得回话道："行，找到这个焊工罚他三天工资。"一个叫邓锁柱的工人脸色暗淡，走到跟前看了看，又躲到人后头去了。却听何建英道："三天？今年工人的技术等级晋升资格先取消了再说。"

张琪源对何建英道："追究责任的事缓后再说，咱们几个人是不是分一下工，各人带人各把一头，把所有的类似问题都找出来？"何建英道："好的，大家重点察看基础、立柱、焊口、拉牛、地锚等薄弱环节。那我就点名了：殷海贵你年轻，爬到放水塔顶上去，主要关注门型架结构的稳定性问题；牛树宽你腿快，你到库底重点检查六根纵横向拉牛，人手不够多带几个，将来一人蹲守一个点。"牛树宽小声嘟囔道："偏偏让我跑到沟底去？"何建英道："沟底责任重大，要不然你和殷海贵换一下，你上塔？"牛树宽不好意思道："算了，算了，服从何指挥安排。"殷海贵笑了笑，道："牛树宽才懒得上塔呢，他要能上，太阳都从西边出来了。"牛树宽心一横道："换就换，爬个塔还能把人累死！"殷海贵笑道："不换，本人哪里艰苦就到哪里去。"说完扬长而去，牛树宽撇了撇嘴，不以为然地走了。

何建英道："滕文理，你带几个人把桥台这边的门架和钢丝绳、地锚全部都招呼上；孙光喜负责门型架损坏部位的修复。"最后，张琪源强调："注意，大家检查完后，也是一人蹲守一点，就地观察，一有问题立刻叫停。"何建英道："好了，大家出发，无论好坏，打个招呼过来。"张琪源对沈育林和何建英道："你俩各负责 T 型梁的一头，一有情况随时商量。"

最先喊过话来的是殷海贵，他果然年轻腿快，喊过话来说："这边的悬索钢丝绳颤抖得很厉害，似乎还发出声响。"张琪源让等一下牛树宽的消息，结果牛树宽喊过来话道："都没问题。"张琪源给何建英道："你问殷海贵看放水塔立柱是不是有一点向后弯曲，可能是立柱太细了。"殷海贵回过来的话是："可能拉牛着力点分布不合理。"张琪源道："让一会儿在立柱和斜撑中间焊接两根斜拉杆，构成三角形。"

听着各家报来的情况，张琪源大致心中有底了，可还是有些不放心，便让何建英和马三全看着大梁，自己要和沈育林整个检查一遍门架的稳定情况。何建英问："大梁是不是先放下来？"张琪源道："一会儿焊接的时候再放，我乘现在这样较着劲去看哪个部位有问题？要是把拉力一释放，就看不出问题了。"

何建英问："那焊接一定要等压力释放以后再说？"马三全道："那还用说？现在一焊有些地方就软了，自己就弯折了。"何建英道："我是担心有的地方已经开始动手了。"马三全道："那就赶快通知下去，没有你的指令，谁都不能擅自启动电焊机。"张琪源道："我走后，万一出现大的震荡，你俩立刻把大梁落地。"何建英和马三全点头言道："明白。"

张琪源和沈育林检查桥台这边，滕文理自然随行。走到一处拉牛根部，张琪源观察周围问滕文理："你看那边流沙是不是出现了一坨轻微拱起的包？会不会是这根纵向拉牛有拔起的迹象？"滕文理道："看不出来呀？"沈育林对滕文理道："你从这个角度看。"滕文理转过身弯下腰道："有点像，可又不太像。"张琪源说："你不要顺光看，侧光看。"等滕文理最终确认后，张琪源道："从周围进一步观察看，应该没有人在此活动的迹象，肯定是地锚松动了。"沈育林道："滕文理你弄啥要细心呢，不细心会出大问题。"滕文理不好意思地点点头。

张琪源对滕文理道："立刻让人用架子车往来拉沙土，待一会儿悬索压力释放后给压上，像一个大土堆一样；而且表面要洒水拍光，便于随时观察有无裂纹。"走到一个门架立柱跟前，张琪源道："这个掉下来的药皮、锈迹是怎么回事？"滕文理道："可能是立柱过分吃力表皮脱落了。"张琪源道："那就说明这个部位变形太大了，再焊一条斜撑。"临离开时，沈育林给滕文理交代："以后再出现类似情况，还用这种办法应急。"张琪源补充道："实在不行，再给加一条立柱。"

出于滕文理的粗心，张琪源和沈育林两个人拓展巡察面，顺着大坝坡往下走。坝坡防渗还没有做，难免深一脚浅一脚，鞋子里面灌满了沙子。沈育林干脆脱了鞋袜，光着脚走，反倒觉得利索，可又不好意思让张琪源也光着脚跑，道："要不然你回去，我和马三全去？"张琪源道："我可以，各种缺陷如果现在不能修复，我回去也是闲着。"两个人到了库底，一根一根检查每个地锚和拉牛承重后的情况，又给牛树宽增加了几个刚才漏掉的缺陷特征判断项目，让尽快检查补救。

张琪源要上放水塔，沈育林坚决不让，只得仰着脖子和放水塔上的殷海贵说了半天，这才回到桥台来，和何建英、马三全交换情况。两个人累得满头大汗，气喘吁吁。这时间已经到了下班的时间。

何建英道："整整一上午劳而无功。"张琪源道："嘿，不能这么说，把能发现的问题全部都发现了，就是最大的功劳。"沈育林道："磨刀不误砍柴工。"马三全道："那就让大梁落地吧，各家开始修复。"张琪源点点头，何建英便让孙光喜安排各个补救工作面人员中午先别急着回去吃饭，必须加班加点把所有的事情做完，以便下午一上班就开始正式吊装就位。

4

青蒿涧水库放水塔第一片 T 型梁吊装经过一个上午的摸索，所有潜在的问题基本都逐步暴露了出来，张琪源举一反三，由一二大队组织各自人员进行排除。待张琪源等众人下午上班来后，所有门架和立柱加固完毕，两边所有的拉牛地锚已经全部二次覆土加盖，滕文理嘴唇上干裂得都起了皮，孙光喜的脸晒得像喝醉酒一样泛着紫红。牛树宽指着一堆堆加盖地锚的土堆，道：看，像不像乱坟岗？何建英生气道：狗嘴里就吐不出象牙。马三全也悄声道：你在人面前能不能说一句人话？牛树宽对马三全道：你可曾经是我的手下，怎么？现在不归我管了，也开始贬损我了？马三全道：不是那意思，是想让你给咱们说一句吉利话，不说也不要紧，没人把你当哑巴。

抬眼瞥见张琪源，牛树宽委屈道：看看，我们忍饥挨饿干了这么多活儿，领导们饱汉子不知饿汉子饥，来了都不说表扬，还挖苦人。何建英道：本来真想表扬你，可你看你那张不识好歹的嘴！张琪源道：好了，大家都快回去吃饭去吧，身体是革命的本钱。牛树宽道：看人家当大领导的怎么说话呢？这就叫水平。

一切就绪，何建英再次指挥两副导链同步起吊。这次离地有 30 厘米，不用张琪源提醒，何建英让各个部位例行检查，一切正常后，何建英指挥后方卷扬机启动，通过殷海贵所在前方放水塔门架上的滑轮反向牵引，T 型梁便开始慢慢试探着在空中向前移动，前后两个门架被压得本来就有所变形，再加上反向牵引却要正向移动，导致门架平面便开始扭曲，忽闪忽闪乱晃悠，所有人员担心得连大气都不敢出。

张琪源吹了吹流进嘴里咸咸的汗水，又把满脑门子流向眼睛里的汗珠抹了一把，两手做了一个停止的手势，何建英立刻叫停。这时间，T 型梁向前行进了才一米，前端刚刚到达桥台边缘。张琪源细细检查起吊的钢丝绳和正方向牵引的钢丝绳，几乎是一厘米一厘米地检查。沈育林问：张局长，你看什么呢？张琪源屏声静气，没顾得回答他。马三全道：看钢丝绳有没有断股？这一下提醒了大家，都开始瞪大眼睛仔细逐节检查各种钢丝绳。

检查完钢丝绳，张琪源又拿起一根木棒，脸颊贴着钢丝绳，拿木棒轻轻敲了几下，觉得没有什么异常，这才放心地离开。又到了门架立柱跟前，告诉大家：再看看有没有焊口脱皮、裂缝的现象。张琪源让沈育林专门到牛树宽所谓的坟疙瘩堆也去检查，并且强调：一定要检查仔细了，一点蛛丝马迹都不能放过。与此同时，何建英给殷海贵喊话，让照着张琪源的办法再做一次检查。

最后，张琪源走到卷扬机跟前，仔细看过以后，告诉卷扬机手孟立志：时刻注意地锚，一发现有拔出的迹象，立刻停机。为了表示慎重，张琪源还特意把孟立志的肩膀拍了拍，然后才过来让何建英指挥继续前移。就在这时间，只见贲公社左手提着一个桶子，右手拿把刷子，像狸猫一样轻手轻脚地跑过来，二话没说就往大梁上骑。

张琪源被这突如其来的情况搞懵了，问："怎么回事？"贲公社道："我要过去给支座刷防锈漆和防腐油呢。"张琪源一听，立刻青筋暴跳起来，呵斥道："下来，不要命了？"旁边人被这意想不到的情况搞得哭笑不得，倒是贲公社还理直气壮："我就是搭个顺车嘛，能顺便把我吊过去，为什么偏偏让我爬高上低的？"张琪源见何建英等人似乎都有坐一坐无所谓的想法，便果断地降低声音吼道："这是搭顺风车的时候？弄不好把命就搭上了。"贲公社看了看众目睽睽之下，想说死了不要你偿命，可又不敢，只得望着远处正往来走的牛树宽，心想："都是你出的馊主意，本来我们大队长滕文理是让我别嫌麻烦多绕几步的。"

有此插曲，何建英甚觉脸上有些挂不住，喝道："还不快滚。"马三全忙解围道："贲公社，你还是从坡底下绕吧。"贲公社一边往下来爬，一边硬着头皮道："绕下去还要爬脚手架呢。"马三全道："爬脚手架怎么了？能把你累死？"刚刚赶来的孙光喜道："你知道骑梁起吊的结果吗？咱们不说出大事，就是行走在半道上出现故障了，你怎么下来？"贲公社咧了一下嘴，没敢直视何建英，便提着防锈漆和防腐油，从沙堆里深一脚浅一脚地下去了，再像蜗牛一样从脚手架慢慢爬上去。

桥台这边人没管 1 号墩上原来配合的工人怎么奚落贲公社，只管由何建英指挥卷扬机正式向前牵引，一厘米、两厘米、一米、两米、五米，十五米，行进得十分缓慢，生怕把门架给拉倒了，或钢丝绳咔嚓一声出现断裂。只见张琪源两眼注视，满脸汗水，一会儿左看看，一会儿右看看，生怕漏掉任何一个不安全细节。

不知道过了多长时间，张琪源的汗水可能都流完了，只剩下干哑的嗓子丝丝喘气。"1 跨中" T 型梁终于走完了放水塔工作桥的第一跨，梁的前端刚好到达了支座位置，殷海贵叫停。这时间，一号墩的橡胶支座已经安好，并由贲公社刷了防腐漆和防腐油，张琪源同意 T 型梁下落。

在导链咯噔噔下落的过程中，两端工人七手八脚地拿撬杠或用手推，把T 型梁准确地落到殷海贵所指定的设计位置上。只见吱哼哼一声，把刚刚刷上的防锈漆和防腐油挤得直往出流，可惜得贲公社道："嗨，白费了我的功夫，白挨了一顿批评。"殷海贵不解其意，却听见何建英在岸边大声道："好了，把 T 型梁两边都支撑实在，千万不能叫倒了。"

等各种吊具从一号墩回来，马三全捏了捏热乎乎的钢丝绳道："刚才各种起吊结构都有些疲劳，让恢复一下吧。"何建英问："钢结构还知道疲劳？"马三全道："怎么不知道？一旦疲劳过度，超出了弹性极限，很容易突然断裂。"张琪源肯定地点点头，道："而且是无征兆的，根本从外观上看不到由量变到质变的过程。"

马三全让何建英过来把钢丝绳摸了一下，果真滚烫滚烫的。马三全拿起木棒在各种钢结构上敲敲打打，笑着告诉大家："大伙儿一边休息，一边敲打敲打，相当于给钢结构按摩捶背，放松放松。"张琪源道："钢结构经过这么一阵子高强度的起吊，材质的强度可能会有所上升。"马三全道："钢材这种材料很神奇，冷拔后抗拉强度会明显提升。"

何建英看看张琪源，道："我看张局长你那阵子满头大汗？啊呀，把我心里急得。"张琪源干咽了一下唾沫没有吭气。马三全道："指挥吊装比干什么活儿都累，既操心又费力，每次吊装我的衣服都湿透了。"

又经过一番仔细检查和缓冲，第二条 T 型梁的起吊工作开始了。何建英首先让悬索向左滑动一个梁宽，然后固定住。不过，这一次似乎比第一次稳当多了，只是门架平面侧向扭转，各个拉牛松紧不一，给人一边倒的感觉，忽闪忽闪的。张琪源警觉道："不能大意，运行上一米后还得再次仔细检查。"马三全道："这就像人累了以后，你再让他做扭腰等高难度的动作，就非常吃力。"何建英道："好，就按照你的疲劳极限理论让钢结构劳逸结合吧。"

张琪源问何建英："你计划第三条梁架哪一条？"何建英道："右边，这样左右、左右，循序渐进地吊装，对不对？"马三全跷起大拇指，道："聪明。"看着张琪源面色轻松了许多，何建英问："张局长，你刚才发那么大火，把贲公社羞臊得恨不能有一条地缝让他钻进去。"张琪源立刻面色凝重地说道："有时，起吊重量就差那么一点点，或许贲公社上去的那一下，就是钢丝绳断裂或者门架倾覆的那一瞬间。"马三全道："有二两棉花压死人的说法，你听说过没有？"何建英点点头，道："听说过，不过真正到用的时间就忘记了。"

张琪源道："吊装这项工作非常操心，弄不好就出事，得时时刻刻注意。"何建英道："这一次请你们两个来，看来真是请对了。"

5

老鸦山水库已今非昔比。昔日滔滔不绝的无澜河被拦腰折断，一座巍峨的大坝横卧在两山中间，坝体上每一条棱线都被修整得笔直笔直，坝前、坝后护坡的干砌石，摆放成一个个窑洞一样的拱形，整齐而美观。

一条过坝道路，由坝下游的两山中间绕上来，经过大坝、经过薛家嵝岘，一直延伸进薛家川的沟里。中间有两条岔道，一条走向了坝后电站，另一条从坝顶以"之"字形态，延伸到大坝的坡脚。

水库已经蓄水几个月了。由于水位上升很快，库区竟然没有结冰，碧波荡漾的水面，一眼望不到边际，淹没了往日支离破碎的坑坑洼洼。左岸的水面，一直延伸到薛家嵝岘的涧畔底下，在初春清癯的日光下，波光粼粼，熠熠生辉，给薛家嵝岘蒙上了一层海市蜃楼的神秘色彩。湖面周围的围栏逶迤曲折，像一面镜子上镶嵌的花边，直达远山深处，将这块人工湖泊，点缀得精致而璀璨。

尤尚文一到工地，就被张琪源领上，在坝前坝后转了个遍。尤尚文意犹未尽，又让司机开上车，到薛家嵝岘、薛家川转了一大圈，在库区的围栏边上看了半天，不断地感慨："五年了，这里的一切都变了，再也找不到当年那个沟沟坎坎的破山沟了。水电，想不到这个行业竟然也有这么豪迈的杰作！这是我从事水电快 20 年来，从没有过的感觉！"

返回来以后，张琪源首先把尤尚文领到 110kV 出线站跟前。张琪源指着院子里高高低低、鳞次栉比的金属结构、水泥结构介绍道："老鸦山开关站和出线站属于并列式布置，基本是连在一起的。这一档门型架、三个避雷器支架、三个电压互感器支架、三个电缆终端支架，都是我来以后才完成的，时间非常紧张，有些尾工还没有做完，但是已经不影响整体进度了。"尤尚文道："好，江河局现在是万事俱备，只欠你的东风了。"

　　紧接着，尤尚文又随张琪源一起进了电站的主厂房。只见第一台机组已经在隆隆作响，震得地板颤巍巍地冒起一层细密的浮土。负责安装的马三全热情地迎了上来，和尤尚文打过招呼以后，就开始给介绍情况。

　　马三全首先指着第一个一人多高、像铁馒头一样的设备对尤尚文道："这就是1#发电机组，是东北河埠电机厂生产的，和七贤峡的发电机是同一个厂家。但是老鸦山的装机要大得多，单台装机容量23万千瓦，现已开始发电的就是这台机组。"

　　然后，马三全又指着一个吊物孔里面，道："那里面是水轮机，通过流水的反作用力推动水轮机转动，水轮机再驱动发电机转动，将动能转化为电能，整个发电过程就是这样的。"

　　马三全又把尤尚文、张琪源领到正在安装的两个蜗壳中间，道："左边这是2#机组，机组已经安装完毕，现在正在连接输电线路和控制线路，再有三四天也就可以试运转了；右边这几台分别是3#~6#机组，正在吊装电机外壳，要具备发电条件最少还得十天。"尤尚文道："好，加快进度，多多辛苦。"

　　张琪源把墙南县水电局派来负责设计的副局长谭秀珍介绍给尤尚文。尤尚文热情地握了两个人的手，感慨地说道："你们真是了不起呀，你们才是真正的无名英雄。"

　　尤尚文好像突然想到什么似的，道："这位谭副局长好像是从咱们局里调出去的？还是你的干妹子吧？"张琪源不好意思地道："是的，尤局长什么都知道。"

　　谭秀珍道："我哥现在官当大了，不让我们叫他哥了，怕影响不好。"尤尚文哈哈大笑道："啊呀，那怎么得了？那要是当了省长怎么办呀？"谭秀珍挖苦道："当了省长我们恐怕连面也见不上了！"

　　晚饭后，尤尚文和省报、省电台的四名记者见了个面，告诉他们："再有十天左右省上领导就要来了，请你们到时间一块儿参加全部机组发电投产仪式，把江河局人战天斗地的精神风貌好好地大书、特书一番。

　　"咱们在城里有电，想象不到深山老林里老百姓没有电的苦处，想象不到没有电对于人类社会进步的影响。如果大家能理解到这个层面上，可能所感受到的就不仅仅是毛泽东思想的伟大胜利，而是中国人民对于全人类进步和发展的巨大贡献。马克思曾经讲过：'无产者要解放全人类，就必须首先解放自己'……"

夜里，尤尚文、张琪源和江河局的几个干部一直座谈到深夜。陆华夏、童俊英、邱玉山、马三全、秦八，一个个对尤局长给予他们十多年来所付出辛勤劳动的赞扬，深深地表示感动，说："怎么都没有想到，这么多年了，局里的领导还记着我们。"

尤尚文道："非常惭愧，和各位相比，我们确实做得很不够，自从工程高峰期过去以后，就很少再关注这一块儿了，确实是我的失职。这次电站发电，给我们江河局赢得了很大的荣誉，也为咱们全省的水电事业增添了光彩。"

陆华夏道："本来在去年就能发电；但是，几年前，长城地区和午东地区经过协商，将电站的归属权给了墙南县，墙南县电力局和水电厅根据地形情况，把厂房位置下移了一千米多，就是现在这个位置，加大了发电水头和装机，六台机组总装机达到 138 万千瓦，成为目前省内最大的电站，在国内也是屈指可数；工程的定位也基本由水库升级为水电站，有些建筑物也做了较大的变更，工程量也加大了。

"总而言之，还是遵循了'边规划、边设计、边施工'的思想，甚至还有边修改的成分在内。"

6

真是树欲静而风不止。正当尤尚文、张琪源全力以赴确保尽快发电，准备通过给省厅领导一个震撼人心的印象时，蒋雅丽来电话了。

蒋雅丽在电话中告诉尤尚文："局里的情况最近没有什么变化，大家工作都非常努力；省厅这边联系得也差不多了，应该也没有什么变化……"听着，听着，尤尚文心里有一点焦急，这些啰啰唆唆的事情有必要挂这么一个长途电话专门汇报吗？

尤尚文就问："还有什么事吗？"蒋雅丽吞吞吐吐道："再没有什么事。"

这时，尤尚文突然意识到了什么，就忙问道："惠局长这几天在哪里？"蒋雅丽道："到青蒿涧去了。"

尤尚文又紧张地问："那祁局长呢？"蒋雅丽道："他在家里，但是好像经常往水电厅里跑。"

尤尚文的头皮有点发紧，赶忙问道："他到水电厅有什么事？"蒋雅丽道："不太清楚，会不会是咱们局的班子最近要动了？"

尤尚文惊讶地问道："要动？你听到什么了？"蒋雅丽道："都是些小道消息，不确切，好像是说祁局长要上了。"

尤尚文反倒平静地问道："哦，具体上到哪个职务？"蒋雅丽道："说不准，都是猜测，我想：不是书记，起码也是个局长吧。"

一听到这话，尤尚文沉默了，顿了一顿又问道："还有什么别的情况吗？"蒋雅丽慢悠悠地说道："没有了。我只是想，就是在内部产生也轮不到他呀！"

尤尚文紧追不舍道："那你觉得谁合适？"蒋雅丽支吾了半天，道："我看不来，我只是在这里瞎琢磨。"

这个电话，一下子把尤尚文搅得心神不定，坐立不安，像是有一种不祥的兆头，萦绕在他的心头，把尤尚文刺扎得似痒非痒，似疼非疼，如鲠在喉。但是，为了不影响张琪源的思想情绪，他把这个电话的秘密一直藏在心里，没有向任何人提起。

还好，从这个电话分析：祁玉民和蒋雅丽两个人都想上——蒋雅丽打电话的真正目的就在于此。那张琪源怎么办？

不巧，偏偏就在第三天的上午，出线站出事了。一个名叫伍小飞的安装工人从电压互感器上掉了下来，当下就动不了了。经过工地大夫简单地急救后，陆华夏赶忙派车送往墙南县人民医院，经过抢救，性命算是保住了，但是，下肢瘫痪已成定局。

到了晚上，省报和省电台的记者潘晓成、范春燕一块儿拿来了一份稿件，来找尤尚文，道："看这样写合适不合适？"

尤尚文接到手里一看，只见上面写道："《老鸦山电站工地一工人高空坠落光荣负伤》：今日上午十一时十七分，位于我省墙南县的老鸦山水电站安装工地，江河水电工程局的一名安装工人伍小飞，在五米高的电压互感器上进行安装调试，在作安全带移位操作时，意外坠落，光荣负伤，有可能导致终生残废。

"事故发生后，江河局的驻地医生，虽经奋力抢救，并及时送往当地医院就近救治，但终因腰椎神经损伤过重，可能终身无法康复，终致下肢瘫痪。

"老鸦山水电站是我省目前即将建成的最大的水力发电站，在十多年的建设中，涌现出了无数可歌可泣的动人事迹。伍小飞的光荣负伤，只是这无数动人故事中的一个，还有许许多多的无名英雄值得我们永远地铭记住他们的名字……"

尤尚文看完以后，高兴地说道："好，这样写好，立意高远，为社会主义革命和建设英勇负伤，无上光荣，既能克服负面影响，还能恢复士气。只是是否对外发表，我觉得值得考虑，就工地的影响而言，未必完全是一件好事情。"

潘晓成问："那你的意思是?"尤尚文道："先放一放也无妨，就是不发表也没有关系，因为毕竟只是受伤嘛，说不定还有奇迹出现，谁能肯定就一定会下肢瘫痪?"范春燕看了看潘晓成，道："好吧，那就先放下，如果需要发的话，就请尤局长告诉我们。"

尽管节令已经过了惊蛰。但是，地处北回归线以北的老鸦山山沟里，依然是冬春交替，冷暖拉锯：太阳一来；温暖如夏；太阳一去，寒冷如冬。山顶和川道，常常有北风呼呼吹过，以致四面的山上，依然是光秃秃的，没有一点点春天的影子。

这天下午，阳光明媚，老鸦山的天空，湛蓝湛蓝。从老鸦山下游遥远的两山之间，五六辆帆布篷吉普车卷着尘土，缓缓而来，后面跟着一辆崭新的解放牌大轿车。尤尚文、张琪源、陆华夏早早地站在了公路的左边，谭秀珍和午东地区以及长城地区的工作人员则站在公路的右边，等待着车队的到来。

在来人当中，职位最高的是省委常委、副省长余青望，下来是省水电厅党委书记齐平章、长城地区行署专员顾山树、午东地区行署专员卜和文、江河局党委副书记蒋雅丽，以及他们的随行人员。

根据尤尚文和齐平章以及省政府办公厅负责人短暂地商议，首先带领大家参观部分库区，然后再参观厂房，随后再举行发电开机仪式。

蒋雅丽将这一行人交给了尤尚文，自己的任务算是完成了，就悄无声息地跟在了队伍的最后面。齐平章、尤尚文陪着余青望副省长在前边走，长城地区、午东地区的行署专员和张琪源紧跟其后；还有一些说不清到底是随行领导还是贴身警卫的，也夹杂在其中；其他人员则跟在后边。新闻记者则忽前忽后，镁光灯不断闪烁，显得格外忙碌。

参观的线路是尤尚文和张琪源之前反复商量好的，基本上是按照尤尚文来时的参观路线进行的。大家一边走，尤尚文一边给余副省长介绍：这座大坝是采取定向爆破抛掷坝体主堆石料而成，右岸那个山头原来是很高的，爆破以后就成了现在的这个样子；这座电站是由六台23万千瓦发电机组组成，总装机容量是我省目前最大的水力发电站，在全国也属前几名；这个工程先后断断续续干了17年……

余青望道："那天的省报和电台的专稿我都看了，这座电站目前是我省之最。那一共花了多少个工？完成了多少投资？"尤尚文尴尬地笑了笑，赶忙拉过来张琪源让他回答。张琪源道："总共投入劳力4365万个工日，完成投资6955.3万元。"

余副省长道："哦，差不多是我省一年农林水的总投资。水库容量也是目前的我省之最吗？"张琪源道："也是，水库总库容为2.18亿立方米，应该是仅次于咱们目前即将上马的卞家峡。"这是原来尤尚文和张琪源商量好的，要千方百计把话题引到卞家峡这个最终目标上来。

余青望道："噢，卞家峡。平章，卞家峡现在准备得怎么样了？"齐平章赶忙到前来道："国家计委的立项审批估计排到明年了，但是建行已经开始筹措资金了。"

余青望道："立项的事，咱们回去和省计划局一块儿碰碰头，看能不能提前？施工队伍你是怎么考虑的？"齐平章道："按计划投资计算，卞家峡的施工强度远远超出了江河局的年生产能力，更何况江河局手头还有不少小工程，分散了他们的施工力量。所以我考虑，目前，刘家峡电站也已经结束，我们是不是可以请水利部的直属单位来干……"

尤尚文一听这话，赶忙接茬儿，道："齐书记，你的担心我理解，你是害怕江河局拿不下来这个工程？我现在向你保证，只要省上给我2000个招工指标，再抽调10000名民工，卞家峡水电站，咱们江河局就可以为省上把这个面子撑起来。"齐平章道："2000个招工指标？你的海口不是我不愿意满足你，就算是我同意，省劳动厅也不一定能同意！"

余副省长摆了摆手，道："你俩的意思我明白了。劳动厅肯定有自己的本位主义想法。我想这个问题咱们和劳动厅这样协商解决：长调民工一万人甚至更多问题都不大，通过广泛动员就可以实现；然后，我们从中考虑择优转正一部分，知识青年返城安排一部分，复转军人安排一部分。这样，把各方面的利益和工作因素都兼顾上，你们那2000个招工指标应该不是什么大问题了。"

齐平章高兴地说道："只要有省长您这句话，我就什么都不用担心了。"

尤尚文也趁机高兴地说道："那这下我就可以向各位领导立军令状了：如果江河局把这个任务完成不好，首先把我这个局长的职撤掉，"说着，同时又把张琪源也一把拉了过来，道："是这样，到时间连我们琪源的职也一起撤掉!"

余副省长饶有兴趣地说道："噢，两位局长、书记都不当了?"张琪源不好意思地说道："我们现在还没有书记，我是副局长。"齐平章沉吟了一下道："江河局现在没有书记，我们正在考虑。"

余青望严肃地说道："正在考虑? 火车跑得快全靠头来带，偌大的江河局，领导班子都不健全，还谈什么军令状! 我倒要看看你的卞家峡到时候怎么给我启动?"一句话说得齐平章满脸通红，可是，又不好意思说这到底是怎么回事。

看到这里，张琪源赶忙打圆场，轻声道："各位领导，咱们定的发电仪式是下午五点，现在时间已经不早了，咱们是不是可以往厂房走了?"齐平章看了看余青望，道："对，余省长咱们上车吧，有些情况我还没来得及给你汇报呢。"

齐平章示意余副省长的随行人员坐在自己的那辆车上，而自己抢先上前给余青望打开车门，余青望上车后，齐平章关上车门，自己坐到了余副省长秘书的位置上。

等车开动了，齐平章才向余青望告诉了常喜强的事情。余青望道："哦，我好像也隐隐约约听了这么一耳朵。那你们得赶快考虑，这个位子总不能一直这样空着吧。政治挂帅嘛，既然迟早得有人顶上去，就宜早不宜迟。"

齐平章道："那是，我现在也正为此事伤脑筋呢，待晚上有时间我再把这个班子的基本情况给你全面汇报一下，到时间请您给我拿个主意，我现在也是举棋不定。"

余青望道："原则上这一级班子你们自己考虑，我对情况也不熟悉。总的要求是：政治坚定，作风过硬，思想领先，利于工作。"齐平章道："好的。"

发电仪式都是些程式化的内容，无非是汇报、讲话、掌声，按启动按钮、机器运转、操作柜仪表蜂鸣、推闸送电，鞭炮齐鸣，欢声雷动……

7

第二天上午，余青望召开了一个多方人员的座谈会，一是想听听大家对全省农林水方面的意见，二是大家就卞家峡水电站的建设谈谈自己的想法。

其核心意图是余副省长想和基层的同志谈谈心，了解掌握一些平时听不到的情况。

会议由齐平章主持，余副省长只是聚精会神地听。首先发言的是午东地区、长城地区的两位行署专员，他们的发言基本是大同小异，开始是介绍本地区的基本情况，无非占地面积、人口数量、土产资源、国民经济产值；然后阐述资源如何匮乏，人民生活多么苦焦；主要是为民请愿，请求省上进一步增加对本地区在农林水方面的投资额度，已经审批的投资款项尽快下拨到位。

该到尤尚文发言了。尤尚文首先感谢余省长以及齐书记和两个地区行署、领导多年来对江河局以及老鸦山工作的大力支持。

下来尤尚文才说："江河局是我省的一个大型水电事业单位，是一个吃皇粮的二级局；我们把反哺政府当作是我们唯一的责任，我们的最大心愿就是能够为省上排忧解难，为我省的水电事业作出更多的贡献，以报答党和人民对我们的养育之恩。

"昨天晚上，我们来老鸦山的几位领导班子成员进行了认真研究，一致认为，尽管我们目前还存在着这样或那样的问题和困难，但是我们都有一颗赤子之心，我们的最高理想是：进军卡家峡，天大困难也不怕；向党表忠心，卡家峡谷逞威风！"

余副省长微微一笑，道："看来江河局的班子状况还是很不错的嘛。别人是向我要投资，你们是向我要活儿干，难能可贵啊。"

说到这里，午东、长城两个地区的领导略略感到有些不好意思。齐平章只是默不作声。

下来该张琪源发言了，他说："尽管省厅领导还最终没有把卡家峡电站的施工任务下达给我们，但是我们仍然以立功卡家峡为己任。我的意思是——引用余省长的那句话：'既然卡家峡项目的启动已成定局，那么就赶早不赶晚。'在省上积极落实立项、资金等各项工作的同时，我们江河局愿意先行进点，垫用我们的事业费先搞'三通一平'，争取提前一个枯水季节实现导流、截流，从而使开挖、上坝、厂房建设、设备安装等等，整个后续工作全部提前一年动工，最终实现提前发电受益的目标。

"如果各位领导感觉2000个招工指标落实起来有困难的话，我还有一个建议，把参加三线建设的学兵，也招一部分回来，这些人有好几年的施工经验，是民工转正、知青返城、军人转业四个方面工源中，最能直接派上用场的人员。"

余副省长道："你叫张琪源是不？看来卞家峡你们是势在必得了？你们饱满的革命热情，可喜可贺，毫不利己的奉献精神，也值得褒奖。不过，项目的基本建设程序是个相当严肃的事情，在手续不完善的情况下擅自开工，可是要吃处分的。"张琪源道："江河局为社会主义革命和建设愿意抛头颅、洒热血，自然不怕扣帽子、打棍子！"

余副省长哈哈一笑，道："张琪源！是个实干家，名不虚传。"齐平章道："张琪源在咱们水电系统，技术水平差不多是头把交椅了。"就这一句话，也许就把张琪源今后的位置给确定了，因为像余青望这样的省上领导，对下边干部的了解，也就是只言片语。

下来发言的是蒋雅丽。她说："我们党的最大优势就是政治思想工作领先，在对待卞家峡的问题上，我们党委一班人既然在思想上绝不含糊，那么在行动上肯定会当仁不让。我们一定要政治挂帅，路线为纲，用毛泽东思想武装头脑，用实际行动证明自己，调动各方面积极因素，把这项工作筹划好、落实好，让其早日发挥其应有的作用，为我们省的水电事业再立新功。"

余副省长道："是叫蒋雅丽吧？江河局的副书记。嗯，江河局的班子成员个个都很有个性，很有朝气。"齐平章点头附和道："江河局有名的女强人。"

下来该设计方代表说话了。谭秀珍说："前事不忘，后事之师。老鸦山水电站大坝渗漏处理周期过长的教训告诉我们，定向爆破的高效率带来与渗漏处理难度较大的矛盾，需要我们在今后的各个工程中，比如卞家峡水电站，引以为戒。尽管坝型可能不一样，但是，都应该提前预防，统筹考虑，所谓未雨绸缪，磨刀不误砍柴工。群众是真正的英雄，不代表只是一介武夫；而应该是智勇双全、又红又专的多面手。在目前处于探索阶段的我们，理论研究一定要跟上。'实践出真知，斗争长才干。'我们要把生产斗争中得来的经验教训，有效地转化为理论成果，才会少走弯路，事半功倍！"

余青望道："这位女同志是哪个单位的？"张琪源道："她是设计方代表、墙南县水电局副局长，谭秀珍。"余副省长道："墙南县的？那卜专员你怎么不给我们介绍呢？"

卜和文脸面上有些挂不住，因为一个县上的水电局副局长，他是真的不认识。就是前几次来，也根本没有关注这个问题，只是被各县的县委书记、

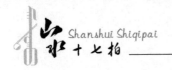

县长围着，分配资源、权衡利益，根本没时间在这些小人物身上驻留目光。

这时间，谭秀珍不好意思地站起来，道："江河局的张局长已经介绍了，我叫谭秀珍。在老鸦山水电站建设的17年当中，两度设计工作我都全程参与了。只是当年我还是个小姑娘，在张局长他们的带领下，亦步亦趋地工作；现在我已经是五个孩子的妈妈了，同时也是老鸦山项目的总设计师，可以为社会主义革命和建设做更多工作了。

"在此，我感谢多年来党和人民对我的培养！如果组织上需要，我也可以上卞家峡。能够参加像卞家峡这样的特大型项目，是我们这一代水电人的梦想，我们将以建设卞家峡为骄傲！"

余副省长理了理原本就很顺直的头发，感慨良久，道："今天真是巾帼不让须眉啊！基层的同志很不容易啊，你们为老鸦山水电站、为我省的水电事业，付出得太多太多，我代表省委、省政府以及全省2100万江河儿女感谢你们，并向你们道一声：辛苦了！"说完站起身来，向谭秀珍的方向、向张琪源的方向各鞠了一个躬，然后坐下，对齐平章郑重其事地道："又一个向你报名、请愿要进卞家峡的了，现在就看你怎么样加快进程、精心布局了。"

齐平章道："我一定尽快落实。老鸦山的同志，为咱们省的水电事业作出了突出的贡献，江河局打算表彰他们自己的有功人员。我觉得：我们把这次庆功活动放到一块儿搞，由省水电厅出面组织进行表彰，荣誉应该属于那些从始至终对老鸦山电站痴心不改的所有人员！这是第一。

"第二，凡是在老鸦山水电站工作过的同志，只要是愿意上卞家峡，我们都非常欢迎，也希望各单位、各地区，要忍痛割爱。

"老鸦山水电站，培养锻炼了一大批水电专业人才，应该说是一所革命的大学校、水电事业的大学校。如果说，建设卞家峡真是一份荣誉的话，那么，我们完全有理由，把这样一份荣誉再次奖励送给我们这些社会主义革命和建设的有识之士和能工巧匠……"

8

这是一个消息的真空时期。首先是江河局班子的任命处于消息的真空时期，其次是卞家峡水电站的动工处于消息的真空时期。

开始，尤尚文、祁玉民、蒋雅丽都有些暗暗地着急，既盼着早一点有一个结果，又怕一旦结果出来不能如愿以偿，反倒不好，所以是既盼又怕。可是时间长了，大家一看没指望了，思想上也就又都懈怠了下来，爱咋咋的。于是，各人根据自己的工作分工，管工地的跑工地，搞技术的抓技术，提干当官的事，慢慢地也就无人问津了。

卞家峡的事情也是一样。江河局的人没有办法张罗到更高的层次，水电厅在没有确切消息的情况下，一般也不议论和扩散这事。因为，类似的业务很多，并不像江河局的人一样，把这当作唯一一件最大的事情来考虑。可是，事情就是在人们不经意间发生了变化。

这天下午，水电厅政治处打电话把尤尚文叫了过去。乐大军把尤尚文带到了齐平章的办公室，然后郑重其事地把办公室的门关上。齐平章道："江河局的班子问题已经拖了好长时间了，你们着急，厅里也着急。现在水电厅党委准备着手考虑这个问题，你可以谈一谈你的想法。同时，大家普遍感到，你们的三大队是专门搞地下水资源开发的，实际上就是钻井大队，从业务上讲，和你们的主业水电施工完全是两码事，所以，你也可以一并考虑。"

这是个新的问题，尤尚文确实从来没有考虑过。过去自己只知道在身边的这几个人身上打转转，掂量来，掂量去，煞费苦心，最终没有一个能够说服自己的理由，以致自己没办法狠下决心去着力推进。现在看来省厅领导的思路就是开阔，想问题想得远、想得深，一下子也使自己的思想豁然开朗了。

尤尚文道："齐书记，你让我说我就随便说了。说实在的，这个问题我从来没有想过，如有什么不妥之处，就请你多批评。"齐平章道："不碍事，你不要有什么顾虑，想到哪里，就说到哪里。"很显然，自从老鸦山江河局为省水电厅争了光以后，齐平章与尤尚文的关系，明显近了一步，看来齐平章是那种更重实绩、轻吹捧的领导。

尤尚文道："如果能将钻井大队独立出来，那是再好不过的一件事情了。这样，江河局有几个素质非常好的干部，就都可以人尽其才了。一个是张琪源，我建议把他提拔成江河局的党委书记。这个人政治上非常可靠，不提拔重用确实是咱们的一大损失，我本人甘愿当他的下手。

"第二个是蒋雅丽。我建议让她当钻井独立大队（权且这么叫）的书记，这个人政治素质也非常好，只是任职时间比较短，需要进一步磨炼。但是，当一个小单位的书记绝对没有问题。

"第三个人是惠爱国。这个人勤勤恳恳半辈子，之前在三大队当书记和大队长多年，对地下水的钻采作业和管理经验非常丰富，由他来出任钻井独立大队的大队长，是最好的人选。"

齐平章静静地看着尤尚文，看得尤尚文心里直发毛。尤尚文正要说话，齐平章问道："说完了没有？"尤尚文忐忑不安地说道："我想到的基本就是这些。"

齐平章慢悠悠地点点头，道："哦。还有没有别的人选？"尤尚文迟疑不决道："再就剩祁玉民和岑乐芳了，这两个人也可以，但是要提拔使用，我觉得还欠缺一些。"

齐平章道："你把这两个人的情况也介绍介绍吧。"尤尚文道："好的。要说祁玉民吧，任职时间也不短了，只是这几年一直兼任着七二一大学的校长，他自己的认识是：如果把七二一大学比作黄埔军校，那么他就是校长蒋介石，有一半江河局的人，既是他的学生，又是他的部下，其独裁之心和山头主义令人担忧。

"岑乐芳是因为抢救国家财产突击提拔上来的。原来是个出纳，没有什么领导经验，现在只是常委，我们任命的实职是财务处处长，要提拔她显然还不太成熟，得在领导岗位上再历练历练。"

齐平章顿了一顿，就玩笑道："老尤，你给我说实话，你有没有干书记的打算？"尤尚文羞赧地说："我认为这不是我愿意不愿意的问题，而是我有没有这个能力的问题，更是组织上能不能信任我的问题。我觉得，如果组织上要另外配备的话，张琪源或者是蒋雅丽堪当此任。"

齐平章道："这两个人能领导得住祁玉民吗？"尤尚文道："那倒是，老祁这个人是有点领导经验，但是，就是太自以为是了。像这么自信的人，如果省厅有什么合适的位置，可以早一点委以重任。要不然，下一步江河局的工作，开展起来可能阻力很大。当然，不论有多大的阻力，卡家峡的任务，我们都一定能够出色地完成，请组织上放心。"

齐平章道："放心？江河局的班子问题解决不好，我能放心吗？"尤尚文道："齐书记，刚才只是我的个人意见，而且也没有经过仔细考虑，你完全可以不予采纳。江河局的班子到底应该怎么办？只要是组织决定了，我本人一定无条件地服从。"

齐平章道："话是这样说，但是，组织上既然要把江河局交给你们管理，就希望你们思想上不要背包袱，轻装上阵，能够心情愉快地去投入工作。"尤尚文道："如果组织上有顾虑，可以把我调出去，调到哪里都行。"话出口后，尤尚文自己都感到意外，自己曾千回百转地思考过班子问题，但唯独没有考虑到要走这一步。

齐平章静静地看着尤尚文，道："我可不可以把你这话理解为：如果组织上不考虑你的意见，你就不在江河局干了？向组织示威、要挟？"尤尚文立刻有一种破釜沉舟式的豪迈，严肃地说："不是。我说的是真心话，只要组织上认为怎样有利于工作，我都坚决服从，在哪里工作都是为党工作，没有本质上的区别。

"当年我们扛枪闹革命的时候，从没有想到过，将来要当多大官，只想着等全国解放了，能有地可种、吃饱肚子就行了。"

齐平章道："这话不假。但那是当年，现在你也这么想？"尤尚文道："现在当然是想能够为党做更多的工作了。"齐平章笑着道："你地，大大地狡猾！"

两个人反复掰扯了两个小时，最终齐平章告诉尤尚文：你的意见组织上会认真考虑的，但是，你也要做好各种各样的思想准备。在组织上没有作出最后决定之前，你要一如既往地努力工作，决不能使江河局的整体工作受到任何影响。而且要做到：不猜测，不议论，不传播，不干扰组织的考察与判断，对个别人违反组织原则的行为，要坚决予以制止。

临走了，齐平章又问："听说在老鸦山全部发电的前几天，工地还摔伤了一个人？"尤尚文的脑子一下子出现了两秒钟的空白，道："对，当时我就在那里，没有生命危险。"

齐平章道："那当时怎么没有听你说起过？"尤尚文道："哦，当时我看问题不大，就觉得没有必要拿这些鸡毛蒜皮的事情去麻烦你。"齐平章哈哈笑道："好、好，你不麻烦我，可是有人还是要拿这事来麻烦我。"

听到这里，尤尚文心里大大地惊诧了一回。谁这么多事呢？竟然向上级告这样的黑状？他断定：普通老百姓一般是不会这么做的。

随后，省水电厅又专门派考察组来正正规规考察了一次。紧接着，又是一段长时间的消息真空，谁也不知道"组织上"在想什么！渐渐进入了深秋季节，江河局在老鸦山撤出了最后一名职工。

老鸦山工程前前后后一共干了十七年半，扣除五年下马时间，净工期十二年零六个月。它经历了"大跃进"、三年困难时期等几个重要的历史时期，见证了其间的每一次心酸、每一滴血泪，给许许多多普通的劳动者平添了一缕缕白发，让他们永远地失去了美丽的青春年华，还无情地夺走了许多年轻而宝贵的生命……

青蒿涧的大坝业已到达了顶部。

卞家峡水电站的各项准备工作，终于走完了它前期的万里长征。

这一天，齐平章、杜成武、乐大军、时抗功，神情严肃地来到了江河局。进行了不到一个小时的集体谈话，然后又走进了江河局的大礼堂。在那里，全局能回来的副科级以上干部全部到会，会议宣布了三项重要决定：

一、将江河水电工程局第三工程大队从江河水电工程局中整体划出，归省水电厅直接管理。在此基础上，成立省地下水资源开采局，处级事业单位，事业编制450人。其原有人员、财产随建制整体划转，具体手续由省水电厅政治处、人事处、财务处监督执行。

二、任命：尤尚文为江河水电工程局党委书记兼副局长；

张琪源为江河水电工程局局长；

祁玉民为省地下水资源开采局党总支书记兼局长；

惠爱国为省地下水资源开采局副局长；

何建英、狄胜利为江河水电工程局党委常委兼副局长；

陆华夏为江河水电工程局党委常委，列岑乐芳之后。

三、经省委、省政府同意，我省卞家峡水电站委托江河水电工程局负责承建，年底前开工。为了加强领导，省政府将成立专门指挥部现场办公，控制投资使用；江河水电工程局须将局机关搬迁至施工前方，现场管理生产。为加强施工力量，江河水电工程局可通过招工等方式，逐步充实职工队伍。

下篇 双峡之字路

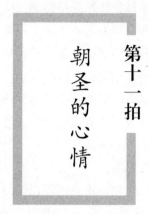

第十一拍
朝圣的心情

1

聒吵了几年的卞家峡水电站，如今不但已经成了一片热土，更是一方圣地。全省水电战线上的人们，把能够到这里贡献一份自己的绵薄之力，当作是一种荣誉。

其原因有二：一是，这是一项省长亲自挂帅的省内头号工程，好多人想借这个机会和省长并肩作战，也顺便看看他长什么模样。二是，这项工程要创几个全国第一，其中"南水北调"一词第一次引入民间。老百姓的描述是，要建一座全国最高的大坝，把两座高山连在一起，让南方的水往北方倒流……

既是由省上成立的指挥部，其组织机构自然就不同凡响：总指挥是副省长余青望。自然，平日里啰哩啰嗦的具体工作，基本上是不用他来管的，一年里来上那么三回五回算是多的了；他的主要职责是管领导，主要工作是开会，主要任务是听取汇报，主要时间都跑在了路上；深入实际就是站在某个一览无遗的位置看上一会儿。

主要负责日常工作的是副总指挥许光远。也就是二十世纪六十年代在老鸦山时和张琪源相熟的那位许团长，二十世纪六十年代初曾经授予少将军衔，这在当时为数不多。但是不知道是什么原因，既没有在他将军的位置上大展宏图，也没有被当成混进军内的美蒋特务打翻在地，而是折中到了这样

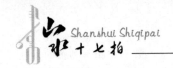

一个位置上。

不过，将军就是将军，既有排兵布阵的本领，又有横扫天下的胆略。所以在各厅局办起事情来，一般也是横冲直撞，一路绿灯，包括在水电厅这个主管单位办事，也是一样，毫不含糊，并没有以为自己只是个团职干部而影响他的作用发挥。

有的人说他是"拿着余副省长的鸡毛当令箭"。他说："是得当令箭，难道还真的让省长来亲自调遣你们这些人？"所以，依然我行我素。他总爱引用这样一句话："喝令三山五岳开道，我来了！"这就让一些同志心里面不是很舒服。

而这位许副总指挥在江河局中安排工作，则并不像在其他各厅局办事那么让他得心应手。因为，在各厅局办事，那就是"行"或者是"不行"——俩字，而在江河局里面办事，则是技术问题居多，每一个问题就是一个方案，就是一篇大的文章。

修电站是个技术活儿。许光远自知是"一瓶子不满、半瓶子咣当"，谨防闹出笑话。所以在许多事情上，他更多的是倚重尤尚文、张琪源这两位老熟人，不熟悉的事情，总是先和他俩沟通好后，才大张旗鼓地推行。

就在江河局的尤尚文、张琪源怀揣着一系列的想法，来找许光远的时候，许光远也正要找他们。尤尚文才说了几句话，就被这位许副总指挥打断了，他说："你们两位呀，仅仅考虑江河局自己的事情是不行的，你们应该站在比江河局更高的角度来考虑这个问题。你俩先看看这个。"

说着，就将一份已经成型了的文件递给了尤尚文。尤尚文接过来以后，摊在他和张琪源的中间。只见上面除了文件的穿靴戴帽部分，核心内容写道：省卞家峡水电站建设指挥部人员组成

总指挥：余青望（省委常委、副省长）

副总指挥：许光远（省农林牧渔工作委员会委员）

指挥部成员：齐平章（省水电厅党委书记）

元博大（岭北地区行署专员）

柏雪飞（解放军某部驻军师长）

杜成武（省水电厅党委副书记、副厅长）

尤尚文（江河水电工程局党委书记）

总工程师：张琪源（江河水电工程局局长）

总设计师：谭秀珍（省水电设计院副院长）

看见两个人迷茫的样子，许光远说："这个名单是我千挑万选才拟定出来的，余副省长已经同意了。所以，首先给你们两个安排一项任务，那就是尽快把卞家峡启动的总体方案拿出来。后天，咱们要开指挥部第一次会议，余副省长也要来，到时间，咱们要对你们提出的总体方案进行讨论，并进行工作分工……"

尤尚文道："我们也参与指挥部班子合适吗？我觉得我们光服从、执行就行了。你怎么安排，我们怎么干！"尤尚文看了看张琪源，张琪源也含笑点了点头。

许光远摇摇头，道："嗯，那不行。省上成立指挥部，这只是个原则性的意见，具体的人员组成，要根据工作性质来确定。为了发挥好各方面的积极性，成立了这样一个主管厅局、施工单位、设计单位、地方政府、当地驻军五结合的领导班子，应该说对我们工作是很有好处的。就连一些工作关系十分密切的相关厅局我都没列，反倒把施工和设计单位列上，就是要组成一个办事的班子，务实的班子……"

最后，许光远不无遗憾地讲："就连我的老首长柏雪飞师长也成了我麾下的成员，很对不住这位老领导呀。但是没办法，余副省长就是这么坚持的。组织原则嘛，还是要服从的。"

这天，江河局的领导班子整整开了一天的会。会议的主要议题是：如何启动卞家峡水电站的施工。首先，根据总体的施工方案，排定了施工进度计划：前期工程——包括三通一平、辅企临建，计划用三年的时间完成；主体工程——大坝填筑计划用七年时间，发电厂房计划用五年完成，机组安装计划用三年完成；灌浆、蓄水、调试、送电等尾留工作计划在三年内完成，考虑平行作业因素，总工期确定为 13 年。

据此，初步确定：1978 年底实现大河截流，1985 年大坝封顶，1988 年底电站发电，1989 年全面完工……

这个工期与老鸦山的 17 年毛时间扣除五年下马时间，基本相当。而卞家峡水电站则比老鸦山水电站大得多。

同时，江河局还讨论通过了整个电站施工的区域划分建议：一、场内前期临建由江河局完成，包括场内道路、供电线路、供水系统、场地平整、辅企建设、房屋建筑、导流系统。二、场外施工道路、输电线路、渠道及其建筑物由所在地和受益区组织劳力完成。三、从截流开始，各地方民工营陆续进入主体施工，与江河局一块儿协作施工，各家任务分工按专业划分，直至

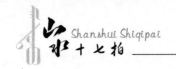
工程后期。四、金结、机电设备安装均由江河局一家完成。

指挥部的第一次会议，其实非常简单，对江河局执笔提出的工期计划和任务分工进行了讨论通过。要在半年之内，形成万人大会战的局面，其中江河局 5000 人，岭北地区 5000 人，等到了明年的这个时间，会战人数不得少于 15000 人。

同时就班子的职责分工进行了明确。其中，柏雪飞主要负责周边的军事保卫工作，严防阶级敌人的破坏，形成一定范围的军事管制区……

2

张琪源家今年喜事盈门。最大的喜事就是今年春节期间，二儿子张超结了婚，媳妇是沄管局的技术员，名叫尹春兰，是个来自城里的苦孩子，为人处世就像她的名字一样，传统而不失功利。这时候，张超已经 24 岁，距他离开江河局仅仅两年。

张超因小时候得过脑膜炎，遗留下了一定的智残。19 岁时参加工作，现在又找了个国家干部做媳妇，而且春节回来办喜事，大家一看人长得还不赖，家务活抢着干，爸妈爷奶叫得不离嘴。可见，上帝不会放弃任何一个芸芸众生，当堵上你的一扇门的时候，就必然会给你留下一扇窗户，这才有了无助之人生生不息的活路，也不至于让忤逆之徒置于死地。

张琪源家人就别提多高兴了：琪源妈高兴得直念叨阿弥陀佛。琪源爸则还是那句：我就说了，老天爷长眼着呢！招弟则天天红光满面，话不多，但时时处处都保持着一副和善的面孔。

这就自然而然引起了左邻右舍的眼热。这也包括张建国、苗爱霞两口子。至于张玺源、张碧源两家，则更不用说了。乡里乡亲，倒还罢了。

就在卞家峡水电站工程施工进展得轰轰烈烈的时候，张琪源闹心的事情也来了。按照领导班子会议研究决定，省劳动厅同意：每个在江河局工作满 20 年的在职职工，可以招收一个子女进局工作，中华人民共和国成立前参加革命工作的，不受在局工作年限的限制，但前提是：年龄、身体状况、文化课考试、政审等必须合格。

这本是一件大好事。但是，面对家里还有四个子女劳动的张琪源来说，到底叫谁来、不叫谁来，却成了问题。

女儿张云云是张琪源唯一的宝贝女儿，现在实足年龄已经 22 周岁了，既不安心在农村窝囊一辈子，又没有机会出来谋一份工作，以致高不成、低不就，至今没有嫁人。所谓"女大不中留，留来留去留成仇"，整天待在家里，不是今天和妈妈顶嘴，就是明天和嫂子苗爱霞较劲，抑或是后天和爷爷怄气，以致一家人对她爱也不是，恨也不对。

自从上次二哥张超参加工作开始，由于家人的偏爱，张云云错过了一趟可贵的班车。她开始暗暗地恨起这个家的所有人来了——既然嫌我是个女孩，为什么还要生我养我？如果说生下了，实在没办法，一把掐死不就完啦！

这个家的所有人也觉得对不住她。所以，自从张超走了之后，奶奶自然而然就把自己的那份已经鞭长莫及的爱，转向了孙女张云云。可是，这并没有相应地赢得云云的好感，还是鼻子不是鼻子，脸不是脸地过日子。这一晃就是五年，把人生最美好的年华都用在了怄气和刨土疙瘩上了。

至于婚姻，压根儿就没有哪一家的小伙子敢打这位张大小姐的主意。因为，大家都已经看到：在张家，连傻子都能参加工作，还有谁不能呢？以致多年来，张云云的终身大事几乎无人问津。惹得妈妈直骂她："天生就是当姑子的料。一岁看小，三岁看老！没错！"

那么，按说这次招工应该是非她莫属了？结果，事情的发展偏偏不是这样！因为老四即三儿子毛蛋——就是当年出生时差一点掉进茅坑的那位，官名叫张建民。年前也高中毕业了，这就使选择出现了第二种可能。在那个重男轻女的氛围下，尤其是特别需要劳动力的农村，老百姓普遍的观念是：只有儿子才是自家的人，顶门立户指得住事，生的孩子也姓张；不像女儿，迟早是人家的人！

就在一家主要人物为这件事情议来议去、大伤脑筋的时候，云云突然闻风闯进了他们的家庭高层会议，气呼呼地说："既然你们都认为我是多余的，那我就死了算了，你们也就不用再为难了。只是可惜了我这么多年白吃了你们那么些饭！"

妈妈招弟哭腔说："什么死呀活呀的？整天都挂在嘴上！"爷爷撇了撇嘴，道："眼泪比尿水子还多！"这话也不知道是在说谁，反正云云娘俩儿都在抽抽搭搭。

看着啜泣的云云娘儿俩，奶奶心软了，最终发话："那就叫云云去吧，将来也能找个好人家。"千锤打锣，一锤定音，其他人既没有反对，也没法反对——一家人谁不担心云云一时冲动把那罐子卤水给喝了？这可是云云有言在先的，以致妈妈招弟偷偷地把一罐子清水放在那里，以假乱真，以防万一。

事情就这样算是定下来了。事情往往就是这样，大家认为很复杂的事情，也许做起来非常简单。

张琪源试图给三儿子做思想工作，毛蛋却一脸忧虑地说："就叫我姐去吧，我在家里劳动。"

琪源说："我们也觉得叫你姐去比较合适，只是觉得委屈你了。"毛蛋说："没什么，我才刚刚毕业，说不定以后还有别的机会呢。再说了，别人家的孩子没有这种机会，还不照样活着？"没想到，一个"活"字，把张琪源说得心惊肉跳，"活"不就是"死"的相反吗？在某些时候，这两个字就是一念之差。在江河局，已经因为参加工作，发生过类似的恶性事件了。

张琪源沉默了半晌，道："如果有机会，我在工地给你找个临时工干。"毛蛋不耐烦道："算了，不要为这事再惹出别的麻烦来，那样就不划算了；咱们家已经出去工作三个人了，可以了，社会主义的优越性不能光让咱们一家人享受吧？"

话是这样说，但是，张琪源的心里还是疙疙瘩瘩。似乎毛蛋的话也是棉里带刺，令他很不舒坦，就信步来到了大儿子家。张琪源随便问了些农业收成上的事，张建国简单地说："天旱、地薄、人苦焦，属鸡的命，刨一嘴，吃一口呗。"

张琪源无言，再要问一问别的，好像也不太懂，毕竟离家二十多年了，庄稼地里的活儿确实是生疏了。就自然而然地说到云云招工的事，建国表情平静地说："好事情，都是亲姊妹，谁去都一样。我只盼着将来有一天，你能把我的虎子给安排了，就算是烧高香了。"

还没等张琪源说什么，只见苗爱霞挺着个硕大的肚子道："烧高香？想也别想。'龙生龙、凤生凤，老鼠的儿子去打洞。'你不见大伯、二伯在家里劳动，他们两家哪一个儿女出去了？还不就咱爸出去工作了，连着出去了蛋蛋和云云两个？而且……就连蛋蛋那样的在单位上还是好样儿的呢！还带回来个洋媳妇呢。"

张建国呵斥道："你瞎说什么呀！"苗爱霞道："就是嘛，到时间你不信看着，人家蛋蛋和云云的娃都有工作了，你娃还是个戳牛屁股的！"

张琪源没有理会建国两口子的唇枪舌剑，等停下来以后才说道："再看吧，只能瞅机会了。"爱霞一看无趣，就阴沉着脸走开了。

父子俩又有一搭没一搭地说了一阵闲话，张琪源也感到很无趣——父子之间明显地生分了许多。也许，这种微妙的隔阂，不仅仅是从这次开始，应该是从建国刚结婚以后张超招工的那次就已经有了。

张琪源出了老大家的门，苗爱霞也闻声出来送行。也许是气儿已经消了，也许是觉得这事本就不应该生气，抑或是觉得这位老爷子还是得罪不起，就热情地挽留，不无夸张地说："这两天不走就过来坐嘛，多给我们虎子讲讲外面的事情，让我家虎子也长长见识。长子长孙嘛，爷爷又是单位上的大局长，出门说话办事总得有个人样样才是。"

张琪源没有太理会苗爱霞这种具有暗示意味的客套话。只是抱起虎子亲了亲，并没有说什么，而且一边和建国闲聊着往出走，一边观察着这所新落成不久的院落，觉得总算是把老大给安排妥当了——农民就是这样，一院庄基地，二亩自留地！以后的日子就靠他们自己了。

张琪源的心情照样不痛快，所到之处，都碰软钉子。有心到秀秀家里去一下，又觉得犯不着，这个女人过于势利，如果不是单位出钱给刘克亮整了一次容，这个仇家说不定会永远地结下去了！

按照情理，应该到大哥、二哥家里去一下。但是，时候不对，这次云云再一走，哥儿仨之间的隔阂就更深了，用二嫂的话说："连刘家的亮亮都给招出去了，就是没有我们娃的份儿！敢情我们娃不是从你们张家人的裤裆里出来的，是哪个野男人的种？胳膊肘子怎能向外拐呢？"

想到这里，张琪源立马加快了脚步，回到家里，安排云云尽快把东西收拾一下，以便明天他要随车带走。

然后，张琪源连夜到舅舅家去了一趟，闲聊了一会儿。第二天一早，就开车返回了单位。所谓穷不走亲，富不还乡，是有一定道理的。

9

卞家峡水电站由于占据两个全国之最，为它自身的建设拓展了广阔的空间。许光远的雄才大略，尤尚文的放手管理，再加上张琪源的技术型思维，很快就把刚刚起步的卞家峡水电站，定格在了前无古人的高度。

许光远对张琪源提的问题是："工期能不能缩短？"张琪源反问许光远

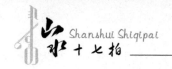

的问题是："你能不能掏得起钱？"

许光远道："需要多少钱？"张琪源道："每增加投资 800 万元，工期就可以提前一年；最多可提前四年，相当于再增加投资三分之一。"

许光远问："要这么多钱干什么？"张琪源道："包括外汇总共需要 4000 万元人民币，购买机械设备；扣减节约上劳人数的工资和补贴等项费用后，需要净增加 3000 多万元。当然，这些设备最后都是国家的财产，还可以在别的工地派上用场。"

许光远道："要外汇干什么？"张琪源道："开挖、上坝、起重等关键设备要用进口设备，其他设备用国产的。咱们国家目前的政策是：先贸易，再建交。这几年，咱们许多行业进口日本的机械设备，威力非常大！"

许光远犹豫了良久，道："你先列个单子，咱们商量商量再定。"张琪源道："我也只能列个大概，详细的设备名称、型号、报价还得和省机械工业厅一块儿做。"许光远道："好，你就先列一个粗略的东西，咱们议一议，再到机械厅请教专家，进一步细化，然后再向余副省长汇报。"

张琪源连夜将技术处、后勤部、各工作面负责人和几个东方红拖拉机司机、解放车司机等人召集在一块儿，同时请来了总设计师谭秀珍，对施工技术方案整个讨论了一遍，由人海战术向机械化施工改进，将百分之七十的工作量改为机械化作业。

张琪源首先说："周总理生前在四届人大上提出，要在十年内实现工业、农业、科学技术和国防现代化。可是，作为我们江河局这样一个省级大局，在施工技术的现代化上，实际上一直是行动缓慢的，等于没有太大的实质性进展，当然，原因也是多方面的。

这次，我们有幸进入卞家峡水电站这样的特大型工程，要创造两个全国之最，机会非常难得。现在，我们应该再创造一个全国之最，那就是施工技术全面机械化。对土方工程，全面使用拖拉机、铲运机、推土机、平地机、挖掘机、载重汽车、斗轮挖掘机、各种机械碾子；对石方工程，全面采用钻爆法，使用空压机、潜孔钻、正反铲、扒渣机、自卸汽车……"

会议一直开到凌晨一点半，大家根据自己的所见所闻畅所欲言。由于受当时社会生产力水平和信息渠道不畅的制约，可以说就机械化施工而言，江河局当时没有专家，只能是大家集思广益，搞了一个初步的机械施工工艺流程。根据各种设备的产量、台班时间、运距，平衡设备的数量，天亮后交由技术处做进一步的整理，最大限度地细化，以尽快提交指挥部班子研究。

第三天，张琪源带着沈育林同乘许光远的一辆帆布篷吉普车，向沄城市出发。经过了一天半的奔波，终于来到了沄城市江河大院。原来熙熙攘攘、忙忙碌碌的办公大楼，已经人去楼空，都搬到了卞家峡工地，显得冷冷清清；原来层层叠叠的大字报、标语、口号，已经清理完毕，打扫得干净整洁的院落，更显得寂静而空旷。

陆华夏带领十来名女职工，将整座大楼改为江河局驻沄城办事处，实际上就是个内部招待所。除了留几间必要的办公室以外，其他都用来接待各工地进城办事的江河局职工和家属，凭工作证、介绍信免费入住。再就是收发、转送按原地址或各工地寄来的信件、报纸、杂志等，参加水电厅等各厅局召开的一般性会议，为卞家峡前方提供采购服务；设一部电话总机和两个电话员 24 小时昼夜值班，再就是几个管理人员，保持和前方的日常联络。

沈育林给一个面生的服务员出示了工作证，和张琪源直接找到陆华夏，一边吃饭一边说明了意图。饭后，三个人坐着 14 路公共汽车，一块儿来到省机械工业厅，和许光远会合。

他们先到设备计划处找到一位名叫平立书的处长。沈育林说明来意后，平立书告诉四人："上年没有报计划，今年没有指标。"张琪源道："去年年底机构还没有成立，没办法报计划。"平立书道："那主管厅局呢？水电厅当时也没有成立吗？"

平立书一下子噎得张琪源面红耳赤。陆华夏赶忙赔笑道："那我们现在补报个计划行不行？现在工程大干在即，也才是刚过完年不久，追加个计划应该可以吧？"平立书嗤笑道："追加？你想追加，就追加呀？那还要计划干什么？"

一看这情形，许光远虎眼圆睁，道："你这处长什么工作态度？你那计划就是皇上的圣旨——金口玉言？"平立书也不甘示弱，忽地站了起来，道："什么是皇上的圣旨？你到现在还迷恋着封建统治阶级的那一套？你当计划是你们家烤红薯呢？什么时间想吃就拿出来烤一个？"

直把许光远气得吹胡子瞪眼，几次下意识地手在腰里摸手枪，可这是什么年代？他的腰里还哪来的手枪！只好愤怒地说道："岂有此理！都像你这样，四个现代化什么时间才能实现！"平立书好笑道："噢，都像你这样？把计划一补报，四个现代化就马上能实现了？可笑！"

张琪源一看许光远大有抡拳头的势头，赶忙把他拉出门外。张琪源悄声道："许指挥，别跟这些小喽啰计较，有道是'阎王好见、小鬼难缠'，不

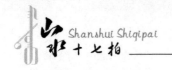

行还得找他们厅长去。"

许光远定了定神，冷静地想了想，道："也是，我去找。那你们呢？"张琪源道："我找一个懂行的，一块儿把这些方案、设备配置探讨探讨。"

许光远点点头，道："行，他们厅长叫什么名字来着？"张琪源肯定地说道："姓和，叫和长江。"

许光远恍然大悟道："哦，知道了，老和，大家都叫他和事佬？"张琪源道："对对，就是那个有名的和事佬。"

然后张琪源又悄声叮嘱道："如果这位和厅长也是水米不进，可以在他那里直接给余副省长打电话。只是你原来可能还没有把机械化施工的事给余副省长汇报过，余副省长会不会感到很突然？"许光远大咧咧地说："那没有关系，那没有关系。"

许光远愉快地走后，张琪源这才重新回到平立书的办公室。看见陆华夏已经将平立书劝得平静下来了，就好言道："平处长，计划的事情以后再说，你看能不能帮我们介绍个施工机械配备方面的行家，给我们指导指导，以便于我们将来把计划做得尽量完善一些。"平立书这才没精打采地把他们领到另外一间办公室，做了简单的安排后，又悻悻地走了。

张琪源、陆华夏、沈育林向这里的穆天庶、肖大彪两位工程师，仔仔细细地把各个工艺的主要流程和设备配置要求叙述了一遍。穆天庶、肖大彪一边听，一边问，一边对不合理的地方一一进行了纠正；同时还拿出图片让他们看，并对技术性能和一些主要参数做了详细地描述。

张琪源高兴地说："真是隔行如隔山，今天收获真是太大了，真是太谢谢你们了，将来可不可以请你两位到我们施工现场去指导指导？尽管说你们讲的我们都听懂了，也都记在本子上了，但是，不系统，一知半解，心里还是不踏实。"穆天庶看了看肖大彪，道："我们没问题，关键是要经过我们领导安排才行呢。"

张琪源道："那是自然，不能让你们为难嘛。"陆华夏道："张局长，我看咱们把七二一大学干脆改成以机械设备为主的技术学校。如果按照现在的设备计划，从操作人员、修理人员到设备管理干部，最少得三五百人，高峰期得三五千人，都得培训。而且还得提前安排一批类似先遣部队的集训，从设备的考察、起运、试运行都得由专业人员来操作；不然，眼看着是些好设备，就是动不了，闲置在那里，实际上就跟一堆铁疙瘩差不多。"

张琪源道："是呀，到时间还得请两位来给我们讲课？"肖大彪道："既然张局长你们真有这样宏伟的打算，就得把各方面的老师都考虑上。就比如陆主任刚才所说的驾驶员、修理工、技术员，都得按照不同的要求、类型配备，对工人培训要侧重于机械特点、维修保养和操作技巧，对干部的培训要侧重于技术管理、机械原理和故障分析。"

几个人说得正欢，许光远闻声而来。张琪源给一一作了引见，许光远一边表示感谢，一边说："你们的和厅长呀，真是个和事佬，把咱们的问题是解决了，但是我告平立书的状却像拳头砸在了棉花上——无声无息。"张琪源道："这样就好，下一步，咱们还要请人家平处长、肖工、穆工帮忙呢，以和为贵嘛。"

几个人离开机械厅，一块儿来到江河局沄办的会议室。许光远主持，把会一直开到了深夜。

开会过程中，陆华夏悄悄提醒张琪源："要不要给超超打个电话，叫他们晚上从沄管局回家来住？"张琪源道："行吧，就给说一下，就说我回来了，回不回来随他们便。"陆华夏应声而出，给总机话务员通知去了。

经过大半夜的研究，许光远、张琪源他们最终拿出了一系列的意见。一、迅速拿出一份机械设备采购计划，向余副省长汇报，由他主持召集机械厅、计划厅、水电厅、外贸局、物资局等有关厅局长开协调会，协调解决卞家峡水电站机械化施工设备采购问题，补报计划；再请余副省长向省委省政府主要领导汇报，请他们给第一机械工业部的领导写信或电话联系，尽快落实采购。同时物色授课教师，安排实习场所，准备接车。

二、江河局七二一大学尽快调整专业和课程设置。除卞家峡工地必要的管理、技术课程外，全部改为机械专业，尽快拿出专业和课时安排，制订出教学计划和师资力量、器材配备清单，供协调会使用。迅速规划学员校舍、后勤服务，必要时，将局机关的大礼堂和沄办的招待所利用上一部分。

三、江河局尽快从招收的新工人中物色机械操作手、修理工、管理人员，划分工种，着手培训，确保人员素质和数量满足要求……

4

当天晚上，待张琪源骑车子回到韩森堡子的单元房时，儿子张超已经睡熟了。尽管张琪源轻手轻脚，还是影响到了他。张超揉了揉眼睛坐了起来，问张琪源："爸，几点了？怎么这么晚才回来呀？"

张琪源道："两点了，开了个会。睡吧。"张超道："不瞌睡了，我都睡得差不多了。"

张琪源道："你们沄管局的楼盖得怎么样了？"张超道："快了，再有一个月就封顶了。"

张琪源道："哦，刘克亮干得怎样？"张超道："还可以，人们还是喜欢欺负他，倪立清说他是半夜歌声、画皮。"

张琪源道："平时多帮帮他，乡里乡亲的。"张超道："尹春兰不让我多管闲事，要不然倪立清非吃我的一顿老拳不可！"

张琪源道："你可不能打架，你现在是有媳妇的人了，春兰说得对着呢。春兰现在怎么样？"张超道："不好，她做饭没有我妈做的好吃。"

张琪源道："不要挑食，一个地方有一个地方的口味，你要慢慢适应。"张超道："嗯，我没嫌她做的饭难吃，她反倒还嫌我脏，还说我是瓜尻。"

张琪源道："你要讲究卫生，在城里工作不比在咱们山沟里劳动。山沟里是没条件，没有办法。平时要多长个心眼。"张超道："她三天两头就让我洗一回头，还一个星期让我洗一回澡。不然就不让我跟她睡，就让我睡在长条椅子上。"

张琪源道："那就洗呗，发的洗理费、洗澡票不用攒着干什么？"张超道："我才不想洗呢，麻烦死了！她不跟我睡才好呢，我自己睡。她还嫌我打呼噜，最近我干脆不回去了，就跟刘克亮一起睡。"

张琪源感到有点意外，道："那怎么能行呢？你妈还等着抱孙子呢。"张超道："生娃娃关我什么事？我偏不回去？"

张琪源愣了好一会儿，道："生娃娃还要靠你呢，光她怎么生？"张超道："生娃娃本来就是女人的事，大丈夫男子汉，才不管她那些闲球蛋事！"

张琪源似乎明白了，儿子结婚一年多了，媳妇一点动静都没有，难道是他真的什么都不懂？可要真是这样，该怎么提醒他呢？

张琪源思量了思量，最终找到个试探的办法，硬着头皮、夯着口问道："你结婚以后睡觉脱裤衩不？"张超道："不脱，原来和大家睡通铺的时候，他们都笑话我脱了裤衩光屁股睡觉羞人。从那以后，我睡觉就从来不脱裤衩了，怕人笑话！"

张琪源吃惊地问道："你跟媳妇睡觉还怕人笑话？"张超道："那怎么能不怕？到底是男女有别。"

　　张琪源忍不住进一步刨根问底道："一次也没脱过？"张超斩钉截铁地说道："一次也没有！"

　　张琪源试探道："那你知道男女怎么有别？"张超吃吃地笑道："女人有奶头，男人没有。"

　　张琪源没有跟着傻笑，而是觉得这是个严峻的问题，怎么能笑得出？只得硬着头皮问道："还哪里不一样？"张超一本正经道："再肯定都一样了，人都是一个脑袋两只手，谁比谁能差个啥？我师傅贺万成以前经常这样对我们说。"

　　问这些问题时，张琪源感觉到自己的脸皮已经烧到了脖梗子，恨不能有一个地缝钻进去。作为父亲，他把人生最不该问的话都问了，可不问又不行。

　　张琪源长长地叹了一口气，又思索了片刻，狠下一条心，道："那，春兰跟你睡觉也不脱衣服吗？"张超道："不脱，她好像还穿个红肚兜，不让我看，我也不好意思看。"

　　听到这里，张琪源彻底崩溃了，气急败坏地说道："睡吧，明天早早回去上班，好好给人家工作。"张超道："嗯，他们都说我是毛主席的好学生，放在哪里都放心。"

　　张琪源无奈地看着这个儿子，眼睛里盈盈充满了泪水，硬是忍住哽咽道："那就好，就应该这样。"

　　这一宿，张琪源彻底地失眠了。这个儿子说到底还是脑瓜子不行，哄得了别人，哄不了自己，三句话就能看出精傻。在张琪源的人生当中，有情感方面的跌宕起伏，有仕途上的艰难失意，但是，他都很少彻夜未眠、通宵达旦，也都扛了过来，该想开的时候慢慢也就想开了，该放下的时候也就强迫自己放下。

　　可是，他不知道这次这个问题该怎么解决，自己能不能扛得过去！

　　第二天一大早，张琪源头重脚轻、晕晕乎乎，强打精神让总机给卞家峡的尤尚文挂通电话，把昨天晚上的会议精神做了汇报，看他有没有什么不同意见？尤尚文沉思了半天，道："大的意见没有，但是我感觉到事情比我们原先想象得复杂多了，我们还要把这些事情好好仔仔细细地琢磨一下。"

　　张琪源道："那是，要不分别让政治处、技术处和七二一大学按照现在这个办法作一个详尽的方案，咱们再上会研究。"尤尚文道："好的，技术处和七二一大学那边你和老陆商量安排，人员选拔我和其他几个领导在工地

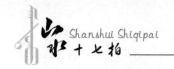

拿个方案，等你回来咱们一块儿研究。"张琪源道："好的。"

上午，张琪源让沈育林完善技术方案和设备配置以及采购计划，让陆华夏给七二一大学传达一下昨晚的会议精神，准备一个教学计划。陆华夏说："还是咱俩一块儿去吧，我害怕说不明白，尤其是那么多设备，我说不上来，最后要是'哑巴说话、聋子打岔'，岂不是误了大事！"

张琪源有点为难。因为，七二一大学的校长现在是毛月梅，这几年没有太多的来往，反倒变得不好意思起来了。但是，陆华夏说得有道理，万一说不全面，可能就会把工作影响了，就道："那就打电话把她叫过来谈吧。"

毛月梅非常坦然，一口一个老领导，角色转换之快、之自然，直让张琪源吃惊，也让他倍感生分。

尤其是在叫陆华夏老领导时，明显让张琪源内心感到非常失落。陆华夏说着事情，不断地征求着张琪源的意见，张琪源都点头称是，显得他只是应付而已，始终没有进入角色。

最后，毛月梅道："张局长是不是昨晚上没有休息好？如果太累就休息去吧，我回去按照两位领导的指示大概列个草稿，然后拿过来，再进一步向两位老领导汇报？"

陆华夏看了看张琪源，道："我看也行，在教学方面，她比我们有经验。"毛月梅谦虚地说了一句："那不见得。"就出了会议室。就在毛月梅"嘎嘣"拉上门的那一瞬间，张琪源突然有了主意。然后，他让陆华夏给自己另外打扫一个办公室，陆华夏说："已经准备好了，我领你过去。"

5

下午，毛月梅过来后，陆华夏过来问张琪源："放哪里说？"张琪源道："就放我这里，把育林也一块儿叫来。"四个人讨论了半下午，除了常规的内容外，还讨论出了一个更新、更大胆的方案，那就是把七二一大学整体搬迁到卞家峡工地去办，以便于大批的学员不离开工地就地学习；边学习、边实践，有现成的设备随时可以做实习之用，也便于尽快形成感性认识，效果会更好，同时可以减少许多不必要的麻烦。

就在大家出门的时候，张琪源问道："毛校长，你们学校灶房的炊事员有多少？水平都怎样？"陆华夏和沈育林一看与他们无关，就离开了张琪源的办公室。毛月梅又返回来坐了下来，答道："一共有四个，其中一个兼着管理员，水平还可以，不过大灶嘛，总是众口难调！"

张琪源"哦"了一声道："到时间都得过去——到卞家峡。"毛月梅道："那是自然。你不是连我都让一块儿过去吗？"

张琪源笑了笑："那是，要不然我要找你商量工作时怎么办呀？"毛月梅嘴一撇，道："你找我商量？谁相信呢？你现在当了大局长了，身边献计献策的人多的是，还用得着我？"

张琪源犹豫片刻，道："唉，我的事就不说了吧！是有一件非常难以启齿的事情，搅得我神心不宁，想向你讨教……"毛月梅"扑哧"地笑了："行了，别做作了，有话就说吧。我早就看出来了，你哪里是想问我炊事员的事情呢！那事是你操心的事吗？把圈子兜了二里地，最后还是得回到正题上来。怎么人一当官就变得这么虚伪呢？"

张琪源道："唉，不是我虚伪，是我真的说不出口。但是，也只有给你还可以勉勉强强地说一下，在别人跟前提都不能提。"毛月梅焦急道："行了，行了，你再不说我就走人了！"

在万般无奈之下，张琪源就把自己的二儿子张超，结婚一年多了，竟然不懂得夫妻房事的情况和盘托了出来。说得毛月梅"哧哧"地笑个不停，弄得张琪源也面红耳赤，忍俊不禁，但心里是伤感的。

毛月梅笑够了以后，终于说话了："真是天下奇闻，竟然有老公公打听儿子和儿媳妇同房的事情；要是别人说给我，打死我都不会相信！"说完，又是一阵子大笑，直笑得眼泪都流了出来。

张琪源强忍着心中的难为情，便道："我也是无意中知道的，原来压根儿就没往那方面想。"毛月梅更是"哈哈哈"笑个不停，道："你应该想到呀，你以为谁都那么聪明？"

看着毛月梅没完没了地玩笑，张琪源硬是沉下脸来埋怨道："你还有完没完？看着别人痛苦你觉得很快乐是不？"毛月梅还是边笑边说："张局长同志，我不是快乐，我是觉得老天爷真是太公平了，局长竟然有一个色痴儿子……哎，那你给他教一下嘛，你就像给我们讲话的那样说：第一步应该怎么怎么样，第二步再怎么怎么样……"

等毛月梅把张琪源挖苦够了，才认真说道："这事情怪你们两家大人，主要是女方当妈的，在结婚前，要私底下给孩子说呢。你说在旧社会，十二三岁、十四五岁的娃娃们结婚，他（她）们怎么能懂？都不是大人给点拨的嘛！哎，局长大人，你当年是怎么知道的？"

张琪源狠心道："你还有完没完？"毛月梅正色道："我是说真的，不是开玩笑。"

张琪源回忆道："我是在我们农业社的社房子——也就是喂牛、放牛料的房子里，那些结过婚的人没事就聚在那里，成天拿这事开玩笑，有时还做一些模仿动作，逗我们这些没有结过婚的小孩子，我们就慢慢地懂了。"

毛月梅这才一本正经地说："按理说，在出嫁的前一天晚上，当妈的要给女儿把这事挑明，你儿媳妇妈妈是没说，还是本人害羞不主动？"张琪源道："她妈妈当时已经不在世了。"

毛月梅点点头接着说道："现在人商定结婚日子为什么最终要由女方认可？就是防止新婚晚上遇到生理周期。当然，这都是女人和女人之间的事情，不会让你们男人知道的。要不然，你结婚时你老婆怎么会顺从地让你在她身上胡作非为？那都是你丈母娘有过交代的。"

张琪源听到这里，愣愣地凝固在那里，他是在回忆当初和招弟结婚时半推半就的情形，还是惊异世界上竟然还真有这么一堂私密课程？让男人永远也无法知晓。

看到这情形，毛月梅心平气和道："媳妇这边我让沄管局我那个好姐妹湛花给提醒一下，我和湛花过去都是一块儿搞宣传的，可以说是无话不说。再就是你儿媳妇叫什么名字？至于你儿子那边就得找一个像你们社房子那样的老师哥哥给点拨点拨，你可能不便于给你儿子当这样的老师。"说着，毛月梅又不由自主地失笑了一声。

张琪源没笑，道："儿媳妇名字叫尹春兰，是她们沄管局预制厂的，就是渠道维修衬砌预制板的预制厂；你让湛花去说没问题。反倒是超超这边，我怎好意思去找一个'老师哥哥'？"毛月梅想了一想，道："也就是不好找，我也没办法找，要不然人家会猜想这事我怎么知道？搞不好还会节外生枝呢！"毛月梅还是面带十二分的微笑。

张琪源愁眉苦脸地说道："就是这问题，所以把我难的呀。唉，真是家门不幸，当初一场病得的……"毛月梅果断道："行了，别后悔了，坏事后面有好事。在那年厅里人还没来调查之前，我们就知道你把这个不太聪明的儿子招来了，只不过你的人缘还不错，大家替你把这事给搪塞过去了。"

张琪源道："厅里还来人调查过？"毛月梅道："行了，不说那些了，都过去的事了。现在咱就说这事怎么办吧？我的意思还是找湛花，让她一手促成，女领导关心自己的女下属总是没有错吧？只是我给她说也得把握一定的方式方法，要不然人家会以为咱们是怎回事呢！"

张琪源立刻变得有些紧张，道："是得注意方式方法，免得别人误会！"毛月梅道："你怕误会我不怕，哈哈哈。"

说完，又自顾自笑了一阵子，然后才飘然而去。

6

张琪源离家不久，张云云终于收到了由省劳动厅邮寄的《工人录取通知书》。她怀着激动的心情，很快办完了粮食、户口迁移手续，整装出发了。由于铺盖卷和衣服、日常用品在一月前就被爸爸带走了，所以，现在只剩下个空人。张云云独自背了个"红军不怕远征难"的黄挂包，兴冲冲地上路了。

在告别后张村的那一刻，她盈盈装满了泪水。这个地方养育了自己22年，今天终于被远远地甩到了后面，从此一去不复返。再要回来，那是省亲，是衣锦还乡，身上再也不会有土疙瘩味儿，而是穿着劳动布工作服，烫着卷发头。那是幸福的符号，那是山村人可望而不可即的海市蜃楼。

临走时，张云云没有惊动左邻右舍，包括大哥、大嫂和可爱的虎子，只是心中默念：下次姑姑回来时，给你带好多洋糖，城里人把这叫水果糖，有钱人是论斤称，而不像咱们一样，一毛钱八个，或者是五分钱四个。到时间咱们也一样，让你小子半天数不清。哈哈。想到这里，张云云不由自主地笑了。

在换乘各种长短途汽车时，张云云的心是快乐的、甜蜜的，包括在熟睡中，脸上都绽放着笑容。这是幸福的旅程，也是奔向更加幸福的旅程。人生风光无限，必先跨越农门，抛去20年烦恼，进入公家人的行列。这一天来之不易，经历了四年的等待和无数次交锋，这是斗争的结果，是自己主宰命运的结果——我不上天堂谁上天堂。

"路上操心点。在家千日好，出门一时难。"这是自己临出门时，奶奶眼泪汪汪对自己的最后嘱咐。云云笑了，这个傻老太太，懂得什么？路漫漫其修远兮，吾将上下而求索！你孙女就不是孬种！

本来云云还想先去沅城看一看自己家的新单元房。因为她听二哥多次说过：楼上楼下、电灯电话，房子套房子，人家叠人家；把灶屋叫厨房，把茅房叫卫生间，而且是一家一个厨房，一家一个卫生间，卫生间没有一点臭味，比沄管局两家一个厨房、四家一个卫生间方便多了。

仅有这些，就让她向往了很久。更不用说还有鳞次栉比的高楼大厦，笔直宽阔的大街和曲径通幽的小巷——听说最高的楼房有五六层呢，站在四五里的街那头都能看见。云云好奇地问："那么高的楼房你上过没有？"超超惊奇地说："那谁敢上呀？上去还不让警察给抓起来？"所以，上一次五六层的高楼，成了张云云怀揣了许久的梦想。

张超还告诉张云云："沄城市有莽原县城四五个大，把旅馆都叫饭店，其实里面根本不卖饭。"张云云问："那不卖饭为什么要叫饭店？"张超道："那谁知道？洋气呗。"但是，张云云这一次却没见到饭店，倒是看见有把旅馆叫旅社的，她不明白这里面有什么不一样。

张云云记得，当自己问："村里人听刘克亮说，沄城卖的'三转一响一嗑嗒'是最时兴的，好多都是从北京、上海进来的？"张超道："那肯定，你看沄城那国营商店，有咱们十几间房那么大。光飞鸽自行车，在后院就摆了一排子。"张云云暗下决心，自己将来结婚时，一定要到沄城来置办嫁妆，最主要是让爸爸托人，买一辆飞鸽牌女式自行车。

沄城虽好，可爸爸临走时说过：韩森堡子那里虽说是新房，其实也四五年了，而且房子里基本上没有人住——房子一不住人，烂得就快。你二哥也调走了，冰锅冷灶的，去了也没什么意思。干脆直接到工地上班算了，逛大城市嘛，以后有的是机会。

一提起上班，云云更加兴奋，当时就愉快地答应了。所以此行，就在沄城的长途汽车站直接换乘，径直去了卞家峡。

这是一次前程漫漫的翻身之旅，是祖祖辈辈数以亿计中国农民做梦都不敢奢望的贵族之旅！在以后的某个时期，人们把这种质变叫"跳农门"。

卞家峡水电站，坐落在蛤蟆河下游。蛤蟆河是一条发源于苍龙岭北侧的黄河二级支流，因其最远的一股小溪源头，是从一座酷似青蛙仰天而立的蛤蟆山峰流下，因此而得名。

蛤蟆河不长，绕行不足百里，便流入了黄河的一级支流；流域内支流众多，水资源极其丰富，流至卞家村时，两岸山岭距离突近，形成峡谷。卞家峡亦因此而得名。

卞家峡电站所在地，位于岭北地区街亭县和祁阳县的交界处。而卞家村隶属于街亭县的反帝公社。相传，这个街亭或许就是三国时期著名军事家诸葛亮挥泪斩马谡的那个街亭，那么这一带也就可能是诸葛亮鏖战半生终未果的古战场祁山地区。其实据后人考证，也未必全然，因为《三国演义》《三国志》都是文学作品，不同于历史。但是由于这些历史故事脍炙人口，且源远流长，更增添了张云云的盎然兴趣。

不难想象，由于四大名著等传统读物最近慢慢地开始解禁，一些出版社不露声色地开始出版了。幸运的张云云可以说是在第一时间里，就从舅舅家里如获至宝地找来了久违读者十年之久的《三国演义》，如饥似渴地看了一遍，为的就是先熟悉一下卞家峡的历史环境。

尽管故事的主要情节原来在小人书中也零零碎碎地看过不少，并不陌生。但是，作为长篇小说的《三国演义》，一开篇气壮山河的文字，一下子就把她的思想给俘虏了，正所谓：'话说天下大事，分久必合，合久必分……'这么美妙的词句、这么贴切的概括，让她玩味了许久。

当然了，她的这一系列"秀才不像秀才、庄稼人不像庄稼人"的举止，自然引起了家里人的些许微词，并且直言："要文没文，要武没武；既不像当官的，也不像烧砖的，看将来谁肯要你！"所以，当张云云第一次听到这个地名和传说时，就产生了极大的好奇，而且心里再一次地暗笑妈妈：没有文化，竟然说自己是当尼姑的命！

当张云云把文学作品《三国演义》与卞家峡的现实环境对号入座后，一股强烈的自豪感瞬间迸发：有文化就是比没有文化强！谁说读书无用？只有像我这样又红又专，才能做一名合格的共产主义接班人。

一到卞家峡，首先是两天岗前教育。几百人坐在篮球场上，听扩音器前干部们轮番讲话，有一种在公社开万人大会的豪迈与壮观。而且，这里的高音喇叭听得非常真切，不像公社的大喇叭，吱吱啦啦，七分靠听，三分靠猜，稍不留神，就有一声穿越时空的尖叫。

第一天上午，是革命形势教育和岗前动员。主讲是江河局党委副书记蒋雅丽，她慷慨激昂地告诉大家：当前国内外形势一片大好，这充分说明了无产阶级专政下继续革命的理论威力无比，任何反动势力都阻止不了我国实现四个现代化宏伟蓝图的进程……

当天下午，是卞家峡水电站介绍。主讲是技术处处长沈育林：卞家峡水电站是一座以土石坝为主要挡水建筑物的水力发电站，它将是我国劳动人民"人定胜天"大无畏精神的进一步体现。建成后将要创造两项中国之最：一项是土石坝坝高居全国同类坝型之最；另一项是电站总装机容量居全国水电站总装机之首，两项关键性技术指标超过了西北某个同类坝型。其功能定位是以发电为主，兼顾灌溉、防洪、养殖、综合利用……

按说，张云云的文化水平并不低，但仍然听得她是晕晕乎乎。大概是太专业、太革命了吧？有些甚至还听不太明白，比如装机、库容、流域、径流、溢洪道、截流、放水塔。

江河局的局情教育、各种规章制度、组织纪律，又整整听了一天。这些事情张云云也是比较感兴趣的，一方面是爸爸从来没有给她们姊妹说过单位的事情，心里一直充满了好奇；另一方面她认为这才是自己应该了解的——没有规矩不成方圆。因此，她手脑并用，在自己的笔记本上密密麻麻记了不少。

最后一项是宣布分配方案，包括工种确定。然后又层层下分。张云云最终被分到了一大队第三工程队推土机作业排，工种是推土机司机，有时也简称"推司"，排长叫宓荣威，是她的顶头上司。

张云云是推土机司机学徒工。她的师傅叫孟立志，带她和一个叫黄美奇的返城知青，负责操作73号东方红60马力推土机。从此，一般都是上午集体上大课，学机械原理、操作要领、保养技术，下午随师傅在自己的机车上实习、操作。开始在驾驶室坐了一个星期的冷板凳，后来才逐步让搬一搬操纵杆、油门，或踩一踩离合器或刹车。

更多的时候不像个徒弟，倒是更像是勤杂工，在工地，给推土机加水、加油、打黄油、擦油泥。回到营地则各有侧重，早上给师傅打洗脸水、晚上给师傅送洗脚水，是小伙子黄美奇的事；张云云充其量是给师傅提个热水瓶，端个茶杯子，再隔三岔五把爸爸张琪源那里的好茶叶，悄悄给师傅送上一盒。

两三个月后，才开始接触真正的生产，平场子、推土、清表、碾压，什么活儿都干。再后来才开始学习发动机车，检查油、水、机油是否够用，泵油、空转发动轮，再将拉绳缠在汽油机发动轮上，使上吃奶的劲猛地一拽，在排气管震耳欲聋的咆哮声中，手忙脚乱地试松解压，直至柴油机也带动起来，平稳运行。

到了冬天，如遇天气特冷，还要架柴火或拿喷灯烤油底壳，一桶桶提加热水；再把上述动作连做数次或几十次，直至发动着为止。有时车况不好，要从早上五六点就起来折腾，才能按时出工上班。这些事情都是徒弟们做的，黄美奇干重活儿，张云云打下手，师傅孟立志主要是从旁指点，防止放飞车或出现其他不测。

通过课堂理论学习，再加上这些实践，学用结合，张云云、黄美奇在逐步向一名推土机司机成长。

7

今年的夏季与往年不同，风一阵、雨一阵，冷一阵、热一阵，搅和得人心里乱乱的。即使是这样，还是不肯罢休；和周恩来去世、"四五运动"、朱德去世、唐山大地震等全国性的政治自然事件穿插在一起，让人欲说还休，欲说还休！

上官元原名杜纪元，在"三线"经过六七年的学兵连锻炼，已经 22 岁了。借着卞家峡水电站的上马、江河局大批招工的机会，在大姨夫、沄管局局长褚遂文的努力下，终于获得了一个可贵的进城指标；在张琪源的协助下，顺利地招到了江河局，来到了卞家峡工地一大队第四工程队铲运机作业排，工种是铲运机司机。

上官元的文化水平比较低，是"读书无用论"时期的初中水平，基本没学下太多的东西。但是阶级斗争的日常用语和毛主席语录却背得滚瓜烂熟，比如"阶级斗争是纲，其余都是目""老干部就是民主派，民主派就是走资派"等等，这些常用的时新语言，他都张口就来，一发不可收拾。

当然，也不乏夹生子、半吊子的做派；因为，毕竟文化水平还是有限的。"三线"对他的评语主要是：斗争性强，爱憎分明，对伟大领袖毛主席有着深厚的无产阶级感情……

上官元因为是来自大城市，还经过了几年"三线"建设生活的锻炼，行为处事比一般刚刚从农村招来的年轻人要从容得多、自信得多，显得既能说会道、见多识广，又锋芒毕露、口无遮拦。

这一天，只听见卞家峡工地的高音喇叭突然哀乐低回，空气凝重。哀乐过后，播音员用低沉的声音一字一顿地说道："中共中央、国务院、全国人大常委会、中央军委，现在发布《告全党全军全国各族人民书》。"这应该是今年的第三次了吧，1 月 8 日是周恩来总理，7 月 6 日是朱德委员长，今天又会是谁呢？上官元这样想。

"中国共产党、中国人民解放军、中华人民共和国的主要缔造者，中国各族人民的伟大领袖毛泽东同志，于 1976 年 9 月 9 日零时 10 分在北京逝世，终年 83 岁……"

顷刻间，举国上下犹如山崩地裂一般，八亿人民痛不欲生，一下子失去了灵魂，失去了思想，失去了主心骨。在相当长一段时间里，每个人都在问：中国到底向何方去？各大报纸都在发表文章：《问苍茫大地，谁主沉浮？》。

卞家峡水电站指挥、解放军某部师长柏雪飞，立即奉命带领全体指战员撤出了卞家峡防区，迅速到达指定位置，进入了战备状态，随时准备还击苏修等帝国主义的侵犯，使气氛变得更加紧张乖戾。

江河局立即成立了卞家峡水电站工人巡查大队，昼夜到工地的各个角落巡查，尤其是对电力、通信、交通、广播站、火工材料库、油库、建筑材料库、粮站、食堂等重要部位，实行 24 小时严防死守，严阵以待，严防阶级敌人趁机破坏和捣乱。

上官元被编入了工人巡查大队，担任油库巡查小队的小队长。他手持一根木棍，袖子上戴着黑纱，胸前的毛主席像章下面压着一朵白花。带着二十多名巡查员，昼夜轮流值守在油库，盘查来往人员，防止坏人盗窃、纵火、破坏，一早一晚，分别护送柴油、汽油加油车到工地各处，给各个机械设备加油，不让各类施工机械大规模集结在油罐周围。

这一天，上官元来到了清表工地监督加油。忽然，一双明亮的眸子与他在不经意间相遇了，两个人都是一愣，但两人毕竟都互不相识，又都是第一次见面，谁也没有多说什么，加完油后就各忙各的去了。她就是张云云，局长张琪源唯一的宝贝女儿。

上官元没好意思问张云云叫什么名字。但是，他却记住了这个推土机的机车号——73 号和所在的工作区域。从此，每天一早一晚带车加油，成了他的必修课。

为了避免互相影响，上官元让巡查小队副队长带汽油加油车专门给汽车、汽油机等汽油设备加油，自己专门带上柴油加油车给推土机、拖拉机、铲运机等柴油设备加油，为的是能看一看张云云，至于到底是为什么，自己也说不清楚。这样，倒使他因为伟大领袖毛主席的逝世而带来的痛苦和惶恐减轻了许多。

几天下来，上官元轻而易举就打听清楚了张云云的姓名、所在的大队、工程队和作业排的番号，却不知道她的身世。因为，张琪源不让自己的女儿将自己的身份张扬出去，以免造成不必要的麻烦，甚至给负责招工的工作人员也叮嘱过。

一次，上官元看着专心致志加油的张云云，搭讪道："为什么你的推土机是 60 马力，而我那铲运机的拖拉机却是 75 马力的？"张云云回了一下头道："穆老师不是说了吗，推土机马力的大小要与铲刀的高度、宽度相匹配？你们拖拉机作为拖头，马力大小肯定也是要和铲运机的斗容量相匹配吧？"

上官元不好意思地说道："哦，是这么回事。你怎么这么聪明？"张云云一下子红了脸，"吭哧"了半天不知道该怎样回答。

过了一会儿，上官元认真地说道："哎，穆老师讲的好多东西我都不太懂，你怎么就都懂了？"张云云略带轻视地说道："你以前没上过学？"

上官元不好意思地说道："知识越多越反动嘛，我初中毕业。"张云云道："哦，那我是太反动了？"

上官元立刻纠正道："不是不是，我是把语录背错了地方。应该是'好好学习，天天向上'才对。"张云云道："什么乱七八糟的。你怎么不说团结紧张、严肃活泼呢？"说完，就开上推土机工作去了，留下了上官元自顾懊悔去了。

又是一次加油时间的到来。这一次，上官元换了一个话题，道："我好像在哪里见过你？"张云云道："是昨天吗？就在这里。"

上官元道："不是昨天，我说的是以前。"张云云道："以前？是前天？还是大前天？"

上官元有点难堪，心想：自己说话怎么老是有漏洞？是自己文化水平太低，还是她的水平太高？就赔笑道："好，我的张老师，你就好好跟我说个话好不好？在'三线'学兵连，除了史文恭，其他人谁敢这样对我？"张云云道："史文恭？史文恭再厉害能厉害过宋江？"

上官元道："史文恭只不过是宋江的孝子贤孙，当然没有宋江厉害了，孙子能厉害过爷爷嘛！"把张云云逗得"哈哈哈哈"，笑得前仰后合，道："什么爷爷孙子呀？还爷爷孙子老弟兄呢！"

这一下把张云云彻底给逗乐了，眼泪都笑出来了，好不容易忍住笑声，才道："上官队长呀，你还是好好看一看《水浒传》吧，宋江和史文恭是死对头，史文恭就死在宋江的手上，怎么是爷孙俩一块儿投降呢！"

说完捂着笑疼了的肚子，在工具箱里拿出一根一米来长的拉绳，缠在汽油机的启动轮上，泵了泵油，压住解压，使劲猛地一拉，只听见"突突突"一阵震耳欲聋的声响，推土机冒着黑烟发动了起来，彻底打断了两个人的笑谈。

打这以后，上官元还真的找到了一本《水浒传》，偷偷地看了起来。因为这时间，四大名著的说法已经销声匿迹了很久，尽管在评水浒，但是《水浒传》这本书到底能不能看，仍然是一个无人敢问津的问题。等到上官元真正搞清楚了"晁盖—史文恭—宋江—朝廷"这一杀戮链后，才真正为自己的无知感到脸红。甚至，就连自己都感到可笑：敢情评水浒都过去了这么长时间，自己竟然一直以为史文恭真的是宋江的儿子或者是孙子，整天糊里糊涂拉出来瞎评一气！

8

上官元在各项群众运动中都能如鱼得水，酣畅淋漓。但是，每当看到张云云的眼神人影时，就不自觉地蔫了下去，变得忧虑而消沉。

指挥部工会在江河局业余文艺队的基础上，又抽调了一部分能歌善舞的青年文艺人才，成立了毛泽东思想文艺工作团，专门负责吹拉弹唱，排练节目，巡回演出。上官元依靠自己在"三线"学的一手吹笛子的本领，进入了文工团乐队。文工团团长是武前进。十几年前，武前进作为曲阳公社党委书记，和张琪源在七贤峡水电站建设中配合工作过。

治安巡逻队解散了，上官元不见了，这给张云云留下了无限的遐想和思念。她想：上官元这个人为什么这么眼熟呢？正如他说的好像是以前在哪里见过，有一种与生俱来的亲切感。

这会不会就是所谓的爱情的火花呢？也许是吧。因为，在她认识的人里面，有姓"尚"的，但没有姓"上"的。当然，后来她才知道，上官是个复姓，所以，以前是肯定没有见过！

有很长一段时间没有见上官元了。张云云在想：他是不是生自己的气了？好像自己从来都没有给过他好脸色看。他曾经老是跟自己没话找话说，应该是对自己有意思了，难道是自己领会错了？还是他知难而退了？有一首歌唱道："樱桃好吃树难栽，恋爱好谈口难开，幸福不会从天降，社会主义等不来。"这个道理难道他不懂吗？

张云云有心打听一下上官元的下落，又感觉到：世上只有藤缠树，有谁见过树缠藤！只得收起想法，闷闷不乐。

下班以后，张云云把饭打了回来，却一口也不想吃。一碗稀饭，一个馒头，半碗烩菜；菜里面有白菜、洋芋、豆腐、粉条，甚至还有几片肥肉，这是她平时最喜欢吃的一道菜。可是今天，却一点食欲都没有。就一个人走到蛤蟆河旁，百无聊赖，无精打采。

这时间的蛤蟆河畔，静悄悄的。卞家峡水电站的建设者们，不论是上白班的还是上晚班的，这时间都正在吃晚饭，整个工地恢复了一天之中难得的寂静。

站在汩汩流淌的蛤蟆河畔，看着奇形怪状的冰层，再看看西边的落日。张云云在想，既然是傍晚，就应该是一轮圆日，迷醉地下沉，晚霞醉红醉红的，一个个都像是喝醉了酒一样才对。可是，今天却有所不同，清清地、亮亮地、白白地，让人感觉到像是在早晨。

张云云继续向下游走去。想着过去，想着现在，还想到了未来，想着和上官元一次次有意无意地相遇与邂逅，又一次次不欢而散，真不知道是缘深，还是缘浅——这些，只有天知道。她再一次看了看白白的落日……

想来想去，她觉得故事其实很简单：就是一个男人和一个女人的故事，千古雷同。可是，怎么才刚刚开始，就慢慢地变得复杂了起来？她思忖着：既然你我有缘，就应该和和气气，何苦相互折磨？若是无缘，又何必有那么多次不期而遇、磕磕碰碰？人生如戏，却又让人怎么都看不懂。

正在这时，一辆解放牌大卡车拉了一车花枝招展的男男女女，嘻嘻哈哈地开了过来，一看就知道是江河局文工团的演出车。张云云背过身去，不想让车上的人认出自己来。晚饭时间，一个人在这里闲逛，未免会让人多想。陡然，她似乎觉得：这一车人里面应该有上官元！这时，她反倒又希望上官元能看见自己。可是，看见以后又能怎样呢？她没有多想。

就在这时间，演出车"忽"地一下从自己身后的河堤公路飞驰而过，没有一点减速的意思。于是，她失望了，就地蹲在河边，看着层层叠叠的涌冰发呆。

她想：上官元这么一个竟然连史文恭是谁都不知道的评水浒白痴，怎么值得自己这样惦记呢？用妈妈说自己的话说，他就是"要文没文，要武没武"的那种，凭什么让我张大公主惦记！要说会吹笛子，那也算是本事？

在自己家乡后张村，许多放羊的牧童、老农民都会吹笛子，甚至还有拉二胡的。他们虽然不识简谱，但是只要会唱就会吹、就会拉，他上官元肯定是没有这份能耐！

这时候，她尽量把上官元往不好想，以便自己能够放得下他。

突然，张云云感觉到背后有人轻轻地向自己走来。她想：不会的，这时候正是吃晚饭的时间，有谁会到这里来呢？就没有在意，继续让自己的遐想天马行空。

她在努力回忆，上官元究竟是怎么吸引了自己？当她第一次见到上官元时，就感觉到这个人很面熟，当时自己也并不知道这个人有多大能耐，是不是初中文化。就是在临走的那一天，他似乎有意无意地，也并没有炫耀地告诉自己："他到文工团去吹笛子去了，以后不再开铲运机了。"自己也没有感到这个人很有才能。所以，肯定不是他的才能吸引了自己！

猛地，她觉得有人用双手从后面蒙住了自己的双眼，只是一声不吭。尽管张云云早先曾感觉到后面窸窸窣窣，但仍然还是吓了一跳。她紧张地问："谁？是谁？你把我的眼睛抠瞎了！快放开。"

她只觉得那双手稍稍松了一松，但是，仍没有放开。只是用鸡公似的嗓子道："你猜，猜中我就放开你。"张云云欣喜地脱口而出："上官元！"

是上官元，张云云猜得没错。上官元道："你怎么猜到是我的？"张云云把鼻子"哼"了一下道："就你那破锣嗓子，怎么拿捏我都能听得出来。"上官元道："那只能说明是我的口技不行，不能证明是你的耳朵好。"张云云道："那不都一样吗？这就叫差距，不承认都不行。"

上官元忽然红着脸道："你的皮肤可光滑了，我从来没有摸过女人的脸蛋儿。"张云云脸也一红，低声喝道："噢，你坏蛋，原来你是趁机摸我的脸呢？你怎么这么无聊呢？"

上官元笑嘻嘻地说道："我也不是故意的，是过后才感觉到的。"张云云狠狠地瞪了眼，道："过后也不能感觉到，要忘了。"上官元道："好好好，我忘了。"

张云云道："看你这德性，你肯定摸过你们戏班子里不少女娃娃的脸？"上官元道："没有，我都给你说了，我从来没有摸过！"

张云云故作疑问道："没有？自古以来，'书房戏房，就是谈恋爱的地方'。"上官元道："要谈也是他们谈，我不谈；谈情说爱是资产阶级生活作风。"

张云云生气地说道："什么乱七八糟的，在哪里尽学了这么些东西？人家批林批孔也不是这么个批法！"上官元道："我们就是这么批，昌连长、花文书把文件往完一念，我们就口诛笔伐一顿，气得花文书说：这些娃娃们球都不懂。"

张云云道："你们花文书怎么说话那么粗野呢！"上官元道："这不算啥，昌连长气急了还想打人呢。他扬一扬拳头说：他奶奶的，看哪个龟儿子还敢给我再×蛋！"他四川话模仿得惟妙惟肖，逗得张云云咪咪直笑。

然后，上官元问道："《江河谣》你听过没有？"张云云道："没听过，我只听过推土机歌谣：突突突突——突突突突——突突突突——突——呼呼呼——"

上官元道："江河谣是一首顺口溜：蛤蟆河，没蛤蟆，人民站了一山坡；工地上，二球多，十有八九没老婆；江河局，光棍窝，知青就占一半多；卞家峡，没卞家，民国十八年死绝了。"

说完后，上官元又把其中的每一句，给张云云解释了一遍，笑得张云云直喊肚子疼，说："看你们男的在一块儿尽瞎说些什么！十句话没有一句是中听的。"

两个人就这样瞎掰扯了一气，渐渐地夜深了。张云云说她饿了，上官元说他也饿了，两个人就开始往回走。走到一块儿大石头跟前，听见后面有窸窸窣窣的声音，两个人屏声静气一听，是一对男女正在卿卿我我。两个人赶忙拐弯绕了过去，没有惊动他们。

他们知道，这是卞家峡特有的恋爱场所之一。许多痴情男女就是在这样的石头旮旯、杂树丛中，甚至是在施工机械的驾驶室、阴影处，于繁忙的施工间隙，以铁阴石影代替花前月下，用自醉神往取代触景生情，成就了无数的人间美事。

向前没走几步，上官元猛地一下子抓住了张云云的手，吓得张云云正要问怎么了？结果还没有等她的话说出口，就被上官元猛地亲了一口。

这个意外情况让她猝不及防，正要举手打他，可是，黑暗中，她看到上官元火辣辣的眼神，并没有躲闪的意思，立刻就没有了力气，只是轻轻地在上官元的胸前推了一下，紧接着，就顺势被上官元紧紧地抱在了怀里。

第十二拍
月老不保无缘媒

1

风携雪雨春二月，梅吐芳蕊岁一年。

春节刚过，除了留守值班人员，大部分人都回去过了一个轻松愉快的春节。因三位伟人去世而担忧整个中国会出现大动荡的人们，思想渐渐地平静了下来，也就放心地告别了家人，回到了工地。

卞家峡的天，依然是那么蓝；卞家峡的地，似乎已然开始泛绿。百鸟悠悠在头，流云时起时伏，蛤蟆河的坚冰被太阳晒得亮光光的，开始慢慢地融化。

人勤春早。本是一句农谚，可是，用到工程上，也是再也没有比这更加贴切的了。反过来说，春早人更勤，今年的立春一下子提前到了春节前，这是多年来很少遇到的现象。

大年初二就是雨水了，使春天的来临比往年足足提前了半个多月。所以，春节一过，转眼间就春暖花开了，卞家峡水电站工地，就迅疾开始了它的又一轮施工高潮。

张云云在工地上开着推土机，和几十台推土机并排作业，阵容庞大，蔚为壮观。仅半天的工夫，工作面就有了明显的变化，使她郁闷的心情舒缓了不少。

有道是：家家有本难念的经。像张云云这样的家庭，差不多应该是方圆百里令人羡慕的图腾。可是，事情却偏偏不能尽如人意：二哥的婚到底是离，还是不离？这好像不是一个当妹妹的应该考虑的问题，更不是一个当妹妹的能够左右了的事情，但是，久久地搁在自己心上一直不大好受。

至于二哥的婚姻为什么要离？谁也没有明说，但是，张云云可以肯定，是二嫂那边出了问题。至于出了什么问题？根据自己的判断：应该是二嫂在外边有人了。二哥就是浑浑噩噩那么个人，其中的内情未必知晓。但是，爸爸心里肯定是清楚的，他能有这样的考虑，必定是深知内情而又迫不得已。

唉，不考虑别人的事情了，还是看看自己的事情该怎么办吧？黄美奇，也就是张云云自己的师兄，应该说是一个不错的人，起码现在是，而且对自己也挺好。听说他在下乡插厂的时候，也学了一些偷鸡摸狗、打架生事的坏毛病，但是，现在好像是已经金盆洗手了。或许是因为手里头有钱了，再也用不着搞那些下三烂的把戏了，人也就变得通情达理、大方仗义了。人穷志短也是可以理解的。

黄美奇每天早上早早地起来，从锅炉房里提上两桶热水给推土机加上；再点上一堆柴火或者拿喷灯对着推土机油底壳烤上一阵，过一会儿发动两下发动机，过一会儿再发动两下，直至发着为止。这是不上夜班这段时间，机车发动的通用方法；早上起来，每台机车跟前都有这么一个匆匆忙忙的徒弟，偶尔也有女徒弟——水电女人在工地上是娇气不起来的，些微照顾一下倒也比较常见。

机子发着以后，先让它空转着，黄美奇才赶快回来吃饭。待匆匆忙忙把饭吃完以后，机子也就预热得差不多了，就可以直接开着上班了，发动车和上班路途是不能占用上班时间的。到了晚上收车的时候，等车凉得差不多了，再去把冷却水一放，防止缸体冻裂，然后才回来睡觉。

每天，师傅孟立志热水瓶里的水都是黄美奇去提的，并且给茶缸里泡上新茶。师傅的洗脸水、洗脚水也是他每天按时打的给送去，一直遵从"一日为师，终生为父"的古训。无论是春夏秋冬，黄美奇天天如此，不让张云云干一点重活，他说："你一个女同志，干这些事情不大方便，还是我来。"

师兄的推土水平是一流的。他说：插厂时在"铁牛连"干过，他问张云云："你没有参加过铁姑娘连？"张云云道："参加过，开山平地学大寨，青石板上创高产。可是，除了架子车和自行车，别的机械从来没动过。"

黄美奇说："我当民兵时还打过靶呢，大部分都上靶了。"张云云说：

"靶我倒没打过，只是拿空枪练过拼刺刀。有的姐妹们没真枪，还是拿木棍当刺刀训练刺杀呢。"

黄美奇"扑哧"一下子笑了，笑得灿然而拘谨。工地的几次评比、夺红旗大赛，都是师傅和师兄两个人拿了大分值回来，才使自己所在的这辆73号机车，一直保持着"红旗设备"的称号。而张云云自己，真正是眼高手低，理论上什么都知道，实践中总是不那么得心应手。

穆天庶老师说过："理论要联系实际，不能和实践有机结合的理论是空洞的理论，是与实际脱节的理论，是无用的理论。"而张云云自己偏偏做不到有机结合，一遇见虚实不一的土质，推出的地面总是波浪滚滚，高低不平。

师兄从来没有对自己表达过什么，但是那种深深的爱恋，却从他那一言一行和深邃的眼神中就能释放得出来。师傅孟立志说："小黄是个好小伙子，谁要是跟了这个小伙子，谁就有福享了。"

张云云知道师傅这话是说给自己听的。可是，自己心里面已经有人了，不可能容下另外一个人了。当她把这个意思表达出来后，师傅长长地叹息了一口气，呼噜噜吸了两口水烟，然后默默地从水烟锅里拔出烟嘴儿，"噗、噗"地两下将烟灰吹了出去，又将烟嘴在鞋底子上磕了两下，失落地走了。

为此，张云云感到很对不住师兄以往对自己的关照，似乎也很对不住师傅对自己的关爱。但是，没有办法，这是现实，这是感情，自己不能委屈自己，更不能脚踩两只船。

该说的话说明白了，可是黄美奇仍然锲而不舍，一如既往地对张云云好。随着两班倒的开始，他总是让张云云上长白班，他自己上中晚班。可是，早上起来如果遇到发动车，仍然还是他来干；她不让，他却不行，说："大家都这样，你见哪个女徒弟自己加水、热车?"

张云云一观察，还真的。曾几何时，这些苦活儿累活儿，在江河局成了男徒弟们的专利，似乎也成了行规。尤其是在十冬腊月，像这样的苦差事，你可以干上那么一次两次，或者是坚持上那么三五天，但是要天天如此就难了。

有一次，张云云终于说："师兄，这些活儿我能干。在农村老家，我弟弟上学，大冬天担水、砍柴都是我的事，我没那么娇贵。"黄美奇忧郁地说："我知道农村姑娘能吃苦，可这里不是农村，咱们师徒三人再少也是一个集体。"

张云云进一步说："再说，我也不想欠你什么，你总是这样，我总觉得很过意不去。"黄美奇固执地说道："我不图你什么，你也不要过意不去，我只是做我分内的事情。"

张云云干脆直截了当地说："我看师兄你年龄也不小了，赶快给我找一个嫂子吧。过几天，我把我男朋友叫来，你们认识认识。"黄美奇不无遗憾地说道："工地上狼多肉少，谈何容易。你男朋友我认识，是文工团吹笛子的那个。"张云云无言。

2

尽管工地上女工不多，但是，闺中密友还是有的。张云云把自己的苦衷给自己的好友姚莲莲说了，请她给自己拿个主意。姚莲莲也无奈地说："我也一样，我男朋友在咱们局男篮打球，可是我师兄也是追着我不放。低头不见抬头见的，真是十分尴尬。"

姚莲莲是个焊工，专搞电气焊，张云云是推土机司机，两个人商量想调换一下，或者是换一个作业排，但工种截然不同，似乎不太可能。尽管如此，两个人还是硬着头皮，各自去找自己的领导，要求在排内调换一下搭档，理由是：平时上厕所、上夜班都很不方便。

没承想，两个人得到的回答都是一样的："有什么不方便的？男女混杂，干活儿不乏！"说得两个大姑娘臊得满脸通红，回来后各自埋头哭了一鼻子，也就死心了。

可是，事情并没有完。姚莲莲的男朋友邵怀强是个从部队上回来的"傻大个"，篮球打得十分出色，在一次比赛结束回宿舍的路上，被等在那里的八九个小伙子无缘无故地暴打了一顿。

后来经过工地公安处调查了解才知道，是姚莲莲的师兄因为追姚莲莲不上，就认为是邵怀强从中作梗，于是就纠集了八九个相好的小伙子，看完篮球赛后，乘邵怀强落单不备，上去就是一顿狠揍，并且留下狠话："知识青年返城团要先收服土老帽，再征服街爬子，最终实现卞家峡工地唯我独尊。"在这几个打人的人当中，就有黄美奇！

黄美奇被公安处带走了。师傅孟立志着急了："想不到小黄这么好的一个小伙子，竟然也掺和到打人的团伙里头去了？肯定是别人硬拉进去的，小黄自个儿不会做那样的事!"孟立志到公安处跑了一趟,结果人家说:要等邵怀强在医院的检查结果出来以后,再确定此次事件的性质;而且到底有没有"知青返城团"这样的非法组织?你能说得清?

孟立志傻眼了:"几个年轻娃打个架怎么还这么复杂?小题大做!"转而,孟立志一想:也是小黄这娃不自爱,你怎能和那些二刀毛混在一起呢?因为这些小伙子大部分都留着长发,据说够两剃头刀子才能剃得下来。这样想过之后,师傅孟立志也就心安作罢。

午夜时分,黄美奇等几个人经过公安干部的批评教育后,深刻地检讨了自己的错误,认错态度较好,并且各人还写下了保证书,保证以后规规矩矩,不再打架斗殴,就被释放了出来,以观后效,随叫随到。

可是,万万没想到的是,就在他们刚出了公安处院子不远,准备分道各自回宿舍的时候,一群隐藏在黑暗处的年轻人,足有三四十个,突然"呼啦"一下一哄而上,将黄美奇等几个小伙子团团围住,也是一顿暴打。姚莲莲的师兄当场被打死,其他几个人全部打倒在地,均受重伤,无一人逃脱。黄美奇被打断了两根肋骨。

而打人的人,则无一人掉队,突然之间全部消失了,没有留下任何蛛丝马迹,整个打架过程不到十分钟,没有听到一个人说话,全靠默契配合,可谓组织严密。

"这是一起有组织、有预谋的群殴事件,性质极为严重,情节相当恶劣,手段十分残忍。反映了在我们身边还隐藏着一小撮坏分子,随时都会向我们反攻倒算,妄图夺回他们失去了的天堂……"

这是尤尚文在干部会上的讲话,他有意识将过去惯用的阶级敌人换为坏分子,以免引起大家不必要的猜测。

至于打人的这些人到底是些什么人?公安处一直没有掌握到真凭实据,案子始终没有破获。只是勘察了两三次现场,照了四五张照片,做了六七份笔录,走访了八九个人,无非做了几篇官样文章,也就不了了之。

有人说:这案子还不好破?这不是秃子头上的虱子——明摆着嘛!但是,公安处的人告诉大家:"只要你能拿出证据,我们立马抓人,没证据的话可不能乱说。"说话的都是一般职工,谁能拿出证据?大家尽管心里不服,但也只能无奈作罢。

事后,大家传开了:邵怀强不是一个普通的复员军人,而是 1973 年墙南县武装部给江河局老鸦山工地下达的参军指标兵源,是张琪源老二队的工人。

　　按照规定，江河局职工当四年兵后退出现役，又回到了江河局。这样，邵怀强既和同一个军区回来的复员军人可以互称战友，且战友情深；又能和原来江河局的老老少少有师徒、同志的旧情，人脉关系稍稍有点复杂，只凭某一个方面推论他是哪一伙的人，都过于武断。

　　更重要的是，事发当时，邵怀强本人还在医院接受检查和治疗，姚莲莲也始终寸步不离地陪伴在他的左右。所以，他二人都绝对没有机会参与策划这起事件。刑事案件讲究的是作案动机和时间的统一，两个要件必须同时具备，邵怀强和姚莲莲都可以摆脱嫌疑！

　　也是江河局不想再把事情闹大，更是个别知青民愤积怨太深，此事也就这样无果而终，不再深查。拖来拖去，地方公安局也没有了耐心，笔走龙蛇，含糊结案。江河局只好给了死者家属一个"意外死亡"的理由，也就不了了之。

　　尽管如此，以后的卞家峡，打架斗殴现象时有发生。尤其是从城里招来的毛头小伙子们，看不起农村人，更看不起由贫困山区来的农村人。城里人地位上的优越感、商品粮的满足感，充斥着他们的头脑；全然忘记了三年困难时期，城里人往农村跑的逆向流动，一股登泰山而小天下的心态，随时溢于言表。

　　姚莲莲的师兄死了，黄美奇受伤了。可他们的哥们儿弟兄伤疤好了就忘了痛，偶尔聚在一起抿两口小酒，酒一喝高就思想膨胀，还想去找碴儿打架，泄一泄愤，欺负一下弱小。更有甚者，还隔三岔五跟街亭县的街坯流氓较一较量，切磋切磋"技艺"。每当胜利归来，更加认为：他们人多势众心又齐，打遍天下无敌手，但却再也没有人敢跟邵怀强他们搜事。

　　上次的教训告诉他们，这是一支训练有素、纪律严明、心理素质特好的无形团队，可以召之即来，来则能战，战后不留蛛丝马迹，可以消失得无影无踪。

　　黄美奇他们猜测：其中必有经过专业训练的高手，但凡遇见，不吃亏就算是万幸。所谓好汉不吃眼前亏。就那么大的工地，为争个好料场，为修车排个队，或为抢个工作面，早加一会儿油，总会遇见争执，可只要看见有身板笔直、面色冷峻的人在内，都会心里发怵，退避三舍，少不得常常握手礼让，相安无事。

　　爱情是永恒的主题。尽管有各种各样的纷纷扰扰，但是，"有情人终成眷属"总是生活的总基调。现实中的饮食男女，自不必说；大批的男男女女进入工地后，尽管比例失调，可男大当婚，女大当嫁也是必然的；又一代纯纯粹粹的江河儿女不断地孕育成熟，瓜熟蒂落。

于是，江河局开始逐步办起了托儿所、小学，三年以后又办起了中学，以解决深山沟里职工子女的入托和上学难问题。托儿所所长是皮素素，子弟学校校长由毛月梅兼任，毛月梅的主要职务仍是七二一大学校长。

邵怀强、黄美奇的挨打以及群殴死人事件，牵扯出了姚莲莲、张云云这两个祸起萧墙的核心人物。所以，她两个在一大队是待不成了。姚莲莲文化低一些，被安排在托儿所当阿姨；张云云文化高一些，被安排到子弟学校当教师，让教语文，教孩子们识字、朗读课文。

所长皮素素自然不会反对，因为她丈夫滕文理是一大队的大队长，很有可能还要为此承担责任，她巴不得把此事尽快了结。至于毛月梅就更不用说了，爱屋及乌是必然的，早就想为张琪源做一点什么。

姚莲莲、张云云两人双双因祸得福。多少也与张琪源的面子有一些关系，毕竟这两个年轻姐妹偶尔也会一块儿偷偷摸摸地在下班时间，同时出现在张琪源的办公室里。明眼人都能看来向，管人事的田喜珍自然也不傻，这样的顺水人情总是会做的。尽管张琪源不让张云云随便找他，免得影响不好，可纸里是包不住火的。

可张云云却说："我不去，男职工打架跟我有什么关系？我就想开推土机，我师傅、师兄都对我挺好的，我能吃苦，不怕脏……"排长宓荣威一看没有办法，就找孟立志劝说，让她服从组织安排。

但是孟立志却没那样说，而是对张云云说："你如果不走，你师兄就得走。"张云云理直气壮地说道："凭什么我和师兄非得走一个？错有错在，杀人不过头点地，何况我师兄还是受害者呢。"

孟立志没有讲道理，而是问道："当初你找排长宓荣威要调换工作时，是不是他给你说'男女混杂，干活儿不乏'？"张云云凝重地点点头。

孟立志神秘地说道："这话，不知道怎么就传到了大队长滕文理的耳朵里了，他把队长危士奇狠狠地批评了一顿，危士奇反过来又把排长宓荣威给臭骂了一顿。说他不善于做政治思想工作，分不清敌我矛盾和人民内部，才导致恶性事件的发生！"这一说，倒把张云云给逗乐了，道："那也用不着非得逼我和师兄分开呀。"

孟立志耐心地说道："事情既然出在这里，总得在这里了结吧？原封不动算怎回事？要是你两个不分开，你想：你和师兄将来有没有可能结婚成家?"张云云果断地摇了摇头。

孟立志进一步说:"这就对了,既然没有可能,还不如借机离开,也让他死了那条心。"

孟立志把张云云说服了。张云云不得不离开了她那参加工作后一直坚守的第一个单位——江河局一大队第三工程队推土机作业排,丢弃了她曾经那么当回事的推司岗位和机械操作工种,离开了73号这个连续四个季度的"红旗机车"。

3

女儿差一点惹出大麻烦!这让张琪源不得不把自己昼夜忙碌的目光,再一次投向了自己的子女。

二儿子张超,现在还在维持着那个名存实亡的婚姻,已经到了必须当机立断的时候了。张超本人想离,说了尹春兰一大堆的坏话,倒了自己一大滩的苦水。张琪源心里明白:张超所说的都算不上什么,他毕竟还是个浑人,还掂量不来婚姻生活中,哪一头重,哪一头轻,也没有办法把其中的许多难言之隐告诉他,只能看他什么时候能自然明白其中的道理了。

在去年,张琪源请毛月梅去沄管局做工作后的不久,毛月梅回来告诉张琪源,湛花说:"尹春兰怀孕了!"张琪源犹如五雷轰顶,顿觉颜面扫地,感觉到自己在全省水电系统算是把人给丢大了——好事不出门,坏事传千里呀。

可是,当张琪源把这一个消息告诉张超时,张超竟然高兴地说:"我就说嘛,生娃娃是女人的事情!"气得张琪源差一点当场昏了过去。

后来,湛花又给毛月梅打电话说:"尹春兰已经把孩子打掉了,是我给找人开的介绍信。孩子是倪立清的,倪立清也是从你们江河局调过来的,和张超还好像是一个师傅,师傅好像叫贺万成,所以他们几个人经常保持着来往,关系也比较好。据说,当初张超和尹春兰结婚时,就是这个倪立清给牵的线。"

这是常有的事,介绍人把一对青年男女没有撮合成,反倒把自己贴赔了进去;或者给自己成全了好事,皮素素和滕文理是这样,倪立清和尹春兰似乎也是这样。

这一消息很快就被毛月梅转达到了张琪源的耳朵里，张琪源是欲哭无泪，欲罢不能！

尽管如此，张琪源还是保持了最大的克制，让毛月梅做进一步的努力：让两口子和好，既往不咎。至于两口子之间的私事，自然就不用操心了，因为尹春兰已经开化了，只要她乐意，张超本来就是一个浑浑噩噩的人，没有什么可以不可以的。

但是，湛花反馈回来的信息是，尹春兰说了："算了，既然自己已经背叛了张家，就不希望张家人再接纳她、原谅她；至于将来是不是会跟倪立清过，也不一定，天下男人又没死绝？，我为什么非得要在这两棵树中选择一棵吊死？"

春节回家，张琪源把这些情况原原本本地偷偷告诉了爸妈和招弟。妈妈指着鼻子骂张琪源："我把孩子交给你，指望你能让他过一辈子好日子，谁知道你……"然后是放声痛哭，"你对得起我的超超吗？从小到大你管过几天？都是我们和招弟屎一把尿一把，把他从一尺五寸拉扯得长大成人，两次都是你害了我娃呀！我超超的命怎么这么苦呀……"张琪源只能是无言以对，眼中落泪，心中流血，郁郁寡欢。

二儿媳尹春兰没有回家过年，免不了有人要无意识地问起。张家人吞吞吐吐，总是不作正面回答。刘克亮是本村出去的，难免有好事者去打听，结果也是没有一个明确的说法。因为这事刘克亮给妈妈吴秀秀偷偷地说了，吓得吴秀秀连忙捂住刘克亮的嘴，说："啊呀，天哪，这话你可打死也不敢向外说！张家对咱们有恩，你又和超超是好朋友，咱们可不能把屎盆子往人家头上扣！"

两家人越是这样遮遮掩掩，越引起了人们的诸多猜测、议论。而张琪源的大嫂、二嫂则是更绝：你有你的天门阵，我有我的檀香木，专门把张超叫过去"审问"了一番。

张超本来是个浑人，哪知道人世间有这么多的龌龊和尔虞我诈？就一五一十尽自己的理解，全部竹筒倒豆子一般和盘托了出来。惹得大伯张玺源、二伯张碧源直骂：两个长舌妇，一对是非鸦，没有一个是省油的灯！

大妈、二妈知道了，就等于是全村的人都知道了。虽然没有人把这个信息反馈给张琪源家，但是，街坊四邻的指指点点，一家老小总是能感觉到的，也就只能听之任之，低下头做人。

谣言不是问题，迟早总会被人们淡忘、替换。问题是事情下来怎么办？

是和还是离？大家都没有一个统一的意见。靠张超自己拿主意，显然是不行的，他就知道春兰做的饭没有妈妈做的好吃，让他洗澡、洗头，麻烦死了。他越是这样说，家里人越伤感。

爷爷张大山半天说了一句："唉，要么是老天爷不长眼，要么是我上一辈子把人亏了。"说得张琪源别提多难过了，真后悔当初急于给超超成家，心想着：一旦成了家，就有媳妇管了，自己从此也就可以高枕无忧了。没承想，事情弄到了今天这步田地，真是把人肠子都能悔青！

这一天，吴秀秀来到了张琪源家里，老张家人的神经立刻紧张了起来——这个女人可不是省油的灯。秀秀知道大家都提防自己，等孩子们都出去了，才开言道："超超和亮亮两个娃，年龄都不小了，咱的娃咱知道，都有不如人的地方。所以我觉得，咱们都心不要太高，不论丑俊，不论有没有工作，只要好好过日子就行。"

看见老张家人没有十分反感，吴秀秀才继续说道："我的意思是，亮亮已经毁容了，植皮效果也有限，我打算就在咱们周围找一个农村姑娘，只要有亮亮一份工作，就不愁他们的日子过不下去。"吴秀秀先从自家的缺陷说起，且并没有埋怨张琪源的意思，老张家人这才放松了绷紧的神经。

吴秀秀也看出来了老张家人的释然心态，便进一步说："至于超超嘛，我觉得，现在这个不行了，咱们另外再找，就在农村找，找一个知根知底，不嫌弃咱娃的，能伺候咱娃的，何必挽留那丢人现眼的尹春兰？张大叔、张大婶，我这人心直口快，说话不中听，你们可千万别见怪。"

琪源妈"吧嗒吧嗒"掉着眼泪，道："还是秀秀的主意正。当初我就对这门亲事心里犯嘀咕，可是架不住他们都给我说双职工好，双职工负担轻。可到头来还不如找个一头沉的。"琪源爸没好气道："事后诸葛亮！"

琪源妈没有理会张大山的冷嘲热讽，只管和秀秀唠扯。最后的结果是：收假以后，让云云去沄城专门看一回她二嫂，当面锣、对面鼓地问一问："到底是打算过，还是离？给一句痛快话！"大家都认为：毕竟女人和女人之间好沟通，有话说在当面。

令大伙儿始料不及的是，他们设想的种种难堪场面都没有发生。但是，仍然令张云云这个处事经验不多的小姑子无所适从——毕竟，张云云不是过来人。

张云云去后，尹春兰对小姑子张云云非常热情。并不像他们想象得那样待答不理或是碰一个软钉子；而是家里长、家里短地唠个不停，咱爸长、咱妈短地称呼得十分亲切，几次都让张云云拉不下脸来。

当说到两口子的矛盾时，尹春兰流下了眼泪，伤感地说："你二哥是个什么样的人，你们心里最清楚，我现在再怎么说后悔，你们看还能来得及吗？就这，当初人家都说我是攀了高枝，找了个高干子弟，可是到头来，你们看我沾上咱爸这个局长的什么光了？倒是落了些骂名！"

张云云想极力搜索尹春兰所说的话，有什么与事实不符的地方？却不由自主地变成了频频点头。

尹春兰接着说："夫妻之间的事情，我就不给你说了，你没结过婚，就是说了你也不一定完全明白。再说了，我也说不出口。"听到这里，张云云默然低下了头，因为，她和上官元已经突破了男女之间最后的防线，这就意味着以后的事情别无选择。

尹春兰没有注意到张云云的微妙变化，而是接着哭诉："你二哥这个人脑子好不好使咱就不说了。可是脾气还挺倔，我说了说他，他就连家也不回了，有时半月二十天我连面也见不上一次。你说这两口子在一块儿过日子，哪有锅碗不碰瓢盆的？"张云云忙开脱道："二哥这人心里不藏事，脑子不会拐弯。"

尹春兰止住了泪水，平静了一下，道："至于往后的日子过与不过，也不是我一个人说了算的事情。你既然已经来了，你就说一说，咱们家里是怎么打算的？"

看着二嫂满肚子的委屈，张云云一下子失去了立场。依二嫂刚才的言谈举止，她反倒为二嫂感到委屈。女人与女人之间，毕竟容易沟通，惺惺相惜往往会使仇恨化解，更不用说，这是自己的二嫂，自己二哥真的有些配她不上。所以，从家里来时聚集的那一肚子怒火，基本消失殆尽，几乎忘记了自己是来干什么的。

云云问二嫂："你当初对二哥一点都不了解吗？"春兰道："他是我们单位的劳动模范，干活儿从不知道躲奸溜滑，为人也忠厚老实，爸爸又是江河局的局长，根正苗红。刚好我们家里情况也不好，爸妈都是走资派，打倒多年又都含冤而死。我能返城参加工作纯属当了个好运气，我就指望着找一个好主，能把我们家庭的命运改变一下，所以，媒人当时一说我就同意了。我是冲着劳模和局长儿子才嫁的，所以，当时的欣喜可想而知，可是到头来，结果就是现在这样。"

有关这些情况，张云云以前是有所耳闻的。尹春兰的父母亲在前几年因经受不住成年累月的批斗、抄家，双双自缢身亡，家庭失势、家境贫寒。穷人的孩子早当家，所以，彻底改造自己的世界观成了她的行为准则，夹着尾巴做人成了她唯一的求生之道。尹春兰初中毕业后，响应伟大领袖毛主席的号召下乡插队，到了农村。

后来，老成实受的尹春兰，按照"自愿报名、群众推荐、领导批准、学校复审"的十六字录取方针，成为一名省水利学校社来社去的工农兵学员，亦称工农兵大学生或者是七二一大学生。学习三年毕业后，继续回乡插队务农。这类所谓的七二一大学生，与江河局自办的七二一大学生没有什么本质上的区别，都是哪里来，再回到哪里去，不改变个人的身份。

令人意想不到的是，福人自有天相。1975 年，全省水利系统要以考试的形式，从社来社去的大中专毕业生中招收一批水利管理干部，尹春兰有幸被择优录取，并分配到沄管局，成为一名事业单位干部，从此，改变了她扎根农村一辈子的命运。这在上山下乡的知识青年当中，比较罕见，尹春兰自己所谓的"当运气"指的就是这个意思。

尹春兰刚到沄管局，还没有站稳脚跟、正对单位的一切还目不暇接的时候，就赶上了张超披红戴花、彰显门庭的一幕。

倪立清看见新来的这位年轻姑娘尹春兰，竟然对张超这个半吊子劳动模范眼睛里都会放出如此羡慕的光芒，心里是一百个不服气，就不无戏谑地提出把尹春兰介绍给张超。

结果，歪打正着，两下一拍即合：张超的家里自然是喜出望外，而无父无母的尹春兰这边，只要两个哥哥同意就行，而两个哥哥那时候正自身难保，哪里还能顾得上自己妹妹的终身大事？只要她找到个靠山，找到个像样的归宿，就是求之不得的事情了。

就这样，一个年轻的家庭诞生了。所以，这场婚姻与其说是好心牵线，倒不如说是恶意调侃的结果。

尹春兰说："那时间，我很傻、很天真，对什么是结婚其实根本不懂，以为就像学校排座位，把谁和谁安排成同桌一样。也不知道怎样做女人，以为就是洗衣做饭，男的是班长，女的是学习委员。现在懂了，也迟了。所谓男怕入错行，女怕嫁错郎。云云，你也要好好考虑好自己的事情。一个女人，这一步一旦走错了，后悔就晚了。"

二嫂的推心置腹，使得张云云不由得倾心交谈，就自然而然地讲了一下自己和上官元的事情。二嫂道："上官是个入错行的男人，你可不要成了嫁错郎的女人。"说得张云云心里一阵阵直冒凉气，似乎预感到这句话里饱含着某种诅咒。但是，她没有埋怨二嫂，因为，二嫂的心里有多苦，她完全可以体会得到。

两个人随随便便聊了一气，双方都没有释放出不友好的信号，尹春兰还挽留张云云在自己的家里住了两天。本来张云云要回韩森堡子，二嫂不让。张云云觉得也行，借此还可以把哥嫂的关系缓和一下。二嫂说："你来的目的我知道，这事你就不用费心了。咱姑嫂好好地聊聊，我们的问题我们自己解决。"

通过这次接触，张云云切身地感触到，二嫂到底是个有文化的人，不论事情做得怎么样，话说得无懈可击，想从她那里捡到便宜是不可能的。这也再一次说明：二哥不配二嫂。

4

有了张云云这次对情况的如实汇报，张琪源对这一问题尽快解决的愿望暂时搁置了下来，等待着时间的消化。自知：急是急不来好结果的，要急，就只有离婚一种选择。

但是，接踵而来的卞家峡争风吃醋事件，让张琪源对这类事情警觉了起来，同时也产生了新的想法，包括对张云云的婚姻问题。

当张云云把上官元的名字告诉张琪源后，张琪源立刻就觉得有些耳熟。稍微一回想之后，惊得差一点跳了起来。因为，这名义上是杜成武和上官红云的儿子！去年能招到江河局来工作，也是上官红云给张琪源打了个电话的结果。张琪源先从政策层面打通了障碍，又安排田喜珍专门去办。那时候，张琪源当局长已经一年了，办这点事可以说是随手拈来。

尽管杜成武和上官家早已经恩断义绝了，杜成武或许至今还不知道自己的儿子杜纪元已经改名为上官元，并在自己管辖的工地上班。但是，张琪源认为：血缘关系是不会以人的意志为转移的。所谓冤家路窄，老一辈亦情亦恨几十年了，小一辈很有可能恩怨交集就在眼前，已经到了无巧不成书的地步！

张琪源尽量让自己的心情平静下来，道："他们的家庭情况你了解吗?"张云云道："他没有详细说，只说是他爸他妈离婚了，是因为政见不同，划清了界限。但是，他爸妈都不是政治犯、走资派。"对女儿这种逼父就范、霸王硬上弓的回答，张琪源内心十分反感，也掀起了他埋藏在内心多年的巨澜。

张琪源还是尽量控制着自己，不让自己的女儿觉察到什么，他就故作平静地说道："其他情况呢？你了解吗？"张云云道："其他情况知道得不多，就知道他是'初六九'级毕业，已到'三线'锻炼了六年多，就招到这里来了。"

张琪源道："就这？"张云云淡淡地说道："他说有机会领我到他们家里，见一见他妈妈。"

张琪源一时对女儿所谈的这个对象，找不出个恰当的理由来反对，也提不出赞成的理由，只是感觉到非常非常值得深思，就道："你觉得咱们这个单位怎么样？"张云云道："还行，挺好的。现在幼儿园、学校都有了，毛阿姨还兼着校长，挺照顾我的，朝里有人好做官嘛。"

张琪源不无埋怨地说道："世上好单位多得是，你就看到这眼前。"张云云噘着嘴说道："才不是呢，我还听说要将医务所扩大为职工医院，大家都传说你想让孙光喜叔叔当院长。这样上上下下就都是你的人，多好！比在家里劳动强多了。"

张琪源立刻挥手制止道："什么我的人你的人！"张云云抿嘴笑了笑，道："那不就是嘛。"

张琪源没有理会张云云这一套，而是话回前言，觉得张云云观点看似无懈可击，实则不能赞同，而且强烈地警告自己，决不能就此接受这个现实。就道："比家里是好，但是以后还得搬家，基本是一年四季居无定所。"张云云大大咧咧地说道："那不要紧，就算是再艰苦也没关系，我们就是应该到最艰苦的地方去，到祖国最需要的地方去，以苦为乐嘛。"

张琪源有点恼怒：女儿竟然和自己打起了官腔，真是渗透太深。但是，他还是尽量竭力克制着自己，道："你怎么跟爸爸也是这样说话？"张云云茫然道："怎么了？我怎样说话了？"

张琪源知道："到最艰苦的地方去，到祖国最需要的地方去"是这个时代普遍的人生观，是不易改变的时代最强音——自己经常对职工也是这么讲的。

但那是工作需要，不应该是我们常人生活的追求取向，可又没办法给女儿说。只得耐心地旁敲侧击道："不论怎么说，工地跟城里面相比，条件总是不行，我想将来把你调到城里去，待到大城市不比这山沟沟里强？”其实，张琪源从来都没有这么想过，这是为了对付女儿，应急想出来的推托办法。

没想到，张云云竟然赞同道："上官元也是这么说的，说他回去给他妈妈说一下，将来想办法把我调到水保局去，那个单位比较稳定。"

张琪源说："你不是说要到最艰苦的地方去吗？"张云云理直气壮地说："那是没办法的说法，有办法谁不愿意到大城市去享受荣华富贵？"张琪源心想：这不就对了！而且觉得，自己终于还是把女儿内心的真实想法套出来了，但是，离他所要解决的实际问题还是相差很远。

张琪源道："我是觉得你在工地上谈对象不好，将来调回去再找的话，两个人就都能待在城里了。"张云云道："上官元说了，先让我回去，他慢慢再想办法，迟早也要调回去。"

张琪源淡淡地一笑，道："哪有那么容易的事！为他这次回来费了多大的劲！"张云云惊奇地问道："你认识他？"张琪源没有吃惊，也没有掩饰自己的失口，而是说："那还用认识？到这里来的哪一个人没有一段曲折的经历？"张云云愕然，无话可说。

张琪源道："他知道你的身份吗？"张云云说："不知道，我没告诉他。"张琪源点点头，道："对着呢，给谁都不要说，单位这事挺麻烦的。"张云云点点头。

张琪源又说："和这个上官元，如果能断最好还是断了，以后到城里工作，好小伙子多的是，何必在这里找下，将来再费那么大的周折呢？我不是很赞成你在工地找。"

张云云吃惊地说道："我觉得只要人好，两个人能合得来，比什么都强。比如像我二哥，两口子倒都在城里工作，可是两口子合不来，把日子过成那样！"

张琪源反问道："你光说他两个合不来，你怎么不说你二嫂给你说上官元是个'入错行'的男人？你岂能'嫁错郎'！水电这个行业很苦，你现在刚来，也没有家庭负担，还体会不到。"

张云云无言以对，半天才说："我估计要断很难，我也不想断。"

张琪源道："你就说家里不同意在外面找，我很快托人把你往出调，起码也是调到咱们局的沄办招待所上班。这可是你一辈子的大事情！考虑不好会后悔一辈子的。"张云云道："你把我俩拆散才会后悔一辈子的。"

　　张琪源觉得女儿用"拆散"二字定义自己的一番好意有点过分，就换了个角度道："而且他们家也不一定会同意，何必那么麻烦呢！'宁在直中取，不在曲中求'嘛。"张琪源终于戳到了张云云痛处，她还真就担心上官元家不同意，那比自己家不同意更难解决，就不自然地转过身去。隐约中，张琪源似乎看到女儿的两眼里饱含着泪水，心里不禁就是一紧。

　　张云云走了，张琪源还在那里发愣。他有五个孩子，当爸爸也二十多年了，和孩子们遇到过多次艰难的抉择，似乎每一次都非常困难，每一次都很不好掌握轻重。今天和女儿云云的谈话是这样，上次和二儿子张超了解他们两口子的房事是这样，很久以前和大儿子张建国、苗爱霞解释让云云招工似乎也是这样。

　　而每一次的难点都非常相似，都在于：自己竟然不知道和自己的子女怎样表述自己内心的真正想法！绕了那么大的一个圈子，费了那么大的劲，也才把意思表述了一半，或者只是皮毛！而且，看不来有什么好的效果。

　　看来，当一个父亲也不容易，并不比当一个局长简单。孩子小的时候，天天盼着长大，可等孩子都长大了，却个个不让父母省心。

5

　　各类机械设备都到得差不多了，设备的维修保养和提高出勤率成了主要问题。今天这个推土机粘缸了，明天那个拖拉机爆瓦了，后天说不定哪一个油底壳漏油了，说不定哪一天还有某一台机械放了飞车，完好率、出勤率日趋下降。

　　经过几天的反复思考，张琪源想出了一个办法，请许光远出面，通过省人事厅，将穆天庶、肖大彪两位老师从省机械厅干脆调了过来。任命穆天庶为机电设备处副处长，肖大彪为七二一大学副校长；另外，从省机械学院和工业大学调来两名机械教师，充实到七二一大学和机电设备处。说是处，其实相当于科级，张琪源才是个正处。

　　这一天，穆天庶陪着张琪源在一大队第三工程队查看设备的维修情况，就是张云云原来所在的那个队。只见三台推土机都停在那里，排长宓荣威道："这三台推土机坏的时间最长的已经有十几天了，第一台的配件刚刚发来，另外两台的配件才把电话打过去，还没有发货呢。"

穆天庶问："有没有什么规律或共同点？"宓荣威道："东方红 60 的漏油故障比 75 拖拉机的故障明显要多。"

穆天庶道："这就可能是厂家生产过程中的通病。"宓荣威道："据厂家介绍，75 马力拖拉机在改性的过程中，降低了材料的含碳量，所以就是温差再大，抗磨性能仍然高于 60 机子。"

张琪源问："这里面很可能有咱们使用上的问题，比如保养不及时，工地环境恶劣等等。"穆天庶犹豫地说道："当然也有，环境恶劣，导致材料性能下降。"

宓荣威道："要是那样，就只有把 60 马力推土机的油封多备些，勤观察，勤更换……"张琪源摇摇头，认为："这样打消耗战，怎能吃得消？"

就在这时间，一个工人匆匆忙忙地跑了过来。他告诉宓荣威，自己的 73 号推土机着火了。大家一听，立刻拿上灭火器往出事地点跑，跑了不足一公里，就到了清表施工现场。只见一辆推土机的发动机呼呼地冒着火苗，来报信的那个工人立刻就准备上去拿灭火器喷。

结果还没走到跟前，只听"轰"的一声，位于推土机后背的油箱一下子爆炸了，整个推土机的驾驶室和发动机盖子连同其他附件被炸得漫天飞舞。

周围所有的围观人员立刻像电影中遇到炸弹时一样，匍匐在地，等全部飞行物全部落地以后，才陆陆续续站了起来。结果发现：跑在最前面的那个年轻小伙子满脸是血，一个年龄大的工人捂着个小肚子站不起来了，还有几个人也不同程度地受了伤……

走在最后面的是张琪源，见此情形，大声道："所有人向后撤！宓荣威，你安排人把伤员送往医院救治。"宓荣威指手画脚几下就安排完了。

紧接着张琪源道："其他人员警戒，不要让人进入危险区，等待燃烧物烧尽自灭。宓荣威，待机车冷却后，先排除危险，再收拾现场，随后组织人员对事故进行分析。"宓荣威一一答应，来回跑得满头大汗，气喘吁吁。

事故报告单很快出来了，上面写道：

机械名称：推土机；编号：73；

所属单位：一大队三队；责任人：机长孟立志，驾驶员黄美奇；

时间：1977 年 7 月 2 日；地点：卞家峡工地清表备料工作面。

事故经过：推土机在工作中发动机着火，现场对初级火势用土和沙石及时采取了扑灭措施，但没有奏效，进而导致火苗顺油路蔓延，最终引燃油箱爆炸。

人员损伤情况：机长孟立志腹部被铁屑击穿，大肠、十二指肠共有 3 处穿孔，腹部前后肌肉穿孔。驾驶员黄美奇头部左侧擦伤，右肩膀、左小腿击伤，并伴有粉碎性骨折。前来救援的机电设备处副处长穆天庶右臂被铁片削了个 4 厘米长的口子，缝合了六针。另有三人受轻度外伤，不需要住院。预计医药费、护理费等直接经济损失 1213.18 元。

机械损伤情况：油箱和驾驶室炸毁，油路系统部分损坏，电路部分损坏……价值 4223.22 元。

事故原因分析：

一、引擎汽油机油管、油封材质差，运行时间不长即出现漏油现象；汽油机与柴油机输油管距离太近，缺乏必要的防火隔离措施。

二、电路短路。

三、机械定员不足，主副驾驶员疲劳过度，对易损部位、电路没有定时检查、维护。

四、工地缺乏应有的消防设施，延误了最佳灭火时机。

张琪源带着政治处副处长田喜珍、挂着胳膊的穆天庶参加了事故分析会。对事故责任进行了划分：原因一属于厂家质量问题，要求赔偿和技术改造，由机电设备处负责。原因二、三属于管理不善，责成推土机作业排排长宓荣威在第三工程队职工大会上作出深刻检查，并将书面检查装入本人档案；一大队三队队长危士奇及时安排修复待修设备，调整好设备操作人员的配备和作息时间；大队长滕文理要加强日常监管。原因四属指挥部层面的问题，田喜珍组织有关部门研究对策。

这时，张琪源才知道，这辆 73 号机车，就是自己的女儿张云云曾经操作过的东方红 60 马力推土机。这让他不由得吓出了一身冷汗。真不敢想象，要是自己的女儿没有调离的话，谁敢保证她能安然无恙？真是坏事里面有好事——老天保佑，老天保佑！

最后，张琪源强调：通过这起事故，反映出我们在机械设备管理方面，重购置、轻管理，重使用、轻保养等诸多问题，而且操作人员技术水平不够全面，工程队、机械排的管理制度不够健全，教训非常深刻。

下来，我们要举一反三，以这次事故为反面典型，进行一次全面的设备故障排查活动，并把这次排查活动延伸全局各个大队、各个工程队、各个作业排和每一台机车，对排查出来的问题及时整改，力争杜绝此类事故的再次发生……

6

排查结果很快就出来了。令人匪夷所思的是，排查出了一个震惊江河局乃至卞家峡的大案：原来，一大队第三工程队在此次排查中，竟然发现丢失了一台24号60马力推土机，两名驾驶员失踪，随车工具、运行记录也杳无踪迹。

经过查阅油库加油记录，24号推土机已经有三个月没来加油了，正好是发生在邵怀强等与黄美奇他们打架后不久，而这两名失踪的驾驶员正是那天晚上和黄美奇一块儿挨打的另外两名知青。

据推土机作业排的宓荣威讲：由于当时事情乱糟糟的，有住院疗伤的，有公安处叫去配合调查的，还有调往其他单位的，就连宓荣威也不知道自己的人到了哪里？所以事情发生后，竟然一无所知。

得到这个情况报案后，公安处立刻将情况报告街亭县公安局，两下里联合展开了案件侦破。结果不到一个月时间，案子就破了。原来，有两名一块儿下过乡的知青，一看姚莲莲的师兄被打死、自己挨打受重伤也没有人管，人家都怕把事情闹大了复员军人给他们下不来台，只能让他们这些在农村苦熬了七八年的知青白白挨打，思想上就开起了小差。当想到推土机正好可以给农村平整土地，是个难得的宝贝时，就偷偷地将推土机开出工地，藏了起来。

过了三四天，他们一看单位上没有什么动静，就联系好了地方，去给一个生产队平整土地去了。此时，批判"三自一包、四大自由"的风声已过，农村扩大自留地的现象逐步兴起，所以，几个月下来，竟然也挣了不少钱。两个人正在沾沾自喜时，没想到东窗事发，被街亭县的公安干警给戴上了手铐。

经过指认现场后，将24号推土机开到街亭县公安局院内。经一大队第三工程队来人辨认，确实属于自己的财产，随即推土机被公安机关作为赃物和罪证扣押，两名知青工人关进了看守所。

又过了两个多月，街亭县公安局在卞家峡工地召开了公捕、公判大会。将一年多来所有在卞家峡工地小偷小摸的、破坏公物的、流氓犯罪的，一并进行了公审，两名推土机盗窃犯，分别被判处有期徒刑四年和三年零六个月。至此，本案算是有了一个颇为遗憾的了结。

鉴于此次教训，为了有效降低火灾损失，江河局成立了自己的消防队。配备了四辆消防车和十几名消防员，24 小时待命，实行军事化管理，接受江河局和街亭县公安局的双重领导。

江河局给一大队大队长滕文理党内严重警告、行政记过处分，并降一级工资。一大队撤销了第三工程队队长危士奇的队长职务，降两级工资，给予行政记大过处分，暂时代理队长职务。第三工程队撤销了推土机作业排排长宓荣威的排长职务，并给予党内留党察看和开除留用行政处分，罚两个月工资 74 元。

江河局将以上事件及人员在全局通报批评。

秋蝉昼夜不停地鸣叫：知了、知了、知了……充斥了整个空间，搅得张云云心神不宁。

师傅和师兄受伤了，事情出得惊天动地，而且拔出萝卜带出泥，让她的心情久久难以平静。每次想起，都让张云云好生后怕。想不到自己曾经所在的队、排居然是个藏污纳垢、惹是生非的所在，说不定哪一天，就会把谁给陷进去，就连旁边人都有可能脱不了干系。

想到这里，张云云只等着上官元能早一点娶了自己，调回沄城工作，也省得爸爸经常火急火燎地催促：还不断了等什么？可是，所谓佳期如梦，总也让她等不到那一天。

张云云迫切想去看一次师傅和师兄。不论怎么说，在过去一年多的几百个日日夜夜里，暑往寒来，大家一块儿工作、学习，互相关心、互相帮助、互相爱护，耳鬓厮磨，情感日深，那份深深的牵挂何止是一个"同志友谊"那么简单！

张云云简单地买了四瓶水果罐头，两盒饼干，二斤点心，分开放在师傅孟立志和师兄黄美奇之间的床头柜上。师徒三人相对无言，谁也不知道这一系列的惨剧是不是因为张云云没有接受黄美奇的感情而引起的？

从表面看，这种简单的因果关系是存在的：首先是，因为张云云不接受黄美奇，才导致黄美奇心生怨恨，帮助姚莲莲的师兄报复邵怀强，最终使年轻气盛的知青们遭受重挫；其中黄美奇也被一伙不明身份的暴徒痛打一顿，最终还没有申冤的地方，以致成了千古奇冤。

其次是，因为张云云调走，73 号推土机的驾驶人员不足，孟立志和黄美奇师徒二人忙于应付工作，昼夜不停地辛苦作业，放松了对推土机的保养和检查，导致机车状况不佳、失火爆炸，终致师徒二人严重受伤。心爱的73 号推土机竟然也可怜地变成了一堆废铁——张云云还偷偷地看了一次，需要花费很大的人力物力才能修复；而修复以后的车况，肯定是与从前不能同日而语了。

就像孟立志师徒二人，永远也恢复不到原来的身体状况了，而师兄黄美奇是两次受伤！

想到这里，张云云不知道自己是不是错了？更无法理解的是：自己与上官元的事情竟然也没有得到爸爸的首肯！真是莫名地惆怅。

为了打破僵局，张云云说："师傅和师兄，你们好好休养，身体是革命的本钱。今年恢复高考了，我打算碰碰运气，已经开始复习了。师兄你不打算考吗？"黄美奇不无伤感地说道："我是高六八的，按说老三届也算是高才生，基础不差，但是从插厂到现在快十年了，书本上学的那一点东西，早就忘完了，考也是白考。"

为了安慰，张云云说："那不一定，考试考试，不就是要试一试吗？不试怎能知道？"黄美奇长叹一声，道："唉，再说，我年龄也大了。"

张云云道："人家把年龄放宽到 30 岁了，就算是超龄的，好像说有些偏远农村改年龄也比较容易，而且结了婚、参加了工作、当了兵的都可以考。"

话说出口以后，张云云感到自己失口了。因为"结婚"这个词对黄美奇来说最具杀伤力，但是已经无法挽回了。

师傅孟立志一看两个年轻人的尴尬表情，连忙插嘴道："政策是够宽大了，就看舍不舍得下功夫。"张云云借坡下驴道："有志者事竟成嘛！说不定真就能行呢，主要是机会难得，都 11 年没招生了，多珍贵的机会呀？一定得试一试。"

黄美奇长叹道："试就算了，大学哪有那么好考！"张云云劝道："就算是考不上也没关系：咱们是城镇户口，吃的商品粮，双保险，不比农村的考生，考不上就没退路了。"

张云云无论怎么说，都解不开黄美奇心里的疙瘩，老江湖孟立志找不到话题的切入点。大家又是一阵沉默。

张云云观察着医院崭新的设施、洁白的床单被褥，没话找话道："咱局的医院还真不错，听说还有 X 光机呢。"孟立志赶忙接话道："有，透视、拍片都行，我们体内的铁片看得清清楚楚。"

张云云道："那肯定就能治利索，不会留下病根。"孟立志道："再怎么能去根，也跟好人不一样了。我已经不年轻了，无所谓了，可是小黄还年轻，接二连三这么受伤……"云云扭头看了一眼师兄，只见师兄眼睛已经紧紧地闭上了，尽管如此，她还是分明能够感觉到，在师兄眼睛里，饱含着热泪。

7

　　高考停顿了 11 年之久，现在突然恢复了，这在举国上下无疑是一件大事。好多十四五岁以下的孩子们，竟然不知道高考是干什么？怎么从来都没见过？他们听说过大学生，但不知道大学生是怎么回事？

　　大人们也懒得给他们解释，只是说：好好学习，'书中自有千钟粟，书中自有黄金屋，书中自有颜如玉，书中车马多如簇'。或者说人生四大喜事你们都不知道？久旱逢甘霖，他乡遇故知，洞房花烛夜，金榜题名时……对于这些，孩子们就更不知道了。

　　张云云和每一个赶考举子一样，复习是紧张的、刻苦的。但是，她又和其他考生有所不同。首先，她和农村的考生不同，因为此时的农村，已经到了秋后农闲的时间，不论是在农业社挣工分的地方，还是已经初步实行包产到户的地方，都给了这些考生们足够的时间，希望他们能够凭借着自己的努力，跳一回"农门"！

　　所以，整天除了吃饭、睡觉，剩下来的时间就是复习。比如三弟张建民，小名毛蛋，就是整天这样窝在家里，按照自己定的时间表，早晨背诵，上下午看书，晚上做题，废寝忘食，日复一日，甚至连嫩嫩的胡须都没时间刮，搞得蓬头垢面，像个要饭的一样。

　　大哥张建国经过张云云的鼓动，开始也有参加高考的想法——刚好年龄也在范围内。可是大儿子虎子三岁，小儿子二虎一岁，大的哭，小的闹，就算是妻子苗爱霞给他时间，他哪里能静下心来。最后只能把仅有的几本破书，又扔回了柜子里，偃旗息鼓。苗爱霞道："你就没有吃公家饭的命。"张建国似乎也只有认命，再不提这事。

　　张云云和工地上施工、后勤服务的工人干部也有所不同。这些人一年四季星期天是不休息的，整个把工休假攒起来，在适当的时间才集中休息；如果没有假就要另外请事假，就得扣工资。比如上官元，他想考小中专，只能利用晚上的业余时间学习，或者在排练的间隙拿出解词、政治、数理化公式背上一阵子，看见领导来了，再赶忙收起来。

当然，也有单位、生产队专门给"赶考举子"放假的，让回家复习功课，以示支持。前景是美好的，但是得下功夫。为了鼓励学子高考，大家兴起一种说法：学好数理化，走遍天下都不怕。只不过十多年后，这个说法变为：学好数理化，不如有一个好爸爸。此乃后话。

张云云是子弟学校教师。教的又是小学生，备课、上课、批改作业，都用不了多少时间，所以，大部分的时间都可以用来复习。有时上官元来请教一些难题，借机来看看她，缠缠绵绵，她也是草草应付，很快就把他打发走了。她知道，这时间最忌儿女情长。

一晃就进入了冬季；一九七七年十二月八日，既盼望又害怕的高考时日，终于到来了。这是一次划时代的聚会！以前是啥样子？已没人知道，但这一次，绝对具有开天辟地的震撼力！其参与者之多，绝对空前。全国上下，统一行动，960万平方公里的土地上，考场星罗棋布，到处充满了鲤鱼跳龙门的忐忑感。

这是一次听不见兵器撞击的较量，谁能冲出重围，谁将身价百倍，而能冲出重围者，只有百分之二的比例。这就是他的价值所在。

街亭县中学三步一岗、五步一哨。白灰洒在地上，将禁区、通道标得十分鲜明；离考场30米以内任何人都不可以进去，30米到50米范围内，只有警察可以执勤通行；监考老师、考务人员、巡视人员胸别标牌，只能在划定的区域内通行。这种情形，在以前多少年都不曾有过，老百姓一见，躲避唯恐不及，哪个还敢去探险？可见其严峻程度。

而考生从预留的通道进入考场后，再要想来回行走，除了要查验准考证，并要有合适的理由，就连上厕所、拉肚子也得由同性别的警察跟着，搞得考生们个个如临大敌、如临深渊。

上午八时十五分，一阵让人激动，也让人恐惧的钟声在"街中"响起，一场令应试者终生难忘的考试开始了。坐在考场上的张云云本来就已经很紧张了，自从拿到考卷的那一刻起，脑子里"嗡"地一下就昏了头，注意力怎么都集中不起来，好多原来会做的题，看着很面熟，就是一时想不起来怎么做。她看了看表，才过去十分钟，可是觉得已经很长时间了。

说起这块手表，也是这次为了备战高考，爸爸特意准许她买的。平时看着非常漂亮、可爱，可是今天，则觉得它面无表情，一脸严肃，就连走时也变得特别的慢；有时张云云以为它停了，可还是能听见它微弱的铮铮声。

隐隐约约，张云云听到一个女生好像说要上厕所，一个女警察准许并跟着她一块儿去了。张云云立刻感到自己也想尿，可是，这个考场门口仅有的一个女警察已经走了，她只好硬撑着。过了好长时间，那个女警察回来了，但是却没有看见那个女生回来。她想，也许是已经进来了自己没有看见吧。

张云云的头昏昏沉沉的，下意识地举了一下手。监考老师过来问她怎么了？她说想上厕所，监考老师道："刚开始你就想上厕所？"张云云道："我想尿。"监考老师吃惊地看着她，似乎觉得这个大姑娘说话怎么这么粗俗？便温和地劝道："再坚持一会儿吧。"张云云就坐了下来，重新振作精神，开始做题。

又不知过了多长时间，监考老师又来到了张云云的跟前，道："时间到了，交卷吧。"张云云道："我不是交卷，我只是想上厕所。"

监考老师道："交卷时间到了，你把卷子放下再上厕所。"张云云一看，的确，考场上已经没有几个人了，仅有的几个人也都在准备交卷，她下意识地看了看表，好像时间果然到了，就要把卷子递给监考老师。

监考老师说："把姓名和准考证号再核对一下。"然后就走了。张云云检查了一遍，觉得没有什么差错，就把卷子二次拿给了监考老师。监考道："连草稿纸原放回自己的座位，人离开就行了。"

张云云随着人流，亦步亦趋地往学校大门外走。突然想起自己曾经想上厕所，就又折了回来。到了厕所，她发觉自己并不尿急，才想到可能是自己太紧张了。刚才她听说过，考场上有人紧张得都尿裤子了，有的干脆就晕了过去；自己考场那个女生就是因为紧张过度，脑子里一片空白，只好自动放弃了考试。

张云云下意识地看了看自己的裤子，好像没有尿湿。过了一会儿，不放心，又看了一遍，看到确实是没有尿渍……

不论怎么说，经过两天的身心折磨，高考这个关口总算是过去了。至于考上、考不上张云云完全没有抱任何希望。回去后，大家问她考得怎样，她只是淡淡地摇摇头，道："不行。"

对此情况，上官元反倒心中暗喜。因为他自己肯定不行，连试都不用试。所以，心中也希望张云云也不要考走，不然自己跟她的婚事准黄。

8

依然已经到了冬季，各种机械都到了最脆弱的季节，工程施工也到了最艰难的时候。工地上滴水成冰，晚上气温都降到了零下二十几摄氏度；风水管路常常被冰冻死、炸裂，一烤一修最少就是大半天。施工功效大幅度下降，机械设备的利用率也降到了最低，工人的遇事反应和处置能力也显得迟钝了许多。

张琪源开始和机电设备处的同志考虑冬季的防冻措施。一方面，把室外施工的夜班取消了，以降低事故的发生率，用富余时间进行冬训，提高工人的技术水平；另一方面，对出勤率低下的设备，进行一次全面的强制保养或大修，确保来年不影响生产，并在大修中不断提高技术工人的判断故障能力和修理水平。

物资处进回来大量各种保温材料，对露天的风水管路进行全面防冻，包裹石棉护套、棉被、稻草等，尽量降低冬季对施工生产的影响。

这一天，一辆由二大队一队队长郭北辰驾驶的 7 号 35 吨进口载重汽车，突然从山坡上冲了下来。在转弯处，由于受离心力的作用，汽车直接腾空冲向正在导流明渠里出渣的四立方电铲的接线端子，6000 伏的高压线立即短路起火。郭北辰和四立方电铲驾驶员汪大顺当场烧死，漏电保护自动跳闸。

消防队员很快赶来，灭掉余火。在烟雾缭绕和臭橡胶味中，有心对驾驶室的人员进行抢救，但是，人已经烧成了黑炭，只要一碰，黑色的木乃伊立即垮塌为一捧灰渣。

等医院的救护车来了以后，也只是象征性地收拾了一些汪大顺连血带肉的黑渣，至于这些黑渣到底是人体上的，还是胶木皮椅上的残渣，已经很难辨认了。而郭北辰的情况则更糟，由于驾驶室严重变形，周围又大面积停电，等电焊机将驾驶室解体，已经是六个小时以后的事情了，甚至连象征性的抢救工作也不用做了。

经过对 7 号 35 吨载重汽车的残骸分析，比较集中的意见认为：其事故的发生，是因为冬季汽车刹车机构突然损坏，导致正在陡坡上行驶的载重汽车突然抛锚失控，最终使郭北辰这位驾龄 30 年的江河局第一代水电人，瞬间命归西天，甚至连一具全尸都没有留下。

　　郭北辰，时年 51 岁，雀鸣县人。是和张琪源相识、相交最早的几个人之一，比张琪源大四岁，他们的交情已经足足有 27 年了。他们一块儿经历了平常百姓在那个年代特有的动荡与苦恼，一块儿见证了这 27 年来江河局的坎坎坷坷、喜怒哀乐，一块儿把江河局这驾年轻的载重汽车向前推进了 27 年！

　　郭北辰中华人民共和国成立前夕参加解放军，紧接着参加了抗美援朝。在部队上就是个汽车兵，复员后和张琪源同一天进江河局、同一天到新成立的老二队上班；是江河局第一批汽车驾驶员，他们的上岗代表了江河局机械化施工的开端——即首先是运输的机械化；他的驾龄是江河局的汽车司机之最，应该追溯到解放战争时期。

　　郭北辰也是当时韩俊才所谓的二队"开国四杰"之一。不幸的是，这个"开国四杰"目前已经死了两人；其中韩俊才在 1954 年的一场洪水中死亡、工作还不到三年，目前只剩下张琪源和方新月两个人了。而且可悲的是，这两个亡者，像是天敌一样，与生俱来就不对脾气，常常是针尖对麦芒。24 年后，他们又将在阴间重逢，又不知道要"斗"到什么程度。

　　郭北辰生有六个儿子。其中小儿子郭良宽 1956 年生，根据政策，这一次接了郭北辰的班，和张云云一样，成了江河局第二代水电人。

　　最让人无法接受的是，四立方电铲驾驶员汪大顺。他是技术处处长童俊英与前夫汪德厚的大儿子，也是属于江河局第二代水电人，只是英年早逝。

　　几年前，尤尚文和张琪源有感于陈晓峰事件的自责感，当工地大批招工时，两个人心有灵犀地同时提出：将汪大顺招到江河局来工作。这个年轻的汪大顺也非常争气，在招工、复员、返城的近千名新工人当中，文化课考试取得了第一名的好成绩，从此声名鹊起，就理所当然地被江河局选拔当上了当时技术含量和技术装备率最高的四立方电铲司机。

　　汪大顺聪明好学，一点就通，立志要在江河局干一辈子革命。可惜，他的一辈子竟然如此短暂！

　　在这次千军万马过独木桥的高考中，好多人纷纷找回了阔别多年的书本，捧书苦读，挑灯夜战，准备竭尽全力跳出这个流动单位。可是，汪大顺没有，他认为妈妈给自己找的这份工作已经很好了，也来之不易；既来者，则安之，只有安心工作，把自己的工作干好，才能对得起组织上对妈妈的关爱！

　　当然，还有更深层次的原因，那就是他对于张琪源这个局长伯伯，倍感亲切。因为，在自己儿时的 20 年前，他就经常出入于自己姥姥家的童家湾，

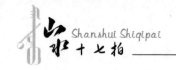

并且留下了极好的印象；没想到 20 年后，又是他改变了自己的命运，所以自己为他出力是应该的。

至于继父陈晓峰的事情，一方面，汪大顺对细节并不知晓，妈妈也没有给他细说过，只是说在这样的年代，不是东风压倒西风，就是西风压倒东风，不是你爸把别人打倒，就是别人把你爸打倒，胜者王侯，败者贼，不存在谁对谁错。

另一方面，父辈们的恩恩怨怨，到自己这里，就应该还清了，所以他并不愿意和单位或者是某一位领导记仇，决计不做白眼狼，而是感恩戴德，立志终身报效。

可惜的是，好人命不长。他就是怀揣着这样一份朴素的情感，过早地离开了人世。

童俊英哭天抹泪地说："我现在是真正地相信命了。当初算命先生就说我是克夫命，没想到还克子。"田喜珍劝道："别听那些江湖术士胡说八道。还是多想一想以后的事情吧，按照政策，二顺可以接班，来了让局里给安排个没有危险的好工作。"

童俊英道："怎么好再麻烦局里呢？单位对我们已经很好了，非分的要求咱也提不出来。再说了，开电铲那是多少人都求之不得的好工作，内装空调，冬暖夏凉，连局长办公室都比不上，根本就不是危险岗位，只是因为我命不好！"

这两个人的意外逝去，使张琪源心里异常悲痛。两家人和自己二十多年来不同的情谊、关爱，瞬间就变成了痛楚。

张琪源不知道自己该怎样才能弥补这一无可饶恕的过失！自己是局长，在工地又是分管技术工作的，在一下子引进了这么多机械设备后，各项管理工作总是跟不上，各种事故接踵而至，而牺牲的又总是单位的技术骨干和自己的亲朋好友，使他倍感自己肩上的担子沉重，心理负荷与日俱增。

这是一年最后的一个时期。在接近年关的日子里，在江河局、在卞家峡，人们并没有体会到应有的温馨和喜庆，而是以一次恶性事故结束了这样一个平凡的年份。两个家庭的不幸，多少工友的辛酸，不光是让张琪源，就是让工地上所有人的心里都感到沉甸甸的，使原本寒冷的天气，更加令人心旌动摇，由衷地凄凉彻骨。

这一年，47 岁的张琪源，头发白了一大把。

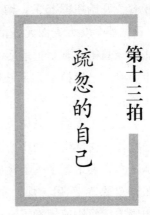

第十三拍

疏忽的自己

1

　　阳历年刚过，江河局的高音喇叭上公布了两个高考初选人的名单，其中就有张云云。张云云没有达到大学分数线，只上了中专分数线。广播通知张云云他俩：三日之内到街亭县人民医院检查身体。这次考试是大中专一块儿考，依据分数大学录够中专录。

　　这在江河局是天大的新闻。一二百人考试，只有两个人上线，足见大学就是大学，不是那么好考的。而且11年来，第一次听说有人考上大学了，而不是推荐上了大学。

　　这种情形和全国一样，轰动时间之长、范围之广，仅次于三年前一位伟人去世。多少年后，人们仍然在谈论这次高考所洒落下的种种花絮：有的地方多少年仅仅只考上一个人，某人在他们全县考了第一名，某某家连续三年考出去三个，等等。

　　在强烈的震撼中，张云云以为自己是听错了，感觉有点不真实。慢慢地，架不住大家都在说，这才相信是真的。

　　为此，张云云专门洗了个澡，准备干干净净接受体检。

　　到了医院后，先进行了几项并不复杂的检查，无非测测听力、视力、辨一辨颜色，等等，但仍然搞得人非常紧张，只怕哪里查出问题。然后将男女分开各进了一个体检室。

张云云进去以后，一个女大夫让她把衣服全部脱了。张云云感到惊讶，脱着脱着，开始扭捏起来，留下了一个短裤和背心，问道："这样可以了吗？"只见那个女大夫面无表情地说道："脱完！"

张云云只得乖乖地把最后两件遮羞衣脱下。那个大夫让张云云站在一个台秤上，她自己扒拉了几下砝码，说了句"118斤"，并向一个套间门示意了一下道："进去！"

张云云进去以后，只见里面有一男一女两个大夫，还有两三个和自己一样赤身裸体的女学生。她小心翼翼地将门关上，不知所措。

那个女大夫示意了一下让她过去，并说："站端，两脚分开、与两肩齐宽，张开双臂。"然后，那个女大夫的两手在张云云两臂下侧、两腿外侧、两腿内侧连续而快速摸索了一遍，然后又让她转过身去，又用同样的办法迅速摸索了一遍，就让她坐在一个板凳上，拿起个小铁锤在她的各个关节上试探性地各敲击了那么一两下，就让她到那个男大夫跟前去。

张云云难堪极了。但是，那个男大夫没容迟疑，威严地示意了一下旁边的一张床说："躺下！"张云云有一点不知所措。只见那个男大夫更加威严地说道："放快！"

张云云只得像前边那个女生一样乖乖地面向上躺下，心里十分紧张，浑身僵硬。只见这个男大夫面无表情向她走过来，熟练地那么一拨拉，张云云的两条腿就不由自主地摆平了。

男大夫一边在她的腹部揉，一边观察她的反应，又把他的一只手放在一个位置，用另一只手敲击了几下自己的手背，不知道问了一句什么，张云云没有听懂，只是糊里糊涂地给摇了摇头，男大夫就把他的手拿走了。

然后，那个男大夫又不知道在她的哪儿飞快地捏了那么几下，捏得张云云浑身发麻，直打哆嗦。还没等张云云回味过来是怎么回事，那个男大夫道："好了，出去把衣服穿上。"

事后，街亭县文教局通知张云云是"心脏三级杂音"，"体检不合格"，不能录取！

为此张云云差一点昏死过去。哭了几天以后，张云云按照爸爸的意见：既然病了，就得看，反正自己已经有工作了，上不上大学都无所谓。那时间，人们普遍把大学、中专统称为大学，反正都是鲤鱼跃龙门、光宗耀祖的事情，没什么本质区别。

有病就得治，张云云没敢耽搁，专门到江河局职工医院、街亭县人民医院，分别去检查治疗她的"心脏三级杂音"。结果大夫都告诉她：你的心脏没有问题！直把张云云惊得目瞪口呆，心想：是不是误诊了？那就是说自己能上中专了？心里又暗暗地生出一线希望来。

张云云回来问张琪源："爸爸，行不行都是人家说了算，是不是需要走后门？不如给人家送点礼，我明天到反帝镇上去，给那个大夫买一篮子鸡蛋吧？"

张琪源考虑了一下说："先别买，等我托人问问再说。"第二天一大早，张琪源就给岭北地区行署专员、卞家峡水电站指挥部成员元博大打了个电话，让他给街亭县文教局打个招呼，他想看看自己女儿的高考体检结果，是不是搞错了？过了半个小时，元博大把电话打了过来："你到街亭县文教局直接去找贝局长——贝省贤，让他给你安排一下。"

张琪源到街亭县文教局找到贝省贤后，很快就给他做了安排。

招生办档案员根据张云云的准考证号，在体检不合格的专用档案柜子里，很快就找到了张云云的高考档案，找到了那张体检表。档案员告诉他："张云云心脏没有问题，是这儿！"张琪源一看，只见档案员指的那一栏是："处女膜⊕"。

张琪源问道："这是什么意思？"档案员道："弄虚作假，结过婚了为什么说没结婚？"

张琪源惊奇地说道："她没有结婚呀？"档案员迟疑了一下才冷冰冰地说道："你敢肯定？你怎么知道她有没有和别的男人……"

张琪源一时语塞，等回过神来才道："当时不是说三级杂音吗？"档案员瞪眼看着张琪源，道："那你让给她本人怎么解释？照实说？生活作风有问题，通知单位严肃处理？"

张琪源再一次语塞，随后赶忙赔笑道："噢，明白、明白，麻烦你了。"然后逃一样地离开了街亭县文教局。

张琪源回到卞家峡后，并没有多说什么。只是给女儿说："你的心脏确实有点问题，不过就像是机械上的软故障一样，时有时无，一般情况下看不出来，也不需要治疗，慢慢自己就好了。"

张云云道："就这种时有时无的'三级杂音'就把人给刷下来了？这是我一辈子的前程呀！也太无情了吧？"

张琪源平静地说："招收大学生嘛，肯定是要德智体全面考察的。"张云云感叹道："看来我是要一辈子在这山沟沟里当个教书匠了！"

张琪源道："教书也好着呢，总比在家种地强吧？"张云云道："强是强，只是我想到师范进修上三年中专，把自己的水平再提高一提高。要不我今年好好治病，把这个三级杂音给治好，然后再考一次！"

张琪源道："唉，算了。有时间好好学一点女红，姑娘大了，考虑怎样过日子吧。"张云云道："那就这么认命了？"张琪源道："认命，认命，你大哥不就认命了！"

顿了一顿，张琪源又问："那你和上官元的事现在怎样了？"张云云道："那还能怎样？我给他说我家不一定同意。他好像给他妈写信提过这事，这一段时间我忙着考试，没管。"

张琪源道："那他现在知道不知道你的身份？"张云云道："知道了，他说要不怎么会一下子由推司变成教师？我说与这没关系，他不相信。"说完，红着眼睛招呼都没打一声，就扭头走了。

张云云走后，张琪源微微有点生气，心想："女大不中留，如果有合适人家就嫁出去算了吧。"想到这里他打算给上官红云挂个电话，把咱们两家有可能要做亲家的事透露一下。

可是一想：低头娶媳妇，抬头嫁闺女，也该她上官家登门向我张家来求婚才对，怎能自己打电话？像是自己的女儿嫁不出去一样。就没有再细想这件事。

上官元确实已经把自己和张云云的事在信中给妈妈提过，并且说自己找的是个名门望族——江河局的大公主，只是觉得门不当、户不对，害怕姑娘家里人不同意。

妈妈回信：咱们不稀罕什么名门大户，也不希望你攀龙附凤被人家轻看，最关键是要人品好。妈妈就指望你早点成家，早早抱孙子呢，咱们也就四世同堂了。

这是年前的事。此话就这样说着说着，也就到了年底。春节期间，上官元把自己女朋友的情况给妈妈上官红云一五一十全部说了。看是不是两家大人见见面，或者让妈妈把张云云先看看。不论怎办，咱们男方起码应该主动一点吧？

却遭到了妈妈的强烈反对，妈妈说："我们吃当官人家的亏还少吗？你外公、你那个没良心的爹，哪个给咱们带来好处了？还不如找个平民百姓家的闺女安生。再说，你给人家局长当驸马，人家还不把你当丫鬟使吗？这一辈子你还能在丈母娘家抬得起头来？"上官红云坚决不同意。

上官元辩解道："跟当官的结亲还是好处多，这次我能够从三线回来还不是亏了我大姨夫帮忙？现在没有后门能办成什么事？"上官红云从内心深处是赞同儿子观点的，但还是强词夺理道："不管怎么说，谁家的闺女都行，就这个张云云不行。"

上官元转而调皮地说："你叫红云，她叫云云，说不定就是你前世修来的儿媳妇。"上官红云猛吃一惊，严厉地说道："越是这样，越不行！"说完，上官红云觉得这话说得经不起推敲，就转而温和道："迷信，咱不相信这些。"

上官元思忖了半天，道："现在估计说不行也迟了。"上官红云大声喝道："你说什么？"上官元吓得再没敢吭声，只是微微地点了点头。

上官红云怒不可遏地说道："你个畜生！"一个巴掌朝儿子的脸上抽了过去，打得儿子一个趔趄，向后退了几步，眼泪汪汪地站在那里。从小到大妈妈打过自己不少次，但是像这一次下这么狠的手，还是第一次。

打完之后，上官红云跑回到自己的卧室，几乎是失声痛哭道："我这一辈子算是把孽作到家了。现世报呀，现世报，人家是来世才报，我是连来世都等不到了呀……"

本来按照两个年轻人约定的时间，上官元在年跟前想要跟着自己的大姨夫褚遂文到张云云家里来提亲。但是，因为妈妈坚决反对，最终没有成行。无奈之下，上官元给张云云写了一封信，在信中并没有说家里人不同意，而是含糊其词，说自己家里有许多事情，乱糟糟的，没办法给家人提及这件事情。

因为春节假期邮递员值班不正常，此信一直到了春节以后，张云云马上就要收假了，才收到。

这一段时间，急得张云云如热锅上的蚂蚁一般，坐立不安。接到此信之后，她立马告别了家人，来到沄城市韩森堡子水电大院，直接找到了上官元，问："你什么意思？玩弄女性是不？要流氓后悔了？"憋得上官元半天回答不上来。

张云云整天神不守舍的样子，张琪源自然也能猜到个七八分，于是自己也跟着着急。但是，没有办法，嫁女不同娶媳妇，主动了会让人家笑话，怀疑是你家闺女有问题。

2

生活就是这样，有喜必有忧，有忧就有喜。不论怎说，张家还是发生了一件特大喜事，足以暂时冲淡淤积在张琪源心头的重重忧虑。那就是张琪源的老四——三儿子张建民被省机械学院录取了，成为红旗公社十多年来唯一的大学生。

激动得爷爷奶奶张大山老两口儿老泪纵横：想不到我毛蛋还真是个有出息的孩子，到底是凭着自己的真本事出去了，要不然我们把别人家的儿媳妇（云云）都安排工作了，却把自己的子弟留在家里务农，可怎么向张家的列祖列宗交代耶？

招弟和张琪源也是感慨万千：要说咱这五个孩子，还就是数这个老四最有志气，从小就比别的孩子聪明、懂事，一看就知道不是平处卧的兔，可算是为咱们老张家争了面子了。每每说到这些事情，张建国就有意无意地躲了出去，只有苗爱霞淡淡地抿嘴笑。

张云云就向三弟问诀窍。建民道："县中的老师猜题可厉害了，备用的四篇作文，有一篇内容极像，我改头换面直接就用上了。数学的文字题四个类型全考到了，我很快就做完了。比如那道解析几何题，除了数字不一样，其他的一模一样，用公式直接套就行了……"

说得张云云"啧啧"称奇，只可惜自己没有和弟弟联系，只知道整天坐在宿舍里埋头死下功夫，最终分数还是不理想。不过分数低也没关系，反正自己是三级杂音。

尽管如此，张云云对高考这件事情还是兴趣十足。就问："既然老师猜题猜得那么准，为什么咱公社只考上你一个？"建民说："有的人连书都找不全了，新华书店的课本都是按照计划发行的，想买都买不到。"

张云云道："我在街亭县中学认识一个人，找了点参考资料，跟宝贝似的神神秘秘拿回来，可用处不大。"张建民道："咱们县什么都没有，只知道上海出版的《数理化丛书》十分抢手，可县新华书店只进来了几套，一会儿工夫就抢完了。"

张云云道："反正我看大多数人的底子都很差，连基本的公式都记不住，就算偷偷写在手掌心里，也不会用。"张建民道："可不是吗，写作文光知道写'在英明领袖华主席的领导下''国内外形势一片大好、越来越好'……"

张云云道："那你们猜的那四篇作文是什么?"张建民道："《难忘的一天》《我与我的祖国》《事物都是一分为二的》《从滴水穿石想到的》。"

张云云道："这么多作文题目你都准备了?"建民道："不光都写作为练笔，还要互相传抄、修改、背诵。但是，有的人还是不会用，你说有什么办法?"

张云云问："是啊，就这四篇，要我也不会用!"张建民道："这个好办，比如《难忘的一天》可以改头换面为'难忘的一个人或一件事'；《我与我的祖国》可以改头换面为'我和我的母校或家乡'。"

张云云明白了，就好奇道："那今年的作文你是怎么用的?"张建民道："今年咱们省的作文题目比较适合《从滴水穿石想到的》这篇素材，中心思想是：做事要持之以恒，有志者事竟成。我又加了些自己高考时的感想，避免雷同。"

张云云心里既欣慰，如释重负，又感到心里空落落的，怅然若失，便道："幸亏是你在家里考! 要是我，肯定还是考砸了。"张建民道："无论怎么，只要能从农村出去就行了。姊妹们找工作、高考，就像《田忌赛马》，如何排兵布阵，也很有讲究。"自豪之情溢于言表。

话说到这里，张云云的心里就有点胡思乱想。《田忌赛马》? 那弟弟言下之意会不会是：姐姐就是那匹最不行的马，准备故意丢分的马，而建民自己就是姊妹中十拿九稳的那匹马。

想到这里，张云云心里多多少少又有一点别样的失落，但是，总比张建国的心里要好受得多。

千百年来，国人都是在生命线上下挣扎，温饱问题成了人们生存的最基本问题。所以，人们往往用请吃来表达对对方的友好和敬重。

几天来，大妈、二妈、秀秀家等，都打发孩子们过来请张建民去吃饭，以示祝贺。张建民就一家家都去了。

家家都拿出最好的吃食招待张建民。而且，家家都不让建民给孩子们压岁钱，说："你也是孩子，给什么压岁钱?"张建民只能将准备好的一毛、二毛甚至是五毛钱收了起来。但是，四个馒头还是不能少的，对方也按规矩回两个馒头，大正月天气，这个礼数是最普通的了。

最后，建民还跟着爸爸到舅爷袁宇光家去了一趟，聆听琪源舅舅他老人

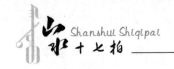

家的谆谆教诲。

这天，张建国的大儿子虎子过来叫建民，说："三爸，我爸我妈请你到我家吃饭去呢。"没有办法，张建民把虎子扛在肩膀上，就嘻嘻哈哈来到了大哥建国家。

一进大哥家的门，建民的脸唰地一下就红了。因为他看见和大嫂苗爱霞一块儿在灶台上忙活的还有大嫂的表妹禹粉琴。建民硬着头皮过去打了个招呼，粉琴只是羞答答地点了下头。

而大嫂却热情地说："快上炕坐吧，我给你拿皮鞋试一试。粉琴一听说你考上大学了，高兴得立刻跑到街上就给你买了一双新皮鞋，说咱们农村人出门上大学，可不能让人家笑话。我说你'从来都没穿过皮鞋，用不着'，她说'那就更应该给买一双了'。"

大嫂连推带搡把建民推到炕沿上，脱下建民的旧布鞋，顺手拿起旁边的一双新皮鞋就给穿上一只，惊讶地说道："啊呀，粉琴，你真会买东西，你快过来看，多合脚？多好看！粉琴，你快过来嘛，锅灶上的事我来做。"

粉琴扫了一眼，却没有说话，也没有过来的意思，大嫂接着就继续说道："这一双皮鞋可贵了，要八块钱呢，能买四双黄胶鞋，一双黄胶鞋才两块多钱。"建民也不知道嫂子这账是怎么算的？一双黄胶鞋两块八毛钱，这是官价。

这时间，禹粉琴才扭扭捏捏地走了过来。大嫂把还没有穿上的另一只新皮鞋递给粉琴，就要转身离开到灶台上忙活去，并道："你给建民好好试试，站到地下看一看，不合适就去换。"

禹粉琴不好意思亲手给张建民的脚穿鞋，一时又不知道该如何是好。建民一看也挺难为情的，就一把拿过那只皮鞋，赶忙穿到自己的另一只脚上，然后站到地上，让粉琴看合不合适。禹粉琴慢慢地蹲下去，在每一只鞋的脚尖上摁一摁，又将一个手指头往鞋后跟里插，看能不能伸进去，并低声问道："怎么样，紧不紧？不大吧？"张建民道："好着呢，不大不小正合适。"

禹粉琴说："那就好，我还给你赶做了一双布鞋，两双换着穿。"张建民道："用不了那么多，我妈也正准备给我做两双新鞋呢。"

禹粉琴道："快不用了，我做你一个人的鞋还做不过来吗？再说婶子还有她自己和五子的鞋要做呢，是不是爷爷奶奶的鞋也要她做呢？"张建民道："嗯，我和五子费鞋，我妈也做不过来，那年趁学校开运动会的机会就一人买了一双黄胶鞋。"

禹粉琴道："黄胶鞋爱出脚汗，你留着打球穿吧，平时就穿这两双布鞋和皮鞋；这次你给我把五子、爷爷、奶奶的鞋大小都给我量个尺寸，我回去每人给他们做一双，省得婶子一个人忙不过来。"张建民道："那怎么能行呢。"

禹粉琴说："那怎么不行，我总算是你们张家没过门的儿媳妇吧？"这句话是本次行动的要害，张建民半天不置可否。

粉琴没有立刻得到建民的肯定答复，就道："你就是当陈世美也没关系，我又不是嫁不出去的人。咱们两个的事你如果不同意就早吭气，我找不下比你好的，还找不下比你差的？"说着就擤了一把鼻子。张建民似乎感觉到禹粉琴已经在偷偷地抽泣，却不知道如何是好。大嫂苗爱霞似乎也觉察到了这一幕，但是佯装不知，只顾做自己的饭，任凭他们两个在那里絮絮叨叨，她也希望：无论如何，今天应该有一个说法。

张建民道："我什么时间给你说我要当陈世美了？"禹粉琴突然仰起脸，面带红霞喜道："那就是说你还没有变心？那为什么原来说的春节前叫大嫂来提亲怎么没来？"张建民道："你不看最近为上大学到县上告状的人有多少？又是张三结婚了，李四有娃了，王二麻子更改年龄了，谁还敢在这时间轻举妄动？"禹粉琴笑了，而且是发自内心的笑。

发自内心高兴的是人生在世最美丽的时刻。无论她是大笑还是浅笑，抑或是偷着笑，也不论她本来长得是美，还是丑，笑都可以把她浑身所有美丽的细胞都激发出来，装饰在脸上。

张建民看着禹粉琴灿若晚霞的生动面孔，心里由衷地感到甜蜜，再闻到她身上轻轻的淡香，不免有些心旌动摇，就道："你有空到沄城来。"禹粉琴道："那我到哪里去找你？"

张建民道："一到学校我就按新地址给你写信。"粉琴道："嗯，那一去就写，别忘了，我可是等着呢。"

张建民道："嗯，你今天回不？"粉琴喜滋滋地问道："咋了？想留我？"

张建民道："留你，我回去怎么说呢？"粉琴道："那还怎么说呢？就说你没过门的媳妇来看你来了呗。"说着就哧哧地笑了。

张建民道："我不敢。"禹粉琴美美地、甜甜地把建民疼爱地瞪了一眼，只是摆弄着张建民换下来的旧鞋，等着张建民说话。

看着小叔子张建民和自己的表妹禹粉琴相处得不错，苗爱霞料定事情没有什么变化，这才把一颗悬着的心放了下来。为了加大砝码，苗爱霞道：

"为给你凑钱买这双皮鞋,粉琴把她兄弟卖烂铁的钱都借来了。本来她兄弟还打算等烂铁涨到一斤三分钱才卖,现在等不及了。"张建民心里就是一沉,知道以她的家庭经济情况,是断然不会买这样的奢侈品的,就觉得又欠了禹粉琴一个大大的人情。

一九七八年农历正月二十三,也就是春节的最后一个小节日——燎干节,张建民走进了省机械学院水利系的课堂。此时,七五级、七六级的工农兵学员还都在学校,整个学校依然人声鼎沸,热闹非凡。

张建民站在水利系教学大楼门前李仪祉先生的塑像跟前,久久地琢磨:如果说爸爸是李先生的传人的话,那么自己应该算是谁的传人呢?

3

截流,被水电人称作是骑老虎背。首先是要一举成功地骑上去,否则就会被老虎吃掉;其次是骑上去就容不得你再下来,否则仍然会被老虎吃掉,所谓骑虎难下。

而导流则是实施截流必不可少的重要环节。

卞家峡水电站工程导流的布局是:导流洞设在左岸,进口在坝轴线上游约 600 米的地方,导流洞全长 1689 米,平均坡度 0.96%。经过两年多的掘进、衬砌,已经具备了过流条件。

在导流洞进口前有 104 米的导流明渠与蛤蟆河主河道相连,衬砌工程也已经完成。渠底坡度 0.3%,只要明渠进口的围堰一拆除,河水就从导流明渠、导流洞绕过坝区流到下游的主河道里。由于机械化程度的提高,尤其是出渣、排烟设备性能大幅度提升,截流工期提前到汛前实施。

这天,是 3 月 10 日,深山沟里的天气还不是太暖和。好在近日天气一直晴好,每到中午,人们只要稍微活动活动,厚重的棉袄棉裤就有一点穿不住的意味。

头一天晚上,张琪源他们开了大半夜的会,安排截流工作。主要是对截流的各个工序进行分工,根据工作量和设备的生产能力,测算时间;几个工作面同时开始作业:一大队一队的 20 吨国产自卸载重汽车配合反铲负责拆除、疏通导流明渠进口围堰,一大队三队、五队的推土机和碾压设备负责对龙口来料进行平整碾压;二大队一队的 35 吨日产大黄车和龙头设备负责龙口截流材料的装、运、卸，左右岸同时进占，预计中午十二点至一点龙口合龙。

同时安排：每半点向总指挥报告一次蛤蟆河的流量，每一个整点报告一次导流明渠的拆除进度，以便及时调整施工方法和设备。

这是一次划时代的行动，号称是要将滔滔的蛤蟆河拦腰斩断。指挥部的高层领导全部都来了，共同指挥江河局的这一次"骑虎行动"。

早上八点，张琪源和尤尚文陪着副省长余青望、省农林牧渔委员许光远、省水电厅党委书记齐平章、岭北地区行署专员元博大、省水电厅党委副书记杜成武一行人，来到左岸的指挥平台；下家峡水电站总设计师谭秀珍和江河局副局长何建英一早就到导流明渠进口指挥围堰的拆除去了；江河局副局长狄胜利和一、二大队的主要领导滕文理、殷海贵始终在龙口现场，早上天不亮就已经来了；江河局党委副书记蒋雅丽、党委常委岑乐芳两位巾帼领导也到场陪同，以壮行色。

还有一些记者也零零散散地跟前跑后，各自寻找着最佳角度和最理想的位置，捕捉着每一个典型瞬间，随时准备挖掘深层次的素材。

余青望等一到指挥平台，水位观测人员就来向张琪源汇报：蛤蟆河现在的流量是 146 立方米/秒，从昨晚到现在一直维持在 140—160 立方米/秒之间。张琪源道："好，注意每半个小时报告一次，遇到意外水情，每一刻钟报告一次。"观测人员领命而去。

张琪源让狄胜利指挥二大队设备开始用渣料从左右岸继续进占，逐渐缩小龙口。四立方电铲在溢洪道工作面将早已备好的开挖弃渣，不断地向 16 辆 35 吨自卸汽车上装。这 16 辆自卸汽车分为两队，一队从下游交通桥过左岸，另一队从右岸，一车接着一车不间断地向龙口左右岸相向运输倾倒。

两台 320 马力推土机、两台 220 马力推土机，分别在左右岸不停地平整、压实，必要时让振动碾进行碾压。

上午十点钟，龙口只剩下了 11 米。水流慢慢地变得湍急了起来，细散料的流失越来越厉害。导流明渠围堰拆除工作面报来进度情况：导流明渠已经开始过水。张琪源就让狄胜利开始组织装满四面体和钢筋笼石的十辆 27 吨百里艾载重汽车逐步抛投。随着龙口的缩小，水位不断升高，水流更加湍急。

于是，龙口上一边不停地在上游侧加大大体积料的抛投量，一边在下游侧加大散料的抛投，施工强度剧增，以配合导流明渠的围堰拆除。

上午十一点，龙口的间距还剩下 9 米。说明一个小时两边合计只进占了两米，龙口戗堤前的水位还在逐渐上升……

猛然间，靠龙口的两三米戗堤"哗啦哗啦"地开始垮塌，先前抛投下去的四面体、钢筋笼石在湍急的水流中，显得轻飘飘的，很轻松地就被激流冲走了。新倒进去的散料到了湍急的水流中，瞬间就变成了一股浑流，没有了踪影。

这时间，水情观察员来报告：目前流量 140 立方米/秒。导流明渠报来进度：导流明渠围堰拆除超过三分之二，可导流洞口过流量不足 20 立方米/秒。

张琪源心里十分着急。看来导流明渠的渠底太高，且坡度太缓，流速流量上不去。张琪源让将已经成型的戗堤加高培厚，一方面满足水位抬高的挡水要求；另一方面确保戗堤的安全，等待导流明渠进口围堰全部拆除，河道主流向导流系统转移。

中午十二点，水情观察员来报告：目前流量 128 立方米/秒。导流明渠报来进度：导流明渠围堰拆除已全部完毕，过流量 40 立方米/秒。但是由于龙口水位的抬高，流速太急，一个小时来，龙口宽度一点都没有减少，仍然还是 9 米。等于一个小时一米都没有进展，白白浪费了许多材料。

而且，龙口两侧填筑料流失极易加大戗堤管涌通道的形成。外表看戗堤形状没有什么变化，可内部已经被水掏得像蜂窝一样，随时都有垮塌的危险！一旦垮塌将前功尽弃，对人员和设备，都将是一场灾难！而后在今年汛前就再也不可能备足材料二次截流了，那下一次截流就非得等到七八个月以后的枯水季节。

先不说汛期会产生的一些意想不到的自然灾害等不利影响，也不说收拾残局和对坝址的保护性消耗，仅这上万人的施工队伍除去少量用于备料外，其余的人员何去何从？这个损失太大了！不光有经济方面的，更有政治方面的呀，就是把责任人枪毙一百次都挽不回来呀！

张琪源的头上冒出了豆大的汗珠。他用袖子擦了一把汗水，脱掉棉袄，露出了单衫子掩映下并不结实的身躯，在初春的季节和整个都是大棉袄的群体里，显得极不协调。

众人也都感到非常焦急，都围拢了过来。许光远说："琪源，不要着急，你把棉袄穿上，小心着凉。"齐平章、元博大等也说："再怎么说山沟里现在还算是冬天，寒气没退。"

张琪源脸色严峻，没有在意大家的劝说。而是将棉袄顺势围在腋下，以便把肚子护住。他扫视了一眼余青望、尤尚文，只见他俩铁青着脸，望着龙口呼呼的流水，一言不发。

杜成武拧着眉头，目光空洞，走来走去。

就在张琪源他们为龙口殚精竭虑的时候，导流明渠进口处的工作却一直在有条不紊地进行着，没有出现任何意外情况。自从早上八点前，谭秀珍和何建英带着一大队的人员设备，就来到了导流明渠围堰。上后夜班的一大队副大队长肖大彪来报告：今天早上六点起爆，六点半检查排险，七点洒水降尘，现在已经具备开挖出渣作业条件。

谭秀珍看了看何建英道："那就开始吧。"何建英点点头，道："好的。"然后，他们指挥着两台反铲开始平整工作面，平整以后，逐层后退下挖。配合的 12 辆 20 吨自卸汽车也开始陆续近前装渣，一台备用反铲和三辆备用载重汽车，停滞在一边，每隔一会儿，就发动着保持低油门运转一阵子，防止冷却后急忙启动不起来，随时准备派上用场。

上午十点钟，河水开始通过围堰缺口进入导流明渠、导流洞，但是流量充其量就是十个左右。十二点整，导流明渠的围堰虚渣全部清理完毕，渠首恢复到了原来的设计形状，又有一部分水流开始通过此处，流进了导流明渠、导流洞。这些情况，水情观察员都按点报告给了张琪源。

就在这时间，送饭车来了。许光远扯开嗓子招呼大家腾出手来、换班吃饭。张琪源也说："好，好，只要保持现在这样的进度就行了，把九米龙口稳住，吃饭后再加把劲。"

4

十二点四十分，两班人马都换班吃完了饭，谭秀珍、何建英他们也过来了。张琪源一看龙口的形势更加严峻，随时都有垮塌扩大的可能，就给许光远提议：是不是叫余省长召集个会，大家在一块儿商议商议，许光远点头而去。

除了指挥部的全体领导班子成员外，江河局在场的所有领导成员、一二大队的主要领导以及现场各职能部门负责人也都到会了。大家来到一个施工噪声相对较小的地方，余青望说："情况就是这么个情况，大家都看清楚了，现在商量一下看怎么办？"

总设计师谭秀珍说："像今天这么大的流量，我们过去确实没有遇到过。当时在计算的过程中，尽管考虑了这些因素，保证系数取得也不小，但是出于经济、地质等因素的考虑，导流明渠坡降还是太小，以致导流洞整体偏高3—5米。"

谭秀珍扫视了一下张琪源，张琪源不自觉地点点头。谭秀珍继续说："再加之蛤蟆河一年四季水量变化不大，导流明渠和上游主河道之间的疏浚做得也不够彻底，才导致河道导流困难。

现在只有一种办法：那就是加大抛投强度，把原来节省下来的那部分工程量全部用上，就足以解决这个问题了。"

副局长狄胜利道："目前抛投备料只剩下不到三分之一了：石渣两万方，四面体、钢筋笼石一千方，不足龙口体积的1.3倍。如果是在常规情况下，也许就够了，但是，像蛤蟆河这么大的过流量，现在这么大的填料流失量，估计到了弹尽粮绝时，也合拢不了。所以，必须采用别的措施才行。"

副局长何建英道："导流明渠围堰拆除有5000方的可用料，可以转运过来用上。另外我建议溢洪道渣场的弃料，也可以让二大队的预备设备拉过来一部分，进一步加大抛投强度。"

副书记、副厅长杜成武道："我观察了一下，在昨天和今天上午进占的87米戗堤上，我们用掉了备料的三分之二，也就是四万多方的样子，总体流失率达80%，其中最后这两米就超过一半，近两万方左右。

所以，正如狄局长所说的，下来的大小料都非常紧张，尤其是大体积料——如果大体积抛投料不足，就连何局长所说的那两个料源都加上，筑戗堤也许勉强，但要筑围堰就绝对不够用了。所以，仅仅解决松散抛投料，只能加大流失和浪费，事倍功半。"

齐平章道："琪源，是不是这样？"张琪源道："是这样，杜副书记掌握的数字基本准确，现在看来用国内的'一点三倍备料法'的经验，在蛤蟆河还是有风险的。"齐平章道："那怎么办？"张琪源拿棉袄袖子擦了一下脑门的汗水，像一个犯了错误的小学生一样，半天说不出话来。

岭北专员元博大道："治龙江的时候，不是有堵人墙的办法吗？把人用麻绳拴住连到一起，在水里站成一排，阻挡水流的下泄？"狄胜利道："这个地方水流太集中，浅处三五米，深处可能七八米，不像龙江里河面宽、水只有齐腰深，所以，咱们这个地方，人根本下不去，就是下去也无济于事，有可能还是白白葬送了生命。"

许光远怒道："这也不行，那也不行，难道我们要放弃不成？江河局，当时你们是怎么给我表态的？"尤尚文也出汗了，但只是焦急和思忖，憋得一句话也说不出来。

余青望脸色凝重，但仍然保持着温和的口气，道："尚文，不要急，问题总是会解决的。我记得你原来也是一个很痛快的人，今天怎么也战战兢兢、唯唯诺诺的？"尤尚文道："我们倒是有一个应急的方案，只是损失太大，我们不敢提出来。"

余青望笑道："这是什么话？我们都是指挥部的班子成员嘛，有什么话不能说出来？在这个地方，你们不要把我当副省长看，但是，我可以以省上的名义拍一些板。"尤尚文还是顾虑重重，道："那还是让琪源给大家说吧。"

张琪源无奈，只得硬着头皮道："这个办法也是借鉴别的水电站的截流经验。就是在关键时刻，河流实在截不住，就以大型机械设备作为抛投料，直接开进龙口。在有些情况下人能够逃生，而大部分情况下就连驾驶员都一块儿下去牺牲了。"

余青望微微皱了一下眉头，示意张琪源继续说。张琪源道："我们的应急打算是：将去年那两台事故设备抛下去，一台是一大队三队的73号东方红60马力推土机。这一台推土机经过失火和爆炸后，虽经修复，但是生产能力已经大不如以前了，而且经常自动熄火，厂家来人也没有办法。

"第二台是二大队一队的7号35吨载重汽车，人称大黄车，去年年底郭北辰驾驶失事后，一直没有修复，原因是这是一台进口设备，主要配件没有备用的，即使是修复了，估计也和73号推土机的情况差不多，三天两头出故障。"

余青望看了一下尤尚文，尤尚文补充道："这个办法存在的主要问题是：一、73号推土机往下开的时候，驾驶员的生命安全难以保证，人能不能及时跳车拽上来，是个未知数；二、7号大黄车靠320马力推土机往下推，把握方向杆的驾驶员的生命安全也很难保证，原因和73号推土机一样。"

余青望自言自语道："人员！设备！"张琪源道："就是呀。用这种办法截流肯定能够成功，但是这么大的牺牲值不值？"

余青望听完以后，表情显得很不自然。这种办法他听说过，但是要自己去效仿，甚至是以牺牲自己的两位同志的生命为代价，实在是太可怕了。之前，他怎么都没有想到会有这么一种方案，一直在尤尚文和张琪源的脑袋里构思了这么久，竟然深藏不露！

可见，基层的这些同志，说是胆量小，其实是胆比天大，说是心地善良，实际上在某些时候，心也是够狠的了！他后悔刚才大口一张就说"以省上的名义拍板"。

大家看见余省长不发话，都有些紧张。既为张琪源、尤尚文给领导出这样的"馊主意"，惹得领导进退维谷，尴尬无比；也为这次截流，如果失败，不只是江河局，就连余省长、齐书记也是颜面尽失，挨处分是少不了的，弄不好还会判刑，那"双开"也就成了必然。

许光远已经顾不了这些了，道："余省长，这个方案是不是有一点太大胆了？要不咱们再想一想其他办法？"余青望道："不，不。我现在还没有什么成熟的想法，还是先听一听大家的想法吧，大家还是畅所欲言，畅所欲言。"

看来余省长并没有排斥这个方案的意思。大家反倒面面相觑，都在考虑"让谁去送死"这样一个重大问题！

可是，如果不死人，又有什么好办法呢？张琪源的答复是：如果靠推土机推着这两台设备前进，或者是把操纵杆、方向盘固定住，让这两台机械自己行走到指定的位置，是很难保证方向的准确性，搞不好是拿两台机械白白地打了水漂。

又是一阵良久的沉默。现场来报：目前龙口流量104立方米/秒。而且，一个小时过去了，九米龙口仍然没有缩小。张琪源心里一紧："什么原因？是导流洞流量大了？接近60了？"可是得到的答复是仍然在40个流量左右徘徊。

张琪源明白了，是龙口周围的细颗粒流失得非常严重，以致戗堤前水位下降，不光是给以后闭气、防渗带来了很大的麻烦，就是戗堤目前的安全也是岌岌可危。

时间在一分一秒地流淌，许多人脑门上都冒出了汗水，感到自己的脑袋实在是太无能了，竟然想不出一个万全之策。

就在这时间，江河局党委副书记蒋雅丽说道："我来说一下。虽然我对技术不擅长，但是，我认为政治思想工作这个武器我们始终不能或缺。既然我们无可回避牺牲的代价，那么我们就让牺牲变得有价值、有意义。

"我建议采取自愿报名、火线入党、现场宣誓的办法,号召广大共产党员和革命群众,发扬一不怕苦、二不怕死的革命精神,誓死捍卫我们已经取得的劳动成果,为共产主义事业英勇献身。"

岑乐芳道:"我觉得这个办法可以,关键时刻方显英雄本色。我不会开机械,我要是会的话,我愿意献出自己的生命;在祖国最需要我的时候,我没有理由退缩。"

蒋雅丽道:"岑乐芳同志是在烈火中经过生死考验过的英雄,她的英雄事迹鼓舞了我们江河局众多的无产阶级革命战士。我想,只要我们一声令下,群众中不乏这样的英雄,我们既要相信人民群众具有无穷的创造力,又要相信人民群众最富有牺牲精神。"

这两姐妹一唱一和,给人们几近僵化的思想打开了新的思路,也让人们联想到:女人,并不是弱者!

这时间,大家都把目光投向了许光远、余青望两位最高领导。余副省长道:"这样吧:就江河局的设备抛投方案、蒋雅丽同志的提议,大家表一下决吧。目前形势已经非常严峻了,容不得我们再优柔寡断了,一旦现在成形的戗堤垮掉或者是常规抛投材料不够的话,我们就是把所有的设备都开下去也无济于事。现在我提议,凡是同意这个方案和提议的请举手——"

首先是蒋雅丽举起了手来,紧接着是岑乐芳、许光远、杜成武、元博大、齐平章……最后才是谭秀珍、张琪源、尤尚文。尤其是张琪源和尤尚文,他俩的手举得非常吃力、艰难,因为他俩是父母官,和别人的感情完全不同:这是要以牺牲自己的两个子民的生命为代价呀!又要有两个家庭甚至是两个家族都要遭受不幸,经历痛苦和磨难啊!

"好,全体通过,请放下。请光远把今天参加表决同志的名字记下来,让我们共同为这些即将要牺牲的同志,致以最崇高的敬礼!"余青望说完,对着河流鞠了三下躬,其他人也跟着一样,机械地鞠了三个躬。

接下来,余青望心情沉重地说:"现在,就请江河局安排执行这个决定吧。"

尤尚文示意了一下张琪源,张琪源立刻道:"任务分为五部分:一是何建英带领你早上的人员设备,将导流明渠挖出来的5000方石渣往过来拉,从左岸就近进占,用多少算多少。

"二是岑乐芳到溢洪道渣场,负责安排二大队二队的法产百里艾汽车往上来运石渣,拉到右岸戗堤,用量看情况再定。以上两种材料尽量直接倒到已成戗堤上游侧，以补充冲刷掉的细颗粒，堵塞管涌通道。必要时支援二大队的正常抛投。

"三是狄胜利组织将两个废旧设备往龙口跟前拉运，并选好抛投地点。和现场抛投的殷海贵协同作业。

"四是蒋雅丽在一二大队挑选献身勇士，召开誓师大会，组织火线入党。注意发挥各大队党组织的作用。

"五是沈育林安排一大队二队的斗轮挖掘机和三队的日产一四字翻斗汽车，往戗堤运送黏土，见缝插针，开始闭气。

"现在就立即分头行动，刻不容缓，下午四点准时抛投。"

5

下午三点半，一群精壮的小伙子站成了一排，准备接受组织的挑选。其中，推土机驾驶员有：黄美奇、柳金荣、汪二顺……汽车驾驶员有：邵怀强、王平峰、魏春昌……

看着蒋雅丽一一核对每个人的名字，问他们除了《火线入党申请书》或者《为共产主义事业献身报告》上的内容，还有什么话要说。这些年轻人一个个显得既斗志昂扬，又神情忧虑。张琪源看着、看着，眼睛就湿润了。

柳金荣是江河局原副局长柳松年的儿子，王平峰是江河局原党委书记兼局长王汉成的儿子。他们的父亲在十年前就被镇压，至今没有释放回来。他俩在当时都是所谓的狗崽子。

其中，王平峰作为与反动家庭彻底决裂的典范，被杜成武依照工农商学兵相结合的要求，吸收进水利厅造反司令部领导机构，作为骨干成员。在公审公判王汉成、柳松年的大会上，王平峰在现场亲口高呼口号："坚决镇压反革命！""打倒王柳司令部！"

待全国性的混乱基本平息后，各路造反派成员除了担任重要领导职务的人员，其他虾兵蟹将都在寻找出路。大部分人各回各处，有工作的回到原单位，没工作的照样没工作。出于对王汉成的歉疚，杜成武指示尤尚文：将王平峰安排到江河局工作。尤尚文欣然照办。

与此同时，同是水电大院江河局子弟的柳金荣，时年18岁，也投奔到了王平峰的门下。同样是出于对王汉成、柳松年的歉疚，尤尚文借着水利厅杜成武副主任的指示，将这两个人和自己的儿子尤德刚，一块儿特招进了江河局参加工作，由蒋雅丽负责秘密办理了招工手续。这事瞒了张琪源很久。

在政审的时候，江河局以组织的名义，给这两个人都写了这样几句政审结论："该同志家庭主要成员的政治历史问题，组织上已有定论，本人与其已经划清了界限。其他家庭成员政治历史清白，社会关系清楚。政审合格。江河局政治部某年某月某日。"

其实，柳金荣那时年龄尚小，根本不存在与其父亲柳松年划清界限的可能。而那时间，对一些"地富反坏右"等家庭成分比较高的人，一旦政审出了问题，是根本无法招工的。

这一次，王平峰、柳金荣相约主动请缨的原因竟然都是：洗刷父辈的耻辱！魏春昌是魏奎社的儿子。魏奎社曾经和张琪源一块儿在老鸦山挨批斗致残，至今生活不能完全自理。魏春昌主动请缨的原因竟然是：接过父辈的接力棒，完成他未完成的使命！

黄美奇、邵怀强是上次打群架的对立当事人，而且邵怀强本身就是党员，他俩主动请缨的原因是：百炼才能成钢，时势造就英雄。两个人还深情地相互握了一下双手，表示尽释前嫌，相逢一笑泯恩仇。

汪二顺是童俊英和前夫汪德厚的二儿子，刚刚接替死去的哥哥汪大顺上班才几个月。他的理由是：革命自有后来人，前赴后继不忘本！

其他人的情况张琪源再也听不下去了！这是一种什么样的精神摧残和情感折磨！而且张琪源还知道：黄美奇是女儿张云云的师兄，多年来对张云云一往情深，可惜女儿偏偏喜欢上了一个不该喜欢的人——上官元！

两个工作人员站在龙口边上把党旗展开，敢死队站成一排面对着党旗。蒋雅丽领着大家开始宣誓："我志愿加入中国共产党，承认党纲党章，执行党的决议，遵守党的纪律，保守党的秘密，随时准备牺牲个人的一切，为全人类彻底解放奋斗终身。"

最后，余青望带领所有现场人员，向这一行人深深地鞠躬敬礼，然后列队一一握手，给整个火线入党宣誓仪式，平添了一股生离死别的悲壮。

张琪源眼中饱含热泪，模糊了视线，踉踉跄跄地从这些孩子们面前一一走过——他们都是侄子辈，没有一个不让他心疼，没有一个不让他寸断肝肠。

下午四点整，中国共产党党旗在龙口上游侧迎风飘扬……扑啦啦，扑啦啦，搅和得人心神不宁，黄美奇驾着与自己朝夕相伴三年之久的 73 号推土机，神情肃穆。他的这辆心爱的 73 号推土机发动机"突突突"发出悲哀的声音，链轨板"哗啦啦、嘎吱吱"地响着，仍然和往日一样，温顺地向前走着——它不知道今天就是它的死期。驾驶室的门子敞开着，一根粗麻绳的一头拴在黄美奇的腰上，另一头拽在柳金荣、汪二顺等人的手里。

王平峰掌握着七号大黄车的方向盘，神情呆滞。这不是他的机车，还是一辆坏车，无法行走，使他感觉到很不适应。他努力适应着，防止轮胎跑偏。主驾位置这边的车门子敞开着，并用铁丝绑在前面破损不堪的发动机盖子上，免得到时间影响驾驶员的出逃。

王平峰腰里也拴着一根粗麻绳，另一头拽在邵怀强、魏春昌等人的手里。7 号大黄车还装了一箱石渣作为配重，后面一辆 320 马力推土机顶在后槽门上，发动机"嘟嘟嘟"地一直响个不停。

大家严阵以待，只等着狄胜利下令。

首先，狄胜利指挥着 320 马力推土机将 7 号大黄车徐徐地向龙口推去。时间一分一秒地滑过，大家的心都悬在嗓子眼上……

只听到"扑腾"一声，7 号大黄车就一头扎到了湍急的流水中。狄胜利一看车还没有全部下去，一头在水中，忽悠忽悠地飘动，另一头还在岸上，就让王平峰把方向调正，又让推土机向前推了四五米，直至"呼噜、呼噜"全部掉进水里去，才让 320 推土机后退。

殷海贵指挥邵怀强等几个人就开始救人，往出拉王平峰。可能是由于驾驶室变形严重，怎么拉也拉不出来……

狄胜利一看 7 号大黄车在水里还在忽悠、忽悠，无法沉到最底部，随时都有翻身、倒料、顺流飘走的可能。就指挥黄美奇的 73 号推土机往 7 号大黄车上面开，试图再把汽车往下压。

可是 73 号推土机刚开上去还行，结果还没等人们反应过来，推土机就被水流冲得晃晃悠悠。说时迟、那时快，7 号大黄车"扑腾"一下从下游侧翻落了下去，把一车石渣也基本倒到了水里，而 73 号推土机基本是一头向下，一下子沉到了水底，瞬间就不见了踪影……

柳金荣、汪二顺等众人任凭怎么往出拉黄美奇也拉不动……

殷海贵让岸上的人反复往出拽人，让 320 马力推土机拉 7 号大黄车和73 号推土机的定位绳，可是任凭怎么拽都没有办法，最后只好放弃。

狄胜利赶忙跑过来问张琪源："可不可以让推土机往出拉人？"张琪源

饱含热泪，道："拉上来的还是人吗？算了，给他们留个全尸吧。"

为了充分利用这个时机，免得因为水位突高引起漫堤；狄胜利指挥其他车辆，很快将大体积抛投料向大黄车和推土机上面抛投，避免设备漂移。

还好，由于两台设备已挡住了水流的大部分去路，材料流失明显减少。再加上二大队的主力抛投，何建英、岑乐芳两队的应急抛投，抛投强度又十分凶悍，只用了不到半个小时，就把两台设备深深地压在了下面。

等到了下午五点，两台抛投设备就被埋得没有了踪影，龙口水流彻底阻断。

张琪源、狄胜利、殷海贵、何建英、岑乐芳等几个指挥人员一个个瘫软在戗堤边上，一个个含泪，不忍看现场的一切。指挥台上的各级领导亦都沉浸在巨大的悲痛当中。

副省长余青望在河风的吹拂下，稀疏的白发，飘飘然然。遥望沄城，不知道该给那里的父老乡亲如何交代！

副厅长杜成武，想着自己自参加工作以来，没少受王汉成的恩惠。后来尽管都有不得已的原因，却怎么都不应该把本人撤职查办后，再亲手参与把他的儿子、自己的忠实亲信，以这样一种辉煌方式送上断头台！

局长尤尚文，原本想着通过招工的方式，弥补一下自己的歉疚，却没想到，最终以这样一种结局，回报了老"班长"王汉成。

副书记蒋雅丽，孤零零地站在指挥台的角落，想着自己作为老领导王汉成的秘书，竟然亲手提议，将他的儿子轰轰烈烈地领上了不归路。再想一想那个被人打了一直没有找到凶手的黄美奇——真是个可怜人，在经受推土机爆炸事故受重伤后，尽管捡了一条命，却又以这样一种方式，最终还了回去！蒋雅丽不知道为自己刚才所做的提议，是该自豪，还是该自责？

可施工现场是急迫的，容不得儿女情长，必须抓紧有利机会，一鼓作气把戗堤往高加，渗水往住堵。张琪源拉起狄胜利，道："注意看哪一个驾驶员如果情绪太过悲伤，立刻换下来，防止出事；但施工强度不能降！"

狄胜利立刻意识到自己的失态会在关键时刻延误战机，搞不好还会造成新的牺牲。立刻调动抛投设备，分类在龙口的上下游，大批量地倾倒不同用途的抛投料。

狄胜利又把殷海贵叫来，让和每一个司机接触一下，随便说两句话，看一看精神状态。在场地狭窄、坡陡路滑、坑洼不平的河边作业，稍有闪失，就有车毁人亡的危险！在这一次截流中，我们再也不能损失同志了。

于下午六点，整个龙口又加高了三米，形成了一条顶宽十米的通途，蛤蟆河被彻底拦腰斩断。

晚饭后，上夜班的人们来了，各个工作面全面交班。可是，上白班的人们久久不愿离去，因为，他们的两个工友被深深地埋在了戗堤下面，永远地与世长辞了。

夜已经很深了，还有几个人，坐在高高的山头上，点着几堆纸钱，以表达对难兄难弟的悲痛和歉疚之情。他们是：柳金荣、汪二顺、邵怀强、魏春昌……

在指挥部，尤尚文、张琪源、蒋雅丽、杜成武等所有参加讨论这个方案的指挥人员，都吃不下饭，似乎觉得自己就是杀人犯，只是被革命事业的光环笼罩着，让人看不出其恶劣、凶残的一面。

按说，为截流成功还准备了不少鞭炮要放。但是，当真正成功以后，人们早被悲痛笼罩住了喜庆的一面，压根儿就没有人想起，截流成功竟然是一件值得喜庆的事情！

当晚，余青望召开了一个短暂的会议，一是请大家节哀顺变，为革命事业献身是一件无上光荣的事情；二是以指挥部的名义向省委组织部打报告：追认黄美奇、王平峰为革命烈士；三是江河局要做好家属的政治思想工作，凡是符合政策的合理要求立马就办；四是新闻媒体要正面报道，尤其要把握好宣传尺度，注重挖掘这两位烈士平时闪光的点点滴滴……

6

那还是春节刚过的时候，各机关单位还没有收假，张云云就来到了沄城市。她把上官元找见，经过一通迅雷不及掩耳的审问，上官元终于说了实话：他妈坚决不同意他们俩的婚事！直气得张云云脸色发青，甩手就给了上官元两记耳光。

上官元第二次为了这件事情挨了打后，心中没有生气，反倒纳闷：为什么天底下的女人都爱打人，尤其是爱打深爱着自己的男性！

张云云与上官元进行了一场艰苦卓绝的谈判，然后发出最后通牒：生米已经做成熟饭了，想赖是赖不掉的，我生是你上官家的人，死是你上官家的鬼。现在你选择：要么你娶我；要么咱们经公，我告你玩弄女性、耍流氓。

反正我已经身败名裂了，大不了就是一死。

最后，张云云留下狠话：不过，就是死我也要死在你家的门口，你上官家我已经知道了，也许某一天早晨起来，我就吊死在了你家的门上。现在我给你两天的考虑时间。

在过后的两天里，上官元每天早上都是第一个起床，先打开门看一看自己家的房门口，是不是真的吊有张云云的尸体。尽管他估计这是张云云在吓唬他，而且也给了他两天的考虑时间。但是，上官元心里还是没底，不怕一万，就怕万一。所以，每过一会儿，他还是不由自主地去打开门看一看，看张云云到底是不是真的吊死在了自己家的门口！

结果就在第三天的一大早，当上官元鬼使神差地第一个打开自己家的门时，他在门口看见的不是张云云的尸体，而是活生生的真人！就这，还是把上官元吓了个半死，他这才知道，这件事情真的要麻烦了。

张云云要进他家门，说要找他妈评理。吓得上官元魂飞魄散，好说歹说张云云才答应："下午两点一定见话，否则，你等着瞧！"上官元点头犹如鸡啄碎米，这才把张云云劝走。

上官元刚进家门，上官红云就出来问："刚才是谁？这一大早找你干什么？"上官元知道事到如今已没办法回避了，只得一五一十地把他和张云云的事和盘托出。

这一次上官红云再没有打他，而是平静地说："她爸爸张琪源以前到过咱们家，那时间咱们还没有搬到楼房里来，当时你们也小，可能都记不得了。我在江河局上班的时候就认识他，你外公临去世的时间还是他陪着走完了人生的最后一程。所以，云云实际上是故人的孩子。

"我虽然不同意你们的亲事，但是，对这个孩子并无恶感，你现在去叫她回来，中午就在咱们家吃饭。大过年的，孩子连个吃饭的地方都没有。再说，我也想见见她，也让你外婆看一看。"

上官元更加纳闷：故人的孩子为什么就不能做儿媳妇？可为什么还要见一见，看一看呢？尤其是还要叫外婆也出来看一看？

上官元怀揣着一线希望，愉快地跑出去把张云云往回去叫。张云云反倒不愿意去，她说："难道我是死皮赖脸非要嫁给你不行吗？我还不至于那么下贱吧？"

上官元好说歹说才把张云云领回家去。上官红云一见先是愣了一下，转而又把张云云拉到自己的身边，上上下下、仔仔细细地打量个没完没了，爱怜之情流露无遗，但是，她什么都没有问。

等上官红云自己看够了，才说："你就叫我阿姨吧，你和元元处得好，我很高兴。也是我上官家与你们张家人有缘，父一辈，子一辈，藤树相缠。你们家没搬过来，房子里冰锅冷灶的，以后你到沄城就来我家吧，想吃什么尽管说，阿姨给你做。"感动得张云云差一点掉下眼泪来，但是，她始终没有听到她最想听的话，那就是她和上官元的事情到底该怎么办！

在上官红云的热情引见下，上官老太太老态龙钟地出来接见了张云云。上官红云介绍："这是张琪源的宝贝女儿，看长得多水灵，比她爸那粗糙样子强多了。"

上官老太太抓着张云云的手，昏花的眼睛里流下了几滴浑浊的眼泪，说："我们老头子在世时，亏得你爸爸照料，元元的工作也多亏了你爸爸费心。你爸爸对我们上官家有恩啊！"上官红云在旁边埋怨道："什么恩不恩的！给孩子说这些干什么！"

张云云这才知道：爸爸为什么对这家人闪烁其词，说不认识，又好像认识，原来是这么回事！

就在这时间，上官燕也从里屋出来了，两个人相见又都是一愣。上官燕悄声问妈妈："这就是哥哥的女朋友？"妈妈刻意纠正道："不是女朋友！是单位上的同事，今天来沄城玩，顺便来串串门。"这话尽管声音很轻，但是张云云依然听得是真真切切——因为这有一半就是专门说给张云云听的。

张云云一股酸水涌上心头：看来上官家是坚决接受不了我这个人了！仅仅只知道对自己的爸爸感恩戴德！

想到此处，张云云毅然决然地离开了上官家，直把上官家恨得咬牙切齿。从此，就和上官元断绝了往来，闷闷不乐地回到了工地，整天想的就是一件事：自己是死，还是活？

7

回到卞家峡工地，学校还没有开学。这是江河局唯一能享受星期天和寒暑两假的二级单位，不能不说是江河局劳动制度中的世外桃源。

学校里冷冷清清。张云云蛰伏在自己的宿舍里，有一顿没一顿地吃一点东西，有时在大灶上买十来个蒸馍，一吃就是两三天。不消几日，人瘦了一圈，脸色蜡黄蜡黄的。

张琪源回来后，看见女儿这般情形，心里便知晓了七八分。就给上官红云打了一个电话，但是，上官红云停顿了半晌才说："我正在上班，这事以后再说，最好你抽时间到家里来一趟，电话也不是说这话的办法呀？"

可是，张琪源缺的就是时间。一到工地，整个人就像是上了发条的钟表一样，夜以继日地转，想停都停不下来，紧锣密鼓地开始筹备截流。

——这些，都是发生在截流以前的事情。

这天晚上，姚莲莲流着眼泪来找张云云，说："男人都不是好东西，什么东西一到手就不珍惜了。我和邵怀强才刚刚结婚，他就自告奋勇去送死，万一他今天真的要是死了，我和肚子里的孩子该依靠谁呀？虚名荣誉就那么重要吗！"

张云云问明原委，才知道黄美奇已经死了。这无异于一声晴天霹雳，让她更加悲痛万分。因为在此之前，她曾经无数次地幻想过：如果师兄黄美奇不嫌弃自己已委身上官元，她就嫁给他，可是现在竟然连这么一点可怜的希望都破灭了，真是天网恢恢，命运弄人！

张云云陪着姚莲莲放声大哭了一气。姚莲莲这才意识到，张云云不是为姚莲莲感到委屈伤心，而是因为她自己失去师兄黄美奇而悲痛。

黄美奇死了，张云云就更加坚定了死的决心。和许许多多自杀的人一样，临死时张云云也是心有不甘，她写了一份遗书，遗书上只有这么四句话：上官元：你个王八蛋，你为什么不死？黄美奇能死，我就能死！

老天爷在不断地折磨张云云，但并不想要她的命。事有凑巧，喝了敌敌畏的张云云，被人及时发现，灌了半勺大粪，吐出了大部分药液，又拉到江河医院进行洗胃输液，院长孙光喜亲自到现场指挥抢救，总算是保住了性命，可是她的精神彻底地垮了。

张琪源请求将张云云调出江河局，许光远同意了；并且承诺：到水电厅、机械厅都可以，实在不行，就到江河局沄办留守。

但是，张云云说："我哪里都不去，我要和我师兄死在一起。"吓得张琪源昼夜不敢离开，最后不得不把招弟叫来，让她时刻注意着女儿的一举一动。

由于人命关天，江河局公安处配合街亭县公安局立即将上官元抓了起来。没有怎么拷打，上官元很快就把自己所犯的罪行全部竹筒倒豆子一般——一五一十地交代了。街亭县人民法院很快以流氓罪判处上官元有期徒

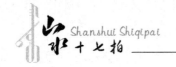

刑九年。

由于涉及张琪源的声誉，街亭县公检法没有对这起案件进行公审、公判。根据国家规定，江河局相应地对上官元开除了公职。对此，张琪源感到深深的自责：凡是自己拉扯到身边的至亲至爱，有心让他们过上好日子，但是一个个都落了个难堪的处境：张超是这样，张云云也是这样，上官元更是这样。

而且也使他深深地陷入了万劫不复的境地。其中，和上官家的关系，那可是二十多年的交情、无数次的愁肠百结啊！怎么最后落了这么一个下场？真是令人心疼啊！

还有同样让人心疼的事情，那就是张云云的工作问题。由于张云云是和流氓犯罪分子谈情说爱，所以，其道德品质问题也令人质疑，高台教化、教书育人的工作也就干不成了。

为了避免学生家长说三道四，校长毛月梅借着张云云身体没有复原的原因，就顺理成章地把她的工作岗位给调整了，让她在学校后勤管库房，也就是拿几把放桌椅板凳、墨笔纸张、体育器材等库房的钥匙，整天早去晚归、深居简出，很少有人见到，也没有多少事情可忙活。

需要追述的是：江河局创办子弟学校以来，由于同属于教学工作，身为七二一大学校长的毛月梅就兼任了子弟学校的校长。紧跟其后，高考恢复了，江河局七二一大学存在的必要性也就没有了，逐渐停止了招生，直至撤销建制，将代课的各类专业技术人员分流充实到了工地一线，专门从事管理工作。

这样，毛月梅就实现了：由七二一大学校长——七二一大学校长兼子弟学校校长——子弟学校校长的完美转变。

卞家峡工地的营地，除了一座指挥部办公楼外，其他都是以大队为单位的茅草棚大杂院，分了几个片区。招弟来了之后，张琪源和张云云都不再住单身宿舍了，而是在后勤大杂院落了脚；招弟做饭、洗衣，琪源父女俩上班，日子过得既小心翼翼，又紧紧巴巴。

也是从这以后，张琪源的头发越来越白了，而且是几年工夫，就银发苍苍、稀稀疏疏。面对这种情形，周围的人也倍感心酸，尤其毛月梅，经常来找招弟唠唠家常，出出主意，但是绝不敢提上官家一个字。

有时，毛月梅看着张琪源和张云云两个人的粮票，她们一家三个人不够吃，也接济个十斤、八斤的。招弟开始坚辞不受，说是秋后家里就可以把粮食背来，但是，架不住毛月梅一番好意，只得勉强收下。

实际上，作为毛月梅来说，曾经多次警告过张琪源：别和上官家来往！可是没想到，张琪源竟然偷偷摸摸把上官元给招到江河局来，这才惹祸上身——竟然连毛月梅都不给透漏——只有当他遇到难题的时候，才会想起毛月梅来。

有时，毛月梅甚至觉得，说张琪源是自作孽不可活，一点都不亏。可她仍然同情张琪源里外不落好的处境，大包大揽许多事，可件件办得虎头蛇尾。毛月梅能明显感觉到，招弟把张超、张云云的一切责任都归结到张琪源身上：把孩子带来就不操心了，一个个接二连三出事。

招弟偏着性子要带女儿到沄城去找上官家评理："我让他们臭名再扬得远一些。"张琪源说："还扬什么名、评什么理？人都坐牢了，你还能评出个什么结果？比这还严重？"招弟说道："管他呢。你越护着，我就越要去。"

张琪源道："那如果上官元刑满释放了，你还愿意把云云嫁给他吗？"招弟愤怒地说道："想也别想，什么人品！道德败坏！我那不是把女儿往火坑里推吗？"

张琪源道："所以，你还找他评什么理？想达到什么目的？"招弟这才强忍怒火，不再嚣张。但是，上官这一家子人，她算是记住了，发狠地说道："就是下一辈子等见，都要抽他两鞋底子！"

有一次，毛月梅巧妙地告诉冯招弟："吃面不如吃搅团，爱娃不如爱老汉。"招弟言："我娃命苦，无论如何得挺过这阵子。老汉！唉，还不一定是怎么回事呢。"

招弟意犹未尽，毛月梅当然明白，但还是道："儿女自有儿女福。"慢慢地，招弟也体会来了，张琪源在十分繁忙的工作中，还要操心家里家外的事情，也真是够他受的。该不该操那些闲心是一码事，操了以后是不是就应该这样受到命运的惩罚，则是另一码事。看着张琪源是个偌大的领导，可他比哪一个领导都跑工地跑得多。

可是，她还是不愿意毛月梅来关心。每每联想起在老鸦山时毛月梅跟自己丈夫的一些风言风语，心里就很不舒服，心想：我关心不关心老汉与你何干？但是，有时想到大家都已经是上了年纪的人了，而且也知道这个毛校长为了张超的事费了不少心，又是张云云的领导，诸多事情还免不了要相互接触，彼此关照，也就隐忍不发，不再理会。

招弟一走，家里只剩下了张大山老两口儿和五子张跃进三个人过日子了。五子说是边劳动边复习，准备来年再考大学，和三哥走一条路。其实大家心里都明白，复习也白复习，没什么指望，所谓老生儿子，娇惯成性，成不了大气候，将来能不能出息，就看他的造化了。

可是事物都是一分为二的，就是这种人反倒好找媳妇，所谓：嫁人不嫁长子，娶妻要娶老大。人们普遍认为长子责任大、负担重，既要经管老人，又要照顾弟弟妹妹，而且长嫂如母，谁嫁长子，谁的拖累就重。而长女则从小洗衣做饭样样都行，谁娶了长女谁就等着享福吧。

所以，四乡八村的姑娘，眼看着张家人都出去工作了，剩下的这一份好家业肯定是老小的了，只要是能拉挂上一点关系的，都来跟张五子套近乎，甚至关键时候帮做农活，以致老少三口还有喘息的机会。当然，还有可能有人做着随张跃进一块儿进城的梦呢。

只是张大山老两口儿，看见张跃进这种情形，心里一阵阵犯嘀咕，怕迟早惹出麻烦来。只得让建国写信告诉他爸妈：你们五子我们管不了，你们能带走就带走吧。

张琪源接到信后，心里十分烦躁。一方面，现在把他带出来，暂时没有什么机会给他找一份合适工作，就是进民工兵团也不方便，因为民工兵团是补贴制，自己还要再带一半口粮出来交到大灶上。而张琪源自己哪来的粮食，难道还让70岁的老爸老妈给这个孙子供口粮不成？

另一方面，张琪源不知道，就是给张跃进找上一份工作，谁知道是不是又会害了他？像张超、张云云，自己可是已经害了不少人了。这成了张琪源心里的一块儿心病，每当想到这里，就隐隐作痛。

8

卞家峡水电站控制流域面积不大，但水资源相当丰富。按照地面径流总量计算，在黄河的二级支流当中，也算是数一数二的。

其枢纽所在的卞家峡，地处我国一二级阶梯的过渡地带，也是横断山脉余脉与苍龙岭的垂直交汇区域；受早期造山运动和地壳运动的影响，地质结构非常复杂，岩石走向异常紊乱，岩体裂隙发育，给基础防渗带来了许多难题。

张琪源、谭秀珍等，吸取了前几座大坝渗漏的教训。为了最大限度地降低水库渗漏，研究出了一套沿坝轴线开挖截渗槽，置换回填灰土，筑防渗墙的办法，打算付诸实施。

根据最新的勘探数据，在河床中心地带的 380 米长度范围内，截渗槽的开挖深度需要达到 36—40 米，防渗墙才有可能与坝基深层基岩结合起来，施工难度非常大。如果采用大开挖的方法，其工程量将十分惊人，等于要挖出一座小坝的方量，还要度过两个汛期，其可行性非常小。所以，只能采取窄槽人工开挖、挡土板全面对撑的方案进行。

尽管基坑几乎把水抽完了，只有集水槽里还有半米来深的水，但是地面五米以下，在老河床上，透水性强，透水量仍然十分巨大，要把水位降到工人膝盖以下进行施工，根本无法办到。所以，只能另想办法。

在许光远主持的技术方案会上，大家展开了激烈的争论。对总工程师张琪源、总设计师谭秀珍提出的深墙防渗方案及其周边抽排降水方法提出了不少质疑。

一种不同意见是大坝渗漏问题到底有没有那么严重？是不是夸大其词，导致劳民伤财。另一种不同意见是周围普遍降低水位的办法，效果到底怎么样？是不是也是劳民伤财，得不偿失！

水电厅党委书记齐平章说：首先，我们要肯定前几座大坝渗漏的客观事实是存在的。现在对卞家峡大坝渗漏问题的判断是科学的，这一点不容置疑。其次，我们要考虑：不惜代价是不是就是不计效果？这是两个不同的概念，我们不能混同起来。我不赞成那些一说什么就要不惜代价的说法，这是奇谈怪论，这是偷换概念……

岭北地区行署专员元博大说："卞家峡水电站是一座造福子孙后代的伟大工程，面对一些复杂技术难题是必然的。我们要有一股敢想敢干的精神，才能破解难题、克服困难，农业学大寨、工业学大庆，究竟是学什么？

"就是要学他们那种敢于搞试验田、敢于打试验井的精神，如果是害怕失败、害怕花钱，经验和教训从何而来？教条主义是马克思列宁主义的死敌……"

省水电厅党委副书记、副厅长杜成武说："我们已经有了许多教训，这些教训也许就是我们怕花钱造成的。但是，这不能等同起来，并不是说只要花了钱就没有教训，起码花钱本身就是教训。

"我们只能做到：教训越来越少，经验越来越多。资产阶级的先验论害得我们还少吗？所以，在工程还没有开始干之前，讨论值与不值，最终也不会有定论。我们不能用形而上学的观点去分析问题和解决问题……"

尤尚文道："大家都有一个共同的愿望，就是把钱花得恰到好处，这种节约每一分钱的想法值得赞扬。但是，不花钱基坑里的水下不去。

"马上就进入冬季了，究竟干与不干？还得很快有个定论，要不然天冷了，工地上不出活儿，人心就不稳，大部分职工想利用冬季期间休公休假，农民想回去搞农田基本建设，等来年方案定了以后再大干一场呢。所谓气可鼓不可泄，我的心里十分着急……"

最终，还是许光远说话了："平章的话说得非常好，一针见血，不惜代价不等于不计效果，经济账是一定要算的。

"博大分析得也非常有道理，大寨和大庆就是敢想敢干的先进典型，我们为什么不行呢？成武的意见讲得非常富有哲理，既赞成节约，又反对先验。尚文的话不多，但是很实际，很管用，这事的决策已经到了迫在眉睫的时候。我都同意。

我觉得：琪源和秀珍办事，咱们也应该放心。他们两个人，我们大家都非常了解，不是那种掂不来轻重的人，能作出这样的方案也是经过慎重考虑和计算的，咱们都应该支持他们。只是还应该把问题考虑得更加全面一些，把大家好的意见和建议都吸收进去。是不是这样？

"那么，就按这个方案定吧，出了问题我们大家共同负责，好不好？"实际上，对这一技术方案大家都没有说出个子丑寅卯。而是许光远巧妙地把他们发言中有利的一面集中了起来，最终把无可无不可的空头说教变成了对技术方案的赞同。这样，就牵强附会地把这事确定了下来。

有许光远、齐平章这些领导的协调，打井的施工队伍——省地下水资源开采局很快就进场了，是他们的副局长惠爱国亲自带队。

惠爱国我们熟悉，是江河局原三大队的大队长。省水利厅整建制将三大队划出去，成立了省地下水资源开采局。既解决了施工单位的专业化问题，又解决了领导干部队伍人才合理流动问题，提高了人才利用效能。火烧火燎的祁玉民就是在这一次被派去独当一面，安定下来的。

基坑在抽水、清表、开挖，周围还要布点打井，工序间的相互干扰，在所难免。江河局成立了总调度室，由副局长何建英担任总调度，以便于合理组织施工，尤其是不要让兄弟单位省地下水资源开采局的同志感到为难。

经过一个多月的紧张作业，第一序井点打完了，经过勘探测量以后，降水效果还是不明显，只能再打第二序井、第三序井，等达到预期效果时，已经是三四个月以后的事情了。

此时已进入了冬季，河面结冰，地下水量也已经到了最小的程度。但是，三四米以下仍然是砂砾石透水层。尽管水量不大，但是此时已是滴水成冰，两边槽壁上挂满了冰帘子。数九寒天，本应该取暖，但是又怕边坡不稳，只能让工人在冰窖中受冻作业，开挖慢、装渣慢、起吊慢，工人的手脚、耳朵甚至脸蛋都冻肿了，有的还裂了口子，出现了冻疮。工程干得非常艰辛。

但是，由于受施工进度的制约，只能继续坚持施工，边挖边支撑。再加上这时间是一年中水量最小的时期，对深槽开挖来说，是黄金时期，所以，只能硬着头皮安排生产。

有人称：这时间进行水下窄槽开挖施工，等于既是摧残人的生命，又是暴殄天物。张琪源只能一再给许光远解释，说："这也是没有办法的办法。"同时还要说服管理和施工人员，克服畏难情绪："现在吃苦是为了明年五一前开始筑坝，所以必须加紧施工。"

毫无疑问，在行政干部占绝大多数的指挥部里，张琪源不但要把技术问题考虑周全，还要解决人们思想上的疙瘩。好在有江河局这个整体团队的信赖，尤其是上有许光远顶天，下有尤尚文立地，卞家峡水电站的基础防渗工程，在天时、地利、人和方面都处于不利的情况下，仍在有条不紊地进行着。

就在这时间，中国共产党第十一届中央委员会第三次全体会议胜利召开了。解决了许多堆积多年的重大历史问题，使中国的基本形势发生了根本性的转变。这个会议被永远载入史册。

省委组织部来了三名干部，一位是经济干部处的处长米树宇，另外两位是经干处的干事明一凡、莫晶晶，对卞家峡水电站指挥部和江河局的领导人员进行全面考察。

至于是什么用意，人家没有说明，只说是了解了解情况，再什么都没有透露。在临近年尾的时候，组织上给大家留了这么一个大大的悬念。

一些比较敏感的人们就开始关注此事，上下打听消息。而张琪源则只想着一件事情：在春节期间，把爸妈和五子接到沄城；如果可能，把老大一家四口也接来，全家人首次在省城里过个团圆年，也把自己家里那几团乱麻一般的家务事理一理。

第十四拍

蹒蹒跚跚又一春

1

真是天有不测风云，人有旦夕祸福。

二月雷声报春早。2 月 10 日，一声惊雷，使整个春天比往年提前了两三个月。随之，飘飘的雪花不紧不慢地一直落了两天，直到变成了雨滴，天气才慢慢地放晴。

没过几日，张琪源突然接到水电厅政治处处长乐大军的电话，让他下午两点到厅里去一趟。张琪源心头就是一惊。因为，厅政治处传唤一个人，那一般都是非同小可的事情。以前，乐大军偶尔到江河局办业务，件件都是大事，如考察、宣布班子，甚至还调查了解过谢青党籍、张超招工、常喜强生活作风等事件，对张琪源来说，尽管是熟人，但总是喜忧参半。

下午两点，张琪源怀着忐忑的心情，准时来到了水电厅。乐大军把张琪源领到一个小会议室坐下，自己就出去了。

过了一会儿，乐大军带进来两个人。张琪源一看都认识，就是年前由乐大军领着，到卞家峡来考察过一次干部，给大家留下了无数猜测的那两个人。

于是，一边赶忙过去握手，一边仍然听乐大军例行公事地介绍道："这位是省委组织部经济干部处的米树宇处长，这位是经干处的明一凡同志。"反过来又介绍张琪源说："这就是江河水电工程局的局长张琪源。你们谈吧。"说完,乐大军就带上门出去了。

米树宇说:"张局长,你好,我们就直截了当地谈吧。粉碎'四人帮'以后,我党的政治生活逐步走上了正轨,尤其是党的十一届三中全会以来,中央驻省企事业单位的党组织,都要按照属地管辖的原则,逐步进行健全和调整。省委决定,先向水利电力部第二十工程局委派一名党委副书记,以后,再根据情况,在适当的时候选派党委书记,直到正常换届选举为止。

"同时,省委还有个大胆的想法,就是想逐步把咱们省这个部属事业单位——水电二十局,争取到咱们省上来,让它能够成为咱们省自己的水利水电施工队伍,和江河局并驾齐驱。

"所以,经过省委和水利电力部反复交换意见,组织部经过详细考察和慎重考虑,打算派你到水利电力部第二十工程局任党委副书记兼副局长,副书记由省委任命,副局长由水利电力部任命。这样安排,也是考虑到要进一步发挥你在水电施工方面的特长,到二十局不单单是为了做政治思想工作,还要在业务方面有所建树。你考虑考虑。"

张琪源感到异常吃惊,考虑了好一会儿才道:"我觉得咱们省的江河局经过这几年的发展壮大,不论从技术力量还是施工能力,在国内都是相当可以的了。如果觉得还满足不了日后水电基础设施建设的需要,在此基础上继续扩充就可以了。这是第一,我的一点不成熟看法。

"第二是关于我个人。按说,我应该坚决服从组织的分配才是;但是,我觉得我个人的能力达不到人家部属大局的要求,恐怕把工作做不好,最好还是另选他人吧。

"第三是,嘿嘿,说实话,咱们这个地方的人,都恋家。我家在农村,孩子多,负担重,我不想出省、背井离乡。据我掌握,二十局经常在黄河中上游施工,离家太远了。"

明一凡听到这里,差一点笑出声来,但是,看到米处长面无表情,才赶忙收敛住了笑容。

米树宇严肃地说道:"琪源同志,你刚才不是还说,江河局不论是从技术力量上,还是施工能力上,在国内都是很可以的吗?怎么又说你的个人能力达不到呢?你可是江河局的局长啊,连你的水平都达不到,那么在你们局,还有谁能达到呢?"

张琪源没想到被米树宇将了一军,立刻不好意思地说道:"米处长,这是我的真心话,我真的不想离开江河局。何建英、狄胜利、蒋雅丽,他们都

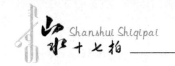

很优秀，随便谁去都可以，就是别叫我去。"

米树宇道："二十局是一级局，你这一提拔就是副地师级了，是好多人求之不得的事情，而且你说的这几个人都才是副处级，级别相差很远。关于你个人的能力问题，组织上是考察过的：普遍反映不错，尤其是在大冬季零下十几摄氏度的环境下，着力推动窄槽开挖工艺，既是个技术问题，也是个胆识问题，所以组织上才这么信任你。希望你在组织的决定面前，不要推三阻四，更不要拿个人的一些鸡毛蒜皮小事，来做挡箭牌！"

话已至此，张琪源别无选择。本来他还想举荐尤尚文，因为尤尚文也是正处，提拔为副局也没有问题，而且工作很有魄力。但是，看看米树宇的表情和刚才的措辞，张琪源终于没有胆量把这话说出口，只得苦笑着摇摇头，又点点头，道："那我就服从组织的决定吧，我个人的困难我自己想办法克服。感谢组织上的信任。"

米树宇这才满意地首肯道："但是，关于省委对水电二十局未来的设想，请你不要说出去，目前还处在酝酿阶段，你只需要向这方面努力就行了。"张琪源点点头，道："好的。"

水电二十局不愧是部属单位，其施工实力总体上明显优于江河局。尤其在混凝土重力坝施工方面，设备力量毫无疑问是国内一流的，仅在黄河上就参加修建过三座水电站。只是因为分久必合、合久必分的原因，组织架构在不断地调整变化，所以只能算是参加修建，而算不上是独立承建。

张琪源的到来，应该说是对二十局的技术力量有所补充。因为，江河局在土石坝施工方面，在国内属于独树一帜，其主要特点是所建坝型多、施工方法多样。尤其是张琪源，其个人独特的经历，对均质土坝、黏土心墙坝、草土石三合坝、小型混凝土重力坝、浆砌石重力坝、渠道、水闸、桥梁、楼房、地下水开采，都有所涉猎。而在施工方法上，尤其对水坠坝、定向爆破、人海战术、机械化施工等方面的知识和经验，也要相对多一些。

2

水电二十局是中国水电基础设施建设的骨干事业单位，主要承建大型工程，不像江河局那样——大小通吃。近30年来，由于其独特的施工路径，在黄河上游等地，走一个工地，建一片基地，留守一部分人员；基地建设慢慢地也由茅草棚向砖瓦房、楼房发展过渡。建成一座电站，划出一部分运行管理人员，再重新吸收一部分新员，不断地吐故纳新。

其首脑机关也是居无定所，主要工地到哪里，总部机关就搬到哪里。如果遇上冬休放假，因为还有相当一部分职工家居农村，大家则像打开笼子的飞鸟一样，四下纷飞，去向各不相同。

水电二十局现在的主要工地在黄河虎跳峡水电站，据说是黄河的几大峡谷之一。不知是因为这里曾经有过老虎，还是由于其地理位置险峻，就连老虎下山都不能四平八稳地行走，总之，这个名字令人闻而生畏。

随同省委组织部的领导来到这里，张琪源才发现，虎跳峡寸草不生，一片荒凉，周围40里方圆无人烟，和传说中的黄羊峡水电站几无二样。显然，没有食草动物，又哪来的老虎呢？

但是，这里的黄河水并不黄，清澈见底，碧蓝如镜。这和张琪源所见过的黄河完全不同，显然是没有经过黄土高原的缘故。

在欢迎张琪源的会议上，水电二十局的党委书记臧风云道："二十局人，是虎跳峡生命的奇迹。今天，我们又迎来了一名地方局的新同志，和我们一块儿共同体验二十局人生命的顽强。

"虎跳峡水电站是目前国内在建的混凝土重力坝当中，坝高最高、装机最大的水电站项目。其装机容量与卞家峡水电站不相上下，许多水电人都以能够参加建设这样一座国内大型电站，引以为荣……"

相比之下，张琪源的讲话则非常低调，很简短，也很程式化："非常高兴被组织委派到二十局这样的国内知名大局来工作、学习，这既是组织对我极大的信任，也是对我能力提高的无比关爱，我个人为此感到无上的光荣。

"今后，我将和大家一块儿，紧密团结在以华主席为首的党中央周围，认真贯彻执行党的各项路线、方针、政策，服从党的一元化领导，坚持民主集中制原则，严格要求自己，虚心向大家学习。

"同时，也请大家多多帮助……"

班子给张琪源的工作分工是：协助党委书记臧风云分管政治思想工作，主抓政策落实业务；协助局长茅破冰主管砂石料生产系统。

在随后的几天，张琪源留在局办公楼参加了几个重要会议。有集体组织学习党的十一届三中全会精神的，有研究解决施工生产中工区调整、任务分工、设备购置等实际问题的，还有复议上报黄河水利委员会1979年虎跳峡建设资金申请的，甚至也有和当地政府协调解决扩大临时占地和面积复查的，等等。

几天以后，在茅破冰的带领下，张琪源离开了他还没有坐热的副局级办公椅，重新准备了一套铺盖卷，就来到了虎跳峡水电站计家坝砂石料厂，开始履行作为副局长的工作职能。

二十局给张琪源这样分工的原因是：张琪源对土石方施工有专长。大家似乎认为砂石料生产就是从河滩开采砂砾石，然后运到混凝土拌合系统的储料场就算完事。其实，事情并非完全是那样，除了要进行筛分、运输、清洗以外，还需要破碎、专列运输。这在当时的生产技术条件下，人工砂石料生产是一项尖端技术，对其核心技术许多人连想都不敢想，就是把石头打成石子，再把石子磨成砂子。其产量之低、成本之高可想而知！

自然，前期简单的施工工艺，确有相似之处。核心就是破石为子、碎石为砂。

茅破冰告诉张琪源："计家坝砂石料生产系统，是虎跳峡水电站施工唯一的料源基地，是整个电站施工的造血系统，决定着电站能否如期建成、能否按期发电的大问题。我们一定要不遗余力，把它建设成国内一流的砂石料生产基地，其机械化水平决不能比卞家峡低，从而达到多、快、好、省的目的……"

这对张琪源来说算是个不大不小的难题。因为在卞家峡，有省机械厅工程师穆天庶、肖大彪的言传身教，张琪源确实亲手主持配备了一套相对完善的砂石料生产线，由四大队马三全、吕亚洲、骆得闲他们使用管理。在设备的调研、选型、看样、订货、售后服务等多种工作环节中，也接触到了不少深层次的问题，但是，还绝对达不到指导配备的水平。

所以，张琪源只能硬着头皮再次从头学起。多次给穆天庶、肖大彪、马三全、吕亚洲、骆得闲打电话询问，也经常把二十局生产设备处和砂石料厂等相关技术管理人员召集到一块儿，反复探讨，逐步切入。

经过几天调研，张琪源召集了第一次砂石料生产会议。他把这次会议看作是自己到二十局的业务亮相会、水平定位会，一要体现思路，二要展示口才，不能让二十局人太轻看江河局出来的干部。

按说，主持会议的领导开场白不宜太长，提纲挈领即可，定调子而已。但是，张琪源既然有了展示的想法，就难免说得相对细了一些。

张琪源讲道："第一，生产方式。根据现有的勘察资料和我们这几天的踏勘、测算，计家坝地区河道宽阔，料源分布以左岸为主，总量能够满足整个电站的用料需求，且便于集中开采；与原来设计资料提供的数据出入不大。其中三分之二在水下，三分之一在水上，所以，我们要采取不同的方法来开采。

"对于水上部分开采，我们主要应采用反铲挖装，自卸汽车运输，斜坡筛初筛；粗料进入破碎系统，生产成破碎料；细料进入筛分系统，筛分成天然料。水下开采以挖泥船配合采砂船作业为主，经过皮带机和必要的脱水之后，同样上斜坡筛初筛，进入后续的生产系统。

"第二，设备配备。根据目前提供的用料计划，虎跳峡电站总共需要粗细骨料150万方。其中细骨料：细砂约15万方，粗砂约25万方，具体数字要根据细度模数调整；粗骨料：小石约30万方，中石约35万方，大石约35万方，超径大石约10万方，详细数字要根据水泥厂家和标号、配合比确定以后，再做进一步核实。

"以上这些数字，都不包括在施工过程中必要的损耗量。我们目前就是要根据这些数字，结合工期、施工强度配备设备。而每一种类型的设备，又包括好几种不同的性能或规格型号。我们要以需求用量比例决定制备产量比例，以岩性指标选择设备性能。

"第三，工作程序。生产工艺流程总、分图——设备选型——产量测算——设备运转年限估算——设备清单——设备残值——经济技术比较——最终设备计划。

"希望大家围绕以上这些初步想法，展开讨论。然后，根据讨论的意见各自分头去做工作，初稿出来后咱们再详细地研究一次，拿出一个意见比较一致的方案，然后向局里汇报。大家在讨论的时候，最好做一下自我介绍，因为我对咱们的一些同志还不是太熟悉。"

张琪源话已到此，好多人就多加了几分小心。因为光那一串背得滚瓜烂熟的数字，就足见这位新来的副局长掌握了不少情况，起码不敢当外行对待，保不住那一句话把你问得张口结舌。

"我是局生产设备处的处长，叫伏志长，伏是伏羲的伏，8000年前属于皇亲国戚。我现在手头有一些颚破、锤破、反击破、球磨机、棒磨机等的技术资料，局里还有一些从上一个工地分家分来的旧设备。现在缺乏计家坝料源区蕴藏的天然级配数据、储量和岩石性能指标，需要有人提供这两方面的资料，然后才能做出工艺流程图。"

张琪源点点头，在笔记本上记了下来，然后半带玩笑地说道："噢，是人文始祖的直系，那你会八卦了？"伏志长赶忙摇摇头，道："不会，不会，牛鬼蛇神那一套东西我一贯不沾边。"张琪源轻微地笑一笑再没吭声，又极为严肃地坐在那里，等待着下一位。

"我是砂石料厂的厂长成景宏，成吉思汗的成，不过跟他不是一家子。这两天跟张局长一块儿相处比较多，应该说是不用自我介绍了。有张局长在这里坐镇指挥，我只能算是个副厂长，主要是给咱们前边跑跑腿……"

张琪源严肃地说："景宏，你不要想解脱，咱俩是绑在一条绳上的蚂蚱——跑不了你，也走不了我，而且，厂长还是你，我不会替你当的。"

成景宏也拘谨地笑道："那好，那好，咱们同甘共苦，同仇敌忾，噢，不不，说错了，总而言之，言而总之，革命路上同携手，一个伙伴也不丢。"说得大家哧哧直乐，有人小声道："看来是又说错了！"

成景宏脸红红地说道："长话短说，副处长，噢不，是伏处长，我这人'副''伏'同音。伏处长所说的'蕴藏的天然级配和储量'，按照张局长的指示，我们已经勘探并制了个表格，还差几个数据，这两天一补齐就完成了；岩性指标我们已经送样到实验室了，估计再有两三天结果就能出来。

"我们的意见是，右岸那个回水湾的料源储量尽管少，只有二三十万方；但是，水上部分比较多，开采成本低，我认为应该考虑跨河运输方案，最经济的办法是架设一座水上皮带机，运到左岸来，集中处理。"张琪源记下以后，面带微笑地说道："嗯，你这一会儿还没说一句错话，全对。"

伏志长半真半假地说道："成厂长是进入主题慢，一旦进去就发挥得特别好。"另一人道："而且人家成厂长持续时间长，还能连续作战。"还有人接话道："成厂长自己把这叫厚积薄发。"

成景宏一听，十分尴尬地说道："少胡说，现在是在开会，是说正事的时间，别偏离主题。"

张琪源一听，估计里面肯定有故事，有一点客串的想法，结果一抬头看见斜对面有一个年轻女子，瞟了一眼张琪源，面有羞赧之色。张琪源自觉场合不对，就收敛住到了嘴边的玩笑。

只见那个女子说道："我是局材料供应处的副处长谈淑叶，谈是谈心的谈，淑叶二字如果张局长记不住的话，就当树叶读吧。我们的工作职能是，每个月根据工地的生产进度计划，给工地供应材料，其中包括给砂石料厂下达各种规格砂石料的生产计划和供应强度。我的意见是，你们的储料场地要有一定的调节能力，满足每个月都将会出现的一个需求高峰值。"

　　成景宏道："我们的场地毕竟有限，大家都能看到，河道就这么宽，还要尽量少占料源区，只能是生产多少、运出多少，所以，主要是拌合系统那边应该有一定的储备能力。"

　　谈淑叶说："拌合系统那边好像在这方面和我们材料供应处没有什么太大的业务关系。我们给他们说，人家不一定听。"

　　张琪源道："那这样吧，你们俩把咱们这边的储存场地算一算，给拌合系统一个最低储量，看能不能满足。算好以后，咱们一块儿过去，连同砂石料的卸料方式和要求，一块儿讨论一次。另外，大家都考虑一下，还有什么事情需要共同和拌合站商量，争取一次性解决。"

　　随后，大家又讨论了骨料的冲洗及取水位置、方法、设备，防汛度汛措施及日常排水方案，场地初步的总体规划及各种设备、料仓的大体布局，设备、金结及皮带机安装的大体时间控制，电工、操作手以及整个管理人员计划，场外装、运、卸方法与设备配备等。待到大家散会时，已经到了午夜。

3

　　就在宣布免去张琪源江河局局长的同时，水电厅就把江河局的局长宣布了，是王汉成。对这一点，大家始料不及："胡汉三"竟然又回来了。

　　因为时间紧迫，组织部还要带着张琪源到二十局宣布任职，所以就没给张琪源和王汉成留时间交接，只是撂了句话：这边的情况尤尚文同志熟悉，就由他负责和王汉成同志衔接，一定要确保工作连续。

　　对这一切，王汉成多多少少有一点不太满意。因为，过去他是党政一肩挑，而现在仅仅是局长，这在当时党委具有绝对领导权的情况下，他必然要服从党委书记尤尚文的领导，而尤尚文恰恰是自己过去的副职，也是他亲手把自己打翻在地的。

　　当然，这点不满意只是轻微的，毕竟自己已经重获了自由，尤其是在自己的政策还没有完全落实的情况下，能够提前出来工作，应该说是组织上的格外开恩。

　　对王汉成与尤尚文的配合问题，齐平章也非常担心，谈话时严肃地指出："我们共产党人从来都不能因为自己的一己之私而影响工作，要斗私批修、立党为公，希望你能以大局为重，不断改造自己的世界观；'要团结一切可以团结的同志，包括过去批评和反对过我们自己，实践证明是反对错了的同志，一道工作'；要坚持组织原则，密切配合尚文同志搞好工作，以不辜负组织上对你的重托。"其"配合"二字道出了两人工作关系的精妙。

王汉成不会不懂，但还是频频地点头，脑门子上渗出了一层细汗。心想：这个齐平章，过去没有打过交道，还真是个厉害的角色，远不如老书记杨虎声平易近人。

在宣布班子的会议上，齐平章再次严肃地指出："按照一般常理，让你们两个在一块儿搭班子是不太合适的。但是，我们要相信同志、相信党、相信群众，相信共产党人'是特殊材料制成的'。

"自然，组织上也会随时关注你们的工作情况。群众的眼睛也是雪亮的，希望你们好自为之。

"你们要时刻牢记：只有党和人民的利益才是最高利益，希望你们一定要捐弃前嫌，齐心协力，携手工作；有谁胆敢在其中做一些小动作，搞无原则纠纷、着意内耗，小心自己的位置不保！"

这些话，句句都点在了尤尚文和王汉成的敏感神经上，不得不都拍着胸堂表态："请组织放心，我们一定齐心协力，以党和人民的利益为重……"张琪源作为一个旁观者，都为两位感到不好意思。

参加完这样一个划时代的重要会议后，张琪源走了。带着对江河局的无限眷恋，带着对家乡人民深深的牵挂，带着半个世纪的情感积淀，一步三回首地顺着黄河，径直向上游进发。

尤尚文召集了几个小型的见面会，对王汉成的归来表示欢迎。然后，陪同王汉成到整个办公楼转了一遍，到每间办公室去一一介绍、一一握手，大部分是生面孔。

见了个别比较熟悉的同志也稍微多寒暄几句，但内容极为狭窄：无非赞叹对方身体还好，感叹大家都老了，甚至回忆我们在哪里一块儿共事和相遇时，是多么多么年轻，尔尔。也有想说贴心话的，或者是非常想了解一些情况的，比如这几年的处境，现在的局面，等等，可一看有尤尚文在场，也就适可而止。

履行完轰轰烈烈的欢迎程序后，王汉成回到了属于自己的陌生办公室。这是张琪源坐了四年之久的位子啊！此时此刻，他甚至似乎还能感到张琪源那温和内敛的笑容，亦能感觉到他从这把椅子上传递给自己的脉脉余温。

想起张琪源，他由衷地感到这个小伙子不错——只是这一次没有深谈。

应该说自己是这匹千里马的第一任伯乐。他欣慰自己的眼光不错，感叹江河局有福。

想想自己的遭遇，看看今天的江河局，痛定思痛，感慨万千：自己离开这里已经 13 年了，13 年啊！是改天换地的心酸历练，是摧枯拉朽的沧桑巨变，是卧薪尝胆的蛰伏熬煎！

转瞬间，一切都变得面目全非，一切都变得那么遥远！真是应了那句话：洞中才一日，世上已千年！

想到这里，王汉成记起毛泽东的词《沁园春·雪》，就默默地背诵了起来："北国风光，千里冰封，万里雪飘。望长城内外，惟余莽莽；大河上下，顿失滔滔。山舞银蛇，原驰蜡象，欲与天公试比高。须晴日，看红装素裹，分外妖娆。江山如此多娇，引无数英雄竞折腰。惜秦皇汉武，略输文采；唐宗宋祖，稍逊风骚。一代天骄，成吉思汗，只识弯弓射大雕。俱往矣，数风流人物，还看今朝。"

凡是年龄稍大一点的人，对毛主席诗词个个都能背得滚瓜烂熟。王汉成对此应该说比别人更胜一筹，否则是过不了那一次次批斗关的。

默诵完以后，王汉成感慨：毛主席的这首词，确实是精准，一句能顶一万句啊。张琪源应不应该属于我们这个群体中的风流人物呢？

哪一天就写这样一副字，送给张琪源。二十局嘛，低头不见抬头见，这件事情容易办到。

这首词，最终成了张琪源家族内外孙子辈家谱的取名词典。

尤尚文又把王汉成带到卞家峡水库工地转了转、看了看，但没有到龙口去，也没上观礼台。他害怕这两个伤心之地！当时他就是站在观礼台上，眼睁睁看着王平峰开着 7 号自卸汽车，缓缓地开进激流当中，再也没有露面。所以每次一到了这里，他的眼泪都止不住夺眶而出。今天，当着王汉成的面，他就更不敢面对这一切了。

尤尚文和王汉成相处得小心翼翼，毕竟自己曾经是他的副职，又经过那么极端的过程取而代之，临了了，还把他的儿子搭了进去。这是何其残忍、何其令人难以容忍的一桩千古奇冤啊！

尤尚文心里最明白：要说王汉成不计较自己，那是不可能的！所以，他时时警告自己，决不能以一个胜利者的身份自居，也不要幼稚地以为"核心"问题、"党指挥枪"可以在他们两个身上合理地体现。因为，那样将更加危险，说不定在什么时候，不知不觉就被这个王老头给放翻了！在 15 年

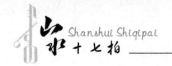

前的七贤峡群体性事件中，他已经放倒过自己一次。

这反倒让王汉成感到心里很不舒服。难道你尤尚文还不满足吗！你还提防我什么？难道我王汉成是那种不分青红皂白、胡作非为的人吗？是那种鼠肚鸡肠、挟私报复的小人吗？你和张琪源真是不可同日而语，一个在天上，一个在地下；一个是圣人，一个是魔鬼。

总而言之，两个人的心里憋着的那股劲，就别提有多紧张了。

当然，还有更令王汉成肝肠寸断的事情，那就是爱子王平峰在这里永远地离开了人世！竟然没能让白发人送一程黑发人！孩子啊，你怎么就不能再坚持个一年半载的？等到爸爸回来的这一天！想到这里，王汉成老泪纵横，号啕大哭！

所谓父爱如山。尽管儿子王平峰宣告断绝父子关系而深深地伤害了王汉成的情感和肉体，但父母对孩子的感情是与生俱来的，王汉成从始至终并没有因为这一切而恨儿子。

那么，单就这件事情应不应该恨尤尚文或杜成武呢？他说不清楚。把王平峰招进来显然是杜成武、尤尚文的一片好心，可也是他们亲眼看着王平峰丧生激流的！

唉，江河啊，江河局啊，怎么这么让人揪心呢！

4

等头脑冷静下来，王汉成才打电话叫左长富来，说他想要一份组织机构和领导干部、资产设备方面的清册，你给我去找一找。过了一会儿，田喜珍和穆天庶分别拿来了一份清册，简单地做了自我介绍后，问："王局长还有没有别的事情？"王汉成说："暂时没有了，有事我打电话叫你们。"

真是一朝天子一朝臣啊！自己的同志来了还要一一做自我介绍，这让他想起贺知章的一首《回乡偶书》诗来："少小离家老大回，乡音未改鬓毛衰。儿童相见不相识，笑问客从何处来。"

他把这两份清册翻来覆去仔细地看了几遍，大致情况是：五五建制，党政分设；机械装备，成龙配套，以设备定职能。

一大队：总支书记兼大队长滕文理，副大队长肖大彪。下设五个工程队，机械设备310台套。

一队：主要职能是土方挖运；配备的主要施工机械有：20吨国产自卸载重汽车30辆，反铲8台；队长邱玉山。

二队：主要职能是土方挖运；配备的主要施工机械有：斗轮挖掘机两台，皮带机60条2500米；队长贾宏伟。

三队：主要职能是土方推运、平整；配备的施工机械主要是推土机：东方红60马力推土机80台，红旗100马力推土机20台，日产小松220马力推土机10台，日产小松320马力推土机5台；代队长危士奇。

四队：主要职能是土方运输；配备的主要施工机械有铲运机20台，东方红75马力拖拉机20台，平地机5台；队长娄安凯。

五队：主要职能是碾压，配备的主要施工机械有：75马力拖拉机20台，气胎碾、凸块碾、振动碾、羊脚碾共30台；队长车黄河。

二大队：总支书记殷海贵，大队长牛树宽。下设五个工程队，机械设备309台套。

一队：主要职能是石方明挖；配备的主要施工机械有：35吨日产自卸汽车40辆，四方电铲两台，潜孔钻6台；队长林福地。

二队：主要职能是土石方运输；配备的主要施工机械有：27吨法国产百里艾自卸汽车30辆，正铲4台，反铲4台；队长谷宁波，副队长魏春昌。

三队：主要职能也是土石方运输；配备的主要施工机械有：24吨日本产一四字自卸汽车30辆，反铲10台；队长甘宽进，副队长邵怀强。

四队：主要职能是材料运输；配备的主要运输机械有：8吨东风牌运输汽车60辆，平板车8辆，吊车、起重机15辆（台）；队长靳红石。

五队：主要职能是砂石料运输；配备的主要运输机械有：4吨解放牌翻斗汽车100辆；队长巫平儒。

三大队：总支书记俞红光，大队长任奎山。下设五个工程队，机械设备305台套。

一队：主要职能是隧洞开挖；配备的主要施工机械有：手风钻100台，扒渣机3套，矿斗车20个，电瓶车3辆；队长刁哲敏。

二队：主要职能也是隧洞开挖；配备的主要施工机械有：手风钻80台，扒渣机两套，矿斗车16个，电瓶车两辆；队长家鸿福。

三队：主要职能是混凝土拌制浇筑；配备的主要施工机械有：200立方拌合楼1套，100吨水泥罐4个，称量系统1套，皮带输送廊道设备两套，钢木加工设备20套；队长钟如碧。

四队：主要职能也是混凝土拌制浇筑；配备的主要施工机械有：100 立方拌合楼 1 套，80 吨水泥罐 4 个，称量系统 1 套，皮带输送廊道设备两套，钢木加工设备 15 套，滚筒式拌和机 8 台；队长封朴实。

五队：主要职能是砌石；配备的主要施工机械有：砂浆拌合设备 20 套；队长秦八。

四大队：总支书记马三全，大队长吕亚洲。下设五个工程队，机械设备 1420 台套。

一队：主要职能是风水电供应；配备的主要动力机械有：空压机：10 立方 20 台、20 立方 10 台、40 立方 10 台；大小水泵 1000 台套；队长於青山。

二队：主要职能是砂石料生产；配备的主要施工机械有：各种筛分、破碎设备 20 台，皮带机 20 条 1500 米；队长骆得闲。

三队：主要职能是基础灌浆；配备的主要施工机械有：回旋钻机 40 台，灌浆泵 60 台；队长甄教义。

四队：主要功能是金结制安；配备的主要加工机械有：各种卷板机、车床等 200 台，行吊 10 门；队长梅博才。

五队：主要功能是设备安装；配备的主要施工机械有：各种起重设备、行车 15 套，其他设备 15 台套；队长颜省学。

五大队：总支书记兼大队长奚大宝。下设五个工程队，机械设备 9 台套。

一队：主要功能是下家峡永久房屋建筑；配备的主要施工机械有：100 吨米塔吊两台；队长樊读诗。

二队：主要功能也是下家峡永久房屋建筑；配备的主要施工机械有：75 吨米塔吊两台；队长翁景逸。

三队：主要功能是沄城房屋建筑；配备的主要施工机械有：100 吨米塔吊两台；队长虞庆光。

四队：主要功能是河西街镇房屋建筑；配备的主要施工机械有：100 吨米塔吊 1 台；队长凌欧鑫。

五队：主要功能是下家峡临时房屋建筑，配备的主要施工机械有：8 吨、16 吨吊车各 1 台；队长羊练达。

另外，属于机关服务保障的设备有：大轿车 5 辆，吉普车 8 辆，洒水 4 辆，油罐车 5 辆，消防车 1 辆。共有机械设备 25 台套。

还有一个工厂，各种机加工设备 60 台套，行吊 12 门。副厂长秋华实，车间副主任仲士强。共有机械设备 72 台套。

看看下面的汇总数字，上述共有机械设备 2450 台套！

机关职能部门及局属单位负责人：财务处处长由岑乐芳兼任，办公室主任兼机关党委书记左长富，政治处处长田喜珍，生产计划处处长兼副总调度沈育林，技术处处长童俊英，机电设备处处副处长穆天庶，后勤服务处副处长方新月；子弟学校党总支书记兼校长毛月梅，医院院长孙光喜、医务科科长白得让，托儿所所长皮素素，文工团团长武前进，公安处副处长兼消防队队长严于田。

看了这一系列配置后，王汉成的眼睛是湿润的。在这些大队和机关部门负责人里面，他认识的人不足三分之一，熟悉的人不足四分之一，比如：滕文理、肖大彪、殷海贵、俞红光、任奎山、吕亚洲、穆天庶、皮素素、严于田，全不认识。

好在还有几个熟悉的人：牛树宽、马三全、奚大宝、左长富、沈育林、方新月、毛月梅、孙光喜、秋华实。

在工程队级干部名单中，除了一些老工人邱玉山、秦八和林福地、危士奇、娄安凯、虞庆光、凌欧鑫这几个大中专学生还些印象外，其他人员的姓名几乎全部没听过，比如：贾宏伟、车黄河、谷宁波、魏春昌、甘宽进、邵怀强、靳红石、巫平儒、刁哲敏、家鸿福、钟如碧、封朴实、於青山、骆得闲、甄教义、梅博才、颜省学、樊读诗、翁景逸、羊练达、白得让、仲士强，等等，全部不认识。

13 年来，他们都是从哪里冒出来的呢？又是怎样从风雨飘摇的社会大动荡中幸存下来，而且又成长起来的呢？竟然能顶起江河局这么大的一片蓝天！

在那些林林总总的设备中，他见过的不足四分之一，熟知用途的不足五分之一。张琪源他们是怎样把它们打听到的？又是怎样把它们购买回来，学会，派上用场的呢？

据王汉成所知，仅一辆四吨解放牌翻斗汽车就要花一万元，一台青海产的红旗 100 马力推土机就要五万元呢！这都是天文数字啊！更不用说那些大型的、进口的设备，那得花多少钱呀？

现在，竟然连大队长们都不用骑自行车上下班了。自行车已经被淘汰到队一级，成了小队长们的坐骑了，更不用说是马车了，早不知道什么时间就

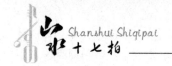

淘汰到爪哇国里了。

仅王汉成自己粗略地估计，现在的资产起码是他执政时的五百倍，这是一种怎样的翻天巨变啊！

除了社会进步的因素，也许是当初自己思想不够解放，制约了江河局的发展。张琪源，乃至尤尚文，他们当之无愧是时代的骄子，是历史的弄潮儿！尽管，他的心里深深地仇恨着尤尚文这个狂热分子！

啊！"大江东去，浪淘尽，千古风流人物，还看今朝！"

5

也算是投之以桃，报之以李。当王汉成得知张琪源的女儿也在单位工作，而且形只影单、生活得十分狼狈时，给予了极大的关注。

王汉成把子弟学校校长毛月梅叫来，详细地了解了情况。他问毛月梅："这个上官元是什么人？"毛月梅斟酌了斟酌，稍微打了点埋伏道："三线回来的学兵，没仔细问过。"

王汉成进一步问道："他是姓单尚？还是复姓上官？"这一句话问在了点子上，毛月梅猜到王汉成已经联想到了什么，就道："复姓上官。"王汉成心中已经明白了一小半：因为在 20 年前，江河局还是叫江河水电工程队的时候，队上的文书叫上官红云，与张琪源关系很要好，其父是省水电局政治处处长上官鸿儒，这个上官元也许就是这一支上官姓氏中的血脉。

想到这里，王汉成问："你听说过上官红云这个人吗？"毛月梅的心里明白王局长已经彻底明了了，就再没有隐瞒，谨慎地说道："听说过，据说就是上官元的妈妈。"

王汉成痴呆呆地发了一会儿愣，转换了话题道："琪源同志为咱们江河局的发展壮大，作出了很大的贡献，你正好也是他的部下。既然琪源的女儿还在咱们这里工作，咱们就应该多关心，尤其是在云云的个人问题上，她身心受过创伤，你就替我多操操心。"毛月梅领命而去。

又过了一个月，毛月梅来找王汉成汇报情况。刚好看见江河局新买的第一台电风扇正在呼呼直吹，毛月梅夸过以后，说："最近凭票还可以买到十四吋黑白电视机，你买了没有？"王汉成道："想买，只是票不好搞，以后再说。"毛月梅打保票道："这事包在我身上，保证俩月之内让你看上电视。"王汉成高兴地说道："那敢情好。"

　　然后进入正题。毛月梅告诉王汉成："此处卞家村大队第四生产队队长有个儿子叫宋浩森，在卞家村小学是个民请教师，多年来一直转不了正；比张云云大一岁。当年和一个插队女知青结了婚，后来那个女知青为了回城，就和他离婚了，也没有孩子。

　　"宋浩森和张云云原来在反帝公社偶尔开会时就认识。他对张云云的情况也有所耳闻，经过我侧面打听，宋老师还是愿意和云云谈对象。只是云云本人和她妈冯招弟，也就是张局长的夫人都觉得不甘心，二婚就不说了，还没有正式工作。

　　"我还领上招弟去偷偷地看了一回宋浩森。招弟觉得宋浩森这小伙子长得还算说得过去，云云也能看得上，也就是说母女俩都动了心，就是这个工作问题成了唯一的障碍。"

　　王汉成听了以后，微笑着点点头，道："你这个校长当得不错，为了下边同志的婚姻大事，跑前跑后，很有成效。工作的问题是个问题，民请教师转正应该是个全国性的问题，反帝公社、街亭县文教局估计也无能为力；小宋老师要是能够解决这个问题，也许当初就不用离婚了。

　　"月梅，我有一种感觉，也许是你跟张局长跟的时间久了，跟我说话老是遮遮掩掩的，说半句留半句，不像你过去。你过去要是这样，我会让你当宣传部部长吗？"

　　毛月梅赶忙笑呵呵地打断道："看王局长您把话说到哪儿去了！我们当下属的有时不敢在领导跟前胡出主意，害怕误导领导，或遭致批评。"王汉成笑道："那就是我批评你批评得太多了？"

　　毛月梅依然大咧咧地笑道："没有，没有，领导批评是应该的，领导批评我们是关心我们。"王汉成更是笑哈哈地说道："月梅，你由搞宣传到当老师，既有内才又有口才，嘴皮子练得这么好，令人感慨啊。好了，不要绕圈子了，有什么话就直接说出来吧，免得憋到肚子里头难受。"

　　毛月梅高高兴兴地说道："好吧，那我就直言不讳了。我觉得咱们单位这几年大量招工进人，办这些事应该是比较方便的。不如干脆把宋老师招到咱们单位来，促成他们这宗美满姻缘。如果他俩要离开，那就成双成对地调出去；如果愿意继续在咱们单位干，那也行，教师在咱们子弟学校也能用得上。"

　　王汉成慢悠悠地一边思考一边说："招工应该不难。但是，咱们要让他们先结婚、后招工，在人把这叫'先买票、后上车'，避免最后落了一个鸡飞蛋打，什么都没捞着，倒是为别人办了一件好事。"

毛月梅道："那是当然，他前妻为了回城工作可以把他甩掉，他也可以有了工作把云云甩掉，说不定还会和他的前妻破镜重圆呢。"王汉成点点头道："有这种可能性；现在知青为了回城，假离婚的多得是，谁能知道他们这是真离，还是假离？"

说到这里，这事就算是定下来了。只是，王汉成说："我还需要和尤书记通通气，人事问题是书记主管，商量好以后，也便于政治处的同志去办。手续办回来以后先压下，不见兔子不撒鹰。给政治处的同志就说，是咱们子弟学校看好的教师，工作需要，特事特办，而且要遵守人事纪律，严把口风。"

毛月梅道："这怕要你给田处长说呢，我怎么好这样要求人家呢？"王汉成道："也好，到时间我给田喜珍说。"同时商定，有关斡旋、婚嫁方面的具体事务，就由毛月梅一手包揽，王汉成不再过问。

过了几天，毛月梅接到王汉成的电话：关于你们学校申请招收一名教师的事，尤书记已经同意了，我也给政治处安排过了，你直接去政治处找田喜珍，抓紧去办。

谈不上是有情人终成眷属，只能说是苦命人同病相怜。没用多长时间，张云云与宋浩森的婚事就简简单单地在卞家峡办了。宋浩森的父亲是当地的生产队队长，请毛月梅等几个常亲常近之人，在自己家里简简单单地摆了两桌酒席，算是对毛校长以及江河局领导的酬谢。

张云云虽然说是初婚，但是由于已经坏了名声，也只能低调处理。张琪源由于工作太忙，没能从虎跳峡工地赶回来送女儿一下，日后经常为此感到于心不安。爷爷奶奶和张大山老两口儿年事已高，山高路远，不便出行，在家里看着二虎，守着五子。三弟张建民在沅城上大学，学业太紧，也没能过来。

二哥张超、二嫂尹春兰年纪渐长，终于扛过了婚姻的磨合期，夫妻生活日渐正常平稳。尹春兰身怀六甲，近日临产，妈妈招弟嘱咐不要来了，防止有个船高码头低的。

家里只有妈妈招弟主事。大哥张建国、大嫂苗爱霞带着大儿子虎子来为姑姑送亲。张云云流了好多眼泪，其中滋味任谁也无法体会得到。

不论怎说，女儿的终身大事是完成了，妈妈招弟的心也就放了下来。回门一过，就立马买票来到沄城，在张超家住了一个晚上，给尹春兰嘱咐了好多孕妇的注意事项，甚至都没有到韩森堡子的家里去，第二天一大早就回了老家。说："老家里老的老，小的小，我一直放心不下。"但是说定，两个月后她一准来，因为春兰没有父母，生孩子的事情她肯定懂得不多，自己得亲自来伺候。

以后的事实证明，宋浩森和前妻女知青的离婚是真的。而且据说，这个女人一去就杳无音信，像什么事情都没有发生过一样。

张云云家人的担心没有了，可还是在经常揣测：也许是这个女知青彻底变心了？是女子版的陈世美，还是当初结婚本身就是一条美人计？因为，结婚三四年竟然没有孩子，这在当时的农村，是不符合婚育习惯的，晚婚晚育是 1978 年国家才提出来的呀！

那么，第二种假设就成立了：宋浩森的爸爸作为一个农村生产队的队长，要通过关系为一个知青办个上大学（社来社去）、招工、返城指标，还是迟迟早早能办到的。女知青也许就是冲着这一条才和宋浩森结的婚。

可是，没想到的是：高考恢复了，大学公开招生凭考试。只是录取比例不足百分之二，真正是千军万马过独木桥，金榜题名者无异于凤毛麟角。

与此同时，国家在全国 960 万平方公里的角角落落里，强力撤出所有的几千万上山下乡知识青年。但是，都有一个条件，那就是"未婚"。这让好多人失算于前，后悔于后，想法弥补；可是，天下没有卖后悔药的，一切都再也回不到原来的位置上了，只能是瞒天过海，或劳燕分飞。

张云云一边给孩子喂奶，一边对宋浩森说："这都是命，当时谁也不知道以后的日子会怎样？如果早知道咱俩有夫妻缘分，又何必走那么多弯路？只害得咱们现在只能生一个孩子了。"宋浩森道："生一个就生一个吧，大家都这样，以后有养老院，咱们不怕没人管。"

张云云道："你说给咱这闺女起个什么名字好？"宋浩森道："小名我想过了，我看就叫毛毛吧，咱们要一辈子记着毛校长的大恩大德。"张云云道："毛毛不行，他三舅建民小名叫毛蛋，有时人也叫毛毛，晚辈不能占长辈的名字。毛校长叫毛月梅，你看叫梅梅行不？"

宋浩森道："行，梅梅也挺好听的，就叫梅梅。"张云云高兴地说道："梅梅，梅梅，我的梅梅，我的乖梅梅，我的宝贝梅梅。好名字，就叫梅梅，宋梅梅。"

两个人为梅梅的命名欢呼了一阵后，张云云道："去年，王局长给咱爸送了一幅字，是毛主席的《沁园春·雪》，就挂在老家的堂屋中间。大哥从那里面得到启示，规定梅梅这一辈人的名字里都要带'雪'字；雪是最洁净的象征，预示着我们张家的孩子都要清清白白地做人；而且，名字的另外一个字都要从这首词里面取字，不得乱取，以便于将来修家谱。

大哥家的虎子叫张雪文，二虎叫张雪武，二哥家的姑娘叫张雪骄；所以，我看咱的梅梅就叫宋雪英，英就是'引无数英雄'的英。你看行不？"宋浩森道："行。想不到咱大哥的文化程度还蛮高的！"

张云云自豪地说道："那当然，大哥是错过了好机会，要不然大哥考大学肯定没问题，尤其文科学得好，老四是理科学得好。"

6

张琪源在办公楼和砂石料厂两头跑，忙得不亦乐乎。

采砂船的效率很低，而且浪费较大。水下的一方料，让采砂船"稀里哗啦"捞上来，连半方都不到，其他的都随波逐流到了下游河道甚至渤海。

这一天，张琪源到了砂石料厂时，听见砂石料厂厂长成景宏与材料供应处副处长谈淑叶正在那里大声吵嚷。原因是细骨料随水流失严重，导致粗、细骨料比例失衡，第一个月细骨料只完成了一半任务，前方用料紧张，让茅破冰局长在电话上把谈淑叶一通好骂。

张琪源一听，脸上有一点挂不住，因为这是自己的工作范围，不论骂谁都等于是在骂自己。

张琪源道："景宏，你不要说了，这是咱们的问题，不怪谈处长。茅局长和谈处长批评得对。现在大家都不要激动，咱们坐下来一块儿想办法。"

谈淑叶说："我没有批评你们的意思，只是我老鼠钻风箱两头受气，我招谁惹谁了？"张琪源道："对，对，我们很快解决。你先坐一会儿，我和景宏到现场去看一看。"

谈淑叶道："我哪能坐得住呀？拌合站还等着我回电话呢。"张琪源道："不急，不急，我很快就给你答复。"

张琪源带着成景宏到整个生产区转了一圈。张琪源说："景宏，这样吧，采砂船的问题咱们下来解决。咱们首先让所有的挖掘机和运输车辆，在二区上层先取一层细料，很快筛分、冲洗，赶下午两点先送上一些应急。"

成景宏道："行是行，只是这样一来把三区的路就断掉了。"

张琪源道："路不能断，在靠边上留出来，就这，方量也够了。"成景宏道："那行，局长怎么说就怎么办。"

张琪源似乎不爱听这话，道："哎，有事大家一块儿商量解决。"顿了顿，张琪源才认真看着成景宏，道："大家都是为了工作，没必要生气嘛。"成景宏道："那倒是，谁也不是为了自己家的事。"

看着成景宏情绪差不多了，张琪源才故意神秘地问："听说你'连续作战'是怎么回事？"成景宏不好意思地说道："别听他们胡说。"

张琪源道："肯定是无风不起浪，你要是不说我还得问别人去，谈处长知道不？"成景宏连连摆手，道："唉，唉，你就别去问了，我给你说是怎回事。上次我老婆来探亲，我说漏嘴了，他们就给我添油加醋了些流氓内容。"

张琪源做恍然大悟状，道："噢，看来还是你把你们两口子的私房话透漏给别人的？"成景宏不好意思地说道："我把他们当好哥儿们呢，谁知道一个个都是叛徒！"

成景宏情绪好多了，见了谈淑叶首先道歉："对不起，刚才是我态度不好。"谈淑叶道："好了，不说了，本处长我大人有大量，好女不和男斗。"

直把成景宏气得看着张琪源，道："你看，还得理不饶人呢。"张琪源道："那你没有嘴？就不能发扬'连续作战'的精神，把她给顶回去。"这一下把两个人都说得红着脸不吭气了，谈淑叶还不经意地狠狠瞪了一眼张琪源。张琪源一看这个典故谈淑叶八成也知道，自觉引用得不是地方，就赶忙想办法岔开了话题。

张琪源道："是这样，谈处长，我和成厂长刚才过去安排了一下，赶下午一点上班，我们就给拌合站送去 100 方细砂，100 方粗砂，200 方小石，正好是 44 吨载重汽车 16 车；如果有，尽量多。你看行不？"谈淑叶故意拉长声音道："行！你这大局长都说了，我还能不行吗？不过还是杯水车薪，你知道吗？"

张琪源赶忙笑道："知道，知道，不过我不是大局长，大局长是人家茅局长。"谈淑叶一听脸色就有一点不自然，转身出了办公室门，出去了才说："我走了，你们忙吧。"

送走谈淑叶，张琪源才和成景宏二次来到料场。张琪源说："我现在觉得，咱们把采砂船不要放在活水里面挖，而是放在死水里面挖，也就是在整个采砂区里面，从中间向四周挖，在四周自然留下一道残堤，不要把采空区和河流挖通，这样漂浮起来的细料就又沉淀到了人工湖内，二次还可以再挖，就能杜绝料源的流失。我们先把这种办法叫'掏心窝子'采砂法。"

成景宏道："那采砂船怎么进去？"张琪源道："从偏上游的位置开个口子进去，然后再堵住。比如咱们现在提前开采的二区，从上游侧开个缺口，把采砂船拖进来，然后开始掏心窝子。"成景宏高兴地说："好，咱们下午就开始掏心窝子。"

张琪源道："另外，我想把采砂船和采砂办法改进一下：第一种办法是改进采砂叶片，就是把叶片的簸箕外沿加高一下，先加高三分之二试一试，这样就可以提高效率；第二种办法是按照轴流泵的叶轮结构，改制采砂机构，这个过程比较繁杂，最好和机械加工方面的专业人员一块儿商量进行；第三种办法是采用大口径泥浆泵抽砂的办法，把砂水混合液直接泵送到洗砂机；当然，要给泵头上加过滤网，防止堵泵、烧泵，最好再加个潜水泵冲击泵坑，人工制造砂水混合液。"

成景宏道："我把你这三种办法重新排个队：泵抽第一，现在就可以实施；改叶片第二，要量尺寸、下料、打孔焊接、安装，少则三天，多则五天；改叶轮式为第三，最少半个月，而且还不一定能够成功。"张琪源道："那按照你的排序，先做前两件，很快把目前缺料的现状改变过来。"

下午，勉勉强强装了将近二十车细小骨料，算是对现了上午的承诺。过了一会儿，谈淑叶打来电话："感谢张局长和成厂长，但是，后天还有一个大仓号，你们还要加紧生产……"

张琪源和成景宏两个人又到砂石料轨道专线施工现场详细看了一遍，了解到：离全线贯通还差五米，似乎是指日可待；路基成型达到百分之八十，但轨道铺设才进行了百分之四十不到。

当张琪源得知还是长白班作业时，就发了一通火："现在都什么时候了？都火烧眉毛了，晚上还四平八稳地睡大觉？"工长隗德山委屈地说道："不是我们睡觉，而是人手不够，有上白班的人，就没有上晚班的人了。"

张琪源道："那为什么不增加劳力？"隗德山道："我们属于三工区，对外公路正在搞会战，抽不出人手。"

张琪源道："你们继续要人，另外，我从其他工区看能不能协调过来工人。不管怎样，耽误了工期我唯你是问！"

另外，张琪源了解到，铁道专线有一段 100 多米长的山洞，再剩两茬炮就贯通了。张琪源赶忙提醒隗德山："改成单工作面掘进。"隗德山说："那边掌子面三天前就停了。"

张琪源道："那人呢?"隗德山道："人让工区调走了。"张琪源怒目圆睁，定定地看了半天这个畏畏缩缩的隗德山，没说一句话。

这是张琪源到二十局第一次发脾气。过后，信息很快就反馈过来了，有人说："看不出，新来的这个张局长脾气还挺大的。"

走在半道上，张琪源问成景宏："你知道我刚才想干什么?"成景宏说："想打人!"

张琪源道："你怎么知道?"成景宏道："你的脸色难看得怕人，我都害怕你连我一块儿打。"

张琪源长出了一口气，慢悠悠地道："不是想连你一块儿打，而是想打的就是你。这地方劳力这么缺乏，还在减员，难道你没有责任?"成景宏叹了一口气道："三工区不归我们管。"

张琪源突然暴怒道："那你为什么不跟我说?"成景宏道："我害怕你协调不了，使你难堪，二十局情况复杂着呢。"张琪源久久没有说话。

过了一会儿，张琪源首先说道："破碎系统设备安装准备得怎么样了?"成景宏道："锤破还没有图纸，基础没法浇筑。"

张琪源道："赶快催。"成景宏道："嗯。"

张琪源又问："场地硬化怎么有一块儿还没有搞?"成景宏道："那块就是锤破的安装位置，因为基础图纸不确定，暂时预留着。"张琪源无言。

又过了一阵子，张琪源问道："车皮什么时间能到货，机头呢?"成景宏道："八节车皮已经到了兰州，我已经安排人去拉了；车头还没有从西安装车，我已经催过了。"

张琪源道："再催。"成景宏道："嗯。"

张琪源连说了两次"催"，成景宏连回答了两次"嗯"。这又惹恼了张琪源，可是张琪源看着风尘仆仆的成景宏，知道他也很不容易，只得忍了又忍，到底还是没有发作。

吃过晚饭，两个人又往虎跳峡赶。从三工区协调来了30名工人，从二工区协调来了70名工人。又到生产设备处找到伏志长，把采砂船改进加工、锤破图纸和装车起运、火车头装车运输等事情掰扯了好一阵子，待基本上都确定下来后，两个人才离开了生产设备处。

张琪源嘱咐："轨道安装要抓紧，按说路基还应该有一个沉降期；现在时间紧迫，只能预留沉陷量，形成一段，就安装一段。"成景宏道："到时间加强维护，随时出现不均匀沉陷，随时加固。"

张琪源道："是的。当前欠产太多了，把今天争取的这百十号人要用好，活路安排扎实。"成景宏道："没问题。十二点多了，你早点回去休息吧。"张琪源道："我没关系，你的路还远，赶快回吧。"

7

五一之前，按照张琪源原来的计划，卞家峡水电站工地地下防渗墙如期完工，基础开挖、清表也已全部到位。

王汉成接替了张琪源的局长位置后，当局长当然没问题，轻车熟路，可是，卞家峡工程的总工程师职位就不那么容易当了。

尽管项目总工程师没有紧跟着任免，但是，大家自然而然就把这个位置当成了王汉成，而王汉成当然也不敢稍有怠慢，不断地与谭秀珍、何建英、狄胜利、童俊英、沈育林领会、研究张琪源原来构思的机械化施工方案，以期达到原来的效果。至于进一步改进和完善、提高的事，暂时还不敢想。

王汉成有心提出让沈育林当卞家峡水电站总工程师，但是，又有点说不出口。原因是，在13年前，沈育林就被称为是王汉成的忠实走狗、保皇派。此时提出，他担心尤尚文为此多心。

没有办法，王汉成只能一方面靠自己以勤补拙，另一方面充分发挥其他同志的作用，尤其是张琪源留下的这个班底，基本素质还是挺不错的。这样一来，效果当然还行，有道是：人怕干活儿，活儿怕人干。

土方上坝的三条主生产线基本形成了：第一条是黏土心墙、反滤料生产线，以一大队的一队、二队为主；二队的两台斗轮挖掘机，从野鸡岔取黏土，用皮带机跨野鸡沟到了右岸的中转场，再调用二大队的正铲装车，20吨国产自卸载重汽车拉到坝面；另外，还要将反滤料即粗砂、小石、大石从砂石料厂运输到坝面迎水坡位置。这些都由一队队长邱玉山负责，实际上是打破了行政划分职责。

第二条生产线是软质土生产线，以一大队四队的铲运机为主。凡是左右岸合理运距范围内的沙土、粉质土，都是他们的作业区域，由四队新提副队长汪二顺负责。

　　第三条生产线是石渣生产线，由二大队二、三队的大型机械组成，两个队的正铲、反铲配合二队的 27 吨法国产百里艾自卸汽车、三队的 24 吨日产一四字自卸汽车，将溢洪道、导流洞、引水洞、排沙洞等开挖的所有符合质量要求的石渣，都作为上坝料，由三队副队长邵怀强负责，二队副队长魏春昌协助。

　　另外还有几条辅助生产线：坝面平整碾压生产线，由一大队三、四、五队的推土机、平地机、各种碾子组成，由三队副队长柳金荣负责。

　　混凝土生产线，全部由三大队的五队以外的所有队伍组成，二大队的大小车辆配合。主要负责放水塔、泄洪塔、溢洪道混凝土的浇筑，由三大队大队长任奎山直接负总责。

　　还有设备、金结安装生产线，灌浆防渗生产线，等等，使王汉成感觉到眼花缭乱。说实话，他当了 14 年的江河局一把手，如此大的工程从未经见过，也亏得张琪源、尤尚文他们能想得出，做得到。就这个问题而言，王汉成似乎觉得尤尚文也不是一无是处，可圈之处多，可点之处少。尽管他经常说服自己这些都是张琪源的功劳，但实际上是不可能的，这一点王汉成心里十分清楚。

　　很显然，卞家峡截流火线入党的幸存者汪二顺、邵怀强、魏春昌、柳金荣等，都已经被江河局提拔重用。只有死者黄美奇、王平峰落了个空名，所谓长已矣。每当联想至此，王汉成都揪心地疼。

　　指挥架子车、手锤、瓦刀是容易的，因为这些家具能干什么活、干到什么程度王汉成是清楚的，但是现有的这些现代化设备，他还在不断地摸索之中。有相当长一段时间，他是被动点头型领导，基本上是大伙儿怎么说他都同意。

　　自然，这些同志也不会故意害他，他们一个个都是思想红彤彤的铁血金刚。比如邱玉山、奚大宝等人，虽然隔着层次，但都算是王汉成多年前的老部下；而像柳金荣、魏春昌、邵怀强、汪二顺，则都是当年和王平峰火线入党幸存下来的敢死英雄，自己儿子的生死弟兄，情感自然非同一般，恨不能替他尽孝。

　　这天，严于田来报告，一大队的知青和二大队的知青又打群架了，公安处已经把几个首恶分子抓起来了。王汉成说：“对，打蛇先打头，一定要严查严办。”

　　严于田道：“对于打架这件事情，暴露出里面有两个问题：一方面是个别知识青年这些年到了农村，实际上是疏于管教，偷鸡摸狗、打架生事成了习惯，组织纪律乃至法制观念淡薄；另一方面咱们的工作安排也有必要进一步改进。比如这次打架，就是因为两个大队在工作面上展开拉锯战施工引起的。"

王汉成道："那咱们就先从管理抓起，职工教育的问题也要紧跟上。你看管理上咱们要解决哪些问题？"严于田道："我觉得咱们的工作流程还是应该好好完善一下。按照工序要求，应该是：先上坝壳料，再上心墙料；可是，现在的情况是：谁家速度快、谁家就先上，导致在质量检验的过程中，经常出现问题，经常返工。这样，工作面是争来争去，责任是推来推去，就出现了矛盾。"

王汉成思考了一下，道："要不然晚上开个协调会吧，大家把情况摆一摆，研究到底怎么解决比较好。到时间你也参加。但是，这些打架的人还是从轻发落吧，为了工作嘛，你说是不是？"严于田点点头，道："好的，我去狠狠地批评教育一下，让每人写一份悔过书，然后放了。"

王汉成点点头，道："明天吧，或者咱们根据晚上的会议情况再定。当下一放起不到应有的震慑作用了。"严于田点点头而去。

严于田出了门了，王汉成又叫住："于田啊，在处理这件事情上，咱们要尤其讲究工作方法，明知道大家都是为了工作，还不能说透，防止蹬鼻子上脸。"

严于田点点头，道："是的，无论什么原因都不能动手打人！"王汉成拍一拍严于田的肩膀，让他去吧。

晚上，各工作面的负责人都到齐了，尤尚文也到了。王汉成说："今天，我们坝面上发生了一件不该发生的事件，这反映出我们在组织管理方面、政治思想工作方面还存在严重的缺陷。我们今天的会议就是从这件事情谈起，看我们怎样加强这两方面的工作。"王汉成和尤尚文交换了一下眼神，尤尚文点了点头。

沈育林道："我觉得我们心墙的施工方法有问题，心墙尽管是黏土压实而成，但是，也应该使用模板，否则，难免会有厚度不确定和漏压的地方。尤其是两种材料接茬处，将来防渗就成了问题。"

童俊英道："我认为，咱们坝面管理上存在问题，什么时间该填哪一区坝面，那是有严格要求的。不然我们分区干什么？不就是为了有条不紊地按序填筑嘛。"

滕文理道："我们的设备小，总怕把事情耽误了，所以，只能赶前，不能拖后。结果，为了工作，我们人还要挨打。今晚刚好书记、局长都在，看我们的人为了抢进度，不但挨了打，还在公安处扣着呢，该咋办？公安处权力那么大，干脆连我也抓起来。对了，擒贼先擒王嘛。"

殷海贵道："文理，你这话就错了，你的人是为了工作，那我的人又是为了什么？不都是为了工作吗？既然你觉得你的人委屈，那责任自然全是我们的了？连你这个受了委屈的人都要抓起来，那是不是连我也得抓起来？"

听到这里，尤尚文面沉似水，威严地敲了敲桌子，但并没有说话，大家似乎都意识到了什么，稍微冷静了一下。

严于田道："我认为你两位书记都不该这么说；大家都是做领导工作的，这个问题应该很好理解：假如是你们内部人打了架，你们怎么办？难道不进行处理吗？如果处理这样的群体打架事件都不能抓人，那你俩认为我们应该怎么办？"

牛树宽忽地站了起来，严厉地指着严于田，道："姓严的，你……"还没等牛树宽把话说完，尤尚文厉声喝道："牛树宽，你要干什么？想打架？你们二大队很能打，是不？一个单位就一个人发言，有话就说，没话就给我把嘴闭上！"牛树宽这才乖乖地坐了下来。

王汉成道："严处长说得好，大家都是做领导工作的。同时，我理解这句话里面还有另外一层意思，那就是我们不能把自己混同为一个普通的老百姓，还不光是如何看待这件事情本身，不是吗？

"刚才尤书记说了，在座的各位，如果哪位觉得自己拿不出一点有益的建设性意见，那就闭嘴不要说了；或者可以回去休息了，是不？大家都辛苦了一天了，难道我们把大家召集起来是看你们吵架的？白天的架还打得不过瘾？好了，大家继续，有话则多，无话则少。"

谭秀珍道："我觉得咱们还真是应该制作一些模板，在上坝壳料之前，把模板立好，坝壳料上完初压以后，拆掉模板，再回填黏土心墙，静压两遍以后，再上振动碾震压到干容重达标为止；震动的遍数可以做个试验，不要过压。"

童俊英道："我赞成谭总的意见，只是到底给心墙立模，还是给坝壳料立模，咱们试验一下再说。还请沈处长给加工厂安排一下，做一套2×50米的对撑模板。再一个问题是分区上料一定要严格，要不然下一次验收可能仍然通不过。

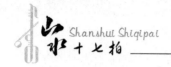

　　"筑坝是个技术性很强的工作，尤其是咱们这样的百米高坝，可不能马虎。另外，刚才我说那几句话也没有别的意思，沈处长你可千万不要误会。也请何局长和各位领导支持我们的工作。"

　　沈育林道："我没有什么，大家都是在探讨工作，都不应该往别处想，更不应该抓辫子。如果这个方案能定下来，我今晚就去安排。"何建英道："我觉得这个方案完全可以确定下来，谭总都说了，我们还能有什么意见？"

　　王汉成看了看尤尚文，道："我看行吧，大家尽快准备，尽早实施。各大队回去也开个会，管好自己的人，严格按照技术要求去办，再发生这样的事情，就按你们刚才说的，先把你们几位请来给我检讨，不要等严处长叫你们。"

　　接下来，滕文理、殷海贵、牛树宽都做了自我批评，尤尚文又高喉咙大嗓门地强调了一气，直到晚上十一点多才散会。

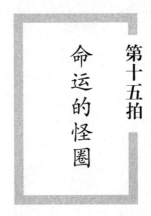

第十五拍

命运的怪圈

1

　　去年，"有一位老人在南海边上画了一个圈"，他画的是改革开放的示范圈。但是，就在这时候，人们突然发现，许多人进入了他们自己精心设计好的命运怪圈。

　　更奇妙的是，中国社会大的格局也进入了又一个周期圈：国家将水利电力部又拆分为水利部和电力工业部两个部。这个周期圈一共运转了21年零12天，即从1958年2月11日将水利部和电力工业部两个部门合并为水利电力部，到了1979年2月23日又重新拆分开来。

　　这一变化看似是简单的再重复，其实孕育着无限的玄机。有许许多多的人和事，就是在这不停增多的年轮当中，新生，成长，衰老，消失，相互之间此起彼伏，相克相生，逐波推进，以至无穷。

　　春节之前，张琪源接到小儿子张跃进的来信：看单位上能不能买到粮票？现在农民也可以拿着粮票到公家的粮站去买粮食，一斤粮票一角九到两角二分钱，到粮站拿一斤粮票，再加一角八分钱就可以买一斤面粉，妈妈说很划算，而且公家的面粉比咱家的面好多了。还可以买到挂面，再也不用到黑市上偷偷摸摸地买了。

　　云云也来信：现在市场开放了，单位派车给边远山区的职工送粮、送煤。一般几个职工合起来到情况好的地方买一汽车麦子，单位派车送回去！

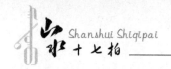

一斤麦子两毛八到三毛钱，咱们怎么办？

这是中国粮票最后的疯狂，也是市场经济萌芽在破土。当时，谁也不知道这种情形会持续多久。我们的国人经历了无数次的磨难后，对任何美好的事物都不敢抱有过高的奢望，总是低调地预期可能只是昙花一现。

形势逼人，张琪源像热锅上的蚂蚁一样，烦躁了起来。他给谈淑叶打了个电话，说是有点私人事情请她帮忙。不大一会儿工夫，谈淑叶像旋风一样就来到了张琪源的办公室。

张琪源直言不讳地把情况说明后，说道："我家光在农村老家就有八九口子人呢，劳力缺，工分少，粮食总是紧紧巴巴的，现在不买，万一政策变了怎么办？"谈淑叶道："我去看看，看咱的集体户上还有没有余粮？如果有就给你买上一些。我记得许多没成家的青工吃大灶，包括发的油票、肉票用不上，都白送了人；有的人干脆就不领，就在集体户上那么闲放着，白白浪费了。"

张琪源道："有油票也行，再贴四毛二分钱就可以灌一斤油，肉票我还不知道怎么买肉。关键是粮票，是吃饱肚子的大问题。根据我理解，卖粮票主要是家在农村的人，这几年如果家有余粮，给国家交了公购粮以后才有。"谈淑叶道："那你别管，我知道到哪里去打听。"

张琪源感激地说道："好好，你真是我的大救星。"

临近年跟前，张琪源才要了一辆帆布篷吉普车，装了四袋面粉、十斤菜油，还带了二百斤粮票，跋山涉水回到了一别又是一年的老家跃进北村。张琪源首先把面粉卸下，问司机喝不喝水，就嘱咐一路小心，让趁早回去过年。

琪源回到爸妈的屋里，盘腿坐在炕上，定睛观察两位头发稀疏的老人，心情极不平静。人活七十古来稀啊，人到这个年龄段，已是垂暮之年，真是活天天的事情，再加上农村人苦焦了一辈子，更显老态龙钟，骨瘦如柴。他们坐在热炕上一动也不想动，但是，看见一年没见的儿子和带回来的那么多面油，抑制不住的激动之情，还是从他们那昏花的眼神中流露了出来。

妈妈说："招弟不在家，赶集去了。"琪源点点头，意思是知道了。爸爸说："你妈老糊涂了，说话颠三倒四，一句话说几遍呢。"

琪源道："我看还行，眼神还好，耳朵也没问题。"妈妈接住话头道："一个耳朵有点背，一个彻底聋了，不过，你们说什么，我照样能知道。"爸爸嘿嘿地笑道："还是个能不够。说好话她听不清，谁要是一骂她，听得可清楚了。"

琪源嘿嘿一笑，又问："腰腿没有大问题吧？牙又掉了两个？"妈妈道："腿脚没问题，那天猪娃跑了，还是我追回来的呢！"张大山道："腿还是老毛病，天一变就疼。"

说话间，招弟回来了，说："集市刚恢复，卖东西的人少，看热闹的人多。我老远看见有一辆小车进村了，就知道是你回来了。"

琪源问："集市在哪里？"招弟道："还在原来那里——庙沟口；今天我还见翠翠了，说是他们那里也开始分地了，农业社的牛马驴羊全分，咱们这里估计也快了。"

张琪源"嗯"了一声，道："我拿回来四袋面、十斤油，还有二百斤粮票，给你。"招弟想了想，道："面给上虎子家两袋，粮票就算了；说不定年后给五子结婚的话，还得用。"琪源默许。

招弟把在集市上花八毛钱买的一大碗羊肉泡馍，回来热了一下，一分为二，端给公公婆婆去吃。琪源妈先尝了一口，说："肉做得挺烂的，你们吃一点吧？"张琪源说："你们吃，不要管我们。"

招弟说："就是馍泡得时间太长了，都嫩了。"张大山道："好着呢，不碍事的。"两位老人就默默地吃了起来。

大年初六一早，招弟就被叫去开会了。开始，招弟让五子去，说："你一个二十多岁的大男人不去开会，让我一个老婆子去抛头露面？"琪源妈说："你还指望他给你开会？不给你惹事就行了。"招弟只得自己去。

中午，招弟满面红光地回来了，牵了一头牛；大儿子建国跟在后面，赶了七只羊。一进家门，招弟就高兴地说："幸亏是我去了，要是让这个瓷小子去，肯定给我把大事坏了。你们说，对农业社的土地、牛马驴羊他哪里有我清楚？"五子说："我就知道你去比我强嘛！"说得招弟更是乐滋滋的，疼爱地戳了一指头五子的脑门。

紧接着，招弟又兴冲冲地说："这头牛是咱和你大哥两家的，抓阄的时候你大哥说让我抓，我心想：小的靠不住，大的也靠不住，我就自己抓。结果真按我的想法来了，果然就抓了一头母牛，才八个牙，既能耕地，又能下犊！"

又说到那七只羊，招弟还是眉飞色舞地说道："没想到你大哥的手气也不错，七只羊里面有四只是母的，等开了春，七只就变成十一只了！我让你大哥回去和你大嫂商量去，七只羊由他们喂。他们有虎子和二虎可以放羊，也就是开春下羔的时间要操一段时间的心，平时基本没多少事。"五子说：

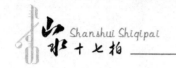

"我也能放羊，一边放羊一边听迪斯科。"

招弟说："美得你，放羊三年怕弯腰，那才是养懒汉的活儿。"五子道："那我放牛？还可以骑牛。"

招弟："好好说话。牛关键是每天晚上睡觉都得爬起来给添一回草料；你大哥人年轻、瞌睡多，肯定伺候不好，没听说马无夜草不肥吗？牛也一样的，所以，牛就放在咱家喂吧。"

五子道："那晚上我可不给牛添草料，我先有言在前。"招弟突然眼冒亮光，道："那你不添让谁添？"五子道："你不是说我哥人年轻，瞌睡多吗？我比他瞌睡还多！"

招弟道："那你跟你大哥商量去。"五子道："懒得跟他商量。"说完就出了家门，跟着爷爷欣赏那头牛去了。

五子走后，琪源妈对招弟说："你靠他能靠得住？"招弟嗔怪道："哪呀？我靠他还不把我的牛给我饿死？我的儿子我能不知道？"琪源妈道："真是的。"

看到这一切，张琪源并没有像招弟一样多么兴奋，心里反倒是沉甸甸的：地要分了，牲畜已经分了，可是，就靠这妇孺老幼怎么过活呀？看来，当这个家并不比当一个局长轻松啊！

这时，招弟道："他爸，你在想什么呢？"张琪源道："你说这以后政策会不会变？"其实张琪源心里一直在想：还不如变回去，因为自己家里没有劳动力种地了呀！仰仗农业社能少操好多心。

招弟和琪源妈一下子都愣在了那里，都惊问道："怎么？你听说什么了？"张琪源一看，是自己把话说坏了。这时候的农民心理是最脆弱的，哪里能经得起这样的考问？就道："我说还不如把政策变回去，把这么多牛羊、土地分到各家各户，谁去种地，谁去喂牲口呀？"

招弟埋怨道："你以为现在农业社是人家养活咱们这一家子人呢？我和五子一年四季一天不失闲，挣的工分可不少了。五子在家看着懒得筋疼，但到底还是男人家，要身板有身板，要力气有力气。"琪源道："有力气他舍不得使还不是一样？"

招弟立刻否定道："才不是，农业社的一些打坯、上梁、驾马车的苦重活儿，还都喜欢叫他。你儿子也是拿不住，三句好话当钱使，人家给一好说，就跑得比兔子还快。"

张琪源忧虑道："唉，爸妈也老了……"招弟不满道："你放心，不会让他们受累的。到底是爹娘亲，就不知道心疼我！"

琪源立刻解释道："那不是一样的嘛，他们干不动了，不得你和五子干？"招弟这才满意地说道："这还像句人话。没事，只要政策不变，两年以后，咱们家最少是三头牛、十五只羊。"张琪源担心地说道："要那么多怎办呀？"

招弟眉飞色舞地说道："放你的一万个心！牛咱和虎子两家一家一头，还可以卖一头；羊咱们自己杀了吃，也可以做羊肉泡馍了，而且，羊毛、羊皮、羊羔、牛绒都可以卖钱。你看这么多年，农业社给咱社员分过一分钱？"

琪源妈也接住话茬儿，道："一头牛犊听说要卖六七百块钱呢，有琪源大半年的工资多。"张琪源一看大家这心气，立刻附和道："那是当然，看来还是分了好。有中央文件，肯定是不会变的。"

欢乐的气氛被张琪源破坏后，总算是又延续上了。但是，伤痕还是没有完全愈合。话到这里，大家都不吭气了，各人都在想着自己的心事。

午饭后，招弟去分地。规则是上午定好的，一丈量，橛一砸，阄一抓，就算了事。回来的路上，招弟一脸沮丧，对建国说："都是你爸的乌鸦嘴，中午一句话说得我一下午手气都不好，尽抓了些坡地阄！"

建国道："我爸中午说什么了？"招弟哭丧着脸道："乌鸦嘴的话，你还想让我再重复一遍！"建国只能缄默。

过了一会儿，建国才道："其实坡地、滩地都是一样的，都要人勤快才行。"招弟一听来劲了："那怎么能一样呢？你没听说：滩地将来要打井、要变成水浇地吗？"

建国道："人们才那样议论呢，牛年马月的事。"招弟道："牛年马月也行呀，总比这干山坡上要强吧？年年靠天吃饭，天天盼着老天爷下雨，多急人呀？"建国又是默然。

招弟回到家里，琪源一看气色不对，就知道运气没有上午好。想问明原因，又怕惹得生气，就躲出去准备继续给牛拾掇牛圈去。却没想到，招弟叫道："他爸，你给咱做饭，我歇一会儿。"

张琪源遵命，也不敢多问，就琢磨着把过年的熟食品放在大锅里一热，端上来给大家吃。结果，招弟说她不想吃，琪源妈说："吃一点，大冬天的，跑了一下午了，饿着会行？"这一说，招弟就委屈地哭了起来，一把鼻涕一把泪地说道："我宁愿拿这头好牛换一块儿好地，有好牛没好地有啥用？宰了吃牛呀？"

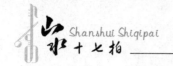

琪源劝道："人勤地生宝嘛！"招弟哭道："你看这个家靠谁去勤呀？靠爸妈？靠我这个半老婆子？还是靠你那个宝贝儿子？"张琪源无话，想来招弟已经53周岁了，干农活真是不占优势了。

可是，招弟的这两句话说得琪源妈不高兴了，埋怨道："招弟，你怎么说话呢？琪源在外面好歹也是个局长，你在他儿子面前这样数落他。"琪源忙把话接住，道："这样吧，我明天和五子去地里看看。如果地冻得不深，我两个就开始平整，搞成梯田，将来也能变成水浇地。"

招弟一下子破涕为笑，道："啊呀，那就是不让咱妈把我骂死，也得让村里人笑话死。一个是有名的大局长，一个是有名的二流子，给我修梯田？笑死人了！"五子嘟囔道："就你说我是二流子，其他人谁不说我最仗义？"

招弟没有理会儿子，只是说："修梯田也不是那么容易的事，就算是修成了，也不一定能浇上水；再加上咱们原来南坡上的自留地也是旱地，那还不把一家人活活往死饿？万一将来滩地打了机井，变成了水浇地，咱们可怎么办呀？"

张大山道："不论怎说，把地分到个人手里，总是比原来吃大锅饭强。"招弟道："管他呢，反正我已经想好了，要是将来为打机井摊派配套费什么的，我坚决不交，要让我交，就得给我换地！"

张琪源这才知道老婆的心病害到了哪里，同时也有了一个大胆的想法！这个大胆的想法要实现，就得依靠政府。如果按照原来的办事路数，就得去找卫国强、吴秀秀。可是这次一回来就听说了：卫国强被确定有历史问题，已经判刑了；吴秀秀也被遣返回乡，继续当农民。

晚饭后，张琪源说到大儿子建国那边坐一坐去，并没有告诉招弟说有什么事，目的是想了解一下县乡政府的一些情况。可是招弟却叮嘱："要是他们想喂牛，让咱们喂羊，你就答应。"张琪源道："嗯。"

2

正月初八，张琪源并没有先到虎跳峡，而是先到了水电厅，去见齐平章。这时候的水电厅，也已经到了快落幕的时候了，要拆分成水利和电力两个厅局是必然的，而且厅级党委要改为党组，在功能上发生变化。但是不论怎说，齐平章仍然保持着良好的心境。他要在这个位置上笑到最后。

一见面，齐平章非常高兴，感慨道："啊呀，真想不到，琪源调出去了，都成了部里的人了，还能回来看我！"张琪源道："啊呀，老领导，回来看看你也是应该的嘛。这么多年了，你对我的关心我能忘了吗？而且，我这一次还不单单是来给你拜年，还有一件事情想请你帮忙。"

齐平章道："好说，好说，咱们弟兄们，有什么请不请的？有话就直说。"张琪源道："帮忙的事，下来再说，先给老领导汇报汇报工作：我到了二十局后，给我的分工是协助臧书记分管党务，主管落实政策和砂石料生产系统。"

齐平章笑道："听说了，说你干得很不错，非常务实，跟过去的你没有什么两样。"张琪源谦虚地说道："江山易改，秉性难移嘛，我这人就是干活儿的命。"

齐平章道："好，干活儿就是务实，要继续发扬。你就不用客气了，直说有什么事吧？"张琪源有点不好开口，支支吾吾。齐平章道："看看，才表扬了一气，就开始做作了！说，来都来了，还难为情？"

张琪源道："那我就直说吧。我家在沄北地区莽原县红旗公社。这次回去以后，看到农民分了土地后热情很高，只是那个地方都是旱地，祖祖辈辈靠天吃饭，就是分了地，农民的日子还是照样凄惶。"

看看齐平章没有十分反感的意思，张琪源才接着说："我的想法是：看在那个地方能不能搞一些水利工程，把农业灌溉的问题解决一下；大——可以直接从黄河干流引水上塬，小——可以从几条支流引水，再小——则可以打井灌溉，局部、分片解决，先解决燃眉之急。总体思路我考虑是这样：先小后大，逐步解决；先配套田间，后以大代小；最终覆盖沄北和东林两个地区……"

齐平章道："就是这事？"张琪源道："就是这事，对不对，反正我把话说完了。"

齐平章沉思了片刻，道："这不是你在请我帮忙，而是给我帮忙。分明是给我的工作提建议嘛——这是个很好，很大胆的想法。黄河的水资源，沿河各省都在开发利用，只有咱们省最少，也有一些，不过都是小打小闹。你这么一提醒，我倒觉得真的应该大张旗鼓地搞一搞。你总体的思路非常具有可操作性，考虑到了短期、中期和长期的发展。"

张琪源道："不敢当，不敢当。"齐平章示意张琪源不要客气，道："下来，我找几个厅领导个别议一议，尽快达成共识，然后就开始组织专家论

证，搞前期规划，'跑部钱进'。"

张琪源道："跑步前进？"齐平章道："不是跑步前进，是跑水利部争取资金进来的意思，这是我们的行话。"

话是这样说的，但是，落实起来却异常地艰难。小河流引水不存在问题，厅里计划一追加、一调整，当年就可以安排实施。难的是后续工程如此浩大，光省上这一关就非常难通过，引起了不少的争论。

相对具有代表性的观点有：其一，纯灌溉项目和发电项目相比，哪个更有利于全省长远的经济发展？其二，从投资回报的观念讲，多少年才能回收成本？就目前我省的经济状况，我们哪来这么多钱启动？"跑部"能解决多少？其三，搞一个大型好，还是搞多个小型好？其四，和下游水库及河对岸用水地区争水，成功的可能性到底能占几成？黄河水利委员会会不会要求压缩规模？

专家、领导们各有各的独到见解，一时间竟然议而不决！

这时，大家都已经隐隐约约地感到，省委省政府的领导班子好像正在悄悄地进行着更替，谁都不想在情况不明之前，为此事引起一些不必要的议论，引火烧身。

又过了一些时候，省上班子大局已定，可是新任领导又觉得：还是站稳脚跟以后再说。就这样，三拖两拖，一拖就是几年！此为后话。

尽管如此，齐平章还是在他当政的任期内，不遗余力，一直在推动。因为，他已经预计到自己的离任可能为期不远，再没有什么可以顾虑的必要。就算是给后来人留一个念想吧，或者仅仅是给张琪源这个兄弟一个交代吧，抑或是当官一任，造福一方，小车不倒只管推。

经过齐平章无数次的游说、争取，最终，总算是把这件事情提上了省上的议事日程。直到十多年后，这项宏伟浩大的工程终于变成现实的时候，当初许多推动此项工程的人们，都早已落寞离场，即使在位也显得无足轻重，这其中也包括齐平章、张琪源。因为，人们惯于关注当前角色的演技，很少有人去探寻这台戏幕后的原著是谁！

时过不久，水电分家，水利厅开始逐步易人。齐平章调出；杨虎声、康宏利官复原职，杨虎声继续担任书记、厅长，康宏利仍为副厅长，两人迅疾走马上任。

原厅长施君威、副书记副厅长杜成武有历史问题，分别调往省农业厅和省建筑总公司的下属单位，由所在单位安排具体工作，至于是否需要负刑事责任，是下一步的事情了。

3

这是江河局又一个里程碑事件，它更具有划时代的意义，那就是江河局再次升格，一举成为地师级单位。等于从行政级别上和省水利厅成了平级，但是，单位的隶属关系仍然归水利厅管理。

在新任的领导班子里面，虽然没有张琪源的名字，但是大家谁都明白，这次升格，少不了张琪源这么多年来，尤其是在卞家峡水电站机械化施工中，给予的丰厚铺垫。当然，张琪源在一年前就被提拔为副地师级了，已经先走了一步。

而本次升格的具体促成者，则是王汉成。因为他觉得，自己离开单位这么多年，江河局发生了翻天覆地的变化，急需在社会上再提高一个层次，这样，江河局的前景将更加广阔。于此，也不辜负组织上将自己重新载入江河局史册的一番苦心。至于他自己的升迁，既是无所谓的，又在所必然。

因为地师级以上干部的管理权限在省委组织部，省委农林牧渔工作委员会在批复升格的同时，就直接任命了领导班子：

党委书记：许光远

局长：王汉成

副书记：蒋雅丽

副局长：狄胜利、陆华夏、沈育林、殷海贵

纪律检查委员会书记、工会主席：岑乐芳

尤尚文、何建英不再担任党委书记和副局长。第一次把纪委书记、工会主席这两个比较生疏的职位，列入了其中，去掉了多年来一直存在的专职常委虚职——陆华夏、岑乐芳都被委以实职。

在整个班子成员的晋升过程中，有连提升两个半级的——由正县级直达正厅级的是王汉成，由副县级直达副厅级的是蒋雅丽、狄胜利；还有由正科级直接提拔到了副厅级的，是沈育林、殷海贵。最终使原来江河局的两级领导成员站在了同一个平台上。

许光远还为此事去找了一次余青望。余青望说："好好工作，工作才是检验一个人最好的试金石，卞家峡就是考验你党性原则的地方。还有，这只是暂时的，出去不要乱讲。"许光远并不在意余青望的神秘提醒，而是关心自己的出路，就苦着脸问道："那我以后怎么办？"余青望淡淡地说："到时间再说呗，你着什么急？"许光远无话。

卞家峡水电站建设指挥部实际上已经名存实亡了。

余青望已经非常低调了。一般情况下，没有主要领导的安排，余青望轻易不到卞家峡工地来。

岭北地区的元博大也从工地上彻底地消失了，至于到了哪里，没人能说得清楚。

国内形势趋于稳定，部队整个不再参与地方事务，柏雪飞及其所率领的部队也奉命归建，换防驻守。至此，柏雪飞率部第二次驻防江河局的时间长达六年。

齐平章、杜成武、尤尚文、张琪源，业已不在其位，不谋其政。

原来余青望、许光远、齐平章、元博大、柏雪飞、杜成武、尤尚文、张琪源、谭秀珍九个人的指挥部，只剩下许光远、谭秀珍二人，也就不能称其为一个指挥部了，所以，省卞家峡水电站建设工程指挥部实际上就是江河水电工程局。

上边的一系列变化，必然引起下边的连锁动荡。正常情况下，各个大队长、处长都是连升两个半级，由原来的正科级升为正处级；而每一个半级，在过去是要一级一级地慢慢升，一步一步地慢慢熬。有的人可能永远地滞留在某个特定的位置，直至终老；而这一次，组织上让他们齐步走、一二一、向前看。

从这一次升格以后，中层干部大部分叫处长，过去的处长，比如政治处处长，实至名归；各大队改为工程处，如一大队改为第一工程处，依此类推。比较大一点的二级单位设二级党委。柳松年、毕宽福、陈晓峰都被释放了出来。

柳松年错过了升格调整班子的好机会，只能提升半级，由15年前的副处变成了正处，到江河局的二级单位任职；和毕宽福分别担任第二工程处党委书记和处长，这样，毕宽福等于仍然是连升两个半级。

陈晓峰在沟通的过程中就没有得到厅政治处的认可。厅里认为：无论怎说，陈晓峰总还是有些问题的。其实，王汉成对这一点心里也是清楚的，只是想做一次好人。

江河局还想把尤尚文、何建英放在处级岗位上继续使用。安排蒋雅丽在与厅政治处沟通的时候基本上得到了认可，因为在这么些年来，大家都看到，没有他们的奋发作为，就没有今天的卞家峡和江河局。

水利厅来考察的时候，大家也都觉得这两个人工作能力很强。这次提拔了一些人后，中层干部出现了断层，相当缺乏，用比不用强。可是，在上厅党组会的时候，没有通过。

在这次报批干部中销声匿迹的还有：牛树宽、穆天庶，这两个人都是因为江河局没有提名。牛树宽的情况江河局的人都清楚，爱闹事，整体素质不高。而穆天庶则与他当年在省机械厅设备计划处工作时的一些事情有关，省机械厅给水利厅、江河局有专门的书面照会，不宜重用。

1

从前两年起，国家就规定，于 1980 年底前，要将全国的上山下乡知识青年全部从农村撤出来，回城安排工作。各事业、全民所有制、集体所有制单位都下有指标，只要符合条件，在指标范围内，劳动局就可以办手续。

安排知青招人的单位也非常广泛，有国营食堂、国营旅社、国营商店、理发馆、裁缝部、电影院、粮站、运输公司、食品公司、农副产品公司、街道办、环卫局、电池厂、洗衣粉厂、纸箱厂、木材公司，等等。五花八门，应有尽有，不是七十二行，而是七百二十行。

一般情况下，都没有太大的困难，等待三两个月也就安排了。最不行就放在环卫局打扫街道，或者是戴个红布袖章指挥交通、在马路旁看自行车。当然，少不了要找人活动。

命运总有许多奇怪的地方，让人说不清，道不明。上官燕和哥哥上官元是双胞胎。但是哥哥上官元没能推荐上高中，被迫到"三线"进了学兵连，而上官燕比哥哥低一级，却在次年被推荐上了高中。

上官燕高中毕业时 18 岁，被分配到长城地区的一个偏远山村庞家屹崂上山下乡。包括在外社来社去上学的三年，这一去就是七年。

这七年，应该是上官燕人生年华最美好的时候，是应该充分享受阳光般生活的七年。可是，她却在自己设置的理想愿望中，就那样期盼地、寂寞地、无助地、白白地耽搁了七年。

长城地区地广人稀，风大沙多，干旱成性。这些年来，虽然修了一些水利工程，但是，标准低，质量差，管理跟不上，覆盖面不大，植被破坏严重，没有从根本上解决农村土地干旱和人畜饮用水问题，十年难有一年风调雨顺的时候。

就是在极个别风调雨顺的年份，农民的口粮也仅仅是勉强吃饱、不能吃好。开始上官燕是在农民家吃派饭，后来在农业社库房里打了些杂粮，自立锅灶。除了主粮，蔬菜就是萝卜、白菜，调料只有盐和花椒，其生活之清苦，让她想起了孩提时代的三年困难时期。这对省城来的年轻女子来说，无异于是千里荒漠上的一棵草，看似随时都有连根拔起死掉的可能。

可是，上官燕的生命力是顽强的，就这样一直生存了下来。开始两年还有几个知青跟她做伴。可是后来，那些伙伴逐步分散到别的生产队去了，只剩下上官燕孤零零一个人。

这里没有电，没有自来水，她才知道自己家庭所在的水电行业，对人类生活是多么重要。这里听不到广播，更看不到电视，听说只有公社才有一台14英寸黑白电视机，还不停地下雪花。有人说这是电视信号在传输的过程中捕捉到了路上正在飘洒的雪花，上官燕听了只能暗笑。

这里没有商店，没有书刊报纸，人民公社所在地就算是这里最大的政治文化中心了。可是，要到公社去一趟，得走30里山路才能到达，来回就是60里。为打一斤煤油灯的用油，她去过两次，磨起几个血泡，以后就再也不想去了，所以煤油灯只能省着点，照一下亮亮就睡觉。

离此八里路的大队部有一个代销店。东西虽不贵，但是也得用钱买。她身上有将近十块钱，是她准备回家的路费，是她离开大山唯一的指望，什么都可以不买，但这个钱绝对不能花。

日出而作，日落而息，穷山恶水，长夜难熬。她学会了晚上给自己的房子里放个尿盆，省得夜晚摸黑出去上厕所；她学会了妇女没有卫生用品时的替代方法，也学会了给自己做一双布鞋穿上。

大山里用水奇缺。要么到几里地外的沟底下用沉重的木桶去担，井深有二三十丈，夏天干旱酷热，冬天冰冻湿滑；要么用窖水，一年四季把雨雪从山坡上收集到窖中，去渣、沉淀后长期连续使用。于是，她学会了一盆水从头洗到脚：洗完脸擦身子，擦完身子洗脚，洗完脚后洗袜子；学会了一两个月不洗一次澡，实在撑不住了，擦洗擦洗就可以了。她经常感慨自己：出生在水电之家，竟然离水电这么遥远。

下乡第三年，她终于等到了一个推荐上大学的指标。谁都没人料到这是中国历史上最后一届工农兵学员，但这个机会相当难得。她是女人，流着眼泪换来了这个指标，被推荐上了省工业大学。按说这是违反知识青年上山下乡政策的，但山高皇帝远，既然存在，就有它的必然之理。

上官燕学的专业是农学。课程有：果木嫁接与修剪，土壤改良，农作物栽培，经济作物种植，农田水利，畜牧兽医学，等等。但是，她最感兴趣的是《农田水利》这门课，因为，她是水电世家，对水感情至深。

在省工业大学，有她看上的和看上她的小伙子，但是他们都没有成功地步入婚姻的殿堂。因为，结婚就意味着他们的命运将被定格在一个固定的位置——在当时人口流动极其不便的年代，每迈出一步没有行政许可都不行。

所谓工农兵大学生，就是有工人、农民、解放军，从哪里来，上完学再回到哪里去。上官燕在这些男同学里面关注的是吃商品粮的，即工人和解放军里面的城里人，因为城里人当兵复员回来，国家是给安排工作的。而这些人恰恰不愿意和她谈对象，因为她是农村来的，还得回到农村去。与此相对应，上官燕也不愿意和农村来的年轻小伙子谈对象，不管是农村来的知青，还是土生土长的庄稼汉，她也怕把命运的根系永久地深扎在农村这个万丈深渊里。

通过三年的农村生活，使她切身地体会到：农村太可怕了！既艰苦，还要养活城里千千万万的贵族家庭，包括过去的自己。他们的子子孙孙，哪怕是一出生下来，寸功未立，都要世袭老祖宗留下来的俸禄——商品粮户口，让农民一辈子把他们养上，而且还看不起农村人。

毛主席他老人家生前提倡要缩小城乡差别，看来非常必要。以致，上官燕执意要做一个看得起农村的城里人。

下乡第四年，按说是最后一批知识青年上山下乡了。可是，在整个长城地区也没来多少人。这里在全国也算是最贫困的地方，年年吃返销粮，国家也不愿意再给这里增加负担。

也就是在这一年，知识青年前脚离城，后脚恢复高考的文件就下来了。这让多少人感慨时运不济！这些人只得请假回城复习，到农村考试，可是，百分之九十七以上的人都名落孙山。

1978 年元月，上官燕的母校省工业大学迎来了恢复招生以后的第一批统招统分大学生。上官燕过去沉淀下的那么一点社来社去大学生最后的优越感和对未来的幻想，立刻都随之消失了。她直感叹命运对她不公啊，早知道要恢复招生，自己何不在农村那么多的闲时间里，下功夫复习呢？只落得现

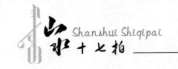

在高不成、低不就，半途而废。

也就是在这期间，出现了哥哥上官元和张云云的恋爱风波。由于妈妈的执意反对，最终导致哥哥的一场牢狱之灾。一家人痛心疾首，立刻失去了精神支柱，也给全家人在政治上再一次留下了永远无法抹去的污点，给街坊四邻再一次留下了笑柄。奶奶不堪打击，匆匆辞世而去；留下妈妈孤苦伶仃，在单位抬不起头来，在左邻右舍面前说不起话。

1979年7月，上官燕从省工业大学结业，又回到了她阔别三年的庞家屹崂。这时间，她已经24岁了，遇上了知识青年大举返城的轰轰烈烈时代。

实际上，当初就有规定，下乡不满三年的不允许返城，说明有门道的人只等着三年一到就可以办返城手续了；而这一规定，对上官燕来说，已经没有任何实际意义，仅仅是天方夜谭而已。

与此同时，人民公社改名为乡政府，她频繁地往返于乡政府与庞家屹崂之间，寻找返城的机会。

妈妈上官红云来信：国营食堂、国营旅社、国营商店、理发馆、裁缝部、电影院、粮站、运输公司、食品公司、农副产品公司这些单位，马上要变成私人的了，公家不管了；裁缝部、理发馆已经承包给私人了，电影院马上就不放电影了。到处服务态度都好多了，要不然单位就不要了。要不你先随便找一个单位落脚，以后再看情况？

上官燕回信：这边还不断有单位来招知青，只要我们愿意去，人家就愿意接收，有煤矿的，有铁矿的，有建筑的，有水利的，我再等等看有没有好单位。实在不行，就到水利上。

1980年一号文件一发，庞家屹崂的村民就开始组织学习文件，酝酿包产到户、分地分牲畜的事情。因为，有的地方胆子大，两三年前得信儿就把土地全部分给了私人，这里动手算是迟的了。现在看来这次政策是真的不会再变了。

村长问上官燕："你的户口在咱们这里，按照政策，也应该给你分一份地。"上官燕道："算了吧，我估计今年肯定能走。"

庞二狗提议："要不给村里留一些机动地？一方面有新娶媳妇和生孩子的，可以给增加；另一方面，燕子如果事情办不成也可以回来种。"村长道："马上就要开春了，暂时谁代种？节气不等人啊！"上官燕坚决地说："算了吧，都分掉，留下荒了多可惜。"是啊，现在不吃大锅饭了，没有农业社了，留下地只能荒芜。

　　上官燕"算了吧、都分掉"就这简单的六个字，等于是破釜沉舟，把自己送给上了不归路。在农村没有了地，到哪里去干活儿呀？

　　眼看着上官燕再也不能在这里待下去了。春节前，她在没有拿到《准迁证》的情况下，找人到乡政府把空头户口转了出来；又开了一份同意推荐招工的空头介绍信，离开了庞家屹崂。临行前，几个很要好的乡亲恋恋不舍地把她送到村口，希望她未来能够有好运气。上官燕是洒泪而别。

　　村里还花一元二角钱雇了庞二狗的手扶拖拉机，破天荒地把上官燕送到乡政府，让她搭班车回去。这时候的手扶拖拉机，无异于后来的私人飞机，那是经济实力和身份的象征。

　　走在路上，庞二狗问道："燕子姐，城里就那么好吗？"上官燕心想：你没有在城里生活过，当然不明白。和农村比起来，城里人差不多就是饭来张口，衣来伸手。城里人有几个知道一粒种子需要刨几镢头才能种下？抗冻除草抗旱得守望多长时间才能等到秋天？有几个人知道水、电、风调雨顺意味着什么？只知道一斤粮食就是上一小会儿班的等价物——就这么简单。

　　可是上官燕没有讲这些道理，却道："家里就剩下我妈一个人了，我得回去。再说了，像我这么大年龄的女子，在村子里都有两三个孩子了，你看我能嫁得出去吗？你该不会真想让我嫁给那个老光棍庞瘸子吧？"

　　庞二狗沉吟片刻，道："你还别说庞瘸子，其实庞瘸子挺会过日子的，他把新裤子穿到里面，烂裤子穿到外面装穷，年年吃返销粮。"上官燕含泪摇了摇头。

　　庞二狗怅然若失，再无言语。

　　到了沄城，上官燕才切身感受到：妈妈来信说的"随便找一个单位先落脚"，还真不是个坏主意，只是谈何容易！

　　一方面是因为哥哥的原因，大家对流氓犯的家属很不待见；另外一方面而且是更重要的一方面则是社会的大环境使然，哪里都不缺人。街道办事处、安置办等均推三阻四，虽不说不行，但也不说可以。因为说"不行"，是违反政策的；如果说行，往哪个单位安排？

　　电影院、招待所、国营食堂等，都在搞承包，马上都变成私人的了，谁还要人？商业局马上也要撤销，将变成公司；食品公司、农副产品公司、百货公司等的行政职能，也都即将退出历史舞台！

　　孤儿寡母，25岁的老知青，真是能把人能急疯呀！

　　于是，母女俩来到了姨妈上官彩云家里，想再次试试看姨夫褚遂文还有没有能力将上官燕安排到沄管局？褚遂文吭哧了半天，道："我已经不是局长了，没有给我定历史问题已经是烧高香了，说话哪里还有人听呢？再说了，蕾蕾和冬冬、琳琳我都安排在我们单位了，剩下豆豆我都不好意思开口了，只得安排在运输公司。到运输公司吧还没车开，年轻轻的整天烧锅炉呢，现在运输公司也搞承包，下一步他怎办，还是个未知数呢。"

姐姐上官彩云也帮腔道："事业单位进人非常难，都拿编制卡着呢，冬冬和琳琳还没有编制，在空里挂着呢。你们水保局不行？"

上官红云道："我们单位也是没有编制。再说了，咱爸当年的那些战友、得意门生不是老眼昏花，就是人走茶凉，尤其恢复工作以后的这帮老家伙生愣倔蹭，对社会极大不满，说：'你只要能要来编制我就接收。'我到哪里去要编制呀？"

褚遂文道："所以，编制就是不好要，厅里都没有这个权力，要编办批呢，根本没办法活动。你如果通过关系比如找到省上的谁答应给一个编制，有关部门他们会给你搭配十个，甚至二十个、三十个，所以，这个口子根本不给开。"

大家一阵沉默，上官燕直为妈妈感到委屈，没想到妈妈竟然在自己的亲姐姐跟前都要碰一鼻子灰，不由自主地就抽泣了起来。姨妈上官彩云一看心也软了，道："燕子，你哭什么？大家不是正在给你想办法吗！"

姨夫比姨妈整整大一轮，都是属猴的，也是解放初期解放大军进城、大规模按照组织意志解决个人问题的结果，那时候老夫少妻比比皆是。所不同的是，他两个人都属于初婚原配，不属于换夫人的那种情况。

老夫少妻自有它的妙处，上官彩云这句话实际上是给丈夫褚遂文婉转地下达了一个任务：要为燕子想办法！

褚遂文道："要说灵活的还是江河局那类单位比较灵活，既有事业费，还有工程款，再超编也不愁发不出工资。当然，下一步也要实行企业化管理，自食其力，现在已经有政策了。"上官红云道："江河局怎么好意思再进去？元元那个不争气的东西，已经把人丢到那里了。"

褚遂文道："张琪源已经不在江河局了，到二十局去了。当初要不去就好了，这次升格一下子就是正厅级。当初觉得把他提拔半级是好事情，结果他一走，以后的人一下子就连提拔两个半级。"上官红云道："这个我知道。他还打电话来，说元元的事真是对不住，没想到会闹得公安机关插手。"

上官彩云又道："现在到处都成立劳动服务公司，专门解决待业青年临时就业，属于大集体性质，不如让燕子到那里去。"上官红云道："我去过了，不行。劳动服务公司是凭《待业证》安排人，《待业证》是根据当地的户口办，户口又是随单位走；燕子的粮户关系现在还在手里拿着，没有接收单位户口就落不下来，没有户口《待业证》就办不下来，没有《待业证》劳动服务公司就不给排队。"

上官红云的一番绕口令似的陈述，一下子又使讨论陷入了僵局。

看到这里，上官燕终于鼓起勇气，道："那就让我到二十局去，张伯伯我小时候见过。反正这煤矿、那铁矿，打死我也不去。前两年不少知青就进了矿山，结果有几个人都得神经病了，有的还成了残废，有的干脆就把命搭上了，城里人哪能吃了那苦……"

褚遂文喜出望外，道："只要你愿意，琪源办这点事应该没问题，你、我随便谁给打个电话就行。"说着示意了一下上官红云。上官红云道："实在不行就只能这样了。"

上官红云给张琪源打了一个电话："……燕子就交给你了，她要是也有个闪失，我就活不成了。但是，我死也要吊死在你家的门上，死了以后还要找你一家人算账……"这话是她从儿子那里和张云云学来的，也算活学活用，以其人之道还治其人之身，所谓一学就会，没有白学。

5

虎跳峡的天是那么蓝，云是那么白，黄河水竟然是那么清澈透明——这是黄河上游独有的风景。上官燕看惯了庞家屹崂光秃秃的丘陵，倒没有感觉到这里有什么不合适的地方，反倒觉得有水就是好地方，心情格外豁亮。

这时候，恢复高考以后的大学生还没有来，上官燕的社来社去大学文凭还算能派上用场。张琪源对外宣称上官燕是自己的外甥，妹妹的孩子。

通过一年多来的交往，张琪源和二十局政治处的领导已经很熟悉了。所以安排上官燕的事情，臧风云、茅破冰点头后，政治处可以说是一路绿灯，几乎没费什么周折。而且，还按张琪源的意愿，把上官燕安排在材料供应处当技术员，属于以工代干，成了谈淑叶的部下。谈淑叶自然是爱屋及屋，多方关照，而且看见上官燕还真有几分像张琪源，就信以为真，只当她真是张琪源的外甥女。

　　然而，当上官燕问张琪源"那我以后怎么称呼你"时，张琪源道："就叫张局长。"

　　上官燕道："那不是谎言不攻自破吗？"张琪源道："你就说是曲里拐弯的亲戚，常不来往，叫三舅挺别扭的。"

　　上官燕俏皮地看着张琪源，道："你看来挺害怕有我这样一个外甥女的？"张琪源假装生气道："看这孩子，说什么呢！"

　　张琪源到二十局工作一年多了，招弟终于在夏秋两忙间隙，抽出一段时间，来到了虎跳峡。她想看看虎跳峡为什么叫虎跳峡。在此之前，张琪源曾经有意无意地给谈淑叶透漏了一点这样的信息。谈淑叶故作吃惊地问道："她来干什么？我已经离婚了。不过也好，你左搂一个，右抱一个，我反正没意见，就怕人家容不下我。"

　　张琪源自然知道这只是开玩笑，就没有放在心上。同时，张琪源还给上官燕交代："这一段时间你没事就不要到我这里来了，你阿姨对你哥哥的事情挺计较的。你最好不要闪面，她说不定见过你呢。"上官燕答应了。

　　招弟到了虎跳峡后，张琪源整天忙得腚不沾地，很少有时间陪她，她就经常闲逛。哪里都有热情搭讪的那种人，虎跳峡也不例外，闲聊的人肯定不缺。

　　有时招弟还到老远的山顶上，把虎跳峡的前前后后、左左右右观测研究了一遍又一遍，终于得出了个结论：这是个老虎都不拉屎的地方；偶尔有老虎路过，恨不能连跑带跳地逃离这个地方，要不然就会被饿死在这里，所以叫虎跳峡。

　　张琪源忍俊不禁地看着自己家里的这位一号首长，反问道："老虎都不拉屎？有那么严重吗？"招弟意味深长地说道："我只是比方，肯定没那么严重，要不然你怎会把你外甥女安排到这里来上班？"

　　张琪源心里就是一惊，可还是假装没有听懂，道："行，你说拉就拉，你说不拉就不拉。"招弟紧追不舍地问："别打岔，你外甥女是怎么回事？要不要请咱妈来看一看他的外孙女？然后再去看看她那从来都没见过面的闺女？要不然她老人家赶死都不知道还有这么一门亲戚！"

　　张琪源心里诧异，可也在思忖：她怎么知道上官燕的事情呢？但还是故作镇静道："唉，那是老领导家的娃，找不到工作，我到这里给安排了一下。没办法，编了个理由。"

　　招弟脸色大变，立刻哭闹道："你还在骗我？你给我老实说，这个上官燕和那个上官元到底是什么关系？怎么就这么巧？"

张琪源道："你看你，单位上的事情，你搞那么清楚干什么？他爷爷上官老先生是我的老领导，当年跟我在江河局、水利厅、狼牙岭打过多少年交道，对我一直都很关心，要不然我怎能坐到现在这个位子上？你说：到了他的晚辈跟前，遇到这么个具体困难，不过是顺水人情的事情，我能不帮忙？"

一哭二闹三上吊，这是女人的撒手锏，招弟当然也不外行。她首先想弄个明白，就是死了也要做个明白鬼。上官家的人安排一个又一个，我家的五子为什么就不能安排？还有，上官家就是个出流氓的家庭，为什么非得拉扯成亲戚关系？你不要脸我们还要脸呢。

张琪源耐心劝说道："上官家是城市户口，咱五子要是城市户口，早就解决了。现在我也一直在找机会，你想：咱们的娃我能不上心吗？"招弟道："说得好听，你把吴秀秀那个妖精的亮亮招在单位，我就睁一只眼闭一只眼，没跟你计较，看来你是越来越不像话了！"

张琪源道："这你还不明白？当时吴秀秀当政，不给她好处她能推荐咱们超超吗？咱们超超又不是那种出类拔萃的人，非得推荐咱不行？还不是互相利用呗？"

招弟反问道："相互利用？哼，说得好。就没有别的事？"张琪源迷茫道："别的还有什么事？"

招弟大声道："还能有什么事？她是骚货，你是骚情货，你说还能有什么事？"张琪源反倒坦然地笑道："嗨，你尽是胡思乱想，你想：哪一次我回去，你不是把我给得很扎？我哪有精力去伺候她呢？"

招弟含泪扑哧一笑，道："谁把你给得很扎？那是你自己不识饥饱，还来怪我！"张琪源嬉皮笑脸道："我不是怪你，是觉得你太疼爱我了，一次都不想放过，感到高兴。"

招弟再一次破涕为笑，道："滚！老不正经。"

等张琪源把招弟伺候高兴了，才问："上官燕那些事你是怎么知道的？"招弟故意道："想知道？真想知道？那你把这个吃一下。"

张琪源一看，赶忙躲开，闭眼装睡；招弟也不深究。

这一天，招弟终于提出要回家。张琪源躲躲闪闪，总害怕招弟重提旧事，问他一些难堪的问题来。但是，招弟没有，只是说："你们单位人挺复杂的，不像咱们农业社人厚道。你还是要注意呢，不要人老了，老了，还闹出一些是是非非来……"

6

25岁的上官燕，在那个年代，算是大龄青年。可放在二十局这样的流动单位，职工普遍晚婚，尤其光棍居多的情况下，年龄并不算大。舒适的工作岗位，舒畅的心情，再加上这几个月营养到位，立刻使她出脱得灿若山花，很快就成了许多有一定身份年轻人追求的对象。一般的工人自知：想也是白想。

偶尔也有胆子大的，寻找机会和上官燕搭讪，总有伙伴嘲笑他："癞蛤蟆还想吃天鹅肉！"立刻也就泄气了。

但是，不论有多少人来追求上官燕，她都时刻记着妈妈的一句话："谈对象一定要慎重，决不能重蹈你哥哥的覆辙！"

在谈淑叶、张琪源的撮合、把关下，上官燕终于选择了一个也是以工代干的副队长，叫熊猛耐。谈淑叶说："小熊是个蒙古族，蒙古族人朴实、勤快，和汉人的生活习惯也没有什么两样。小熊本身人聪明能干，没有那么多花花肠子，每次来办事，都给人感觉挺实在的。"

张琪源也道："小熊也是单位派出去的七二一大学生，文化水平也算可以，和燕子不说是门当户对，也算是平起平坐。现在负责揽机平台土建部分，对下一步的揽机安装，思路还是挺清楚的，是个可造之材。"

熊猛耐告诉上官燕："猛耐是马奶的谐音，到时间我带你到草原上骑马，唱歌，喝马奶。"说着就吼了几声蒙古的长调，听着还真有广播上播放的味道，悠扬而婉约。

但是，上官燕始终在担心：自己的身子会暴露自己的贞洁问题。所以，迟迟对这件事情高兴不起来，以致郁郁寡欢，完全不像刚来时那样单纯、明亮。

上官燕在斟酌：该不该告诉他？该如何告诉他？告诉以后结果会怎样？不告诉结果又会怎样？

熊猛耐不断地催着要结婚，说他都二十八九快30岁了，爸爸妈妈都等着抱孙子呢。上官燕只是不吐核儿。

终于有一天，上官燕道："你有没有想过咱们会有分手的那一天？"熊猛耐吃惊地问道："怎么这么说呢？好好的，我又惹你生气了？"

上官燕道："我可能不适合你，你不要太把这当回事。我给你说过多少次了，有合适的你就走，我不会强留你的。"熊猛耐怒吼道："为什么？这到底是为什么？"

上官燕把心一横，终于说："我的经历很坎坷，人没有你想象得那么好，也没有你想象得那么纯洁。"熊猛耐疑惑不解道："到底怎么回事？"

上官燕道："你知道我在下乡的时候一心想返城，有一个推荐上大学的指标，怎么会给我？我有什么办法？我凭什么能拿到这个指标？"说着就呜呜地哭了起来……

过了很久，两个人谁都没有说话，只听见黄河的水拍打着岸边。"噗啦——哗——噗啦——哗！"上官燕的鼻子擤完了，眼泪也流干了，终于站起身来说："我冷了，先回去了，你也早点回吧。"然后，就义无反顾地走了。

半个多月后，熊猛耐还是鼓足勇气，把上官燕约了出来，说："我们那里有些地方讲究奉子成婚，其实我们对这方面不像你们那么在意。"上官燕嘲笑道："你该不会是'破鞋总比没鞋强'吧？你们男的不是常说这句话吗？"

熊猛耐道："你不要这样挖苦自己，我知道你受的伤害很大，这不怪你，是这个世道太肮脏、太无情！"上官燕决绝道："你不要怪世道，当时我是自愿的。

"我想：只要能让我从农村出来回城伺候我妈，让我做什么都愿意，哪怕以后没人要，我当尼姑都行。"

熊猛耐不知该怎样安慰眼前这个身心受伤的女人，只是不停地在地上胡乱写画些什么。当然，他的思想也在不停地做着斗争——自己是不是真的能够接受这样一个女人？

又过了良久，上官燕又说："女人真的离了男人活不了吗？我妈把我们姊妹俩从小带到大，照样活人。我不需要你的同情和怜悯。"说完，扭身扬长而去，只把熊猛耐再一次晾在了黄河边上。

天已经很冷了，张琪源把上官燕叫到房子里说道："小熊对你是真心的。他们家里催得很急。你跟你妈商量一下，没什么大的意见，就把事情办了，这样一直拖下去，也不是个办法。"上官燕偷偷地擦了一把眼泪，道："我只恨我没有一个好爸爸！"

张琪源道："恨也没有意义，以后情况只会越来越好，不要悲观。你说是不？"上官燕点点头，道："我再回去考虑考虑。我不想嫁人了，从我妈到我，我对男人很失望。"张琪源道："尽说傻话！"

好事多磨。元旦这一天，二十局团委给八对新婚夫妇举行了集体婚礼，上官燕和熊猛耐终于赶上了这次盛会，他们结婚了。各家的双方父母都没有来，各单位的领导基本都到了。

婚礼还邀请副书记、副局长张琪源到会讲了个话，无非：代表局党委对八对新人的幸福结合表示热烈祝贺！希望你们在单位做个好员工，革命路上携手共进；在家做一个好儿女、好妻子、好丈夫、好父母，互相关心、互相爱护；在社会上做个好公民，以为人民服务为己任，做一个对国家和人民有用的人，积极响应党的计划生育号召……

举办完婚礼后，这八对新人根据本单位的工作情况，自主安排休假。上官燕和熊猛耐春节前到沄城市上官家待了几天，就回了熊猛耐的老家——内蒙古呼伦贝尔盟。

7

这一天晚上，虎跳峡工地的篮球场上正放着电影《少林寺》。那刚劲的武打、雄浑而委婉的歌声，吸引得人们全神贯注地观看。

张琪源穿着大衣站在最后面，也想看一会儿；但是，想到自己手头还放着一份揽机安装方案，急需他回去审查，思想就有点犹豫不决。就在他思想斗争是回，还是看的时候，电影的喇叭响起："张琪源局长，请到办公楼去，单位有人找。张琪源局长，请到办公楼去，单位有人找。"

张琪源到了办公楼，还没有上楼，刚刚参加工作的通信员纪可多过来，请他直接到臧书记的办公室去。到了臧风云办公室，张琪源一眼就认出里面坐的是水利厅政治处的处长乐大军和江河局的党委副书记蒋雅丽。这一下把张琪源惊得差一点颠倒，赶忙上前去握手，互相热情地寒暄。

之后，臧风云道："琪源，你的这两位老朋友有一些工作上的事情需要和你谈一谈，你把他们领到你办公室去吧。晚上休息和明天吃饭的事情，我已经安排过了，到时间你直接找纪可多就行了，吃饭你就陪着他们。我还有不少事情，就抱歉了。你们老朋友见面，多聊聊，请到工地上看一看，给咱们多指导指导。"

到了张琪源办公室，乐大军就直截了当地说："我们这次来主要是想了解一下杜成武和陈晓峰的事情：某年某月某日，杜成武、陈晓峰擅自带着江河水电工程局的案件调查组，到老鸦山和那里的牛树宽会合，调查你和魏奎社等人。后来，这些人还与老鸦山当地的群众进行了接触，有没有这回事情？"

张琪源的脑袋"轰"一下就懵了。真是螳螂捕蝉，不知黄雀在后！自己还在二十局调查别人的案件，却没想到自己也有案底，也要被调查？他理了理思路道："有这回事情。"

乐大军道："那你把当时的情况陈述一下。"张琪源道："啊呀，时间久远，我记得不是很清楚了。我记着当时他们来的时候是下午刚上班时间，主要是针对我来的，魏奎社是牛树宽给牵扯进来的，不在杜成武和陈晓峰他们的计划之列。他们问了五六小时后，就把我们关起来了。"

乐大军定定地看着张琪源，道："下来呢？"张琪源干咽了下唾沫，想喝口水，又不敢，害怕乐大军不让，而使他在蒋雅丽面前丢脸面，就接着道："一直到晚上十一点多了，他们就把我们放出来了。魏奎社送到医院救治了，我没去。"

乐大军道："参与审问你的人除了杜成武、陈晓峰，还有谁？"张琪源感觉到"审问"二字很刺耳，可又不敢纠正，只得道："我不知道名字。我常年在工地，除了自己队上的职工，别的队上的人认识得很少。"

乐大军道："你知不知道他们这个调查组是擅自成立的？"张琪源摇摇头，道："不知道。"

乐大军面无表情地说道："张琪源，你不能光给我们说'不知道'吧？"张琪源有一点难堪，思索了一下，道："我看他们都是局里来的，想着应该是组织派来的。"

乐大军道："他们都问了你哪些问题？"张琪源道："就是些我和苏联专家接触的情况，我都如实告诉他们了。"

乐大军问："他们为什么要问这些？"张琪源道："他们说苏联专家是间谍，我说我不知道，我也没有对苏联专家说过有损咱们国家利益的话。"

乐大军道："那你到底有没有给苏联专家提供过我国的技术情报？"张琪源坚决摇摇头，道："绝对没有，天地良心。"

乐大军道："天地良心这话不能说，咱们都是共产党员，不能靠这些虚无缥缈的所谓'天地良心'来规范咱们自己的行为。"张琪源点点头，道："是，是，口误。"

乐大军道："你对老鸦山当地老百姓参与这件事情怎么看。"张琪源道："我认为是应该的，群众的眼睛是雪亮的，他们看透了问题的实质，也保证了老鸦山工程的顺利建设。"

乐大军道："你是说当地群众看清了你不会给间谍提供情报的实质？"张琪源道："不，不，当地群众认为苏联专家是上级派来的，不可能是间谍，更不可能把所有接触过的人都关起来调查。"

乐大军道："还有保证工程顺利建设这句话，可不可以理解为：如果把你关起来，就会影响老鸦山工程建设？"张琪源赶忙说："不是，不是。我的意思是：如果调查组执意认为给老鸦山隧洞塌方死难人员迁移墓碑是搞牛鬼蛇神的话，会伤害到一大批老鸦山建设者的心。"

乐大军道："哦，对对对，当时调查组还说：你给死难者迁移墓碑是搞牛鬼蛇神，对不？"张琪源道："这话不是调查组人说的，是我们队职工牛树宽说的。"

乐大军道："对对，是牛树宽说的，不是调查组说的。"张琪源擦了擦头上的汗水，欣慰地点点头。就这，仍然感觉到在自己的老部下蒋雅丽面前，狼狈到了极点。

乐大军道："那你再谈一谈牛树宽打魏奎社的事情吧。"张琪源这下心里放心了，道："那纯粹是场误会，别人告诉魏奎社和牛树宽的妻子薛玉玲来往密切，以为有事，其实薛玉玲是魏奎社的干女儿，大家不了解。"

乐大军道："那你认为对这件事情，牛树宽应该负什么责任？"张琪源道："这个事情是明确的，牛树宽属于不知情，不冷静，拿职工纪律处罚条例处理一下就可以了。我觉得再给魏奎社赔点钱就可以了。"

乐大军道："现在魏奎社要求严惩凶手，补发工资损失，补偿营养费、护理费、路费住宿费等，你觉得有道理吗？"张琪源道："我觉得可以考虑，要不我说是给点钱。另外，单位已经承担的护理、住院费用就不能再考虑了。"

乐大军点点头，道："嗯，有道理。不愧是大局的领导，什么时间能把你要回来就好了。"张琪源高兴地说道："谢谢，谢谢，越早越好，我巴不得早一天离开这个老虎都不拉屎的地方。"

大家说笑完后，让张琪源看笔录、签字、按手印，谈话结束。

　　这时候，张琪源想到了杨白劳，也想到了自己的二十局专案组也是这样对待被调查人员的，心里不免有些自嘲。但是，没有办法，这是程序，省略不得。

　　在以后的接触中，乐大军的表情温和多了。他告诉张琪源："这次来仅仅是履行程序，完善一下手续，没有实质性的目的。"蒋雅丽补充道："因为关于老鸦山案件的材料中，竟然没有受迫害当事人的笔录，显然是站不住脚的，会给以后案件的复查工作带来疑点。所以，请你谅解。"

　　张琪源道："你们一开始气势汹汹，好吓人呀。"蒋雅丽暧昧地笑道："这也是工作的需要嘛。"

第十六拍

天伦之苦苦煞人

1

　　虎跳峡砂石料生产系统转入正常生产。张琪源开始接手揽机安装的一些牵头工作。审查揽机安装技术方案，组织考察订购揽机设备，协调土建、金结、设备安装各单位的工作。年后，局里又让他把这项工作具体抓起来。

　　在这方面，张琪源不是内行，但他舍得花力气学习、请教。他有幸认识了二十局前身的设备安装专家级人物舒庆云，成了张琪源揽机安装方面的顾问，去年的方案审查和看样订货，全凭了他协助把关。

　　今年，张琪源既然揽下了这个瓷器活，自然还得请舒庆云出山。他把舒庆云安排在生产设备处上班，具体职务有待明确，仍然执行正处级干部的职级待遇。在各种安装技术方案讨论会上，一般都是张琪源点题，舒庆云交代技术要求和注意事项，下来是生产设备处处长伏志长督办，熊猛耐具体实施。

　　这天，张琪源开宗明义地说："今天会议的主要议题是讨论安排揽机安装的程序流程和技术准备工作。我们虎跳峡的平移式缆索式起重机，是电站大坝混凝土浇筑与金属结构、机电设备安装水平和垂直运输的主要设备，将来要横跨黄河两岸。

　　缆机主、副塔最大跨距 1012 米；缆机主索长 1002 米，重 80 吨，是小车运行的承载索，其跨度之长、起吊高度之大、吊运物资设备吨位之重，均属国内首屈一指。

更加突出的特点是，两台 20 吨揽机并列运行，国内尚无先例。我们一定要充分认识这一项工作的重要性和艰巨性，以严谨、科学的态度对待这次安装工作……"

舒庆云道："揽机的安装方案，我们都反复讨论过多次了，一边讨论完善，一边做前期工作。现在揽机平台的基础混凝土、预埋件都已完成，最近就要开始正式安装。

"根据现场的条件，安装的主要工序是：副塔——主塔——缆索——设备——电器——调试运行。先装一号机，再装二号机，有了一号揽机安装的经验和设备，二号揽机安装比一号揽机安装的时间提前半个月应该不成问题。

"这次揽机安装的主要矛盾是：比过去任何一次自升施工难度都大，面临的风险也更大。我们要反复测算桅杆吊的调变幅度、前后缆风定位及结构件的受力状况，明确技术要求和防范措施，避免桅杆吊影响缆机自升，防止设备向后倾覆……"

伏志长道："我的想法是左右岸同时进行，每边各固定一台桅杆吊和履带吊，个别情况临时需要汽车吊时，咱们提前计划，统一安排。

"缆索过河拟采用推土机配合卷扬机牵引轮船进行。一号揽机的缆索以导流洞进口围堰作码头装船，到对岸过坝交通洞出口码头卸船。现在就要提前选择绕行路线，埋锚修路，做好各项准备工作。二号揽机的缆索跨河，由一号揽机实施……"

然后是各队长、作业班组长、专业工程师各抒己见，舒庆云逐个点评、确认。

最后熊猛耐道："大家都提了很好的意见和建议，我都记下来了。在此，我给大家表个态吧：一、加强施工现场组织管理，优化施工工序，力争3 月 15 日实现自升，5 月 15 日达到一号揽机主体完成，5 月 20 日进行负荷试验；二、针对自升过程中提升转换作业复杂等疑难问题，我们将组织工程技术人员进行技术攻关，在各位所提意见的基础上进一步细化，确保万无一失；三、制定内部经济承包责任办法，奖勤罚懒，提高生产效率……"

虎跳峡的风，无遮无拦。顺着河道呼呼地吹来，使整个工地飞沙走石，打到人的脸上生疼生疼。揽机平台地处整个工地的高端，建基面海拔高程2185.41 米，更显天气的寒冷无比。

张琪源、舒庆云、伏志长等人，站在左岸揽机平台上，看着熊猛耐领人在分头进行着各种工作。一、二分队是主力安装队伍，一分队在左岸，二分队在右岸，分别在已经硬化过的安装平台上吊装副塔的基础、安装轨道，配合土建队伍浇筑上下游侧的定位墩等。三分队在黄河两岸的悬崖峭壁上开挖卷扬机地锚坑、制作埋件，用手风钻打导向轮的定位锚孔，清除障碍……

熊猛耐紧盯着这两个工作面，上午在左岸，下午在右岸，始终不离现场。一会儿是指挥员，一会儿是战斗员，满身的油污尘土。

舒庆云道："熊猛耐他们的队长呢？"张琪源道："停职了，犯错误了。"舒庆云道："是历史问题？"张琪源道："不是，是违反计划生育政策。家在农村，连生两个女孩，家里非让生个儿子，结果又生了俩……"

伏志长饶有兴趣地插话道："搞不好还得开除，计生委不断在追查这些事呢，听说昨天望河县计生委还来人了。好像还有几个职工情况也和这差不多，家在农村的担心没有劳动力，家在城里的嫌没人传宗接代，哈哈哈哈……"

舒庆云道："哦，这还不仅仅是个传统观念问题，还有很重要的现实问题在里面。"

回来的路上，张琪源一直闷闷不乐。舒庆云问："琪源，你怎么了？心里不高兴？"张琪源道："计划生育也归我管，就是志长刚才说的那些情况，搞不好还真得开除人！你看，自我来了以后，光历史问题处理了多少？这又是计划生育……"

舒庆云道："该处理就处理嘛，国家政策嘛，一定要严格执行，绝不能手软。"伏志长道："好些群众放话，如果这些人不处理，他们就要联名上告，要不他们也要超生，看谁敢处理他们？哈哈哈哈……"

舒庆云道："你看，上有国家的政策，下有群众的支持，你担心什么？"张琪源还是没有吭声。

2

次日，张琪源叫来谈淑叶，道："请你参谋个事情：最近计划生育抓得比较紧，望河县的计生委来了几次了，搞得沸沸扬扬，涉及七个人，其中五个农村的，生第三、第四胎；两个城市的，生第二胎。别的都好说，该怎办就怎办，唯独里面有一个人，我不知道该怎办。"

谈淑叶道："你说的是茅局长茅破冰吧?"张琪源点点头。

谈淑叶道："这些情况其实职工都知道，大家也都在拭目以待，看组织上怎么办? 王子犯法与庶民同罪，在封建社会都是这样，更不用说今天是咱们共产党的领导了。"张琪源道："说起来容易，做起来难哪。臧书记不做任何表态，咱局计生办在处理意见一栏的地方专门空出来，说看领导啥意见。我只能叫从轻发落。"

谈淑叶道："官官相护，历来如此。此事不外乎四个办法，可选其中的一两个: 第一，你和望河县计生委的人商量一下，看能不能法外开恩，例外一下。第二你直接和茅局长谈一谈，看他是什么意见? 让他能体谅你的难处，不论什么结果，都没必要个人结怨。第三，请示水利部计划生育委员会办公室，把事情挑明，看他们怎么说? 第四，逃避，你最近回家躲一躲，任其发展吧。"

张琪源道："第一个办法可能行不通，但是，过程还得走。第二个办法好，应该听一听他的想法，但是，也不会把我解脱出来，人家万一说该怎办就怎办呢? 第三个办法不行，等于是向部里告茅局长的状，其实已经有人告过了，部里计生办也是睁一只眼闭一只眼，等着咱们尽快拿出意见。"

张琪源犹豫了一下，道："第四个办法属于三十六计的最后一计——走为上，好是好，就是不知道躲过初一，能不能躲过十五?"

谈淑叶道："看你这个副书记、副局长当得窝囊不? 真还连逃跑的打算都有了?"张琪源道："这不是你给我支的高招吗?"

谈淑叶慢悠悠地说道: "正是因为我看你窝囊，才给你支这样一招。"张琪源道："那要是你当这个副书记你怎办?"

谈淑叶道: "没有这金刚钻，就别揽人家的瓷器活。要是我，就两个字——开除。"张琪源苦笑道："你还是把我开除了吧!"

谈淑叶道："你这人就是心好，干不成大事。你知道人家老茅怎么整你不? 你和你老婆吵架很有可能就是他在背后使的坏，你们省上来人向你调查的事，说不定也是他在这里面兴风作浪。"

张琪源吃惊地说道："不会吧。我又没惹他。"

谈淑叶道："他肯定觉得你跟臧书记跟得太紧了，而且也风传: 你将来要将茅局长取——而——代——之。"张琪源道: "党的一元化领导嘛，日常工作肯定要向臧书记请示的多一些; 再说了，我怎么会取而代之他呢?"

谈淑叶道："还真说不来。你的能力已经被大家公认了，一来就办了两件棘手的大事：一件是完成了砂石料生产系统的建设工作，技术难度大，时间紧，懂行的人分家时都走了，最终你还是让按时投产了；另一件是完成了清查遗留问题工作，矛盾复杂、时间久远，谁都害怕惹祸上身，你最终还是平稳地给解决了。"

张琪源道："你不是说我干不成大事吗？怎么能力还被大家公认了？有取而代之的可能了？这不是自相矛盾吗？"谈淑叶道："这就是女人的逻辑，怎说都是对的。反正木秀于林，风必摧之。"

张琪源感叹道："这样看来，人是不是还不能把工作干好？树大容易招风。"谈淑叶道："那可不行，你们当领导的思想要是出了问题，对单位的影响可就大了。"

张琪源道："那是，我最近一定要下大力气把揽机给安装好。"谈淑叶道："揽机安装也是个硬骨头工程，这次的吨位大，场地也狭小……"

张琪源道："你连这都懂？"谈淑叶道："哼，开玩笑，我这个处长也不是白捡来的，那是干出来的。"张琪源道："我发现你干什么都特别认真，特别卖力。"

谈淑叶微微一笑，道："不聊了，走了。"

第二天，张琪源到望河县计生委去了一趟，和屈兴军主任沟通了好一阵子，并且把自己的苦衷也说了。

屈兴军表示理解，并说："计划生育工作，是个很严肃的事情，政策性非常强，不处理肯定不行。鉴于你目前的处境，我建议你分两步走：先把超生二、三胎的开除了，超生一胎的留作下一步。到时间矛盾不是很集中了，再相机处理。

"为此我给你留出一定的时间。但是，目前要很快处理几个，让工作先动起来，我们对上边也有个交代。"张琪源双手握住屈兴军的手，千恩万谢地离开了计生委。

回来后，张琪源从二十局计生办要来了七个人的案件材料，仔细地研究了一番，又在自己的办公室拿了一本《计划生育政策汇编》，来见臧风云。

张琪源道："最近，咱们的计划生育工作由于望河县计生委领导来了几次，群众的反映很大，我建议召开一次专门会议研究一下。但是，由于涉及的人比较多，情况又各不相同，上会前，我先向你汇报一下。"

臧风云假意伸了伸懒腰，又把头发向后撸了撸，示意张琪源继续说。张琪源道："我昨天到望河县计生委去了一趟，提出一下子要解决这么多问题有困难，就给咱们建议了一个分步解决的办法。先把超生比较严重的处理掉，平一平民愤。我的初步想法是这样的：超生两个的二人，必须开除；超生一个，但是属于第三胎的三人，开除留用三年；超生一胎的二人，留作下一步处理，免得矛盾过分集中。"

臧风云把七个人的材料翻来翻去，唯独将茅破冰和另一名中层干部作为"超生一个，但是属于双女户的二人"挑了出来，但并没有说什么，张琪源心里便明白了几分。

臧风云道："你再考虑考虑，这两天我要到兰州开个会，回来咱们再商量。这几份材料先放我这里，我明天上班给你。"第二天一早，通信员纪可多就将这七份材料和《计划生育政策汇编》给了张琪源。但是，从此以后，再没见臧风云说什么。

张琪源估计望河县计生委又快要来人了，只能打电话给屈兴军："最近我们领导在外开会的很多，总是遇不到一起，没办法开会研究，再缓一缓吧。"屈主任反问道："要不要我亲自来见一见你们一把手？"

张琪源支吾了半天，道："啊呀，我不懂你们的工作程序，到底应该怎样？我也说不来。"屈兴军道："计划生育肯定是一把手负总责嘛。"

张琪源没办法回答，只能道："嗷嗷，哈哈。"但是，张琪源能够感觉得到，屈兴军就要来了。

张琪源找到了茅破冰，很难为情地说："茅局长，不好意思。最近有关计划生育的事情想必你也知道了，群众反映的比较多，望河县计生委也催得比较紧，已经来了几趟了，让咱们尽快处理。你家的三女儿按照时间算，也属于计划外生育，不知道你对这个问题是怎么考虑的？"茅破冰道："我家在农村，一些传统观念总是突破不了，让我也很为难。现在到了这个份儿上，我愿意接受组织上的任何处理。"

张琪源诚恳地说道："要不然你和有关领导沟通沟通，以便于在会上大家好表态。目前咱们计生办有一个分批处理的初步意见，但是需要你和各位领导的支持才行。"茅破冰道："算了，琪源，我明白你的意思，但是我的处境我心里清楚，用不着再瞎费力气了。我明天就到部里去，二十局能当局长的人多的是，何必把我放在这里受洋罪呢！"

说得张琪源立刻联想到谈淑叶的话，感到尴尬无比、忐忑不安。好在临出门时，茅局长还是友好地在张琪源的肩膀上拍了拍，说："老张，你是个好人。"

然后又握了握张琪源的手，这才使张琪源又把心放回到自己的肚子里。离开茅破冰的办公室不久，通信员纪可多送来一份发给张琪源的电报，上面只有六个字："母病速归招弟。"张琪源翻来覆去看了看，把情绪调整了一调整，立刻拿上来找臧风云。臧风云不动声色地问道："从沄城发来的？谁在沄城？"张琪源道："我房子分在了沄城。"

臧风云道："那乡下呢？"张琪源道："乡下是老家。"臧风云道："哦，那就赶快回吧，老人家年龄大了吧？代我问候问候。"张琪源道："75了，属鸡的。"

臧风云温和道："七十三、八十四，阎王找去商量事，你们那有这说法没有？看来这个坎儿已经过了，不用担心，抓紧治疗，早点回来。"

9

午饭后，张琪源没敢耽搁，一路驱车紧赶，在半道住了一晚，于次日中午到达沄城。把司机打发走了以后，到江河局向陆华夏借了一辆小车，连夜直奔老家莽原县跃进北村，直到看到爸妈以后才放下心来。

不年不节，张琪源突然回家，引起了一家人的猜疑，不知道到底发生了什么事。张琪源说："出差路过，瞅机会回来看看。"招弟老远看见有一辆小车进村停在自家门口，下来一个人好像是自己的丈夫张琪源，就赶忙从地里赶回来，看到底发生了什么事。

招弟这两天正在忙着倒地。所谓"倒地"就是以地换地，小块并成大块。当初组上分地时，开始抓阄，结果很多人运气不好，抓到的全是差地，大家意见很大，被村上责令重新分。这就迫使将每一块儿地不论大小，都按全村23户人家的107口子人均分；也就是说，不论地块多大，都要按照各家的人口数量比例，切成大小不等的23块，有的地还不到一盘炕大。这样，大家总算意见少了许多。

可是，经过一年的耕种，大家东南西北的到处奔跑耕种，有时一上午要到两三块地里劳作，极不方便，又非常辛苦。今年开春，大家想了个办法：采取自愿换地的方法，尽量把一家人的土地往一块儿集中，使小块地变成大块地，多块地变成少块地。既方便耕种，又减少了畦塄地坎。

这样，两相情愿，可以把地的好坏、大小通盘折算进去，不平衡的地方以树木或其他财产补差，各取所需，皆大欢喜。

还有一个更好的消息是：公家真的要给滩地打机井了，而且县水利局的钻井队已经进点了。这让张琪源立刻想到了齐平章，明知有历史问题要问责，还坚持要为民办事。

为了平衡矛盾，村民小组从去年年底开始，在"今冬明春"又重新组织了农田基本建设劳动大会战，对地块位置不好的坡地，集体进行了平整、换填、深翻，改造成梯田，修好水渠，让大家都能受益。招弟家的坡地也变成了平地和梯田，将来也能浇上水。

当然，这时候已经不是过去的农业社了，包产到户后要组织一次大会战就不是那么容易的了。但是，农民自有他淳朴和厚道的一面，权当是给乡亲们帮忙呢。

再说了，通过一年各自为政、自己人种自家地，家家户户出工是形单影只，连个说话的人都找不到，人类的社会属性受到了压抑，反倒怀念起农业社的大生产场面来了。所以，这样的大生产运动倒像是过喜事一样，大家热热闹闹，效率也奇高。

新平整的地里基本上还是生土居多，土质不太好，头几年肯定长不好庄稼。不过，招弟能想得开，爽朗地说："不要紧，地不亏人，只要能浇上水，多上些肥料，两三年就熟了。人勤地生宝嘛。"

张琪源到跃进北村钻井队施工现场，看着工人们都在忙碌。也就五六个人，钻进、提钻、接杆、下钻，再钻进、再提钻、再接杆、再下钻，循环往复，一刻不停。这让张琪源想起江河局曾经划出去的三大队，即现在的省地下水资源开采局，还有祁玉民、惠爱国等这些曾经一个锅里搅稠稀的弟兄们，恩恩怨怨在所难免，但是，分别后反倒觉得感情日深。最近还听说祁玉民也被确定有历史问题，领导也当不成了，心里不免生出许多眷恋和感慨来。

钻井现场有一个人好像是班长，一会儿发号施令，一会儿抽时间在泥沟里往出捞石渣，一会儿检查一下泥浆的黏稠度。非常熟悉的工序，使张琪源倍感亲切，便问："准备打多少米深？"班长道："300米就差不多了，实际上两百多米就见水了，这一片儿基本都是这么深。"

张琪源问："这一片都给打了？"班长道："都打，从去年下半年开始，我们12台机子就一直在西三乡上转——就是莽原县最西边的三个乡，赶今年年底就村村都有水浇地了。"

张琪源问："那配套设备哪里掏钱？"班长道："县上，我们要直至安装好、能把水提上来才收工。只是你们这里没有电，还得用牲口拉。你们要赶快跑电去，争取一步到位。"

晚饭前，张琪源来到了大儿子张建国家。苗爱霞问："爸，就在这边吃饭吧？"张琪源答道："嗯。"

苗爱霞道："那你想吃一点什么？"张琪源道："就家常饭。"

说话间，建国回来了。张琪源直截了当地问："机井马上就打好了，电的问题怎么解决？"建国道："听说最快还得三四年。"

张琪源问："为什么要那么长时间？"建国道："大线才到陀螺山乡政府，下一站才往长宁乡方向引。"

张琪源道："长宁乡不已经并入陀螺山乡了吗？"建国道："这次撤社设乡的时候又分开了，把红旗公社分成了长宁乡和陀螺山两个乡。长宁乡的乡政府原放在了老长宁镇。"

张琪源道："哦，原来就在那里。"张建国补充道："咱们现在属于长宁乡，跃进大队改为张村村了，咱们后张村——跃进北村改叫张村二组。"

张琪源道："折腾！"张建国道："可不是折腾咋的！"

张琪源问："离咱们最近的线路在哪里？"建国道："最近的就在陀螺山乡政府，是七贤峡电站的电。张村西南方向上也有线，但是那好像是从老鸦山水电站给洪山县的供电线路；如果要能从老鸦山线路上接的话，可以省五六里的线。咱们这里听说要等卞家峡发电了以后才能通电。"

张琪源道："那得多长时间呀！怎么这两个电厂没并网吗？"张建国道："不清楚，我们不懂。"

张琪源道："你跟村上那几个领导商量一下，争取从老鸦山线路上挂火，升压后高压输送，一次到位。现在机井是畜力的，以后再变成电动的，得多花多少钱呀？咱们这个地方财政本来就穷，又不是那种富裕县，弄不好还是摊派给了老百姓。"建国道："我说人家不一定听。"

张琪源道："给建议嘛，大家的事情，大家共同到乡上呼吁，人托人滚动天下。你明天就去跑去，最好再叫上几个能说会道的村民，人多力量大嘛。实在不行，我再到省上跑一跑。"

说完后，张琪源感觉心中没底，就又补充道："只是我不想总麻烦人家齐书记，而且齐书记现在也不拿事了。沄北地区的领导我不熟悉，应该说从地区或者咱们莽原县上解决，来得要快一些。"

父子俩一直探讨到了深夜十一点多钟。这时间虎子弟兄俩困得早顾不得在爷爷跟前好奇、捣乱了，已各自钻进被窝睡着了。

苗爱霞来给煤油灯拨了两次灯捻，添了一次煤油，说："爸，要不你们明天再商量吧，你赶了一天的路了，累不累呀！"张琪源道："没关系，一下子商量得差不多了，明天他们就可以出动了，争取春灌的时间能有一个结果。就算是不为这眼机井，就是为了以后照明和其他生活用电，也值得好好地下托一下关系。"

苗爱霞道："那是的，看人家陀螺山乡政府的那电泡子，雪亮雪亮的！陀中的学生都上晚自习呢，哪像咱们这里的娃娃，各自在家趴在黑煤油灯下学习。"

临走时，张琪源还再次强调那个专业问题，让张建国记住：从老鸦山线路上挂火，升压后高压输送，以减少损耗……

4

张琪源回去睡下没多大一会儿，张大山就叫张琪源快起床，说你妈好像不对劲儿了，叫了几声没答应。张琪源脑子"嗡"地一下，真想抽自己两记耳光：自己的老娘明明好好的，却为了躲避是非，偏偏让陆华夏替自己撒谎拍电报说是母亲病了，真是乌鸦嘴！

张琪源赶忙过来看母亲，摸着母亲的身体还温温的，只是感觉不到心跳和呼吸。张琪源急得呼哧呼哧，连摇带喊，只是不见母亲苏醒过来。就让五子赶快起床去找保健员，让招弟赶快去套架子车，如果保健员来了治不了的话，就得直接送往乡卫生院或县医院。

就在大家手忙脚乱，不知如何是好的时候，张琪源突然急中生智，用手使劲掐母亲的人中，足足有一两分钟，只见母亲头摆了一下，"束"的一声，终于出了一口气。张琪源还想接着掐，巩固巩固效果，结果妈妈轻轻地一摆头就掐不住了；尝试了几次都不行，也就作罢。

慢慢地，只见母亲的脸上也有了血色，睁开眼睛，道："怎么了？你们都不睡觉？我刚才梦见你爷爷、奶奶了，说咱们五子不出一两年准有好运气，你们不要给娃忙着成亲。"

张琪源问母亲："妈，你感到哪里不舒服？"母亲道："不舒服？没有

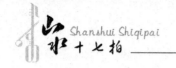

啊，哦，现在怎么感到胸口有一点疼。"

张琪源道："你再坚持一会儿，保健员马上就来了。"母亲诧异道："保健员来干什么？我的胸口疼是老毛病了，根本不用治，一会儿自己就好了。"

一听这话，招弟的眼泪终于忍不住流下来了，颤声道："那你平常为什么不给我们说呀？"母亲不以为然道："人老了就是这样，还能没毛病？不要那么一惊一乍的。"

这时间，张建国也过来了，问说："怎么回事？我听见这边院子有响动，过来看看。"张琪源说："你奶奶刚才胸口疼，现在没事了。"

建国道："哦，又疼了？我听虎子说过，说老奶奶经常让给她捶胸口呢。"

张琪源责怪道："看你们粗心不？人年纪大了，有毛病可不敢硬挺。今天幸亏你爷爷发现得早。"

建国过来道："真是的。奶奶，你哪里不舒服要给我们说呢，自己不敢硬撑。"老太太道："没事，没事，你们都睡觉去吧。"

这时间苗爱霞领着虎子，抱着二虎，也过来了。张琪源道："行啦，你们都回去睡觉吧，天亮建国就办正事去，抓紧。"苗爱霞走到奶奶跟前说了几句安慰的话，就把二虎交给建国抱上，才拉着虎子回去了。

保健员来后，说估计是心肌梗死、冠心病一类的病。留了几片药，收了四角钱，说："多喝水，天亮到县医院去，那里医疗条件好，能把病查清楚。"就要告辞回去。张琪源也没有挽留，只是千恩万谢地送出了大门口。

这时间，鸡已经叫了第二遍，张琪源这才让招弟和五子睡觉去，自己陪着张大山有一搭没一搭地一直说话说到天亮，每过一会儿看一看母亲有没有什么不正常的体征。

天亮后，张琪源和五子赶着牛拉架子车，装了些草料，拿被子把母亲裹住坐好，就径直赶往县人民医院。在县医院经过一番楼上楼下反复地交费、检查，再交费、再检查后，得出的结论是：疑似慢性心包填塞急性反应症。大夫建议："最好到沅城、兰州、西安等地大医院做进一步的复查，如果确诊了，要根治就得做手术。"

张琪源问："咱们这里能做这手术不？"大夫道："不行，估计省级医院也做不好，最好是到上海去。"

大夫的一席话说得老太太大为光火，执意要回家，固执地唠叨道："该死的人了，还折腾什么？还要把我这一把老骨头往上海扔？都七八十岁了，就是现在死了也活够本了。"张琪源说："那就到沄城去复查一下，让人心里踏实一点。"

老太太还是不去，说："你就让我死在家里吧，客死门外连祖坟都入不了，还会让乡亲们嗤笑的。"张琪源无奈，只得再一次跟大夫商量，如何在家里将养、服药，防止复发。

张琪源当干部多年，尤其近几年来应酬多了，慢慢养了一身懒膘。可看着肥肥胖胖，实际上体质虚得很，农活儿干不了几下就气喘吁吁，毕竟年过半百，岁数不饶人了，招弟就干脆不让他干。其实招弟的年龄比张琪源还大三岁，只是农村人，扛头大，硬撑。

可是，张琪源毕竟是个有工作在身的人，无事在家，碌碌无为，如坐针毡。徘徊了几日，到舅舅家、招弟娘家走动了走动，只是不年不节，大家都忙忙的，没有个接待客人的样子，张琪源也待不住，来去匆匆。又到沄城把二儿子张超一家看了看，与陆华夏、杨虎声、齐平章等老朋友见面聊了聊天，表达了一下思乡和感念之情。但对谁都撒谎说是办事路过，不能久留。

有心到上官红云家看一看，又觉得多有不便。两三代人的恩恩怨怨纠结太多，说不清，道不明。而且，他不想让上官红云对自己感恩戴德，也不想听她的埋怨和惋惜。过去对上官鸿儒和上官元的关照，被上官元和张云云的婚姻失败，一笔勾销。此次对上官燕的招工关照看似好事，可以后会不会有别的麻烦？现在下结论还为时过早。权衡再三，只能作罢。

按说最应该去的是卞家峡。那里是他大展宏图、步入鼎盛时期的地方，有他唯一的宝贝女儿和对她终生难忘的伤害，有毛月梅、狄胜利、谭秀珍、王汉成以及许许多多信任自己和自己信任的老同志。但是，在大家百忙中去打扰，而且无所事事，会不会带来什么不便？最后只能放弃。

看着时间还早，张琪源就又从沄城回了一趟后张村看了一次老娘，情况稳定，才给虎跳峡打电话让来车接他。

这一次离家，张琪源又多了一份牵挂。那就是老母亲的身体将每况愈下，随时都有撒手人寰的可能。想到这里，就不由自主地暗暗伤神落泪。他分别给大哥玺源、二哥碧源、招弟娘仨一一悄悄地做了交代，才恋恋不舍地告别了家乡。

5

这天上午，臧风云接到水利部副部长项豪坤的电话。臧风云问候了项副部长后，项豪坤并没有像往常一样，热情地和他过多寒暄，而是直截了当地问："听说你们二十局最近计划生育工作抓得很紧，是不是?"

臧风云一时感到莫名其妙，因为计划生育工作不归项豪坤管，而且一般也是属地管理，北京方面一般只是要些统计数据就可以了，实质性工作过问得很少，所以他一时不知道该如何回答是好。

然而，项豪坤并没有给他过多的时间考虑，而是继续说："计划生育是我们党的一项重要工作，一定要抓好。同时，也不能片面地搞一刀切，过分地追求一致性，而是要具体问题具体分析，尤其是涉及班子的团结稳定问题，要慎之又慎。老臧啊，你可是二十局的班长，有关这一点，到底孰重孰轻，我想你是一定能够掂量来的……"

臧风云不知道是怎么放下电话的，有一种被叛徒出卖了的感觉。但是，他想不来这个叛徒是谁：是茅破冰，还是张琪源?如果把茅破冰比作是针锋相对的对手，那么他是在明处；而张琪源会不会算是给这个敌人通风报信的卧底，在暗处呢?如果是，那应该更为可怕!

很显然，向部里反映情况的是茅破冰，而不是张琪源。张琪源刚来，根本就不认识部里的人。对这一点判断，臧风云非常自信。但是，他不恨茅破冰，反倒恨起了张琪源。到底是什么原因，自己也说不清。

思索了良久，臧风云终于明白：只有张琪源在这个问题上具有无可辩驳的主导地位。张琪源对这个问题不论提什么样的意见，只要他坚持，自己和班子其他成员都会从善如流的，都不至于将茅破冰逼上梁山。而恰恰是张琪源这种看似模棱两可的老好人态度，无形中把臧风云自己从幕后推到了前台，导致事情陷入僵局，才使茅破冰撕破脸皮进京告状。

为了稳妥，臧风云还私底下专门做了了解：在这一段时间，只有茅破冰去过两次北京，而张琪源只是请假回家，而且还开了几天小差，并没有到北京去。但是，这并没有消除臧风云对张琪源的恨。

张琪源回来向臧风云销假报到时，臧风云显得异常冷淡，但并没有说什么。张琪源不知道究竟发生了什么事，把原来准备好的一肚子瞎话，都没有说出来，只好怀着忐忑的心情回到了自己的办公室，慢慢地寻思就里。最终断定，很有可能与计划生育有关，其他诸如揽机安装、砂石料生产、党务工作，都不至于导致个人彼此之间的感情疏远。

张琪源给二十局计生办主任祝银蕊打电话，叫她把违反计划生育政策的七个人的材料拿到他办公室来，冠冕堂皇地询问起这件事情最近的进展情况。

这位一直以敢说敢为著称的计生办主任祝银蕊，一下子变得讳莫如深起来，俨然成了柔弱乖巧的祝英台。

她慢声细语地道："这七个违反计划生育政策的职工，局里都开会处理过了，大部分都是按你当时的意见办的。只有对茅局长的处理，按照干部管理权限，局里只是拿了个初步意见，建议给予记过处分，报请水利部计划生育委员会办公室决定。给，这是所有的材料。"

张琪源先看处理决定：水利二十局计字〔1981〕7号文件，《关于对董立诗等6名同志违反计划生育政策的处理决定》。对董立诗和另外一名工人超生两胎，给予开除公职处分；对三名职工虽然只超生一胎，但是属于第三胎，开除留用三年，留用期间每月只发十八元生活费；有一名职工亦超生一胎，但属于第二胎，给予严重警告处分，降三级工资。看来处理得还是比较重。

然后张琪源再看第二份文件：水利二十局计字〔1981〕8号文件，《关于对茅破冰同志违反计划生育政策的处理请示》，全文如下：

水利部计划生育委员会：

　　现报来我局干部茅破冰同志违反计划生育政策的处理意见，请审阅。

　　茅破冰，男，现年45岁，家庭出身贫农，本人成分学生，大学文化程度。1962年9月参加革命工作，1965年7月加入中国共产党，现任我局干部；其配偶梁花花，家居陇原省泾源县拐沟村，家庭出身中农，本人成分农民。

　　茅破冰夫妻分别于1964年、1967年、1973年生育三女。大女儿、二女儿符合我国计划生育关于农村准生二胎的政策，其三女儿属计划外生育。

　　此次超生的主要原因是：由于其家属受重男轻女封建思想残余的严重影响，在茅破冰常年工作在外不知情的情况下，对已怀第三胎没有采取应有的妊娠终止措施，违反了党的计划生育政策。茅破冰对此负有教育不力和家庭重大事项失察责任。本人已认识到其错误的严重性和危害性，并作出了深刻的检查（附后）。

茅破冰同志自参加革命工作以来，能够认真贯彻执行党的路线、方针、政策；政治立场坚定，没有参加"打砸抢"犯罪活动。平时工作踏实肯干，身先士卒，多次被评为"社会主义革命和建设积极分子"和"五好职工"等荣誉称号。

对此次错误认识明确，决心改正。应予以从轻处分。

为了教育本人和群众，维护计划生育政策的严肃性，经水利部第二十工程局计划生育委员会研究并报经党委同意，建议给予茅破冰同志记过处分。

以上意见若有不妥之处，请批示。

抄送：望河县计生委。

水利部第二十工程局计划生育委员会
1981 年 9 月 17 日

张琪源又翻到最后一页所谓茅破冰的《自我检查》，一看笔体，便知是祝银蕊替茅破冰操的刀，心里一阵好笑。心想：好人都让人家做完了，没我什么事了，便情不自禁地赞道："好！好！"

祝银蕊迷茫地问道："什么好？是处理得好，还是生三个孩子好？"张琪源道："都好，都好；总算是把这件事情给结了。"

祝银蕊刁侃道："你不觉得女人很冤枉吗？给你们男人传宗接代是因为我们女人封建思想残余严重？"张琪源不便做正面回答，道："祸兮福所倚，福兮祸所伏。夫妻之间，还分什么彼此？"

祝银蕊道："做个女人真是倒霉。"张琪源没有往下继续延伸这个话题，他害怕以讹传讹，祸从口出。因为，他好像隐隐约约地听说过，这个"祝英台"可不是个善茬，而且很有些背景，不然计划生育这么得罪人的工作，她怎么干得下来！

人闲生是非，马闲啃嚼口，凡事难免有人议论。每到工作之余，闲暇之时，有关这次计划生育处理的说法自然流传出不少非议。

有的说："违反计划生育政策也要看谁违反呢，当官的生的娃是娃，老百姓生的就不是娃了？"有人回答："那怎么可能一样？皇帝生的叫龙种，老百姓生的叫跳蚤。"另外有人接茬道："撑死胆大的，饿死胆小的，有胆你就生，没胆别埋怨。"

张琪源只是默不作声。

6

天没有塌下来，工作还得继续干。不痛快只能装在心里，大面子上还是要过得去。火车跑得快，全靠头来带，要建设一个团结、坚强的领导班子，要在全局职工面前作出表率，这些芝麻小事，是不足以挂心的。

这一天，张琪源从揽机安装现场回来，找到臧风云，道："臧书记，安装队承担着揽机的安装任务，这个任务既非常艰巨，又十分重要，直接制约着我们大坝混凝土的开盘。但是他们的队长董立诗开除后，这个位置一直空缺着，最近一个时期日常工作都是熊猛耐在抓，多多少少有些不敢用力，下边同志也觉得不太顺当，你看现在是不是可以考虑这个问题了？"

臧风云似有同感地点点头，问道："你的意见呢？"张琪源道："两种办法：第一种办法是内部产生，从目前的工作情况看，熊猛耐比较合适，人朴实、能干，对安装工作经验也比较多，能够服众，也符合目前大力提拔使用年轻干部的原则。第二种办法是从外边派，外边的人员情况我就不太熟悉了。"

臧风云道："根据别的工程局的做法，我打算成立一个安装分局，把相关几个安装单位统到一块儿，集中管理，你看怎样？"张琪源多多少少有些意外，但是很快就反应了过来，连忙称赞道："这个办法好，把这方面的安装力量集中到一块儿，有利于优势互补和整体技术水平的提升。"

臧风云点点头："但是，也有不同的看法，认为不应该跟风，咱们二十局在水利部属于大局，实际情况和人家不一样。当然也有班子配备方面的争论，认为会产生一些新的矛盾……"

臧风云似有所思，把说了半句的话停在了那里。张琪源道："现在改革开放已经几年了，事业单位这块牌子用不了多长时间了，如果现在不在内部机制上下功夫，一旦推入市场就抓瞎了。"

臧风云深有感触道："……可是，咱们有的班子成员考虑不到这个层次，真是短见。你在这方面也多琢磨琢磨，业务范围的问题、班子配备的问题，都考虑考虑。你对熊猛耐很器重，这我能理解，但是，他得给我露两手出来，我也好为他说话。"

张琪源不好意思地说道："那是，我要给他好好谈谈，尤其在目前这个关键时候，揽机安装又是所有安装和土建工程的龙头。一个好的基层队长，就是要能给领导排忧解难，能为局里争面子。"

臧风云道："是啊。尤其在承包责任制这方面，要创出一些自己的经验来，既要解放思想，还要实事求是；要奖勤罚懒，逐步打破大锅饭。目前，咱们这方面工作相对滞后一些，你作为党委副书记，帮我把这一块儿工作好好抓一抓。"

两天以后，熊猛耐拿出了一套揽机安装的承包方案，来找张琪源。张琪源就有关计件计量方式、工期、奖金额度、兑现分配办法等，提了一些建议，让他和体制改革办公室的闵旗平主任协商去。

闵旗平对于全局这样一份首次大胆地提出的承包责任制方案，既如获至宝，又小心翼翼，立即邀请劳动工资处、组织部、经营开发处、生产设备处等有关部门的领导议了一次，要求进一步修改完善，条件成熟时提交局党委会议研究。

与此同时，张琪源又给成景宏打电话，让他很快拿出一个砂石料生产承包方案，你自己亲自拿过来，咱们一块儿商量商量……

为了把自己分管这两块工作的经营责任制工作推动起来，张琪源又和分管体制改革工作的主管副局长阮威德探讨过两次，最终在阮威德的积极推动下，顺利地通过了党委会议：先试，万事开头难，摸着石头过河……

正在熊猛耐大力推进经济承包责任制、工人们夜以继日工作的同时，他的三分队在给定位钢丝绳挖地锚坑时，不小心挖断了埋在地下的军用电缆，这一下捅了大娄子。附近驻军通过检测，立刻就测知了事故发生的具体方位，不到两个小时，拉来了几大卡车解放军官兵，将虎跳峡的右岸揽机平台团团包围，将手足无措的三分队队长诸葛崇拜和三名工人立刻押了起来，带走了。

很快，解放军根据影响军事工作造成的损失，修复、检测的人工费、材料费、设备费、管理费等，洋洋洒洒列了三四页，对水利部第二十工程局罚款 27 万元。这可是个天文数字啊，相当于他们四个人 100 年的工资！更严重的是，要以反革命罪、破坏国防建设罪将诸葛崇拜等四人移交军事法庭审判，最多可能判处无期徒刑，如果"首恶分子"认罪态度不好，或负隅顽抗，很有可能会判处死刑！整个二十局震动了！

臧风云、茅破冰、张琪源、阮威德等立即召开紧急会议，迅疾向水利部汇报，请求救人。张琪源又打电话联系许光远、严于田、柏雪飞等人，看在解放军驻虎某部或总装备部认识不认识人，并一再强调：因为没有地下电缆布置图，也不知道这里地下埋有军用电缆，确实没有破坏军用和国防设施的故意……

经过几番周旋，部队上口气才有所松动。要求二十局严查这四人的祖宗三代，看有没有政治历史问题，有没有台湾或海外关系。

张琪源很快安排组织人事部门为四个人做了详细的政审。水电二十局公安处又书面承诺：对这四个人进行 24 小时严密监视，严防阶级敌人企图破坏和捣乱，并保证在今后的施工中，确保大坝施工区域国防通信电缆不遭受破坏。

部队终于答应放人。二十局交了五万元罚款，熊猛耐和公安处的干警才把四个人领了回来。回来后，大家纷纷过去盘问："挨打了没有？戴手铐脚镣了没有？"几个人都说："没有，还给吃饭，只是隔离关押，不让互相见面，不停地一遍遍写交代材料，这一辈子都没写过那么多的字！"大家这才庆幸，幸亏不是到了别处，要不然，少不了要挨打。

事情尽管影响很大，所幸损失还不算太多，而且，部队上还给他们划定了施工界限，这下事情就好办多了。

熊猛耐的安装队 24 小时不停循环作业；每天早上七点，上白班的工人到了工地，上夜班的工人才交班下班，然后才回去吃饭休息。三个月下来，工人们的脸上被太阳晒脱了几层皮，一个个变成了酒糟鼻子，血拉拉的。

根据原来的承包责任书计算，确定取得了可观的经济效益：收入最多的是二分队吊装施工班，一名工人一个月下来光奖金就能拿到 56 元，差不多接近他本人每月 48 元工资再加 20% 的地区差，如果再加上每天三毛钱的工地补贴，一个月收入达到了一百二十多元。比书记臧风云、局长茅破冰的工资还高百分之五十。

可是，在承包奖金审批的过程中，首先被劳动工资处挡住了。劳动工资处会同体制改革办公室协商后，两个部门的领导蓝岳秀、闵旗平一块儿将熊猛耐叫来，详细了解了奖金的核算过程，对比原来制定的承包办法，审核计算有没有差错，计量有没有出入。为了慎重起见，又让技术处安排测量队和生产设备处去对土建和安装工程量复测了一遍，结果准确无误。

　　经过局里这么一折腾，在安装队引起了轩然大波。大家分明感觉到：局里是不是说话不算话了？要变卦了？熊猛耐无法解释，只是说：咱们是承包奖励兑现头一家，局里比较慎重，害怕出现大的偏差。

　　可工人们不管那些事！纷纷嚷道：这是我们工人拼死拼活干出来的，想反悔，没门！出尔反尔，这不是助长吃大锅饭吗？我们当时就害怕领导说话不算话，现在果不其然！有的竟然说：偏差个啥，分明是想把拉出来的屎再吞进去！

　　当熊猛耐第二次被叫进局机关办公大楼的时候，这位器宇轩昂的蒙古汉子多多少少带了些情绪。

　　劳动工资处的处长蓝岳秀首先说道："哈哈，猛耐，你不简单呀，带领大家一个月干了两个半月的活儿，这在咱们局的历史上，可能除了'大跃进'时期，再都没有过。我现在是这么想的：咱们局里工资还是总额控制，如果都像你们安装队这样，咱们的工资总额就会翻番，那咱们二十局就成了水利部这么多工程局里面的超分配典型，可能造成的影响会非常不好。"

　　体改办主任闵旗平附和道："是啊，咱们这个局刚刚组革完成，各个方面制度都还很不完善，尤其在改革改制方面，确实是摸着石头过河，还拿不出一个像样的承包办法来。所以，对于这次尝试过程出现的偏差，咱们应该及时纠正，不能听之任之。"

　　熊猛耐面无表情、一言不发，等着这两位领导继续说下去。结果，两个人却沉默了起来。

　　过了良久，蓝岳秀道："所以，猛耐，鉴于这种情况，你看你们提出的这个承包奖金兑现方案，是不是应该修改和完善一下？在原则性问题上，我想你也不会固执己见吧？固执己见就可能犯错误。"

　　闵旗平道："大家肯定一时半会儿接受不了。所以，你的思想政治工作要跟上，要大家理解局里的苦衷，消除不利影响，保护群众的积极性和创造力。还要继续发扬过去那种吃苦耐劳精神，发挥好工人阶级的主人翁作用，全力支持局里的体制改革'探索'工作，积极参与经营承包责任制的'探索'……"

　　闵旗平的两个"探索"等于把承包办法给作废了，而蓝岳秀的两个"固执己见"等于说如果熊猛耐不答应，就是违反原则性问题。

　　熊猛耐的脑子里装满了鄙夷。他知道多说无益，干脆就不说。但是，他也不耐烦听这些坐办公室的人给自己找这些冠冕堂皇的狗屁理由，就直截了当道："干脆说吧，能给多少？"

蓝岳秀鼓足勇气道："不能超过百分之五十，超过就有问题了。"

闵旗平赶忙帮腔道："下去要多做工作。虽然现在不讲政治思想工作了，但是，思想政治工作还是少不了的……"

熊猛耐不耐烦地说道："行了，不说了，哪怕给工人们磕头下跪也是我的事，用不着各位领导那么费心。"

只见闵旗平的脸上出现了尴尬的笑容，不知如何回答是好。蓝岳秀赶忙打圆场道："这个小熊呀，办事非常果断，什么事都难不倒他。"

蓝岳秀、闵旗平毕竟是熊猛耐平时敬畏的领导，平时见了他们毕恭毕敬，从不敢多言。如果不是董立诗被开除，自己才有机会负责这次承包责任制，他是根本没有机会亲身接触到这些领导的。实在没有办法，熊猛耐只得生了一肚子闷气，离开了机关大楼。

熊猛耐的这口闷气还是出不来，就独自来到黄河岸边。这是他过去经常和上官燕约会的地方——曾经磨得溜光的小低洼不见了，而代之以一条新的小冲沟。他心里感慨：久违了的"老地方"，见证了我们俩怎样一步步走向婚姻殿堂，目睹了我们俩怎样使爱情变成了亲情，怎样使浪漫不经意间在岁月中变为平实。

熊猛耐对着滔滔不绝的黄河，狠狠地吼了一阵子蒙古长调，然后才无精打采地慢慢往回走。

晚饭后，熊猛耐将挺着大肚子的上官燕带到了河边来。试图在老地方重温一下往日的温馨，压一压心中的郁闷。结果上官燕慵懒地说："回吧，这有啥好看的。"看来时间，最能使浪漫流失于无形。

熊猛耐诧异、感慨：变，一切都在变！再珍贵的东西，换个角度，就变得一文不值。

7

晚上八九点钟，沙石料厂厂长成景宏急匆匆地来找张琪源，道："听说安装队的承包兑现方案被局里打回来了，说是局里嫌发得太多了，我们的怎么办？"张琪源吃惊地说道："安装队的什么方案？怎么被局里打回去了？我不知道。"

成景宏就原原本本地将安装队揽机安装的承包奖金方案被否决的来龙去脉仔仔细细地告诉了张琪源，最后说："我们的奖金算不下那么多，但是也比局里现在给安装队的百分之五十要多，所以我估计局里也不会同意的。"

张琪源道："那怎么可能呢？"成景宏接着道："要是同意了，那就把安装队的那些工人亏了。这三个多月，安装队人干活真是不要命了，谁不佩服？要是还和过去一样吃大锅饭，半年都把这些活儿干不完。可是，局里要是说话不算话，那以后谁还敢相信领导？领导上嘴唇一碰下嘴唇，把老百姓给顶回来了——自古以来民不跟官斗。"

张琪源没让成景宏继续往下发牢骚，只是追问："否决安装队奖金方案你是怎么知道的？"

成景宏道："咱们砂石料厂和安装队都是你抓的点儿，又一块儿搞承包试点，因此我和熊猛耐经常一块儿碰头商量这些事情。第一个季度的结果算出来以后，我们心里也没底，不知道怎么个报批法，经常互通情况，所以，整个过程也就比较清楚。"

张琪源道："现在问题的症结在哪？"成景宏道："当时定的政策工人们都清楚，完成了多少也是明明白白的事情，谁都能算出来自己应该拿多少。这个季度我们超额完成了砂石料七万方，要不是初汛期淹了两次沙场，我们的奖金算下来，不比安装队少。"

张琪源道："哦，那两次大水是冲掉了不少。"成景宏担忧地说道："现在大家心气正高着呢，结果奖金兑现的时候却给大家泼了一瓢凉水，以后职工的思想工作就难做了……"

张琪源打电话让通信员纪可多把熊猛耐找来。三个人一边随上夜班的职工吃夜班饭，一边交流情况，基本就是成景宏说的那些。然后又让成景宏、熊猛耐两个人把他们自己的算法详详细细说了一遍，张琪源才道："你俩把材料留下，我再看看。"

第二天一早，张琪源去找分管体制改革的副局长阮威德说这件事情。阮威德道："蓝岳秀和闵旗平来说过了，主要是觉得这样下来，工资总额机械增长速度太快，会使以后的经济承包责任制失控。"张琪源道："这个方案是经过咱们局党委会会讨论通过的，也符合目前体制改革的总体要求，现在刚开始就否决了，会失去民心的，对以后推广承包经营责任制不利。"

阮威德长出了一口气，道："以后我们在制定政策时应该更加慎重，测算应该更加准确，防止出现如此大的失误。要不然你和两位主要领导汇报一下？这么大的偏差肯定会引起轰动，我觉得应该让一把手拍板才好，省得咱们被动。"

张琪源推辞不过，只得分别找茅破冰、臧风云谈这件事情。臧风云表态："要不然开会讨论讨论吧，改革要推进，群众的积极性也不能挫伤，多劳多得到底有没有界限？'上不封顶、下不保底'究竟应该怎么体现？还是听听大家的意见吧。"

下午两点，二十局召开了一个经营承包奖金兑现专题办公会，除了在家的局领导、相关部门负责人参加以外，还专门通知熊猛耐、成景宏列席会议。

首先，让熊猛耐介绍前一个阶段安装队完成揽机安装工程量和承包经营责任制办法以及计算的奖金数额。与此同时，还根据张琪源事先的交代，简要陈述了承包经营合同签订后，一线工人如何夜以继日加班加点，如何克服困难无怨无悔，最终生产效率比吃大锅饭高出多少。听得不少与会者兴奋异常。

紧接着，技术处、生产设备处又简要地把工程量复测情况作了说明。然后大家开始发表意见。

蓝岳秀的意见还是工资总额机械增长控制问题，闵旗平的意见还是这么大的奖金幅度，会不会给今后的经济承包责任制带来更大的副作用？但话说得都比较低调，显然缺乏熊猛耐那种初生牛犊不怕虎的气势。这说明在领导班子会上发言，他们的底气远没有在熊猛耐跟前讲政策那么足。

其他部门负责人的意见则五花八门，可谓坚持派与否决派旗鼓相当、各不相让。有说既然答应了就应该兑现，免得挫伤改革锐气；有说不要倡导一种不正常的承包风气，违背社会主义公平原则；有说深圳速度就是敢于打破条条框框，还有说深圳速度绝对不是通过超分配鼓励出来的……

该局领导们发言了。主持会议的臧风云首先提出要求："第一，我们要明确表态以前的承包责任制奖金该不该兑现？第二，我们要对今后如何去进一步改革拿出新的意见。两个方面的意见要结合起来谈，第一方面的意见应该是第二个方面意见的支撑；通过这件事情，我们要举一反三，前后呼应，宣传一种加大改革力度的理念，传递一种鼓励承包的政策导向。"

副局长阮威德把臧风云的话琢磨了一琢磨，又综合考虑了坚持派和否决派两方面的意见，道："第一，我觉得前一个阶段奖金确实制定得太高，会使收入分配失控也不假，但是为了维护经济承包责任制的严肃性，应该兑现。

"第二，安装队在施工生产中，存在盲目蛮干现象，导致国防通信电缆挖断，造成了很不好的影响和巨大的经济损失，应该扣罚部分奖金，以示奖罚分明。

"第三，下一个阶段应该适当降低奖金幅度，防止经营承包过程中的盲目冒进。"

张琪源顺坡下驴，道："我同意阮局长的第一条意见，按照经济承包责任制兑现奖金，取信于民，以起到示范效应。至于挖断电缆的事情，下苦干活的工人们属于不知情，没有哪个部门告诉过他们在这个荒山野岭地下还埋着军用电缆，纯属意外；再说部队上已经把他们关了几天，他们也很委屈，就不要再重复处罚了——打了不罚，罚了不打嘛。

"下一步我觉得应该坚定不移地推行承包责任制。要让所有的职工都看到，在加快经济改革方面，我们局党委的决心是不会动摇的；说过的话，是一定会不折不扣地兑现的。"

有了以前的沟通和心照不宣，茅破冰道："我觉得琪源的意见可以。我们先把第一步迈出去，万事开头难嘛。同时也要逐步完善下一步的承包责任制，在考核程序上应该更加严密一些，奖罚应该对等；要奖得令人眼红，罚得令人心痛才行……"

臧风云又温和地问了问大家："还有没有别的意见？有没有人要补充？如果没有——就按照茅局长的意见去办吧。

"岳秀、旗平，看出来了没有？局里现在是破釜沉舟支持你俩的经济体制改革工作。就连你们不敢想象的事情，局里都毫不含糊，义无反顾。这下子，你们该放心了吧？"

蓝岳秀、闵旗平不好意思地频频点头，道："好好好，领导们都这么有魄力，我们以后就可以放心大胆地推进了。"

有了揽机安装奖金兑现方案的通过，砂石料厂的奖金兑现方案也就没费多少口舌，顺利通过了。

然后，主持会议的臧风云对着成景宏和熊猛耐："这一下，你们两个也不用再为难了。回去告诉大家，局里说话是算数的。而且还要求你们把这笔奖金分配好，真正体现'多劳多得'的分配原则，一如既往地带领大家抢进度，抓质量，保安全。"

熊猛耐和成景宏走出了会议室，擦了擦头上的汗，兴奋得脸上红光满面，也都长长地出了一口气。

熊猛耐和成景宏离开后，主持会议的臧风云说："改革没有先例，是一项前无古人后无来者的伟大创举，所以，小平同志指出：要摸着石头过河。只要有利于单位的改革和发展，就值得我们去尝试、探索。

"建设市场经济不存在姓资、姓社问题，承包责任制也没有姓资姓社之分。对于改革中出现的新问题、新情况，我们要正确地面对它、解决它，就事论事，不要无限上纲；要做好宣传和思想政治工作，要提高广大职工对改革的接受能力，积极投身改革，鼓励他们踊跃参与经营承包责任制。

"奖金多少是小事，失信于职工是大事。领导干部要认真学习和深刻领会党的改革开放政策，多学一点，先走一步，多看少说；多看看实际效果，多听听群众呼声，多想想生产需要……"

有了这一次承包责任制兑现的曲折经历和最终成功，揽机安装的进度明显地加快了。大家都知道，多劳多得不再是一句空话，而是有它实际的内涵和经济利益。这一笔奖金的取得，是具有一定的诱惑力；但比这更具有诱惑力的是，大家的成就感和熊猛耐给大家为此所付出的巨大努力。这也使熊猛耐的大号，在水电二十局声名鹊起，成了承包经营责任制的代表人物。

随着揽机的安装完成，左右岸削坡的水上部分基本结束，导流洞也具备了过水条件。11 月 10 日，顺利实现了大河截流。

这是张琪源生平所见过的最壮观的一次截流，一百多辆自卸车形成一条逶迤的巨龙，盘绕在群山峡谷之间，四辆车并排在戗堤卸料进占，每 45 秒钟一车，24 小时连续作业，经过二百多台设备七天七夜的持续生产，完成了预进占、导流洞过流、戗堤裹头、围堰加宽、抛投材料的进场运输。

40 米龙口形成后，堰前水头达到 26 米，使整个戗堤显得异常单薄，风雨飘摇。情急之下，臧风云和茅破冰果断决定：装两汽车大块石，上面用钢筋网焊死、防止汽车倾覆后倒出来，让推土机连车带石头一块儿推了下去！

张琪源感慨：好聪明的办法呀！自己当时在卞家峡怎么就有没想到把大块石和汽车固定到一块儿，然后让驾驶员下来呢？白白牺牲了两条年轻的生命！

此后，又经过不到八小时的高强度抛投，滔滔不息的母亲河，终于臣服于她的子民。英雄的二十局水电人，在中华人民共和国成立以后的第三十二年，第四次将万里黄河巨龙，腰斩于虎跳峡谷。此次截流，被张琪源喻为"降龙伏虎"之壮举。

临近年尾，从事施工的事业单位逐步开始实行企业化管理。在经营承包责任制方面走到前头的单位，逐步被大家所青睐，成了改革开放的领头羊。

随着国家工作重心向经济建设的转移，行政首长负责制的模式逐步在生产经营单位形成，党委一把手在企事业单位基本上被视为是二把手。

水电二十局对业务相近单位进行了合并，新成立了七分局和八分局。七分局为机电设备和金属结构安装分局，舒庆云为七分局局长，熊猛耐为七分局党委书记；八分局为砂石料生产和混凝土拌运分局，成景宏为八分局局长，谈淑叶为八分局党委书记。

本来人事部门提名让伏志长任八分局党委书记，和成景宏搭班子，但是伏志长坚辞不去。在臧风云和茅破冰正感非常恼火的时候，张琪源主动出来破解难题，提名由谈淑叶来出任，说她政治可靠，工作泼辣，堪当此任。

对于张琪源的这个提案，大家开始都有些不情不愿。但是，比较来，比较去，觉得不是张三敬业精神不强，就是李四作风不够扎实，要么就是王二麻子办事拖泥带水。

眼看事情还要僵持下去，大好的机构改革方案配不齐班子，岂不是空中楼阁？张琪源再一次说道："八分局是由几个小单位合并在一块儿的大单位。能不能把各路诸侯统领到一块儿，是我们对这个班子能力要求的首要条件。我们决不能让一个单位一成立就四分五裂，各行其是。

"所以，相比之下，还是谈淑叶比较成熟。她在协调沙石料厂、专列运输、机械设备配备的工作过程中，能够把成景宏、伏志长、隗德山等几个有名的犟脾气扭到一块儿，这才确保了混凝土拌合系统的正常生产，说明她具有较强的统揽全局意识和一定的号召能力。这个优点对新成立的八分局来说，至关重要。"

于是，事情就这样勉勉强强地确定了下来。所以就有人说：水电二十局的"七狼八虎"（七分局、八分局），基本上就是张琪源的直属部队。而张琪源的制胜法宝是时下最流行的"老中青三结合"和"适当提拔使用女干部"的班子配备原则，当然少不了在上会之前要和臧风云、茅破冰单独渗透。

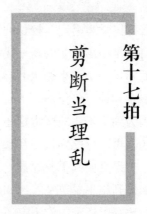

第十七拍
剪断当理乱

1

1982 年 1 月，临近年关。张建民作为恢复招生后的第一届大学生，从省机械学院毕业，被分配到了省水电设计院工作。

当时大学生是国家统一分配。国家教委将分配指标下达给各省，各省教委、人事厅将名额按照学校分解给各地区、各厅局和省直属单位；各大专院校则据此对号入座，分配到人，申请并分发派遣证。

在毕业分配的动员大会上，主持大会的校党委书记做了热情洋溢的开场白，盛赞这一批大学生是党的改革开放政策在象牙塔里孕育出的第一批硕果，是天之骄子，是时代的宠儿，承载着振兴中华的光荣使命！中国现代化建设的接力棒将由你们这一代大学生传承……

紧接着校长做动员讲话。希望大家到最艰苦的地方去，到最基层去，到生产一线去，到祖国最需要的地方去！并且指出："我们这批大学生分配是面向全国，主要在省内。我们省是个经济比较落后的省份，国民经济收入在全国 24 个省市自治区中，排名靠后；而且县区之间情况也很不平衡，所谓：仁县太仁，澧县多礼，富安县安而不富，街亭县过去无街，现在无亭，安定县倒是既安又定。可惜普遍都缺少改革开放的闯劲，且山大沟深，条件艰苦。而这些地方，也正是最需要我们当代大学生去发挥聪明才智、实现人生理想的地方。希望大家踊跃报名，坚决服从组织分配……"

最后，学生处处长宣布了各专业毕业生的分配指标，要求大家认真填报志愿。

张建民觉得书记、校长的讲话固然都有道理，但是和自己的梦想相差甚远。自己是一名堂堂的新一代大学生，要当一名手持蓝图、指点江山的工程师，而不是一个小小的水利员。思来想去，他决定：一不愿意回沄北地区，二不愿意到施工单位去。

因为到了沄北地区肯定还要进行二次分配。说不定又要回到莽原县，搞不好还会再次分配到长宁乡水管站之类的小单位，只能当个办事员；更重要的是，如果真回到了莽原县、长宁乡，那自己和禹粉琴的这门亲事怎么办？

如果到施工单位吧，比如水电二十局、江河局，都是些流动单位，要找个媳妇比登天还难，说不定还会成为老光棍。岂不让禹粉琴笑话？

留校吧，自己的学习成绩够格，也不想留。最后，他选定了去省水利水电勘测设计院，结果果然遂其所愿；在宣布分配方案的当天，他就被省水利水电勘测设计院的大轿车接走了。

眼看到了春节，大家都在准备回家过年，可是张建民却不知所往。他没有给家里写信，也没有告诉妈妈自己分配到了什么单位；只是到同城的二哥家里去了一趟，告诉他自己已经分配了，在水电设计院大坝设计室上班，是水利系学生分配最好的单位。

二哥张超和二嫂尹春兰都为他感到高兴。张超兴奋地说："以后就吃在我家，住在我家，单位上现在又给了我一间房子做厨房，你就住在那边。"张建民道："不了，单位上给我也分配了宿舍；再说你这里比较远，还不如我到韩森堡子去方便。不过到了礼拜天，我就过来改善伙食了。"张超高兴地说道："好，不要说礼拜天，就是平时你能来就来，想吃什么就让你嫂子给你做。"

弟兄俩高高兴兴说着不着边际的话，倒是二嫂尹春兰心眼儿多，她问："那你过年在哪里过？"一个普通的问题让张建民陷入了沉思。二哥张超还是不明白："过年肯定是回家过了，还能到哪里过？回去好好把单位上的情况告诉爸妈，让他们也高兴高兴。"张建民无言地点了点头。

尹春兰又问："粉琴这一段时间再来过没有？"张建民道："没有，我没让来。"

尹春兰道："她到我们这里来过两次，说是你好像变心了，要是早知道这样，她那两次就把孩子生下来，看你怎么办？你还能上大学？早就被学校开除了!"张建民臊得满脸通红,无言以对。

尹春兰道:"无论你怎么决定,都赶快给人家一个痛快话。农村姑娘,那么大年龄的已经很少了,而且经常往你这里跑,在村子里名声肯定是扬出去了,再找婆家恐怕就不那么太好找了……"

二嫂尹春兰没有再把话往下去说,可是张建民也明白,只是苦无良策,脑门子上急出了一头雾水。

过了没几天,设计院收发室打上来电话,说楼下有一个姑娘找张建民。张建民的脑海里立刻闪现出了两个人的名字:禹粉琴、季宝妮?

但是,张建民没敢细问,就一溜烟地跑下楼来。因为他心里清楚,不论哪个名字,在他认为都是暂时无法公开的。

来到大门口,张建民从背影一看,脑子就"嗡"的一下,果然是她——禹粉琴。这个他考大学前定下的未婚妻,曾经给他过无数次的欢愉,然后他又从大四开始疏远,想吹掉却又一直说不出口的女人。自然,关系就这样似断非断、不明不白地保持着。

在上学的四年当中,她不光经常来学校看他。还每个假期都到张建民大哥张建国家进进出出,说是给她表姐苗爱霞帮忙;并且,经常给张建民的爷爷奶奶和弟弟等人,拿两双布鞋或者是一沓子鞋垫;甚至还给五子买了一条像城市小青年一样的咖啡颜色大喇叭裤,任他留着不男不女的长头发,随着双卡录音机瞎摇晃。在此情况下,张建民不得不出面招呼,让她到家来吃饭,省得妈妈和大家看他怎么办。

就是这样,这个温柔而倔强的姑娘,每一次来总要等他再主动过去亲热一番,缠绵上那么一阵子,才放心地返回自己家里。估摸着张建民又要开学返校了,她就又来一次,送一点青枣或者是自己亲手炒熟的花生、瓜子,让他带到学校去招呼同学。

张建民到了学校后,如果没有及时去信,禹粉琴就来信了,说:听表姐说,你还没有给婶子写信,她整天向村小学上学回来的虎子和二虎打问你来信了没有。你还是尽快给婶子写封信吧,免得她惦记,张建民这才很快动笔给妈妈写封信。

与此同时,也给禹粉琴写一封信。就这样,禹粉琴是周围几个村庄写信最多、来信最频繁的名人,大家都知道她的女婿在省城上大学呢。

开始的一两年,张建民每做这些事的时候,还感到挺温馨的;忍不住就写信叫禹粉琴再来汅城韩森堡子爸爸分的房子里住上几天。禹粉琴从来都是

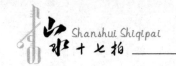

召之即来，挥之即去，无论春夏秋冬、刮风下雨，从不爽约，以致一次次怀孕。

可是，一个偶然的机会，另一个姑娘季宝妮走进了张建民的感情世界，才使他的这种温馨逐步降温，开始逐渐疏远起禹粉琴来。

2

张建民和季宝妮的浪漫故事，是个十分雷同且再老套不过的故事，但又与众不同，原因在于这是个由误会产生的"见义勇为"事件，纯属误打误撞。那是一个星期六的晚上，省机械学院还像往常一样，在教学楼后面空地上放电影——越剧《追鱼》。张建民是北方人，对越语侬言没什么概念，听了一阵子觉得挺吃力的，就离开了电影场，打算到学校门口的小卖部里买几张邮票，回去写信。

结果小卖部的邮票卖完了，他就准备到邮电局去。可是，出了大门没走多远，就听见校门外拐巷的阴影里传来一阵吱哩哇啦的吵闹声。张建民没有多想就拐了进去，喊了一声道："还有完没完？保卫科的人来了！保卫科的人来了！"

没承想从黑影里跑过来三四个留长发、穿大喇叭裤的年轻人，揪住张建民二话没说，劈头盖脸就是一顿暴打，并且扬言："真是不知死活，就是公安局来哥们儿也不怕。"混乱中，只见有个女的趁机跑掉了。

没过几分钟，只见学校保卫科的两个值班人员真就跑过来了，手里拿着手电，在周围哗哗地扫视后，没有去追那几个跑了的地痞流氓，却找到了张建民。这时候的张建民仍然不知所以，满脸流血，捂着肚子蹲在那里，站不起来。

这两位保卫人员将张建民扶到学校医务室检查了一阵子，还好，无非就是些鼻子流血、牙龈出血、打了两个熊猫眼之类的皮外伤，在肚子、屁股上挨了几脚。没有内脏出血、骨折等内伤，医生给开了点药就叫回去休息。

其间，学校保卫科还打电话叫来当地派出所的民警，询问了情况、做了笔录，派出所算是正式受理了此案。

张建民还好像隐隐约约听见派出所民警询问调查了受害人，但是那个受害人是谁，张建民不知道，也始终没有露面。张建民的班主任说是为了保护受害人的声誉和安全，避免再次受到伤害，必须保密。

后来，当学校团委要树立张建民这个见义勇为的典型时，张建民诚恳地说："我真的不是见义勇为，我是以为我们班的几个同学还在为昨天踢足球的事情吵架呢；要知道是小流氓调戏妇女，吓死我也不敢过去，也不至于糊里糊涂让人家白打了一通。"

这话说得很没水准，令校团委的那些急于弘扬正气、树立典型的团干们大跌眼镜，从此再不提此事。

时过境迁，危险解除，那个受害人主动来向张建民道谢。张建民这才知道这个受害人和自己是同一个学校、同一级的同学，叫季宝妮，是机械系的，学的是机械制造与设计专业；更巧的是：季宝妮是省水利学校的子弟。

大学的同学来自五湖四海，一个班里同一省份的同学很少，更不用说他们两个是同一个省，而且还都是水利系统的子弟，一种与生俱来的亲近感立马占据了上峰。

通过两次接触，张建民知道了事发当时的更多情况。原来，那天是星期六，当时还是六天工作制，星期六属于正常上课时间，属周末，是机械学院每周一次放露天电影的时间。就有几个街痞结伴想混到机械学院看免费电影，当走到机械学院和机械研究所之间的团结巷口时，看见从学校里面出来的季宝妮一个人急匆匆地向街上走，就心生歹意，强行拉着她往黑影处钻，动手动脚、淫言秽语。正在季宝妮的衣服被撕扯得不成样子、挣不脱身的时候，正好被匆匆路过的张建民误打误撞上。

几个小流氓一看好事难成，就转过身来对付张建民，季宝妮瞅了个机会就跑掉了，赶忙给学校门口的保卫科报了案。从此，直至保卫科的老师把张建民解救出来，她都一直没敢露面。

季宝妮与张建民的接触明显多了起来。按说他们不是同一个院系，没有什么太多的事情，但是偏偏季宝妮能想得出来，今天来说想了解了解江河局的情况，看将来毕业能不能去；明天来要借一本数学大师陈省身的《数学研究文集》。张建民说图书馆里还有，季宝妮说她的借书卡借满了，张建民说那就还上一本再借，季宝妮说：偏不。

又过了几天，季宝妮又来还书，说有些内容看不懂。张建民说：我也不懂，你去问你们数学老师去。她说数学老师说了，你们不需要掌握这些。张建民说那就不用学了。季宝妮说知难而进嘛，我怎能这么轻易就放弃呢？

就这样，来来去去，免不了花前月下，但谈的都是学习、单位、影星、足球之类的话题，没有一点点感情方面的色彩。可大家都知道季宝妮对张建民有意思了，只是张建民没敢多想：第一自己已经有了禹粉琴，而且生米煮成了熟饭，不能脚踩两只船；第二季宝妮一点都不漂亮，如果真是领这么一个媳妇回家，在他们张家内外女客中都属于垫底的，他不甘心。

终于，在大四的某个晚上，季宝妮开始由侧面迂回转向正面进攻。季宝妮切入得非常特别。她首先说："听说你在家里已经定亲了？"张建民道："还没定，先就这样来往着。"

季宝妮道："那个姑娘挺漂亮，是不？"张建民道："他们都说是我们那一带的人尖子，比我嫂子和我姐还漂亮。"

季宝妮不为人知地尴尬了一下，然后冷静地继续说："看来你们家里是美女如云啊，像我这样的人才是进不了你家的门槛了？你打算和她在农村生活一辈子？"张建民沉默了，季宝妮道："你对我有恩，足以让我以身相许，但是，我不会破坏别人婚姻的。"张建民道："我们老家也有说法，宁拆十座庙，不毁一桩婚。"

季宝妮道："我知道我不漂亮，但是，我有一颗属于你的心。我给你时间，你认真考虑：如果你要负她，就不要负我；如果你要负我，就绝不能负她。"这一次，张建民不由自主地抓住了季宝妮的手，季宝妮也非常配合地迎合了他的要求，但是，仅此而已，再没有向纵深发展。每次约会见面，大抵如此。

那还是一个异性之间相对比较认真和封闭的年代。"男女授受不亲"和"流氓"二词经常被人们挂在嘴上，国外一些处事规则被称为是资产阶级生活方式，是受到传统观念和社会舆论严重排斥的，不容人随心所欲。对季宝妮和张建民来说，自然也有他们二人对未来可能性的顾虑，所以仅仅是浅尝辄止。

这是一个老掉牙的故事，也是个俯拾即是的雷同神话。但是，张建民和季宝妮就是从这个千篇一律的故事中，重复演绎了这么一遍人类千百年来都在苦苦追寻的爱情故事。

男追女隔座山，女追男隔层纸。

有一次，季宝妮对张建民说："我爸爸在水校教学，我妈妈在家里劳动，男人不在家的女人，日子过得很苦，除了零花钱比别人宽裕点，其他什么都比别人差。不论多粗多重的农活，都是我妈领着我们姊妹们干，所以我们姊妹什么活儿都能干，什么苦都吃过。"

为此，张建民自然也想到了自己的妈妈。一家老小都靠她支撑着，也是除了经济外，其他什么都靠不上爸爸。张建民说："你家要比我家强多了，起码两个假期你爸爸能回去。"

季宝妮道："那才几天？前几年是春季、秋季都招生，现在是秋季招生，阅卷、录生全都是封闭式管理，连个人影都见不到。可是到了冬季，假期时间是能长一点，却没什么农活儿可干了，光坐在那里等着吃。每年'今冬明春'的农田基本建设大会战，我爸又放不下架子代替我妈妈出工，只有我和我妈妈。唉，苦命人的一辈子可真长呀！"

就这样，在季宝妮不温不火、持久不绝的攻势下，张建民开始慢慢地认可了这种格局。自然而然就开始疏远起了禹粉琴，不想再制造一个类似老一辈人这样的一头沉家庭。

张建民经常情不自禁地捏捏季宝妮的手，顿感柔润绵软，真是有一种过电的感觉，让人浮想联翩，但是，他不敢越雷池一步。可这对于季宝妮和那时大多数谈恋爱的人来说，这已经是很奢侈、很出格的举止了。人们经常说一个人谈恋爱最可怜、最规矩的境界就是：从来连一次手都没有摸过。

张建民估计道，只要他提出"非分"要求，季宝妮很有可能不会铁心拒绝。但是，越是这样，张建民越不敢下手，越害怕甩不离手，害怕学校开除。他经常问自己：如果真的"占有"了她，下来的事情该怎么办呢？

但是，这并不妨碍张建民的想象。握着季宝妮的手，张建民经常情不自禁地想起禹粉琴的身体——丰满而健康，厚厚实实，一脸的福相。但是，目前已经失去了他想象的空间。

在季宝妮单刀直入的攻势下，慢慢地，张建民开始理性地考虑问题。对禹粉琴和季宝妮两个姑娘不断地进行比较：季宝妮属于干部家庭，又是大学生，从言谈举止上显得冷静端庄，思想上比较开阔，双方共同语言要多一些；不像禹粉琴在他跟前总是显得那样局促不安、小心翼翼，类似自己的妈妈招弟年轻时候在爸爸跟前一样，总是觉得矮人一等，不能够平等相处。同时，张建民还从势利的角度权衡起未来家庭、前途、子女等问题。

时间长了，张建民也就不感到季宝妮长得丑了，只是觉得不是十分漂亮而已。这让他不由地吓了一跳，心想：自己是不是中招了？

终于有一次，张建民开始给妈妈亮耳朵了。写信说："学校有一个女同学对自己很好，想到咱们家里来玩。"妈妈问："她是不是想当咱们家的媳妇了？"

张建民道："不可能，她长得丑。"妈妈道："丑俊无所谓，俗话说：'丑妻家中宝，'只要你们互相满意就行了。关键是粉琴经常来咱们家，撵都撵不走，我不知道该怎么办？你嫂子也经常来试探我，让我很为难。"

有时候，妈妈也会流露出怪罪大儿媳苗爱霞的苗头。怪她当时多事，咸吃萝卜淡操心，让张建民找个农村媳妇，现在左右为难，但还说不成：因为当介绍人无罪，都是出于一片好心，可成不成在你们自己。

思前想后，招弟还是最终觉得怪自己当初没有当机立断，要不然也不会有今天的愁肠百结，害人害己。

毕业分配以后，季宝妮告诉张建民："你给我个时间，超过这时间，我就不等你了。"张建民半天没有回答。

3

见到了禹粉琴，张建民低沉着声音道："你怎么来了？你怎么知道我分配到这里了？"禹粉琴眼泪汪汪，没有说话，拐到大门外，站在了那里，道："古人千里寻夫，一找就是几年，这才多远？我就找不到你了？"

张建民知道遇到犟筋了，一时不知道该如何应对。倒是禹粉琴先开口了："我知道你在学校谈下了，不过你也得给我一句话呀。我这辈子就是嫁不了人，也不会赖在你们张家的。"

张建民看见传达室的老头不断地向这边张望，就把禹粉琴往远一点的地方领，禹粉琴不走，道："男大当婚，女大当嫁，怕什么？我怎么也算是你的未婚妻吧，你就算是要休也得有个说法吧？还不至于不让人进你的宿舍门吧？"张建民道："我的宿舍是两个人，让人家看见影响不好。"

禹粉琴的美目圆睁，道："有什么不好？学生不让谈恋爱，参加工作也不让？这是什么见不得人的丢人事情！"张建民无奈，只得领着禹粉琴到了自己的宿舍。

到了宿舍，禹粉琴先是哭了一气，然后二话没说拾掇了几件张建民的脏衣服，端上脸盆出去，自己找水房去洗去了。张建民这次坐下来，仔细考虑该怎么办？但还是老问题，仍然理不出个头绪，脑子里一片混沌。

这是一个糟糠之妻纷纷下堂的年代。突然恢复的招生制度催生了一大批带眷大学生，这些大学生中往届青年居多。在高考制度没有恢复以前，尤其是农村大学生，他们的出路几乎成了定局，他们的理想也就只有"二亩地一头牛，老婆娃娃热炕头"。

所以，在家里娶妻生子的不少，定亲、谈恋爱的就更是比比皆是。可是在毕业参加工作以后，悬殊的社会地位、巨大的城乡差别，以及贫富差距、没有共同语言、一辈子分居两地等诸多现实问题摆在了他们面前，导致许多年轻的家庭破裂，许多未婚恋人分道扬镳，出现了众多"陈世美"式的人物，成了那个时代的一种通病，和知识青年大返城时留下的种种遗恨，左右呼应。

禹粉琴就是在这个时间来到了省机械学院的学生处，了解到了张建民的分配去向，一路打问，来到了省水电设计院。话说回来了，沄城这个地方禹粉琴并不陌生，以往张建民带着她少不了花前月下压马路。

这晚，张建民还是把禹粉琴领到了自己韩森堡子的家里。但是，这一夜，他们没有了激情，甚至没有了温情，只有严峻的现实问题。在没有答案、无法定夺的沉默后，两个人上床躺下，久久不能入睡。又经过一阵子辗转反侧后，解衣宽带，草草了事。

沉默了好久，禹粉琴问道："你说咱们这是奸夫淫妇，还是流氓同居？肯定不会是先奸后娶吧？"张建民能够掂量来其中的分量，久久没有回答。

又过了良久，禹粉琴说："女人，一旦失去了贞操，就成了破鞋。一个破鞋的未来，是不会和幸福沾边的。"张建民紧紧地抱住禹粉琴结实的身子，流下了惭愧的泪水。

又过了良久，张建民横下心道："咱们结婚吧，我的责任我承担。"禹粉琴摇了摇头，两行苦涩的眼泪流到了枕头上。

大年初三，禹粉琴的爸爸和叔父，来到了张琪源的家，说："你们三儿子当官了，我们的女子配不上你们了，还是算了吧。我们粉琴说：与其在官宦人家当奴婢，还不如在讨饭人家当主子。算了吧，我们高攀不起。"

张建民躲在里屋不敢出来。想到大哥家去，又怕禹粉琴在那里，大伯、二伯家就更不能去了，说不定他们正在等着看自己一家的笑话呢。

张琪源一看来者不善，赶忙赔笑，说："禹老哥……"粉琴叔父冷冷道："当不起，你还是叫我禹老农民吧，或者叫我禹兄弟。我比你岁数小，你当大官了，也不要这么折我们庄稼人的阳寿。"

张琪源是何等身份？这几年尽管官场纷争不断，可哪受过一个平头老百姓这样的气？但是，没有办法，自己的儿子闯下的祸，自己就得忍受，还是赔笑道:"那好,禹兄弟,这事我知道一点,但是知道得不多,你还是容我和建民了解了解再说。"粉琴叔父阴阳怪气地说:"那你就快'了解'吧,我们的情况我已经'了解'清楚了,不用再'了解'了。"

张琪源红着脸想赶快离开,但是又怕这两位把事情往大了闹,就让虎子赶忙回去叫张建国过来陪禹爷爷说话。

在张建国没来之前,张琪源还得陪粉琴爸爸弟兄俩继续说话。张琪源道:"禹兄弟,你们那里去年收成还好?"粉琴爸爸阴沉着脸,道:"托张局长的福,收成好着呢,饿不死。"

张琪源不好意思地说道:"托我什么福!好就好。"粉琴叔父不冷不热道:"这周围人谁都知道,这一带的机井灌溉和用电都是你张局长和大儿子建国给大家跑成的,我们女儿就算是代表乡亲们答谢你们这些大恩人了。这一辈子无论嫁出去嫁不出去都与恩人互不相欠。"

张琪源这个臊呀,真想抽自己两个耳光,但是不能,那样只会让对方认为是"打自己的脸,臊别人的皮"。没办法,张琪源只能厚着脸皮道:"话还不是这么说的,建民自考上大学后,我觉得负担一下子轻了,所以他的事情我真的关注得少了,等我一会儿问一问情况。今天你们来得正好,把这事好好唠扯唠扯。"

粉琴叔父冷笑道:"问吧,随便问,就算是我们女方没架子,跑到你们男方家来提亲。要说等吗,别说是等一会儿,就是等一辈子我都等。我们姑娘把一辈子都耽搁了,还怕耽误这一会儿工夫?!"

张琪源急得如坐针毡,总算是把大儿子张建国等来了。简单地交代了几句,让好好陪着禹叔叔喝茶、抽烟、拉话,他去去就来。

情况很快就清楚了。张建民早就知道情况不好,张琪源一找到他,很快就竹筒倒豆子一般,一五一十地把他和禹粉琴这四五年来的交往情况,交代得清清楚楚,包括季宝妮的交往和承诺,他也毫无保留地交代了一个底儿朝天。

张建民的理由是:从大三开始,我就想把这层关系断了,结果她不愿意。我害怕她去找学校老师告状——我们学校就有这样被开除的学生,所以就一直拖到了现在。可这次如果把这事答应下来,那我以后这一辈子就是"一头沉",和你跟我妈一样,长期分居两地,顾头顾不了尾。

张建民说这话时,气得张琪源牙根发痒,真想上去抽他两巴掌。可是,事已至此,抽也没有用,而且时间紧迫,容不得他浪费时间。但是,他也不愿意落儿子的话把子，就强忍怒火道："那你现在打算咋办？"

看见爸爸气愤得扭曲了的面孔，张建民吓得声音小得像蚊子叫一样："我也没办法。答应吧，这是一辈子的事，我上了一回大学就等于白上了，又窝到了农村；不答应吧，我看眼前这一关就过不去……按照农村习惯，退婚给些钱就行了，就是不知道他们答应不答应？"

张琪源道："如果仅仅是钱的事，好办，我就当打发你这个不成器的儿子出去做生意赔了。就是怕人家不是钱的事……你觉得禹粉琴这个人行不行？不说模样丑俊，就说人品？"张建民道："我看还可以，挺会过日子的，就是太土气了。"

张琪源气得呵斥道："就你洋气，你才出了几天门，就嫌农村人土气了？"张建民嘟囔道："这不是你要问我嘛，又怪我说了。"

张琪源忍着气道："那你说，如果人家不是为了钱，该怎么办？"张建民不情不愿道："那生米煮成熟饭了，还能怎办！"

张琪源道："这可是你说的？要是人家要求最近迎娶，那咱们就明媒正娶，按照乡俗去办？"张建民磨叽了半天答道："行。"

张琪源道："那你现在出去见一见禹叔叔，当女婿要有当女婿的样子吧？"张建民沉默了半天没有说话。张琪源看见儿子这时间也怪可怜的，只得放弃了这个想法。

张琪源出去把老婆冯招弟找到，问道："现在娶媳妇彩礼行情是多少？"招弟道："一般300元，也有500元的；如果女婿家的经济情况不好，女方为了多给女儿占一点财产，都要500元，家具、嫁妆另算。"

张琪源惊讶地问道："500元？那不是买卖婚姻吗？那谁家能娶起媳妇！"招弟不以为然地说道："什么买卖不买卖的？娶媳妇给彩礼是天经地义的事情，你当还是以前？娶不起，你别娶，没人强迫你！"

张琪源没理会老婆的唠叨，平静地说道："建民和粉琴的事现在是该说道说道了，事情到了这份儿上，咱们得有个态度。"招弟抢白道："怎么到了这个份儿上的？怪她自己犯贱，爱往我儿子被窝里钻！我就不信：母狗不摇尾巴公狗就敢上身？我们给他们什么态度？"

张琪源没好气地说道："你这像当妈说的话吗？看来这事你原来就清楚？"招弟立刻觉得有点理亏，就嘴软了下来，躲避道："我也不是很清楚，但是能估计个八九不离十。"

张琪源顺水推舟道："那正好，你去跟人家说去，就把你刚才那话给人家一说，这不就结了？"招弟道："要说也是你说去，你儿子闯下的祸，你不去谁去？你要是不去，就让他自己去。"

两口子看了看旁边的张建民，低着头一声不吭，只管抠自己的指甲，都感到十分无奈。张琪源道："现在什么也不说了，等人家走了以后再收拾这个逆子。"说着狠狠地瞪了一眼张建民，吓得张建民把头更深地低了下去。

招弟道："那只要粉琴她自己不嫌受罪，就娶过来，我这一辈子反正是活寡守够了，她要守她守。"张琪源埋怨道："啰唆得很，你这一辈子就委屈死了。"

招弟得理不饶人道："当然委屈……"张琪源不耐烦地说道："行了，行了，言归正传。既然你也同意娶，建民自己也觉得粉琴这孩子没有什么大毛病，那就答应下这门亲事。粉琴没有工作，就过来帮你种地，以后让建民自己想办法去。

"按照一般农民家庭的收入，500元彩礼是多了，但是咱们不一样，粉琴也等了四五年了，多给一点，让置办嫁妆去，不要让人家孩子再受委屈了，给上2000元，你俩看怎样？"

张建民没吭声，招弟道："你怎么那么大方？最多1000元。"张建民闷了半天说话了，道："给上1500元，这几年她来来回回给咱们可没少花钱。"

招弟忍俊不禁，道："看看，还没过门就知道心疼媳妇了，要不怎说娶了媳妇忘了娘！"张琪源也笑了，道："既然给咱们还花了不少钱，就2000元，好看一点。马上就是一家人了，和自家人还计较什么？不过是左兜掏出来装在右兜里。"招弟不满道："随你的便，哪怕你把这个家都给了你亲家，我也没意见。"说完，就去准备钱去了。

有了这么个打算，下来的事就好谈多了。张琪源对粉琴爸爸说："两个孩子谈了四五年了，一个愿娶，一个愿嫁，男情女愿，这是好事，当老人的没有不同意的道理。我们家里人也盼望着粉琴这孩子早点过门，两个孩子早点成家立业，我们两个当老人的也就把这桩心事给了了。"

"这2000元就算是离母钱，咱们这里就这风俗习惯，你们就收下吧。闺女养大不容易，辛辛苦苦的，刚养大成人了，又给了人家了，肯定心里头割舍不下，这点钱就算是我们的一点心意吧。

"至于嫁妆、家具，孩子们看上什么买什么。订婚、过事，这些啰啰唆唆的事情，一切都按乡俗办。至于结婚日子嘛——亲家你看什么时间方便，咱们商量；或者是找个阴阳先生看一下。我在这方面接触少，就拜托你们了。如果亲家们还有什么别的要求，尽管提出来。既然两家人变成一家人了，有事就好商量。"

禹粉琴的爸爸弟兄俩对这种结果颇感意外。面面相觑后，粉琴爸爸说："张局长，我们这次来也没有什么别的意思，就是觉得建民工作了，有出息，我们的孩子文化浅，一辈子就是个受苦的命，门不当，户不对，算就算了吧。

"粉琴这孩子吧，长得有点人样样。可是多少年来，穷嫌富不爱，好容易和建民能处得来吧，差距又太大，我们也不愿意两个孩子不情不愿地生活一辈子。强扭的瓜不甜嘛，还是算了吧。要说我们弟兄俩今天不来，忍气吞声，也行。只是乡亲们会笑话，说你的女子和人家都那样了，你们老禹家就吓得连个屁都不敢放一个？真是老禹家没人了？

"既然孩子们不愿意，那就算了，好说好散，我们女子我另外给安排……"说着，这个年过半百的庄稼汉，竟然心酸得差一点掉下眼泪来。

招弟真正是吃软不吃硬，刀子嘴豆腐心，嘴硬心软眼泪多。听到这里，自己先窸窸窣窣地抹起了眼泪来，说道："亲家你这话就说远了，什么文化不文化、门户不门户的？大家都是庄稼人，男才女貌正合适。

"要我说，什么都比不上心眼好要紧。粉琴是个好孩子，他们父子常年不在家，粉琴她经常来嘘寒问暖，秋夏两忙季节帮忙干活儿，就连我的亲闺女云云她也做不到。你就说让建民给我找个城里的儿媳妇吧，人家谁把我这个农村老婆子当回事？还是找乡下的好，找个像粉琴这样的就更没得说了。"

话说到了这里，被张琪源硬生生拽来的张建民显得平静多了，或者说已经死心塌地了。

粉琴叔父看了看粉琴爸爸，说："哥，我看这样吧，这个钱咱们先收下，不管门户高低贵贱，这是个礼数。如果不收钱，也会遭人耻笑的，说你家女儿是不是嫁不出去了？白送给人家了？这样与张局长家也不好，你说是不是？"张、禹两家人这才释然地笑了。

招弟道："那俩亲家，粉琴今天没来？"粉琴叔父黯然道："没来，这孩子的心已经死了，这几天哭得死去活来的，我哥这一家子年都没过好。"

招弟惋惜道："唉，我以为在他嫂子家呢。这几天叫建民过去请过来住几天。现在也没什么农活儿可干，过来帮我好好准备准备婚嫁用品，早一点给他们把喜事办了。"粉琴爸爸、叔父两人都没有吭声，也许是默许，也有可能是不便于明着拒绝。张琪源难解其意，就道："建民，拾掇杯子，帮你妈调两个凉菜，我和你叔叔喝两杯。"

粉琴爸爸二人执意要走，张建国执意要留，道："哪能呢？大冬天，大老远的来了，喝两杯暖和暖和。"

4

正月初六，是个中性日子。既在年里，又不算大节，与拜年的各种讲究也没有什么大的冲撞，而且还取六六大顺之意。张建民骑着自行车，来到苗家洼后山的禹家峁，正式来请未过门的媳妇禹粉琴到家里小住几天，或者到莽原县城转一转，买一点时兴的东西。

粉琴爸爸把粉琴叔父叫过来，象征性地和张建民喝了两杯酒，算是尽个礼数。粉琴爸爸没有参与，坐在后炕只管抽烟；粉琴妈妈只是和张建民打了个招呼，说了一声："来了？上炕坐。"就钻入厨房忙活自己的去了，搞得张建民心里空落落的，很不是滋味。

简单地吃完饭后，一家人借故都出去了，只留下禹粉琴陪着张建民。两个人也没多少话要说，张建民只是把自己的来意再次表达一下。禹粉琴道："我去不了，我三妈家的粉爱要出嫁，我得去帮忙洗菜做饭。"

张建民道："这么大冷的天气洗菜做饭，多冷呀！那为什么不给你分个女红做做？"禹粉琴静静地说："像我这样被男方休了的人，是不能干女红的，人家嫌不吉利。"

张建民愤怒道："谁把你休了？"禹粉琴无奈地摇摇头，强忍着夺眶而出的泪水。张建民要过去做进一步的安慰时，禹粉琴轻轻地躲开了。

就在张琪源家紧锣密鼓地收拾一切，准备给三儿子张建民完婚的时候，粉琴叔父再次来到了张琪源家。他把两千元钱原封不动地交给招弟，说："粉琴说她不嫁了，我哥让我把礼钱给你们退回来，这也是咱们这里的乡俗。我哥最近又托人在洪山县给粉琴找了一个茬口，二月二就贺喜。"

招弟呆呆地愣在了那里，半晌后，才问："茬口？你是说二婚？多大年龄了？"

粉琴叔父道："是二婚，他老婆前年头上病死了，留下一儿一女；年龄倒不大，40岁刚刚出头。"

招弟疯了一样扑进里屋，对着正在那里仰面八叉躺着的张建民，劈头盖脸就是一顿猛抽，歇斯底里地吼道："你到底给粉琴说什么了？"还没等张建民反应过来，更没有等张建民回答问题，招弟就旋风一般地出来了。

招弟抹了一把眼泪，擤了一把鼻子，像是央求，道："他叔叔，还有没有挽回的余地？我这边什么都准备好了。"粉琴叔父淡然地说："都说好了，日子都定下了。不定也不行了，二十四五的大女子了，还往什么时间等呀！"

招弟哭了一阵，道："我知道二十四五了，孩子们都不小了，咱们这不是正在准备吗？建民他爸虽然上班去了，有我老公公在家做主，他爸说：日子一定下来就发电报，他到时间准回来。你说，我一个妇道人家，这么大的事我怎能做得了主呢？要不然，你给我老公公当面说说去？"

粉琴叔父道："算了吧，嫂子。你的意思我明白，终究说俩娃是走不到一起了，何必再费口舌呢！"

招弟还是个哭，不断地念叨："是我张家害了粉琴，粉琴是个好姑娘，是我们张家人卖良心，是我们张家人没有这个福分……"

这时间，躲在里面的张建民算是听明白了。出来以后，流着眼泪，双膝跪倒在粉琴叔父的面前，腾腾地给粉琴叔父磕了三个响头，道："是我一时糊涂冷落了粉琴，我对不起她，请她原谅，只要她回心转意，我明天就去沄城开结婚介绍信去。今后，我走在哪儿上班，都带着她。这一辈子，只要有我吃的，她就饿不着……"

粉琴叔父默默地从炕上下来，扶起张建民，说道："算了，人各有命，随她去吧。我们也劝，说人家破镜都能重圆，更何况这事马上就要成了，可是她不听，说她再也受不了张家的冷言冷语了。"

话已至此，再无话可说。临走时，招弟硬是将那两千元人民币塞到了粉琴叔父的手中，再一次流下眼泪，道："就算是我给粉琴的陪嫁吧。"粉琴叔父虽然接到手里，但还是说："唉，就是拿回去，我哥他们又怎么能花得下去这钱呢！"

招弟不管他再怎么损自己，都没有再收回这钱，而是把粉琴叔父掀出门外，隔着门道："他叔叔，你走吧，以后常来坐坐。"然后自个儿回屋流眼泪去了。吓得张建民瞅空溜到同学家里躲了两天，晚上偷偷回来收拾了行李，连夜赶往沄城上班去了。

张琪源听说此事后，唏嘘叹息，手拍脑门儿，半天才道："是我张家对不住人！"

春节后的设计院，大家嘻嘻哈哈、热热闹闹，道不完的奇闻异事，说不尽的感慨惊奇，收假没收心。张建民一是心里有事，二是刚到单位，和大家也不熟，少言寡语，只是埋头工作，伏案画图，整天宿舍睡觉——食堂吃饭——办公室上班，三点一线。别人不知内情，以为这个新分来的大学生生性内向，也不在意。

张建民心里苦闷，花了三四个月的工资，买了个进口三洋牌录音机。下班后叽里呱啦学学日语，听一听邓丽君、凤飞飞、龙飘飘等人的所谓靡靡之音，权作医治伤口。他不给家里人写信，家里人也懒得理他；偶尔二哥、二嫂带着女儿骄骄来看看他，他也就心满意足了。他伤透了家里人的心，爸妈纵然是以他为荣，疼他爱他，也难以接受这一残酷的现实；只是时不时地在张超那里打听一点他的信息，知道他基本安好也就行了。

内地向西藏派遣援藏干部，张建民第一个报了名，结果没有如愿。别人找人走后门援藏，为的是解决家属农村户口，而他则是为了逃避现实，远离这个他不待见别人，别人也不待见他的世界。

参加工作的张建民，全然不同往日的学生时代。整天地看踏勘现场——画图——参加讨论——改图——描图，工作循环往复，忙忙碌碌，但是消磨不了他内心的苦闷。偶尔也想一想禹粉琴给他留下的欢愉——四五年的时间，可不是一句说完就完了那么简单，而是有许许多多耳鬓厮磨的细节在内，又怎能说忘就忘了呢？

隔三岔五也回味回味季宝妮给他留下的充实，但是恍如隔世，飘飘渺渺。他想恨季宝妮，但是恨不起来，不去联系她，她也不来找他，一切都像什么都没有发生过一样。

又过了半年之久，张建民终于收到了季宝妮的一封信。信中说："给你写这封信也是迫不得已，凡事总得有个了断。你能重重地伤害与你同衿共眠四五年的未婚妻，又不会伤害谁呢？你纵然对我有恩，足以令我愿意以身相许，但又怎能让我在你身上安然地托付终身呢？你的故事是我在莽原县水电局工作的一个同学告诉我的，在你们那一块儿应该说是十人九知。大家均言：'既有张局长之泽被乡亲之父，就不该有其先乱后弃之子！'

"我若真的一不留神成为你们张家之一员，你让我如何承担得起如此之巨大的感情重荷？缘兮，修之所来；分兮，无炼而去。纵有痴心，修炼不足，吾亦勿往矣……"

张建民还没有看完，就撕了个粉碎，怒道："滚！都给我滚！

5

1982 年，真是个多事之年。

春节刚过，国家就出台了老干部离休、退休和退居二线政策。省部级副职以下干部任职不能超过 60 岁，到龄后必须离休或退休。

紧接着 3 月，国务院机构改革，将水利部和电力工业部再一次合并为水利电力部。这一次合并距上一次合并的 1958 年 2 月，相距二十四年零一个月，而距上一次分开时的 1979 年 2 月，仅仅只有三年零一个月时间。

看来，历史的脚步在加快。许多人的命运就在这历史的快步行进中，发生了突变。

自打这以后，许多公职人员不敢想象每年的 2 月——所谓二月风暴。命背的人盼望着在历史的交割中，或有转机，而命好的人则盼望着能更上一层楼。

可是，人生不如意者十有八九，谁又能主宰得了自己的命运呢？所以，许多人既期盼又担心，期盼着好运的到来，担心命运多舛。

人生，就是这样，在年复一年的期盼与担心中匆匆略过。转眼间，华发早生……这就使二十局和江河局这两个隶属关系不同的水电施工单位，再一次面临着重新洗牌！谁是命运的弄潮儿？谁将被后浪拍到沙滩上？不得而知。

也许，一切，都在一念之差！

这是一次划时代的变革，中国几千年来沿袭下来的干部终身制在一夜之间被打破，让许许多多雄心勃勃的仕途人士的前程戛然而止。援引《中共中央关于建立老干部退休制度的决定》：妥善解决新老干部适当交替的问题，是一场干部制度方面的深刻改革，是关系我们党兴旺发达，国家长治久安，社会主义现代化建设事业顺利实现的具有战略意义的重大决策。

中国的事情，一旦提到了政治的高度，那趋势之必然，便是一般人不可以逆转的。

离休和退休不一样。中华人民共和国成立前参加革命的称为离休，解放后参加工作的则称为退休；离休老同志政治待遇和退休金基本和在职时一样，但根据参加革命时间段的不同，在医疗用车等单项生活待遇方面，要比退休人员优越不少。而且，退休人员的退休金是根据参加工作时间按比例发放的，最多90%。

水电二十局党委书记臧风云、副局长阮威德、七分局局长舒庆云等一大批年过60岁的老同志从工作岗位上退了下来，逐个办理离退休手续，为此，不断有人叫苦不迭。尤其是臧风云、舒庆云这些以前受过苦，以后才逐步重新被起用的干部，倍感委屈——还没安安稳稳过几天好日子，就又被浑浑噩噩给整退休了。

六八级大学生、体制改革办公室主任闵旗平越级提拔为二十局党委书记，与局长茅破冰搭班子。据风传，这是臧风云的意思，臧风云在临退下来时提出的唯一条件就是：要把闵旗平提拔起来接替自己的位置，要不然他对水电二十局的未来不放心！他说：二十局的今天来之不易，万一出现了闪失谁负责？部里只能接受了他的提名。

同时，根据茅破冰的推荐和组织考察情况，六八级大学生生产设备处处长伏志长、八分局党委书记谈淑叶同时进入局班子，分别担任水电二十局副局长和党委副书记。

张琪源由于年龄超过50岁，不作为提拔对象，错失了二十局这一次历史性的大换班。本来茅破冰建议让他来出任党委书记，说他工作扎实，不尚空谈。但是，部里答复：算了，干部年轻化工作迫在眉睫，如果工作确实需要，可以在55岁后继续留任副局长，不一定马上就退居二线。大势所趋，茅破冰也没有办法。

当部里提名让祝银蕊出任二十局纪律检查委员会书记时，茅破冰坚决不答应，说："除非我这个局长不当。"部里只得将祝银蕊调往水电部第十七工程局担任党委副书记。

此后不到两年，闵旗平被调往由山南省水电工程局改编而成的水电部第二十一工程局，任筹备领导小组副组长，在正式组建班子的时候，给他的职务是副局长兼党委副书记，保留正局级待遇。闵旗平不愿意，但是，新任水电部部长项豪坤问："那你想到哪里去？"闵旗平道："就回二十局，哪里跌倒哪里爬！"

项豪坤说："二十局的党委书记已经让茅破冰同志兼上了，你回去怎么安排？"闵旗平愤愤地说道："那我就回去做我的具体工作。"

项豪坤威严地说道："旗平啊，你可是个党员领导干部，当初组织上考虑提拔你也是有人觉得你素质不错，推进体制改革有开拓意识，你怎么能这样对待组织的决定呢?"闵旗平无奈,只能在新收编的小局——水电部第二十一工程局屈居副职。

6

干部离退休制度从中央一直贯彻到地方。待水电厅厅长杨虎声、副厅长康宏利等人全部退下来后,新任厅长盛飞战等也开始考虑所属企事业单位的领导班子问题。

江河局的党委书记许光远、局长王汉成均已年过花甲,到了离岗休息的年龄;副局长陆华夏距离休只剩几个月了,沈育林虽未到达退休年龄,但已超过55岁,两人都要退居二线,拟任顾问,不再担任实职。

这样,江河局现班子剩下的只有:副书记蒋雅丽,副局长狄胜利、殷海贵,纪律检查委员会书记、工会主席岑乐芳,共四人。而要从这四人当中挑选江河局的挂帅人物,左挑右选,不得其人,并且水电厅也由于干部新老交替,用人岗位太多,学历成了第一位,多年的高考停止招生,导致人才断档紧缺,也没有合适的人选可以下派。

在久议不决的情况下,王汉成建议:把张琪源从水电部第二十工程局调回来出任局长。

水电厅经和省委组织部请示协商后,认为经过省上几年的努力,要将二十局收编为省属单位希望非常渺茫。因为:一是水电部不愿意让各省将中央驻省各大局逐个瓜分吃掉,否则部里或者是中央直属就没有任何施工实力而言,岂不成了空壳?

二是国家对独立流域的治理尚且觉得施工力量不足,已经将几个省级工程局上划为部属单位,所以要将二十局逆向下划,归省上管理,等于是反其道而行之。

三是国家马上要将施工事业单位推入市场自主经营,自负盈亏。省上考虑:二十局这么大的万人大局,财政上一旦没有了事业费支持,如何养活得起?既然收编二十局无望或者意义不大,那么当初派张琪源去二十局收编同化就没有继续留下去的必要了,还不如叫回来。问题是:张琪源现年52岁,已经到了不予提拔的年龄了,怎么办?经过水电厅与省委组织部再一次协商,由于工作需要,涉及大型事业单位的一把手,退居二线的政策可以适当放宽。

于是，经过省委组织部和水电部简单的协商、考察，调张琪源回江河局任局长兼党委书记；蒋雅丽继续担任党委副书记，殷海贵副局长职位不变；狄胜利由于是老一代知青，初始学历仅仅是高中文化程度，以后虽然取得了北京水利水电学院的专科文凭，但含金量还没有得到广泛的认可，终究是文化水平有限，不符合这一次干部"知识化、专业化"的要求，改任纪委书记、工会主席；又补充了两位年轻的副局长俞红光和滕文理，分别是六六级、六八级大学生；越级提拔任奎山为总工程师，他是六八级大学生，一直没有入党，属于民主人士，刚好符合"在新任班子中，非党员群众要占一定的比例"原则。总工程师是个新的职位，体现了国家对科学技术和知识分子的重视。

俞红光、滕文理、任奎山这三个人的年龄都在40岁左右，使整个江河局的领导班子平均年龄一下子年轻了13岁。

新任水电厅副厅长乐大军在宣布领导班子任职的干部大会上慷慨激昂地讲道："这是一个年轻的班子、朝气蓬勃的班子、富有活力的班子，符合我们党干部革命化、年轻化、知识化、专业化的'四化'方针……"

由于祁玉民、惠爱国二人年龄超过55岁，也要退居二线；省地下水资源开采局的领导班子也面临着新老更替问题。省水电厅决定：将"地下水"党总支升格为党委，调任江河局纪委书记、工会主席岑乐芳为地下水的党委书记，将省防汛抗旱办公室主任调去担任局长。因为岑乐芳本来就是副厅级干部，这个地下水也就因此自然而然地升格为副局级单位；在这两个新任领导的共同努力下，很快就从省编办及农工委拿到了升格的批文。

人事的变动总是连锁反应。由于这一批干部的提拔和之前的离任，张琪源一回到江河局，就不得不对二级单位的领导班子进行必要的应急补充或调整，不能让群龙一日无首--幸亏，他离开的时间还不算太长，对这批干部相对比较了解，才不至于抓瞎。便形成了这样的格局：

第一工程处：党委书记贾宏伟，处长肖大彪，副处长危士奇、娄安凯。

第二工程处：党委书记邱玉山，处长毕宽福，副处长颜省学、梅博才。

第三工程处：党委书记刁哲敏，处长林福地，副处长骆得闲、钟如碧。

第四工程处：党委书记马三全，处长吕亚洲。暂时没有副职。

第五工程处：党委书记方新月，处长虞庆光，副处长樊读诗、凌欧鑫，顾问奚大宝。

对于非必须紧急调整班子的单位和部门，暂先按兵不动，给自己掌握情况争取时间。当有人催促这件事情时，张琪源半开玩笑道：现在卞家峡电站都完工了，还提拔那么多领导干部干吗呀？

这是一个时代的终结，也是另一个时代的开端。

许多人的命运，就因为这突如其来的风云，改变了轨迹。当时代试图回归原位的时候，正如人的命运，却再也回不到过去。

人和世事是这样，江河的命运也大抵如此。历史的轮回不是简单地重复，而是又一次全新地碾压。

卞家峡的天，还是那么湛蓝似锦；虎跳峡的水，依然那么清澈见底。除了两座高坝拔地而起外，再好像从来都没有发生过什么一样，依然平静如水，只是历史的俊鸟从天空穿越，岁月的潜鱼在水底游弋，为芸芸众生写下了厚重的沧桑巨篇。

改革开放的历史大潮，以汹涌澎湃之势，涌向山川，涌向江河，涌向960万平方公里的中华大地！

市场经济到来了！

中国特色社会主义已成为历史之必然！

水与山，成自然

——后记

1　万古天成

没有一座高山不被流水切割，也没有一条江河不被峰峦阻挡。然而，就在这切割与阻挡之中，山与水便形成了不可分割的一体，自然而合拍。这是山与水的哲学，诗与画的思维。

人类是大自然的宠儿，从来都没有停止过对大地母亲的依偎与附和。倏然回首，便是亿万年之久。这是人与山水共鸣的律动，是人与大自然同生的节奏。

2　山水对

山言：我是苍穹之下一抹五彩的纤尘，每一颗微粒，都好似人类征服自然挥洒的烟云。水曰：我是地壳之上几多晶莹的汗滴，每一枚珠翠，都散发出人类改造山河的芳菲。

山说：当我被洞穿瘦身的时候，竟然有人深情地投来艳羡的明眸。水语：当我被截断跨越之后，总会有人点赞我出脱得靓丽楚楚。

山：哦，你说的是水电人吗。水：当然，除了他们还能有谁。

3　山歌水赋

长河东去疑向北，大江西来曲指南；同是高原一脉水，渤黄会师千道弯。人生若有直通车，谁羡过海仅八仙；才言山水无限好，却见风大浪又起。逢山凿隧地下过，遇水架桥彩虹飞；纵使飞流三千丈，总有人类降服时。

2020 年 11 月 11 日